論創ミステリ叢書

92

赤沼三郎探偵小説選

論創社

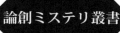

赤沼三郎探偵小説選　目次

創作篇

随筆篇

凡例

一、「仮名づかい」は、「現代仮名遣い」（昭和六一年七月一日内閣告示第一号）にあらためた。
一、漢字の表記については、原則として「常用漢字表」に従って底本の表記をあらため、表外漢字は、底本の表記を尊重した。ただし人名漢字については適宜慣例に従った。
一、難読漢字については、現代仮名遣いでルビを付した。
一、極端な当て字と思われるもの及び指示語、副詞、接続詞等は適宜仮名に改めた。
一、あきらかな誤植は訂正した。
一、今日の人権意識に照らして不当・不適切と思われる語句や表現がみられる箇所もあるが、時代的背景と作品の価値に鑑み、修正・削除はおこなわなかった。
一、作品標題は、底本の仮名づかいを尊重した。漢字については、常用漢字表にある漢字は同表に従って字体をあらためたが、それ以外の漢字は底本の字体のままとした。

創作篇

解剖された花嫁

1

大隅《おおすみ》博士の死の真相を話せっておっしゃるのですね、宜しい、ですが他聞を憚かることですからあなたのお耳だけにしていて下さい。

博士の死は、岸田魚子が結婚式の夜、熱海のホテルで、何者かに殺害されたことに原因するのですが、いや原因というのはむしろ後に起った大隅博士の死の方だったかもわかりませんがね。

まあお聞き下さい。岸田魚子のあの怪死事件は御存知でしょう。

※

笹田章介は白い額に眉を寄せて、ポチリポチリと、大隅博士を取巻く怪図絵を物語るのである。

※

岸田魚子が、結婚式の夜、即ち十月三日の午前零時少し前ですが、熱海のホテルの第13号室で、花婿の腕の中に抱かれたまま、何者かに殺害されたのです。ひどい奴もあったものですよ。なにもわざわざ結婚式の当夜を狙わずともいいのに、犯人からすると当夜でなくてはならぬ訳でもあったのでしょう。喜びにふるえている花婿の腕の中で、花嫁を死のドン底に叩き落すなんて、随分たちの悪い、陰惨な遣り口だとはお思いになりませんか。

なにさま、あれほど評判の美貌でしたので、花婿の他にだって執心していた男は一人や二人じゃなかったのは確かです。そう申すこの私も、甚だてれた言分ですが、かつては彼女と恋を許し合ったこともあったのです。別に深入りした訳でもありませんが、いや深入りする前に今度の縁談が決ったものですから、私の恋はいわば失恋の憂き目という訳合です。脇の見る眼にも気の毒なほど悄気《しょげ》たのは木島という大学生です。これは麻睡剤で自殺しかけて未遂になり今なお病院で療養中ですが、こんな純情な失恋者とは反対に、岸田魚子に最後までいい寄っていたのが、最近売出しているグロテスクな探偵小説挿絵師の筑波吉二郎です。

ところで、あの岸田魚子がどうして殺害されたかというと、それがどうも奇怪なのです。

その時第一の容疑者として小磯検事から取調べられた花婿である文学士、成沢清の陳述によるとこうなのです。

「帝国ホテルで披露宴の済んだのが七時でしたので、それから直ぐこちらに来ましたから、多分九時前にここに着いたと思います。給仕《ボーイ》が晩餐を伺いに来ましたが、別に食べたくもなし、二人とも軽い水菓子を二つ三つ摘んだだけでした。それから二人とも浴室《バスルーム》で一風呂浴びて疲れを落して、この海岸に面した窓辺に椅子を寄せて、遠い相模灘の夜の波を眺めながら、そうですね二時間以上も話したでしょうか。何を話したかって、ですか。色々話したですが、やはり世間並みの新婚夫婦のように未来に対する淡い憧れについてや、沖の夜の景色だったと思います。そんな平凡な話題でしたが、私の心は、数多い競争者から彼女を勝ち得たという喜びでわくわくふるえていました。お恥しい話です。そうこうするうちに、海の沖に烏賊《いか》釣船の漁火が点々と三十ほども並びました。

『もう十二時になりますわ』

ニッコリ笑ってこういった魚子さんの言葉を潮時に、二人はトランクからパジァマを取出して着更えました。魚子さんには死の予感があったのでしょう。

『あたし誰かに付きまとわれているような気がしてなりませんの』

暗い窓外を恐れるように、魚子さんは眉を痛ましそうに歪めて私に擦り寄ってきました。

『馬鹿な、この室には御覧の通り、あなたと私だけでしょう。ね、そんなことは、今の私達には塵ほども考えてはいけないことです。私達は祝福されてあるべきです。感謝しているべきです』

私はかなり興奮していたのでしょう。魚子さんの予感をこうして無下に退けずに警戒していたら、こんな惨事はなかったに違いないと思います。

魚子さんは、私が否定したのを、更に強く否定して、

『いいえ、あたしの予感は確かです。きっと何か不吉なことがあたしの身辺に起りそうですの』

とまで判《は》っきりいったのに、私は、それさえも取り合わず、

『魚子さん、気のせいですよ、さあ、わたしに、しっ

かりお縋り!』

と、いって、魚子さんの体をおもむろに引き寄せたのでした。

誰も侵入の出来ないと思っていたのが私の迂闊でした。鍵穴だって開いているその部屋です。むしろ寝室に入って魚子さんを抱くべきだったのです。ですが、何者かが魚子さんを狙っているなどと、夢にも知らなかった私は、いわば悪魔の面前で、固く魚子さんを抱き締めたのでした。

静寂の幕を垂れたホテルの夜半でした。廊下には勿論、窓外にも人の気配はなく、ただ遠い相模灘の潮騒が遠雷のように聞えていたのを覚えています。

私が新婚最初の接吻を乞うた時、魚子さんの僅かに汗の滲んだ額が頷きました。私は興奮にふるえて、お羞しい話ですが、ぐっと魚子さんの体を反ねらして接吻しようとしたのです。ところがその時にです。魚子さんの体が異様に二度ほどピクッピクッと痙攣しました。そして急に魚子さんの脚がゆるんで体の重味が三倍ほどもなり、私は抱いたまま二三歩蹌《よろ》けました。

寄せた顔を離して魚子さんの顔を見直した私は愕然となりました。魚子さんの顔から見る見る生色が引き去って行くではありませんか。

『どうしたのです、魚子さん、しっかりなさい』

私は彼女の肩を揺っていい続けました。血の気のなくなった魚子さんの唇が、これに答えて何かいいたげに蠢きましたが、それが妙に引きつって歪み、ついに魚子さんの華奢な頸が頭を支え切れず、黒髪の髷は崩れてガックリ折れてしまったのでした。

私は突差に心臓麻痺だと思いました。でもボーイを呼ぶために何回かベルを押しましたが、夜勤のボーイは仮睡《まどろみ》に落ちていたのか一向に来ません。で、もう、矢も楯も堪らず、魚子さんの体を壁際の長椅子《ソファ》にねかして、廊下に走り出たのでした。それが悪かったのです。ボーイを起して、医者を呼ばして私だけ先に引き返して来てみますと、どうでしょう。室の中は土足で踏み荒されて、長椅子にねかしていたはずの魚子さんの体がなくなっているのです。

その時の私の驚愕と落胆はお察し願います。

その時まで私は、魚子さんは心臓麻痺で斃れたとばかり思い込んでいましたのに、ここに至って、始めて、計画的に行われた犯行ということを知らねばなりませんでした。

魚子さんの体はその犯人が盗んで行ったことは明らかなことです。そいつは、私がボーイを呼びに行くのを予期してい、私が廊下に出て行った扉から、合鍵の必要もなく、楽々と入り込んで、魚子さんを盗んで行ったに違いないのです」

この成沢の陳述に対して、小磯検事が、記者に洩らしたところによると、

「犯行の遣り口から見ると、犯人の目的は花嫁を殺すのが目的ではなく、盗み取るのが目的である、また特に結婚式の当夜を狙ったところから見ても明らかに犯人は情痴にからむ動機からやったと断定さるべき性質のものである。

犯人は花婿から花嫁を奪い取るために非常に巧妙な手段で、花嫁を麻睡か仮死の状態に陥れ、花婿がびっくりしてボーイを呼びに出る隙に侵入する計画を立てていたのに違いない。しかもその計画通りに運んでいるのである。

これらから見ても犯人が、岸田魚子をどこへか運び去って、蘇生させ、監禁するのは分り切ったことである」

と、こういっているのですが、事実は検事の言葉は推定の誤れることの甚し、ということが分ったのです。

岸田魚子はその翌日、死体となって、街の真只中に現れたのですからね。また犯人にしろ、動機にしろ、黒白ほどの違いで、全くもって意外なところにその犯人が指名され、犯人によって殺人の動機は明るみへ出されたのでした。これらの証跡は、警視庁の鑑識課の努力に依る前に、次々に事件そのものが持っている破綻性により、縺れた黒白の疑問の糸が、目まぐるしい速さで、自ら解けほぐれたのですから、一面おもしろくもあり、事実そのものがまた、正に一大怪図絵なのです。

2

本日午前零時、貴庁前を通過する客なし自動車を点検されたし、熱海ホテルより失踪したる岸田魚子が乗車しおる予定なり。自動車は恐らく青塗パッカード、車号は４１９なるべし――

以上の無名の速達が警視庁刑事課宛に配達されたのは事件翌日の午後八時過ぎなのです。点字で書かれたその文意は分るが、客なしの自動車に岸田魚子が乗車している……とはどんな意味か、まさか彼女自身が運転してい

る訳でもあるまい……がとにかく木村刑事課長指揮の下に念のため、点検されたのでした。ところが投書通り午前零時カッキリ、タイアの音低く室内燈《ルーム・ライト》を消した青塗のパッカードが通り過ぎようとしたのです。車号は４１９。ストップ。運転手は引き降ろされた。彼は庄内陣一郎という一等運転手の免状持ち、小石川C・R・タクシーの雇いで、勿論岸田魚子であろうはずもないのは分り切ったことです。車内点検の結果大型の支那鞄が乗せてある。

「おい、この鞄はどうしたのだ」

木村課長のこの訊問に運転手庄内の答えはこうだったのです。

「実あ、ほんの今し方、店に紳士の方が見えまして、このトランクを積んで警視庁の前を必ず通ってぐるりと廻って引返してくれ、大至急にだとおっしゃいましたんで、へ、その実は妙なことだとは思いましたが、客切れの時には荷物だって金になりゃ同じことだと思いまして、へえ、その……」

と擦り手揉み手でいったものです。

「その紳士の人相背恰好に年は」

「へえ、その点は、妙な奴だと思ってよく見ておきました。年は五十ぐらいで鼻髭も顎髯もないのっぺりした顔でしたが、眼の白い、耳の大きい男でした。背丈はまあ普通でしたが黒のミルテックスの背広に白の手袋をはめていました。へえもう、そこのところは、夜目にも間違いなく見届けておりますから嘘や詐りじゃない積りです」

木村課長はその時もうトランクに手をかけていました。トランクは難なく開いたのですが、中から出てきたものは案の定、黒髪をおどろに振り乱したパジャマ姿の青い岸田魚子の死体だったのです。

即刻、運転手庄内の証言によって、その支那鞄を依頼した紳士の行方に網が張られました。

一方熱海ホテルで怪死した岸田魚子の死因が、心臓麻痺か、または他殺か、他殺とすれば麻薬死か、でなければ他のいかなる巧妙な殺人法が弄せられたか、その確証を得るために、彼女の死体は夜の明けるのを待って、帝大法医学教室大隅博士の許に送られたのでした。

ここにおいてもまた、例の怪紳士の素姓及び行方が杳《よう》として分らず、刑事課で手古摺《てこず》っているのに反して、一方死体解剖によって、事件は更に新段階に移ったのです。

※

予定は午前九時開始でしたが、大隅博士の都合により二時間遅れ、岸田魚子の死体解剖は、帝大法医学教室で、斯界《しかい》の老大家、大隅博士執刀、小磯検事立会、それに検事局の書記、それに私等（笹田章介はこの教室の助手である）の環視の下で行われたのです。

大隅博士のメス裁きは、いつもながらの見事さで、冷たい解剖台の上に仰臥された岸田魚子の白い胴体は、皮膚が切開され、筋肉が切り外ずされ、黄っぽい内臓が腹外に露出しました。室内には、アルコールの香に交って、死体から発散するあの特有の酸えた異臭が充満していました。

仔細に渡って検視が完了するまでは、ものの二時間も掛ったでしょう。

痩身枯木を髣髴させる白髪の老博士が無想の面持ちで、パタリとメスを置いた。死体解剖は終ったのです。

「委しい点は検案書で報告しますが、大体は今まで、その都度に概略説明しましたように、どこにも致命傷は見当りませんし、変死の原因ともなる内臓の故障もありません」

「では、他殺であるか、否やの判定もつかないのですか」

小磯検事が困ったという顔附で尋ねる。

「既往の、法医学の鑑定法では見当つきませんね」

「困りましたね、あのさっきちょっと聞き落しましたが、被害者の処女性は保たれていますでしょうか？」

「さよう、完全な処女です」

「心臓麻痺の形跡もないのですか」

「ありませんね、ですが、法医学の鑑定法では当然見逃される心臓の状態ですが、定説ではなく、我輩一個の学説より断定を下しますと、今度の犯罪は実に恐るべきものだと思います」

「では博士はやはり他殺だと断定されるのですね」

「いや、断定は下されませんが、なにさま、定法となっている法医学鑑定法を愚弄した殺人法なのですよ、いやいや、愚弄というよりは、むしろ、我々法医学者にとっては甚だ遺憾なことですが、鑑定法の不備な処を如実にこの犯罪が示しているのです。犯人は、鑑定法の及ばぬ巧妙な殺人法を弄しているのです。だから恐るべきものだというのです。普通の場合だと、死因不明なのは、結局心臓麻痺症の名目の下に葬られるのですが、いつまでもその調子だと、犯人はいつまでも同一手段を弄して、その殺人法を用いて次々に人を殺して、我々法医学者の無能を嘲笑して、挑戦を続けるでしょう、恐ろしいことですよ」

「では、博士一個の学説では断定を下されるっておっしゃいましたね」

「下されます、がこれは御承知のように学界でも今なお議論されていることなのでね、我輩の説に対して有力な反対論を持っているのが皮肉にも我輩の愛弟子である矢倉君ですよ、今はもう弟子でもなく、立派に一派をなしていますがね」

「当教室の矢倉了三郎博士ですか」

「さようです、で矢倉にいわせると随分反対もあるでしょうが、この死体で、我輩一個の立場より見て実に不可解なことは、心臓と肺臓が、同時に機能を停止している証跡が歴然としていることです。それに、さっき頭蓋骨内に見ましたように、延髄があんな変則的な型をしていることです。誰にしたところで人間の体にある各器官は多少なりとも変則的ですが、特に延髄があのようになっているのは、非常な危険性を持っていると思われるのです。こんな人は大脳が極度に被暗示性の素質を示すものだといわれるのです。この両者の相関々係につきましては検案書で私説として委しく報告する積りですが、この点より見まして、被害者は何者かによって直接手を触れられず、暗示を与えられてそのまま殺されたのに違いありません」

「としますと、博士、被害者が暗示によって殺害されたという証拠は、刑事上の証拠として提出できますか」

「我輩の持論によると出来ます。人間の心臓や肺臓が睡眠中でも活動しているでしょう。これはその人の意志によって活動しているのでなく、その人の意志外にあることは直ぐお分りでしょう。あなただってそうです。あなたの心臓は、あなたの体の中にありながら、あなたの意志からは独立して生きているのです。考えてみると空怖ろしいことはありませんかね。これらの活動を統制している延髄の機能が人の意識外にあればこそ他人の暗示により征服されるのです。ここが論争の中心であり、両派の分れる処ですが、お尋ねのように、被害者が暗示によって延髄の機能を阻止されたという証拠は確実に示されます、と同時に、暗示を与えた犯人をほぼ指名することが出来るのです。血液型にA、B、AB、Oの四型があるのは御存知でしょう。また、その相互間に輸血の可能な型と不可能な型があるのも御存知でしょう。暗示者と被暗示者との間にも相互関係があるのです。ただ血液型と違う処は、被暗示者は無数に散在しているですが、暗示者は極く少数でして、その中でも特に遠隔の地から暗示を与えることの出来る能力者は、日本でも十人とはいますまい。その中で、この被害者と符合する暗示者は恐らく二人か三人でしょう。その者について当夜の行動を追求されたら、犯跡は明らかに挙ることです」

博士は窪んだ瞼をしばたたいて検事を見た。その時です。足音もなく、矢倉博士が入ってきたのです。悪いところに矢倉博士が入ってきたものだ、何の用にしろ、とにかく両博士の顔合せは私達事情を知った助手等には、困った事になったと、思われたのです。まして、岸田魚子の問題の死体が眼前にあるでしょう。また一論争起らずば止むまいと思うのも当然だったのです。

然るに、のっぺりして眼の白い、矢倉博士の登場によって、事件は最後の段階に登りつめたのでした。

3

大隅博士の眉は明らかに不快そうにひそみました。矢倉博士は一向意に介せぬらしく振舞って、ニヤニヤ笑いながら誰にともなくいったのでした。

「今、小使からちょっと耳にしたのだがね、美しい花嫁さんが、遠隔感応術で殺されたってですね」

そうして、くるりと大隅博士の方に向き直ると、いかにも学者らしくない如才なさで、

「大隅さん、それが事実とすると、明らかに私の持論は敗北ですな、へへへへ」

死体を流し見ながら歩き廻っていたのです。ところがやはり印象は悪くても学者の眼は違います。

「おや、変な心臓ですね」

と出し抜けに呟くと、矢倉博士は死体に寄って行って、胸腔に手を入れて、まさぐり直ぐに、岸田魚子の心臓を摘み出しました。赤糸の縺れのように、肺動脈頸動脈、静脈を長く引いた拳大《こぶし》の心臓を、くるりと廻して、その裏側を即ち背側を、大隅博士に示すと、矢倉博士は再びニヤリと笑って、のっぺりした顔に白眼を見せて、意味ありげにいった。

「どうです、大隅さん、御感想は……」

ちょうど背側に立っていた他の人々には何事か分らなかったが、矢倉博士の正面にいた大隅博士には、その言葉が胸を刺したらしかったのです。矢倉博士の心臓を握

った人差指がそっと動いている処に、銀色の、一本の針が、心臓深く突き刺っていたではありませんか。

大隅博士の謹厳なあの顔が、気の毒なほど、引歪みました。

「どうです大隅さん、御感想は……」

再度尋ねた矢倉博士の態度は私達第三者にも不快でした。

大隅博士はそのまま黙って解剖室を出て行こうとされました。で私は堪り兼ねて、後を追いました。

「先生！」

次の言葉は矢倉博士に対する憤懣で胸が塞って続きませんでした。と静かに振り返られた大隅博士はおもむろに、

「死体解剖は完了したのだ、もう何もいうことはない、笹田、死体は懇《ねんご》ろに始末して上げなさい、検案書は六時までには出来る積りだから、それまでに受取りに来て頂くようにいっときなさい」

といい残されると、枯木のようなその体を、自分の研究室に消されたのでした。

大隅博士が去るのを見届けると、矢倉博士はまだ握り続けていた岸田魚子の心臓を小磯検事に示しながら、

「ここをよく見て御覧なさい」

例の銀針が酷くも突き刺さった処を見せて後、何事かを耳打ちすると、小磯検事を伴って彼も自分の研究室へ去ったのでした。

私は何ともいえない暗い心持に閉されながら、岸田魚子の死体を取片づけると、小使が持ってきた白野薔薇の束を受取り、

「大隅先生が棺の中に入れてやれっておっしゃいましたので……」

の小使の言葉通り、岸田魚子の、寝棺の中にその白野薔薇は哀愁の香を放ちながら、彼女の屍と共に閉じこめられたのでした。

※

「大変です、大隅先生が卒中してありますよ！」

顔色をなくして小使が私の部屋に来た時は、ちょうどもう検案書が出来ている約束の時間だったので、貰いに行こうかと思っていた矢先でした。取る物も取り敢ず廊下を走って駆けつけて見ると、どうでしょう。いつもの研究室の模様とはすっかり変っていたのです。小磯検事も書記も、また矢倉博士も後から馳せつけて来ました。

彼等も一歩、博士の研究室に踏み入った時、等しく奇異なその風景に驚いたのでした。

釣瓶落しの秋の日はすっかり落ち尽くして、窓外は夜風が募り、枯葉が玻璃《はり》窓をハタハタと打っていました。

昼時分からの激務に続いて検案書の作成に極度の心痛を繰返したために卒中したのか、大隅博士は自分の腕掛椅子に凭れ掛ったまま、眠ったように、首をガックリ折って既に事切れていた。私以下教室員の必死の介抱も甲斐なく、博士は突如病虫に蝕まれた枯木の倒れるように、卒中で逝去されたのです。

しかし一つ不思議なことには、博士は自分の卒中を知っていられたのか、博士の机の上には黒枠の額と、岸田魚子の寝棺に送った白薔薇と対の一束と、もえ尽した余燼の線香と、それと、綺麗に綴じられた検案書とが置かれてあった。鼻をつく線香の涙を誘うかおり、私はなぜとなく「大隅博士は卒中ではない、少くとも卒中ではない」と強く思うに至ったのです。

黄色い電燈に照された室内にぎっしりと詰った金文字の洋書と、ガラス器具がもの悲しい香煙の彼方に曇ってあった。

小磯検事は黒枠の額をつくづく見入っていた。それは花環に囲まれた洋装の美婦人の写真なのです。不思議に思って見ているのも検事には無理もないことです。その写真の中の美婦人は、博士がさっき解剖した岸田魚子その人にそっくりだったからなのです。

「笹田君、この写真は、岸田魚子じゃないかね」

小磯検事は尋ねました。

「そうおっしゃれば、そっくりです。ですが、その写真は先生がドイツから帰朝されましてからずっと、そうですね、もう二十年になりますか、この部屋に掛けてあったものです」

「この人について、博士の口からは、何とも話されたことはなかったかね」

「いや、写真と話しているのはよく見掛けましたが、それも極く低い声でしたので何事か分りませんでした。私には別にお話しされませんでした、私からも謹厳な先生のことですし、御婦人の写真を指差してなど尋ねることも出来ませんでした。が、そんな心持も極く最初のことで、それ以来はあっても別に気に掛ったことがありません。何しろ、大隅博士はずっと鰥夫《やもめ》暮しでいらっしゃいましたから……」

「そうか、独身でしたのか、それは初耳でしたな」

小磯検事はそういいながら、その額の前にきちんと置かれた一綴りの検案書に手をかけたのでした。

変り易い秋の空が、星の夜から曇天に変ったらしく、風も吹き募り、窓打つ落葉の音に交って、人気ない帝大の学庭に、遠く近く、幽鬼の跳るような微かな雨脚の音さえ忍び聞え初めたのでした。

こうして、人々の視線の下に、ほの暗い灯影を浴びて、事件の謎を解く大隅老博士の検案書は繰り展げられたのでした。

※

卵色に紺色の縦線の入った報告用紙《レポート・ペーパー》に、ペン字ながらも博士独特のあの達筆な文字で書き連ねてあったのです。

死体検案書とはいいながら、これはまた、第一頁《ページ》から、意外な文字が綴ってある、おかしいなと疑いながら読んでゆくうちに、私等額を集めていた者の胸には、いつとなく、怪しい宿命の糸くりに、空怖ろしい戦慄を感ぜずにはいられなかったのです。

以下がその検案書です。

4

百合子よ、悲しまずに逝ってくれ、

決してこの成行を怨むでない。

こうした処置を取った阿父《おとう》さんは、決して狂ったのでもない、痴《たわ》け者になったのでもない。

お前が生れた時から、ずっと考え続けて、そして、お前が背負わされた呪わしい運命を、どうにかして取除けて上げたいと思ってきたのだが、どうしても不可能だと分ったからこうした処置を取った訳なのだ。決して酷い処置ではない。慈悲の処置なのだ。

まあお聞き、お前には、お前に知らされないお前の過去があったのだ。

お前は顔も知るまいが、お前の阿母《おかあ》さんは、それは美しい、賢い人だったよ。日本では勿論、北ヨーロッパでも、路行く人は必ず二度三度振返って見たものだ。

阿父さんがちょうどベルリンに医学研究で留学していた時、阿母さんはモリッツ音楽教授の許で、竪琴《ハーフェ》の修業を積んでいられた。

お前は新しい教育を受けた娘だから、すなおに分ってくれると思う、阿父さんと阿母さんは、遠く日本を離れたドイツの空で、それは人も羡む恋仲に陥ったのだ。

阿母さんは、日本人クラブだけでなく、ベルリンでもチューリッヒでもミュンヘンでも、それは知らぬ人もない楽壇の花形で、異国人ながらも結婚を申込んだ人も沢山あったけれど、それらの人々を皆拒り続けて、同国人の一貧書生である阿父さんと結婚されたのだ。阿父さんは喜びの絶頂だった。だが、阿母さんは結婚の日から、なぜだか、涙のかわく日とて一日もなかった。それには訳があるのだが今いわなくとも自然に分ってくることなのです。

百合子、阿父さんはそれから間もなく日本人クラブから除名され、クラブに出入りすることを禁ぜられた。

何の訳もなく突如同国人の阿父さんに対してクラブの取った処置があまりに人を馬鹿にした事なので、憤慨のあまり掛け合ったが誰も取合ってはくれなかった。

いえば直ぐ分る某会社の重役で、当時日本人クラブの幹事をしていた岸田弥三郎の如きは、阿父さんにビールのヂョッキを投げつけて嘲ったものだ。

「ええ嬶《かかあ》貰ってクラブに来る必要があるか、除名を有難くお受けして、下宿屋で、嬶の膝でも抱いた方がましだよ、ふふふ」

憎々しげに笑った岸田の顔は今でも忘れない。あの時のくやしさは今でも胸を突いて思い出される。

後で分ったことだが、岸田弥三郎が、全くの私怨から、阿父さんを苦しめたということが分ったのだ。今でも岸田の金力は恐ろしいものだったが、当時でも、彼のいうなりにならない日本人は一人だってなかったのだ。ただ一人、彼の言葉に従わなかったのが、百合子、お前の阿母さんだったのだ。

欧洲戦争後の留学生こそドイツでは実に豪奢な生活をしたものだが、戦前は実に見すぼらしい生活振りだった。だが、阿父さん達の生活は主に阿母さんの収入によって支えられていたのだ。

一九一〇年の春は来て阿父さんは日本へ帰らねばならぬ時が来た。阿母さんも共に日本へ帰る積りだったが、いかにせん、百合子、その時お前は阿母さんの胎《はら》の中で既に八ケ月の生長を見せて、阿母さんは汽車に乗ることすら掛り医者から止められていることだから、まして東洋日本への長途の旅を、医者が許すはずはなかった。

阿父さんは、当時、卑怯のようだけれど、しばらくでも阿母さんを離しておくことは、何かしら不安があって忍びなかったから、大使館を通じて文部省に帰朝延期を依頼した。だが怨めしいことには、ここでも岸田の差金で、それは拒絶され、本省の命令に従わねば、当時助教授であった官職を剝ぐとの返事だったのだ。

生活の途と研究の途の両途にかけて剝ぐとの官命は、阿父さんを苦しめるには充分ではあったが、それでもついに阿父さんはそれを捨てても阿母さんを守ることに決心したのだ。けれどもこの決心は、阿母さんの必死の懇願により、阿父さんの決心はとうとう翻されたのだった。

「妾《わたし》はきっと、身二つになりましたら、東京に帰ります、きっとです、心配なさらなくとも、それだけの用意と準備はありますから」

この言葉を守神として、阿父さんは、ベルリン駅頭で阿母さんと別れ、マルセイユ行の、夜行に身を委ねたのだった。阿母さんは心もち青いあの美しい顔に、微笑みを湛えて送ってくれた。阿母さん以外には、皮肉にも阿父さんを送ってくれた日本人は一人もなく、別離の言葉を心から投げかけてくれた朋輩というのは、みんなベルリン大学で三年間、学問研究で親交を結んだドイツ人許りだった。

マルセイユを解纜《かいらん》する前日、船宿に阿母さんから一つの小包が送り届けられた。それは黒い額縁に入れた阿母さんの写真で、

「妾があなたのお傍に参りますまで、妾の積りで、お傍から離さず持っていて下さいませ」

との一書が添えられていた。青い地中海も、スエズの地峡も、アラビア海も、インド洋も、心はベルリンにおきながら、身は空洞《うつろ》のようになって船室に籠れほうけ、喫う煙草の数ばかり増して、髭蓬々と眼窪んで、横浜の埠頭に押し出されたのは既に青葉の夏の初めだった。

ベルリンで散々虐待された阿父さんも、埠頭では思わず窶れた頬に涙流して感謝に咽んだのだった。旧友は挙《こぞ》って、阿父さんの帰朝を心から迎えてくれた。そして教授への昇進、教室主任への任官が待っていた。

だがこの喜びも束の間、忘れもしない八月の中旬、東京は灼けつく真夏、阿父さんの手に配達された一通の封書、ベルリンからの阿母さんの手紙、いやそれは遺書だったのだ。

それによると、阿父さんも知らなかった阿母さんの秘密が書いてあった。

「……妾が孤独の身で北欧へ音楽の旅に一生を消すた

めに来ていましたのもそのためです。妾の生家です東北の熊沢の、大谷といえば地方切っての大豪農でしたが、父も母も行方不明になったのです、妾は物心つく頃近所の者から、自分の家の血統が癩《らい》系であることを聴かされました、それ以来の妾の死に勝る苦しみはお察し願います……」

阿母さんはこの秘密を残して、お前を産み落すと産後の肥立《ひだち》も思わしからず死なれたのだ。だが阿父さんにはそれは自殺でなかったかと思われる節がある。

百合子、それからお前は誰に拾われて、どこで育っているのか皆目分らなかったのだ。

だけれども、癩系を引くとはいえ、お前は阿父さんに取ってはたった一人のいとし子なのだ。阿父さんはまだ見ぬお前に百合子と名付け、遺書の着いた日をお前の産れ日にして、年毎にお前の誕生日を祝ってきたものだ。春風秋雨正に十七年、阿父さんの地位は、法医学界でも押しも押されぬものになったが、百合子、阿父さんの私生活はいかに荒涼たるものであったか想像に難くはあるまい。この荒涼たる孤独の生活で、せめてもの慰めになったのは、阿母さんを追想することと、それからどこかに生長しているに違いないお前と、いつかはきっと会えるだろうという僥倖とだったのだ。お前に会えたら、阿父さんはどんなに喜ぶだろう、と年々に思って待っていたのだ。ところがだ、実にふとしたことで、お前が、東京に帰ってきたあのベルリン時代の不徳漢岸田弥三郎の邸宅に、岸田魚子として、立派な、豪奢な令嬢の生活を送っていることを知ったのだ。偶然事というよりは、必然のことであったかも分らない。

阿父さんが今更名乗って出たところで、お前は到底信じてはくれまい。またそれが当り前のことである。岸田弥三郎だって、何かの意図があってお前を引き取ったこと、到底お前の前で弥三郎の口を割って真実を吐露させることの出来ないのは火を見るより明らかな事である。戸籍簿もそっとくって見た。弥三郎長女魚子ドイツ、ベルリンにて大正三年五月十九日生れとしてある。だけれども阿父さんは心の中でお前を随分育くんだよ。

そして、お前の姿を一目だけでも見たいと思って色々手を尽した結果、とうとう帝劇にジンバリストが来た時、阿父さんはお前の指定席の隣席に坐る指定席券を手に入れた。阿父さんは、隣席から近々とお前を見た時、阿父さんの心は昔なつかしさにふるえ戦いた。お前は、阿母さん生写しに美しく、神々しく衆人の視線を一身に集めていたね。

お前は隣席に、霜を頂いた枯木のような老人がいたのには眼もくれず、休憩時間になると、集まって来た多くの青年紳士達に擁せられて食堂に入ったね。

阿父さんの喜びも束の間だった。阿父さんは悲しい決心をしなければならないのだった。お前が阿父さんに似て醜貌で、一生貰い手のないほどの女になっていたら、阿父さんもこんな酷い決心を起さずに済んだのだ。だけれども、お前が阿母さんに似て美しく、お前の歓心を買って集まる青年紳士が多ければ多いほど、阿父さんの決心は固くなったのだ。

やがてお前が結婚したら、必ず潜伏期から徴候は外部へ出る。その時のお前の驚愕と絶望とは思うだけでも阿父さんには耐えられぬ。お前の今までの生活があまりにも華やかであるに反して、お前が思いも寄らぬ未来の暗黒だ。人の親として平気でおれると思えるかね。まして、阿父さんは、でなくてさえ、人類の肉体をいかにして完全に純潔に発達させ、遺伝さすべきか、肉体的に人類の共存共栄をモットーとして学究する一医学者なのだから、人よりは進んで、かかる人類の純系を濁す血統は、征服出来なければ絶滅しなければならぬ立場なのだ。

考えて御覧、鈴蘭村等にて後半生を埋もれるのがつらくはないかね。もしこの事実を知ったら、お前はおめおめそんな処に引かれてゆくよりは、お前の気性としては必ずや自殺するだろう。だからこそ親の情として、阿父さんは、お前に知らす前に、慈悲の手で、お前を殺そうと決心したのだ。

だが親子の情にせがまれて、今日にでも、各大学で研究中の癩菌の学者が、病菌征服術を発見しやしないかとの僥倖から、秘密裡に問い合せて、延ばしていたのだが、返辞は総て絶望であった。こうして三年間、お前をどうかして生かしてやりたいと待っていたにも拘らず、とうとう悲しい宣告の日は来た。

それは、お前が、文学士、成沢清と結婚することが決ったのを知った日なのである。

5

同じ殺すにしても、少しだってお前を苦しめたくはない。血も流させたくはない。出来るならば、美しい夢の境地に誘われてゆくような陶酔の中にお前を殺したい。

そうすれば、お前は自分が死んでいるということに気付かず死ぬに違いない。そんな方法はないものか。

それには法医学者のみが知っており、法医学者のみでないと取扱うことを許されぬ麻睡薬があり毒薬がある。その中でも注射用のものは既に阿父さんの考えに反する。残るものは塗布、嗅、飲、この三法である。しかしその中のいずれにしても少くともお前の身近く阿父さんが姿を現さなくてはならぬ。

こうして色々考え果てた後、思い当ったのは京都にいる感応術の泰斗《たいと》来島白山なのだ。あの人なれば、阿父さんが学界を騒がした新説「暗示による延髄の機能を阻止することが可能なるや否や」の研究材料になってくれたんだ。あの人なれば、完全に目的を達することが出来る。しかもあの人に殺人の罪名を負せることはない、というのは、死体解剖は必ず阿父さんの教室に来るし、執刀するのは必ず阿父さんと決っているからなのだ。

阿父さんの決心が殆どこの方法に依ろうと決心したとき、ここに実に思い掛けなかった奇遇があったのだ。

というのは、百合子、ちょうどお前の結婚式の一週間前、お前が知人の紹介状を持って、阿父さんの処に来たことなのだ。

最近胸が時々痛むといったね、町医者では原因不明だから、しかるべき、信用出来る内科教室の権威者に頼んでくれとのことだったね。百合子、許しておくれ、その願いは阿父さんが涙と共に握り潰してしまったのだ。怨むでないよ。お前を幸福にするための悲しい手段だったのだ。

X線でお前の体を写真板に映した結果、阿父さんはお前の胸の痛む原因が分った。だがお前にはその真実は洩らさなかった。

だが、お前が帰る前に、阿父さんがそれとなく尋ねたことから凡そ察しがつくだろう。

「随分前に、釘か針を踏んで怪我した記憶はありませんかね」

お前は美しい頰に片靨《えくぼ》を作って考えていたね、そして思い出したらしく、ニッコリ艶やかに笑って答えたね、

「えええ、先生ありましたわ、女学校の二年の時に、お裁縫室でミシン針を踏みました、けどその時直ぐに校医から抜き取ってもらいましたわ、どうしてそんなことがお分りになりましたの？」

「いやなに、さっきあなたが足袋を脱がれた時に、足裏にちょっと魚の目が見えたからですよ」

「まあ、先生、あれは靴章魚《たこ》ですの」

「はっは、そうですか」

宿命の親とも知らず、お前は阿父さんが渡した一週間分の鎮静剤をハンドバッグに入れて、「この薬を呑んでればよくなりますよ」との言葉を信じて、嬉々として朗らかに、お前は帰って行ったね。お前が廊下から校庭に降りて日除樹の下を歩いて行く後姿を阿父さんは研究室の窓に凭れて見送ったよ。そう、お前は虫の知らせか、一度振り返って、会釈したね、だが、阿父さんの眼に幾十年かの涙が、滲み出ていたのには気付かなかったろう。ましてその涙が何を意味していたか、知るはずもなかったろう。

お前を殺す日は結婚式の夜、しかも花婿の腕の中で、女として一生一度の喜びの中に浸っている時に、夢のように死なせたい……の念願に、ついに目算が立った。で阿父さんも自分の仕事の始末にそれからの数日は忙殺された。

阿父さんも死ぬ。お前だけは死なせないから淋しがらずともいい。二十年、淋しく独り待っていられた阿母さんの処に行って、三人して幸福な家庭を営む日が近付いてきたのだ。

毎日々々こう独り呟きながら今までの仕事をすっかり整理したのは、お前の結婚日の前日だった。

結婚式の当日、お前達一行が日比谷大神宮へ行けばそこへ、帝国ホテルへ行けばそこへ、席にこそ列しなかったが、影ながら、フロックを着た一老紳士が、黒のセダンを乗り廻して後からついて行ったのを知っている？それは阿父さんなのだ。影ながらお前の結婚を祝福するための阿父さんの仕草なのだったのだ。

熱海までの列車でも阿父さんはお前の次の箱に乗っていた。そして阿父さんは、熱海ホテルにお前と花婿成沢君が入ってしばらくして入ったのだ。

そこで、阿父さんは実に不愉快な人に巡り会った。それは誰でもない矢倉君である。何のために先廻りして来ているのか、阿父さんはちっとも分らなかった。矢倉君はそうそうと、姿を消したが、その態度にどことなく陰険な何ものかが感ぜられたけれど、阿父さんは、大切なお前達の夜のために、一私怨は忘れていたいと努力した。

お前達がホテルの13号室の窓辺に椅子を寄せて、喜びに溢れながら睦じく話している時、阿父さんは、遠くからその影を見て、お前を祝福する喜びを抱きしめながら、ホテルの庭を東に西に歩いていた。

月蒼い夜だったね、新婚の旅には相応しい秋の月だった。阿父さんはその月影に濡れながら、時の来るのを待っていた。

沖に漁火がぽつりと浮んで、点々と数増すに連れて夜が更けたね。

「もう十二時になりますわ」

懐かしいお前の声を遠い窓辺に聞いた。振り返って見ると、二人の影は立ち上って、窓は閉められ、窓掛は下ろされた。そして二人の影は寄った。

時来る。阿父さんの胸は高鳴った。

あれまで固く決心したことでありながら、阿父さんの心はゆるいだ。

「自分の娘を殺す痴けがあるか、非人情者！　救え、早く救え！」

胸には早鐘が反響を轟かして鳴った。暗黒に暗んだ視界に銀の針が乱れ飛んだ。血に染った心臓が千切れて狂った。

このまま、放っておいたら、予定していた通り、女学校時代に偶然にもお前が踏んだというミシン針の折れ先八分が、奇蹟にも、六年間に足裏から心臓まで筋肉の中を移動して、今、心臓の肺動脈に移る処を狙っている。よくある奇蹟なのだ。花婿に抱き締められ、同時にお前の心臓が興奮に跳ったら、ついにこの宿命の銀の針は、必ずお前を殺すことを、阿父さんは知っている。

月影乱れた庭の松林を抜けて阿父さんは窓辺に走った。ただお前を救いたい一念からだ。だが、時は既におそく、お前の顔近く花婿の顔は寄って、ああ、一生一度の、記念すべき厳粛な儀礼が行われようとした。お前の頸がガックリ折れた。阿父さんの胸に慄然として氷の刃が走りすぎた。

「百合子よ、許しておくれ！」

阿父さんは合掌した。瞑目した耳に、乱れた足音を聞いた。花婿が廊下へ出て行ったのだ。阿父さんは予ねての覚悟の通り、お前と共に昇天する積りで、毒薬をあびようとした。その時だ、裏庭の廊下から足音を忍ばせて、出て来た黒い人影を見た。見たような恰好だ。と思う間もなく、さっと体をひるがえして庭へ飛び降り、何かを抱いたまま、一散に裏門へ走って行く。阿父さんは、抱かれていたのがお前だったことを瞬時に見て取った。追わずにおれようか。だけれども、阿父さんが裏門まで駈けつけて来た時は、お前の姿は既に待たせてあった自動車に運ばれ、タイアの音忍ばせて去って行った。お前の体を抱いて乗っているその男、それは、阿父さんの、かつては愛弟子でありながら、学説の反対から、私生活にまで目の仇にしている背徳漢、矢倉ではないか。

阿父さんは突差にもしばらくは死んではならぬと決心したのだ。阿父さんが今死ねば、お前の死体の解剖を依頼されるのは矢倉なのだ。純真な学者にならば、阿父さんは喜んでその人の手に解剖を委せてお前と共に昇天したいのだったが、もうこうなってからは、せめてお前を解剖して、始末するまで生きていたいと決心したのだ。

矢倉が何のためにお前を奪って逃げたか。阿父さんは知っている。学者にあるまじき行為なのだ。阿父さんとお前との宿命の関係も知らずに、ただ、阿父さんが、お前を殺す意図があったのを彼は知っていたのだ。彼は、かつて阿父さんがお前を診察した時に写したX線の乾板を盗み見ているのだ。阿父さんはそれを知っている。法医学者にもあるまじく、彼は自分の指紋をそれに残していたのだ。よほど慌てたと見える。

彼は更にお前の体につき阿父さんの意図を確めて後、阿父さんを殺人罪の名の下に、阿父さんの学説と共に社会から葬ってしまおうと企んだのだ。

阿父さんの学説は矢倉輩の小手先で揺ぐものではない。既に阿父さんは、その論文をまとめて、お前の結婚式の前日、阿父さんの最後の遺業として、ドイツ留学時代の恩師、ベルリン大学名誉教授ヘンネベルヒ博士の許に送っておいたから、やがて定説として、世界に発表されるのも遠い日のことではあるまい。

こうした準備があったればこそ、今さっきお前を解剖した時、小磯検事には甚だ気の毒ではあったが、矢倉に優越感を与える機会を作ってやったのだ。矢倉はちょっと、喜んだろう。呵々。

百合子よ！　お前の死体の後始末は、お前がかつての日の純情の恋人、そして阿父さんに取っては幾年来指導してやった第二の愛弟子笹田章介君に、懇ろに頼んでおいた。彼は、阿父さんのこの言い付けに、人知れず心の中で合掌して、お前が生前好んでいたという白薔薇と共に、敬虔と愛とを籠めて、丁重に始末したはずだ。

百合子よ、微笑んで瞑目せよ、

そして、白い死の翼を拡げて、阿父さんと共に羽搏き揃えて静かに天国へ、阿母さんのいます永遠の楽園に昇天しよう。

※

大隅博士の検案書はこれで終ったのです。

小磯検事は、眉一つ動かさず合掌して眼を閉じました。

矢倉博士は頭を垂れたまま上げなかったのです。

※

「私は今でも命日には、先生夫妻とお嬢さんの墓参りに千駄ケ谷まで行くことを欠かしたことはありません」

笹田章介は話し終ってから最後に付け足した。

狐霊

怖ろしき奇遇

一年ぶりに、東京の家に帰ってきた海馬丸の船長金山新介氏は、思っていたより老けずに、美しい愛妻染子さんの顔を見て満足だった。

未だ青春の臭を、眼もと口もとに多分に持っている染子さんを連れて、彼氏は、膨んだ財布を持ってあれやこれやの買物に出掛けたのはその翌日のことだ。

「ね、あたし、銀狐《シルバー・フォックス》の襟巻が欲しいの」

という具合にねだられて、何の気なしに、××屋へ行ったものだが――

八百六十五円……の正札を見て驚いたのは無理はない。だが染子さんは一向平気なもので、もう、あれかこれかと品定めを始めていた。

「ね、これよ、あたしが前々から、こっそり選《え》っていたの。どう、よく似合うでしょう、尻っぽに黒の斑点《スポット》のあるのが可愛いいわね」

肩に乗せてみて、鏡《ミラア》に写して、と見こう見。

「尻っぽに黒の斑点……？　？」

口には出さなかったけれど、金山氏の顔は、何を聯想したのか頓《とみ》に緊張した。彼の眼は染子さんの肩に乗っている毛皮をじーッと見据えていた。

「ね、あたしみたいに皮膚《はだ》が白くって丸顔には、この毛色が一等よく引き立つのですわ、ね、そうは思わなくって？」

染子さんは、環《わ》に環をかけた嬉しさに、十八娘のように浮々した顔付だ。それに引きかえ、当の金山氏の顔には、沈痛の色が張り出した。引ったくるように、その毛皮を染子さんの首から奪いとると、金山氏は、直ぐ裏返えして、狐の喉もとの毛を、指先で分けていたが、

「ふむ、やっぱり、沖田のだ」

と独り錆声《さびごえ》で口走った。

「おい進物用だ、包んでくれ」

呆気にとられている染子さんには頓着せず、売子の鼻

先で、八百六十五円也の小切手をさっさと書き下した彼氏だった。

染子さんは結局四十円級の栗鼠《リス》皮を買わされて、不平ぶつぶつにその美しい顔を膨らませながら、帰ってきたのだった。

出る時の機嫌はふっ飛んで、帰りつくや否や、膨れ切っていた染子さんの風船球が爆発したのは当然のこと、

「あなた、あたしには四十円のを押しつけといて、その箆棒《べらぼう》なの、どこの、どんな女への御進物なのさ、口惜しいッ！」

恰好のいい眉も、眼も、口も、こうなるともう常のたしなみを崩していた。次のひと言、金山氏の言い方によって、泣き崩れるか、摑み掛るか、二つに一つの、天候ますます急を告げる染子さんの気配となった。

だがしかし、金山氏の次の所作を、出かかった涙の中から、見守っていた染子さんの胸には、そんな悋気《りんき》や焼餅は、一片々々と叩き崩されて、更に大きな黒の疑問符が、ありありと投げつけられたのだった。

金山氏は、机に寄って、便箋を繰ると、すらすらと金ペンを走らせ、一応の挨拶を綴った後、こう書いた。

「……さて、同送致し候小包は、愚船長のお詫びのしるしとしてお納め下されるよう切願致し候。もしあのことなかりせば、貴殿のお家内葉子さんを始め、幾多の人命を、あの惨局に落さずに済みしものをと、今更ながら、己の手落にお詫びの言葉もこれ無次第に候。

思えば一年前、樺太《カラフト》国境にて、卑怯漢杉瀬壮五郎の兇刃に、喉をえぐられ、あえなく果てた貴殿の愛狐ロ二号が、美々しく飾られた一片の毛皮となって、銀座××屋の店頭に曝されようとは、誰が思い及ぶ処に候や。

葉子さんが、心胆籠めて育成なされたこのロ二号、せめてこの毛皮だけなりとも、鴻《こう》の舞《まい》の新仏への手向として、共々に、おいけ下さるよう願い候。

愚船長の手落は、一生を以てしてもなお償い足らぬ処に候えども、これにて心境の一端なりとも御察し下さらば幸甚と存じ候」

金山氏は便箋を折り畳んで角封筒にさし込むとその表に、
真岡海員宿泊所気付　沖田男三郎殿と書き下したのだった。

「そいつを小包にして、この手紙と一緒に出しとくんだ」

顎をしゃくって、彼氏はポンと、その手紙を染子さんの膝の上に投げ出したものだ。

「まあ、沖田さんの奥さんって、あの、眉の濃い、すんなりとしたやさしい方でしょう?」

「ああ、潜水夫の女房には惜しい位だったね」

「あの方が、どうして亡くなられたのでしょう」

「殺されたのだ……」

「ええ? ま、可哀想に、どうしてですの」

「この銀狐の亡霊が招いたって言われてるのだがね」

「ま、怖い」

銀狐の包みを恐れるように、染子さんは、膝先からそーっと、それを押し放していた。

「自分のものに買ってもらわずによかった」

独り頷いている染子さんの胸に、その呪われの銀狐を取り巻いて、窈窕《ようちょう》たる美人葉子の姿が、またそれを繞って、男々の暗影が、段々はっきりと跳梁しているのが見え出した。

「どうだ、一つ話そうか」

金山氏は、ホープを咬えて、まぶしそうに、染子さんを見やった。

染子さんは、すっかり機嫌が直って、微笑みながら「どうぞ」と眼で頷いたものだ。

殺さずば……

牡丹《ぼたん》雪がさんさんと、トド松の森に降り積っていた。

北樺太との国境線が、その森の中を東に走っている寒村の安別《あんべつ》の村端れ……。

持病にとり付かれて以来、潜水夫を廃《よ》して、可惜《あたら》三十台の働き盛りを、小さい養狐場の経営に、世をすねた生活をしている沖田男三郎。

丁度その夜も、妻の葉子と差し向いで、紅殻炬燵《べんがらごたつ》を抱いていた。

「今夜は、えろう冷えるね」

「も一枚、真綿をかけたらどう?」

「いや、大したこともねえよ。真綿を出しに立っちゃ、せっかく温《あったま》った炬燵がまた冷えらアね」

「あなたの言うことは、いつもそんな流儀だね」

「悪い了見か」

「いいえ、面白いわ」

ケケケ……男三郎は肩をすぼめて咳入った。葉子の手が曲った彼の背筋を撫で下している。沈黙がしばし二人の間に落ちた。

「それはそうとね、あなた、いよいよ明日、千円ってお金が入ったら、あなたどうする考え？」

「どうするって、お前、予ねての計画通り事業の拡張費に当てる積さ」

「そうね、それもいいけどね」

葉子は、小指で頭髪《かみ》を掻きながら口籠《くちごも》る。

「な、なにかお前にいい思案でもあるのか」

「どう？　あのロニはね、言わば、あたしが育てた狐でしょう」

「うむ、それゃそうだ」

「だからよ、それを手離したお金は、あたしのいいように使わしてくれない」

「使わせないこともないが、一体何に使う積なんだよ」

「真岡に帰るのよ」

「え？　お前がか」

「いいえ、二人で。そしてあなたは病院で療養するのでなくちゃ、あたし、心細いのだもの……」

「莫迦な、あとの狐はどうするんだ」

「居抜《いぬき》のまま、譲ってくれっていう人があるのよ」


話がそこまで掛った時だった。今まで、しーんと静まって、聞えるものはただ雪の積る音だけだった裏の狐舎《こや》に当って、突然、ココーンココーンと不吉な余韻をふるわした狐の叫びが起った。

「あれ、ロニの声じゃないか」

沖田が言いも終らぬ間に、あっちからもこっちからも、騒然と、他の狐の声が上った。次いで見張りにつけている樺太犬の鬼毛が、けたたましく吠え出した。

「ことによったら、この雪に餓えた狼だぜ」

言いながら立ち上って、窓の破れから、裏を覗いた男三郎は、何を見たのか、

「あッ！」

と叫んで、床の間に引きかえすや否や、剣架《かたなかけ》から白鞘を掴み取ると、

「狼なら銃よ！」

と、村田銃を差出す葉子には眼もくれず、裏口と戸をガタピシ開けて、出て行った。

葉子も帯を締め直して続いて走り出た。

狼ではない。月に青い雪の狐舎から逃げ出したのは大きな人間の影だった。一人また一人。一人は小脇に、毛並の美しいロニを抱いて一散にトド松の森へ逃げてゆく。

遅れた一人は、鬼毛に足をやられて倒れかかっていた。そ奴に、追いすがった男三郎が、

「畜生！」

とたった一声。肩先に一太刀浴びせると、血を吹いて、雪を染めて、突き伏せたその男には目もくれず、タタタ……と真一文字に、ロニを抱えて逃げるも一人の後姿目《め》蒐《が》けて、前かがみに、血刀をひっ下げたまま走って行く。切尖からしたたる血滴《したたり》は、点、点、と、月影まばらなトド松の森の中へと消えて行った。鬼毛も主人の跡を追うて走った。

「みーず、みーず……」

雪と血の中に斃れた男は、肩先を手で抑えながら、嗄れ声で、こう呻いていた。

彼女は、憤りと恐ろしさにふるえながら、男の顔を覗いて、吃驚《びっくり》した。

「山崎だ……」

そうとすると逃げて行ったも一人も、うちの人が昔働いていたあの海馬丸の乗組員に違いない。筋張った山崎の手は雪を掻立てながら、

「みーず、みーず……」

瀕死の声だ、その声を間近に聞くと、気一本なだけ葉子の心に女らしい哀憐の情が湧く。

「何か訳があるのに違いない。どうせ誰か上の人から言い含められて、盗みに来たのに違いない。うちの人に斬られて死にかかっている人なのだから、たった一杯の水くらい、とってやったって、人間として、女の弁《わきま》えとしていいはず……」

こうした心が動いた。

裏口に引きかえして、夜寒の水を柄杓に汲み取って、山崎の処まで、歩き寄って行きかけて、彼女は、つと、凍った人のように、立ち竦んだ。

彼女の美しい顔が、真蒼になった。その二つの眼が視線を落している処、斃れた山崎の肩先じゃない、彼が頭を雪に落している二尺前、蛇歯朶《へびしだ》の葉が重なり合って、その上にふっくらと雪が丸みを見せて取囲んでいる処、雪と月の明りに反いて、そこだけポッカリと古井戸のように大口を開けている。それは古く試掘された石油坑だ。

彼女は、地上にポッカリ大口開けたその石油坑の暗闇の中に、蒼白い夫の顔が、突如浮び出たのを見た。その顔は、彼女を見上げながら、悲しそうに呼びかける。

「なにを愚図々々考えている、そいつの肩の傷は浅いのだ、そいつはきっと生き返るぞ、生き返ったら俺を復

讐するのは分り切ったことだ。病み上りの俺に、真正面《まとも》に向って勝味があると思えるか、がっちりしたそいつの骨組を見ろ。頼む、今の中《うち》に、その男を、突き落してくれ。地下何丈あるか底知られぬ石油坑じゃないか。この夜更け、この森かげだ、見ておる者はたったお前一人っきりだ……この通り頼む」

その幻は合掌して懸命に頼む。

「みーず、みーず……」

山崎は気息えんえんとしてなお水を切願している。その唇は力弱くパクついている。

葉子の下唇は嚙み締められた。瞬きもせず、石油坑の大口と山崎の首筋とを見較べていたが――。彼女の柄杓を握った手がワナワナとふるえ出した。柄杓の水が小波紋を描いた。

彼女は歩き寄った。柄杓の先をソーッと差出して、低い、あたりを忍ぶ声が、彼女の唇をついて出た。

「はい、水よ、水よ、さあお呑み」

山崎の耳に、それが聴えたらしく、重たそうな、大きな頭を振りながら序々と擡《もた》げて、手で水を求めている。

「もっと、こっち、もっと、こっち」

山崎は肩で喘ぎつつ、蛇歯朶の雪をパサパサと鳴らして、にじり寄って来る。

「もっと、お寄り、さあ、おのみ」

極度に張り切った彼女の声に誘われて、ぱさぱさとただ水一杯に無我夢中に黒い影が、寸一寸、蠢き寄った刹那。

雪と土塊《つちくれ》のくえ落つる音に次いで、ぱさりと大きく、蛇歯朶が揺れ下って、黒い大きな団影は、空間を落ちてゆく、あのオゾ気のふるい立つ風鳴りを残して、石油坑の口に呑まれて消えた。

ドブーン……地の底の方で、微かにそんな音がした。

「あたしが殺したのじゃないの、自分で、自分ひとりで落ちて行ったの、あたしの知ったことじゃない知ったことじゃない」

しばらくして吾に帰えると、急に怖ろしくなって、震え立つ自分の心に言い含めるように、彼女は、泣きそうな声で口走った。

「うん、そうじゃ、あんたが殺したんじゃなかよ」

狐舎の影から、にょっきり、大きな影を現わして、葉子の後ろに立ちはだかったのは、杉瀬壮五郎だった。

「な、葉さん、あんたが殺したんじゃなか、自分で落ちて行ったんじゃ、そのことはこの杉瀬が生き証人じゃ、安心してええよ」

彼はにやにや笑いながら、大きな顔を寄せてきて、そっと、葉子の撫で肩に手を廻した。彼女の体は冷たくこじけてい、ふるえつつ、彼女の眼は悔し涙を滲ませて、きっと杉瀬の顔を見据えた。

「こいつも一しょに盗みに来ていたのに違いない、逃げ遅れて、隠れていやがったのだ」

彼女は白眼で睨み上げながら、いやらしいその面に唾吐きかけたい思いだった。

怪我の功名を逆に楯突いて、図々しくも杉瀬の片手は彼女の肩を滑り落ちて、背筋を撫でた。

「なにしやがるんだ！　いやらしい」

平手で横つら張られた位で離す杉瀬ではなかった。彼の唇は二匹の蜥蜴《とかげ》のように動く。

「あんたは、騒ぐ積りかな、あんたの一存次第で、このことは大きゅうもなりゃ、小そうもなる」

言いながらその腕に力が入る。

「あんたの亭主は、あの体具合じゃ途中で行倒れか、追いすがった処で逆うちじゃ。な、葉さん、あんたが監獄に行かんで済むか、済まんか、家の中に入って、ゆっくり考えてもらうとしゃんしょうな」

葉子の顔は、大理石のようにその表情を凍らせていた。執拗《しつこ》く離さない杉瀬に抱き入れられながら、彼女は、切羽詰った二つの成行の間に迷っていた。

「この男を口止めするには、たった二つしきゃ詮はないのか、殺すか、でなけれゃ……」

その先を考えるだけでも、彼女の小さい胸には、悔し涙が、無念の涙が、事新しく沸《たぎ》り立つのだった。

×　×　×

ロニを抱えて逃げる男の後を追うて、男三郎は、雪の村を抜け、測候所の台地を駆け降りて荒磯に出た。男の影はふっとそこで消えてしまった。

暗澹々たる鼻先の海に灯を消した貨物船海馬丸が巨鯨のような船体を眠らせている。かつてはその船に乗り組んで、千島や、オーツック海と、得意のもぐりを業として華やかな時代もあった彼だ。一眼で、その船を指名することが出来るのも当然のことだ。

あの男は、海馬丸に逃げ込んだのだろうか。そうとすれば。

海馬丸の船長金山新介の名によって、ロニ買収に四五回交渉に来た火夫の滑川と昔同じもぐり仲間だった杉瀬、それに水夫の山崎。あいつらの口先がどうも変だった。明日取引をするというのでロニを見せ、狐舎の在処《ありか》を知らせたのが悪かった。

「畜生、きっとあいつらだ――」

そう決めると、男三郎は、

「どいつも、こいつも叩き斬ってくれる」

と口走って、荒磯から、船板の桟橋に飛び上るや、ツツーと一走り、勝手知った海馬丸の甲板に乗り込んだのだった。

「誰だッ！」

中甲板のデッキから見下したのは水夫長《ボースン》島村だった。

「島村さん、実は……」

こうこうと、男三郎は口早に事の次第を話して、

「だから、あいつが、あっしの狐を盗んで、確かにこの船に逃げ込んでいます、調べさしておくんなさい」

島村水夫長はじろじろと彼の身のまわりを見下していた。

「俺はもう二時間もここで夜番《ウォッチ》してるんだが、そんな奴ア一人だって入って来ねえよ。お前こそどうしたのだ、刀なんぞひっ下げて、え、血がついてるな、お前は誰か斬ったな」

「番犬に喰い下がられて逃げおくれた男を、バッサリやりやした、今から思うと、どうやら水夫の山崎じゃなかったろうかと思われる節がありましたが……」

山崎の名を聞いて水夫長の顔色が、ちょっと狼狽の色を浮べたが、彼は何故だか、こう意地張って吐き出した。

「山崎はねているよ、誰もかれも居るよ。お前の怪しむような奴は、虫けらだって居やしねえよ、愚図々々言わずさっさと帰ったらどうだ」

「みんな居る？　宜うがアす、もう水夫長にゃ頼まねえ、金山船長に話しまさアね」

「船長《マスター》は病気だ、この真夜中、そんな莫迦げたことで起すな」

「起すも起さぬもあっしの勝手さ」

「何だと？　ふてぶてしいことを言うねえ」

「どっちがふてぶてしいんだ、水夫長もぐるだろう、覚えてろ」

男三郎の頬骨がピリリッと痙攣《ひきつ》って、白眼は殺気が燐光のようにぼーっと燃え立った。

「俺をやる気か」

「ふふん」

男三郎はせせら笑うと、中甲板《ミッドル・デッキ》への梯子《タラップ》へ駆け上っ

た。

「おーい、起きろ！　狂人《きちがい》だ」

狽て出した水夫長は甲板を踵で踏み鳴らしながら、ドンドンとけたたましく船員室の扉を拳骨で叩きつけていた。

×　　×　　×

笹狩ケ丘の彼方で、狼が、夜明の月に吠えているのが聞える。

心も体も憔悴し切った男三郎が、雪の路をまたとぼとぼと、吾が家に引き返えしてきたころはもう逢見山の密林一帯は、薄ぼんやりとした紫の黎明に色どられていた。

杉瀬らしい姿が、裏口から急ぎ出て行ったのにも気付かないほどに、洞《うつ》ろな意識で、男三郎は、表戸をトントン叩いて、葉子を呼んでいた。

暇取って、表の閂《かんぬき》を抜いた葉子は、いつもと変って、黙ったまま彼を迎え入れた。

「誰も来なかったろうね」

男三郎には無意味な、常の癖の言葉だったが、葉子は、恐る恐る、充血した眼で、夫を盗み見て、

「いいえ」

と微かに答えた。

「俺が狐舎の前で斬った男は、山崎のようだったが、お前、あとで顔見なかったか」

「……」

彼女は首を横に振った。

「逃げたな。さては。どっちに逃げたか知ってないか」

「……」

黙ったまま、再び首を横に振った。男三郎は何者にか脅やかされている葉子の肩に手をかけて、洞ろな心で、しずかに撫でてやった。

「葉！　この家は、もう今日限りおさらばだよ」

「え？」

「なにもびっくりすることはないよ」

「じゃ、あなた、逃げるの？」

葉子の心は、恐らく「逃げる」の言葉を期待していたろう。不吉な石油坑、呪わしきこの家、戦いて鳴く狐群の声、すべてを捨てて、彼女は、国境を越えて北樺太へ、カムチャツカへ、とにかく、杉瀬の強迫の届かぬ処、法の手の伸びぬ処へ逃げて行きたかったに違いない。だが、激しく咳入りながら、彼の唇を突いて出た言葉は、葉子にとって、悲しい運命の宣告に外ならなかった。

「もう来る時分だ、駐在所の辺見さんが手錠をかけに来る時分だ。逃げるなんて、そんな卑屈なこたア俺は嫌だ、逃げる必要がどこにある、俺は曲ったことをした覚えは、これっぽちだってあれゃしねえ。真岡に送られて、俺は裁判官に、曲ったことをやった覚えはないから立派に申し開きをするよ。それでも俺のこの心が通じなけれゃ、何年だって構うものか、監獄に行くさ。お天道さまとお前だけが、俺の心を知っててくれるからね、はっははは」

彼は力なく笑うとまた咳入った。

「あなた!」

葉子は、彼の肩にすがった。

「あなた、有難うよ、あたしを信じててね、あたし、何年だって、立派に待ってるわ」

言い終ると彼女は、堰を切って、わっと、咽び泣いた。

「莫迦な、俺に今更、信じててねなんて、分り切ったことさ、葉、泣くな、笑うのだ、俺達だけ横しまなことをしなけれゃ、人斬りだの、気違いだのって、世間がなんて言ったって、そんな後指くらい構うものか。泣くな、泣くんじゃない。葉、笑うのだ」

男三郎は、血のこびり付いた両手で、妻の頰を挟んで仰向けた。

「さ、笑うのだ、はっははは……」

男三郎は、狂ったように笑った。だがやがてその眼尻に、冷たいものが光って滲み出たのを、葉子は熱い、涙を通して、朧ろに認めたのだった。

「もし、沖田さんは居ますね」

佩剣の音を鳴らして、聞き覚えある辺見巡査の声が玄関にした。

× × ×

その翌日、貨物の積み換えを済まして安別を抜錨《ばつびょう》した海馬丸に、沖田男三郎は殺人罪、被疑者として艙庫に監禁され、葉子は参考人として水夫長室の隣室を当てがわれ、それぞれ真岡へ送還されることとなった。

水夫山崎の行方不明、この秘密は、葉子と杉瀬二人の胸中に、それぞれ別の意味で、畳こまれていた。どちらかが陳述しない限り、沖田男三郎は殺人、死体隠匿の審問を受けねばならない訳だった。

× × ×

連日の吹雪に悩まされながら、船足遅々として、海馬丸は、北名好《きたなよし》、恵須取《えすとる》、鵜城《うしろ》、と西海岸を、百八十浬《かいり》、真岡指して南下しつつあった。

妻の倒影

「二歳の牡の銀狐を持ってるって噂だが、売ってくれないか、丁度そいつ位なのを種狐に欲しがっている人があるのだがね、先方は牝だけしか持ってないんだ、よかったら、五百は出すよ、いやかい、六百は、安過ぎるか、じゃ八百出そう、現金払いだ、未だ尠いのか、よし思い切った千両だ、——なんて買いもしねえ癖に気前のいいことを抜かしやがって、糞、うまうまと狐舎を見定めてゆくなんて、畜生、おこぜみたいな卑屈な野郎らだ、どうしてくれるか見てやがれ……」

重油のポタポタと頭上に洩れる艙庫の、アンペラ一枚の上に胡坐かいて、窪んだ半眼を時々瞬きながら、男三郎はせわしく肩で息づいていた。

船がはげしくゆれているのが感じられる。舷側に打ちつけては崩れる濤の音が、どどーん、どどーん、と怪魔の大太鼓のように、頭上から落ちかえってくる。

この艙庫には暗い五燭の光だけで、夜も昼もないが、ただ、舷側にある茶盆ほどの舷窓《サイドホール》から覗かれる海の水の色によって、青い時は昼、暗い時が夜、ただそれだけのけじめがつくだけなのだ。

色々と思い疲れた男三郎は、死の国のように変らぬこの単調な生活の中で、ただ一つ変るもの、舷窓《サイドホール》の彼方を刻一刻と後へ流れ去る海水を、その時も、何となく見詰めていた。だが、それは却ってつらい単調さだった。海水は動いているが、いつまでみても同じで、黄泉路《よみじ》吹く夜風の荒涼さを感ずるばかりだ。

「ええッ、これゃない方がましだ……」

独りごちて、舷窓から眼を外らそうとした刹那、彼は、そこに急速度に走った大きなあぶくを見た。

「おや？　何か落ちたのかな」

思う間もなく、彼はわれ知らず、アンペラから中腰に立った。

それは悲しい偶然だった、呪わしい瞥見《べっけん》とも言うべきだった。

大きなあぶくが続いて二つ三つ走ったのが見えた次の瞬間、黒い人魚の倒影が、いや、白い首に、乱れた流れ髪が、袂をひらひら游がした白い腕が、緋色の襦袢に纏れた二本の脛《はぎ》が、錐揉《きりもみ》のように、よじれながら、しかも、さかしまに、斜に、落ちて行ったのを、近々と見たのだった。

青い海水に瞥見したあの顔、白い顔、それは倒《さかしま》に見た構図ではあったが、「もしや、葉子では……」そう思えば、あの髪の色も腕も、脚も、緋色の襦袢もこの世で一番近々と、知っている葉子のそれに違いないような気がしてならなかった。

夢ではない、幻でもない、生きた眼で、しかも近々と、見た現実の出来事だ。

男三郎は焦躁に永い一夜を悶々と明しながら、早朝、職夫が差入れに来た時、待ち兼ねてこう尋ねたものだ。

「葉はまだ船に乗っておるかね」

「乗っておられますよ」の返辞を心待ちしながら男三郎は居たのに、

「そんな人気付きません、葉って一体、男ですか、女ですか」

「水夫長の隣室に居るはずなんだ、俺の家内だがね」

「さあ、あっしらア、その辺のこたア分りませんや」

知って知らないふりをしているのか、実際知らないのか、雲を摑むような返事だった。

「金山船長は、もういいのか」

「ええ、今朝から、どうやらええらしく、久し振りに今さっき甲板でおみかけしましたぜ」

「そうか……」

船長が恢復した——このことを知ると、男三郎の心は躍った。「侠気の船長だ、きっと、俺の言うことを真にうけてくれるに違いない。俺も、葉も、共々に解放を願うのは、あの船長を除いては外にはない」こう思い至ると彼は、たった一つ身につけた金目の品物、銀の腕時計をはずして、職夫の方へ、細目の戸口から差出しながら、

「頼むから、船長に、沖田が、そうだ、昔この船に潜《もぐ》水夫として乗組んでいた沖田男三郎が、ここに居るから、って、たったそれだけでいい、水夫長や外の奴に分らねえよう、こっそり言ってくれ。お礼にこれ上げるよ、さ、きっとだよ」

「ええ折があったらこっそり耳打ちしてやしょう」

職夫は時計を貰って上って行った。

「俺も、葉も共々に解放を……」と願う彼の期待を裏切って、葉子は、彼が事実瞥見した通り、甲板から、厳冬の北海の波へ、突き落されていたのが後になって悲しくも、職夫の口から、彼の耳へ伝えられたのだった。

誰だか分らない。恐らく、杉瀬か、滑川か、水夫長か、どうせ、そいつらの仕業だ。男三郎は、事一事と、歪まされ、亀裂してゆく己の人生を見詰めて、

「やり遂げずば……」

との一語を、鉄火の刻印で、胸一尺に焼印したのだった。

× × ×

明日はいよいよ真岡に入港するという前夜、更けて、人眼を憚って、見舞に来たのは、色の浅黒い、俠気にぴりぴりしたあの男らしい金山船長だった。

一部始終の話を男三郎から聞いて頷いていた彼は、最後に太い眉をぴくりと上げると、

「病気とは言いながら、大きな俺の手落ちだ。葉子さんの犯人は俺が明日まできっと上げてやる。銀狐のロニって、あの尻ッ尾に黒い斑点《スポット》のあるやつか。どうせどこかに叩き売ってるだろうから、俺がとりかえしてやるよ。山崎の行方だって、事実お前が知らないことなら、俺が引き受けて、心当りを捜ってやる。心配するな、お前はせいぜい傷害罪だ。喜んで、大きな心で監獄に行って来い。葉子さんの犯人は、俺が叩き出しゃ、立派に絞首台じゃ」

「船長、葉のこたア、未だ大袈裟になっちゃいませんから、そのまま、そっとおいといて下さいね、お願いです」

「じゃ、お前は泣き寝入りする気か」

「泣き寝入りでも何でも。その代り、あっしが監獄から出てきたら、もともと通りまたもぐりに雇ってもらえますまいか、そして、その時まで、水夫長と、杉瀬と、滑川と、この三人、船から首にしねえように、お頼みしたいのですが」

必死に頼む男三郎の顔色を、じーっと見ていた金山船長の眼底を掠めた、ある鋭い閃きがあった。

「宜しい、船のことは安心して、お前、体を丈夫にしとくんだぞ」

彼の手を固く握ると、船長は、以心伝心、

「きっと、やり遂げよう！」

と、男三郎をきっと見て、次にニッコリ笑い、そのまま、夜気身に沁むハッチへ、こつこつ靴音寒く登って行った。

× × ×

年の暮を未決監に、明けて正月からの厳冬を真岡刑務所の冷飯草履ともっそう飯に暮した男三郎の身にも、三月となり、四月の声がかかると、草の芽生えと共に、彼の心に更生の喜びが湧き出してきたのだった。

世間は刑余《けいよ》の男と呼ばば呼べ。刑務所から開放された日、彼は直ぐその足で、蟹工船に改装中のはずである海馬丸に、金山船長を訪れるべく、波止場へ、勇躍して急いだ。

さらばゆけ！　男三郎

四月の空はコバルトに霽《は》れ上って、しら雲は、韃靼《だったん》海峡の上空を、ゆるりゆるりと滑って、鉛色の、あのシベリアに、青春をのせて渡ってゆく。

鰊《にしん》船や鱈《たら》船は、港内深く碇泊して未だ帆を捲き上げなかったが、逸早く港を出たのは北海漁業の捕鯨船だった。第二番目の出船、それは、今しも汽笛《ホイッスル》の音も高らかに、白波を砕いて、舳艫《じくろ》相接してゆく樺太漁業の蟹工船六隻だ。朱色の船足に純白の胴体、すっかり改装された海馬丸は、檣《マスト》高く五星緑の社旗をはためかして第四隻目に進んでいる。上甲板《オーバ・デッキ》には、四十噸《トン》の大型発動艇一隻と、モータボート五隻とを登載している。

艫のデッキに、颯爽たる金山船長と肩を並べて、男三郎が、段々低くなってゆく港の景色を、残り惜しそうに見守っている。

潮の香を乗せた微風が、男三郎の長髪を、船長の白い帽子を掠めて吹く。白い鷗が、マストを巡って去来する。男三郎は感慨無量だった。しばらくとは言いながら、船乗りをよして三年、刑務所に六ケ月、そして再び、船に帰った彼には、港を出る時の、あの船乗りの胸に迫る陸への愛着が、今、しみじみと亡妻への愛着と共に甦ったのだった。

「沖田。えらいむっつり、黙りこんでいるようだが、寂しいか」

フイと、金山船長が、笑いながら、白い手袋の指先で、彼の肩を叩く。

「いや、船長、やもめになると事毎に気が滅入って駄目でさア、はっはは」

男三郎は、腕組みして豪快に笑ってのけたものだ。

それから幾日幾夜。海馬丸は僚船から離れて、蟹の漁場指して北へ、北へ、平穏な航海を続けた。

その後、泊居、久春内《くしゅんない》、古丹《こたん》と、沿岸に沿うて、毎日毎日タラバ蟹の捕獲が行われた。上甲板の職場では、朝から捕獲された蟹の脱殻作業に忙しく、蒸煮されて日暮前には、大漁の日で半封度《ポンド》詰八打《ダース》一箱で四百箱以上が船艙へと運ばれて行った。

鵜城湾外に碇泊した日のこと。

伊皿《いさら》山には未だ朝の棚雲がうっすらと一筆引いていた。いつものように、母船海馬丸を離れた大型発動艇江差丸が、網を捨てながら西北方《ノースウエスト》に半弧を描きながら沖まで去った後を、雁行していた四隻のモータボートが、頃合を測って、その網を引き廻しながら母船へと曳航していた時だ。

四隻のモータボートが、U字型のまま行進を止めてしまった。続いて江差丸から海馬丸に、赤白の手旗信号が次の報告をなした。

「網が曳けず、暗礁に懸った形跡あり、急遽潜水夫の派遣を乞う」

それから十分と経たぬ間に、クレンで捲き降ろされた第五号モータボートに、沖田、杉瀬の二潜水夫と六人の助手が乗組んでいた。

網の懸った海上に第二号艇が浮んでいる。そこに第五号艇がつくと、沖田、杉瀬の二潜水夫は、すぐに兜式潜水服で武装し、エア・ポンプの調節が成ると、ロープにぶら下りながら共々に、うねり高い波の下へ、徐々に姿を没し去った。

海面下十二尋《ひろ》。ゆるやかに揺れる透明なエメラルドグリーンの液体の中に、細い影を、さながら海蛇のように、百足虫《むかで》のようにうねらして跳っている昆布、あおさ、てんぐさの林の中に、男三郎と、杉瀬の足先はかすかに着いた。足もとには、網に曳き寄せられたタラバ蟹が、兜蟹が、尺に余る泥色の鋏ガシを拡げて、がさごそ群って逃げ口を見付けている。こんな景色は男三郎にとっては別段珍らしいものではなかった。

彼は右の方へ、杉瀬は左の方へ、網の底を手繰りながら、暗礁にかかった個所を求めた。二人の間が五間《けん》と離れぬ時だったろう。

ごーんごーんと水をふるわして響いてきたハンマーの音を男三郎は聞いた。杉瀬が暗礁の角を割って網を引き離そうとしている。だが水中でふるうハンマーの打撃は微々たるもので、暗礁の角はそうたやすくは割れない。短かい潜水時間だ、杉瀬はかなり焦り気味にハンマーを打ち続けた。

それを傍から見ていた男三郎の顔に、押えても押えても浮び出てくる皮肉な表情、赤い羊肉を出されて、針金の髯を蠢かし、舌舐ずりを繰りかえす山猫のそれだ。

彼は、腰のハンマーに手を廻し、藻にすべる足を踏みしめて、暗礁の上を大股に歩き寄った。

ひょいと、杉瀬は手を止めて振返った。明らかに敵意を見て取って彼は身構えた。

「バカナ、スギセ、カセイシテヤルノダ」

お互に言葉の通ぜない潜水夫同志が、手ぶりで話す言葉を、男三郎はハンマー持つ手先で綴って見せると、兜の中で笑って見せ、杉瀬に背を向けて、ごーんとまず一撃、暗礁をぶん擲った。続いてそっと杉瀬の様子を見ると安心したらしく、これも蹲って仕事に取掛っていた。

「時は来れり！」

男三郎は心に絶叫して立ち上った。だがその時、ぴゅーん……と物凄い水鳴りさして、二人の身辺に襲来した北海の怪魚が……、

二匹三匹四匹……七尺の怪影は入り乱れて彼等の頭上に餌を求めて渦巻いている。渋団扇のような胸鰭、白い胴腹、代赭《たいしゃ》に灰色のまだら鱗を光らしている虎鮫。その一匹が、ぐいと体を曲げて水を切ると、胸鰭を拡げたまま、ガスと喰いついた。水中に、なよなよと垂れている送気管杉瀬の兜上四尺の処だ。虎鮫は尾鰭を左右に烈しく打ち振りながら、そこを喰い切ろうと焦っている。

色を失った杉瀬が、ハンマーを物狂おしく打ち振る。だがハンマーは届かない。交尾期に入った虎鮫がどれほどの狂暴さを持っているか位は潜水夫仲間では周知のことなのだ。

男三郎は、自分の兜上を警戒しながら、狂っている杉瀬の姿を見ていたが、虎鮫の白い錐歯《きりば》が、いよいよ送気管に突き刺ったのを見た時、男三郎の血は逆流した。

「杉瀬！　助けてやるぞ！」

口にこそ叫ばなかったが、彼は一跳ね二跳ねロープを伝い登るや、身を躍らして、虎鮫の開いた口の中に、真一文字にハンマーを突き刺した。そして、「杉瀬を至急引上げよ」と信号管から波上の艇内に知らせた。するすると引き上げられる杉瀬の体を巡って、七尺の胴体を水中にのた打たせて、虎鮫はハンマーを咬えたまま錐歯の根から血を吐き、海水に紅の糸を流していた。

暗礁から網を離して、男三郎が波上に頭を浮べた時、誰よりも先立って、一番に手を差し延べて艇上に彼を引上げてくれたのは、杉瀬だった。

「沖田、有難う！」

命拾いした杉瀬は、卑屈な人相をも、心からの感謝に漲らせて、

「今まで、疑ってすまなかったな、勘弁してくんね」

その眼尻には、光る玉さえ浮べて、固く彼の手を握り続けた。

「……」

男三郎は何も答えなかった。握られた手を軽く握り返えして、冷やかな微笑が、彼の口もとを掠めただけだった。

×　×　×

その夜、水夫長室で、杉瀬、滑川に盃《グラス》をさされながら、男三郎は、双瞼《めもと》を薔薇色に染めていた。滾々《こんこん》として汲めども尽きぬ味わいの、密造酒の香りは狭い室内に充満して、すっかり打ち解けた三人の手先は、「さあ、おめえだ」「おっと、おれにささせろ」とやり取りに忙しかった。

酔い半ば、ふと杉瀬の口を滑って出た、

「おい、たまには葉さんの夢にゆり起されるこたアねえかい」

「ふふ、葉さんは物凄エくらいの別嬪《べっぴん》じゃったからのう」

滑川の合槌。男三郎は手先を振ってゲラゲラ笑い出した。

「莫迦な、おめえ達ゃ未だ瘡がとれんと見えて野暮臭えこと洩らすじゃねえか。諺にもあるじゃろう、面に惚れる小僧、情にほだされる若僧、三十越しての朝寝坊ってのう、はっはっは」

「うーむ、その朝寝坊の仇はどこの何奴《どいつ》なんだ、えー」

と杉瀬、

「旭町の玉振楼《ぎょくしんろう》の、札一番の、たちつ、のツの字の、ははは、分ったか、あのツの字のしっぽりした子さ、はっは」

と男三郎、

「えれえ、手廻しが早えの、その男っ振りじゃ、お稲荷さんだって、赤い鳥居かついで血の道上げらアねえ」

扉が開いて、船長室に用達に行っていた島村水夫長が帰ってきた。

「大分はずんでるな」

「水夫長、ネタを上げれゃ実アあっしが引かせてえ子があるんでさア、一つ今度港に帰《けえ》った時、一肌ぬいでも

らいてえっとかねがね思っておる次第なんですがね」

男三郎は言いながら盃を唇に傾ける。

「お、初耳な、よかろう、二肌も三肌もぬいでやろう、沖田、お前も仲々砕けてきたな、話せる話せる」

「水夫長、唄いやしょうか、ほれ、トントン蕃椒《トンガラシ》ようもーない、色は黒うてもあおし柿イ、渋は抜けたか、まだやろか……」

密造酒の瓶口をぶら下げながら、薔薇色の眼もとを細めて、笑顔に崩れて、男三郎は、節面白く上げたり下げたり歌い続けた。

× × ×

それは鵜城湾を北へ去る六十五浬の、日蘇国境の沖合でのこと。船から東を眺めると、国境の密林を背景にして、蜿蜒《えんえん》連る八十米《メートル》の段丘《テレース》の影に寂れた一漁村が、その肩に当る丘の上に白ペンキの気象観測所が、一幅の巻絵を繰り展げたようだ。

春浅い国境のその一寒村、一抹の薄墨に似たその十里の密林、それは男三郎にとっては、肝を抉ぐり、肺腑《はらわた》を千切る思い出の、あの安別の天地なのだ。

この国境地帯の山が、林が、ただ紫の一色に黄昏《たそが》れる頃、西の涯には、親潮黒潮の混流で深い霧《ガス》が垂れこめ、赤い大日輪がしずしずと焼け落ちて行って——

子船は総て母船に釣り上げられ、一日の労働に疲れた水夫や職夫らが、中甲板の船室に入ってきて、貪ぼり喰った晩飯後の、港々のあの女《こ》の話、この女《こ》の噂も終らぬ中に、一人二人と昼の疲れのためにごろ寝して、鼾《いびき》が次第に数増した。船艙蓋《ハッチカバー》から吹込む夜風は、脂臭い毛布を渡って、彼等の褪せた頭髪をかすかにふるわし、換気筒《ヴェンチレータ》へと抜けてゆく。

安別の荒磯から見たら、艫の赤い灯だけを残して、総ての円窓の灯を消した海馬丸の巨大な船影が、病鯨の浮いているように、海明りの中に朧ろに眺められたに違いない。

男三郎も、昼の深海作業に、ぐったり疲れた手脚を投げ出して、泥のように眠りこけていた。

何事も起らなかったら、翌朝銅鑼《どら》に夢破られるまでは、睫毛一つ動かすのではなかったが、真夜中。

彼ばかりではなく、全乗組員の円かな夢を叩き破ったのは、船底に当って轟然と響き渡った怖ろしい震動だった。続いて船体が、右舷に揺れ、左舷にゆれ返し、また右舷に揺戻って、ぐっと傾いてしまった。

深夜の甲板にけたたましく鳴り響く銅鑼の音。全員が飛び起きた時には、消燈されていた電燈はすべてつけられ、傾斜した甲板を何事か慌しく言い交わしながら走ってゆく船長や一等運転士、機関士《エンジニア》等の悲痛な声が流れた。

甲板から戻ってきた者が、色を失って模様を話した。

海馬丸が流氷に乗ったのだった。

取敢えず錨は切られたが、切りに行った石炭夫の綱場、水夫の伊勢、山田、篠崎、火夫の滑川、横田の都合六人の者は、錨鎖《チエン》に巻き込まれたまま、海の中に墜落したというのだ。

六人の乗組員をまず錨と共に喰らった流氷は、みしりみしりと竜骨に、秒一秒くい込みながら、やがては船諸共に全乗組員を海底に葬ろうとしているのだ。

黙々たる北洋の怪物、この天然の恐怖、冷たい死の両翼で海馬丸の腹を抱き上げながら、海流のゆくままに、南西南《サウスウエストサウス》へ押し流している。

「潜水夫上舷！」

の命令は下った。右往左往している職夫達の間を分けて、杉瀬、次いで男三郎と、梯子を登って上甲板へ上って行く。

海上は深い霧《ガス》だ。この霧を突いて、S・O・Sの汽笛は囂々《ごうごう》と響き、電信室では真岡の海救部に無電の釦《キイ》が忙しく叩かれている。

「沖田は左舷《レフトサイド》、杉瀬は右舷《ライトサイド》だ、沈んで船の喰い込みを調べるんだ！」

男三郎と杉瀬は浅海用のマスク式を被り、水中電燈を携えて、両舷から各々釣り降された。霧の底から、妖魔の寝返えりのようにうねり上ってくる黒い怒濤、傾いた舷側を嚙んで幾千万の燐光を投げ散らして砕けてはまた霧の底へ姿を消してゆく黒い怒濤、その構図の中に、脚、下半身、次いで上半身、最後に頭と順次に、二人とも呑まれて行ってしまった。

四分間。やがて、殆ど同時に上ってきた両潜水夫の報告は一致していた。流氷の角度は凡そ二十五度、その斜面に竜骨の喰込みが三間で、六間は乗っていると。

その報告を受けた金山船長の眉間には、憂慮の皺が一つ一つ深く刻まれていた。

「仕方ない。今夜は徹宵して綱場以下六人の海中捜索だ。船は明朝まで流そう。離氷作業は夜の明けると共に取掛るから準備万端整ておけ」

それから夜明まで、転落した六人の死体捜索が行われたが、夜ではあるし、霧は深し、錨鎖に巻かれたまま海底に沈んだのか、遂々一つも発見されなかった。

焦躁と不安の一夜は明けた。

深く立罩《こ》めていた烟霧は黎明とともに、濡紙を剝ぐように一重二重と薄れて、遥か東方、逢見山頂の残雪を輝かして太陽が昇天しかかった頃は、頭上高く、紺青の空さえ見え出した。

全員は僅かに愁眉を開いたが、それも束の間のこと。

「船長、あれゃまた流氷のようですがね……」

舳から走ってきた一等運転士が、北の海上を指差した。その指の差した処、鉛色の波の起伏の只中に、また一つ、硝子《ガラス》色の小山がぽっかりと浮いているのが見える。

「あの距離、あの頭の大さじゃ、もう下の方は間近かに迫ってますぜ」

彼の声は唖気を切らしている。金山船長は唇を固く結んだまま、眉一つ動かさず、望遠鏡で新たに現れた流氷をじっと観察していたが、ふいとその手をおろした。

「沖田！　杉瀬！」

彼等二人が前へ出たのを見ると、彼は錆声に力を籠めて言った。

「もう間ぬるい離氷作業をやっておる暇はなくなったんだ。あの氷山に挟まれるのは時間の問題だ。それまでの間のお前達二人の働きにこの船と、乗組員の運命は繋《かか》っているのだ。沈め。ダイナマイトは用意してあったね。六本ずつ持って、舷側四間の処に、五尺おきにぶち込むんだ。いいか、分ったね」

その命令が伝えられると、甲板の上下は正に戦場のそれであった。舷側四間の個処に十二本のダイナマイトを同時に爆破させる。高層のビルを根こそぎ崩壊させるその爆破偉力。流氷がうまく爆破して船が離氷出来るか、さもなくば、流氷が砕けなければその反動で竜骨が飴のように反りくり返って、次に来るものは破船だ。乗るか反るかのこの重大使命を帯びて、彼等二人はマスク式をつけ、水中装塡用ダイナマイトと鑿孔器《さくこうき》、ハンマー、石綿を携え、緊張裡にその胴体を生命綱に巻かれたのだった。

「しっかりやってくれ！」

船長のこの声を最後として、彼等二つの体は右舷と左舷に分れ、ただ、言葉無く見送る同僚幾十人に別れを告げて朝日に輝く波上に白い泡立ちを残して、その姿を見る見る中に没してしまった。甲板では曲柄式二気筒複働《マガラしきダブルシリンダー》エア・ポンプが慎重に動かされ、通信管《サウンドパイプ》の周囲を船長を始め乗組員が、その成果を銘々の胸に祈りながら取囲んでいた。

一方、海面下に没した男三郎は、滑る氷の斜面を四ン這いながら、歩数で四間と測って竜骨から遠ざかって行った。

波に乱れた太陽光線が、緑の海水を潜って斜面で乱反射し、屈折して、七彩の虹を惜し気もなく放射しているさまは、これこそ海底の氷宮殿で、男三郎とは言え、生れて始めて見る美麗極る光景だった。

氷の面にマスクを寄せて見れば、流氷の中に閉じこめられた赤や紫や茶の、色も形も千種万様の海草が、海の神秘を囁きかける。

男三郎は足場を見付けると、氷の斜面に坐り込んで孔隙《こうげき》をうがち、ダイナマイトを挿入し、次々に石綿で導線だけを残して密閉した。自分の仕事を済ますと、彼の心にまず浮んだことは杉瀬のことだった。

「お、あいつの首尾を見届けてやろう」

呟きながら、竜骨を巡って右舷へ這い出た。

男三郎は、自分の眼を疑った。

彼の視界に現われたものは、この世ながらの、妖魔の手によって繰り展げられた、あやしくも麗しい地獄秘図だった。


ギラギラと七彩の玻璃《はり》色に光りきらめく氷の乱反射を身に浴びて、その斜面に脚場を取られて夢遊病者のようにふらふらと蠢くごとく、踊るがごとく、手を振り、脚を動かしている潜水服の大きな黒い杉瀬の姿そのものもグロテスクだが、しかもその黒い彼が、焦りながら、摑みかかろう摑みかかろうと焦ら立っているその七彩の氷の透明の中。

夕顔の花模様のぼけた紫錦紗《きんしゃ》の裾を引いた美しくも妖しい女が踊っているではないか。引き解けた臙脂《えんじ》の帯に、胸もとはたるんで、そして、長い袂を打ちふりながら、白玉の腕をさしのべて悲しい呪いの舞を繰返えしている。肩に流れ巻いた緑の黒髪、細く見開いた双眸、秀でた鼻筋、くっきりと朱《あけ》に、紅椿で押しつけたような唇がほころびて、ちょっぴり覗いている右の糸切歯……。

このなよやかな女の体に戯れるように、幾十とない燐光色の狐火がぽーっぽーっと散ってはまた明滅している。コンコンコン声は聞きとれぬが、白銀色の毛並美々しい尾長狐が、赤い眼尻を釣り上げて、喉から滴る糸血で手先を染め、招き手をして、啜るがごと、泣くがごとく、白い女の背後で跳ねている。

やがてこの尾長狐の幻は掻き消すように消えて、その踊る女の姿だけは、幻ならぬ現実としてなお氷の中に残っている。

男三郎は我を忘れて茫然と四ン這いになったまま動かなかった。いつとは知らず、見上げていたマスクの裏で、褪せた彼の頬骨を、ハラハラと伝う冷たいものがあった。

悲しい舞を繰り返えしながら、氷宮殿の中に凍てついている妖しくも麗わしいその女は、男三郎でなくても分るであろう、半歳前、厳冬の夜、海馬丸から姿を消した彼の、ただひとりの愛妻葉子その人なのだ。

黒い影を蠢かして杉瀬がハンマーを翳した。やっと足場を得た彼が、氷の斜面に第一撃のハンマーを打ち入れた。彼は狂ったように第二第三と打ち続けた。

そのハンマーの打ち砕く氷の中には、丁度葉子の高く翳した右手が何やら布を振っている。

「おお!」

男三郎は思わずマスクの中で叫んだ。彼の眼に間違いなければ、その片袖は、杉瀬が多年着古した、見覚えのあるあの麦色に縞の走った作業服のそれだ。

争って突き落された時、その片袖は葉子の手に掴まれたまま千切られたのに違いない。葉子の体は、溺死体となって厳冬の北洋を漂流する中に、どこかで海氷に封じ込められたのであろう。そして永い北洋の結氷期の間、氷の中でいつかはなつかしの夫に巡り合う日の来るのを待っていたのに違いない。けなげにも愛狐ロニの狐霊がこり固って、彼女の身辺を護っていたのだろう。いや、ロニの狐霊が、その執念の糸を手繰って、葉子の仇であり男三郎の仇であり、そして自分の仇である杉瀬荘五郎を招き寄せ、次に男三郎を呼んで復讐を歎願しつつ、その狐霊はどこへともなく澎湃《ほうはい》として散じ去ったのだろう

——男三郎にはこう信じられた。ただ海氷が溶けて、氷山となって、海流に乗って南に流れ、偶然にもこうした機会に遭遇したのだとは、どうしても思われなかった。

男三郎の手足の血管を、血潮が憎悪の赤い火華を散らして駆け循《めぐ》り出した。静かに葉子を顧ると、彼女は凍てついた今なお、命あるもののように、右手高く翳げながら、

「殺したのは杉瀬ですよ、早く、一刻も早くむすぼれた怨をはらして下さい!」

と無言の絶叫を投げかけながら、復讐を歎願しているではないか。

ゴーン、ゴーン、ゴーン、ハンマーは響く。彼が撃つその音は、さながら、彼自身の最後を悲しむかのように、

自分を墓穴に送る葬送の鐘を撞くかのように、海底に響き渡った。

「畜生！　死に際の悪い男だ、ダイナマイトの孔は一つだって作らずにか、葉がそれ持って浮いてきた時の証拠を恐れてのつぶしの積りか、はっは、勝手にやりやがれ、このしゃれこうべが」

船からは「上れ」の命令が繰り返えして来た。新たな氷山の足が音もなく徐々に迫ってくるのが海水を透して男三郎の眼に見え出した。船でもいよいよ間髪を容れず爆破を決行する積りだろう。矢継早《やつぎばや》に「上れ」の命令が来た。

胸の坩堝《るつぼ》に、今黄赫《こうかく》の火炎を吹いて燃え狂う憎悪を冷やかなただ一瞥にこめて、汲々としている杉瀬の背筋へ投げると、彼は「諾」と通信管に送った。

するすると捲き上げられる彼の体。

杉瀬にそれから幾度「上れ」と命令されたか分らぬが、返辞は「も少し」と重った。

その度毎に男三郎の両眼は爛々と燃え募った。遂に彼はつかつかと船長の処に歩き寄った。そして海中の次第を伝えたのだ。

金山船長は顔色一つ変えず頷いて聴き終ると、周囲を顧みて言った。

「杉瀬潜水夫は氷の裂罅《れっか》に下半身を喰い込まれている。沖田潜水夫が救い出そうと努力したが、遂々その甲斐もなく、時はもう海馬丸の最後にまで切迫してきた。どうだ、今から沈んで行くほどの勇気者は居らんか……どうだ、居れば、マドロスの誇りだ、海馬丸の運命を賭してもやらせるぞ」

寂として答える者はない。

「はっは、じゃ杉瀬の運命は天に委せるぞ、生きて浮べばよし……」

「船長……」

おろろ声を上げたのは今まで蔭の方に匿れていた島村水夫長だった。

「お前が沈むか！」

「い、い、いえ、その……」

「取乱すな、島村、見苦しいぞ」

きっぱり言い切って、時計の秒針を追うていた船長は、やおら面を上げた。引き締った唇を出た凛たるその命令。

「爆破！」

金山船長は緊張の中にも自若《じじゃく》として男三郎を振りかえり、その右手を握ると、静かに、ダイナマイト爆破の釦を押させた。躊躇した男三郎の指が、船長の手をかすかに浮かせると、その時、ぶつぶつと独り口嘯《くちずさ》んで、虚無の想念に瞑目すると、強く強く釦は押されていた。

全員が固唾を呑む一瞬間――

轟然と天地をとどろかす水音に、瞼を開いた男三郎の眼に、物凄くも天に冲した六大水竜が写った。潮しぶきが全甲板を吹き払うと、さしも傾いていた海馬丸は、じわりじわりと自ら浮き直った。

同時に、

船尾に当って、再生の音も高らかに、推進機の音が響き渡ったのだった。

「船長！……」

男三郎の声は詰った。ほうり落ちる男涙を拭おうともせず、沖田男三郎の手は金山船長の手をガッシと摑んでただ無言。

「沖田、感慨無量か、お前の前途はなお春秋多しだ、忘れるな」

握り返えした船長の手を、またも固く固く握り締めて、沖田男三郎は金山船長の顔を不動のまま凝視し続けた。

×　　×　　×

一言も喋らずそこまで聞いた染子さんがそっと指先で眼頭を抑えて、

「葉子さんの体はきっと浮びましたわね、杉瀬のは潜水服を着けてるから浮ばなかったでしょう」

「ああ、そうだ」

「水夫長はどうしましたの」

「小樽辺で泥揚船に働いておったが、つい先月だ、脳梅毒で発狂して、槇山病院に押し込められたって噂を聞いたよ」

「あなた……」

「なんだ」

「感謝するわ」

「ふふ、栗鼠の皮でか」

「いいえ、沖田さんの奥さんに代ってよ……」

染子さんはうつ向いて口の中で、

「女は女同志だから……」

と呟いた。

金山新介氏は黙ったまま、空ろな眼で何か考えていたらしかったが、ふと手に棒をなして消えている煙草の灰に気付くと、指先ではたき落しながら、何かしら深い溜息をもらした。

地獄絵

暴風圏へ！

「風向がはえに変ったようだえ」

「ウム、この雲行じゃ夜明前に一暴風《あれ》来るぞい」

赤いカンテラのたった一つ、チラチラと燃えているR坑山口の不寝《ねずの》番所である。

坑夫の弁《べん》と角《かく》の二人は起きて空模様をみていた、が車座になっている外の者たちは疲労の半顔を赤い灯影に照らされて、あるいは坑木にあるいは鶴嘴《つるはし》に仕繰棒《しくりぼう》に、身をもたせかけて鉛のように重だるく転寝《うたたね》のとぐろを巻いている。

「安《やす》、あれ見い、ボタ山の空が焼けてるぞい」

「どれ……」

「狼煙《のろし》じゃねえかい」

首を捻って南の方角だ。累々と連っているボタ山の空が赤く焼けている。

（警官隊の登って来るのが見えたら狼煙を揚げろ）

と言い含められて、坑夫の安と高《たか》と連《れん》の三人が、ボタ山の監視所に交代して行ったのが四時間ほど前の、午前零時かっきり。

「ね頭領《とうりょう》、見てごろうじろ、たしかに狼煙のようには見えますがね、あの火の手はバカに広いじゃござんせんかい、え」

弁が声かける。一癖者の頭領、マイトの徳は、うたたねから醒めて、ライオンのような頭髪をゴシゴシ掻きながら、猪首《いくび》を南の空へ仰向けた。頬骨深く嚙みこんだ赤黒い刀創がひきつって、部厚い瞼の中から白味がかった眼がその方角へ動いた。

「フム、狼煙にしちゃ、ちっと火の手がひでえぞい」

怖《お》っそろしいだみ声だ。挺子《てこ》でも動くまい不敵な物腰をもった男だ。

彼はやおら胡坐《あぐら》を組みかえた。毛脛を摑んでじーっと眼を据え火の動きに注視している。火の手は野火のように刻々と拡がっているらしく、空の雲まで赤くやけて見えた。

「きっかい至極だぞい……」

先ほどまでは、ダイヤの屑を一面にバラ撒いたような星空だったのに、今はムクムクと群った積乱雲が南の方権現《ごんげん》山の峯から真上へと天を蔽うてくり出してくる。その下遥かに、夜明前の夜露に光って蜿々《えんえん》と起伏しているボタ山の頂に丁度鐘撞《かねつき》堂のような監視所が、真赤に焼け爛れた空を背景に、墨絵のように建っているのが見える。連と安らしい黒影が、その頂に立って、こっちを向いてしきりと鶴嘴をふっているのが、豆粒ほどに、しかもはっきりと見える。吹きつけて来る風も相当に強いらしく、彼等の着ているダブダブの労働服が蕭条《しょうじょう》と払われているのさえ、手にとるように見えた。

しきりと鶴嘴を振っていた二人のうち、ポッカリ一人の姿が消えてしまった。

「ヨウシ、張《ちょう》！」

「えい」

マイトの徳に呼び寄せられて、鮮人の張は巨大な体を恐縮さして出てきた。大きい平べったの顔には不釣合なほどに小粒な眼を、善良そうにパチつかせて徳の顔を伺った。

「おめえの早足の御用立だぞい、一走り行って様子を見届けて来い」

褒められて一役ふられ、張は喜んで韋駄天《いだてん》走りに飛んで行った。がほど経て、帰ってきたのは張ではなくて安だった。

安の報告によって、さすがマイトの徳ものっぴきならぬ形勢になってきたのを察したのか、顎骨にぐっと力の籠ったのが見える。

安の言う処によると、火の手というのは彼等が揚げた狼煙でもなんでもない。ボタ山の遥か向う、彦山川を中に挟んで、真須田免の出端れにあるおやまの別荘が焼けているというのだ。

おやまの別荘というのは、R坑山の所有者鍋山沢二郎が避暑用に建てたもので三棟もある豪壮な建築物なのだ。

明らかに放火であるという。明盲目の若い夫人（礼子）が、火事のドサクサにまぎれて誘拐されたというのだ。

夫人は当主沢二郎の令閨《れいけい》であるが、先代の家付娘なので、つまり沢二郎は入婿という筋合に当る。夫人は四五年前、ふとした患いがもとで霞目になって、どう治療しても重る一方で、今では生れもつかない明盲目だが、脇の見る眼には、夫人の両眼は前より一層うるんで黒々と澄み、あれでどうして見えないんだろうと不思議がられるほどに、美しくパッチリ見開かれている。かてて加えてそのあでやかさには、男心を持つほどの者なら、貴賤を顧みないで心を傾けずにはなんでおれようかと噂されるほどに、下世話にいういい女なのだ。

当主沢二郎は炭坑のイザコザで隣市の鉱山監督局に出頭して前夜からの留守中だ。留守宅にいた男は書生二人に執事一人だが、執事は何分の老体で、自分一人避難するのがやっとこせ。外はみんな女手ばかりで上下女中合せて四人に、小間使一人、看護婦一人、それに礼子夫人だったのである。何分避暑生活中の別荘なので手薄の難はまぬがれぬが、それでも訳あって請願巡査の一人は表の家に泊めてあったのだ。

安は火事場に駆けつけて間もなく引っ返してきたのだが、高は例の気前だので、誘拐された夫人の跡を追うて行ったままなのだ。

その時の前後の模様を、庭先で取乱しながら口走っていた看護婦お貴美の言葉をかりて、簡単にお伝えするとこうである。

「三時頃一度お厠《かわや》におきましたんで、それからうとうととしていた時分なんですの。裏のしろ（秋田犬）がひどく吠える、どうしたんだろうってねながらも気にかけ気にかけいましたとき、お台所の方から急に人の騒ぐ物音がしまして『火事だ火事だ』といっているのをはっきり聞きました。ハッと思って飛び起きました時は、もう火の手が大分廻ったあとでした。木のはじける音が身近にして襖の間や、欄間から、黄色い煙の巻き込んでくるのが見えました。

私は直ぐ奥様のことが胸に来ましたの。寝巻のまんま、お隣の屋敷へ転げこみました。白い蚊帳《かや》の中に、奥様はお静かに坐ってありました。電燈はもう点かないんです。『奥様、火の手がもうそこまで廻ってます、さ、お連れしますから……』蚊帳を潜って奥様のお手を引いて、急いで廊下に出ました。庭へ出るより外に逃げ路はない、こう決心しましたので、急いで雨戸の落しをはね上げようとしていた時です。もうもうと廊下の向うに渦巻いている煙を突き破って三四人の消防手が馳せつけて来て『こっちへお逃げなすって、外の逃げ路はもう駄目でっせ』とさも親切気に奥様をかかえるようにして納戸の戸を叩き破って出て行くのが見えました。私もその跡を追うて庭へ出たんですけど、もうその時は、奥様の姿も、あの親切気な消防手の姿も見えないのです。その時私の側へかけ寄ってきた太田さん（書生）が、放火だ、奥さんはどうした！　って怒鳴られたので、はじめて誘拐ってことに気付いたのです。

　何しろ飛び起きて一瞬間のことですのですっかりあがっていたのがくやしくてくやしくてなりません」

　とこういう顚末なのである。

「じゃ高はそのまま行ったんかえ」

　徳は脛の毛をむしりむしり尋ねた。

「奥さんの連れられて行った方角なら、秋田犬に嗅いで行かすれゃ訳ないことだって、書生も言うし、女中も言うし、そこであの気性の高のことでさアね、ようし、俺がとっかえして進ぜる、みんな安心しろ、って心配顔の書生や女どもの前で大見得をやりましてね、書生が落ちていた奥さんの腰紐を秋田犬に嗅がしながら跡を犬の鼻をたよりに高のやつ、とうとう行ってましたぜ」

「フム……」

　とやおら腕を組みあげて、徳は考えた。

「安、お前もその足で、高の行った方角に当りをつけて行ってみな。お前もお女中衆の前で立会って話きいたのなら、片肌ぬがにゃ済むめえ、二人で手に負えねえようなら、この俺もぼちぼちと乗出してくれらア」

　安は徳のこの言葉を押し戴いて、それからすぐスッ飛んではって行ったが、梨の礫《つぶて》。人の星なんてものはいつどこで凶と出るか全く判ったものでない。

　夜が明けても昼になっても、そしてまた次の夜となったが、とうとう高も安も、あの元気な姿を番所に見せなかった。

「大したことでもあるめえて、安う買うたが、ことによったら、な弁に角、案外根張った事件かも知れぬぞい……」

　敵なら十人や二十人叩っ斬っても眉毛一本動かさぬ徳も、子買いの乾分《こぶん》が一時に二人もふっ飛んでみると焦り心も胸にせき上げてくるのだろう。爪を噛り噛りカンテラの灯影に赤く浮いた半顔をこっちに向けて、気遣わしそうに、弁と角とを顧みた。

　遠賀川《おんが》を溯って十里、彦山川流域の田川炭田五百六十余万坪の一角に、狼煙をあげた坑山労働争議の火の手が、丁度野火のような勢で燃え拡って、奥田川に君臨しているR坑山千二百の坑夫どもが、一斉に鶴嘴を抛《なげう》って地底にもぐり込んでしまった日から数えて、丁度この日は十七日目に当っていたのである。

土地の駐在所では納まりは見込立たずだ、県特高課と鉱山監督局の調停係から乗り出しがあったがいっかな駄目、そのまま睨み合いの対勢で持久戦となって、経営者側は石炭需要の各工場から火事のような催促にせめ立てられて四苦八苦始めた時だし、坑山側では坑夫の大世帯を抱えて生活の窮乏が萌《きざ》してきて、いよいよ今日爆発か明日蜂起か、さもなくばそれを未然に防ぐために大警官隊の乗込みがあるか、と噂とりどり、一抹の暗影に彦山川一帯が重苦しく塗り潰されたままその日も、遂に日暮前に迫っていたのだ。

離反者の脱出、切崩し手の潜入、この二つを警戒するため、坑口の番所に陣取っているマイトの徳以下地上監視隊は、地下籠城《ろうじょう》組の晩飯の炊出しに、彼等の嬶《かかあ》や子供等を手伝わせて、そして坑内への搬入がひとかたつくと、連日連夜の疲労のために直ぐに車座になって、坑木や鶴嘴に重い体をもたせかけたが、誰一人として、鼻先の握り飯へ手を伸そうとする者はなかった。体は岩のようにガッシリした者揃いだったが、気力はその顔色と同じように鉛色に沈淪《ちんりん》し果てていた。

その日も暮れようというのに、高も安も帰っちゃ来ない。正気の人間が二日間呑まず食わずで野歩きするはずはない。生きているのなら、自分で帰って来れなきゃ、なんとかたより位はよこすのが当り前だ。乾分思いの徳が気遣っている位分らぬ安でも高でもない。

心配そうにかたく瞼をとじたマイトの徳の、頬骨に嚙み込んだあの赤黒い刀創《かたなきず》が、その夜は気のせいかハンマの弁には赤黒くはぐれているのではないかと疑うほど無気味に見えた。じっと考えていた徳が、フッと両瞼をあけた。うつろなその光、ブルブルッと獅子のような頭を振った、魘《うな》されたように口走ったのを弁はきいた。

「うむ……」

徳のうつろに光った眼は、薄暮の空に逃げてゆく通り魔の姿を追うている、そのように弁には見えた。

「畜生！　おいら、千二百の命を、のろう奴が、陰で、陰で踊ってやがるなッ！」

不気味にその声はふるえていた。

「頭領……」

気味悪さに弁が何か言おうとした時だ。平坑夫の禄《ろく》があたふた息せき切って番所にかけ込んで来た。

「頭領！　どえれえこッてっせ、あの高と安とがさ……」

車座の者は一斉にその方を向いた。

闇の蠱惑《こわく》

「あの高と安とがさ、蟇《がま》になっちょる……」

禄はこう注進に及んだのだ。

「腕ッ節自慢のあいつらが、蟇になり腐るって、とんでもねえ、そげな阿呆けた話があってたまるかい」

角は無理にも強がりを言ってはみたが、顔色は真っ蒼だった。弁も唇を紫色にしていた。さすがマイトの徳は顔色にこそ出さなかったが顎をしゃくって言った声は極度に張り詰めていた。

「どこでだ、蟇になってけつかるなア、え」

「へ、その、なんでも旧坑口の中じゃとの話で、真っくら棒でようは分らんが、高と安が眼ン玉ひんむいて蟇になっちょるて話でげす」

「てめえは行っちゃ見ねえのか」

「冗談じゃねえよ頭領、十五年この方蝙蝠《こうもり》よりゃ外にゃ巣喰うちょるものもねえあげな処に、ノコノコ出掛けてごろうじろ、あっしもまた蟇にされまさアね」

「フム……」

徳は鼻先で意気地のねえ野郎だ、と言わぬばかりに、ジロリと禄を睨みつけると、そのまま瞼を伏せてしまった。

一人として口を切るものはなかったが、その沈痛な顔を見ただけで、みんな同じ思いに耽っていることは知られた。

「あっしが行って、真か嘘か当って来やしょうかい」

ややあって小頭《こがしら》の角が、伺い立てた。

「危ねえや、へまをやっちゃまたおめえも蟇になるぞい」

ポツリと切って徳はまた考えている。

生きるも死ぬも、御承知のように、頭領の首の振り方一つで万事決する鶴嘴稼業。それだけ我武者羅《がむしゃら》な乾分を整然と動かすのは並の度胸と骨では出来ぬ。が一旦こうときめたら岩でも山でも地響さして崩さずにはおかぬマイトの徳。顔の刀創は彼の度胸の金看板、甲羅から脇腹へ入り乱れたドス痕は彦左ほどの生やさしいものとは、てんで桁違いだと乾分共は言う。

マイトの徳の黒眼が光を湛えて上半眼に坐った。乾分共はそれを見て彼の決心のほどを知って血の躍るのを感じた。

ズバリと徳は口を切った。

「愚図々々してちゃまただれかが必ずやられる、よしッ！　俺が行こう、角、弁、それに鎌《かま》と張、ついて来い、な張、てめえの力自慢の役立つ時だぞい」

出羽嶽《だけ》そこのけの張は、例の体には不釣合なほど小粒な眼を善良そうにしばたたいて、特別目をかけてくれる頭領に、片言交りで何か言いたげに口を突っ張らせている。

徳はそれを流し見ながらやおら立ち上った。後手をして腰をドンドン叩いて、次に指の骨をポキポキ鳴らした。腰の縄目をキリリと締め上げて、磨ぎ澄まされた手斧を右手に軽々とひっ下げた。

「どうせ百斤ボタをひんのけにゃなんめえからの、鎌と張は仕繰棒一本ずつ、角と弁は小鶴嘴でよかろうぞい」

それから後に残った小頭の甚《じん》に、

「甚、あとの見張は頼んどく」

こう言い残して、彼と乾分達は出掛けた。

黄昏《たそがれ》前から襲来していた夕立は遠退いて、雨足ははるか権現の彼方の山なみに去っていたが、蕭条と日暮れる一帯の薄闇を裂いて、思い出したように名残の稲妻が蒼く峰や早瀬を照らしていた。次いで山一つ向うの豊後の山なみから夕立後の夜空をどよもして遠雷が響いてくる。颯々《さつさつ》と吹き払う雨後の夜風に、無数の黒い枝先が招き手をして蠢いている杉林の岨路を分けて、五人の者は脚もとを安全燈の赤い光に照らしながら、旧坑への路を急いでいた。

欧洲戦争の好況時代に、幾十万噸《トン》の黒ダイヤを吐き出して、一世の栄華を先代の坑主に謳わしたR坑山の旧坑口は、掘り尽され、見捨てられて以来春風秋雨十五年。今はその当時の面影を偲ぶよすがもなく、堆く積み上げられた灰色の大ボタに囲まれて、無心の大口を薄暮の空に開けているさまは、廃墟などと形容するよりは、地獄道への獄門、とこう言った方が適切に見える。その獄門へ、

「心を締め上げて来なよ」

とダミ声で後の者に言いおいて徳は真っ先に踏み込んだ。四人も次々に呑まれて行った。

徳はむっちりしたまま真っ先に進んでいる。ついてゆく四人の顔は段々硬張ってきた。

十数年来人の通わぬ旧坑道を、こうして進んでゆくことは、地下の下水土管を潜ってゆく位の騒ぎじゃない。

いつなんどき崩落るかも分らない危っかしい古洞だ。ヒヤリと苔臭い冷気が襟首を舐める。朽ち果てて、ボクボクにうとけた坑木を手触りにゆくと闇に浮いて見えた白茸がポロリポロリと手応えもなく足もとに落ちてくる。

足音に驚いた蝙蝠が、喉首を絞められたような、あの悲鳴を上げて逃げてゆく。

こうした闇をしばらく進んでいる中に、

「安がおる！」

先頭に立っている徳の声がした。

「え？　安がですかい……」

「おう、可哀そうに、安の奴が……」

詰め寄った者達が翳《かざ》し合った安全燈の光に、視界が大きく円くボーッと明るくなった。

「うむ、安だぞい、安だぞい」

「蟇か、やっぱり……」

「どん畜生だい下手人は……」

一面わかめのような苔が濡れ蔓《はび》こっている鼻下に、大の男が百斤ボタを背負ってひしゃげているのだ。

「安！　こうまでなるたア星の廻り合わせとは言いながら、よほどのことに違いねえのう。意気地もねえ涙なんて出しやがって、こんな情けねえもの、露ほどだってこぼすんじゃねえぞい、安」

徳は骨太い手を差し伸べて安の亀裂《ひび》の入った頭蓋骨をなでてやっている。

「泣くんじゃねえ、心おきのう往生しなよ、な、安、おめえの言いてえことは俺にゃちゃんと分っとる、おらアがみんなで、仇はきっと討ってやるぞい……」

徳の瞼はしばたたいていた。手の甲で涙ばなを押しあげる気配も影の方でした。

間もなく、

「呀《あ》ッ！　あばたの高がいまっせ頭領！」

誰かが叫んだ。

「どらどら……」

押し合いへし合い、更に一間《けん》ほどの奥に、あばたの高がこれも百斤ボタの下敷になって蟇をきめこんでいる。高の頭にも亀裂が見えて、脳味噌だろう、腐り豆腐のような黄白いものがはみ出ている。安はうつ伏せにひしゃげていたが、高は仰向けに虚空を摑んでいた。

乾分二人の無残な死に態に直面して、さすが徳もしばらくは言葉もなくじっとうなだれていた。ただ張一人が、何やら片言交りでブツブツ独言を繰り返し繰り返し、あの大男が太股をパラパチ叩いて哀号しているさまは、笑おうにも笑えない悲しい戯画であった。

こうした深い憂愁に閉ざされながらも、

「早うこの百斤ボタをこじのけて高と安に軽い思いさせな」

という徳の言葉通り、彼等四人はその取除けにかかっていた。

つかつかと徳は更に奥の闇へ踏み込んでゆく。ひっ下げた手斧が底光りを見せている。

「頭領、危いでっせい」

小頭の角が眉をしかめて呼び留めようとする。

「おやめなせい、崩落たらどうしますい」

「……」

「頭領！　危いでっせい！」

「……」

徳は答えず行く、ふりかえりもせず。角の禿眉はいよいよ歪んだ、泣き声にも等しい声で、

「頭領ッたら……とうとう行ったぞい」

ガッカリして彼は右左を顧みた。

奥の方から、

「危いのは覚悟の前だえ、どうやら、この奥の方からおれを招く奴があるぞい……おめえらも、百斤ボタの始末がついたらな、一人が番して、あとは急いで随いて来てみろい、ええかいな」

もうその声は細い余韻を引いて闇の中に吸われた。徳の黒い影はボーッと幻のように安全燈の光に包まれて、豆のように縮小し、刻一刻、地の底へ落ちて行った。

歩数にして幾百歩洞穴《ほらあな》の闇を進んだ頃だったろう、ふと気付くと、マイトの徳は、たった一人で闇の中に佇んでいる自分を知った。カンテラを前にさげると後の天井に、黒い大きな影法師が立つ。カンテラを背後に廻すと、鼻先に黒入道が立ち塞がる。何でもないことだけれど、あまりの静けさだ、あまりの闇の深さだ。怖《もの》じしないでも恐怖心は人間の本能として胆の陰に蠢いているのは誰でも同じだ。

「おおッ、寒いぞい」

思わず口走って今更しみじみと自分の体を見返ると、冷汗が凍ったのか洞穴の露が落ちたのか全身水滴に蔽われて、霊気はソクソクとして膚に迫る。

古鏡のように澄み切った徳の耳に、どこからともなく、チロチロチロチロリーンリン、と妙なる音が聞えてきた。

「フム、なんぞいな?」

猪首をねじって彼は闇の天井を仰いだ。灯影を深く宿した徳の顔が、奇怪な皺を引きつらせて会心の笑いを洩らしている。

「ほほう……」

感じ入った吐息だ。何を彼は発見したのだろう。

闇の天井に一面匐《は》い繁っている繊細な苔の葉末に、水滴が凝縮して硝子《ガラス》玉の簾をかけ連ねたように下っている。水滴が相寄って細い葉なみを走り伝うときに、チロチロチロと銀の小玉を転がすような奇しくも妙な韻律を刻んでいるのだ。玉となって苔の葉末を離れて闇の中を散るときに、丁度法燈ゆらぐ下に振る金の鈴のように、チロリーンリンと耳朶を擽《くすぐ》ってどこへともなく闇の底へ沈む。

徳は心を奪われて永いこと茫然としていたが、その雫の囁きに織りなして、空怖ろしい音の響いてくるのを知った。

ドドドッド、ドドドッド、

あたかもそれは柩の蓋を木槌で閉じるような重苦しい響である。眼尻を突き上げてくるような暗い悲しい音である。しかもほんの鼻先からその音は伝わってきている。

徳は見極めがつかず焦立ってきた。呼吸が迫ってくる。とその鈍重な音もそれに連れて高鳴ってきた。

ドドドッド、ドドドッド、

訳の分らぬ魔影の囁きに脅迫されて、灯影深い彼の醜面からは見る見る血の気が引いた。彼は筋張った手先に力を籠めて、やたらに闇の中をまさぐり始めた。

「でろい、誰じゃい、俺様をおどろかすのは、え、え、出てみろい」

言葉は鷹揚だが、彼の唇は硬張っていた。掴めるものはただ闇の冷気だけ。とうとう彼は両手で耳を蔽うてしまった。がその音は不思議にもなお一層はっきりと聞えてきたではないか。

「バカな、バカな」

突如、徳はそう呟いて、ゲラゲラと大声に笑い出した。その声は天井の低い穴洞に二重三重に谺《こだま》する。

「バカな、此奴《こやつ》だな……」

徳は自分の胸を大きな手の平で押えた。

「ハッハッハッ禄でもない、気が滅入ると余計な奴まで嚇《おど》しやがるぞい」

手の平に応える心臓の音を笑いながら、柄にもなく顔を崩した。元気付いた彼は更におくすることなく進んだ。

闇の不可解な物音の謎を解いてしまった彼は、それから妙に心が躍って、

「もうなんにも怖えものはあるめえての」

我と我身に言い聞かせながら、自分でもおかしいほど大手を振ってオチニイオチニイと、大将の金ピカを着た少年のように、胸をぐいとそねらせて、誰も見ていない闇の中を進んだのだった。

自分の跫音《あしおと》も、苔の雫も、自分の息使いも、心臓の鼓動も、聞えるものはみんな彼の得心のゆく音ばかりとなった。不可解なものは一つもなかった。

ところがだ、勇みに勇んで彼が二丁ほども更に進んだ時だ。今度こそはさすがの徳も、完全に唾気を切らして、棒立ちになってしまった。今更とってかえす訳にも行かない。進むも退くも遠い闇の中。安全燈の光は石油が切れかかったらしく、吸われるように灯暈《ほかさ》が細まっている。

遂々、彼はじーっと蹲《かが》み込んでしまった。

行く手の闇の底から、ウワーウウワーウと咆哮する谺がしてくるのだ。

彼の耳にはどうしても納得出来ないどよもしなのだ。無数の人声のようにもある。だが生きた人間の声ではない。

その物音を譬えたならば、あのダンテの地獄篇。罪業の老幼男女の亡者共が、底無しの沼に呑まれて、のた打ち廻って、浮び上ろう上ろうと濁水に無為に摑み縋りながら、呑み込んだ水を吐き出し吐き出し救いを求めている、あの無明の騒声。あれが今ウワーウウワーウとどよもし、渦巻き、押寄せてきたのだ。

徳ほどな剛愎な男も、動くことが出来ず蹲み続けていた。

急に背後に光が射した。角と弁と張の三人が追い付いて来たのだ。

「おッ！　頭領、ここにお出やしたか……」

「気遣いやしてな、もう」

てんでに冷汗拭きながら言う。

「叱《し》ッ！」

徳は、振りかえって三人の口を制した。低声《こごえ》に言いながら平手をふった。

「あの、怖ろしい音が聞えるか、何だと思う……」

彼は立上ろうともせず、首を伸ばして、闇の中にきき入った。

踊る卑怯者

それを突き止めようと決定したマイトの徳は、再び立ち上って真先に進んだ。

その不気味な騒声は次第に身近に迫ってきた。角がビリから追い言葉した。

「何でがアしょうね、頭領、奥の方で滝でも落ちとるのかも分りませんぞい」

騒声は、高くまた低く、陰風に乗ってどよもして来た。段々と近付く。歌声のように聞えてきた。

無数の人間が地底で歌を唱っていることが分った。節低い合唱だ。戦に敗れた傷兵の群が、雪崩《なだれ》を打って、国歌を合唱しながら国境指して遁走してゆくような哀調に、その声はふるえている。その歌声をよく聞くと、
けいかんの――

　はーたをみよ
しかばねの――

　きずきなす
とりでに――

　ひるがえるみよ
物悲しいその唄声は更に繰りかえされた。徳等四人の者は胸をつかれて黙って聞き入った。

荆冠の――

　旗を見よ
死屍の――

　築きなす
砦に――

　翻る見よ
彼等に取っては神聖な労働歌だった。誰からともなく無骨な大手を合せて、歌声のする方へ合掌していた。

「分ったか、角弁張、同志だ、同志が勝敗を天に委せて、正々堂々と戦い続けとるのだ、結束を固めて歌うておるのだぞいッ！」

「分っておりやす!!!」

しばらくは誰も無言だった。

やがて歌声は、闇に吸われて消えた。

「みんな眠るところでがアしょうな」

「そうかも知れねえ」

「じゃ一つ、今から乗込んで、みんなを励ましてやりやしょうかい」

弁はもう感激に胸《むね》堰《せ》かれてムズムズしておるらしかった。

「待て、それは後でええ。おいら監視隊の役目は何ぞい。同志の命を完全に見張ることじゃねえかの。ふむ、歌が聞えたことに別に不審だと思当るふしはねえだか」

徳は三人の顔を順々に見た。

「え、ねえだか、考えてみなよ、俺らが入って来たのはどっからだ、旧坑じゃろう、同志が籠城しとるのは新坑だてことは知っとるじゃねえだか。旧坑に入ってきた俺らに、新坑の底で唄う歌が聞えるからにゃどこかに必ず抜け穴があるに違いねえぞい」

「……」

「そこでだ、臭えことがあるぞい。俺は先の旦那の時から働いて坑内の路はようッく知っとるが、前までアそげな抜穴はなかった。誰かが掘ってけつかるのだ。どこからどういう具合に掘り抜いてやがるか、ランプを突きつけて天井を調べてみな。十五年前に掘った跡と近頃鶴嘴を入れた処たアズブの素人《しろうと》にだって見分けはつくはずなんだ、それからなんか臭えものがあったら迂闊に見逃しちゃならねえ、ただで抜穴掘る莫迦もいめえからの、必ず下心あってのことだ。掘った奴が分りゃ、そ奴が臭え、絞め上げて口を割らすれゃ、高のことも安のことも、また旦那の奥さんのことも分ってこようぜ」

注意しいしい彼は更に進んだ。坑道を調べてゆく中に、彼等は意外な犯跡を発見した。

旧坑と新坑は明かに連結されていた。がただそれだけではなかった。

旧坑が廃棄される前までは、坑道はそこで行き詰っていたはずの地の底が、新しく仕繰られてなお奥へ続いているのだ。五間や十間どころの騒ぎじゃない。その坑道はなお進む。R坑山の採掘鉱区の境界線を突破して、鉱業法によって国家が各石炭鉱区に対して保証している地底の城壁「十間々隔」を大胆にも打ち砕いて、隣鉱区のS坑山の石炭層に深く突込んでいる。しかもそれが盲目滅法な掘り採り方で、坑木一本支えるでなし、手当り次第に石炭を追うて行った実に危っかしい不敵な遣り口なのだ。

「餓鬼垂れ！　生命知らずでけつかるッ！」

徳は片頬に皺を寄せてペッと吐いた。

「角弁張！　あらまし察しはついたろうの」

「……」

「この態だ。盗掘した奴が居る。盗掘だぞい、お前も知っちゃいようが、おいら稼業仲間じゃ、斬ったの突いたの殺したのっては、時と場合によっちゃ恥しいこっちゃねえな、仁義の立前からにゃ顔披露《かおひろ》めることさえある。が一番卑しめられてるなアこの盗掘だぞい。測量違いで、まかり誤って人さまの鉱区に侵掘してさえ小頭は切腹して旦那にお詫びしなきゃならねえ義理がある。手前ら平坑夫らにゃ分らねえかも知れねえがな、侵掘した時にゃ、その下手人の小頭や坑夫らに、罪が下るのが理《わきまえ》だが、お上の鉱業法じゃな、その下手人はお目こぼしで、何の罪もねえ旦那の肩に何万何千万って賠償金がかかってくるのだ。粕屋のだて最近のことだ、あれの賠償金は二千万円だぜ、こいつアお前らも知らねえこっちゃあるめえ、新聞にも書かれるしな。

　このお上のお目こぼしをええ面の皮にしくさって掘ってやがるのが、そ奴だ。どこの何奴《どいつ》かお前ら心当りはねえのかな、え。鉱区境いを根こそぎ掘り尽して、十間々隔を突いて、今おいらが立っとるここは隣鉱区だぞい、四尺炭を掘り出した跡なんじゃ。何町位グリグリ廻ってきたと思う？　え、十六町はたっぷりあるぜ、田川炭じゃから五千噸は盗ってやがる、そうだな、採炭や仕繰の入費を引いた処でじゃ、目の子で四万円にゃなる、そいつを溜めこんで北叟笑《ほくそえ》んでやがる畜生こそ、陰にけつかる卑怯者なんじゃ」

　乾分共の六つの眼も義憤に光っていた。

「お前らまだ察しがつかねえのか、俺にはボンヤリながらそ奴の手繰る糸が見えてきたぞい。どうじゃ、話してやろうか。というのはだ、この掘り跡から見ても分るじゃろう。半年前に手をつけたもんじゃねえ、近頃の石炭景気に目をつけやがったそ奴の仕業なんじゃ。この分じゃものの二年もすれゃ二十万や三十万の身代を作るなア濡手で粟よりお易いこった。そ奴が舌出して喜んだのも無理やあんめえての。

　処がじゃ、考えてみねえよ、そ奴が困ったなア今度のストライキだな、俺らア組合の面目を立てるためにア首になっても構わねえ意気込みじゃが、そ奴にとっちゃひでえ痛手に違えねえ。何せ坑内の者に口止め銭を摑ませて掘らせたり、運ばせたりしてやがったのだろうが、そ奴共が無理矢理にストライキに捲き込まれたからにア動きがとれめえ。その上二十日近くのゼネ・ストで石炭は欠乏する、炭価は鰻《うなぎ》昇りだ。今が石炭の売りこみ時だ、じゃが石炭はねえ、他の炭坑より一日でも早く石炭を出して売れゃ、今なら一日分で五日分の儲けは上らアね、吝《けち》な話じゃがそ奴はそれが欲しいのだ。あわよくば俺らをすっかり首にして坑山から落して、自分で坑山の実権を摑み、今までの陰謀にも一つ大きな環をかけて百万の身代を築こうって思うてけつかるに違いはねえ。

どちみち邪魔になるなア、二十年来この坑山のために忠義尽してきた俺らだ。俺らを坑山から落すために仕組んだのがあれに違いねえ。おやまの別荘に火をつけやがってドサクサまぎれにあの奥さんをかっ浚うなんて、吝な了見じゃねえだか。高か安かが生きてりゃ、そ奴の顔も知ってようし名指しも出来ようが、知ってやがったからこそ虆にされたのに違えねえ。取巻き連は十人や二十人はいようが、根元を叩っ切れゃ枝葉はその中に枯れるのが理《ことわり》だ、え、どう思う」

徳は部厚い瞼を半開きして考えた。

「愚図々々しておる時じゃねえ。そ奴の当りをつけて一刻も早う絞め上げないことにゃまた一大事が続いて起るぞい。弁、お前はこれからじきに上って、若松から戸畑へ行ってみな、そいでな、石炭組合や沖仲仕に当ってみなよ、ここ半年位前から、坑山名不明の無煙炭が売り込まれたこたアねえだか。あればその石炭を見てみれゃ田川炭かそうじゃねえか、直ぐ分る。売り込みに来た奴の人相年恰好も調べてな、調べがついたら直ぐ飛んで来なよ。図星や俺が指して、手っ取り早う絞め上げてみらアね」

汗が頬骨の刀創に滲んで痛むらしく、マイトの徳は、泥払うた平手で、じっとそこを押えつけた。

ハンマの弁は出て行った。

三ツの灯影はゆらゆらと、汚れた残り三人の面を影深く照らして音もなく燃えていた。

火の車曳く者

「頭領、図星でしたぜ。石炭組合じゃ摑まされてるらしく口を割りませなんだがね、沖仲仕がちゃんと知ってましたよ、半年にもなろうて、坑山名不明の角割の無煙を五千噸ぐらい積み込んだ覚えがあるてでっせ。段々足どりを引いてみますとな、省線の添田駅と東小倉鉄道の彦山口で貨車積みってなってまさアね、ところが誰がやったのかねっから分らねえんでさア」

と弁が翌日帰ってきての言い分だった。

「フム、そ奴は、坑山の内情を知った奴じゃな」

徳は口走ったが名指しはしなかった。

坑口の番所で、こうして善後策を講じている時、監視に立っていた禄が、ボタ山のトロッコ路をアタフタして駆けて来た。

「頭領！　大事でっせ、デカが二十人位、頭領を挙げるって、山へ登って来やすぜ」

「フム……」

「どうしやす頭領、手筈通りやっちまいましょうか」

と小頭の角がいきった。

「早まるな、放火と誘拐の嫌疑を俺にかけてストライキの切崩しに違えねえ、二十人ってはまず草分け組じゃろ、打ち合うのは待ちねえよ、こうーっと……よし、角、弁、あとはしばらく頼んだぞい、俺を尋ねたら旧坑口に入ったと言え、奴らとても中まで入りこめやしねえからな、ハッハッハッ」

「頭領は旧坑へ隠れなさるんですかい？」

「莫迦な、いよいよ切羽詰った瀬戸際じゃねえか、攻めて来るのを飴ン棒咬えて待たるるものか、こちとらから攻めて行くのじゃわい」

「一人じゃ危ねえでっせ」

「なにさ、見てろ、一人でなきゃ攻められねえ処だ、万事はこの胸下三寸、ちゃんと畳んだことを拡げるまでさ、見てろ、りゅうりゅう仕上げて見すらアのう、ハッハッハッ」

豪快に笑ってのけた。毛むじゃらの板胸をドンと叩いて、脚早に、川霧煙る彦山川の川土手の方へ巨大な姿を消して行った。

マイトの徳は、それから二時間ほどして、鴫沼《しぎぬま》のほとりにある坑主鍋山沢二郎の豪壮な本邸の、応接室に、その巨大な姿を現わしていた。悪びれた処もなく、醜面に微笑さえ浮べて、腕掛椅子に腰かけていた。不器用なポーズではあったが、彼の豪胆な風貌は、むしろ室内の諸々の華奢な調度を、押しの一手で威圧しているような感があった。

警戒中のその筋の者が、「別荘の方の焼跡の始末も未だに取込んでますし、徳との交渉はわたしらにお委せになっては……」と言うのを、沢二郎は「マイトの徳なら直かに会いましょう」と諾《き》かない。「それではわたしらの立会いの上での方が安全で……」と重ねて奨めるが、彼は「徳は男です、顔を立ててやらねばなりませぬ」と、どうしても諾かぬ。

こういう次第で沢二郎は徳と対面したのだった。

徳は山だしのツゲツゲ言葉で次第を話した。その話には真意があった。じっと聞いていた沢二郎は一つ一つ頷いた。徳が話し終ると、沢二郎は棒になったホープの灰をポンと爪弾《つまはじ》きした。

「ウム、盗掘した奴と、俺の妻をかっ浚った奴が同じだと言うのだね、もっともなことだ、がお前にその目星がついているのかね」

「……」

沢二郎が、徳の顔を見返した。徳はぎこちない指付でテーブルの上にある革表紙のアルバムをめくっていた。徳の眼が、何とも言い表わしようのない激情を湛えて、その中の一枚を注視していた。

「誰か知った奴でも居るのかい」

沢二郎は不思議そうに覗き込んで尋ねた。徳の指先が、かすかに慄えてその写真の上を指で押えた。彼は吃《ども》った。

「こ、こ、此奴は何んて言う奴なんですかいッ！　奥さんと、昔、関係のあった奴じゃござんせんか」

沢二郎は驚いた。永い間、忘れよう忘れようと努力していた昔の忌しい思い出が、今突如、人もあろうにマイトの徳の指先に差し突けられたからだ。

徳の指が差しているのは、セピアの写真だった。桜花爛漫の寮庭で肩を組み合って笑っている三人の角帽姿だ。

「そいつか、うむ、真中のが俺で、左のが猿丸五郎で、右のが……」

「こいつの名だけで沢山でがす」

徳の指は、写真が窪むほど左の方の、猿丸五郎というのを押えつけた。

「猿丸五郎て仰しゃられやしたね、そいつは今どこで、何してやがる人間でがす」

「知らないね、大学を中途で首になったまんま、今に音信なしという間柄なんだが」

「そいつの話、少しやってもらえねえでしょうか」

「何か関係があるのかね」

「てっきりこいつだと思う奴が居るのでがす」

「ウム似た奴がね……どこにだい」

「身近かにでがす。とにかく話してもらや、金打、図星に違えありませんぞい」

「よし、そうか、じゃ話そう」

沢二郎はキッパリ答えた。徳は椅子を引寄せて、椅子のつかみを摑みしめた。

十五年前、旧姓を渋谷といっていた沢二郎は、当時はまだ白面の一大学生に過ぎなかった。世の常のように、俊才は家庭的に経済的に恵まれず――の御法度《ごはっと》に洩れぬ身の上だった。県を通じて炭坑王鍋山荘一氏から提供される少なからぬ奨学資金によって、中学から高等学校、大学へとその俊才を延す一方、また他方ではラグビーのチャンで鳴らしたものだった。永い間の堅実なその勉学振りを先代に見込まれて、その愛嬢礼子と婚約を許されたのが卒業前一年のこと。天稟《てんぴん》の容姿へ金目を惜まぬ磨きで、彼女の美貌は幾度も婦人雑誌などで謳われたほどだった。こうした仲によくあり勝な天のそねみと俗に言う奴、それが影射した。霞眼もその一つに違いなかったけれども、それより前に起ったのが猿丸五郎との一件だ。一件とこう開き直った処で、大したことではないのだが、とにかく、その時までは沢二郎の親友であった彼が礼子の処女性を盗んだという一齣である。それにはこうした場面を紹介すれば充分だと思う。

一週に一度必ず土曜日には坑山町からこの大学街に、礼子は池之坊の帰りに寄る習慣だった。その日も彼女はお昼時分から沢二郎を待っていたが、彼は夜になっても帰って来なかった。

梅雨晴れの空には星影さえ射して、もう夏の夜風が窓外に吹き渡っていたが、沢二郎の部屋もアパートの例に洩れず、ムシムシと蒸暑く、畳は足裏にねばっこくべたついて感ぜられた。じっと坐っているさえ胸もとに汗が滲む。礼子は仕方なく帯だけ解いて、襟もとから風を入れていたのだが、それが悪いといえば悪かったのだ。沢二郎の帰ってきた気配がしたので、待ちあぐんでいた彼女は嬉しさに身の廻りのことを忘れて、立って行って扉の内から開けたのだった。鼻先に汗ばんだ男の膚の臭いと酒の匂いをプンと感じた時はもう彼女の肩は取られていた。猿丸五郎だ。

嫌だというのを無理矢理に、奥の窓ぎわまで押しつけてきて彼は巻き舌で言うのだ。

「沢二郎はまだ学校で製図を引いてましたから、あの調子じゃ十時までは帰れやしませんよ……」

猿丸はその後図書万引事件で学校を追われたが、折ある毎に彼女をつけ廻したのだった。沢二郎は言う、勿論猿丸は彼女の美貌を恋してもいたろうが、なおそれ以上に彼を執拗に彼女にまつわらせたのは、外でもない、炭坑王と称せられた先代の莫大な財産だ、と。

「その当時はだね、儂《わし》はある者からは、なんぼ炭坑王の令嬢だってそんな腑甲斐ない女は捨ててしまえ、って大分言われたのだが、儂には儂の考えがあったのだ。礼子にも色々落度はあったろうが、あれがその節、微塵にも猿丸に対して心を動かしていないことは儂には信じられるふしがあったのだ。それだけでいいと思うのだ。どうせ体は自然からの借り物だと思わなきゃならぬ。体のことまで詮索しておると、この娑婆《しゃば》にはまだまだ嫌な小《こ》五月蠅《うるさ》いことが、なんぼでも出てくるのだ。その心だけで人間には沢山なのだ。こう思って儂はその後ズッとあれと力を合せて、先代の名を辱かしめないように今日までやってきている次第だがね……」

それから暫くは黙っていたが、やはり礼子夫人のことが気になるのだろう、彼は眉を寄せて、心配気に言った。

「別に変事もあるまいと思うが、あれは眼があありう風だからね」

徳の眼はじっと沢二郎を見返した。

「坑主《だんな》、今のお話で、あっしの胸にゃ目鼻がつきやした、あっしがきっと、今晩方までにゃ奥さんをお連れ致しやすぞい」

「いや忝《かたじけな》い、お礼はするよ」

「真っ平、坑主、あっしゃ先代さまから眼をかけてもらいやしたマイトの徳、お礼は真っ平でがす。ストライキはストライキ。これはこれ。奥さんを立派にお返ししてお互に気に懸ることがなくなりやしたら、またね坑主、鎬《しのぎ》を削ってやりましょうぞい、ハッハッハッハッ……」

マイトの徳は、醜い顔をゴリラのように引き歪めて、天真爛漫、子供のように笑いながら椅子を押して立ち上った。

「徳！　お前は相変らず義理固いのう」

「ハッハッハッハッ」

「ストライキではも一頑張り、張り合うてみようかのう、やれよ徳」

「ハッハッハッハッハッ」

徳は大きく頷きながら、沢二郎に送り出されて快く邸を辞し去ったのだった。

水地獄

「運炭の亀《かめ》の素情を洗い立ててみろ！」

徳から言いつけられた角と鎌は、直ぐに事務所に行って、坑夫名簿から亀の原籍を調べあげ、猿丸五郎が本名だということを告げた。

徳は唸った。

「畜生！　駆け出しの癖に『今に見てろ筑豊の炭坑主になってみせる』ってなんて、ふてぶてしく豪語しやがるあの面が、何だか臭せえと睨んでたら案の定、俺の眼の下で、いや図々しゅうもやってやがったのだな、あ奴の手脚のように性根まで曲りくさった野郎だな……よし、弁！」

徳はハンマの弁を手招いた。

「弁！　鎌と張と禄を連れて下ってこい。運炭の亀の野郎とその取り巻き連が、素知らぬ顔しやがって、地下の籠城組の中に交っていやがるはずだ、お前らすぐ行って奴らを叩き上げて来なよ」

弁は直ぐに、三人を連れて下りて行った。が間もなく上って来て、運炭の亀は風を喰って姿をくらましたことを告げた。

「フム、逃げ口は別にはねえはずだ、弁、お前はここの坑口を見張っときな、角は旧坑口の方をな。袋の鼠だぞい、俺が叩き出してくれらア」

徳は仕繰棒をドシンとついて立ち上った。

徳は、鎌と禄と張を連れて旧坑口へ入った。その時だった。入口近くの坑木の陰にペタリとひっついて、今にも忍び出ようとしていた数個の黒影が、跫音を乱して闇の奥へ走り込んで行った。

「外道者奴が……」

徳のあのダミ声が闇をゆるがした。後を追う徳の仕繰棒が三四回振り廻された。

「ゲエーッ！」

どたりと地響さして斃れた上を踏越えて進みながら、叫ぶ。

「禄、張、斃れた奴らをフン縛って運び出しとけ！」

こうして四人擲き斃したが、おっそろしく早脚の奴が、グングン間隔を離して逃げ細ってゆく。

「亀だな」

猫が水を呑むようなヒタヒタと響く跫音を残して逃げてゆくその後姿、駆け出しの亀には明りなしでは歩けないのだろう。懐中電燈らしい蒼白い光で足先を拾っているのが、直線坑道になると、ぼーっと遠くに見える。徳は坑夫生活二十年、坑道をただ歩くだけなら梟眼ではないが自分の眼だけで充分に役立つ。有利と言えば言えないこともない。

脇へ寄せてあった大ボタを、坑道の真中へ引ずり出したり、朽ち果てた杭木を傾けて崩し掛けたり、亀は小細工の限りを尽して、あっちこっちとぐるぐる逃げ廻ってゆく。

「しゃれ臭せ野郎だ」

鼻先でせせら笑う徳。追ってゆく中にヒョイと亀の姿を見失ってしまった。

「ちっッ！」

そこまで来てみると二又坑道になっている。

「ちゃんちゃらおかしいわい、道の案内やこちとらの方が古狸じゃねえか」

先廻りして一町ほどの処の人字道に、徳は、鹿を待つ虎のように息を殺して亀を待った。

「来る来る」

ヒタヒタと跫音を鳴らして来るのは確かに亀だ。跫音が近付いて、ヒョイと姿を現わした処を引っ捕えようとすると、早くも亀は、一足飛びに外れて、遮二無二《しゃにむに》、尻に火でもついたようにあたふた横ッ飛びして逃げ込んだ。

「待てッ！　亀！」

徳も地を蹴って走った。

亀は段々妙な処へ逃げこんでゆく。

旧坑から新坑への抜け穴に入った。そこで左に潜り込んだ。脇道の闇を追跡した。


暫くして、徳は狂おしいほどな女の悲鳴を聞いた。声のしたのは脇道のとどの詰りの、大袋の闇の中からだ。徳は急いで飛び込んだ。

「呀ーッ！」

思わず、徳は声を潰して叫んだ。

闇に馴れた徳の眼前に展開された全幅の像影は、凄惨を越えて怪美なその場の構図だった。

炭層中の気紛れ物煽石《せんせき》を掘り取った大袋。踏みしめた足もとも、仰ぐ天井も、また四方の壁も、ただ黒耀色の鋭角に鈍光している地底の伽藍《がらん》。人の気配に昼寝の夢を破られた灰白色の蝙蝠が七八匹音無しに飛び乱れている。鼻を突く血腥《ちなまぐさ》い臭いからも、この地底で既に幾人か、それは恐らく女だろうが、殺害されたに違いないことが徳の頭にピンときた。死骸は足下に埋めているのかそれとも他の坑道に捨てているのかその跡を詮索する暇《いとま》なぞはない。徳の心を駆るものは一つ、礼子夫人のことである。

この伽藍の奥の、祭壇にも似た黒耀色の小袋の上に、桜色した犠牲《いけにえ》が蠢いている。それを薄毛の大頭を振り立てながら、顴骨《かんこつ》の高張った土色の男が、白眼を血走らせて、引ずり下そう下そうと焦っている。盲滅法に逃げ廻ったためその骨張った長い脚は打撲傷に皮が剝げて、たらたらと向脛を赤黒い血が糸引いて落ちているのが見える。土色をしたその蜘蛛《くも》男は喘ぎ喘ぎ引ずりおろそうと焦っているが、上では、肩先から引き裂かれた緋色の片袖から抜け出した蒼白い腕が、それを払いのけようと藻掻《もが》いている。

「ヒエ――！」

泣くような呪うようなその余韻。

「うふッ！　うふッ！」

このうめきと縺れてくる。とうとうずるずると引き下されかかった。僅かに残った気力で、それでも痙攣するほどにしか見えぬ抵抗を続けているすき透るほどに白い女の影像が見えた。蒼白いその首に巻きついている房々と乱れた髪、必死であろうが僅かしか開かれてない両眼、嚙み破られた唇からは絹糸の血が引いて、その間から覗いている琺瑯《ほうろう》の糸切歯。痛々しく寄っている眉間の皺、心の恐怖と肉体の疼痛に戦き果てて白い胸は物憂く上下している……。

これは徳が飛び込んで瞥見したその場の情景に過ぎない。徳は「あ、奥さんだ！」と突差に思ってなぐり込もうとした。が危険を知って一歩退いた。妙に鼻をつく硝煙の臭いを感じたからだ。

法螺《ほら》のように洞《うつ》ろな嘲笑が蜘蛛男の口を洩れて出た。

「俺の邪魔をする気かエ、へへへへ」

「……」

「やるならやってみろよ、高や安のようにお前も諸共お陀仏だよ、へへへへ」

「……」

「見ろよ、もう口火は燃えておる、へへ」

白い眼が流し見た処、小袋の下に、ダイナマイトの二本の口火が、プスプスと黄色い煙を上げて走っている。

「マイトの徳！　俺の計画を誘拐事件から嗅ぎつけたお前の眼力には、さすがの俺もシャッポを脱ぐよへへへ」

「……」

「じゃが、計画が中途で根こそぎにされた怨みは今かえしてやるから、念仏でも唱えてろへへへへ」

「……」

「鍋山の意趣返し、お前への癪晴らし、俺が選んだ最後の切札じゃ、お前もお供につけてやるから、よく見ろよ」

「……」

「最後の切札じゃ、こうして死ぬのじゃ、へへへ」

彼はぐったりとした礼子夫人の体を抱き寄せた。口火はその刹那最後の処まで燃えつきた。その瞬間だった。ただ黙々と息を殺して窺っていたマイトの徳は奮然とその巨大な肉弾を飛ばして、

「畜生ッ！」

ダミ声だ。石のような拳で亀の頭を擲りつけた。たじろぐのを見定めて、間一髪、正に轟然と散華せんとする二本の口火をまたたく間に両くるぶしで消してしまった。あっという間もない敏捷さだった。

「おやッ！」

ダイナマイトを完全に消して、徳は亀の逃亡を知った。礼子夫人は投げ出されて殆んど失神している。徳はそれを抱き上げた。担ぎ上げた。そして「逃げる？　ふふ、莫迦な、袋の鼠が……」と呟きながら、再び猛然と逃げる亀を追うて走った。

だが、徳の誤算が遂にとどめを刺された。時既に遅く、その時、岩壁一重向うの新坑の地底をゆるがして、騒然と起った叫喚を聞いた。囂々《ごうごう》たる水音が地壁をゆるがして欲した。徳が走る足もとにも濁水が押し寄せてきた。徳はその水音に、この濁水の逆流に、事の成行を知った。

逃げ場を失った亀の奴が、地底の同志千二百の命を共々に墓場の道連れにしようとて、水管を叩き割ったのだ……それより外にこの猛烈な水の出ようはないのだ。

夜も昼も休む間もなく、河底から坑内に侵入してくる濁水を幾百噸、幾千噸となく吸上げている水管が叩き破られたのに違いない。濁水の逆流、恐ろしい坑内洪水。坑内全道が濁水に崩壊するのも遅いことではないのだ。

徳は寸一寸と増水してくる濁水を分けて走りながら、新坑の坑底へ絶叫した。

「おーい、おーい、俺の声が分るか、マイトの徳だ、一刻も早く上に出ろ、騒がずに順々に引き上げろ」

叫喚はどこからともなく止んで、それに引きかえ起ったあの労働歌につれて、秩序正しく地上へ昇るらしい物声だった。

水に浸された天井が、飛沫を上げて落下するのが、背後に当って聞える。落盤の音と飛沫の落ちかえる音と水音と、耳を聾せんばかりにはげしくなってきた。徳は濁水の奔流に逆って闇の坂路を走り登った。幾度か奔流に足もとを浚われながら登っている中に、濁水は水嵩を増して脛から股、股から腰へと上ってくる。肩には礼子夫人をかつぎ上げ、右手では水を切って、彼はカインの狂暴さをその醜面に漲らせて、心はただ一つ、亀を、求め

て駆けずり廻った。

「おお、亀だ！」

遂に彼は亀の姿を発見した。到底坑口からは脱出できないと諦めたらしい。彼は地上へ通った風抜孔《かざぬきあな》から遁れ出ようと、はみ出ている木の根にブラ下って、丁度今、その長い胴体を尺取虫のようにくねらして登り登り焦っている処だった。その胴体は一藻掻毎に風抜孔に隠れ上ってゆくのだ。放っておけば彼は間もなく地上へ脱け出るに違いない。徳は水沫《しぶき》を散乱さして風抜孔の下へ走り寄った。

「待てッ！　猿丸ッ！」

始めて猿丸と名指しして徳は絶叫しながら、その足先に飛びついた。

木の根はプツリと切れた、土塊《つちくれ》がバラバラと降った。ズルズルと頭から土をかぶった猿丸の体がスベリ落ちた。落ちてくる脾腹目蒐《めが》けて徳の右拳は走った。

「卑怯者ッ！」

血を吐くような熱い怨の言葉だった。

朽木のように猿丸の体はボゴンと、濁流の水沫を上げて沈んだ。一面に飛び散った濁水、一度沈んだ猿丸が、脾腹を抑えて起き上った。

「下郎臭《さ》れッ！」

間髪を容れず徳の右拳がまた脾腹を突いた。ガブリと水を呑んで沈んだ。灰色のあぶくの中から薄毛をペッタリ濡らした大頭が再びむっくり現れた。

「うっふ！」

唸りながらその大頭をカンと叩きつけた。頭はちょっと抵抗したがそのままガブリと水を呑んだ。手脚で濁水を摑みながら、四度猿丸の頭は鼻から口から泥水を吐いて浮んだ。それを息をもつかせず、徳はまた叩き沈めた。泥のあぶくがブクブクと浮いて割れる。僅かに水面に差し出てきた土色の手が筋張って狂おしく虚空を摑んでいる。

最後に浮いてきた猿丸の顔は、眼はもう死色を浮べ大口は蟇のようにパクつかせていたが、それに徳は一息の空気も恵んでやらなかった。残忍ではないのだ。徳は硬ばった表情のまま、瞬き一つせず、眼も鼻も口も崩れよとばかりに、その逞しい拳で、その顔を、どんと物凄く叩き沈めたのだった。

大きな頭は他愛もなくガブリと大口で泥水を呑んで、「がアー」とおぞ毛のふるい立つ断末魔の声を残して、ブクブクと沈んでしまった。もうそれ切り、浮かぼうともせず、流れ去る濁流に翻弄されて、坑底へ、闇の地底へと押し流されて行くのを徳はまたたきもせずにじーっと見送っていた。

僅かに口許が悲しそうに引き歪んだのが見られたが、それは安のことを、高のことを思い出したのかも知れない。

礼子夫人の瀕死の体を担いで、ずぶ濡れのマイトの徳が坑内の濁水を切って坑外に走り出てきた時は、早く避難して上った籠城組も、監視隊も、それから急を聞いて自動車で乗りつけた坑主沢二郎に警察の者達も、各々の胸に闘争を越えてただ一つ、出て来るその人をひたすら待っていた。

その場の光景は、荒涼たる地底の労働者の心を打ったのだろう、音頭とる人もなかったのに一斉に坑山をゆるがして万歳の声が揚がった。

その後の寂とした緊張の中に、真っ先に駈寄ったのは沢二郎だった。次いでお貴美がワッと泣き出しながら走り寄ってきた。

マイトの徳は、ぐったりとなっている礼子夫人をお貴美と書生等の手に渡すと、沢二郎が差し出す手と、彼の濡れた手は、ガッシと固く握り交わされた。


「有難う、マイトの徳！」

沢二郎の声は暗然たる中にも感謝の心があふれていた。

「……」

徳は答えずその手を握りしめた。彼のひきつったその醜面は、心持引歪んだが、その炯々《けいけい》たる両眼には、何者にも屈服しない力の人間のみが持つ美しい光を湛えているのが見えた。

×　×　×

R坑山からは、それから間もなく、前にも増して甲斐々々しい鶴嘴の音が響き渡り、黒ダイヤは陸続として吐き出され、非常時にふさわしい坑山の凱歌は朗らかに初秋の青空に響き渡った。

鉛毒を警告する男

明日北鮮地方に出張しようとて旅装を整えていた夜のこと、突然、最近死んだ青野機関大尉の若い妻君がたずねて来た。

珠枝《たまえ》という美しい人である。

会葬の御礼廻りかな——位たかを括って、応接間へ出た私は吃驚《びっくり》した。ただならぬ顔色をした夫人がそこに坐っていたからである。一通り挨拶を済ますと彼女は直ぐに用件を話し出した。

「あの、実は。大変な手紙が参りまして、女一人ではどうしていいものか思案がつきませんのでお伺いした訳なんでございますが」

「ほう、大変な手紙と仰言《おっしゃ》いますと、どんな」

「これなんでございますけど」

華奢な白い指は微に震えていた。彼女は塩瀬の帯の間から一通の白い角封筒を抜き出して、紫檀《したん》の応接卓の上に置いた。

「お読み下さいましたらお分りですけど、青野が死んだことについてでございますの」

「青野のことで？ ほう、何かあったんですか」

「病気だとばかり思ってましたのに、実は殺されたのだって書いてあるのでございます」

「脳震盪だって医者は診断したのでしたね」

「でも、未だ死ぬ体じゃありませんでしたし、今から考えてみますと可怪《おか》しいと思われる節もありますの。丁度あの日は夕方から主人は×交社での宴会に出まして、帰って来ましたのはもう一時も過ぎてましたわ。真蒼な顔して、苦しそうに肩で息してましたから、尋ねましたら酒を呑み過ぎたって言いましたの。水が欲しいって言いますから、水道からコップに水を取って渡しました。大変おいしそうにグッグッ呑んでましたが、そのままばったり昏倒してしまったのですわ。近くのお医者様にも来て頂きますし、海軍病院の方にも応急手当して頂きましたけど遂々駄目でしたの。あまりな呆気なさに泣くにも泣けませんでしたの。倒れた時に頭を寝台の角にぶっつけたようでしたけど、脳震盪はそのためじゃないのですかしら」

「そうですね、倒れたのは脳貧血でしょうね」

「ではないってこの手紙には書いてございますわ。青野は殺されたのだって、はっきり宣言してございますの。主人の昔の友達の方らしゅうございます。猪野《いの》文吉ってしてございますから」

「猪野ですって?」

「御存じじゃございませんかしら」

「記憶してますね。随分昔の友人ですよ。さあ、今どこに居ましたかな」

忘れかけた古い記憶を辿りながら、私は卓の上の白い角封筒を取った。表には、
市内××区××町　白竜荘アパート13号室
　青野珠枝様
裏には無記名。あまり上手でないペン字である。

「この人と、青野と、猪野と、どんな関係があるのかな、恋愛関係かな……」

などと月並な想像を廻らしながら部厚な便箋を開いた。走り文字でこう書いてあった。

×　×　×

奥様、御主人様が亡くなられてさぞかしお嘆きのこととお察し致します。御落胆の様子が眼に見えるようでございます。

しかし奥様、御嘆きは今日限り弊履《へいり》のようにお捨て下さい。あなたがそんなに愁嘆なされて後を慕われるほど、御主人は立派な男でしたでしょうか。青野は卑劣漢であったことを私は証言します。嘘とお思いですか。

もし嘘であるなら青野はどうしてあんな非業の死を遂げねばならぬ必要がどこにあったでしょう。これが何よりの証拠ですよ。青野満男を殺したのは誰でもありません、この私です。あの室にはあなたと青野とたった二人きりでしたね。しかも扉も窓も密閉してありましたね。が私は悠々と、あなたの眼の前で卑劣漢青野を殺害することに成功しました。あなたに少しも気付かれずまた医者にも気付かれぬように、いかに巧妙な手段を選んだか、それはあの夜現場に居られたあなたが最もよく立証して下さるでしょう。呵々。

奥様、私と青野とは、最近はともかく、中学時代は親

友でした。私は父が死んだため三年きりで止しましたが、青野は卒業して海軍機関学校へと行きました。その後十有余年、父を亡くして兄一人妹一人になった私と小夜子がどんな苦難の道を辿ったかは、ここには何の関係もないですから書きません。ただ小夜子が、貧しいに似ず兄の私でさえうっとり見惚れるほどな女になったことを言えば充分です。

事の起りは一昨年の冬のことです。×交社の配給部に出ている小夜子が、ひょっこり青野を連れて家に来たのです。

「あたしの顔が兄ちゃんそっくりだってよ」妹は青野から初めて「猪野君の妹さんじゃないですかね」と尋ねられたいきさつから、配給部で随分と眼をかけてもらっていることなどを、はしゃぎ廻って私に話しました。純真な妹の態度を私はただ微笑ましく見守っているだけでした。

それからは月に一回か二回は遊びかたがたよく来たものです。私は××工廠《こうしょう》の一介の貧職夫に過ぎませんでしたが、凜々しい青野の青年士官の姿にも微塵の羨望や妬心を起すこともなく、ただ旧友として、出来るだけの歓待はした積りでした。また時たま非常時の残業で私が居ない時などは、妹と話して快く帰って行ったと、妹から聞いては昔ながら気さくな青野だと思って独り嬉しく思っていたのです。

こうして春になりました。青野の足の疎くなったのはこの頃からです。私は妹の素振りから、もう大抵察しはついていましたが、私から青野に押しつけがましく妹を貰ってくれなんて言われた義理でもありませず、今に青野から口を切ってくれるだろうと、実は心待ちしていたのです。処が一向青野からその話がないばかりでなく、ばったり姿を見せないようになったのです。青葉の頃になると、もう小夜子の体の変調は隠し切れないようになっていました。小夜子が憔悴に沈んで思いに耽り夜などよく泣き濡れているのが見受けられました。

こうしていらいらした日を数えている中に、遂に来たるべき日は来たのでした。

忘れはしません五月九日の夜。青葉を叩いて夜通し雨が降っていました。

蒸々する蒲団の中で寝汗と悪夢に劫《おびや》かされながらも、うとうとと眠りこけていた私の耳に、気味の悪い唸き声が響いたのでした。吃驚して起き上りました私は、その光景に危く叫びを揚げるところでした。

変り果てた小夜子の姿。紙のような小夜子の顔色。眼は既に白んで虚空に坐っていました。歯を食いしばり、背筋を痙攣させ、ねっとりした脂汗が髪の乱れた額に滲んで、紫色になった爪先で下腹を喘ぎ喘ぎ押しつけているのです。

「どうしたんだ、え、小夜ちゃん」

思わず詰め寄って肩先を摑んでいました。

「お、お、お薬を、呑んだのよ」

そう言うさえ虫の息でした。

「薬?　どうした薬だ」

「あ、青野さんが、結婚、する前に、赤ん坊が、生れたら、顔に、関る、からって、下さったの……それを……」

「正直に呑んだのか」

「だって、身軽になったら、秋には、郷里《くに》に、帰って、親と相談して、改めて、立派に、結婚する、って、約束されたわ」

「とんでもない約束だ、畜生」

妹を責める間はありませんでした。敷布を染めたドドロの血の中に、髪を振り乱して、痙攣しながらのた打ち廻っていましたが、小夜子は遂々死んでしまいました。

その翌日すぐに青野に会ってなじりますと、彼は、平然と、しかも鼻の脇に侮蔑の冷笑まで浮べて、

「知らないね、そんなことは、人に濡衣着せるにも事によりけりだよ」

この調子で、てんで相手にさえなりません。そう言い捨てられれば小夜子が死んだからには、死者に口なく、何の証拠がありましょう。

処がそれから間もなく、青野は、上官である金森少将の令嬢珠枝さんと結婚式を挙げたのです。この事を新聞紙上で知った時の私の憤怒をお察し下さい。奥様、あなたはこの時から私の視界に現れたのですよ。

私はそれから青野をつけ覘いましたが、青野は軍艦所属が変ったのか、消えるように足跡が絶えてしまいました。

然るに丁度一年目に、皮肉な経過を見ました。一ケ月前です。私が住んでいる白竜荘アパートの隣室、十三号室にあなた夫妻は引越して来ましたね。一番突き当りのその室は愛の巣には最も良い処でしたね、と同時に豈計《あに》らんや復讐の好適所であったとは、誰が気付きましょうか。正に天の配剤と言うべきでしょう。

私はその日から廊下に出ることを極力控えました。そ

のためにはびろうな話ですが排泄物すら便器に溜めておいて深夜こっそりと捨てに行ったのです。この一事を以ても私の決心のほどを察して頂けるでしょうし、同情しても頂けるでしょう。慎重に注意したため、恐らく青野は私が隣の部屋に居たのを気付かなかったでしょう。

こうして色々と手段を考えながら、隣室のあなた方の起居振舞、習慣、性癖を捜ったのです。巧妙な手段はそれらを基礎として組み立てられねばならぬと思ったからですよ。

まず青野は、予備艦で入港している一等巡洋艦××に乗組んでいたため、帰って来るのは一日おきでしたね。それがあなた方をより以上濃やかになさしめましたね。隣室に居る者が何の企みもない独身者でしたら、夜通しイライラして寝付かれなかったでしょうが、私は薄暗い灯影に白い半眼を据えて秘かに舌なめずりを繰返していましたよ。何故かなら、今歓喜の極頂にあればあるだけ、やがて来る悲嘆が深かろうと、こう思っていた訳です。

それからあなたが妊娠していられること、しかも丁度小夜子が死んだ時の月数と同じ位であること、これを知った時私の考えは半分ほどまとまりました。

次にあなたは毎朝六時には起き、健康療法のために水道の水を大コップで呑むこと。しかも水道の鉛管は瓦斯《ガス》の導管と併行して私の室の隅を通って壁を貫いて隣のあなたの室に入っている。なまじアパートの名に買い被って安普請の建物に入るから、こんな大切な手抜かりがあるのです。よし怨をうける覚えがない身でも、朝晩欠かすことの出来ない水の導管が、気心も知れない他人の部屋を通って初めて自分の室の壁にその栓を出していると思ったら、安心して水が呑めますか。

ここです、私が考えたのは。まず、あなたによって、小夜子が死んだ時のあの光景を再現さして青野を鞭打とう、然る後に、徐《おもむろ》に息の根を留める。

それを果すにはどうしたとお思いですか。

小夜子が死んだ日呑み残していた白色結晶の劇薬××と同じ赤札物を、駆けずり廻って手に入れるまでの並々ならぬ苦心は御想像にお委せします。この外に買ったものとては、自転車の空気入れ《エア・ポンプ》とヤットコ鋏だけです。そしてその日の来るのを待ちました。

その日というのは即ち妹の命日五月九日です。去年は雨でしたが、今年は満天の夜空に青白い星群がチカチカ輝いていました。十二号室の窓に頰杖ついて、じっと空を仰いで妹のことなどを追想しながら、夜の更けるのを待ちました。復讐する者の心とは思えないほど私の心は澄み切っていました。

遠くに自動車の警笛が微かに聞えていたのが、いつの間にか途絶えてしまって、大分夜の更けたのが知られました。窓から顔を出して各窓を見廻すと、総ての窓はブラインドを引いていて暗く、明るいのは私の窓と隣の十三号室だけでした。それから私は電燈を消し、ヤットコ鋏を持って窓から夜の庭園に飛降りました。もうすっかり露を吸うている芝生の上を忍び足で、裏玄関へ廻りました。そこの石段の脇に水道の量水器《メートル》に並んで亀の甲型の止水栓《ストップ・コック》がある。これはどの家でも変りはありません。この止水栓の蓋をヤットコ鋏でこじ開けて栓をねじて、送水を遮断しました。何故私がこんなことをするのか。それは水圧と流水力が以後の仕事を妨害するからです。

こっそりと帰ってきた私は窓を閉め切っていよいよ仕事に取りかかったのです。

まず部屋の隅を十三号室へ走っている水道の鉛管に錐をもみ込みました。孔をあけるためです。径一分にもたりない小孔を穿つのに何分かかりましょう。易々《いい》たる仕事です。錐を外しても、送水を遮断しているため水は一二滴しかこぼれません。次に自転車の空気入れの中に劇薬××の濃厚溶液を吸い入れ、その口を鉛管の小孔に押し込みました。これで空気入れと鉛管は連結されたのです。しかしこのまま空気入れを圧搾しても、劇薬は鉛管の中に流れ込むことは出来ません。何故かならば鉛管の中には水が充満しているから劇薬の入る余地がないはずです。そこで私は自分の部屋の水道栓を開けて、空気入れを圧搾しました。実に楽々と劇薬は注入されました。水道栓からは劇薬に押し出された水が流れ出ました。そこで水道栓を止め、小孔には小箸をそいだのを打ち込んで塞ぎました。最後に裏玄関の止水栓をもと通りに直しに行きました。

どうです。これ位のことは誰にだって出来ましょう。これで私のすることは終ったのです。あとはただ時間の経つのを待つだけです。

これで明朝になればどうなるか。生水療法はよく効きますよ。たんとお呑み下さい。間もなく血みどろになって苦悶するあなたを青野は知って飛起きてきましょう。いい面の皮だ。偽善者よ、呪われてあれだ。あなたが起る前に、たとえ十一号や十号で水道を出したとて心配はありません。行き詰りになっている十三号室の鉛管に停滞している水が逆行して出ることはありません。新鮮な水が出ます。それに引換えて十三号室の栓近くに停滞している毒水は、あなたが栓を開くまでは決してそこからは動かないのです。莫迦なようですがこう考え及ぶと恐ろしい流水の原理じゃありませんか。

処がです、私には一大失策があったのです。いや偶然でした。それは、その晩青野が宴会に行っているのを、私は自分の計画にあまりに夢中になりすぎて気付かなかったことでした。それと劇薬××が鉛管中に停滞している中に鉛と作用して猛毒△△に変ずるのを知らなかったことです。

一時過ぎでしたね、青野が帰って来ましたのは。舌の縺れ具合から大分酔ってるなということが分りました。そして水を呉れ水を呉れと苦しそうに言ってましたね。あなたは、忠実にも、水道から水をコップに取って呑ませましたね。ああ、遂に昏倒する音を私は聞きました。先にあなたを屠るべく計画したことは、意外の失策で逆転して遂に青野が斃れました。

しかし決して人違いした訳でもなく殺すべき者を殺したのですから、満足すべきでしょう。

これで私の仕事は終ったのです。が最後に一つ警告いたしておきたいのは、さっきも書きました劇薬××と鉛との副作用です。鉛管の腐蝕は漸進的に全水道管に拡がって、鉛は分解されて水に溶け、それをあなたのみならず白竜荘の人々は知らずに飲んでいるでしょう。近い中にみんな鉛中毒になりますよ。私は罪のない人々を害するのは好みません。あなたへの憎しみも青野あってのことです。

怖ろしい鉛中毒。どうぞあなた方はこれを避けて下さい。極く微量でも歯がぐらつき、歯肉が溶けて、視力が減じ、赤や黄の玉の飛ぶ幻がちらつき、毛髪が抜け、遂には脳を侵され、骨髄が腐れますよ。もう徴候が出てはいませんか。もしあれば、早く新鮮な水を求めて居をかえねば取返しがつかないようになります。この警告こそ、罪滅しの一端としてお騒がせしましたあなた初め白竜荘の人々に捧げる不肖私の仏心です。

×月×日　　　　猪野文吉

青野珠枝さま

×　×　×

手紙は以上で終っている。私が読み終ったのを知ると彼女は気づかわしげに尋ねた。

「警察に届けねばならぬものでしょうか。でも事を荒立てたってことが知れましたら、私をその人が怨まれて、また何かされるようなことでもありましたら……」

彼女はそれが心配らしかった。

「なに構いませんね。罪悪を知って匿すのは二重の罪を残すことになります。私にお委せ下さい。私の名で届け出ましょう。取敢ずあなたは、鉛中毒にかかられぬように白竜荘を出られたらどうですかね」

私はそう言って彼女をなだめて、送り出した。青葉の息切れを乗せて吹いてくる夜の風に、うつ向き加減に帰ってゆく彼女の横顔に髪がほつれて、佗しい姿だった。

×　×　×

私は、始めに書いていたように、その翌日から北鮮に出張した。この一件を気にしながら、それから一週間目に帰宅してみると、数多くの来信の中に意外にも当の猪野文吉からの手紙があった。

真先に開封したのは勿論である。筆蹟は先日彼女が持参したのと同じである。

×　×　×

懐しき三郎兄よ。

零落し果てた俺が、今更君に書信しようなんて、思いもかけぬことであった。

身から出た錆とは言いながら、こんなことで君に、自分の赤恥を曝そうなんて思いもしなかった。がしかし、事態がこう大きくなりそうになったからには、引っ込みもつかず取敢ず一筆啓上する訳だ。

外でもないが、珠枝さんが俺の手紙のことで君の処に相談に行ったそうだね。君は俺が大それた犯罪を仕出かしたと吃驚しておるだろうし、また俺の大した変り果て方にあきれておるだろう、と思うともう矢も楯もたまらない。

実際はだよ。みんな打ち明けるから、悪く思ってくれるなよ、また軽蔑してくれるなよ。

青野は事実脳貧血で昏倒して脳震盪で頓死したのだ。隣室に居た俺が一番よく知っておる。勿論俺の妹が青野のために殺されたなんて、あれはみんなでたらめな空想なんだ。第一俺には小夜子なんて妹は居やしないさ。

だがあの手紙を書いたのはただの遊戯や酔狂ではない。悲壮な復讐を果すためだった。

兄よ、笑うなよ、実は俺は永い間の失業で白竜荘の間代が六ケ月分、九十円の滞納で、遂々、青野が死んだ翌日、ガリガリの支配人白石竜太郎の奴から追い立てを喰うた。たかが九十円のため、と思うと癪でならず、一そのこと、あすこに住んでいる残りの十二組の借室者全部が移転するようになったら、さぞかしあのガリガリも泣き面掻くだろう、と思って考え出した鉛中毒の一芝居なんだ。てき面で、あの話を聞き知ってみんな出てしまった。昨夜あの町角から眺めたら灯のついた窓は一つもないのを見て、俺は涙の出るほど嬉しかった。見事に復讐は成功したのだ。吁《ああ》。

兄よ、どうか警察へ行く代りに白竜荘に行って、ガリガリに、貧乏人というものはあんな仕打ちをどんなに酷く感銘するものか、よくよく説明し説教しといてくれ給え。今度は骨身にしみるだろう。珠枝さんにも宜しく。

では成功して会うまで会わぬ。

文吉拝

三郎兄

×　　×　　×

私は笑うにも笑えなかった。物ずきとは言え皮肉なこの芝居を考え出さねばならないほどに貧窮していた彼だったのか、追っ放り出されて今どこをウロ付いているのか、と思うと、つい目頭が熱くなってきて、思わず、

「猪野！　健在で」

と大声に叫びたい気持で胸一杯であった。

戦雲

××丸船客

青黒い波のうねりだ。海鳴りが鉄舷に反響する。波頭は散華のように躍って、天に吼えている。東支那海は吹雪と怒濤だ。

一九三二年、一月十八日の夜半――。

朝九時過ぎに、上海《シャンハイ》郵船碼頭《まとう》を抜錨《ばつびょう》した快速船××丸は既に十三時間、吹雪の東支那海を東へ、東へ、と喘いでいた。

警笛が再び鳴り出した。三等船室《スチレージ》の奈美はその度に神経質に顰めて、顳顬《こめかみ》を爪色褪せた指先で抑えるのだ。赤や藍のレッテルの膏薬張りされたトランクに倚り掛って、モッコのような毛布を被っている。気窶れ《きやつれ》の影深い窈窕《ようちょう》の美人、唇の粘膜が病的に赤く光っている。

舷窓に撃ちつけられた濤《なみ》の飛沫が、闇明を吸うて、真珠を砕いたように、ほのかに光っている。それがぽつりと儚く潰れては、ツツ――と銀糸を引いて次から次に硝子《ガラス》を滑り落ちてゆく。

それを見ていると、奈美の心は疼くのだった。悲しみが咳《せ》き上げてくるのだった。潰れて儚く消えてゆく水玉の一つ一つが、自分等の五十年と定められた人生のように思われるのだ。彼女は眼頭をそっと抑えた。

「また考え込んでるのね、奈美さん、お休みよ。体にさわるよ」

玻瑠《はる》子が毛布から雀の巣のような頭を出して友情に溢れた眼許で言うのだ。

「恩に着るわ。でも、肺病やみのあたしと縁起でもないお骨――帰った処で、どうせ故郷の奴ら白眼だろうしさ。それを思うとね――つい」

避難民の荷物が寿司詰になっている荷物棚にただ一つ、眼にしみるような白布に包まれた骨箱が見られる。

「むごい死に方だったのね」

「殺されたのさ」

「えッ？　あの人は殺されたの、過《あやま》ちじゃなかったの?」

　毛布をはねのけて玻瑠子は伸び出てきた。伊達巻姿の、赤蟻のように腰のくびれた彼女は固唾を呑んだ。枕もとの金龍《ゴールドドラゴン》を一本器用に抜き取って、かさかさに乾いた唇に咬えた。すると横の君枝も小赭熊《こしゃくま》のようにむくりと起きた。

「一体あの人、どうして殺されたのだね」

「おいといて、思い出したら心が泣くさ」

「そんな片意地な口利かんかっていいじゃないか。どうせ噎苦《むさくる》しい船旅。夜が明けれゃいやでも長崎。港へつきゃ散々《ちりぢり》になるあたし達。今の雲行じゃ、もう今にも戦争のおっ始りそうな上海、こんどあたし達いつ会えるか分んないじゃないか。思い出にって言っちゃなんだけど、本当のこと話してくんない、ね、奈美さん」

「聞きたいかい」

　奈美も白い腕を差し延して、金龍を一本抜き出した。二本の指に挟んでプッと吹いた。

「洋火《ヤンホオ》かして——」

　君枝が擦った蠟マッチの青い炎に、口をすぼめて巧に吸い移した奈美は、煙と共に軽い咳を続けさまに繰り返した。

「じゃ話そうかい、だけどね、密話《スペシアル・トピック》だからここだけで忘れてしまうのだよ、いいかい」

　奈美は念を押して、瞳を凝らした。トランクの上に頬杖をして、いよいよ、江湾《こうわん》競馬場における戦慄の惨劇を話し出した。

　舷窓には、吹雪と怒濤が、夜半の空には警笛が、不気味に鳴り響いていた。

コスモポリタン

「ハワイからマニラ、シンガポール、ホンコン、それから上海の順で巡業してきた国際鳥人団《インターナショナルバードマンショウ》、知ってるわね。上海では去年の秋一ケ月ぶり江湾競馬場で開演してたやつさ。玻瑠さんとは一緒に見に行ったから憶えてるわね。君枝さんは行かなかったね。だが新聞で仰々しい宣伝記事や写真版は見てたじゃない。あれさ。団長はC・K・スペンサーって毛唐、百名余りの男女優を抱えてる大一座、アメリカインデアンや馬来人《マライ》やヒリッピン人や、亡命ロシア人、色とりどりさ。日本人も二人ね、男優の花形で押していたよ。沢野健ってのと、木山浩二ってのと、二人とも生粋の日本人」

「あんたの兄さんじゃない、沢野健って」

「そう。今じゃあの通り、骨箱の中で眠ってるの。兄貴はね、結核だったおふくろの気性そっくりで、癇癖《かんぺき》屋だったのさ。そうよ、丁度十年になるわ。函館の中学に居た時分、ふとした経緯《いきさつ》から友達を斬っちゃったの。それも事の起りは向うが悪いのだったんで、親友だった浩二さんが先生の間を奔走したんだけど、刃傷沙汰が函館新報に出てね、学校当局は狼狽の揚句お大事主義を取って兄貴を退校処分にしようとしたのよ。でね、兄貴と浩二さんは憤慨して、校長の顔に退学願を叩きつけて潔く廃《や》めてしまったの。二人はそのまま、家をおん出て、××商船の貨物船の船員になって、太平洋を幾往復かする中にお決りのカルフォルニヤ脱走。その時あたしは函館の女学校の三年だったわ。その翌年母は死ぬし、力を落した甲斐性なし屋の親爺《おやじ》も後を追うて死ぬ。残されたあたしは卒業を前にして女学校を廃《よ》したの。遺産としては一文もなし、母の病気を知っていたんでね、堅気な職業につく気もしなかったし、太く短く花火のようにって自分で意識した訳じゃなかったけど、その日のおまんまに困ったので直ぐに酒場に出たの。それから函館、東京、横浜、神戸と流れ流れて十年さ。上海落ちの女にまでなってしまった訳さ。でもね、諦めていたものの、港に居たらいつかは兄貴や浩二さんに会えなくとも噂位は聞けようと思っていたのさね。

偶然よ。梅川に来た日本人セイラーから香港《ホンコン》に巡業して来ている国際鳥人団《インターナショナルバードマンショウ》に、兄貴と浩二さんとが居るって聞いて、あたし泣いたの。嬉し泣きよ。それからいよいよ上海に来たわね。あたしの胸は喜びにふくらんでいた。だがそれはあたしだけの儚い夢だった。兄貴はブロンドのルイズってワイフを持ってて、溺愛していたの。あたし一人の兄貴じゃなかった。昔のままの兄貴じゃなかった。昔のままだったのは浩二さんだけだった。だがね浩二さんだって、何か落着かぬ影を持っていた。いいえ鳥人団《バードマンショウ》の人達がみんなそれぞれ気味悪い影を曳いていた。あんた達だって気付いていたはずだわ。表面は極く社交的だったけれど、陰に、見えない蝙蝠《こうもり》の翼のような、狼の爪のような、そんなものをみんな持っているように思えてならなかった。気付いてた？　ねえ。

その予感は当ったわ。そして次々にあんな惨劇が起ったじゃないの。思い出してごらんよ。初日の前の晩、あの人達が揃ってホールへ来た時のことをさ。思い当ることがあるわよ。何気ない外見だったけど、もうあの時から、あの人達の周囲には妖気が漾《ただよ》うていたじゃない。思い出して御覧。あの晩のことをさ――」

外界は降るような星月夜。

壁向うから陽気なアルジェンチン・タンゴが渦巻いてくる。跳舞場《キャバレー》梅川の茶室《ティルーム》。豪奢な長椅子《ソファー》や腕掛椅子《アームチェア》に、ずらりと奈美、健、ルイズ、エンマ、イサベラ、玻瑠子、向い側にスペンサー、君枝、浩二、蘭花、楊兆と、踊子と鳥人団《バードマンション》の幹部達とが春の花園のような雰囲気を醸していた。静かに立ちゆらぐ香煙。朗らかな笑い、張り切った嬌笑。中でも奈美は頬を上気さして、ゴムマリのようにはずんでいたのだ。

「ね、飛行機の翼から翼に跳び移る役、これ兄さんがやるの」

「そうだよ、はっはっはっ」

「大変ね、怖くはない」

「風の強い日の幅飛びさ、はっはっはっ」

「豪気ねえ」

「豪気な方なら、浩二の墜落や、ルイズの『火星の急墜《ダンフォーロブマルス》』さ、ねえ浩二」

「ルイズさんの、どんなの」

「石油の焔に包まれてさ、低空飛行からプールの中に飛び込むんだよ」

「まあ、命がけね」

「やり損なうことがないから命に係りなし。まあダイビングだね。十万弗《ドル》の生命保険はかけてるけど、あれゃ宣伝さ、ね、ルイズはっはっはっ」

健は膝を抱いて体をゆすっている。ルイズが唇を歪めて甘ったるく頷いている。

それから間もなくすると、彼等は帰り支度に取掛った。奈美は兄の手をそっと握った。

「兄さん、あたし、ゆっくり話したいの」

「千秋楽《らく》の晩にでもゆっくり豚骨料理でも啄《つつ》きながらしようぜ。明日が初日じゃ、心の重荷でね」

「そうね」

「招待券三枚、ほら、仲間と見に来な」

「ありがと、行くわ、きっと、じゃ、ルイズさん、お大事に」

奈美は出来るだけの好意を籠めてルイズにそう言った積りだった。それだのにルイズはちょっと会釈しただけで、これ見よがしに健の腕にぶら下ったのだ。奈美は我知らず唇を噛んでいた。

ホールで支那娘の鹿のような腰を抱えてだらしない足つきで踊っている藪睨《クロスアイ》のヒリッピン人や、青竹のような亡命コサック等、二十余名の下っ葉兵をスペンサーが呼び集めてきた。健は一番最後に外套預所《クローク》から出てきた。ルイズは健より先に扉《ウイング》を押していた。奈美は兄に帽子を渡そうとしていた。横合いから出てきた者があった。健とすれすれに立っているのだ。奈美は危く突きのめされる処だった。驚いて、乱暴なその男の顔を見た。

「頼むぜ」

その男は低い声で口早に囁いた。下の方で何やら小さい紙片を健に渡した。素晴しい早さだった。この男は奈美は見覚えていた。ホームにもよく来るジョニイ伊東という上海ゴロである。ビロードのルパシカなどを引かけて絵描き風な印象の男だが、陰気な感じの男なので彼女はこれまで敬遠していたのだ。この男がどうして兄を知っているのだろうと彼女は怪しんだ。

「大丈夫」

健は顔色を少しも変えず、あたかも旧知のように、自信あり気な声調で答えながら、ポケットから弗幣《ドルさつ》を抜き取って与えていた。健が扉を押して出ると、スペンサーが疑い深く尋ねた。

「あれ、誰だね《フーズ・ヒイ・サア》」

「はっはっ、春画売り《オブセンスピクチュアセイラーサー》でさあ」

「本当かね《イズ・ツルー》」

「はっはっはっ、どうです、え、一枚買ってやりませんか」

健は事もなげに大声を放って笑った。ポケットから極彩色の日本紙を出して、スペンサーの鷲鼻にさしつけながら、その肩に手を廻して、自動車の中へ押し入れた。

自動車が次々に蘇州河の方へ消えてしまうと、奈美はネオンの光をよけて夜空を仰いだ。降るような星空。青い光芒を曳いて流れ星。

振舞酒にグロッキーになりかかった下っ葉共が、顔色とりどりの巻き舌で、何やら喚き合いながら大通をジグザグに行っている。幹部級の暗闘とは反対に、これはまた仲良く無邪気にスクラム組んでのして行く。乍浦路《チャツポロ》へでも呑み直しに行く積りなのだろう。陽気な声を夜空へ捲き上げ、波のようにゆれてゆくのだ。じゃれ声で一人が音頭とると、みなそれにつけて唄うのだ。

ほろ酔い機嫌に　夜風は寒い
あすは天気か　吹けよ西風星月夜
天気まかせの　おいらが稼業

恋は国々　　　　あの女の数は空《こ》の星
泣こと笑おと　　どうしよとままよ
酒は極楽　　　　おらは世界の無籍者

彼等の姿が町角から消えても、陽気な歌声は未だ聞えていた。

奈美はふと寂寥に襲われて、熱い吐息を洩らした。扉を押して引返すと、カーテンの陰に、未だジョニイ伊東が立っていたのだ。

「奈美公、招待券何枚貰った？」

「三枚さ」

「売ってくれ、三枚とも、倍額で買うぜ」

「ほほほほ、あんたのお金、不浄のお金よ」

薄い肩をゆすって笑う奈美の声は、夜散る花のように生気がなかった。彼女は深く気にも留めないで、健から貰った招待券を三枚とも彼に渡したが、それを握った伊東が、直ぐに便所《トイレット》に行って、招待券を水につけ、あたりに眼を配りながら、せかせかと薄く器用に二重に剝がしていたことまでは、気付こうはずはなかった。奈美は、この時まではまだ、ジョニイ伊東を、上海によく巣喰っているただ単なる春画売りのアパッシュだと思い込んでいたから。

江湾競馬場

「奈美ちゃん御覧、あんたの兄さん、ブロンドと腕組んで来るわ、随分美男《ハンサム》ね」

「――」

「あたし、あんたの兄さんに、すっかり参っちゃったの」

「駄目よ、金髪が付いてるじゃない」

「構わないわよ。あたし、断然腕に捻《より》かけてやるわ。大和撫子《やまとなでしこ》だもん。その上あたしが参ってるのやわ。話は早いわよ。日本人同士、直ぐにオーサンキューベルマッチよ」

「愉快な人」

「生来《ねっから》の楽天家よ。あんたのお姉さんになって、時々はキスしてあげてよ」

望遠鏡片手に、臙脂《えんじ》色のハーフコートの胸を張って玻瑠子は陽気だ。白いベレーを阿弥陀《あみだ》に被り、スカートは張ち切れそうな広東《カントン》豚の逞しいお尻を据えて、向う脛を組合してハイヒールの踵でスタンドをこづいている。

玻瑠子と京子とナターシャと早百合との真中に挟まれて、奈美は上気していた。賑やかな周囲の雰囲気に抱き込まれて、軽い口笛すら吹いているのだ。

江湾競馬場の空は一帯の鱗雲で、折から黄浦江《こうほこう》の彼方に傾いてゆく夕陽に焼けて、金貨をばら撒いたように豪華な夕模様であった。

開場後既に三時間余だ。懐古味豊なアメリカインデアンの戦勝踊に始って、カウボーイの牛追い、投げ縄、曲射撃等の西部もの、コサック亡命者達の馬上曲芸等定石《じょうせき》通り。休憩後の皮切りは馬来人のピエロが花自動車を疾走さしての道化。観覧席からのこのこと出てきたサクラを轢殺と見せて、倒れたその男の体は車輪の間を素通りしたり、招待席目蒐《めが》けて衝突と見えた時に、車輪が飛んで、ドシンと据った車体の上で、ピエロが茶色の顔に大口を開けて笑いこけるといった極くナンセンスな息抜き等々。いよいよ鳥人曲技《バードマンサーカス》が次いで始まったのだった。

ヒリッピン人の演ずるオートバイから低空飛行への乗り移り、小型飛行機の凱旋門くぐり等までは、それでもなお類型があったが、日本人木山浩二のパラシュートから、いよいよ場内は白熱化した。

千五百米《メートル》の高空で機翼から身を躍らした彼は、爆弾のようにきりきり廻って恐ろしい速さで落下してきた。真倒《まっさか》さまになって、手脚で虚空をあがいているのが、段々見えるようになってきた。加速度だ、巨弾の激墜だ。もう間に合わぬと、観衆が冷汗を握って、場内遽《にわか》に騒然となった時、パッと真白な傘が拡がったのだ。水母《くらげ》のようにユラユラと大空を落ちてくる。木山は飛行眼鏡をキラッキラッと光らせ、白い歯を見せながら、投げキスしいしい鮮やかにロープをさばいて降りてきた。地上はブラボーの渦だ。次から次へとこうして曲技は戦慄と猟奇に拍車をかけて終りに近付いたのであった。

今度の、沢野健の空中乗移りの次には、漸く夕闇が迫ってくる時分になる。その暮れ始めた星空を背景にして、大詰の、大火焔の離れ業「火星の急墜《ダンフォーロブマルス》」が行われる段取なので、大鉄傘下二万数千の観衆の胸は小太鼓を轟かして、青い眼黒い眼茶色の眼すべて亢奮に輝いて見えた。

ユンケル小型飛行機が二台、翼を張り合って西の空を睨んでいる。左の方にはスペンサーと沢野、右の方には木山が搭乗した。スペンサーの妻イサベラや、ルイズその他の団員が両機の脇から身を引くと、プロペラは夕陽の反映をまき散らしながら矢車のようにキラキラと廻り出した。忽ち爆音。

　鹿の背毛のように靡《なび》いている芝草の中を突切ってまず木山機が機体を浮かした。続いてスペンサー機も。万雷の歓呼だ。ヂュラルミンの胴体を輝かしながら離陸した。

「手を振ってるわよ手を振ってるわよ」

　玻瑠子は奈美を小突きながら、すっかり上っているのだ。後部搭乗席で健がしきりと手を振っているのが見えた。奈美は眼頭が熱くなった。千切れるようにハンカチを打振った。

　二台の単葉機は競馬場の空を一直線に西へ突切ると、機首を転じて場内の空高く、夕焼の空に真白く大弧を描きながら、横転逆転宙返りと続けさまに演じ終ると、次はどんな離れ業を目論んでいるのだろう。再び爆音高く機首を冲天高くへ仰向けると、そのまま、互に追いつ追われつ、上空へ上空へと、二匹の銀蜻蛉は細まって行った。

「まあ、あんなに高く上って、地球を見降ろしたら人生観が変るわね」

「何をくよくよダンサー稼業、意地と金との恋車、ええ吹っ飛んじまえッよだ、ほほほほ」

　玻瑠子と京子とが仰向いたまま喋言《しゃべ》っているのを、奈美は哀愁を抱いて聞いていた。

怖ろしき離れ業

　高空三千七百米——。満天の残紅は焼け爛れた熔鉄色だ。二匹の銀蜻蛉は悠々迫らず、時々翼を鏡のように反光さして転廻した。

　突如、濛々たる黒煙を吐いて一機が機首を倒立てた。キリキリ舞いながら落ちてくるのだ。千米、五百米、三百米。そのまま低空旋廻。

　機上で煙硝管を捨てた浩二は、にんまりと笑いながら上げ舵を取って、搭乗席から手を振った。もうトリックに慣れ切った観衆は、どんな離れ業が起っても驚かないらしくさっきまで、一面クローバの花が風に揺れるように打振っていたハンカチの波も、まばらになっていた。そこでスペンサー機が雁行してきて、空中飛移りが開始された。

　木山機から空中梯子が投げ落された。五米はあろう、霞網のように頼りなく靡いている。下に雁行しているスペンサー機の後部搭乗席から黒い人影が抜け出て、覚つかない腰付で立ち上った。手を伸した。届かないのだ。手先に近寄っては忽ち遠去かる空中梯子の尾を睨んで、彼は呼吸を計っている素振りだった。

見事な、怖ろしい跳躍だ。高空の空間を螺旋《ゼンマイ》のように彼の肢体はおどった。空中梯子はその反動でブランコのようにぶっている。吹き流される空中梯子の段を猿《ましら》のようにすばしこく駈け上って行く。観衆はどよめいた。底知れぬ彼の度胸にただ舌を捲くばかりだ。

浩二は操縦桿《ハンドル》を寄せて右旋廻しながら、梯子を登ってきた健を向えた。

（上々吉だな！）と言おうとして浩二は口を噤《つぐ》んだ。健の顔色がただならぬのだ。いつもは不敵な微笑さえ口許に湛えて見せる彼だのに、その蒼白な顔色は何事だ。

浩二は伝声管《パイプ》に口を当てた。

「どうした健、体でも悪いのか」

「いや、ちょっと変なことがあったんだ」

「どんなことだ、え?」

「いや、俺の気のせいかも知れない」

「言ってみろよ」

「いや気のせいだよ。ゆうべ寝つかれなかったからな」

「じゃ次の止したらどうだ、呼吸が狂ったら危いぜ」

「なに、やるさ」

「大丈夫か、え、健」

「うむ」

最後の言葉はただそれだけだった。口を真一文字に結んで、搭乗席から這出したのだ。足さぐりで捜りながら再び空中梯子の人となった。既に黄昏《たそがれ》の薄明となっていた。蕭条《しょうじょう》たる夕風に梯子は吹き曝されている。一段一段と足捜り手捜りで降りて行く健の姿の周囲には、眼には見えなかったが、何か物悲しい運命の霊気が襲い掛っているように浩二には感じられた。地上から見たならば、空中に浮いた彼の大きさは五月人形位にしか見えなかったろうが、浩二の眼には、ロープを放す手指の動き、梯子を捜り当てる足先の微動まで手に取るように見えた。それだけ気が気ではなかった。

最後の段を足場にした健の姿はくの字型に構えた。下に雁行する後部搭乗席を覘っている。危機一髪、浩二は上から見ていて気が気でなく、思わず乗り出して見下した。

彼の手はロープから放れた。足も。くの字型のまま空中を真下へ飛んだ。

「あッ！」

浩二は思わず眼を蔽うた。その間三米とはなかったはずである。健の片脚は首尾よくスペンサー機の後部搭乗席に着いたが、機体はその反動を喰って右へ傾いたのだ。そのはずみで一旦片脚かけた彼の体は再び空中に游ぎ出て、あわや離れたと見えた瞬間、幸にも彼の左手指が風除けを掴んだのだ。体は機胴を滑ってぶら下った。彼は攀《よ》じ登ろうと焦っているが、ヂュラルミンの流線型、そのどこに足場があろう。彼は必死に海老のようにはねた。無駄だった。重い体と機胴とはただ片手先の、それも僅か五本の指先で掴まれているに過ぎない。機体はぶら下ったそのあおりを喰って右へグルリと横転しかけた。他愛もなく傾いた。

「右上舵だ！」

拳を叩いて浩二は絶叫したがもう遅かった。絶望を叫ぶ健の声が不吉に浩二の耳に響いた。僅か片手の指先で掴んで体の支えとしていた健は、右へ横転されては、どうしてそのまま掴んでいられよう。指の握りを逆に解かせるようなものではないか。

指先は遂に離れたのだ。虚空に浮いた健の体が真逆さまに、大地へ向って弾丸のようになって落ちてゆくのだ。この高度では、とてもパラシュートは間に合うまいと突差に思った浩二は、機首をぐっと大地に逆立てると、飛行機諸共、落ちてゆく健を追うて急墜して行った。万一の望みがあったのだ。途中で追越して、機体で受けとめて首尾よく後部搭乗席に掬上《ラドルアップ》げて成功した例はある。多少の骨折はみても命には別条はないのだ。

曲技の離れ業かそれとも真の墜落か。観衆はなお多少の疑問を抱いて、まあまあと糞落着きを見せていたが、どことなく詐《いつわ》りでないある真実の恐怖を予感したのだ。

遂にいつまでもパラシュートは開かず、否開く間もなかったのだ。真の墜落と見て観衆はやっと総立ちになった。はしゃいでいた玻瑠子は眼を蔽うた。奈美はそれでも気丈夫に瞳を凝らして固唾を呑んだ。百人百様の緊張は無言の窒息となって凍った。遂に駄目だった。

急速度に落下してきた黒影は、遂に競馬場の中央に、パッと黄色の砂塵を立てて墜落した。迸血が散華のように飛散った。

観覧席は夜の墓地のような静寂に包まれた。それもしばらくで、どこからともなくざわめきは湧き起って、スタンドは鼎《かなえ》のようになった。その人波を押し分けて、奈美は発狂したようになって、スタンドから馬場へ乗り出して行った。玻瑠子も京子も追うた。

「あんた達は来ないでいい」

奈美の両眼には涙はなかった。紅玉《ルビー》の夜光のような激しい光が潜んでいた。

髪を散らし、靴を蹴散らし、奈美は芝草の上を真一文字に、競馬場の中央へと狂奔して行った。

蠢く男

蘇州河が黄浦江に合流する処、公家花園一帯には深い夜靄だ。河口の橋畔の街燈は仄蒼くぼけて、湿った光の輪を投げている。

月もない。向う岸の日本人街の靄の中からチャラメラが哀音を響かしている。

「ふん、怪体《けたい》な苦力《クーリー》だな」

すっかり葉を散らした河畔の柳の並木伝いに、ジョニイ伊東は一人の背を曲げた苦力をつけていた。

よちよちと前こごみに歩いているその苦力の姿は、ちょっと見には老人のようだが、そうではない。いい体格の癖に故意にそんなにして歩いているのは、歩きながら時間を費しているのだと伊東は睨んだのだ。案に違わず、間もなく一台のダッドサンが徐行して来た。警笛を妙に長く鳴らして橋畔をヘッドライトを照らして来るのだ。苦力の影深い容貌がその照明の中に克明に浮き出した。

「やはり犬だな」

伊東は秘かに頷いて柳の蔭に身を潜めた。ダッドサンの操縦席でぱっとマッチが光った。その赤い光の中に浮いた顔は、煙草を吸いつけたスペンサーと、その横に相乗りしているイサベラのツンと反った鼻の横顔。

車はそのまま橋上を滑って対岸を左へ折れて、靄の中に消えて行った。苦力は佝僂《せむし》のような腰付で、つつと足早に走るとスペンサーが投げ捨てて行ったマッチの余燼《よじん》を拾ったのだ。そしてせかせかと拾い煙草に吸いつけるような恰好をしているが、そうではないのだ。苦力の眼は鋭くその軸木を読んでいる。

「野良犬奴！」

低いが臓腑を慄わすような怒声だ。苦力は、病犬のような喉鳴りを残して、顎を抑えて、そのままのめってしまった。唇から赤い糸血が顎へ引いている。

わななく苦力の手から、半消しのマッチをひったくると、伊東は苦力の脂光りのする襟首を引っ摑んで、ずるずるとクリークまで引きずって行った。犬の死骸でも蹴込むように、濁流渦巻く河口へ落し込んだ。

河霧の底で、ざんぶと波の散る音が響いただけで、あとはまたもとの静けさだ。伊東は両手をパチパチと払うた。鼻の孔をふくらませて、嘲笑の口許に皺を寄せ、河霧の底を見やった。

「ふん、他愛もねえ奴だな、犬らしくもねえ」

橋のたもとまで引返してきた彼はあたりを見廻した。人影のないのを見定めると、踵を返した。髪の垂れ落ちた額に、つば広のソフトをあみだに被り、襟立てたオーバのポケットに両手を鍬のように打ち込んで、首を前に突き出して、怒り肩を泳がせながら、飄々乎《ひょうひょうこ》と歩き出した。

河岸を溯り右に折れると、霧に濡れた街並の向うに、夜更けて蘇生した北四川路のネオンの光が赤く青く明滅している。

「誰だ！」

伊東は街角で誰何《すいか》されてギクリと立止った。鉄甲《てつかぶと》に銃剣の物々しい日本陸戦隊員の衛兵だ。

「日本人！」

伊東は大声にまずこう叫んで、あとは二言三言ぼそぼそと囁いた。


衛兵の表情はやわらいで、機械のように厳格に首肯した。警戒線をあとにした伊東は相変らずの恰好で歩いた。口笛さえ吹いている。

鉄扉の商行の物陰から、ふいに美しい蛾のような女が舞い出てきて伊東の腕を取った。

「ね日本紳士遊ばないか」

金髪にヴェールをかけたスラヴ女が、青い眼に媚を湛えて、にっと睨む。僂いその美しさ、黴《かび》の臭いが感じられる。

「これ買ってくれないか、え、姐さん」

伊東はポケットから極彩色の紙片を出した。

「……」

女はそれと伊東の顔とを二度三度見較べていたが、同業だと感付くと泡喰ってきりきり舞いしながら、腰を泳がして闇に消えた。

伊東は足を早めた。ＵＭＥＫＡＷＡのネオンを遥かに仰いで急いだ。そこにはもう木山浩二が待っているはずであった。

グレイス・マッチ

「ジョニイ伊東は、未だ来なかった」

「ええ」

兄を失くしてからの奈美はげっそり窶れて見えた。天涯に身寄りもない彼女は、ただ兄の骨を柳行李《こうり》の中に秘めて、生活のために死の舞踏を続けていた。兄の亡き後はただ一人の浩二に頼るべきであったが、気苦労のせいか急に募ってきた時分の胸の病を思うと、この上浩二に迷惑をかけるのも心苦しく、彼女は涙を拭いて、それとなく冷たい態度を取っているのだ。

泣いて泣いて、泣き明した奈美の眼は大層大きくうるんでいた。蠟のように透き徹っている頰に、ほんのりと浮いている頰紅と、思い切ってつけた眼隈《めくま》と玉虫色の口紅とが、近々に見る浩二の眼にはなおのこと痛々しく感じられた。屈托そうに長椅子《ソファ》に斜に凭れている奈美。浩二はその姿に、散る前の芙蓉の花の儚なさを感じて、秘かに胸の疼くのを悲しんだ。

きょうもまたアルジェンチン・タンゴの「ガリエギータ」が壁一重向うから聞えてくる。桜の床板を踏む軽やかなステップの音が、浮世の時の刻みのような諧調だ。人の心も知らずに、酔払いのメリケンセイラー共や、顔だけは分別臭そうなアングロサクソンの船員共が、ガン爪みたいな赤毛の手で、支那娘や日本娘の細腰を擁しながら、いい気になって踊りまくっている片影が扉の隙から影絵のようにちらつく。

「ね、あの伊東ね、ジョニイよ。あの人の商売、一体なに?」

「む? 御覧の通りアパッシュ」

「でも、金放れはとてもいいのよ」

「ボロイ儲けがあるからだろうさ」

「でも、あたし、ただのアパッシュのようには思えないふしがあるの、近頃ね」

「裏街の絵描き奴、インテリ臭い処は確かにある、はっはっはっ」

扉を靴先で乱暴に蹴った者がある。入ってきたのは伊東だった。片眼でウインクする。

「こちら様はえらいお人さびれだな」

相変らずの姿勢で寄ってきて、向う側の椅子にくるりと馬乗りになった。

「暖かいもの、何でもいいから見つくろって」

浩二は体よく奈美を外さした。奈美の後姿が奥の扉から消えると、浩二は待ち兼ねたように口を切った。

「どうだった」

「お眼鏡通りだ」

「ふむ、やっぱりね」

「こいつだ」

ポケットから軸木の太いグレイス・マッチの半燃えのを出して見せながら、低い声で、それでも、おそろしい口早で、伊東は蘇州河畔での一件を話した。

「で、もう歩いてくる中に夜霧に湿ってすっかり消えたがね、こうするとまた出て来る」

伊東はライターからマッチに火を移した。二人は額を寄せ合って眼を据えた。グレイス・マッチの太い軸木はめらめらと燃え出した。

「これだよ、読めるだろ」

浩二は頷いて見守っている。軸木は赤い炎をあげて燃えている。火が伸びてくると軸木は次第に乾いて、乾いた方から鮮やかな緑色の点線が続いて現れてくる。それも瞬く間に燃えてまた次の点線が現れては燃えた。爪先まで燃え尽きた時、伊東はフッと灰を吹いた。

「分っただろう」

「モールスのもじりだな」

「稚戯に類するね」

と伊東は大きく頷いた。

「こいつ塩化コバルトだよ」

「湿った時には無色で乾き切ったら緑色ってインキ、あれか」

「そうさ、古い手だよ――今読んだ通りだ。明かに彼奴等は王文陳《ワンエヌチン》一派と策動してけつかる、猪口才《ちょこざい》奴、俺達の向うを張って暗躍するたあ小生意気な心掛けだ。ふむ、沢野をやったのももう疑う余地はない。計画的だよ」

「そうさ。あんなへまな操縦は駆出しだってやれやしねえ。それをスペンサー奴、新聞記者達には不可抗力だってさ、笑わせる」

「仕方ない。だから木山、一つ、この腹癒せはこっちも不可抗力でやったらどうだ」

「考えてるんだ」

「今の中にやっとかなくちゃね。王文陳《ワンエヌチン》一派が煽動に乗って暗殺隊が放たれたらそれまでだよ。十九路も動くぞ。忽ち動乱だ。彼奴等が強がっている息の根を止めるのは今の中だ。早くやらぬと危い。公にバラしちゃ面倒だし、スペンサーさえやってくれりゃ、ウエパー達の領事館派はおれ達で灰にしてしまうぞ」

「やる」

「頼む。今読んだ通りだ。先手でな」

「沢野がやられて孤立無援の団内だ。歩三兵処か歩一兵の苦戦だ。やるか、やられるか、とことんまでやろう」

浩二は煙草の吸口を嚙み切ってぷっと吐いた。奈美が奥の扉を押し開いて、通し物を運んできたので、ひそひそ話は、手の平を返したように変った。

「はっはっはっ何枚持っているんだよ」

「やっと八枚出来たのだよ、メリケン向きだ」

「何弗なら手放すかい」

「前金なら勉強する」

「せくなよ、はっはっはっ」

「五弗！」

唇の隅っこにピンと煙草を咬え上げながら、ボッボッと煙の環を吐き吐き、伊東は眉を八の字にして首を突き出し、五本の指を鼻先に拡げた。

「取引は何時の見当かい」

「あした、もう日がない、千秋楽《らく》だよ」

「次は東京か、ふむ、確かに頼む」

奈美には、伊東と浩二とがこうして秘かに決行を約束したのも、気付かなかった。

美しき人罠

酔蘭《シャンラン》ホテルの七階の窓から、見下す南京《ナンキン》路のプラタナスが月影にさやめいて、物淋しい。

浩二は自分の三十一号室の扉を開けた。

「おや？」

室内が真暗なのだ。出る時にはスイッチは切らなかったはずだがと怪訝に思った。電燈をつけて見ると、別に変った様子もなかったが、どこからともなく艶しい香が漾うてくるのだ。

「薔薇の花かな、今時分、ないはずだが――」

奥の寝室の方で微に絹擦れの音がしたようだった。彼は怪しんで、奥の扉を開けた。扉を開けると、真暗な室内から、雪のような膚を見せた女がやにわに彼の首っ玉に縋ってきた。泣いている。背筋を痙攣さして嗚咽している。

「ね、ミスタ・キヤマ、あたしを叱らないで、後生だから。なんにも言わずに、あたしをあなたの処に寝かして。でなくちゃ、スペンサーの奴がうるさくて、あたし、安心して居る処がないの」

ルイズである。涙に濡れた頬を浩二の胸に押し当てて哀願するのだ。

(可哀想なルイズ、健を失くして取乱しているな)

浩二は胸の中が熱くなってきた。隣室から射してくる明りにほの白く照されているルイズの容貌。ピジャマの釦《ボタン》は外れて白い柔かな乳房の膚が覗いている。ルイズは彼の胸で涙を押拭うて仰いだ。

「キヤマ、あたし、サワノが忘れられないの。淋しくて耐《たま》んない。ね、気が狂いそうよ」

「健はいい男だったな、男の俺だって惚れていた位だものなア」

「ああ、サワノ、あたしどうしたらいい」

淋しさに心を掻き毟しられているルイズのひた向きな顔を近々に見ていると、浩二はついほろりとなった。ルイズは瞳を凝らしてじっと浩二の顔を見つめていたが、突然狂いでもしたように、ああ！　と熱い燃えるような溜息を吐くと、首に巻いていた腕に力を籠めて背伸びしてきて唇を押し当てた。きらきらと赤く光った唇だ。甘い香の中に浩二は嘔吐を催すような腥《なまぐさ》い金属臭を感じた。刹那舌がキリキリと激痛して痺れ出してきた。

「うぬッ！」

彼は激しい腕力でルイズを突き退けた。よろめくルイズを擲きのめすと水栓口へ走った。

やがて彼は唇についた水気を切りながら、絨毯《じゅうたん》の上に突伏せているルイズの肩を摑んで引き起した。

「誰から頼まれた言え、言えッ！」

「……」

「言えッ！」

「脅迫されたの、堪忍して頂戴」

「スペンサーか」

「聞かないで、言ったら、あたし殺されるの」

ルイズは彼の足もとに身を伏せて、あやまっているのだ。

「じゃ聞かぬ。スペンサーに言うな」

「……」

彼女はすなおに頷いた。浩二は彼女の両手首を握って、妹にでもさとすような語調で言った。

「ルイズ、お前も沢野ほどの男に惚れた女だ。よく考えてみろ。そして沢野の顔を立てるようにするのが、惚れた女の立て前だぞ。分ったか。分ってくれるね。ルイズ」

しばらくはどちらからも一言も発しなかった。恐らく二人の胸には別々な思いの環の中に、沢野健の幻を見ていたのだろう。

ルイズが唇を痙攣させしている。濃藍の絨毯の上に、真珠のような涙の玉がぽつりと一つ落ちて宿った。

濁流へ

千秋楽の日――。

プログラムはもう終に近付いていていた。大鉄傘下の立錐《りっすい》の余地もないほど犇《ひし》めいている観衆は今や戦慄と好奇の最高潮に喘いでいた。沢野健の墜死以来、それが彼等の離れ業を裏書する宣伝となって日毎に観衆は増加してきたのだ。今日の人気は爆発的で、プログラムには意想外なスリルを企んで、いやが上にも人気をあおった。観衆は固唾を呑んで次の出を待ちあぐんでいるのだ。

しかし浩二の眼から見れば、浩二はスペンサーを、スペンサーは浩二を、暗黙裡に葬ろうと企む秘かな闘争が自然そういう結果を招いたとしか考えられなかった。目的遂行のカムフラージュなのだ。これだけ度胆を抜いておけば、もう今度、よほどの変事が勃発しても観衆はこれもまた曲芸として見逃すであろう。決行の好機だ――とこう二人とも心構えしたのである。

奈美は、悲しい思い出のここには、どうしても来ないと頑張ったけれど、何か含む処あって怒るようにして連れてきたマネジャーの山田に附添われて、初日と同じスタンドに坐っていた。野分にもすっかり冬の冷たさが感じられた。草も藁のように乾いて野分に吹飛されていた。突風に黄塵が散っていた。

いよいよ空中飛移り。スペンサーが浩二の肩を叩いて笑いながら言うのだ。

「ミスター木山、追善供養に、僕が沢野の役をやるよ。頼む」

「本人もそれで浮ばれましょう。鮮かにね、頼みますぜ」

「うむ、操縦も思い切って乱暴に、大胆にね。大入満員の御礼にも、そうしなくちゃ」

「御もっとも――」

口先だけではそう答えたが浩二は肚の中で（奴さんも俺と同じような事を考えてござるな）とせせら笑った。

いずれもカーキー服で、浩二とスペンサーとはユンケル機に仲良く相前後して搭乗した。純白の飛行服を纏ったルイズは表情を硬張せたままフィアン単葉機に乗った。三人とも表面だけでは、昨日まで何事もなかったかのような顔付をして、お互に会釈し合った。次に手を高く振ってスタンドの観衆に応えた。

やがて起った爆音。千切れるように靡く枯草。歯止めは外された。二機翼を連ねて滑走すると見る間に、もう車輪はバウンドして草の頂を離れていた。五十米、百米、二百米、三百米――。場空に大弧を描きながら、相前後して螺旋《らせん》形に上昇して行った。

浩二の心は極度に緊張していた。操縦しながらも後の気配に気をつけて反射鏡《バックミラー》から眼を離さなかった。後部搭乗席の風除けの向うに顔だけ出して、じっと自分の後頭部を見詰めているスペンサーの眼が、飛行眼鏡の奥に光っているのを、鏡の中に見ていた。

一千米。高度計が指した時、伝声管《パイプ》からスペンサーのだみ声が流れてきた。

「天空文字、開始《ビギン、スカイライティング》」

「O・K」

浩二は巧に操縦桿《ハンドル》を操りながら高等飛行に移り、黄昏の大空も狭いばかりに縦横無尽、「Prosit《バンザイ》」のコースを描くのだ。スペンサーが点じた黄色火薬は煙を吹き出した。凄じい勢いだ。煙は色を増して赭色と変じた。下から仰いだ観衆は夕暮の大空に見事な赭煙《かくえん》の大文字「Prosit」と綴られたのを見て、やんやと喝采した。ルイズ機は離れて遊飛している。

浩二は天空文字の最後のコースを終ると幾度も立て続けに宙返りを繰返した。それには含む処があったからだ。巧妙な煙幕だ。観衆に喝采さした天空文字は、下界から望遠鏡によっても機上の犯行を目撃されまいための、スペンサーが秘かに練った策謀であるのだ。浩二はそれを逆手に利用しようと時期到来を狙っているのだ。

天空文字が乱れて、薔薇色一帯の煙幕と流れると、機体はその中を突いてぐんぐん上昇した。スペンサーはなおも残りの硝煙を吹かしている。視界一帯紅霧の中だ。

スペンサーは茶色の眉を顰めながら浩二の後頭部と前の反射鏡に写っている浩二の眼とを見較べている。焦っているのだ。愚図々々すると煙は容赦なく薄れるのだ。薄れたならば決行は危険だ、スペンサーが秘かに握りしめたコルトに冷汗が滲んだ。肩幅の広い浩二の後姿。スペンサーがコルトを揚げて狙おうとすると、反射鏡の中で浩二の顔が不敵な微笑を見せるのだ。スペンサーはその気に呑まれて揚げかけたコルトをまた納めるのだった。いよいよ煙は霽《は》れかけた。スペンサーは固唾を呑み下した。一瞬の隙だった。浩二が眼を外らしたのだ。

銃声だ、一発二発続いて三発、炸裂した。

「外道ッ！」

誘いの隙を投げた浩二は素早く上体を躱《かわ》していた。

「ゲエッ！　ゲ、ゲ、ゲ」

底慄いを催す叫喚だ。浩二が打ち下した廻螺器《スッパナー》の下に、鮮血の花が散って、スペンサーの手はみじゃけて骨を出し、コルトは機胴を滑って落ちて行った。滴々と機胴に落ちる流血。飛行眼鏡の傾いた奥で、大きく見張られたスペンサーの茶眼が、複雑に閃いたのを近々に見据えて、浩二は廻螺器《スッパナー》を振り翳した。

「間諜《スパイ》奴！　くたばれ」

浩二の口は赫い火焔を吐くかと思われた。振り下した廻螺器《スッパナー》の下に、ギヤッ！　と言って顔を蔽うたスペンサーの臂の骨が挫れた。

「俺は、沢野だ、鬼だ、怨み、思い知れッ！」

連呼絶叫しながら浩二はスペンサーの肩を腕を鎖骨を手首を滅多撃ちに打ち砕いた。スペンサーのカーキー色の飛行服の襟から袖から胸から、点々と地図のように赤い血が滲染し出した。背骨だけに支えられて、手抜け人形のように首だけ振りながら、苦悶に顔面をひきつらせているスペンサーを見返って浩二は剛気な微笑を口許に湛えた。悠々と座席に落着いて足を動かし機首を右へ旋廻させると、そのまま南東指して直進した。

「みんな白状します、秘密みんな言います」

喉仏をごろごろ鳴らして哀願する。

「言わなくとも、俺の方にゃ分ってるんだ」

「あなたの知らぬことが、未だ未だある」

「ふふん、だから、どう言うのだ」

「下へおろして下さい」

「恥を知れ。間諜《スパイ》なら間諜《スパイ》らしく往生際をきっぱりしろ。日本人を見習え。亡者奴」

「おろして下さい。あなたのため尽す」

「あせるな、今におろしてやる、はっはっ」

江湾競馬場はもう遥か北西の夕闇の彼方。梅園、趙家浜の民家が遥か下界に霞んで見える。行く手に薄闇の下界を区切って、呉淞《ウーソン》湾の彼方、陸の尽きる処に、揚子江が大海原のように白く光って見える。

　浩二はそれを見極めると羅針盤《コンパス》と高度計とを見較べながら、僅かに下げ舵をとったまま、操縦桿《ハンドル》を革紐《バンド》で固定してしまった。

「おい、ミスター・スペンサー」

　浩二は向き直って笑っている。

「日本人がどんなものか、始めて分ったろう。冥土の土産じゃ、肝に銘じておけや——。おさらば、じゃ。あと七分すれゃ、このユンケルは、間違いなく、揚子江の真只中に突撃だ、ふん、今時分、水は少々冷いからな、風邪でも引かぬようにお大事に。はっはっはっ、泣くさ、喚くさ、精一杯な、お空の星が笑おうて……」

　言いも終らず素敏《すばし》こい早さで、ガンと一突き、廻螺器《スッパナー》で彼の鼻っ柱が砕けるほど突いたのだ。瞼に滲む溢血、たらたらと鼻血が唇へ流れ落ちる。恐怖に戦慄して瞳孔を拡大して、泣くとも喚くとも分らぬスペンサーの怪声《かいせい》を尻目に、浩二は蕭々《しょうしょう》と搭乗席から足先を踏み出した。一瞬、彼の五尺の体は機胴を蹴って、空中へ浮いた。

　豪快な大空へのダイビング。見る見る彼の体は細まって行く。快速度だ。親指ほどに黒影が縮小して、折柄下界を閉ざしかけている夕闇に消えたかと思われた刹那、ぱっと一点、純白の夕顔の花が開いたように、パラシュートの開いたのが見えた。

夜　明

「ルイズはね、その日の夜更け、酵蘭《シャンラン》ホテルのベッドの上で毒紅を嚙んで自殺してたのさ。うちの兄貴の写真を抱いていたという話よ。やっぱり女だったのね。

　遺書にね、自分は心からうちの兄貴を裏切ったのじゃありません、スペンサーの手引をしたのはみんな脅迫され、だまされて、女の考えなさから、やったことですって。浩二さんにも済まないって。兄貴が死んだ後、自分の愛がこんなにも深かったものか本当に分った、寂寥と自責の念に耐えられない、後を追うて死にますって意味のことが書いてあったわ。女ね。つくづくそう思うわ。怨めない気もするわ——。

　何しろ、あたしが船に乗る前の晩、昨夕さ、ジョニイ伊東がいつになく神妙な顔して来てね、この話をみんなしてくれたのさ。そして伊東は最後にこう言ったわ。

『諦めてくれ。犬死じゃないんだ。尊い、国の人柱なんだ。これは少いが、沢野の功に報いるその筋からの寸志だ。故郷に立派な墓でもこさえてな、それから、あんたも養生して、立派な丈夫な体になって、上海に来てくれ。動乱はここ一ケ月を出ず必ず勃発する。避ける事が出来ない危機だ。俺に未だ寿命があったら、あんたにも一緒に働いてもらうよ。いいな。ふん、浩二かい。元気に、君より一足先に日本へ行って活躍してるさ。近い中にまた上海に来る。はっはっはっ、忙しい俺達、熱もある、涙もある、故郷の恋しい時もある、家の欲しい時もある。だがな、これも男の生き方だ、活躍だ、その時が無念無想、心は光風霽月《こうふうせいげつ》だよ』こうなの。碼頭まで送りに行く訳にゃゆかぬからここで別れる。丈夫にな、ってあのアパッシュ奴が、本当に男らしく、あたしの手を取ってね、別れを惜しんでくれたの」

玻瑠子、君枝それにいつの間にか起き上ってきた京子、鞆江《ともえ》、幸子《ゆきこ》、みんなしみじみとした溜息を洩らした。

ペンキ臭い低い三等船室《スチレージ》の天井に、ほの暗い電燈が寂れてともっている。船客達は粗い毛布にくるまったまま、眠っている。上海の動乱の兆を見て、引揚げて来る女子供達だ。上海に残した夫や父の夢でも見ているのだろう。

船はもう吹雪を抜け出たのだろう。いつの間にか警笛は止んでいた。波の花散る円い舷窓が、ほんのりと白んでいる。夜明が近付いたのであろう。

丁度その時刻、××丸の無電受信室には慌しいニュースが報じられてあった。

上海発――日蓮宗僧侶達五名、三友タオル工場工人達、支那人群衆に襲撃され、暴行を受けて生命危篤者三名……。×××司令部発表――熱河省錦西、西方八十支里の地点において××監視部隊は優勢な敵匪《てきひ》の襲撃を受け、目下苦闘中。救援隊急行。死傷者判明の分は二十三名……。

舷側をどよもす波濤の響。暁闇の波上掠めて、千鳥の一群が渡って行く。

時に一九三二年、一月十九日の黎明だった。

髑髏譜

髑髏譜

　メゾ・ソプラノ歌手高月香江子が無残な最期を遂げた紅葉谷は、国立公園U嶽、絹笠山気象観測所の西北方二百米余の処に百舌鳥《もず》巌《いわ》という切り立ったような古生層の絶壁があるが、その真下にある渓谷である。

　どうしてそんな処に彼女が悲惨な死骸を曝さなければならなかったかということを述べる前に、彼女の死骸の外に男の死骸が二つ同じ場所に転っていたことを附け加えておかなければならない。

　この二人は谷山武太郎というN市に病院を経営しU嶽の新湯にサナトリウムを所有している相当手広い医者の長男次男で、兄の武介の方が弟の龍三よりも一つだけ年長だが、医大を出たのは同年度で、同期生達はよく双生児《ふたご》だと間違えるほど性質も容貌も似通っていた。大学を出て臨床の経験を積むために、N市の病院の方とサナトリウムの方と代る代るに受持って老父の手助けをしていたのであるが、この二人が高月香江子と同じ紅葉谷に死骸を曝すとは一体どうしたことであろう。

　紅葉谷の西岸は稚児ケ峰で、百舌鳥巌の絶壁は数十米切り立ったような岩盤を曝して相対峙している。風化した岩肌には一本の岩松さえ根をおろすことが出来ないで、ただ葛《かつら》ばかりが大蛇のように絡み合ってぶらりぶらりと垂れ下っている風景は、そうざらにはない奇観である。

　渓谷一帯は千古斧鉞《ふえつ》を入れない大楓林で蔽われていて、百舌鳥巌から眺め下した初夏の新緑に晩秋の紅葉は外人遊客の感興を唆る絶景だが、一旦渓谷伝いにそこに足を踏み入れる人があったならば、日の光も透さない下影の陰鬱さに驚くに違いない。薄暗く欝気はしっとりと澱んで、落葉の舞い落ちる淋れた音と、岩根をくぐって淙々と流れる谷川の響以外には生気のあるものはなく、さながら、雨の夜の墓地に一人佇んでいるような鬼気に襲われるに違いない。

　ここの苔蒸した岩の上に三つの死骸は、ここに一つそこに一つという風に転っていたのを捜査隊の人々によって発見されたのだった。彼女の白骨は血の香も腥い白絹の夜会服を纏っていた。武介の白骨は血のしぶいた浴衣を、龍三の白骨は白麻の服を着ていた。どの死骸にも一片の肉塊も附着していなかったのである。死後雨露にさらされて肉落ち骨現れたのではない。紅葉谷名物の山蟹が死肉を慕ってそこの岩根ここの岩影から這い出て来て、群り群って悉く貪食し尽したのは死骸の有様から明かなことであった。

白骨の纏っている衣服はどれもこれも引き裂かれ孔を穿たれ、そこから死肉を喰い、鋏を血濡らして死体の上を泡吹きながら嬉々として匍い廻った山蟹の脚跡が、衣服の布目に血の呪文のように縦横に乱れていた。

三人がどうしてこんな悲惨な死に方をしたか。それについて彼女が前夜まで滞在していた蓬萊ホテルの支配人は、高月香江子を愛していた三人の闘争の果だと言っていた。二人は谷山兄弟だが、他の一人は彼女の伴奏者で輪島文吾という男である。輪島が彼女を独占するために武介を秘かに誘い出して殺害し、それを知った龍三と決闘してまたまた殺害し、これを怖れて当局に密告しようとした香江子も遂に葬らねばならない羽目に立至ったのだと洩らした。

しかし事実は全然そうではなかった。ただそれだけの月並な事件であれば特に記述する要もない。私は偶然にも或る機会に輪島からその真相を聴いて驚いたのだったが、私以外の人も私と同じように、彼の話を信じてくれるだろうか。

「私は前後の事情から嫌疑をかけられましたので、意地にも潔白を示すため捜査隊に加ったのでしたが、龍三さんの内ポケットから三つの手紙を発見して始めて深い内情を知りました。真相を知ってみますと、その時までぼんやり見過していた事でも思い当ることが色々ありました。真相ですか、簡単にお話ししましょう」

と冒頭して語った輪島の話はこうであった。

夜の山荘

この事件の起った一週間前の夜のことであった。

蓬萊ホテルの食堂で晩餐を済ましてから喫煙室で新聞を拾い読みしていた輪島は、後から食堂を出て来た香江子に、ふとこんなことを訊ねられた。

「ね、輪島さん、あたしに今結婚申込んだ人があるとしたら結婚した方がいいと思う？　それともしない方がいい？」

冗談でもなさそうな彼女の顔つきを見て、輪島は唐突《だしぬけ》に出鼻を挫かれた気持だったが、それでも率直にこれだけは答えた。

「いけませんね、反対ですよ」

「まあ、どうして」

「どうしてって分ってるじゃありませんか、その体では結婚は禁物でしょう。私は医者じゃありませんけど、練習も出来ないで保養してる癖にどうして結婚など出来ましょう」

「ほほほ……そんなにぷんぷん怒って、でも結婚を申込んだ人はお医者さんよ」

「まさか谷山さんじゃないでしょうね」

「そうよ」

「どっちです、武介さんですか龍三さんですか」

「それがね、両方ともなの」

輪島はからかわれているのだと思って、むっとして彼女の顔を見返すと、彼女の顔には冗談気は微塵もないのだ。真剣に当惑しているのだった。


「どうしていいか困ってるのよ、あたし、お二人ともあの性質だから、面と向って拒《ことわ》ることも出来なくて――」

そう言って眼を伏せた香江子は本当に案じ果てているようであった。輪島は彼女の芸道と健康を思うと今彼女が結婚することは絶対反対だったが、話の行係り上それを余り主張すると嫉妬してでもいるようにとられると面《おも》羞《はゆ》かったのでそのまま黙っていた。

ところがそれから三日目の夜だった。

輪島は自室のバルコニーのデッキチェアに寝そべって、秋のコンクールで演奏する編曲のことを思案していた。静かな夜で天然林から漂い出た高山特有の霧煙があたり一面をおぼろに包んで、霧の彼方から月は夢のような仄かな光を投げていた。心地いい爽涼感にいつの間にかうとうとまどろみかけていた彼は、ふと甲高い声に夢破られたのだった。

「そんな繰言聞きに来たんじゃない。今晩こそはっきりした返事を聞こうと思って来たのです！」

荒々しい語気を含んでいる。下の香江子の室のテラスから聞こえて来るのだ。輪島はその声の主が武介ではなくて龍三であることを知ったのは次の言葉を聞いてからであった。それほど二人の声はまぎらわしい余韻を持っていた。

「明日は私が帰るのと入れ換えに兄貴がサナトリウムへ来ます。だから今の中にはっきりした返事を聞きたいのですよ、分るでしょう」

「心配なさらないで、あたしを信じてて」

「たとえ兄貴がどんなことを言ってもはっきり断れますね」

「出来るわ」

香江子の声は微かにふるえている。彼女は言いたいことも言えず、龍三の気魄に押されて止むなくそう言わされていることは輪島にはよく分っていた。彼は上から二人の話声を聞きながら、何とかして一日も早く、偏執的に激情な谷川兄弟から関係を断たせてしまわなければ香江子の前途も可惜《あたら》才を埋めるばかりだと案じていたが、まさか四日後に惨事が起ろうなどとは予想もしなかった。

幽霊文字《もんじ》

それから三日目の朝、サナトリウムから帰宅した龍三は、爽々しい病院の前庭を秋田犬ジュリーを連れて散歩していた。毎朝の散歩コースを会得しているジュリーは庭を抜けると、どんどん鎖を引張って門外へ出る。

鎖を帯に括りつけ懐手した彼は反身《そりみ》になって犬に引かれながら、あの夜蓬萊ホテルではっきり自分に約束してくれた時の香江子の透徹《すきとお》るほどに青白く美しかった面影を思い出して動悸を高めていた。そこへ郵便配達夫が差掛って朝の郵便物を四通手渡していった。

「やあ、御苦労」

気軽に受取ってそのまま懐に放り込もうとした手を止めた。四通の中《うち》三通は例によって医薬宣伝のカタログだったが、他の一通にはべたべたと附箋が貼ってあったからである。その附箋をはぐって見た龍三は思わず唾を呑み下した。

「おや、兄貴が、香江子に……」

宛名人は国立公園U、白雲ホテル三十七号室、高月香江子様、差出人は××市××町×番地谷山武介、と兄独特の右下りの文字で書いてあるのだ。

　彼は周囲を見廻した。幸い院内から見ているものはなかった。ジュリーは門前を右に折れて異人墓地の方へ、ぐんぐん脚を伸ばして行く。

　龍三は人影のない処に来たら開封して盗み読もうと考えた。彼はこの手紙を読んだら、香江子と兄武介との関係が洗いざらしになるに違いないと、内心わくわくした。果して香江子と武介との関係は、香江子が弁解したように清純なものだろうか。どの程度の深い交渉にまで入っているものか、時分以上に深入りしているか、それがこの手紙によって証明される、思わぬ時に未配達で戻って来たのは天網恢々疎にして洩らさずだと、心は怪しく躍り立っていた。

　だが龍三はその宛名が「白雲ホテル三十七号室高月香江子」となっているのを見ただけで、その内容を見るまでもなく、彼等の関係は想像出来る気がした。何故かなら、彼女の本名は高月香江子だが、

「本名で泊ったら直ぐに新聞種にされてせっかくの保養も台無しになるから、あたし高木小夜子ってことにしてるの、そのお積りでね」

　と彼女が悪戯らしく言ったのを思い出す。龍三もその積りで蓬莱ホテルに電話などする時にはいつも高木小夜子として取次いでもらっていたのに、この宛名はどうだろう。本名ではないか。そして彼女が昨日まで泊っていたのは蓬莱ホテルだったのに、白雲ホテル三十七号室となっている。

「俺とは偽名で、兄貴とは本名で……その上兄貴としめし合せて、俺が帰ると同時に白雲ホテルに引越す手筈を決めておくなんて、よくもあの時白々しく俺にあんなことがいえたものだ。手紙が先廻りし過ぎて舞戻ったのは当然の報いさ」

　龍三は武介の卑屈さに胸がむかむかした。香江子も「あなただけなの……」と純情そうに羞含《はにか》んでいたが案の定淫蕩的な反面が隠されていたのだと思うと、彼は革鞭で追い立てられるような激怒を覚えた。

　異人墓地に差し掛ると、犬に曳かれていた彼は、今度は反対に犬を引いていた。野薔薇の垣を大股に急ぎ越えて墓地内へ入った。色錆びた十字架が立ち並んでいる。一面に延びている苜蓿《うまごやし》には朝露がきらきらと光っていた。

　龍三は五月蠅く跳ね廻るジュリーを鎖から離した。傍の御影の台石にどっかと腰をおろして手紙の封を切った。

抜き出した四つ折の便箋を急いで開きながら、龍三は干《ひか》らびた口の中に粘い唾液の滲み出るのを呑み下した。

「おお！」

開かれた便箋は真白なのだ。次々にめくったどの紙にも一字も文字らしいものは書いてはなかった。半ばがっかりしながら、彼は裏返したり透したりしたがやはり文字らしいものすら発見することは出来なかった。

その中に彼は指先の触れていた便箋の端に汗が滲んで、朧げながらも文字らしい紺青の線の現れて来たのを見たので、狽てて取直そうとして一枚を滑らした。彼の指を離れた一枚の便箋はひらひらと草露の上に舞い落ちた。紙に滲み込む草露、その瞬間に、鮮やかな紺青色で「……龍三を……殺さなければならぬ……」という文字が明確に現れた。

「えっ！　俺をか……」

青天霹靂と言おうか、龍三は脳天を鉄槌で叩きつけられたような衝撃に心はぎょくんとしたが、見誤りではないかと疑っても一度よくよく見直したのだった。

血と血

やはり現われた文字はその通りであった。

「うーむ、畜生」

龍三は焼けるような息を鼻孔から出しながら唸った。眼が光って来た。

指先の汗に朧げに現われ、草露に濡れて鮮明に現われた断片的な文字は、何と不敵な文字ではないか。水分を含ませたら紺青色になる金属塩類の溶液で書いてあることを知ると、彼は手先で苜蓿を掻き廻した。べっとりと平手を露に濡らすと、それを便箋に隈なくべたべた押しつけた。すると期待したように、紺青文字の羅列が次々に現われて来た。龍三は首を突き出し、彼の癖であるように、指先を舐め舐めめくりながら、貪るような眼光でその文字を読んだ。便箋には武介独特の右下りの文字で、次のように呪ふべきことが書き連ねられていた。

香江さん、私はあなたの手紙を見て、かねて考えていたことを敢行することに決心した。こう書けばあなたは既に私が何事を敢行するか察せられることと思う。弟の龍三を殺すことだ。何故龍三を殺さねばならぬのか。それは事情が急迫して来たからなのだ。龍三はあなたをしんから愛している。それを前々からよく知っていた私は兄として弟に譲ってやろうと思っていたのだが、遂々あの晩あんなになってしまって、あなたが私をあれほどまでに愛してくれていたことを知ってからは私の心はがらりと変ってしまった。

香江さんは、一度知った者にはもうどうしても離れられない魅力以上の魅力を持っている。痺れるような甘い疼痛を潜めている。怖ろしい性格だ。龍三も同じこの苦悩に悶えているのだと思うと、可哀想と思い遣る心よりも嫉妬が先立つ。だが一人の女を独占しようとして、血肉を分けた兄弟が争うなんて、何という醜い不快事であろう。だがそれを承知しながら争わなければならないのは尚更惨酷なことだ。

どんなに惨酷であっても、もう事情がこうなったからには、断じて香江さんは離さぬ。龍三はあなたに結婚を迫るに違いないが、はっきり拒絶なさい。動機？　それは何となしに気が進まないとか、未だ健康体に復しないからだとか、楽壇の人気が心配だからとか誤魔化して。それでいいのだ。龍三は執拗に迫るに違いないが、その都度理由は適当に言っていていいだろう。龍三がはっきりとあなたと私との深い交渉を突きとめる頃は、もう彼の生命はないはずだ。先手を打つ。でないと龍三の性質として、裏切られた事を知った時、問責や面罵位で納得する彼ではない。必ず最後の手段を選ぶに違いないことは火を見るよりも明らかである。その時になって彼と争うのは不利だ。今の中に龍三をだまして殺さなければならぬと決心している。

十六日には私と行き違いに療養所から帰宅するはずだから、引き留めていて貰いたい。あなたのホテルになら尚更幸だ。そして十九日の夕方七時半、あの百舌鳥巌までおびき出して下さい。あなたが私の恋を受けてくれた思い出のあの絶景の巌頭上、あそこで私は龍三を葬って、私の恋を完成させる記念の地としたいのだ。結婚の返事をするとか、または二人で久し振りに静かな処を歩いてみたいからだとかうまく言えば、彼は喜んでそこへ行くだろう。あなたは彼を百舌鳥巌の処まで誘い出したら、何とか用を作って外されるがいい。私はあの附近の林の中に隠れて待っている。あなたが去るのを合図に、飛び出して龍三を殺して突き落とす。

絶壁下のあの鬱蒼たる楓の森には樵夫《きこり》も立入らないから死体を発見される怖れは毛頭ないし、また山蟹の群棲地として有名だから一夜にして死体の鑑別は出来ないようになるはずだ。

恐ろしい殺人行為ではない。未発見に終れば一夜の悪夢ではないか。悪夢、それは夜が明くれば跡形もなく消えて忘れられるものだ。災は決して身には及ばぬ。ましてあなたを独占するためには、それ位易きに過ぎる位だ。私は歓喜して敢行する。そして誰に気兼ねる必要もない愛の陶酔に浸るのだ。おお、香江さんの房々した香《かぐわ》しいその髪、黒く澄んだ眸、軟柔な頬、唇、青白く繊細な乳房の肌よ。それは誰のものでもない、この武介にのみ触ることを許された禁断の宝玉だ。微に瞼を閉じてその時の幸福を想像してごらん。動悸が高まるではないか。

それはただあなたが龍三を巧におびき出すことによってのみ恵まれるのだ。先夜香江さんが私の耳許でささやいたあの言葉が嘘でないならば、あなたは必ず龍三を巧に平然と誘い出してくれることを信ずる。

八月十四日

武　介

香江子様

読み終った龍三の顔は能面のように無表情になっていた。蒼白だ。眼だけが燐光のように輝いていた。

「十九日、今日だな、七時半だと……よし行ってやろう。うまうまと乗るものか、逆に武介の奴を……」

龍三の胸中には兄武介の顔が忌々しく描かれていた。ジュリーはどこへ行ったのか、附近には足音すら聞こえなかった。彼は口笛で呼ぼうともしないで、やおら立上った。

便箋の文字は、木の葉をそよがす夏の爽風に、乾燥してしまって、次第に色薄れ、再び始めのように純白の紙になってしまった。

巌頭上

夕日は既に稚児ケ峰の彼方に落ちて、百舌鳥巌一帯には、暮色蒼然と漂うていた。

龍三は百舌鳥巌の上に佇んで、対岸の稚児ケ峰との間の深い渓谷を凝乎《じっ》と見下した。

切りそいだ古生層の岩盤に垂れ下った葛蔓《つたかづら》の葉が夕風にそよいでいる。その遥か下方には鬱蒼たる大楓林が渓谷から湧き上って来る淡白い夕霧に夢見るように煙っている。夕霧の底から淙々たる早瀬のさざめきが聞こえて来る。

「ふむ、兄貴の墓地には勿体ない位の天恵の勝地だな……」

龍三はズボンのポケットに手を入れて、用意の兇器をまさぐった。コルトがひやりと冷い。彼は腕時計を見た。七時半には未だ間がある。武介の姿は周囲には見当らなかった。そこらの雑木林の中に潜んでいるのなら、もう出て来そうなものだったが、時々病葉《わくらば》がさらさらと音立てて樹下の灌木に落ちるだけで、あとはまた死のような静寂に帰った。

彼は平気を装おうと努めたが、鼓動は反対に高まるばかりであった。彼は武介が出て来たら例の手紙を突きつけて問責する考えであった。彼等の関係が手紙通りで武介の彼に対する殺意が不動であることが見究めついたら、もうそれ以上は詮策する必要はない、有無を言わさず射殺する、それより外に彼の卑劣を思い知らせる道はないと考えた。

かさりと足音がしたようだったのでその方を見たが人影はない。

「落葉かな」

彼は口の中で呟いたが、動悸はますます募って口の中は干らびていた。樹林を越えた絹笠山頂近くの気象観測所の灯が、浮世を捨てた聖火のように、夕霧の中に微に明滅している。

「観測所がちと近過ぎるが……」

この静かな地域では弾音が聞きとがめられはしないかという気がかりはあったが、彼は、

「ままよ、この薄暮と夕霧だ、姿を認められはすまい、邪魔立てするような命不知《いのちしらず》が出て来たら、そいつもお伴につけてやるまでさ」

と不敵な肚を据えた。

落葉踏む音だ。確かに落葉を踏んで歩いて来る人の跫音だ。近付いて来る。龍三は木の間を透して細道を見た。武介だ。武介が来るのだ。猫背で、あたりに気を配りながら来る恰好は肉親ながら虫酸の走るような不快さを龍三は感じた。武介は、龍三の姿を認めると、ぎくりとして立止ったが、決心したのだろう、前よりも大股にずかずかと歩いて来た。武介は右手に握り太のステッキを

摑んでいる。日頃から彼が愛用している仕込銃であることは龍三には一目で分った。

「ふむ、あれで俺を射《や》る気だな……」

龍三は内心せせら笑ったが、そんな素振りはおくびにも出さなかった。近寄って来た武介に平然たる態度で、

「遅かったな」

と挨拶の一つも死出のはなむけに言ってやろうとしたが、喉が痙攣《ひきつ》って、口の端に薄笑いが浮んだだけであった。武介の方でも何か言おうとしているらしく、口許をひくつかせていたが、これも舌が動かぬらしい。鼻翼が蠢いているだけで、じっとこっちに眼を据えている。その眼は卑屈に猫のように光っている。鼻翼の脇に軽蔑とも皮肉ともつかぬ不愉快な皺を刻んでいる。

渓谷から湿気を含んだ冷気が吹き上げて来ると、龍三も毛脛にぞくぞくと寒気《さむ》を覚え腋下《わき》から脇腹へ氷のような生汗がつつ――と伝い流れたのを感じた。

彼は武介の眼の光、口のひきつり、それに仕込銃と妙にそぐわぬ態度から、自分への不敵な殺意と憎悪とをはっきり見て取った。

「あ、あんたは俺が邪魔になるんだな」

龍三はやっとこれだけ言った時、それと殆んど同時に武介も、

「お、お、お前は鬼畜だっ！」

と上釣った声で叫びながら、さっと仕込銃の狙いをつけて引金に指をかけた。

「あっ！」

龍三は飛込んで仕込銃の銃口を摑むより早く、銃口に白煙が噴いて、弾音は樹間に谺した。続いて狙う仕込銃の銃口を避けて争いながら、龍三は、眼を釣り上げ額に深い皺を刻んだ武介の醜い眉間目蒐《めか》けてコルト持つ右手を差《さし》つけた。

「龍三！　俺を撃つ気か、それでも弟かッ！」

「お、お前こそ、兄貴か」

「餓鬼だ！」

「撃つ」

龍三は血の気の失せた薄い唇で、冷然と言い放った。彼の眼には兄武介の顔は見えないで、卑劣陰険な魔相が歪んで映じていた。龍三の眼には愛情の片影すらなく、後悔の涙も滲んでいず、ただ白々しい眼光だった。

低い底気味悪い爆音だ。骨の砕ける音がして白煙の中に血しぶきが散った。ぐっ……と呻いた武介は二三歩蹌めいてがっくりと膝を折って、腕をついたが、その手先

は巌頭を外れていた。支える何物も手の下にはないのだ。下は遥か紅葉谷である。重心を失った武介の体は、ずるずると巌角を滑り落ちて、そのまま墜落するかと見えたが危く蔓を摑み三米余の下にぶらりと宙に下った。

弾丸は下顎を撃ち砕いただけで、急所を外れていた。武介はみじゃけた顎から血を滴らしながらひーひーと喉笛を鳴らして、這い上ろうと渾身の力を籠めて海老のように跳ね返っているが、哀れにももがく度毎に蔓握る手は寸一寸と滑っているのだ。

醜い形相で仰向いて、呪咀か歎願か、何やら必死に言っているようだが、割れ笛のような怪しげな音が洩れて来るだけで、言葉の意味は聞き取れなかった。

龍三は巌角まで進み出て、無表情の顔でそーっと虚空にぶら下っている武介の姿を覗いて見た。遥か下の渓谷には、夜霧が色濃く立ち罩めて、一面の雲界で、その底から塒《ねぐら》につく雉の声が慌しい羽搏きと交錯して、もの悲しく聞こえて来るのだ。

宙に浮いた武介の姿は、対岸稚児ケ峰から遠望したなら、梢に垂れる一本の糸にぶら下っている簑虫ほどにも見えなかったろう。しかし彼は生死を賭してもがいているのだ。彼が必死に身動きする度に、張り切った蔓は巌角に摩擦して、ぶつりぶつりと薄気味悪い音を立てて、からみ合った一本一本が切れてゆく。

龍三は流石に渓谷に落ちてゆく武介を見届けるには、未だ心のどこかに良心の片鱗が宿っていたのか、そっと巌角から身を退いた。彼はふと巌の上に一通の手紙の落ちているのを発見したのだった。彼は反射的に自分の内ポケットをさぐって見たが、そこには依然として手紙が入っているのだ。彼は狽てて巌の上の手紙を拾い上げた。手に取ってよくよく見ると、それは彼が持っているものと同じ封筒に入っている。そして宛名人は、国立公園U、白雲ホテル三十七号室、高月香江子様、差出人は、××高原療養所谷山龍三、と書いてあるのだ。

龍三は驚いた。この手紙は兄貴が所持して来たのに違いない。争う時に落したのだ。この手紙は龍三が香江子に出したようになっているし筆蹟もそっくりだが、彼には露ほども憶えのない手紙である。しかもこの手紙も附箋つきで送戻されたことになっているではないか。

「しまったッ!」

龍三の逆上した頭にも、或る考えが暗夜の稲妻のように閃いた。彼の顔色は瞬間更に蒼味を加え、唇はわなわなと慄え出した。

額にびっしょりと玉の汗が滲み出た。巌頭に走り出た。兄武介を助けようとした。彼が蔓に手をかけた時は既に遅く、巌角に摩れ武介の体重に堪えかねた蔓はぶつりと無情な音を立てて断ち切れてしまった。さっと巌上まで弾ね上った蔓の上端、下端は武介が摑んだまま空を衝いて断崖を急転直下渓谷へ。

「こ、これは……」

「あーっ！」

龍三は胸を震わして眼を蔽うた。地底へ遠去って行く空恐ろしい悲鳴が消えた時、遥か下から樹木のたわみ折れる騒音に次いで、愕いて飛び立つ雉の啼声が聞かれただけであった。

龍三は全身水をかぶったように、ぐっしょりと冷汗をかいていた。脚は脱力し心は劫えて岩の上に腰をついていた。ひしひしと身辺に迫る夕闇も知らず、失心したような洞《うつろ》な眼で、二つの手紙を見較べていた。

嘲笑う影

夜露がおりた。天鵝絨《びろうど》のような岩苔の上に、硝子玉をばら撒いたように夜露が光っている。

後《うしろ》の雑木林の闇の中では、梟が気抜けしたうつろな声で、ホーホーホーホーと啼いている。

火のように燃えていた脳天から血が退いて、理性が次第に蘇って来ると、龍三の胸に悔悟の念が泉のように湧いて来た。巌の冷気が脛から体内へ惻々と沁み込んで来る。わななく指先に力をこめて拾った手紙の便箋を引き出して開いた。樹間を洩れる縞模様の星光りが、その紙面を仄かに照らし出した。

真白である。便箋には一字も書いてないのだ。だが龍三はもう怪しまなかった。封筒といい附箋といい、彼が受取ったものと同一方法である。便箋の文字も濡らせば出るに違いないと思った。

彼は異人墓地でなしたと同様に、夜露の光っている岩苔で手をしっとりと濡らして、手の平をべたべたと紙面に押しつけた。

案に違わずありありと文字が現れて来た。彼の癖をよく真似てハネ気味の文字で書き綴られている。よく似た字体だが、龍三の眼には誤魔化されなかった。

「お、これは明かな偽筆だ」

偽筆、この一事によって龍三は憎むべき犯罪機構が眼まぐるしく展開するのを感知した。これを書いた者は一体誰だ。何の目的でだ。俺達二人を殺すためだったとすれば何故そうしなければならなかったのだろうと龍三は考えた。二つの手紙は巧に互違いに入手されるように仕組まれていたのだ。

だが龍三はそれを一つ一つ追究する前に、まず紙面に現われた文字を読むべく心が駆り立てられた。この手紙を読んだならば、或はその疑問は一挙に解決され氷解するかも知れないと思ったからであった。

その手紙はこう書き出してあった。

香江さん、僕はあなたの手紙を見て、かねて考えていたことを敢行することに決心しました。

こう書けばあなたは既に僕が何事を敢行するか察しがつくことと思います。そうです。

兄の武介を殺害することです。

龍三はここまで読むと唇を嚙み切るほどきつく嚙みしめた。この文句は彼が受取ったあの手紙と殆んど同じ書き出しではないか。嘲弄するのも程があると憤怒の心を抑えてなお先を読んだが、龍三の怒は火口を切った。

……何故武介を殺さなければならないか、あなたにはよく思い当るはずです。

僕はあの晩、遂々あんなになってしまって、あなたが秘かに僕を愛していたことをはっきりと知らされてからというものは、一日たりともあなたなしには生きて行くことが出来ないようになってしまったのです。まして兄があなたを深く思っているということが知れてからは、僕のこの心は一層物狂おしくなってしまいました。

競争者があるのを意識すると尚更心はいら立ち乱れ、それが血を分けた兄であるが故に肉を裂き骨を砕く痛苦となっています。だがあなたを諦めるには、余りにもあなたを深く知り過ぎた。ただ美しさが好きだけなら何もかほどに苦しむ必要もない。恐ろしい魅惑だ。一度知った者の心を盲目にしてしまわずにはおかぬほどの不可思議な魅力が、あなたのその眼の底深くから感じられる。微笑する口もとに漾《ただよ》うている。この魅力に蠱惑に兄貴も同様に惑溺してしまっているのだ。そして生命を賭してもあなたを独占しようと決心している。もし僕とあなたがあんな爛れた愛慾に耽溺していることが知れたら兄の気性として、必ず僕を殺すに違いありません。そしてあなたの総てを独占し蹂躙してしまうでしょう。

考えるだけでも不愉快の極です。どうせ放っておけば僕達の関係は兄貴に嗅ぎつけられるだろうし、その時になって兄と争うのは不利です。今の中にいっそ殺してしまおうと決心したのです。

十九日の夕方七時半、あの百舌鳥巌までおびき出して下さい。久し振りに静かな処を散歩してみたいとか、しんみり話してみたいからだとか言えば、必定、彼は喜び勇んでついて行きますよ。

僕は十六日兄と交代で帰宅することになっているので、帰宅したふりをしてどこぞのホテルに秘かに投宿し、同日同時刻、百舌鳥巌近くの林に隠れています。そしてあなたが立去るのを合図に、彼をあの絶壁から突き落す考えです。絶壁下のあの幽邃境は死体隠匿には天恵の個所でありませんか。

武介を亡きものにしたならば、僕とあなたには世にも無上の悦楽が恵まれます。誰に気兼ねることもない陶酔の明け暮れを想像して下さい。それはただ武介を葬りさえすればよいのです。何と僅少な犠牲じゃありませんか。

先夜あなたがホテルの薄暗いテラスで、僕に囁いたあの愛の誓が嘘でなかったら、あなたは武介を騙して誘い出す位の労はとってくれるはずだと信じます。

八月十四日

龍　三

香江子様

これで手紙は終っていた。読み終った龍三の顳顬《こめかみ》には蚯蚓腫れが脈搏っていた。殆んど同文の手紙を、一通は龍三の名で他は武介の名で出しているのだ。しかもこの手紙にうまうまと乗せられて、猜疑と憎悪に胸を焼き爛らせながら百舌鳥巌まで出て来た揚句肉親を屠ってしまった己の妬情の浅間しさ。

「血迷うにも程がある……」

龍三は慚愧の涙を嚙みしめて、呪うべき差出人をあれかこれかと心に描いた。

香江子と自分達兄弟の関係を嫉《ねた》む者の仕業だ。武介と自分とを一挙に葬ってしまうために企んだ術策だ。これ位のことがどうして見究められなかったのだろうか。それが龍三には口惜しくてならなかった。

あの時自宅の門前で手紙を受け取った時、その手紙は兄が香江子宛に出したものでない位見破り得ないはずはなかったのだ。筆蹟も落着いて冷静に調べて見れば鑑別出来たに違いない。まして内容が幽霊文字で書いてあったにしろ、あれほどのことをただ一本の手紙に認めるほど迂潤な兄でない位気付かねばならなかった。それ位のことに気付かなかったのは、手紙の封筒を見た瞬間、香江子武介の二つの名からもう邪推を廻らし、嫉妬に理性を焼き尽していたからなのだ。そして幽霊文字を読むにつれてますます妬情を煽られ、いかにあの手紙が行一行と周到な陥穽が仕組んであったとはいえ、みすみす踏み込んでしまったとは何という浅間しい人間性であろうか。

だが龍三は、武介も同様に百舌鳥巌にのこのこ出て来たという事実から、武介もやはり彼と同じく香江子を熱愛するの余り龍三を殺そうと思っていたことを知らねばならなかった。悲しい兄弟の闘争だ。とはいえ仕込銃まで持ち出して来た武介にそんな心はなかったと否定が出来ようか。

香江子を中心にしてこの兄弟の内的闘争を洞察して、兄弟の猜疑し易い激情的な性格をうまく唆《そその》かして、自らは直接手を下さず極悪にも翻弄した卑怯者は一体誰だろう。それは彼等と香江子との関係をよく知っている者だ。そして香江子と彼等の関係を嫉妬して二人を葬ってしまい、香江子を独占しようと考えた者だ。さらに偽筆の手紙を書くのに二人の筆蹟をよく知っていなければならない。最後に、十六日龍三が山を下り武介が高原療養所に来ることを予め窺知していたのだ。

これだけの事情を知ってその影の卑怯者は秘かな北叟笑みを洩らしながら計画に着手したのだ。到着することのない宛名で、二通の手紙を出したのだ。一通は武介が邸宅から、他の一通は龍三が療養所から出したように見せかけ、当然未配達になって送戻されて来る時には療養所に来た武介は龍三の分を、また療養所から帰宅した龍三は武介の方を互違いに受取って、お互の乱脈と裏切りを妄信させ、激情を煽って殺意を抱かせようと計画したのは明らかなことだ。そしてその男は百舌鳥巌の犯行を当局に密告し、残った一人を刑務所に、あわよくば絞首台に送る積りなのだ。そうとすると一刻の猶予も許されぬ。

誰だ。一体その男は誰だ。龍三は色々と考えた末、やはりその男は輪島以外にはないと確信した。

疑えば輪島こそ怪しき限りの男だ。ソプラノ歌手と伴奏者。よくあることだ。もしかすると香江子も彼を愛していたのかも知れない。同じリズムに心を波打たせながら、彼は弾奏し彼女は歌う。その情景を想像しただけでもその成行はあり得べきことだと龍三は思った。龍三の眼前には優形《やさがた》の輪島の姿が、憎々しい像《かたち》になって浮び上って来た。

「輪島の奴、百舌鳥巌での争闘を林の中からでもこっそり見ていたに違いない。図に乗った俺達を嘲笑いながらだ」

龍三は邪推から兄を過って殺害した自責の念が心胆に徹すると、輪島への激怒は胸板を衝いて暴風のように狂った。

「彼奴をこのまま生かしておけるものかッ」

兄への謝罪と罪滅ぼしは、輪島に復讐するより外にはないのだ。龍三は二つの手紙をポケットに捻じ込むや、兄が落した仕込銃を杖について巌頭上に立ち上った。

夜霧はさらに濃く立ち罩めていた。雉も梟も霧の夜に誘われてまどろみに入ったのか、もう啼く声も聞こえない。ただ時々病葉がしめやかな音を立てて散るばかりだ。

空はおぼろな星月夜だ。龍三は血痕のついた上衣を脱いで小さく丸めて小脇に抱くと、草路をだらだらと急ぎ下りて行った。

どこへ行くのか。勿論輪島が宿泊している新湯の蓬萊ホテルへ行くのだろう。

死の渓谷

「あ、輪島さんですか、お散歩に出られましたが」

蓬萊ホテルの顔見知りのボーイは、暗い通用門からこっそり入って来て輪島の存否を尋ねる龍三の落着かぬ態度を不審そうに眺めながら、こう答えた。

「どこへ行ったのかね」

「さあ、分りませんが」

「帰っては来るだろうね」

「ええ、お散歩ですから」

「本当かね、荷物は置いてるかい」

根掘り葉掘りするような龍三の尋ね振りに、ボーイは段々疑問を深めた。

「何か変ったことでもあったのでしょうか」

「いや、そんなことはないよ。別にね。そうと、じゃ高木さんに会っていこう、在室だろうね」

「いえ、高木さんはほんの今出られました」

「え？　一緒にか」

「さあ、出られる時は確かに別々のようでしたが……」

「どこへ」

「何とも仰言いませんでした」

龍三の顔色はさっと変った。

「あ、お預りものがありました。谷山さんがお見えになったら渡してくれるようにと仰言って……ちょっとお待ちになって下さい」

ボーイはそそくさと帳場《カウンター》まで引返して行ったが、やがて一通の置手紙を持って来た。

「これでございます」

「僕にってか」

「兄さんの方でも、あなたでも、どちらでもいいから見えた方に渡してくれるようにと仰言いました」

「どちらにでもいいって？」


龍三には腑に落ちないことだった。

一刻も早く開封したいのは山々だったが、身なりも心も乱れている今、ホテルに長居してボーイ輩にじろじろと身辺を見廻されるのさえ心おびえ不愉快の限りだった。彼は急ぎ足に散歩道に出た。人影のない街燈下に佇んだ。ユーカリの葉がさやめいている。街燈がうち湿った光の輪を投げている。

香江子は輪島が弄した術策を知って、それを知らせるためにこの手紙を書いたのだろう。彼女は輪島に脅迫されて連れ出されたのじゃあるまいか——などと疑いながら龍三は手紙の封を切った。

夢見るような快い香料を含ませた薄い便箋に綺麗な流し文字で淀みもなく走り書きされているのだ。心焦る龍三はふるえる指先を舐めてめくりながら急ぎ読んだ。

谷山様——私は今、谷山様とだけしか書けませぬ。この手紙を開封なさる方が武介様か龍三様か予想が出来ないからなのでございます。でも私にはどちらでも構いません。私はどちらかお一人が、ホテルに訪ねていらっしゃることを確信しますので、その節これを読んで頂く積りなのです。何故、どちらかお一人がホテルに私を訪ねていらっしゃるのを私が確信しているのか。それは成行がきっとそうなるということが私には分っているからなのです。

何事の成行かとお疑いになりましょうが、待って下さいませ。今説明申上げなくとも、これを最後まで読んで下されば自ら明らかになると思います。

冷静な気持で読んで下さいませ。きっと亢奮してられることと思いますのでまずそれをお願いします。

私は、武介様も龍三様もお二人とも愛していました。どちらを余計愛していたとも言えません。お二人とも大変すきだったのです。二人の男を同時に愛するなんて、随分多情な女だと仰言れば一言もございませんが、私にも弁解の余地は持っています。いいえ、この事こそあなた方に聞いて頂かねばならぬことだと思います。それはあなた方が容貌も性格もよく似ていられたからなのです。後姿を見て龍三様だと思って声をかけようとしてふと振返られた顔が武介様だったのでぎくりとしたこと、武介様の声が窓外に聞こえたので、返事して出てみると龍三様だったりしたこと、そんなことは数限りありませんでした。その上お二人とも男性的な激情家で、何もかも烈しい熱情で押倒してしまうような迫力がある一面、深い憂愁に閉された心の動き方、とても濃やかな愛情。その性格はお二人の眼によく現われていました。漆よりもなお黒くそして透明で底無しの深さを聯想させる闇のような眼。その眼の奥遠くに、闇夜に流浪民が焚く野火とでも言ったら分りましょうか、赤い赤い火が見る者の心を哀愁に閉さねばおかぬような揺ぎで燃えているのです。その眼でじーっと凝視される時の私の心の疼くような陶酔。思い出してもしびれるような動悸が高鳴ります。兄弟とはいえ、どうしてこんなにも似ているものなのでしょうか。怖ろしくなります。私にはもうお二人が別人のように思えず、半身としか思えなかったのです。その上お二人とも私を熱愛していられるということが分ってからの私の心は尚更でした。でも仲のよかったお二人が私を愛されるようになられてからの煩悶は私にはよく分っていましたが、私の力ではどうすることも出来ませんでした。武介様だけ愛したら、龍三様はどんなに絶望なさるでしょう。龍三様だけ愛したら、武介様のお嘆きが目にすがります。悲しいことに私は一つ身。どちらを偏愛することも出来ないのです。どちらにも悲しませてはいけないという考えから、お互に知れないようにお二人の愛を別々にお受けして来ました。その間の良心の苦しさ、私は幾十度身を退こうと考えたか分りませんでした。でもお人好しの私、気弱な私、ずるずると引きずられるままになってしまいました。もう今は出来ません。どんなことがあってもお別れすることは出来ません。遂々私は母にならなければならない体になっています。死ぬほど愛したあなた方のあの激情に負けたのです。でも私は当然非難の鞭はお受けしなければなりません。赤ん坊の父は武介様か龍三様か私にも分らないのです。売女、淫婦と、嘲られても私は涙と共に甘んじてお受けいたします。余生の短い女の卑しさ、醜さ、言うも恥しいことですが、朽ちてゆく体とは反対に少しでも多くの焼き尽すような熱情に飢えていたのです。だがこのさもしい願いの報いはてきめんに来ました。私のこの変調は放っておけばあなた方に知られます。それをかくすために強いてサナトリウムに入らずここへ来ましたがやはりあなた方を避けることは出来ませんでした。これがあなた方に知れたらどうなるか。お二人にどう答えましょう。身の破滅は来たのです。

どちらにも失望させないために振舞った結果はどちらにも裏切ったことになりました。翻弄したとお思いになるでしょう。お二人の気性として激怒されるのは分ります。そのために怨まれてたとえ殺されることがあっても心残りはありません。でもその前に、どうせ殺されるものなら、お二人がどれ位激しく私を愛して下さるか、またしても女心のさもしさ、はっきり見究めたかったのです。究極には果して兄弟の愛までも犠牲にして私を愛して下さるでしょうか。女として二人の男から肉親の愛まで捨てて愛されるならば、何という冥加なことでしょう。私はそれをはっきりと見究めて死にたかったのです。一番美しく咲き誇っている今の姿で死のうと思いました。

死花は憂愁に満ちて美しいもの。こう昔から言われていますが、今の私がそうなのです。私は余生幾何もございませんし、放っておけば体も保つはずはありません。痩せ衰えて醜い姿となって見放されて死ぬよりは、今美しい中に愛されたまま死にたいと願うのは女心として無理もないと頷いて頂けるでしょう。それを実行するために二種の手紙を書いたのでした。この二つの手紙がどんな計画の下に書かれたか、少くともその中の一つを読まれたあなたにはお分りだと思います。愛故に死を決した可憐な女が貧しい知恵を搾って考え抜いた結晶、褒めて頂ければ嬉しゅうございます。私は時刻前からホテルのボーイには不在を申し渡して、テラスに面した窓際のカーテンの影でこの手紙を書きながら、木立の向うの道から眼を離してはいません。武介様と龍三様がその道を通って百舌鳥巌へ行かれるからなのです。ああ、夕闇が漸く迫って来ました。七時半まであと十二三分です。今龍三様が通り魔のように樹影を抜けて行かれます。武介様はまだでしょうか。どうされたのでしょう。あと十分になりました。あっ、武介様も来られます。青い顔、引きしめた唇、深く決された意中が顔に現れています。すたすたと木立を抜けて行かれました。あと十分たらずの後、百舌鳥巌でどんな光景が現出されるか。それはお二人の今の表情で想像つきます。

私は嬉しいのです。心は歓喜に波立っています。お二人とも兄弟の愛を捨てて、否、捨てるだけではない。肉親を殺してまで私を愛して下さることがはっきりと分りました。おお何という熱烈な恋でしょう。狂うばかりに強烈な愛の執着でしょう。私は恵まれています。世界中での第一番の幸福な女だとはっきり知りました。

もうこれ以上、女として望むことはありません。私は今から百舌鳥巌へ行きます。あなた方の争いを見に行くのです。近道を雑木林へ走り抜けて、私のために争って下さる神聖な光景を見る積りです。怖ろしい情景だとは微塵も思いたくはありません。生命を賭けて愛を戦い取る闘争を神聖と言わずに何を神聖と言えるでしょうか。

私は先に死なれた方の後を追って巌頭から投身します。生き残られた方も来て下さい。もう生き延びようなどとお考えになっても駄目です。

この紙の端には毎頁微量の×××が塗り込まれています。指先を舐めてめくるのはあなた方兄弟の癖ですから、ここまで読まれる間には数回舐められたはずです。お医者様のあなた方、この微量がどれほどの溶血力を持っているか、体内に滲透して血液中の血球を潰してどろどろの血泥にしてしまうのにどれ位の時間がかかるか、よく御存知のはずです。ですから一刻も早く、絶命される前に百舌鳥巌に来て下さい。そして私と同じ処にあの幽邃の谷においで下さい。あれほどまでに私を愛して下さいましたあなた、喜んで私と共に死んで下さると信じます。では早く来て下さい。お先に、あの谷底に待っています。美しい神秘なあの夜霧の底に。

香江子

読み終った龍三は暫くは睫毛一つ動かさず、次第に小刻みに慄え出した指先をじーっと、憑れたような洞ろな眼で見詰めていたが、やがてのっそりと立ち上った。

何やらぶつぶつと呟きながら、眼に見えぬ幻に手を引かれるような脚どりで、とぼとぼと歩き出した。百舌鳥巌への路を辿って行く。日はとっぷりと暮れて、夜霧のしぶく樹林の梢遠く、朧な月が青い光の環を投げていた。

◇

ここまで話した輪島はちょっと言葉を切って唾を呑み下すと、低い声で最後に次のように附け加えた。

「谷山さんの兄弟が激情的な反面いかに被暗示性に富んだ性格を持っていることを香江子さんが知り抜いていたか、それは当局の人が香江子さんの置手紙を鑑識した結果、どの便箋にも××××の痕跡さえ発見することが出来なかったという一事でもお分り下さるでしょう」と。

寝台

「おい、石井が遂々《とうとう》やったぞ――」

画家《えかき》仲間の森山郊二《こうじ》のアトリエをブラリと訪れると、いつもなら、「やあ！　上れ」と二段顎をしゃくって迎える呑気屋の彼が、その時は私の顔を見るなり、口許をぴくつかせてこう言ったのには、さすがに私もギクリとした。

と言うのは、同じ仲間の石井青洲《せいしゅう》が、既に半歳も前から寝ついたきりで、最近では病勢は募る一方だと聞いていたので、私はてっきり、病苦に悩んで自殺したものだと早合点したのだった。ところが森山は、

「妻君を、殺したのだ」

と言う。私はさてはかつぐ気だなと思ったので、

「よせよ、いい年してさ。大体あんなに瘦せこけて身動きさえろくすっぽ出来なかった石井に、崔承喜《さいしょうき》級の体格をしたみどりさんが殺せるかどうか。ハッハッハッ、莫迦々々しい話さ」

笑いながら森山の顔を見ると、意外にも彼はむっとした眼つきで私を見ているのだ。

「嘘と思うなら、石井が病院から寄越した手紙を見せよう。みどりには気付かれぬように、看護婦にでも手渡して投函させたらしいが――その内容がさ、あの夫婦のことなら相当以上知っているはずの俺も愕《おどろ》いたのだ」

アトリエの硝子《ガラス》戸近くの肱掛椅子《アームチェア》に腰掛けて、私はその手紙を開けた。

「ねえ、妻君の眼を盗み盗み書いたのが、筆跡にも歴然たり――じゃないか」

向い合った森山は、チェリに火をつけ、心を落着けるように深々と吸い込んだが、指先に挟んだ煙草の火は、微かに慄えていた。

病床で鉛筆を舐め舐め、二行三行と、妻の眼を盗んで書いたらしく、なめくじの這った跡のような筆跡は、あたかも石井自身の呻吟を聞くように痛々しかった。

森山、俺は今更こんな手紙を君に出される柄ではない。三年前、みどりが君に後砂かけて俺の懐に飛び込んできた時、あの女のために俺は君との旧い友情を惜し気もなく捨てて、決して後悔しないと断言した。その時君は、俺の顔に唾も吐きかねまじい気勢で「負けるものか」と嘯《うそぶ》いたが、それを思い出すと尚更こんな手紙を書けた義理ではない。しかし君でなければ俺の心情は分ってもらえないから、恥を忍んで書く。勿論みどりに関することだ。

君がよく知っている通り、みどりは情熱の女ではなかった。下らない放浪癖の女だった。君からみどりを抱き取った俺がこんなことを言うのは恥曝しだが、実は昨年の秋のことだ。

春の展覧会に野心作を出品するために、朝鮮の金剛山に約一ケ月のスケッチ旅行に出たのは君も知っているはずだ。その留守中なのだ。

俺は何も知らずに、荒れ狂う日本海の怒濤を睥睨《へいげい》して屹立する金剛山の美事な眺望に、芸術慾を駆り立てられてスケッチに忙しかった。到底内地の山岳地帯には見られぬあの風景、麓《ふもと》一帯の蜿蜒《えんえん》たる枯林や、朝鮮特有の赤土の山襞に反映した夕陽の色、今度こそは日本画壇を震撼させる大作を描き上げてみせると、火のような野心と鉄のような自信に心をふるわせながら、予定よりも早くスケッチ旅行を切り上げて家へ帰ってきたが、一歩家へ踏み込むや、その時までの熱情は一瞬にしてどす黒い激怒に塗り潰されてしまった。

夜だった。

玄関へ行きかけた処で、ふと人声が東側の茶の間から洩れてきたのを聞いて怪訝に思って足を止めた。芝生を踏んで庭を廻った。話声は確かにみどりの声と、聞き覚えのある男の声である。来客かなとも思ったが、来客を夜中、しかも夫の留守中に茶の間へ上げるのは普通ではない。

庭木の影を潜って、硝子戸越しに茶の間を窺った。みどりが膝をしどけなく崩して、長火鉢に凭れている。その眼つき、その口もと、どんな時にするその表情か俺にはちゃんと分っている。

差し向いにうなだれているのは、俺の処へ研究生として出入りしているあの若い滝野羊介だ。みどりは白い指先で、火にかざしている羊介の手を軽く弾いて含み笑いながら、こんなことを言っているのだ。

「羊介さん、なんぼでもそわそわおしよ。どんなことがあっても帰しはしないから」

「ですが、今夜は何となく先生が帰られるような気がしまして」

「もしもの場合の言い抜けはちゃんと、考えてるから安心おし。でも、十八日頃帰るって葉書が金剛から今朝ついたばかりだもの。まだ四五日は大丈夫よ」

「ですが――」

「いいってのよ。どうせうちのだって金剛あたりで妓生《キー》さんの綺麗どころとよろしく遊んでいるのだからね」

俺は足音を忍ばせて芝生の上を玄関へ引返した。この時の気持、君の経験を甦らしてくれ。俺は音高く玄関の格子戸を引き開けて、奥へ聞えるように呼んだ。

「おい、今、帰ったぞ」と。

茶の間の狼狽は見なくとも眼にすがっていた。俺は出来るだけゆっくり靴を脱ぎ始めた。かすかな足音が台所から裏門へ抜けたのも聞えた。やがて弾んだ息を殺して、冷静を装ったみどりが、それでもダリアの開いたように笑いながら迎えに出て来た。

「あら、お帰り遊ばせ」

女は先天的な舞台俳優ではないか。だが、明かに俺の眼の色を窺っている。それをちらりと受け流して、白い手に帽子を渡した。このちょっとした所作が彼女を大分安心させたらしい。

「早くて嬉しかったわ。でもつい転寝《うたたね》してて、御免なさいな、お疲れだったでしょう。お湯は湧いてるけど、それとも御飯の支度をいたしましょうか……金剛はお気に召しまして？　お仕事は捗《はかど》って？　毎日、そればかり気にかかってましたわ……」

良心の咎めるものは、それを隠すために饒舌《おしゃべり》になる。俺は彼女の豹変に舌を巻きながらも、

「ああ」

と答えただけでそれ以上言う気がしなかった。みどりは俺がむっつりし続けているので、もしや――と思ったらしいが、それを旅行の疲れのせいだと、無理に自分の心を安心させようと努めているのはよく分っていた。

しかしその後日が経つにつれて、俺の態度が不気味に思われてきたらしかった。

俺が何とか怪しむようなことを言えば、みどりだって、それに応じて言い抜ける言葉位は周到に準備しているに違いない。だから、俺は一言も言わずに懲《こら》しめることにし

たのだ。

このようにして表面は常の生活と何の変りもなく、「金剛山の夕映え」の製作に精進し続けたが、その時の俺の心中を察してくれ。家よりも絵だ。妻よりもこの大作だ。もしこの大作が控えていなかったならば、俺はあの夜、ああまで穏便に済ませることは到底出来なかったろう。

「完成までの辛棒だ――」

俺は総てを忘れるために、全能をこの大作に傾注して、来る日も来る日も絵筆を揮ったが、ふと噴き上げてくる激怒に何度苦しんだことか。こんな時には絵筆を嚙む俺の性癖がいよいよ激しくなる。壁間の鏡に写った自分の顔があまりに狂気沙汰であるのに、幾度自嘲したか分らない。水の含みを調べるために唇にふくんだ絵筆を思わず嚙んで、丹《に》や青の岩絵具が、唇を濡らし、するすると滴をなして顎へ垂れている容貌は吸血鬼を彷彿させる。

みどりと向い合って食事をしている時など、伏目勝ちな彼女の虫も殺さぬ美しい顔を見ては、ついむらむらと心が湧き上って、手に持った肉叉《フォーク》を固く握り締める。俺の気配に感付いて彼女がひょいと視線を上げる。愕いた眼つきも忽ち消してさり気なく、

「変な方ねえ」

とお愛想に笑う。俺の方でも、

「下向いているお前の眼もとに、ついうっとりさせられてね……」

軽く笑って再び食事を続けるのだが、心と心の暗闘に、飯も肉も蔬菜も総て砂を嚙む味だ。

また湯上りに化粧室で、三面鏡に向って、両肌《もろはだ》脱いで丹念に化粧しているみどりの後姿を、廊下からチラリと見たことがあった。あのぬめぬめした背筋の肌に、思いきり縦横に斬りつけたら――と考えながら扉《ドア》の影から凝乎《じっ》と見ていると、三面鏡の隅に俺の姿が写ったらしい。みどりはパフを取落した。だが振返った時は彼女はにっこり笑っていた。

「いやな人ねえ、独身者《ひとりもの》じゃないでしょうし」

そう言って体をくねらして、すねる。

「背筋の綺麗さについその――ね」

皮肉な薄笑いの浮ぶのを抑えて立去ったこともある。

夜半、みどりの寝顔を見続けている時、両手で締め殺そうと思ったことは何度か分らない。安らかな寝息を洩らしているみどりの枕もとににじり寄って、寝顔と自分の筋張った両手とを見較べていると、彼女が魘《うな》され出し

てくる。呻きながら、苦しさに、ぱちりと眼を開く。のしかかるようにして覗いている俺の顔を見て、ギクリと反射的に起き上ろうとする。そんな時俺は、

「どうしたのだ、え？　お前があんまり苦しそうに呻いていているので、つい眼ざめて様子を見てやっているのだよ――」

と言ってやさしく肩に手をかけてまたねせてやる。その手の冷さから、みどりは俺が起きぬけでないこと位は感付いていたのだろう。そんな時は夜明までまんじりともしないのだ。

こんな事が度重なるにつれてみどりは明らかに苦しみ出した。家出も考えているらしかったが、それでは自分の弱点を裏書きするようなものである。

ところが今年の春頃から、彼女の態度が急に俺に親切の愛情濃《こまや》かになったことだ。どうも可怪《おか》しい可怪しいと思いながら、色々気を配っていたが、どうしても突き止めることは出来なかった。

俺の健康がめっきり勝れないようになったのがその頃からである。体のどこが悪いというのでもなかった。どことなくだらしなく幾分むくんでいた。念のため懇意の土浦医師に診察してもらったが、

「過労でしょう」

と言う。なるほど、大作完成間際だったので随分無理もしていたので、その旨を話して、完成まで製作を続けて差支えないかを尋ねると、

「少し腎臓の方がお悪いようですが、せっかくの事ですので、今急にお止めするのも無理でしょうから、完成次第、しばらく温泉にでも行かれて、二三ケ月ゆっくり保養されましたら大丈夫でしょう」

と軽く言ってくれたので、別に気にも留めなかったが、それから病勢は一日一日と、どうも思わしくなかった。

完成に心を焦らせながら、六枚屏風《びょうぶ》の前に立って製作していると、膝頭が脱力して、今にも崩れ落ちそうな状態になるのだった。だが完成までは石に噛りついてもと頑張っていたが、遂々その日は来た。

「金剛山の夕映え」完成の日である。

岩絵具を皿に溶いて、絵筆に滲ませて、いよいよ金剛山腹に荒廃している長安寺《ちょうあんじ》の丹塗の鐘楼に、一筆強く入れようと考えながら、いつもの癖のように絵筆の穂先を唇に含んで水の具合をみていた時、ぷんと異様な金属臭が、鼻を掠めたのに感付いて、水洗へ唾を吐いた。筆の穂先を鼻先へ近付けて嗅いだ。

うむ、この臭だ——極く微量ではあるが、この異様な臭から思い当ることがあったのだ。体が段々衰弱してきた原因はここにあったのだ。激怒しないでおれようか。だが興奮してくると、衰弱し切った体の中で、心臓だけが今にも破裂しそうな烈しさで、肋骨を軋まして動悸打つ。息切れで苦しくなって、俺は絵筆を捨てて、そのまま長椅子にブッ倒れてしまった。

森山、もう分るだろう。あまりにも迂濶だった自分が歯掻い。しかし、人として習癖の虚に乗ぜられる位怖ろしいことはない。無意識に振舞うからだ。だが思えば人の習癖に乗ずる奴こそ憎むべきだ。

確かに水銀毒だ。水銀の誘導体だ。それを珈琲《コーヒー》や紅茶や、他の飲食物に混じているのであれば、極く微量でも感付かないはずはない。ただの一回でも感付いていたはずだ。しかし岩絵具に極く微量混ぜられているのを誰が看破出来よう。思えば製作の日から完成まで毎日々々絵筆を舐めては水の含みを見ていた。極く微量でも、幾百回と重なると——考えただけでも胸もとに虫唾《むしず》が走るじゃないか。

だが犯罪は最後の一歩で破綻するもの。いよいよ今日が完成の日で、もうこれを完成したならば、当分は保養のため温泉へ行く。そうすればここ暫くは絵筆はとらぬ。それを知って、最後を焦って、常より多量に岩絵具に混ぜたのは明かなことだ。

岩絵具に水銀毒を混ぜたものは誰か。言わずとも分っている。

俺が絵筆を舐める性癖を知っている者、今日が完成の日と知っている者、そして常に俺の身辺に起居している者、それらの論拠がなくとも、近頃いやに親切ごかしに、心にもない情愛を見せてからんでくる其奴《そいつ》。みどりでなくて誰だ。

俺は「金剛山の夕映え」を完成すると、いよいよみどりの処分に移る覚悟だったが、その日からどっと寝ついてしまって、ままならぬ肉体を反転苦悶させるばかりだ。察してくれ。

まさかそのまま病勢が亢進するとも当時は思わなかったし、きっと再起出来ると信じていたので、寝ついて間もなく、再び土浦医師が診察に来て、

「どうも水銀中毒らしいですが、何かお心当りはありませんか」

と親切に尋ねてくれたが、俺は、

「別にありませんがね、ただ一つ。それは、今度の作

品を書いています時に、どうしても気に入った素晴しい色が出ませんので、特別に水銀系と鉛系の絵具を使いましてね。それに悪いことには、私にはちょいちょい絵筆を舐める癖がありましまして……」

とさり気なく答えたのだった。それも深い決心があったからだ。みどりのことを医師に告げるのは易い、だが証拠はない。よし何か発見出来たとしても、殺人未遂やそれ位の刑罰でみどりが許せるものか。自分の手でやる。必ずやる、と決心していたからだ。

しかし病勢は俺の意志に反してますます募ってきた。晩春になると漸く体のむくみが減じたと思って喜んでいたが、それも束の間、肉は削るように落ち果ててしまって、骸骨のようになった俺は、もう独力で立つことは勿論、床の上に起きることさえ出来ない状態になってしまった。

もしやこのまま死ぬのではあるまいか、とさえ思うことがあった。このまま死んで行けばそれはみどりの思う壺である。それを思うともうじっとしていられなかった。一日、俺は遂々土浦医師に総てを打ち明けようと決心した。

「実はみどりが――」

とせき込みながら話しかけると、みどりが皆まで言わせず、

「またあんなこと仰言《おっしゃ》って、困るわ。先生、近頃、夜など主人がちょいちょい途轍もないことを口走りますけど――」

といかにも愁わしげに眉を潜めて訴える。土浦医師も俺の方を向いては、駄々っ子でもすかすような顔で軽く頷いてみせ、みどりの方を向いては気の毒そうに、

「そうでしょうよ奥さん、この症状として幻覚が来ますからね」

その声を聞きながら、俺は生気ない唇を噛み絞めた。骸骨に皮を着せたような俺の痩せこけた顔、笑った表情をしても、人には引き釣ったようにしか見えない今の俺の顔。どんより曇った俺の眼。呂律《ろれつ》の廻らぬ舌で、なんぼ事実を訴えても、人はもう幻覚者の譫言《うわごと》としか思わぬ。何故あの時特殊な岩絵具を使ったなどと、愚にもつかぬことを喋ったのだろう。医者はそれを信じている以上、こんな姿でどんなに喚いてもただ幻覚症亢進と診断されるばかりだ。一体どうすればいいのだ。俺には分らないようになってしまった。自分の手で自分の首を絞めるとはこのことだ。だがじっとしてはいられぬ。骨の節

くれ立った体を反転させながら、俺は毎日々々かなわぬ舌で喚き立てた。往診の土浦医師は、俺のこの様子を見て、遂に家庭治療の困難を知って病院に入れるようみどりに話した。俺は遂々病車に乗せられて土浦医院に運ばれてきたのだ。

病室は獄房に等しい。俺は毎日呻吟している。森山、済まないが一度だけ、見舞に来てくれないか。是非とも話したいことがある。

石井青洲拝

森山郊二殿

私がこの手紙を読み終るのを見て、森山はこう言った。

「それで病院に見舞に行ったのだがね、石井の衰弱し方は予想外だったよ。そしてだ、石井が俺を病院に呼んだ目的というのがだよ、全然別のところにあったのだ。病室は土浦病院の九号室だった、一等室で六畳敷の広さはあるが、その中央に寝台があってね、寝台の頭の方に洋茶棚があるので、周囲の余地は何ほどもなかった。いいかね。その寝台の傍の床の上に畳が一枚敷いてある。これはどこの病院だって同じだがね、ここは附添婦が起居するところになっているのだが、みどりは附添婦を頼まず、自分で石井の面倒を見ていたのだ。看護婦たちは貞淑な奥さまだと感心していたが、俺は秘密の漏洩を未然に防ぐ憎むべき監視だと見ていた。


俺が見舞に行ったその時だってそうだ。みどりは独りで愛想よく喋り続けて、俺と石井とが話す余裕さえ与えないのだ。よく光った炊事庖丁で長十郎梨の皮をむく間も何かと話しかけているのだ。それで石井も遂々話し出す接穂《つぎほ》もなく、やっと帰り際に、

「朝鮮リンゴが欲しいな」

と謎のような言葉を吐いただけだった。それで丁度十日ほど前になるが、二回目に見舞に行った時には朝鮮リンゴを一籠持って行ってやったよ。果物ナイフもつけてね。なんぼ不自由な病院生活と言っても炊事庖丁で皮むいちゃ味も落ちるじゃないかね。


丁度その時はみどりはお湯に行ってて居なかったがね。勿論病院の浴室だよ。それで早速石井に「話って何だい」と尋ねると石井は「まあ、あとでゆっくり話すさ」とあえぎあえぎ言う。俺が持って行った果物籠を痩せ細った指で差しながら、

「食べたい、一つむいてくれ」

と餓えた者のような口つきだ。

「庖丁は茶棚にある。出してくれ」

「いいよ、ナイフも持って来たから」

と言って銀製の美しいそのナイフを見せると、石井の眼はどうしたのか、がっかりしたようだった。

皮をむいて石井の手に渡してやったが、たった一口食べただけで、永いこと眼をつむっていた。やがて静かに眼を開けた。

「森山、お前はこんなフランスの詩を知っているか」

僅かに聞き取れる位の途切れ途切れの声で呟くのだ。

「——逃げる恋猫追いかけて
　屋根から飛んだ黒猫が
　鉄柵《さく》に刺って死んだ宵《よい》
　空の月には血がしぶく——とね」

「変な詩だね、フランスの誰の詩だ」

「俺も、知らないよ。俺が寝ついた時分、時々みどりが変な節廻しで、枕もとで歌っていたのでね」

言葉を急に切って石井は、

「みどりを呼んで来てくれ。下に居る。浴室に居るはずだから——」

とせがむように言う。この詩の意味を問いただす気なのだろうか、あまりに莫迦々々しいことだったが、病人の気持に逆うのもと思って廊下へ出た。階段の処で化粧筥《はこ》を抱えたみどりとぱったり会った。湯上りのみどりは媚を一杯湛えた昔の表情で「ようこそ」と。

九号室に帰ると、石井はみどりに、

「森山に、紅茶でも」

とぽつりと言う。紅茶は出たが一向詩のことは言い出さなかった。あんなにせがむようにみどりを呼ばせた目的は結局分らなかったが、いよいよ暇《いとま》を告げて帰ろうとする時、ふと茶棚の上の果物《フルーツ》ナイフが見えなかったのに気付いたのだ。

「君はそのまま帰ってきたのか」

「そう、別に果物《フルーツ》ナイフ位で何が出来ようと思ったからね、まして衰弱し切った石井では力もなしさ」

「ところが実際はどうだった」

「まあ聞けよ」

森山は長くなったチェリの灰を弾き落すと、土浦医師や看護婦や滝野羊介が話したことを次々に話した。それを簡単にまとめると次のようである。

医者の顔色から、もういよいよ自分の運命を知った日、石井は薬の時間が来ても、食事の時間が来ても、眼を開かなかった。夕方の往診の時、医者は懐中電燈で瞳孔照射をしていたが、看護婦に食塩水とリンゲルを持って来させて一本ずつ注射して後、みどりに、

「近親者をお呼びになって下さい」

と言っているのを聞いた石井は、心の中で赤い舌を出して笑っていた。

「では、もう――」

「ええ、昏睡状態に入られたようです」

「え？」

愕いたようなみどりの声の裏に、目的を達成して秘かに歓喜する彼女の心を、石井はじかに感じて「今に見ろ！」と胸中に呟いた。手風琴《アコーディオン》の蛇腹のような肋骨が興奮して拡がろうとするのを抑えに抑えた。

しかしさすがに彼女も、その夜と宣告された石井の臨終に、ただ一人で立ち合うのは恐ろしかったのだろう。彼女は電話で羊介を呼び寄せた。十時前、羊介がおどおどして入って来たのは、その息使いから分っていた。

宿直の看護婦を残して、あとの者達が寄宿舎に引上げる鐘の音が、その日もきっちり十時半に鳴った。一しきり廊下を行く足音がざわめいたが、それが遠去かると、あとは長廊下は洞窟のようにしーんと静まり返った。

いよいよ病院の深夜が来るのだ。

減燈されて薄暗くなった廊下。時々用足しに行く附添婦の間遠《まどう》なスリッパの音。ドアの軋みがいやに冴え返って聞え、重症患者の重苦しい呻吟が、通り魔のように夜の廊下を抜ける。夜の病院は死の沈黙の時が平和なのだ。たまに賑かな時は、人が死につつある時だ。

「もうおいとまします」

十二時を打つと、深夜の病室のそくそくと肌に迫る陰気さに、羊介が帰りかけると、みどりが狼てて押し返すようにして引き留める。

「是非居て欲しいの、今夜の無理は一生恩に着るわ」

「ですが私、先生に――」

羊介は良心が咎めるのだ。三四度押問答している中に、焦《じれ》ったくなったみどりは怒るようにして羊介の肩を引き戻した。

十二時半頃、宿直の代診が脈取りに来てからは、全く廊下には足音が途絶えた。三時を廻るとみどりも羊介も瞼が重くなった。みどりは遂々睡気《ねむけ》に耐えられなくなって、寝台の傍の畳の上に、いつものように床を延べた。

「あんたも、横になったらどう、体にさわるわよ」

寝巻に着更えたみどりは口もとを歪めて、じっと羊介

を見つめた。振返って石井の鼻先に手を近付けた。手首を握って脈を見た。そしてまた羊介の方を見た。

「どう、寝ない？」

「もしばらく起きています、そして交代しましょう」

「今更交代って、懺悔の積り？　もう死人も同様よ。これだけつききりで看病してあげたのだから、本望と思うわ。ね、どう」

肩先に手をかけて囁くのだ。

「あんたの体の方が、大切よ、――」

「――」

「なにさ、黙って俯向いたりなんかしてさ」

夜は更ける、音もなく。

四時過ぎて、病院の動物小舎《ごや》で鶏が啼いた。その頃になると、茶棚の脇で頬杖ついていた羊介も大分疲れがきたらしく、みどりの足もとに坐り込み、次に遂々部屋の隅に行って壁に背を凭せて眠り出した。みどりの安らかな寝息と羊介の寝息とが交互に聞えてくるようになった。

石井は眼を開けた。眠りこけている二人を見て、痩せこけた薄い唇に冷笑を浮べた。彼はそーっと枯木のような右手を毛布から伸ばして敷布団と藁布団との間に隠していた果物《フルーツ》ナイフを捜り取った。そして衰弱し切って身動きも出来ない体に渾身の力をこめて、少しずつ、寝台の端へ、音を立てないように身をずらして行った。

寝台の中央から端まで僅かの距離ではあるが、そこを音立てぬように、手と足と、首と腰とを代る代るにずらしてゆくには、力衰えた彼に、どれだけの努力を要したことか。時間にしても永い時間がたった。みしりみしりと微かな音が立つ毎に、彼は苦い固唾を呑み下しながら、やっと寝台の端まで辿り着いた石井は、亀のようにそーっと首を伸ばして、寝台の下を見た。寝台から三尺下。そこにみどりが眠っているのだ。

蒸々する夜気にみどりは、タオル布団を掻きのけて眠りこけている。顔を廊下側に向けて、丁度寝台から見ると右の白い首筋にほつれ毛をからませて眠っている。仰向いたその体の豊満さ、妖麗さ、生気ない彼自身すら思わず唾を呑む位。だが美しければ美しいほど胸中の憎悪の炎は猛り狂った。

石井は今こそ死力を尽して瞳を凝らした。そして果物《フルーツ》ナイフを痩せ衰えた両手に逆手にしかと握ると、わなわなとふるえた。骨立って波立つ胸を抑えて、束握る拳を胸に当て、じっと呼吸を計った。切尖《きっさき》はみどりの豊満な左の乳房へ。そして衰えてもなおただ一つ頑丈な前歯は透きとおったように白いみどりの右の頸筋へ。

ギラリと切尖が薄暗い燈影に閃いた。

大きな黒い影が、海老がはねるように、寝台から落下した。

「ギャッ！」

羊介は異様な叫びに眼覚めた。そして怖ろしいその視界に胆を潰して、しばしは立つことも出来なかった。

羊介の脳裡に陰惨な印象として焼きついたその場の光景は、悶絶した白い体の上に、これも痙攣している枯木のような青黒い体、その顔は羊介の方を向いて、ハッハッハッと辛じて笑ったが、唇には丁度絵具を舐めた時のように赤い滴が顎へ引いていた。

「痩せ衰えた石井が考えあぐんだ末やっと考えついた方法なのだよ。三尺の空間をベッドから落ちる体の重力を腕力に代えたわけだ。この苦心を思うと、ほろりとするよ。だがそれにしても思い出すのは、あの変な詩さ。
――逃げる恋猫追いかけて
屋根から飛んだ黒猫が
鉄柵《さく》に刺って死んだ宵《よい》
空の月には血がしぶく――」

「ふむ、みどりがこうして自殺せよと、暗に教えたのだろうかね」

「それはどうだか、死者は語らずさ」

「だが、庖丁でもナイフでも、切尖を胸に当ててうつ向きに落ちれば、一思いに自殺することは易いね」

「そこを石井は逆に行ってみどりを殺したのだ」

だが私は森山の顔を見ながら、考えることがあった。

みどりの前の夫である森山は、みどりが後砂かけて石井の懐に飛び込んで行った時、

「負けるものか、今に見ろ」

と啖呵切ったのを思い出す。森山は石井にそれ位の意図のあったことは百も承知で、わざわざナイフまで買って行き、しかも茶棚の上から失くなったのを気付いておりながら黙認していたのではあるまいか。また石井としても別に大した話もないのに森山を病院に呼んだのは、彼に庖丁を茶棚から出させるためではなかったか。森山なら庖丁を隠しても黙認すると石井は思ったのだろう。庖丁が果物ナイフに代ったが石井は目的を達している。そして森山は、裏切った友と女とを同時に仕末したことにもなる。だがこれは私の考え過ぎであろうか。

「おい、森山！」

森山は迂散臭そうに視線を上げた。

「遂々、勝ったじゃないか」

とかまをかけると、彼は私の顔をちらりと見直して、それには答えず、

「青い空だね、スケッチ旅行にでも出かけるとするか」

ぷいと椅子から立ち上って、二段顎を撫でながら、硝子戸越しに、緑の木立の向うの空を眺めていたが、やがて大きなあくびと共に思い切り背伸びをして、ニヤリと笑った。

不死身

1

「えッ？　驚きましたね、遠矢《とおや》さんがここにいらっしゃるのですか」

思わず私がこう尋ねると、高須院長は私の顔をまじまじと見返しながら、

「私こそ驚きましたね、遠矢さんを御存知でしたか、世間はもうすっかり老博士のことは忘れてしまっていますが、あれ以来ずっとここに居られますよ、もうかれこれ十年になります――」

「やはり例の調子で健在ですか」

「それが不思議なんですよ」

院長は眼を輝かして感慨深そうに溜息をついた。真夏の太陽にキラキラと照り輝いている緑の木の葉越しに、藍青《コバルト》の入江が眺められる高台の、高須脳病院の診療室である。

私は最近ここに素晴しく美しい婦人患者が入院したと聞いて、それについて色々調べてみようと思って来たのだったが、入院患者名簿をめくっている時に、ふと目についたのが遠矢芳三郎の名であった。

遠矢博士はかつて「生命不滅」の法則を臨床的に実証しようとした内臓外科の権威で、その当時「博士の新研究によって人類は永遠に死より救われることが出来るようになった。博士こそ正に二十世紀の救世主だ」と相当騒がれたものであった。しかし一部には「医学者の風上にもおけぬ大山師だ」との非難も高かったが、博士が身を以ての実証は、紛々たるこれらの抗議を完全に敗北させてしまった。

博士は当時六十歳であったが、瀕死の重病にあったのを幾度か自分の体を解剖台上にさらした結果、生命を取り留めるどころか、却って若返ったのであった。その博士が今なお健在であると聞くと、私はどうにも一度会ってみたかった。処が高須院長の言葉は私をなお一層喜ばせたのであった。

「博士は自叙伝を書いていますよ。一度読んでごらんなさい、素晴しく面白いです。近い中にもう十八冊目が出来上りますが――」

「そんなに続いているのですか」

「ええ、俺は死なないから記録をとっておかないと忘れる、なに五十年や六十年の人生ならそんな必要もないが、何しろ永久に地球と共に生きるのだから、君、永いよ、この調子ですよ。私は始めからずっと読んでいますが、新しいのが出来上る毎に、待遠しい気で読みます、勿論専門的立場からも読みますが、つい自分を忘れる位痛快ですよ」

「その本はここにありますか」

「いいえ、博士の部屋にあります。何しろ自筆の一部だけしかない珍書《レーアブック》ですから、辞を低うして頼まなければ仲々借りられません、ま、私が借りてあげますから、慇懃《いんぎん》な物腰でついていらっしゃい、決して笑っちゃいけませんよ」

こうして私はいよいよ遠矢博士の部屋に行くことになった。白ペンキの色も爽々《すがすが》しく庭園の緑に反映している長廊下を通って、十七号室と札のかかった一室の前に立った。院長がノックをして伺うと、部屋の中から「よろしい」と皺びた声がした。

扉《ドア》を押して院長の後から入った私は、まず室内の豪奢なことに眼を瞠った。ルイ王朝時代の貴族の居室と言ったら適確に想像してもらえるだろうか、机と言い椅子と言い、書棚絨毯《じゅうたん》鏡燭台寝椅子等々は言うに及ばず、細々《こまごま》した灰皿やパイプ等に至るまで、初めての者には心おじけのするほど豪奢なものであった。勿論これは老博士の自費によって設備されたものであろうが、デパートを駆けずり廻って揃う代物ではない。その上、腕掛椅子にゆったりと腰掛けている老博士の衣裳である。烏羽《うば》色の襞の多い寛衣《ガウン》に燻銀《いぶしぎん》色の刺繍が連ねられてある。白髪童顔に金縁の鼻眼鏡をかけた博士の顔の印象は、膚の艶と言い眼の光と言い、私の記憶にある十年前の博士よりはずんと若々しい。

博士は窓際の大卓子《テーブル》に向って、自叙伝の続きであろう、何やら書き物をしていたが、私達の入室を知って鷹揚に振返った。

「用件は何じゃな、今執筆中だからなるべく手っ取り早く言ってもらおう」

博士はにこりともせず、腕掛椅子に反り返って肱を張った。

「はい、実は先生の『生命の不滅《ウンステルブリッヒカイト》』の貴い臨床記録を拝見したいと仰有る方が見えましたのでお連れした訳でございますが――」

「商売はやはり医者《アルツ》かな」

博士の眼が、眼鏡の奥でギロリと私の方へ向いた。冷い氷のような視線。

「あんたは儂《わし》を何と思うていなさるか、狂人《イールジン》とたかを括っていなさるな」

「いいえ、どういたしまして――」

「嘘ついても分る、じゃがここは脳病院じゃから、ここに入院している方が悪いのかも知れんが、儂は世界中で最も脱俗的な場所と認めて、保養沈思のためここに宿泊しているのですぞ。世間に住むと、向う三軒両隣、どうも常識の一点張りに律せられて、人間が世智辛《せちがら》くなり、人間天賦の知能を自由奔放に伸ばすことが出来ん。が、待て、今儂がどんなに喋っても、あんたはまだ儂を信ずるはずはない。まあ、これを読みなさい。専門的な臨床記録は読んでもあんた達にゃ分らん。この方が通俗的で早分りじゃ」

老博士は書棚の中から仮綴《かりとじ》の一つづりを取出した。

「儂の自叙伝の序の口じゃ。これを読めば人間は決して死なぬものじゃということが分る。そして何よりの証拠がこの儂じゃということが分るはずじゃ。死にたくない人はこれを読むにしくはない。この一冊を読むと、儂を見る眼が違ってくる、ねえ、高須さん」

私はその仮綴を恭々《うやうや》しくおし頂いた。廊下へ出ると、高須院長が微笑《ほほえみ》を含んで言った。

「誰しも、これを読み初める時はどうせ誇大妄想狂の戯言《たわごと》位の積りで読むのですよ。あなたもその積りで読んでごらんなさい。結局そう感じられれば幸いですが」

院長が病棟を廻りに出たあと、私は診療室の片隅で煙草を喫《す》いながら、めくり出した。処々に医学者の習癖として、ラテン語やドイツ語が走り書きされていたが、便宜のためその辺は日本語に直すとする。

2

「死にたくない」というのは誰しもの願いであろう。全人類の究極の願望は何かと言えば「死なない」ことであろう。しかし人は皆、昔から死にたくないと願いながら、不老長生は到底実現出来ない夢だと諦めて、次々に死んで行っている。

もしこれが実現するのだと言ったならば、人は「そんな馬鹿気たことがあるか」と嘲笑するだろうが、現に実現しているのだ。私が生きていることである。幾度か死を宣告されたがその度毎に蘇生している。がこれは決して奇蹟でも偶然の僥倖でもなかった。厳たる医学の実証の下に、私は自分の体を改造したに過ぎない。私の説を信じて実行する人があったならば、その人は永久に死を知らないであろう。

それならば一体、どうすれば人は永久に死なないか。ただ理詰めに説明するよりも、何よりも一番確かな証拠である私自身の体験談をかい摘んで述べよう。それが最も早わかりの方法であるから。

私が不老長生を切実に考えるようになったのは五十八の時、即ち今から十三年前のことである。不老長生が凡情総ての願いとは言いながら、この願を実現させようとの途轍もないことを考えるようになった直接の動機というものは、実はその一年前に後妻を迎えたばかりの処へ腎臓炎《テーレルエントゼッツング》を患って、どうにも体が思わしくないようになったからであった。医者の不養生と笑われるかも分らぬが、諦めるにしては妻があまりに若くて美しく、これを残して永遠に眠るかと思えば、実際辛かった。名は志津子と言い、年は二十四、まるで私の娘のような妻であったが、それでも世間に例のない夫婦でもない。ある友人が媒介《なかだち》してくれたもので、志津子の家庭の莫大な借財を払ってやったという義挙ある縁談だ。

志津子はそれを恩に思って淑《しと》やかな花嫁として勤めてくれるばかりでなく、男というものは若さや男振りが魅力ではなく力と威厳こそ真の男性の魅力であると言って、心から慕ってくれた。志津子は肌の真白い、練絹に凝脂をすり込んだような肌理《きめ》をしていた。体の大胆な伸び方に似ず、顔付のなんと清楚であったこと。眼は大きくて常に冬空の星のように冴えていた。そして限りなく私を愛してくれた。だから私が腎臓炎などで死にたくなかったのは頷けるだろう。私でなくとも美しい志津子ほどの女を妻に持ったものなら、誰しもこの未練を起すに違いない。ところが私は残念なことには、友人の榊田博士から、到底助からないという宣告を受けた。そんな無情なことがあるものかと力んでみたが、実際病状は日増しに募るばかりであった。

いよいよ切端《せっぱ》詰《つま》った私はかねての持論を実行することにした。持論とは何か。

私は人間は本来もっと長生すべきものであるが、有形無形の諸病に災されて死を招いて、天命を全うせず死んでいるのは惜しむべきだと思っている。しかもその諸病というのが、内臓の全部が駄目になったのならまだしも諦められると言うものの、やれ腎臓炎とか肺結核とか、胃潰瘍とか、膀胱炎とか、ほんの局所的な故障のために他の内臓はすべて健全であるにも拘らず、ただ一ケ所歯車が廻らないために全部が一蓮托生《いちれんたくしょう》とは返す返すも惜しい限りではないか。

故障のある臓器を、他の活動旺んな臓器と取換えることである。犬でも牛でも豚でもよい。一人助けると思えば、生きた犬や牛や豚などに身代りに死んでもらった方がよい。これ等の臓器を人間のものと取換えること位は、内臓外科では訳ないことである。で私は早速その手術を実施することにしたのである。私は若い元気なホルスタイン種の乳牛を契約した。これを知って反対したのが私の愛弟子の長坂医学士であった。長坂は前年学校を出たばかりの若い医学士だが、才気に溢れている好青年で見処があったので、私の教室でも特に目をかけてやっていた。その長坂が私を思う一念から、

「先生の尊いお体に、牛の腎臓を移殖するなど、勿体ないことです。それより、食餌療法と特薬でもう一頑張りされてはいかがでしょう」

と反対するのも私は尤もと思った。しかし主治医の榊田君は、

「腎臓移殖も容態が容態だから、安全率百プロツェントとは断言出来ぬ。しかし薬ではもう奇蹟を待つ外回復は望めまい」

とこう言う。私も自分でそう思っていた。そこで、私は志津子を病床に呼んで尋ねてみると、

「あなたのお体に牛がはいると思いますと――」あとは口籠ってしまった。「――何だか怖いような気がいたしますけど命には換えられませんわ」と言うのだろうと察して、ただ薬を呑んで徒《いたずら》に死を待つより、一か八か移殖を決行することにした。

3

その翌日、私は自分で幾百人かを手術した冷い手術台上に、今度は自分の体を横たえていた。長坂も助手として来ていた。志津子が気遣わしげな面持だった。やがて

榊田君が看護婦に何やら硝子容器《ガラス》を持たせて入って来た。

「これが、あなたの体の中に入るのですよ」近付けたその容器の中に、まだ生々しい大豆型の大きな牛の腎臓が息づくようにして入っている。これならあと十年や二十年は大丈夫だと思った。

「あのホルスタインは今どうしている」

「ええ、おとなしく畜舎の裏で魔睡《ねむ》っています、醒めても腎臓一つなくなったのは気付かないでしょう」

「済まぬな――」

鼻の上にガーゼが掛けられて、魔睡薬が振られた。私は薄眼を開いて、枕もとにいる妻や長坂や看護婦達に、

「ちょっと冥途とやらを覗いて来るぞ」

もしかしたらもうこの世へ帰れぬかも分らぬという考えが、風のように脳裡を掠めたが、志津子の顔が最後にぼんやり霞むと、いつしか昏々と深い眠りに陥ってしまった。深い暗い空洞《うつろ》の底に沈んだ感じだった。痛いとは少しも思わなかったけれども、脇腹に大きな風孔が開いて、涼しい風に吹き抜けられるような気持がして、何か土を鍬で掘るような音が遠くで聞え、背筋に木の根をもぎ取るような鈍痛を覚えた。

それから幾時間かの後私は眼醒めたが、病院の硝子窓にはもう夕陽が赤く映えていた。

「これが、あなたの右の腎臓ですよ」

さっき牛の腎臓の入っていた硝子容器に、今度は腐った魚の臓腑のような、色の悪い、ひねこびた私の腎臓が入っていた。私は思わず大きな吐息をついた。

退院するまで三週間、完全に回復した私は顔色がめきめきよくなり、体も元気が出、心も晴々となった。ただ難を言えば、排尿は実に溜飲の下るように痛快に出たが、牛の性のためか、いやに永引くのが若妻の手前ちょっと気にはかかったが――。

志津子は、すっかり元気になった私の膝の上であでやかに笑って嬉しそうであったが、私が抱擁している際など、ふと、身慄いして眉を顰めるのだった。

「どうしたのだね」

と怪訝《けげん》に思って尋ねると、

「いいえ、何でもないの」

と笑いにまぎらすが、その顔つきから、私の体の中に生きている牛を思い出しているのは確かだった。それで私は、

「いいよ、気にかけなさんな、この次、どこか取換える時は人間のと換えるから――」

と冗談に言ったものだったが、それから半年もしない中に、これが事実となって現れようとは、夢にも知らなかった。病気回復と若妻の艶麗さにすっかり張切って躍っていた私の心臓が、遂々弁膜に故障を起したのだった。心臓は腎臓ほど取換えが平易ではない。腎臓は二つだから取換えがうまく行かねば、残った片側だけで間に合せることも出来るが、心臓はそうはゆかぬ。あとにも先にもたった一つである。だから私を思う長坂医学士の反対は相当手厳しかった。志津子は顔色を失くして一言も洩らさなかった。しかし私の決心は断乎として動かなかった。かくして私は再び手術台上に身を横たえたのであった。

「これがあなたの心臓になるものですよ」

いよいよ手術開始の時、榊田君が見せたそれは牛のではない。正真正銘の人間の心臓である。硝子容器の中に渦紋を描いているロック氏溶液、これはリンゲル氏液に葡萄糖と重曹とを僅か入れたものだが、その中にあって赤い拳大の、強そうな心臓が活潑に搏動しているではないか。剛毛こそ生えていないが頼母《たのも》しい心臓だ。その日の朝死刑執行された強盗殺人犯 某《それがし》の持物であったという。心臓までその罪科に殉じさせるに忍びず、私の胸中において保存してやることにしたのだ。その活潑な心臓を見ただけで私はもう心強くなって、安心して手術をうけることが出来た。そして私の胸の中で、弁膜症に喘ぎ喘ぎ搏っていた私の心臓はお払い箱にされたのであった。

以上二回の手術によって、私の体は四十代の強壮さに返った。それからまた暫く楽しい日が続いたが、また第三回の手術の必要に迫られた。それは別に生命に拘る局所ではなかったが、この二回の手術によってすっかり快適になった私は、遂に人生謳歌のため第三回の手術を決心して秘かに機会の来るのを待っていた。待つ間ほどなく、その機会は来た。若い競馬騎手がダービーで落馬し、頸骨を挫折して病院に担がれて来たが、手当の甲斐もなく急逝した。まだ独身だったと見えて、婚約者らしい若い御婦人が愁嘆していたのは人事ながらそぞろ思いやられて悲しかった。私は遺族に相談して研究資料として貰い受けることにした。体全部では勿論ない。納棺された遺骸がよし去勢されていたとしても、あとの葬いには差障りはなかったはずである。こうした経緯《いきさつ》をへて第三回の手術を終った私の得意は想像されるだろう。それから半歳というものはとにかく我が世の春であった。しかし世の中というものは得て皮肉なものである。

牛と強盗と競馬騎手との三拍子揃った私の体にここ許《もと》二十年は申分ないと自信を持つに至ったが、反対に志津子の様子が段々おかしくなってきたのである。

4

「どうしたのだね――」

と欝《ふさ》ぎ込んだ妻の顔を覗き込んで尋ねたが、何としても言わなかった。日を経《ふ》るにつれてますます健康が勝れないようになり、熱を出す日が多くなり、遂々秋風立つ一日、急性肺炎で臥ってしまった。手当の甲斐もなく刻々重態になった。

その時こそかねての持論通り、早く彼女の肺を牛でもよい犬のでもよい取換えればよかったのであるが、私はどうも気が進まなかった。志津子の体を他人に扱わせることだけでも不愉快であったのに、ましてあの白いふくよかな乳房の下を切開させるなどということは以ての外であった。その上、耳もとで囁く時の微風《そよかぜ》のような彼女の息づかい、それに私は幾度恍惚となったか分らないが、それが牛奴《め》の、また犬奴《め》の肺から出て来ると思うと、ゾッとして決心どころの話ではなかった。

長坂は今度は私に真情から奨めた。

「先生！　最愛の奥様じゃありませんか、牛でも犬でもいいでしょう、またそれがお嫌なら、羊だっていいじゃありませんか」

牛の垂涎《よだれ》、犬の鼻、羊の顎髯、それらが眼前に代る代る浮んできて遂々駄目だった。躊躇している中に夜も更けて、志津子は高熱のため心臓麻痺を起して死んでしまった。私は悲嘆慟哭のあまり卒倒してしまった。

夜明け頃私は介抱されて意識を回復したが、右偏頭痛は針を刺し込むようだった。脳溢血だということは自分でも分っていた。

私は床に臥ったまま、痛む頭を抑えて考えた。志津子は遂々死んでしまった。そしてあのまま火葬されて骨は地下に埋る。志津子が私に抱いていたあの甘美な愛の心はどこへ行くのか。蒸発して煙と共に消えてなくなるのか。人生とはどうしてこんなに無情に出来ているのだろうと。

私は何とかして志津子を葬りたくなかった。しかし私は彼女の死骸を腐らしてまで自分の傍に置くほどの痴《ほ》けでもない。色々考えた果、遂に私は最後の冒険をやってみることにした。

というのは、防腐剤を注入して死骸を保存するていの不徹底なものではない。私の中にあのやさしい志津子を共生させることである。と言っても分るまいが、丁度私の右の脳は溢血しているので、それを捨てて志津子の右半脳を私の頭蓋骨の中に取入れることである。この手術は至難であるが、榊田君の敏腕なら出来ないこともあるまいと思った。

もしこれが成功したならば、私の脳は再び明晰になると同時に、私は頭の中で志津子と相抱擁し、永久に離れることもない堅固な密室の中で、行く処常に楽しく囁き合うことが出来るのだ。顔貌は遠矢芳三郎であるが、私には二つの心が宿ることになる。本来の自分と、志津子の心と、今までは表情なり仕草なりによって、私への愛情の深さを知っていたが、これからはじかに一方の私に伝って来るではないか。夜、たった一人でも淋しいことはあるまい。秋風渡る夜のベランダに出て、

「志津子、月が綺麗だね」

と囁くと、やさしい瞳で振り返り、

「ほんとに、こうしてお近くに居ますと、幸福で、咽《むせ》ぶようですわ――」

と葡萄の房を頬にあてて微笑む。月光に濡れて一筋一筋きらめく髪を指で梳いてやると、仰向いて眼を閉じる。秀でた鼻、長い睫毛《まつげ》、あどけない唇。

「志津子!」

顔を近付けると、微かに眼を開いて口もとも微笑を含む。おお、逞しい私の心臓はハンマーのように打つのだ。上べはあんなに淑《しとや》かだった志津子も、内心では私を随分いとしがっていたに違いない。その心が、じかに分って嬉しい限りではないか。その予想に胸躍らせながら、私は第四回目の手術を決行したのだったが――。

さて私は例の通り手術台上で魔睡されて間もなく、板をのみでくり抜く音を遠くに感じた。頭蓋骨の天頂《てっぺん》が円く割られているのだなと微かに思っていた。豆腐を匙《スプーン》で掬い取るような感じがする。右半脳が抜き取られているのに違いない。

魔睡薬から醒めてみると私の頭の疼痛は拭うように消えていたが、白金線で継合わせた頭蓋骨の上に頭の皮を引っ張り寄せて縫合せた糸目がどうにも痛んだ。だが、それも一週間位で薄らいで、いよいよ明晰になり秋空のように澄み切った頭脳に次々に、走馬燈のように現われてくる志津子の記憶――私は驚いた、驚いたというより

は全く情けなくなったのである。

眼を細め、遥か結婚当時の追憶を辿ると、左半脳にある私の印象は、若妻を迎えてあれほどまでに幸福に浸っていた追憶を持っているのに、右半脳ときたらどうだ。

「お金さえあったら、こんな耄碌《もうろく》の処へなど来やしないんだけど――」

という嘆きの言葉が甦ってきた、そして更に、

「せめてあの時あの人へ、何もかも捧げてよかった、こんな耄碌に金で買われるよりはましだわ」

これが結婚の翌朝、私と差向いで朝食を取っている時の右半脳の記憶である。

あの人とは誰か、志津子がそれほどに愛していたあの人とはどこの何奴か、私は忌々しさに歯を噛《く》いしばって志津子の記憶を追求した。

出た出た。現像液《エントウイツクラー》に浸した乾板に現れてくる陰画のように浮んできたあの人、志津子の思出の人、それは四角帽子を被った学生時代の長坂ではないか。あの長坂と志津子とがどこの河であろう、楊柳《ようりゅう》の青々した緑の河岸で秘やかに語っている処が甦ってきた。

「志津子さん、僕、あなたを愛する心に変りはない、だが、今直きに結婚することは経済的に出来ない、分ってくれるだろうね」

「でも愚図々々していたら、私どうにもならない立場になるのよ。お父さんが無理矢理にあの耄碌博士の処へ行けって強要するの。嫌になっちまう」

「仕方ないでしょう。僕と一緒に苦労されるより、却ってその方があなたの幸福かも知れません。そしてあなたが博士の陰から援助して下されば、僕も早く一本立ちになれる。辛棒して下さい、博士だってもう永いことはありません。僕は待ちます。それからでも遅いことはありませんよ」

何という不埒極る言分であろうか。それとも知らずに、私は長坂を抜擢《ばってき》してやった。それはいつの間にやら志津子に吹き込まれたせいであったろうが、まさかこんな連絡があるとは夢にも思わなかった。ところがただこれだけではない。巻き取られた糸巻きの糸を繰り戻すように次々とその後の成行が甦ってきた。

結婚後半歳位たったある日、貞淑なるべき花嫁は長坂と、さる茶房の特別室《スペシアール》で秘かに会っている。

「どうだね、結婚の感想は――」

「嫌になっちまうわ」

「可愛がられるだろう」

「思出しても虫唾《むしず》が走る、私がちょっとよくしてやるとすっかり喜んでるの、あの年で」

「健康はどうだい、少しはやつれてる?」

「あの調子じゃここ四五年は大丈夫よ」

「困ったな、僕は思わぬ抜擢にあうし、もう結婚してもいいようになったのだけど、待ち遠しいな」

「でも今じゃ、時々こうして会うより外にどうにも仕方がないじゃないの」

「うむ――」

「何考えてるのさ、急に沈んで」

「ね、志津さん、二人の幸福のために僕の言うこと聞いてくれないかい」

「なにさ、いやに改って、二人の幸福のためなら、何でもやってるじゃない」

「実はね――」

「えっ!」

長坂は薬を出して、これを耄碌博士の飲食物の中に少しずつ入れておけば、間もなく腎臓炎を起して死ぬ、誰にも気付かれはしない、と囁いた。志津子は煩悶した末結局決心したのだった。

5

私は何というのろまであったろう。今になってやっと気付くとは――。私が腎臓移殖を主張した時、「先生の尊いお体に牛の腎臓などを……勿体ない次第です……」と殊勝らしくも忠告した長坂の魂胆こそ憎んでもあまりある。志津子の口ぶりにしてもがそうだ。

「あなたのお体に、牛がいると思いますと――」と口籠ったのを私は、そのあとに続く言葉を、

「何だか怖い気がしますけど命には換えられませんわ」と想像して彼女の真情《まごころ》を喜んだのだったが、実はその時、彼女は、

「――何だか愉快な気がしますわ、そしていっそのことスックリ死んで下されば」

この言葉が口もとに出かかったから狽てて口籠ったことが甦えってきた。何という不届な心底であろうか。それから志津子は愛情の限りを傾け尽したように見せて私を随喜させたが、それは老体の私を衰弱させる下心であったのだ。私が心臓弁膜症を起すと、

「もう今度こそは決定的よ――」

と長坂に会って囁いている。だが彼等の予期に反して私は殺人強盗の心臓を貰った。そしてまた次には競馬騎手のを貰った。

かくして強壮になった私の体に、志津子は遂々圧倒され、私に勝つことが絶望となると、気の浮かぬ日が続いて遂に肺炎を起して死んでしまった。長坂の歎きはそれこそ脇の目にも気の毒なほどであったが、私は、退院の日まで、廻診に来る彼を素知らぬげに見やりながら、ひそかに反芻していた。そしていよいよ病床を離れる日、私は長坂に言ってやった。

「長坂、志津子は今も君を愛しているぞ」

「そ、そんな――」

私が彼の手を握ると、さっと蒼ざめた。

「いや、儂には筒抜けに分る、志津子の半脳が儂の中で生きているのだからね、君が志津子に何を教え、志津子が儂をどうしようと思ったか、はっきり儂の半脳へ響いて来る」

「そんなことは絶対にありませんよ」

「ある、志津子は君に――」

私は長坂の戸惑った顔をまじまじと見ていると、ついカーッとなった。

「この男が、俺を裏切ったのだ――」心の中に叫びながら、私はそこにあった大メスを逆手に摑んだ。長坂はのめるようにして廊下へ逃げた。私は追った。突差のことで度胆を失って、廊下の隅で爪ずいた長坂の上に、私は馬乗りになった。もうしめたものだ。必死に何か叫ぼうとするその咽もとを、ネクタイでぐいぐい絞めつけ、喉笛目がけて、大メス持つ手を振り上げた時、

「待って、誰か来て下さい」

と叫んで私の右手を摑んで引止めた者があった。

「離せ！　離さぬか！」

「いやです」

この場になって今更止め立てしようとする者は一体誰だ。私は忌々しげに振返ったが、そこには誰も居ないのだ。私の右手首をしっかと摑んでいる奴は、意外にも私自身の左手ではないか。

「長坂さんを殺しちゃいや、いや」

と叫んでいるのは、何と、私の右半脳の志津子である。

私は茫然として突っ立った。左半脳は右手を支配し右半脳は左手を支配するのは生理学の初歩である。私の中に住んでいる二人の人間が左手と右手になって相争うの

も嘘ではない。こんな変なことがあり得たのだ。

「博士が狂いましたよ、来て下さい来て下さい」

長坂は叫んだ。

この騒ぎにどやどやと集ってきた看護婦や医局の者達に依って、私は不本意ながら、脳病院に入れられることになったのである。だが、私が決して狂っていないことは誰にでも分るはずだ。ただ二人の人間が一人の人間の中に住んでいるに過ぎないのだ。


読み終えると私はそれを遠矢博士の処へ返しに行った。博士はまだ書続けていたが、

「どうじゃった、分ったかな――」

ギロリと眼鏡越しに私の方を見た。

「博士の右半脳はやはり今でも志津子さんのですか」

「うむ、そうだ、だがもう十年も住まわせ、記憶していることも全部記録してしまったので、最近入院してきたあの美しい婦人に、近い中に移そうと思う」

「ほう、あの美しい婦人にですね」

「やはり女の脳は女でないといかんね」

「何故でしょう」

「色々不自由なことが起ってね、例えば儂の排尿は今以て牛の如く実に活潑じゃが、どうもその時、ついうっかりすると左の足がかがみたがるのでね、習性とは怖しいよ」

博士はニコリともせず学究的な表情だ。

「まだ面白い臨床記録がありましょう、次のを読まして下さいませんか」

「うむ、君は大分話せる、頭がええらしい」

つい私が博士と話し込んでいると、高須院長が変な顔して覗きに来た。

廊下へ出ると、

「あまり永く話していると毒ですよ」

「博士にですか」

「いいえ、あなたにですよ」

「どうしてですか、博士は確かに狂人じゃありませんよ」

「丁度一部屋あいていますが、あなた、しばらく保養にいらっしゃいませんか」

高須院長は戯談《じょうだん》とも本当ともつかぬ眼もとで私を見ながら微笑んでポンと肩を叩いた。

幽閉夫人

1

「えっ?　理学博士の夫人ですって?」

「そうです。が、姓名は御本人の名誉のために残念ながら申し上げかねます――」

「まだ若いのでしょう?」

「ええ、二十六ですが、二つ三つは裕《ゆう》に若く見えます。とても綺麗な婦人ですよ。気をつけて下さいね」

高須院長は、半白の頭髪を、長く伸ばした小指の爪先で掻き分けながら、眼鏡《めがね》の奥から意味深長な眼つきで私を見る。

「ははあ、じゃよく婦人患者にある例の、失恋に原因するあれですか」

「違います、ニムフォマニーじゃありません。それだけはあの人の名誉のためにも請合いますよ」

「じゃ一体、どういうのです」

「そうですね、どうってちょっと複雑で、簡単には説明も出来かねますし――」

高須院長はしばらく思案していたが、

「ま、どうせ、お会いになるのですから、話してごらんなさいよ、その方が、私がくどくど説明するよりも早手廻しです」

と院長が立ち上ったので、つい私も釣られて椅子から立ち上った。

高須脳病院の診療室から眺められる冬枯れの景色はい い。落葉樹はすべて裸木になって、その向うの入江は冬陽を受けて、古鏡のような神秘な色を湛えている。

院長の後から診療室を出る。スリッパの音も冴え冴えと響き返る白ペンキ塗の長廊下を行く、廊下を曲ると角の部屋が十三号室。扉《ドア》の真中に「叩けよ、さらば開かれん」と金釘流に書いた藁半紙がペタリと貼りつけてある。

院長は振返って眼色でそれを示し、

「ここにはキリストが入っていますよ。ちょっと覗いてごらんなさい。十字架にかかったキリストの風貌そっくりです。現代の全世界の人類は尊い五十年をただ金のために懊悩呻吟している、おお哀れなる小羊共よ、一刻も早く来りて吾が福音を聴け――と日夜祈禱していますよ。真剣なのですからね。次の十四号室は成吉思汗《ジンギスカン》です。壁一面に拡げた世界地図を睨んで、大陸経営の秘策を練っていますよ。もう近い日にいよいよ日本から出馬を頼んでくるはずだと一人で張切っていますね。いや私共まで嬉しくなりますよ」

院長は本当に嬉しそうな眼つきをして案内してゆく。

「ここの十五号室にはジキル博士が居ましてね、それ、見て御覧なさい。あの古ぼけたシルクハットとマントとは年が年中離さないのですよ。部厚な横文字の本を開いているでしょう。だが読んでるのかどうかは分りませんが、とにかく一時間も二時間も同じ頁《ページ》をじっと睨んでるのです。そして時々歯をむき出して、それこそ本物以上に物凄いハイドになりますよ。無論日本人です。つい最近御入来の大学生ですがね」

「中々の名士揃いですな」

「ええ、ロンドンのテュッソオ博物館などは跣《はだし》ですね、次が今空室になってまして、その向うが十七号室で『生命不滅』の立証者遠矢《とおや》博士です。只今えらいしん閑としていますね、熱心に大自叙伝を著述中でしょう。その隣の十八号室が、遠矢博士の永遠の恋人クレオパトラ夫人の居室です。さあこの次です。いいですか、よくバツを合わせて下さいよ」

クレオパトラ夫人の隣室、十九号室の前に来た時に、院長は私に念を押して、鍵孔から中を覗いた。その気配が向うに分ったのか、

「どなた？」

銀鈴を振るような張りのあるソプラノが聞えてきた。

扉を開いて院長と私とは慇懃《いんぎん》にスリッパを脱いで入った。

「御免下さい、突然お伺い致しまして」

「いいえ、ようこそ、不躾な処をお目にかけまして――」

そそくさと朱塗の鏡台を部屋の隅に片づけて、彼女は畳に手をついて小笠原流に挨拶を済まして座布団を奨める。箪笥に鏡台、衣桁に乱籠《みだれかご》、ずらりと並べた博多人形の硝子《ガラス》箱から細々したものまで、ここはまた純日本式の艶《なまめか》しさである。沈香の仄かな薫りが漂っている。地味な大島を上品に着こなした夫人のしっとりした美しさには、一分の隙もない。そして彼女が顔を上げた時、私はその美しさに気後れがして暫くは真正面《まとも》に夫人の顔を見

ることが出来なかった。顔の輪廓がはっきりしていて、智的に秀でた鼻筋、型よく刻まれた上下の唇、口の端にちょっと気になる微笑が湛えられている。愛想よく静かに瞬いて私を見ている黒い眼には、少しも狂ったような光などはない。こうして近々に対坐していると、私の動悸は怪しくも高まってくる。

「あの、失礼ですけど、どんな御用件ですかしら」

たしなめるような口調で、夫人は微笑みながら、私にこう切り出したのである。私は不覚にも戸惑ってしまった。

いつの間に院長は逃げ去ったのか、私の後には居ない。私が取りつく島もなくもじもじしていると、彼女は気の毒そうに流し見て、御愛想にまたにっこり笑った。

「御免遊ばせな、どうせこんな所に入ってるわたしですもの、興味持っていらしったのでしょう、ね」

「どうも、済みません」

「でも、致し方ありませんわ。わたし、近頃、本当に信じていい人って、世の中に少いものだとつくづく思いましたわ」

彼女の口許から微笑が次第に消えた。

「こんな御不自由な処で、さぞかし——」

「でも、もう何もかも諦めてますの。不服の出るのは心の持ち方だと思いましてね、ですけど凡婦の悲しさとでも申すのでしょうか、夫さえもっとしっかりしていてくれれば、こんな恥さらしの所へなど来なくともよかったのにと、つい愚痴が出ますの——」

「御気の毒に思っています」

「ほんとなのですわ、結婚するまでは、よもや、あんなことがあろうなどとは、夢にも気付かなかったのですもの、誰だって、気付かないと思いますわ」

「どんなことです」

「こんないい候補者はまたとない、今度拒《ことわ》ったら二度とある話ではない。立派な研究所の経営者だし、それに博士号も持たれてるし、顔はいいし頭はいいし金はある、あたしがもっと若かったら、あたしだって行きたい所よ——と母がとても奨めたのです。ですけどわたしは、そんなに三拍子も四拍子も揃った人がどうして今まで奥さんを持たなかったのかその訳が不審ですよと母に尋ねますと、そこが堅人《かたじん》だっていう証拠だよと言うものですから、わたしもその気になって嫁いできたのですの。世間ではよく仲人口だと貶《けな》しますけど、その時ばかりはわたしは、噂以上にいい立派な夫でしたので、何一つ不足もなく、ほんとに幸福の日を重ねていましたわ。ですのにどうでしょう、頭が良過ぎたとでも言うのでしょうか――」

彼女はやや斜めに坐ったなだらかな膝の上で、しなやかな手指に薄絹のハンカチを、からめたりほぐしたりして弄んでいる。長い睫毛《まつげ》の陰から眺めている黒い眼が、次第に寂しげに訴えるように沈んできた。

「結婚して間もなくでしたわ――」

彼女はしみじみと語り出した。

2

そぞろ歩きにはいい春の夕暮れであった。通り雨に濡れた鋪道にネオンの影が映って若葉の香が春愁をこめて漂うている。歩く人々は皆幸福そうに彼女には思えた。夫の雄吉と肩を並べて歩きながら、わけても自分の幸福を人に見て欲しいのが彼女のその時の心だった。行き擦り合う人の視線を、誇らしげに辿っていた彼女の眼に、ふと若い夫人がそれは上品な有田焼のモデルシップの帯留をたしなみよくしているのを見て、彼女はついねだってみたくなった。

「ね、あんなのどう?」

すると彼の返事は面倒臭そうに、

「欲しいか」

「ええ、欲しいわ」

既に彼女は結婚以来柘榴《ざくろ》石入の帯留は勿論、細々したものでも本場のルージュに眉墨にマニキュアセットもコティの化粧品など数限りもなく、また鰐《わに》皮のバンドバッグも、銀のブローチも、赤革キッドのハイヒールも、サファイアの耳飾りも黒ダイアの首飾りも、和服用では博多帯の黄八丈に小紋に簑虫《みのむし》皮のフェルト等、数えあげると切りがないが、とにかく沢山買ってもらっている。彼女は一つ一つの買物をしてもらう毎に、新しい夫の愛の表示を受けるようで、嬉しくて嬉しくてならなかった。

「ここへ入ってみよう」

香蘭《こうらん》社の前である。雄吉はつかつかと入って行った。飾窓の中にも陳列台にも火鉢、香炉、花瓶、大皿、鉢物と、呉須《ごす》や青磁や万暦の色とりどりの鮮やかな陶磁器がずらりと飾り立ててある。その中央の硝子棚の中に、小さい桐箱の蓋を開けて、緋鯉や紅葉や蔦《つた》の葉や鮎やモデルシップなどの帯留がいくつもいくつも並べられている。

彼は面倒臭そうに覗いていたが、やがて顎で店員を呼んだ。彼女は店員が拡げた一つ一つを自分の帯に当ててみて、それかこれかと選ぶのに苦心した揚句、

「これにしとくわ」

と五円の蔦の葉を夫に示すと、彼は、

「いっそ買うなら、もっといいものを買えよ」

とあっさり言うのである。

「でも、モデルシップは十八円よ」

彼女が渋々遠慮しがちに言うと、

「じゃ、も少し考えとくさ」

彼はそれっきり帯留を買うことは打切ってしまった。不承無承彼女はそれから花瓶や灰皿を二つ三つ素見《ひやか》して、結局何一つ買わないままに「またどうぞお願い致します」と店員に愛嬌よく送り出されて街へと出たものの、彼女は諦め切れなかった。彼は何を考えているのかむっつりとしている。

ただこれだけなら、日常の買物風景と何ら異るところはないのであるが、さて、家へ帰ってから、茶の間に寛いでみると、彼女の膝の上にぽろりと彼が小さい桐箱を投げたのであった。

「あら、これは――」

「モデルシップの帯留さ」

平気で煙草に火鉢の火を吸いつけている。

「まあ、あなた、買《かっ》てきたの」

「ぼんやりするなよ、お前が諦められないような顔してるのを見て、ついいじらしくなってね」

「まあ、いつの間に?」

「お前が灰皿をあさっている時にさ」

煙を吐きながら縕袍《どてら》を脱ぎ換えている。

そう言われてみると、なるほど彼女が灰皿を漁っている時に彼が硝子棚の方へ行ったようであった。十八円の買物をしたから、店員が愛嬌よく送り出してくれたのに違いない。だが、それにしても何かしら、変に腑に落ちないものが喉にからんでいるような気がしてならなかった。

この疑いが悲しくも晴れたのは次の買物の時であった。彼女の同窓生が結婚するので、そのお祝いに贈る真珠の指輪を買いに、彼と一緒にデパートの貴金属部に行った時である。

金や銀や白金の台に、大小粒とりどりの真珠を細工し込んだ指輪を品定めしたが、中々気に入ったものがなかった。だが、自分の買物ではなし、彼女はいい加減見切

りをつけて、仄かに青白い反映を見せる一粒入りのに決めようとすると、彼が意外にも反対したのだ。

「それは結婚祝いにしちゃ少し淋し過ぎるよ」

「でも、明日と迫ってるのですもの、どれかに決めなくちゃ」

「だが、不本意なものを贈っちゃ意味ないじゃないか」

二言三言押問答している中に有耶無耶《うやむや》になって買うのを止してしまった。貴金属部を去ろうとすると、取片付けていた二人の店員が顔色を変えて何やらひそひそと囁き合っていたが、警備係を呼んで来たのだった。

「あの、こんなこと申し上げて誠に失礼ですけど、ちょっと奥の事務所まで来て頂けませんでしょうか」

その年配の警備係が表面は鄭重だが、軽蔑しているのは眼つきで分る。

「何の用だね、一体」

彼は平然として尋ね返している。しかし彼女はもしやと思い当って内心穏かでなかった。

事務所で、顔色一つ変えぬ夫を見て、よもやとは思って信じようとするのだが、もしも夫が大それたことを事実していたのなら、面目上生きてはおれないことだと、彼女は腋にびっしょり冷汗をかいていた。


「よろしい、そんなに疑うなら、裸にもなって進ぜましょう、どこでもお調べ下さい。その代り、名もあり、肩書もある私であることを、忘れないで下さいよ、その責任は問いますからね」

と無礼を問責しながら、すっかり調べさせたが、彼のどこにも失くなった指輪は発見されなかった。

「おかしいですね、そんなはずはないのですけど――」

店員が警備係と目くばせして、今度は彼女を眺め廻し始めた。

「お前も疑われている。こんな侮辱はない。もう、このままは帰れないさ、さ、お前も面目上調べさせなさい」

彼の悲憤の気色を見ると、彼女は夫を信じ切る心になった。店員の失策に違いないと思うと、彼女は意地になっても調べさせたのであった。警備係はおろおろして調べたが結局どこにも匿されていないことが分ると、泣くように顔を歪めて詫《あやま》った。

「不都合なこの店員は止めさせます。私も進退伺いを人事部長まで出しますが何れは止めます、社よりは正式に御詫びに参上いたしますから、どうぞ御内聞に」

「疑が晴れれば今度だけはそれでいい、これからは粗忽のないようにもっと慎重になりなさい」

釈然とそう言って拘《こだわ》らない夫の男らしさを見て、彼女は何と力強い感銘を受けたことであろう……。

「ところがですのよ。それから家へ帰りついて、玄関の鏡の前で夫のインバネスを脱がせようとしますとね、夫がくるりと向き直ってね、不意にわたしを抱擁したのですのよ。それがねこんな風にして――」

夫人が腰を浮かしてすざり寄ったかと思うと、私の肩に軽く手をかけた。さらりと流れる袖口、つやつやしい白い腕、仄かに掠める香、私は思わずたじろいで、夫人の手首を摑んで邪慳にも反撥していた。

「ほほ、御免遊ばせ、つい説明が微に入り過ぎて、ほんとに失礼しましたわ。それでね、私は気まぐれな人――と心の中で憎からず思って、ふと何気なく夫の肩越しに鏡に映った姿を見てギョッとなったのです。どうでしょう。私の首筋にかけていた手先で素早く髪の中から青白く光るものを抜き取ったじゃありませんか。ま、あなた！　とわたしは思わず叫んで、その手首を握り締めたのですわ」

彼女は唾を呑み下して、吐息をついて私の顔をまじまじと見守っている。

3

「悪かった、謝る、この真珠の指輪もそうだ。この前の帯留もそうだ、その前買ってやったルージュも眉墨も、マニキュアセットもコティの鰐皮のハンドバッグもブローチも耳飾りも首飾りも靴もフェルトも博多帯も黄八丈も……それからその金時計も柘榴石の帯留も一々憶えていないが、みんな、みんなそうだよ、済まぬ」

悄然と手をついて詫びる彼を眺めながら、彼女は悲しいというよりは、腹立たしいというよりは、呆れて言葉も出なかった。外出からの帰りは必ず買ってきてくれたそれらの一つ一つを、こよなき夫の愛の表示として喜んでいたのを追想してみると、自分の喜びの儚さに涙も出ないほどだった。

「まあ！　あなたという方は――」

「悪い。悪いということは、お前から責められなくとも、万万承知している俺だ。肩書もある。名誉もある。それでいて、ついいけないのだ。その瞬間まで、いけないぞ、手を出してはいけないぞと心に言い含めているのだが、もう手先が素早く盗ってしまっているのだ。考えてみれば手を出しさえすれば盗られるような処においてる方もいけないと思うのだが、段々近頃は盗みにくいものに眼がついてきてどうもいけない。この癖はどうしても直らないのだろうか。俺が端くれのつまらない人間で直ぐに捕って刑務所へぶち込まれれば、もう盗み甲斐のあるようなものは見当るまいし、どんなに幸福だろうかと思うのだが、なまじこうした紳士になっているので滅多に俺を怪しまないのだ。それがいけない。そして手頃な品物はどこにもあるし、左手を懐手にして右手で煙草なぞ喫《の》んでいる時に、うっかりすると左手の奴が右の袖口から覗いてきてつい盗っちまうから、自分ながら情けないよ。おい何とかならないものだろうか」

真底から告白する夫の言葉を聞いている中に、彼女は何とかして救ってやる方法はないものかと思案し続けた。

やっとそれから二三日して、

「あなた、急にお止しなさいと言っても到底駄目だと思うわ。ですから、段々盗みにくいものに手が出ると仰言《おっしゃ》ったわね、で、あなたの眼から見たら、きっとお店の品を盗んだり人様のものを掏《す》ったりしてる人の素早い手先は見抜けると思うわ。そうでしょう、ねえ、ですから、今度からは、それを見つかり次第盗み返して、店や人様に返しておあげなさいよ。その方がずっと盗みにくくて、面白いわ、そして結局人様のためになるんですよ。慈善になるのですわ」

「なるほどね、悪いことが善いことになる訳だね」

暫く考えていた彼の顔は晴やかになってきた。

「芙紗子《ふさ》、有難う」

彼は真心から彼女の手を握りしめたのであった。それからは彼は外出から帰る毎に、彼女に向って気も晴々と、公然とその日の盗みを報告するのであった。

「おい、今日はね、四度慈善したよ。敏捷な女の掏摸《すり》だったが、バスの中で呀《あ》ッという間に四人から財布を掏ったのだから、さすがの俺も驚いたね。元通りに片っ端から戻してはやったがね。次の停留所であの女はほくほくで降りて行ったが、掏ったはずの財布が四つとも消えているのに驚いただろうと思うと少々愉快さ」

こんな日ばかり続いていたならば、何等の異変もなかったのに、間もなく彼が用件を帯びて京都に出張した。四日ほどして帰ってきたが、顔付がまるきり変っていた。そして彼女の顔を見るなり旅装も解かずに、擲《なぐ》りつけたのである。

「莫迦！　お前がなまじ賢そうなことを言い出すものだから俺は遂々人を二人まで殺してしまったぞ――」

「まあ、そんな変なことがあるものですか」

「ある、あったのだ。帰りの寝台車でだ。ひどく沈み切ったお嬢さんが隣にいたが、その人が洗面所に立った隙に、上の寝台にいた神経質な青年がハンドバッグから赤い小箱を盗み取ったのを見たのだ。卑怯な奴だ、と思ったので捷《すばや》く取戻して返してやったところがどうだ。そのお嬢さんは明け方苦悶を始めたが間もなく絶命してしまったのだ」

「ま！」

「すっかり取乱した青年は、馳けつけて来た車掌をつかまえて――自分はこの人の婚約者で、深い事情があってこの人が家出したので今京都から連れ帰る途中だった。隙を見て自殺しようと思っているらしく、毒薬を持っていたので、やっとのことでそれを盗んだはずだったが、お嬢さんが感付いてまた取戻したらしい、悔しくてならない――と泣き濡れているのを見て、俺は本当に大変なことをしてしまったと思った。黙ってさえいれば誰にも俺が人を殺したことは分るはずはない。だが黙っているのが苦しい。その上その青年も悲歎の揚句列車から飛び降りて死んでしまったのだ――」

彼はその時の有様が眼に写るらしく恐ろしさに唇をぶるぶると慄わしていた。……

4

「そしてですね、わたしを擲《なぐ》る、打つ、蹴る、俺は人を殺したんだと喚きながら、まるで気狂いになってしまった。わたしが何となだめても、お前こそ気狂いだ、恐ろしい女だ、と責め立てて、遂々こんな処に入れてしまったのですわ。でももう諦めてます。せっかく真心こめて悪癖を矯正してやろうと思っていましたのに偶然のことで遂に夫はまた例の癖の捻《より》が戻ってしまったのですもの。どうせ一緒に居て恥をかくよりは、ここで呑気に暮そうと思いましてね」

いつの間にか私の膝に縋って悔しさにさめざめと泣いていた彼女は、やっと総てを話し終ると絹のハンカチで涙を拭って、美しい眉を開き、濡れた睫毛を瞬いた。

「つい、泣いたりなんぞして、ほんとに済みませんでしたわ、こんな所に永い間いますと、知らず知らずに気が弱くなっていましてね」

「御気の毒に思います」

私が立ち上ると、彼女は名残惜しそうに、私の背後擦れ擦れに、寄り添って送り出して来る。心残りのある息使いが肩先に聞える。

「では、御大切に――」

「またどうぞ、お待ちしてますわ」

長い眉を傾けて、濡れた睫毛を瞬いて、淋しそうに微笑む彼女の美しい面影を扉の陰に振返りながら、十九号室を辞して、私が診療室に帰ってくると、診療日誌をめくっていた高須院長が、眼鏡をキラッと光らして、その奥から妙な眼つきをして私を見上げた。

「いやにしんみりした顔していなさるねえ」

「院長！　私はあの女の夫に一度会ってみようと思いますよ、随分無茶な人らしいですね」

「そーれ、きっと、あなたがそう来るだろうと思っていましたが、案の定でしたね」

私は内心むっとした。

「どうしてですか」

「ははは、そうむきにならなくともいいじゃありませんか。あの患者は人格分裂症でして、自分と人との区別がつかないのですよ」

「いいえ、はっきりついていましたよ」

「だから簡単には説明出来かねると申し上げたのです」

「分りませんね」

「あッ、あなたは、銀時計はどうなされました？」

院長に注意されて始めてわが身を振り返った時、私は、胸衣《チョッキ》のポケットに銀鎖を垂らして入れていた銀時計はおろか、上衣の上ポケットにあったはずの万年筆に名刺入れに電車切符、下ポケットの皺苦茶《しわくちゃ》のハンカチ、チェリー、パイプ、マッチ、宝丹《ほうたん》、内ポケットに仕舞い込んでいた税金未納の督促状からカフスボタンに至るまで、いつの間にやら物の美事に消えて失くなっているのに気付いて、突差には解せず、院長の顔を見守ると、

「いいじゃないですか、逢う瀬ひとときのサービス料ですよ。この次いらっしゃるまで預けていらっしゃいよ。ね。喜びますよ。美わしの君の御趣味ですからな」

高須院長は嬉しそうに眼を細め、肩を寄せてくすりと笑って、私の顔をさらりと見た。

双面身

1

　高須脳病院には、夜眠らない患者が四人いる。彼等には黄昏《たそがれ》は黎明で、暁が夕暮れである。で、病院の人達は彼等を呼んで「梟族《きょうぞく》」と言っている。

　二十一号室の片井老人は、白髪痩鶴《そうかく》の神々しいまでの予言者で、いつ覗いても坐禅を組んでいて、入院以来十八年間、誰一人として老人がまどろんでいるのを見たことがない。そして霊感があると時々素晴しい予言をする。関東大震災も三日前に予言したし、蘆溝橋《ろこうきょう》事件もそうだったし、またつい先日は「一九四一年には第二世界大戦が勃発するぞよ。その翌年に印度《インド》が独立、沿海州に白系ロシア共和国が出来る」と言っている。ガンジーから時々密書が来るというような口吻も洩らす。

　九号室には、月の夜も雨の夜も窓辺に凭れて遣瀬《やるせ》ない胸の中を綿々と訴えている窈窕《ようちょう》の令嬢夏子が居る。秀でた眉、澄み切った彼女の瞳にみつめられて、熱い息と共に囁かれる言葉を聞いていると、どんなにお堅い方でもつい知らぬ間に彼女の細《ほ》っそりした肩に手をかけて慰めないではいられないという麗人である。

　それから、深夜に限って醒めて、潤いのある声でアラビア風の謎めいた歌を低唱する可憐な夢遊病の少女が隣の十号室に居る。第四人目が十五号室の主である。

　今もそうだ。高須院長が相憎《あいにく》往診中なので、看護婦が暫く待ってて下さいと言った言葉を守って、私は診療室でなすこともなく煙草を吹かしていると、病棟の彼方から啜り泣くようなバイオリンの絃音が流れてきたのである。聞くともなく聞いていると、脳病院に監禁されていつ解放されるとも分らない宿命を歎くような韻律が、涙を唆《そそ》るように響いてくる。

「誰が弾いているのだろう——」

　哀愁切々と胸に迫るその絃音に魅せられて、私はその人に会ってみたくなって診療室を出た。廊下の窓から月光が蒼々と射し込んでいる。庭園に咲き誇っているカリ

「いえいえ院長は只今往診中ですよ」

「留守？　ホホウ」

彼は首を傾けて、爪の伸びた長い指で机をコツコツと叩きつづけていたが、ニヤリと再び薄笑いを見せた。

「ふむ、まあどっちでもええ。だが、お前、あまり人にペコペコするなよ。卑屈に見えて悲しいよ。賢そうな顔してるじゃないか、それ位の人相してれゃペコペコしなくとも楽に世の中は渡れるぜ。ふむなるほど、お前の顔にはちっと俺に似た処があるな。だから俺の心境も幾分かは分るに違いない。何故そんな情なさそうな顔付をするか、莫迦な。大いに意を強うしてええ。お前には天才の卵になる素質が眼鼻に出ていると言ってるまでじゃないか、ハハハ……恥しがって何になる。莫迦だな。褒められて悲しそうな顔をする奴があるか。

ところでだ、世間のやつ共は俺を称して二重人格者だと言うのだが、実はそうではない。低脳人種の彼等には話しても分らないから無理に話しもしないが、お前には少し位は分りそうだから話そう。そして俺が二重人格者ではないということが頷けたら、お前は智脳優秀、将来大いに嘱望するに足るのだから喜んでいいし、その代りやっぱり二重人格者だと妄信するようだったら低脳人種の一人だと諦めろよ、いいかな」

「へい、畏《かしこま》りました」

「そこでだな――」

意気込んで彼が身動きした拍子に、椅子に腰掛けて長く裾を垂れているマントの下から、彼の足首に鉄の鎖が繋がれているのを見て私はひやりとした。これは大変な所に舞い込んだと思ったが、彼が凝乎《じっ》とこっちを見ているので逃げ出す訳にも行かない。

「おいおい、何をそんなにそわそわしておる。お前が何を考えているか俺にはよく分っておる。心配せんでもええ、ゆっくり落着いて聞いていいのだよ。俺が保証しとるじゃないか」

彼は私からちらりとも眼を離さないで、悠々と話し始めた。

2

高須さんに聞いてみてもええが、俺は村雲住江という新劇の花形女優を短刀で突き殺した犯人ということになっておるのだ。が、俺はそんな無惨なことをやった記憶は露ほどもない。しかし俺はある事情からそれを止むなく自白しなければならなかった。それで精神鑑定の結果、兇暴性二重人格者と診断されてここに閉じこめられてしまったのだが、こう話しただけでは、やはりお前は俺を気狂いだと早合点するに違いない。が、まあ焦らずあとを聴いてもらえば、俺は正気も正気、人一倍人情に厚い見上げた男であることが頷けると思う。

そもそも俺が二重人格者と言われるようになった原因は、俺が双生児であることを世間の誰もが知らないからなのだ。おふくろは兄貴の幸一と欣二の俺とを一緒にどっと産み出して気が抜けたせいか、産褥熱《さんじょく》に罹って死んでしまった。父は大酒呑のためしくじってさる会社勤めを止してからは、僅かな退職金で居喰《いぐい》をしていたけれど、向うッ鼻だけは強くて、俺ら二人が小学校を終ると、

「男と生れたからには中学位は出ていなければ、今時一人前のことは言えねえからな」と苦しい中から二人を中学校の試験を受けさせたまではよかったものの、さて、顔や姿はそっくり生き写しの俺と兄貴だったが、神は頭脳までは同じように作ることは出来かねたらしい。

兄貴より俺の方が数等出来がよかった。本当だよ。で、俺は美事に合格したが、兄貴はスベったので私立中学を受け直してやっとこさ及第した。ともかくこうして二人揃って希望多い中学一年生になったまではよかったが、一年経たぬ中に父の財政が行き詰ってしまった。

二年に進級する春、父は東京に居る叔父の許に兄貴を預けようとしたが、兄貴の出来の悪いのを知った叔父は、おいそれとは承知しなかった。父は致し方なく悄然として俺達二人を呼びつけると、

「金がない、すまんがお前達二人の中、一人だけ止めてくれんか——」

と詫びるようにして言った。本来なら弟である俺に命令的に言うのが立て前だが、父の心底は、出来の悪い兄貴の方に止めてもらいたかったのらしい。それを察した兄貴は、

「父さん、わたしが止めましょう」

とキッとなって言ったが、俺としても黙っている訳にはいかなかった。

「兄さんが止めるのに、うち一人行くわけにいかん」

と、頑張り通したので、遂々兄貴を私立中学に引続き出して俺が止めてしまった。

こう話してくると、もう大抵想像もつくだろうがね、それからなのだよ。元来、出来のよくない、怠け性の兄

貴のことだから、学校へ行くのをあまり嬉しがらない。反対に俺の方は行きたくとも行けないという立場にあった。ところがある日、兄貴が浮かぬ顔して、

「欣二、済まんが明日俺の代りに学校へ行ってくれんか」

と頼むので、訳をよくよく尋ねてみると、

「代数が当るのだよ。お前は上手だから、一つうまくやってきてくれ」

と泣くようにして歎願する。代数の教師からよほど手ひどく油を搾られているなと思うにつけ、そこは兄弟だ、義憤がムラムラと湧いてきた。翌朝、悪いことは知りながらも、兄貴の制服を拝借に及んで、動悸を高めながら学校へ行ったのだ。

学校の模様は前夜兄貴に確めておいた。教室の位置に机の順番に、各時間の先生の人相までは訳なく覚えられたが、遊び仲間の顔と名前にはホトホト困り抜いた。学校に行くと知らない生徒が四人も五人も笑いながら寄ってきては色々な事を言うのだ。俺は内心ハラハラしながら適当な返事をするのだが、先方は幸一だと信じ切っているので、平気で内証事を打ち明けたり悪ふざけをやったりする。だが遊び仲間だけならまだしも、いよいよ授業時間になると将棋の駒のように顎の張った代数教師が実に軽蔑し切った憎々しげな顔をして、

「おい木村、十二番の問題を黒板に出てやってみろ」

と言う。俺がわざともじもじしていると、教師は得たりとばかりに鞭で机を叩きながら、

「今日も出来んのか、え？　何度あててもただの一度も出来ぬじゃないか。本校始って以来の鈍才だと言われても仕方ないぞ。いっそ学校をやめて、丁稚《でっち》にでもなった方がお前のためだよ」

と吐き捨てるように言う。俺はもうそれ以上耐え忍ぶことが出来なかったので、すっくと席に立った。その気勢に教師はまだ皮肉な表情を消さなかった。

「おや、木村、立ったな、出来るならやってみろ」

「先生、やってみろとは一体教育者の吐くべき言葉でしょうか。先生は猛虎《もうこ》爪を隠すという諺をよもや御存知ないはずはないと思いますが……」

この豹変に教師は妙な表情になったが、俺は悠々と黒板まで出て行くと、与えられた問題をさらさらとやってのけたのであった。教師は一夜漬の猛勉強をしてきたものだと疑って二三質問の鉾先を突込んできたが、俺は鮮かに答えたのであった。そして最後に止めを刺すように、

「先生、私はそれ位の問題はやればいつでも訳なく出来る実力は持っています、今までは出来ないのではなく、遠慮してやらなかったのであります」

と昂然と机を叩いて嘯《うそぶ》いたので、全級生徒はワッと喜び立って机を揺り動かし床を踏み鳴らして騒いだ。教師は不快と驚愕とをごっちゃにしたような顔付をして、暫くは物も言えない様子であった。

万事がこんな風で、俺は兄貴の代理で学校に行く日が多くなったが、兄貴は大喜びであった。殊に試験の時など、他の生徒達は全科目を向う鉢巻の哀れな姿で勉強しているのに、俺達はうまく分担して半分ずつの労力で悠々と済ませる。幸一は国語、漢文などで、俺は英語に代数という工合にだ。そして一学期の成績は、その時まで全級ビリから一番目だったのに、俄然ズバ抜けて首席へと飛躍したではないか。衆目呆然としたのは当り前のことだ。

こんな重宝なことがあり得るのである。授業料一人前で二人が学校に行かれ、一人が行っている時にはもう一人は家で寝転って講談を読んだり映画見に行ったりする。それで成績は美事一番という訳にゆく。こうして中学を首席で押し通すとその時まで貰い渋っていた東京の叔父が大学まで出してやるから是非養子にと懇望してきた。無論幸一をだ。行く行くは一人娘の房子と結婚させて少からぬ財産を継がせる積りなのである。

で、中学を終えると幸一はいよいよ東京の叔父の家へ行ってしまった。そして高等学校の試験にも優秀な成績で合格した。無論試験科目の半分以上は、秘かに上京した俺の細工によるところである。高等学校を終って大学に入ると幸一の怠け癖、遊び癖は金のあるに任せて輪に輪をかけたが、それが不思議と成績の上に現われてこなかったのである。というのは、父がぽっくり死んでしまったので、故郷の家を引き払って上京した俺は本郷の学生アパート松柏寮《しょうはく》に引き籠って、兄貴から月々の生活費を貰いながら、完全に幸一の影の存在としての生活を始めたからであった。

何の不平もなかった。もともと望んでも大学へなど行ける境遇ではなかったのに、こうして大学生の半身としての生活を送ることが出来るだけでも嬉しかった。俺の戸籍は、故郷の役場の原簿にはあるだろうが、もう再び世に出ることもあるまい。大学卒業の日が来たならば、兄貴は叔父の財産を貰って裕福に暮すだろうし、俺は学士の肩書を楯にして満洲に前途ある就職口を捜す考えでいた。同じ姓名の同じ顔をした二人の者が、一人は東京で、も一人は満洲で生きていても少しも不都合はないはずである。二人が同時に同所で顔を合わせたところを他人が見破らない限り、秘密は暴露することはないと考えていた。が、ここに困ったことが起ったのであった。それは遊び呆々けていた幸一が、新劇女優村雲住江とすっかりいい仲になってしまったことで、それを薄々感付いた叔父が将来を慮《おもんばか》って、一日も早く娘の房子と結婚させようと焦り出したから、事が面倒になってきた。

3

村雲住江の妖麗さにすっかり盲目になっていた幸一は、房子との結婚問題を何とか切り抜けねばならなかったが、正当な拒絶理由がある訳でなし、まだ修学中だから、せめて卒業までは……という苦しい口実を楯に取って一時を逃れようとしたけれども、彼の心底を見抜いている叔父はいっかな諾《き》かなかった。

切ぱ詰った幸一はある夜、松柏寮の者達が寝静った時刻を見計ってこっそり尋ねて来た。残雪未だ解けぬ早春の夜のことで、北風の窓硝子《ガラス》を打つ二階で、乏しい火鉢を中にして幸一は心から頼んだ。

「欣二、お前、俺の身代りになって房子と結婚してくれないか」

「えっ！　房子さんと、私が？」

「そうだよ。兄貴の俺が手をついて頼む」

「出来ませんよ、他の事ならともかく、これは大きな罪悪ですよ」

「分っている。だがなア、欣二、いつもいつもあと始末ばかりを頼むようで済まぬが、どうか諾いてくれまいか。今まで不自由な日蔭の生活に辛棒してきてくれたお前に幾分かの恩返しもできる。今度こそお前は本当の俺になってくれ、俺が欣二になる。誰にも分るはずはないのだ。せめて今まで恵まれなかった酬いに、叔父の財産を受けて房子と裕福に暮してくれ。俺は住江が諦め切れないのだ、察してくれ」

「それはいけないよ。なんぼ顔が同じでも心は違うのだから、たとえ見破られなかったとしても罪悪です。村雲住江を諦めなさい。そうすると何もかも立派に肩付くじゃありませんか。兄さん、一時の激情に迷わされないで、とっくと考えて下さいよ」

それから言葉の限りを尽して翻意させようとしたが、駄目だった。

それで俺は最後の途として村雲住江に会うことを決心したのであった。生活の波に揉まれ世間の裏も知っている女優のことだから、事情を打ち開けて頼めば聞き分けてくれるに違いない。もしそのために必要とあれば金も工面しようと考えていた。何れにしても会ってみなければと思って、翌朝、大塚の紅雀荘《こうじゃく》アパートに彼女を訪ねると全く予想外だった。朝の化粧を漸く済ましたところらしく、俺の顔を見るなり向日葵《ひまわり》のようにパッと明るく笑いながら、

「あら、幸さん、朝っぱなから珍らしいことね、どうしたのさ」

と扉の影へ引き寄せるなり、有無を言わせず首にぶら下ってしまった。

「人違いですよ、わたしは弟の欣二ですよ」

と狽てて彼女の腕を振り解こうと焦ったが、彼女は腕をゆるめるどころか、

「そんな下手なお芝居しても駄目、駄目、おかアしくって、お芝居ならあたしの方が一枚上じゃないの、ホホホ……」

馴れ切った物腰で大胆に振舞うのである。近々に見る睫毛《まつげ》の動きにも溢《こぼ》れるような魅力がある。その妖艶さに舌を捲きながら、これではいけないと感じたので、笑靨《えくぼ》を浮べた頰っぺたを手型のつくほど烈しく擲《なぐ》りつけたのだった。そしていかにも憎々しげな表情を作って、

「俺はお前と別れようと思って来たのだぞ」

と切り出してみた。すると瞬間彼女の眼色に戸惑いが掠めたから、その虚をすかさず、

「済まんと思う、だがね、のっぴきならぬ事情があるから許してくれ。金が要るなら都合する――」

神妙な口振りで言うと、彼女は口惜しそうな、それでも高慢さだけは見せて、

「さんざん遊んだ揚句、あたしに倦《あ》きがきたのね、分ってるわ、近い中に結婚なさるのでしょう。それ位ちゃんと知ってるわよ」

「済まんと思う、だが悪く思わないでくれ」

「どうせわたしはこんな商売だから、お金さえ貰えばさっぱりと切れたげるわ。少し目腐れ金だけど千円、あなたなら出せないはずはないわ」

彼女は強いて素気《すげ》ない素振りを見せていたが、いよいよ俺が部屋を立去ると、扉の影で声を忍んで泣いている

様子だった。その心情を思うとさすがに身につまされる思いが突き上げてきたが、これで兄貴との仲が綺麗さっぱりと片付くと思うと、故意に冷たい咳払いを残して足音も荒々しく立去った。

さて千円の工面は何とつけたものか、幸一から出させることも出来ないことはない。または幸一の留守中に幸一になりすまして、叔父の家へ行って盗み出すことも強《あなが》ち不可能ではないと、色々思い迷ったが、その必要がないような事態になった。

その日の深夜、うつらうつらしていた俺の枕もとに、いつの間に忍び入ってきたのか、幸一が影のように立っていた。落着かぬ眼色をしている。蒼白で、唇の色もない。寝醒めにこの様子を見てびっくりして飛び起きると、幸一は慄える手で制しながら、

「欣二、しずかにしてくれ、大変なことをでかしたのだ」

「えッ?」

「住江を殺してしまった。あいつはやっぱり金欲しさに、俺をたぶらかしていたのだ」

乾き切った唇をわなわなと慄わせて、幸一は呪わしげに眼を据えている。俺はその言葉に胸を刺されて返事が出なかった。

「欣二、俺は馬鹿だった。今始めて眼が醒めた。だがなア、あの時、お前の忠告に従ってあの女を諦めておけば、人殺しの罪を犯さなくとも済んでいたのに、俺は目が見えなかったのだ。何と馬鹿げた情けない俺だったろう。もう死ぬ。生きている気力もない。で欣二、どうか、お前は俺の身代りになって房子と結婚して、叔父に孝養を尽してくれないか。俺は欣二と名乗って罪を背負って死ぬ。頼む、どうか幸一になって、幸福になってくれ」

彼は両手をついて嘆願しながら、ハラハラと落涙するのであった。俺のその時の心の苦しさが分ってもらえるだろうか。殺したのは幸一だが、殺すように仕向けたのは自分ではないか。

「いけません。叔父さんや房子さんを欺いて結婚するのは罪悪です。どうせ、わたしは生れる時から余分に生れてきたのです。生れなくともよかったわたしです。そして幸い日蔭者のわたしです。わたしがあなたの身代りになって、自首して出ましょう。あなたは叔父もあり房子さんもある、わたしこそ孤独の身です、あなたの幸福のためには、初めから死んでもいい運命を背負わされてきたわたしです。どうか叔父さんに何とか口実を作って

一時房子さんと身を隠していて下さい。一段落つくまででいいのです。そしてわたしの分まで一緒にして幸福に暮して下さい」

諄々と説き聞かせる言葉を、幸一はうなだれて鼻汁《はな》を啜りながら聞いていたが、やがて、同じ顔をした双生児はどちらからともなく固く手を握り合って、涙に濡れた瞳の中に不可解な運命を凝視し合っていた。

夜明け前、松柏寮を悄然と出て行く幸一は、実は服装を取り換えた俺で、その後姿を窓硝子の陰から、涙を瞼に湛えて見送っていた俺は実は幸一であったのである。こうして俺は女優村雲住江の殺人犯人として自首して出た。本来の俺の存在を知らない人達は俺と兄貴とを同一人だと思い込んで、二重生活をしていた変質者として精神鑑定に附した結果、二重人格者と断定されてしまった。無論俺自身がそれを認めたから、ここに入れられてしまったのだ。

幸一は房子さんと秘かに台湾へ逃れた。それでいいのだ。俺は何の不服もなかった。自分の分身が幸福にやっているのに何の嫉《ねた》みが起ろうか。で俺は飽まで二重人格者になりすまして、その真似言《まねごと》をやっておらねば、兄貴が追求されて罪を問われる心配があったから、毎晩莫迦げた気狂芝居をやっていたが、もうその必要もなくなった。兄貴が台湾でマラリアに罹って死んだのだ。つい先日のことだよ。それで真実《ほんとう》の事を院長に訴えたが、どうしても聞き入れてくれないのだ。どんなに理を尽してもてんで相手にしてくれないのだ。考えてもみてくれ、足に鉄の鎖をつけられてこれから幾年、幾十年、兇暴性二重人格者なんて有難くもない名をつけられて、この鉄格子の中で暗い生活を送った揚句は、悲しんでくれるものもなく死ななければならないのだ。まだ若い俺じゃないか、それだけ断ち切れないこの、この鉄の鎖が怨めしい。せめて月の夜、バイオリンを弾くのが慰めだよ。ああ、たった一人、事実を知っていた兄貴は死んでいるし、俺はやはり諦めなけれゃならないのだろうか。

歎息する彼の眼には心なしか涙が光ったようであった。こんな気の毒なことがあるであろうかと、しみじみ思いながら

「私からも院長に話してみましょう」

と言い置いて十五号室から私は出た。月は西へ傾いたらしく、廊下の窓から射し込む月光は、来る時とは大分ずれていた。

廊下の角を曲ると、外出から今帰ってきたらしい院長が合オーバも脱がずに、向うからアタフタとこっちへ走ってくる処だった。いつも悠然と落着き払っている院長には珍しいことだと思ったので、私とニヤニヤしながら反り身になって尋ねたものだ。

「院長、どうしました、大変な狽て方ですな」

「無事でしたか、それで安心した」

と安堵の溜息を吐いている。

「何が安心したですか」

「何がって、無闇に行かれちゃ困りますよ。十五号室は兇暴性ですからね」

「ハハハ……その事なら、もうちゃんと承知済みですよ」

「毎晩、今時分になると暴れ出すのですよ」

「ハハハ……その事なら、もう心配御無用です。今まで兄貴の身代りになってやっていたそうですが、もうやらなくてもいいそうですよ」

余裕綽々《しゃくしゃく》と私は院長の肩を押しなだめるように撫でると、院長は怪訝《けげん》そうに私を見直した。

「いけませんね、あなたまでそんなことを言っちゃ。あの大将、来る人毎にそんなことを言って、何とかしてこの病院から出してもらおうと企んでいるのですよ。あれゃ双生児じゃありませんよ。れっきとした一人子《ひとりご》です。常にああした双生児の妄想を描いて二重生活をやっていたのも事実でしてね、自分の罪はすっかり、も一人の自分になすりつけて、自分は義侠の男になりすましているところが、可愛いいじゃありませんか」

淋しそうな眼射《まなざし》を落してバイオリンをいじっていた白《はく》晳《せき》の彼の面ざしが瞼に浮んで、私は彼のために弁明を繰り返さずにはいられなかった。

「ですが院長、こんな所で永く医者をしてると、人さえ見れば狂人と思う習性になるらしいですが、うっかりすると、人の一生を台なしにするような過失もやらないとは限りませんよ」

すると院長は寄り添ってきてじんわりと私の手首を握って、

「あなた、やっぱりいけないようですな、お宅に電話して、奥さんを呼びましょうね」

笑いもせず、私の表情を診断するような、慎重な視線でじっと見守ったのである。

彼氏の傑作

葡萄蔓《ぶどうづる》を彫り込んだ紅漆《あかうるし》の南京《ナンキン》机に、逞しい毛脛の足先を乗っけ、胸毛を涼風に吹かせながら、長々と畳の上に寝そべって、貢介《こうすけ》は今配達された手紙に見入っていた。口に咥《くわ》えた倒立《さかだ》ちの煙草の灰が長くなって、今にも顔の上に落ちそうになっているのにも気付かぬ態である。

手紙というのは、真白い角封筒の中に入れられた金縁の挨拶状である。

謹啓　残暑なお厳しき折柄ますます御清栄の段大慶至《たいけいし》極《ごく》に存上候《ぞんじあげそうろう》　陳者《のぶれば》小生儀《しょうせいぎ》予てより準備中の処旅装万端相整申候《あいととのいもうしそうろう》間《あいだ》、いよいよ×月×日演劇研究のため遍歴旅行に出立仕《つかまつ》るべきはずに御座候《ござそうろう》　ついては兼ねての御交誼《こうぎ》に対し、微志ながら惜別の宴を相催《あいもよおし》度《たく》、当日午後七時まで、臨海ホテルに御来駕賜り度懇《こん》願奉《がんたてまつ》り候。

なお御好意に甘え永らく借用中の金員も御返済申上《もうしあげ》度《た》き存念に御座候条、是非共御臨席下さるよう願上《ねがいあげ》候《そうろう》　頓首

×月×日　加茂一作

山路貢介殿

通り一遍の招待状で何の奇もないが、貢介にとっては、それがどうも腑に落ちないのである。

ポロリと顔の上に崩れ落ちた煙草の灰に別に愕《おどろ》くでもなく、吸殻を口から足指に移して窓外へポンと放り投げた器用さから見ると、いつも遣《や》り馴れた仕草らしい。

窓外の梧桐《ごどう》の彼方に、秋近い夏雲が銀色に輝いて流れている。

口だけは人一倍達者でチエホフやメリメはどうの、トルストイやシェクスピアはこうのと口角泡を飛ばしてけなす癖に、自分ではまだ一作だって発表したことのない加茂一作。だからこそ食えないのが当然でそのためそここ

に不義理な借財が積り積って、居候《いそうろう》同様だった貴族院議員の伯父貴の邸宅から飛び出したまま、どこに雲隠れしたのか、音沙汰なしの矢先だったのである。

もともと彼自身の家系に対する自負心と、未知数に属する自己の才能に対する自尊心とは、驚くべき虚栄心にまで発達して彼の胸中に蟠居していた。無理算段して常に流行の尖端を行く一着は常に着込んでいるし、野放図に高い背と、瞑想型の深刻な顔とから受ける印象は、どう見てもひとかどの青年劇作家に洩れぬ。彼は常に空を仰いでゆっくりと歩き、貰い煙草を我物顔に吹かして行くのだ。朋輩から五円の金を借りても、その中から珈琲《コーヒー》の一杯でも必ず奢ってやって、借りた奢ったで、気分の上の負担を清算せしめることを忘れない態の彼である。しかし人前では常にこうして昂然たる彼であったけれども、ただ一人考え込んでいる時などは、バサバサした長髪の影に空ろな眼を淋しくしばたたく彼の横顔。

その彼が、ひょっこり、金縁の招待状を寄越したのだから、穏当を欠こうというものだ。

「煙草代にも困ってる癖に、相変らず人を喰った芸当をやる男だな――」

と貢介が思っている処へ、扉《ドア》を叩く音がする。

「山路さん、お電話ですよ」

アパート管理人の素っ気ない声だ。階下の事務所の電話口にかかると、

「山路か、俺だよ俺だよ、中井だよ」

とのっけからせき込んでいるのは、絵書仲間の中井林太郎のフルート声だ。

「お、加茂のことだろう」

「無論さ、柴崎からも尾山からも今さっき電話で照会してきたがね、どうやら俺らの仲間二十人位には皆出しているらしいが、あれは本当かね」

「俺に聞いたって分らないよ」

「そうだね。だが、あいつのことだから用心してかかれよ。臨海ホテルで宴会するってのもあの素寒貧《すかんぴん》にはおかしなことだし、そもそも追って書きが怪しい限りじゃないか」

「だが本当に返してくれるかどうか、行ってみるより外にてだてはないね」

「臨海ホテルの晩餐じゃルパシカや着流しじゃ困るし……」

「タキシードでも借りて行くさ、ハハハハ」

中井も受話器の向うで、しよう方もなく鼻先で笑いな

がらガチャリと切った。

いよいよその日になった。

月が蒼い暈《かさ》を着て、夜の潮を照らしていた。涼しい海風の吹き込む廻廊の長椅子《ソファ》や肘掛椅子《アームチェア》に、呑み仲間や喋り仲間の有名無名の文士画伯女優歌姫連が、花が咲いたようにきらびやかに賑っている。加茂のためにではなく、ホテルのホールに敬意を表するために、彼等は借り物のタキシードに、イブニングに、瀟洒《しょうしゃ》たる紳士淑女になり澄ましていた。

加茂はまだ姿を現わさない。

彼等はそうして集っておきながらも、なお件の招待状の真偽のほどを疑って穿鑿《せんさく》これ努めている。

「例えばだね、あれが事実と仮定すれば、あの伯父貴が遊学費を出したと考えるのが至当だろうな」

「だがあの御老人にそんな雅量があるかな」

「放っておいて、身内にあの男が居ることによって名誉を穢《けが》されるよりも、仏蘭西《フランス》あたりへ追いやった方が得策じゃないか」

「仏蘭西へ行くのだろうか」

「でなきゃ、どこだろうかな」

「あいつのことだから案外トルコとかアラビアなどへ飛んで行くのじゃないか」

「まさか案外手近かな内地のどこぞじゃ――」

「いやはや、どう考えてみても、この勝負はのこのこ集ってきた俺《おい》らの方が負けだね。全然先方の手駒が分らないときて」

ボーイが慇懃《いんぎん》な物腰で案内の口上を言いに来たので、一同はどやどやとホールに雪崩《なだ》れた。

「やア、ようこそようこそ」

と朗らかな声音に迎えられて、一同は眼を瞠った。眩しいほどに明るい電飾に照明された第一級の豪華な宴席を背後にして、これはまた瀟洒な燕尾《えんび》服を着込んだ加茂一作が、なごやかな微笑を含んで会釈しているのである。瞑想型の顔に、両眼は神秘な光を湛え、女のように型のいい唇からは珍らしく白い歯並みさえ覗かしている。アイボリーのカラーにベロアのネクタイに真珠のネクタイピンから、塵一つないカンガルーの靴まで、どう見ても二三度は外遊済みの青年貴公子だ。

「おい加茂、この分じゃ近々大地震があるぜ」

「そう愕き給うなよ、まアまア」

と、次々に客を席へ追い込むと、

「四角張った挨拶などはあと廻しにして、さあ愉快に呑んでくれ給え、食べてくれ給え」

と誠に上々機嫌である。ボーイが白葡萄酒を注いで廻ったのをきっかけに、山路がやおら立ち上って、

「加茂氏の渡欧を祝して乾杯！」

音頭を取ると一同もグラスを上げた。

加茂は鼻先にあげたそのグラスを唇にあてた。送られるものの惜別の情がひしひしと胸に迫ってきたのだろう、二三度続けさまに瞬いた。

みんなガヤガヤ笑いながら料理をつつき始めた。

デザートコースに入った時は、みんな眼もとをほんのりと染めていた。いつもならナイフの束《つか》で卓子《テーブル》を叩きながら、勝手な議論に泡を飛ばす加茂であるのに、今宵は割とおとなしく、賑やかな朋輩の気儘な気焔に微笑しながら耳を傾けている。中井が縺《もつ》れかけた舌で、

「加茂、お前の外遊が事実でなくともだね、かりそめの虚栄からでもいいね。こうして我々が一堂に会して、呑みかつ吹かしかつ喋るだけでも価値あるじゃないか。加茂、きょうはえろうおとなしいようじゃが、この会食費は頭割りで集めるから気に病むなよ。さア、気焔を上げたり上げたり」

だが加茂はそれをあっさりと受け流して、静かに卓子に手先をついて立ち上った。

「では御挨拶申上げます。さっき乾杯の時に不肖私の渡欧を祝すと申されましたが、私は欧洲へ行くのではありません。もっと嶄新《ざんしん》な遍歴へ鹿島立《かしまだ》とうと思っているのです。我々仲間は行き詰った時には新しき芸術道を発見するために多くは仏蘭西へ、時に伊太利《イタリア》に行くのが習慣で、数年滞在の後に新しい呼吸を土産に帰朝しております。

しかし私のことは私自身が最もよく知っているはずであります。私は永い間沈黙を守ってきました。作品は多々書いてきましたが、真の価値を知ってくれる者は残念ながら一人もありませんでした。そうでしょう、私の書かんとする所のものは、文字を羅列することによって表現するにはあまりにも雄大であり、大劇場の舞台と言えども私の脚本を上演するにはあまりにも狭い空間だからです。で、私の書いたものは戯曲として発表もされ得ず、脚本として上演もされ得ないのは、当然であり、そこに私の偉大なる作品の実証がある訳であります。しかしこんなことを幾時間述べていても際限がありませんし、また諸兄姉には私の純粋な苦悩はかねてから百も御承知済みのことですから、結論を急ぎましょう。

世間の凡夫輩は私を指して、似而非《えせ》文士と嘲弄しているようですが、私には彼等に喜ばれる脚本を書くこと位は易々《いい》たるものです。で、私はその小手調べに、いささか感銘のあるかも知れない一幕物を発表してみようと思っているのですが――」

「おいおい旅行はどうなったんだね」

と誰かが野次を入れた。加茂は静かに手でそれを鎮めながら、

「それが終って出発しますから、あわてないでいいのです。その前に皆さんに借りていました負債をお返ししたいと思います。永らく御無理を願いましたが、やっと金策が出来ましたので、各々の借用金額に今日までの金利を加算した明細書がこの中に入っています。総合計が八千六百七十九円余になっています。少し余るはずですから、皆さんで適当に御処分願います」

彼は白い大型の封筒を卓子の白布の上に置いた。

「おい、一体どこへ行くんだい」とまた誰かが催促した。

「さあ、どこでしょうか、とても近いのです」

「やはり一本喰わされたな、まさか軽井沢あたりじゃあるまいね」

「御冗談を。極楽ですよ」

青白く微笑《わら》って腰をおろした加茂の表情に、一瞬、水を打ったように鎮まった。と忽ちドッと爆笑が湧いた。

「おい、芝居はもういい加減にしろよ」

と方々から野次が飛んだ。しかし、再びしずかに加茂は立ち上って、懐しい朋輩の顔を一つ一つ数えるようにして見廻してから、

「では、ちょっと行ってきますよ」

と散歩にでも行くような気軽な口調で言うと、右手を顳顬《こめかみ》へあてた。手の中に冷たく金属が光っていた。

「玩具《おもちゃ》だよ！」と笑うものがあった。

「本物だ！　止めろ！」

と誰かが上ずった声で叫んだが、その時は、轟然一発、コルトは発射されて、白煙の中に長身を二つに折った加茂は、卓子の白布を血に染めて崩れるように打ち伏してしまった。

角封筒の中には借用金額の明細書と、金一万円の生命保険証書と、他に小さい紙片が同封されていた。それには鉛筆で、

「僕の処女作、一幕物、題して、阿呆の出発」

と淋しげな筆跡でしたためられていた。

天網恢々

「瀬踏みはどうだい?」

「図星通り上々吉よ」

女は上眼をして、ニッと笑ってみせた。

「ふむ、じゃ今度の大仕事を最後に、世間も大分騒いでるようだから、当分、鳴りを鎮めるとするかな」

「あたしだってさ、ただの家政婦でさえ嫌なところへ、こうその筋の目が五月蝿《うるさ》くては、気疲れだけでクタクタになっちまうわよ、今度一かたついたら、当分骨休めに、白浜か城崎《きのさき》へでも行って、ゆっくり温泉にでも浸ってみようじゃないの」

「ああ、よしよし」


閑散な午後の寿司屋の片隅である。藍染めの波模様に、浪華《なにわ》ずしと赤く染め抜いた暖簾《のれん》が、軒吹く初秋の風に、はたはたとひらめいている。朱塗のちゃぶ台を差挟んで、にぎりと鉄火を摘みながら、端《はた》からは聞き取れぬひそひそ声で、しきりと話している。

男は小ざっぱりした立派な紳士だが、時々さとられぬように板場と入口の方へ気を配る時の眼つきに、隠そうとしても隠し切れぬ敏捷《すばしっこ》い光がある。女は博多単《ひとえ》帯を小粋にきゅっと締め上げた工合など、ともかく、眼尻にちょっと険《けん》のある顔立ちだが、そこに渋皮のぬけた仇っぽさが滲み出て、お粧《めか》し三昧《ざんまい》の囲い者風情に見えるが、さっき洩らした言葉から察すると、どこぞへ家政婦に出ている女らしい。横坐りした膝の脇へ風呂敷を寄せている。使いに出されたそのついでに、しめし合わせてこの男と落ち合っていることは疑いを入れぬ。

彼はにぎりを肴に銚子を傾けながら、

「お前は大体、どれ位に踏んでるかい」

「そうね、現金よりは貴金属類よ」

「無論そうだろうさ、しこたま現金を家に置いてるような間抜けは今時は居ないからな」

「この前の金調査の時に申告表に記入されてあるのを

見るとね、装身具も相当あったけど、その外に外国の金貨や金盃なども色々あって、何でも時価五六万円はあるって、旦那様が自慢してたわ」
「たった五万円そこらか」
「まだ別に、慶長小判や古金銀など、大分あるらしいわよ、それを奥さまが正直に記入なさろうとすると、旦那様が頭から叱りつけて、一度潰されたら二度とは得難いものじゃないか、五万円ほども申告してるのだから、それで責任は充分だよ、この方は書く必要なんかないさと、とうとう止められてしまったのだよ」
「怪《け》しからん心がけだ、時局柄、たった一つしか持たぬ結婚指輪さえ、快く献納してる人だってざらにあるのに、やれ家宝だ珍品だと小理窟つけて、ただの申告でさえ匿すなんて、非国民振りもほどがある、よし、すっかり攫《さら》ってやるさ」
「小気味いいさね」
「ところで、いつ頃やれそうか」
「そうね、近々出張するらしかったわ」
「そいつがはっきり確められたら、いつもの手筈でだよ」
「万事承知よ、恰好な位置も物色しておいたわ、あそこの洋館のバルコニーだと、前の通りからよく見えるわね」
「うむ、誂《あつら》え向きだ、あの、青ペンキの手摺のあるバルコニーだな」
「そう、それに白い手拭をね」
「いいか、いつもの通りだよ、当分見込みのない時には何も掛けぬこと、明日出発と決った前夜は下の桟に、既に出張して留守の時は上の手摺に掛けるんだ」
「先刻御承知さま」
「その晩はね、用心棒の書生は適当にあしらっとけよ」
「カルモチン入りの酒でも呑ませとくから、気を揉まなくてもいいさ」
「どうだか」
「変な物言いしたら、あんた、却って男を下げるわよ、愚図々々言わないで、さ、あたしにも一杯おさしよ」
「お前も、えろう達者になったな」
「さ、これ見取図よ、裏門から金庫のある洋室までの道順に赤線入れてるから、その通り廊下を通ってくれば大丈夫よ」
　女から小さく折り畳まれた紙を受け取ると、男は、新顔の客が入って来たのをきっかけに、女の眼を見て意味深長な笑いを見せながら、一足先に暖簾をさっと分けて出て行った。女は襟もとをなおして、風呂敷包みを抱えると、勘定を置いて、取澄ました顔で出て行く。

夕暮れ前である。高倉邸の広い庭園では、忙《せわ》しく啼きつづけていたつくつく法師の声も間遠《まどお》になっていた。庭の芝生を眺める座敷の広縁で、籐椅子に寄った達磨腹の主人が、お園の酌で、湯上りの麦酒《ビール》を傾けている。鼻髯に懸った麦酒の泡をこすりながら、

「お前も一杯どうだね」

「はア、一向に不調法なものですから」

「案外だね」

「そんな女に見えまして?」

「いや、そんなに取っちゃ困るよ、まだ若いし、そしてそんなに美しいし、家政婦には惜しいと思ってるのじゃよ」

「ホホホ……でも能なしだものですから、家政婦でもして働かなくては食べてゆけないんですもの」

「世話する人さえあれば、その気になってくれるかな」

「こんな出戻りを相手にしてくださるような特志家がございますかしら」

「ここに居るさ」

「ホホホホ……御冗談ばっかり、奥さまにしかられますわ」

主人へ涼風を送っていた檳榔団扇《びんろううちわ》で、お園は自分の口もとを隠した。

「どうだね、今度の出張に伴れて行こうか、帰りには山の湯でも廻ってくるがね」

「あら、いついらっしゃいますの?」

「明日の夕方立つ、どうだね、園」

「勿体のうございますわ、私なんかには」

恥らいを見せて彼女は眩しそうにこっちを見たが、眼のやり場に困った風情で、丁度空になった麦酒瓶を取り換えに立った。廊下伝いに勝手もとへと去りながら、彼女は後姿を眺められているのを意識して、殊更にきまり悪げな素振りを見せるのであった。

間もなく書生が来客のあったのを告げに来たので、彼女は開放されてホッとした。冷いものを応接室へ運んだ後、洗濯物を取入れに裏の物干台に上ったついでに、表へ廻ってバルコニーへ出てみた。

焼けつくような残暑の日ざしも薄れ、真紅だった夕焼空に、暮色が漂い初めていた。夕凪ぎでそよとの風も吹

かぬ。

バルコニーにずらりと並べられた大鉢小鉢のベゴニアやグロキシニアやゼラニウムなど、日中の強烈な光に照りつけられて、葉を垂れ花を萎《しぼ》ませ、ひどいのになると枝まで力なく垂れ下げている。お園は如露《じょうろ》で水を撒き撒き、庭木越しに前の通りを眺めたけれども、それらしい人影は見えなかった。

彼女は手拭を手摺の中の桟にかけた。「明日いよいよ出発」の合図であるのは云うまでもない。バルコニーの下にあたる応接室から、客と談笑する主人の声が、彼女には河馬《かば》の欠伸《あくび》のように間の延びた余韻をもって聞えた。

この家も、いよいよ明日までか、明後日《あさって》の今頃は、あの人と一緒に貴婦人になり澄まして、城崎か白浜あたりで、伸々と手足をのばしている時分だと思うと、肩の重荷が一時に下されたようだった。

客が帰ったあと、また座敷に呼ばれて永いこと按摩《あんま》を取らされ、夕方の話を繰返すのを、就かず離れずあしらって、やっと十一時過ぎて、自分の部屋へ戻ってきた時には、さすがにくたくたに疲れ切っていた。

床につくなりぐっすりと深い眠りに陥ってしまった。幾時間眠っただろう。

夜明け前であった。

邸内の廊下を走る慌しい跫響《あしおと》に、ふと眠から醒めた。荒々しい息使いと、罵倒する声が、静まり返っていた広い邸内の空気をふるわした。

「騒がんで下せえ、あっしも男です」

と言っているのは聞き憶えのある声だ。

お園はハッとした。

どうして今晩決行したのだろうと疑う隙もなく、眼醒めた書生か主人かを愕《おど》しているのに違いないと思っていたのに、続いて響いてきた声は彼女には意外だった。

「捕ったからにゃ、あっしだって、仲間にゃちっとは名の知られた金庫破りの辰吉です。逃げも隠れもしませんぜ、さア、潔く引き立ててもらいましょう」

彼女は固唾《かたず》を呑んで襖を開けて廊下へ出た。煌々と洋館へ続く廊下には電燈がつけられている。洋館へ来てみると、鳥打ちに菜っ葉服といった身ごしらえ、金庫破りの七つ道具を携えた辰吉が、法被《はっぴ》着た刑事と正服の警官とに捕縄を打たれて引き立てられる所であった。顔色のまだ回復せぬ主人もそこにいた。書生もいた。金庫は鮮やかに破られて、貴金属類は一包みにされて今一足ですっかり持ち去られるところであった。

辰吉は引き立てられて行きながら、ジロリと彼女を睨みつけた。何言もその口からは言わなかったけれども、その眼には、

「園、お前はよくも俺を裏切ってだましたな」と言っているような無言の怨みが含まれていた。

彼が引き立てられて行った後、主人はやっと着乱れた寝巻を直しながら、溜息を洩らして、額の冷汗を拭いた。

「あいつの度胸には愕いたよ、まるで空家にでも入って仕事しているかのように、金庫の前に胡坐《あぐら》かいて悠々と煙草吹かしながら細工にかかっていたのだからね」

「でも丁度、夜警の刑事とそこで行き遇ってよかったですねえ、でなけれゃ、見す見す盗られていたのですが」

「あれほどの度胸で金庫破りとは惜しい」

聞いている彼女は不審でならなかった。なんぼ度胸があると言っても、煙草を吹かしながらとは、やはり、留守中だと思っていたからであろうが、しかし、合図は確かに「明日いよいよ出発」としておいたはずだったが、どうしたのだろう。

彼女はそっと階段を登って行った。白々しい夏の夜の月は早や傾いて木々の葉を照らしていた。バルコニーへ出た彼女は、あっと愕いた。誰の仕業か、そよとの夜風もないのに、手拭は上の手摺まで、まぎろう方もなく高々と上っているではないか。

「まあ！」

日照りで見る影もなく打ち萎《しお》れていた大鉢のグロキシニアの長い長い花梗が、水をかけられ、夜露を吸うて、元気づき、そして手拭を上の手摺まで意気揚々と掲げ、その上、大輪の喇叭《ラッパ》形の淡紅色の花まで開いているのを見て、唖然としてしまった。

なまじ萎れかけた花を哀れんで、水をやった愚かしさに唇を噛んだけれども、それとて自分を怨む気も起らなかった。勿論、花を怨む心も湧かなかった。

何の意識もない淡紅色の花は、冷やゃかな夜気を喜ぶかのように、頭をツンと伸ばしていた。

そして、それから旬日の後、公判廷に証拠品として、その筋より提出された貴金属古金類から、金調査の虚偽申告が尻っ尾を出して、時局柄、揉み消しもならず高倉氏が罰金に処せられたことを思えば、これもまた、微笑ましき天網恢々――というべきか。

霜夜の懺悔

派手なネクタイを締めたアメリカ帰りの、このやさしそうな男が、殺人罪を犯したというだけでも不釣合なのに、事件発覚前に自首して出た訳が、伊達刑事部長にはどうしても頷けなかった。

「黙っていれば、お前が伯父を殺したことは誰にも知れまいし、莫大な遺産もそっくりお前のものになったろうに、どうしてひょっこり自首して出たんだね」

「はい、私も完全に匿し通せると思ってやったのでしたけれど、それが」

「うむ、どうだったのだ」

「殺した伯父が死んじゃいないのです」

「人違いだったのか」

「いいえ、立派に殺してしまったのに、生きているのです。で、私は怖ろしくなって、自首してきたのですし、ここに居れば、なんぼ執念な伯父でも手出しも出来ないでしょう。沢山のお偉方から、保証して頂けるのですから」

「太平楽言っちゃ困るぜ、だが、検事局の者と一しょに実地検証に行っているのが追つけ帰ってくれば、はっきりしようが、その伯父が生きてるってことが、どうして分ったのだ」

「信じて頂けますかどうか、話してみましょうか」

憔悴した彼は、充血した眼で、部長の顔を見た。

訊問室の窓外は早や黄昏《たそが》れて、北風交りの粉雪が硝子《ガラス》窓にサラサラと音立てて吹きつけている。

「私は始めっから、伯父を殺そうと思っていたのではありません、遥々アメリカから帰ってきた身寄りのない私に、あまりに不人情な仕打ちをしたからですよ」

「だがお前だって、アメリカで伯父さんに散々愛想づかしされるようなことをやったのだろう」

「それは若気の至りでやりました。そのため当時桑港《サンフランシスコ》で両替商《マニデイラー》をしていた伯父の家から勘当されてしまったのですが、もう随分前のことです。先年、黒ん坊や支那人の使用人と一緒に店をユダヤ人に譲ってしまって、伯父は莫大な財産を持って帰朝して、あの広大な邸で一人暮していたのですから、私が金に困って帰ってきたと知れば、昔のことは水に流して、一しょに住まわせるなり、小遣をくれるなりしていいのに、真向《まっこ》うから邪慳です。もともと途方もない吝嗇《りんしょく》ではありましたが、伯母が死んで一人暮しをするようになってからは、一層ひどくなってはいました。自業自得ですよ、私の言うままに金を呉れてれば、私だって、やはり甥です、決してそんな気にはならなかったでしょうに」

「で、やったのだね」

「初めからその積りで出かけたわけじゃなかったのですが、魔がさしたとでも云うのでしょう、丁度一週間前の夕方でした。伯父の邸へ行って、玄関から二三度呼んでみましたが、耳の遠いせいでしょう、返事もしません。居ることは分っているのです。喘息《ぜんそく》持ちの伯父がゴホ、ゴホ、ホン、ホン、ゲエッと痰を吐く喉音《こうおん》が、しんと静まり返った邸内に響き渡っていましたから。で、その声の方へ、のこのこ上って行きますと、裏の座敷の縁先にうずくまって、鳥籠の掃除をしていました。伯父さん！と呼びかけようとして、私は口をつぐみました。何故ふいにそんな気になったのか分りませんが、伯父が首に巻いていた襟巻が眼に入ったからかも分りません。

ふと頭に、今殺せば広い邸内のことだ、誰にも分るはずはない。伯父は喘息療養のため、近々温泉へ避寒すると、出入りの者には言っていたし、私もそれらの者達に二三度顔を合せて甥であることも知られていたので、ここに留守をしても別に怪しまれることはない。あの襟巻をあのまま締めれば、ただそれだけで万事は片付くのだ、と思うと、もう次の瞬間、私は躍りかかっていたものと見えます。伯父が手にしていた鳥籠が覆って、黒い鳥がパッと翼を拡げて逃げ、伯父がぐぐッと呻いて藻掻《もが》きながら私を睨みつけたあの眼、大きくむき出した眼の怖ろしさは、今も瞼に残っています」

彼はあらぬ方の眼を据えて、ゴクリと唾を呑み下した。

「それからお前は、その屍体を毛布にくるんで、直きに庭に埋めたのだね」

「いいえ、じきに埋めておればこんなこともなかったのでしょうが、穴を掘る間、押入れに匿していたのです。広い庭の北隅のヒマラヤ杉の蔭に深い大きな穴を掘るのにまる一日かかりました。そしてやっと翌晩に埋める段取りになったのですが、今から考えてみますと、屍体が発見されないようにと、それぱかりを念頭において、三尺に一間《けん》の深い穴を掘ることに夢中になって、押入れの中に屍体を放っていたのが間違いでした。むろん、埋ける時は、まさかそんなこととは知らないで、埋けてしまい、中を改めなかったのです、ところがです、その次の晩、埋けられたはずの伯父が居《い》たのです」

乾いた唇を湿して息を継ぐ。

「その晩は、御存じと思いますが、霜のひどい夜で、底冷えがしていました。私は伯父が常用していました洋室の肘掛椅子に腰かけて、電気ストーヴに煖《あた》りながら、それからの計画に思い耽っていました。

とにかく、あわててこの邸を出ることはいけない、自分は留守番としてここに当分居た方が発覚もないし、安全だ。現金は机の中と金庫に相当あったし、証券や預金や装身具の始末はじっくりと考え抜いた挙句に手をつけるがいい。その中に死体の肉が蝕《く》ちてしまったら、掘り出して骨を砕いて、どこへでも捨ててしまえば、完全に伯父を葬ることが出来るのだと思いながら、私はうまうまと仕終《しお》おせたことに対する喜びがこみ上げてきたのでした。ところがその時、カーテンを閉した窓外に、人の気配がしたのです。おやと思って耳をそば立てた私は、ゾーッと寒さに襲われました。

窓外に忍び寄っていた者は伯父だったのです。咳をしています。一度は私も自分の耳を疑いましたが、ゴホ、ゴホ、ホン、ホンと陰気な喉音で、しかも霜夜の寒さに止めどもなくせき上げてくる咳を、無理に抑えようとしているのが明らかに分ります。陰《いん》にこもったその咳。私は、初めて、埋める時に毛布の中を改めなかったうかつさに思い至って、背筋をすくめました。

私は怖ろしさにふるえながらも、カーテンを引き開けて覗こうと、窓側に立って行きますと、その足音を感じたらしく、忍び足でそこから離れて行った様子でした。それからしばらくは気配もなかったので、私は疑いながらも安心していましたが、小一時間もすると、今度は座敷の縁側の方から聞えてきたのです。北風に軋しむ雨戸の音に交って、咳する伯父の声がはっきりと響いてきました。私はもう怖ろしさに立ち上る気力もないほどでしたが、伯父をこのまま生かしておいては自分が危険だと思って、勇を鼓《こ》して廊下の雨戸を開けて、庭へ出ました。その時ヒマラヤ杉の闇で、一咳二咳聞えたようでしたが、私が近寄った時には、広い庭のどこへ行ったのか、もうそこには居ませんでした。

と、今度は洋室の窓外に来たのです。そしてあの陰にこもった声。咳を抑えてじーっと室内を窺っている気配です。私が再びカーテンを開けに立ちますと、『莫迦な奴め』と私を嘲笑したような咳を残して湯殿の方へ廻って行く気配です。そして次には座敷へと、こうして、家の廻りをぐるぐると巡って忍び入る処を見つけているのです。

広い邸内、広いからこそ誰にも気付かれずに伯父の始末が出来ると思っていた私は今度は逆に、しんと更けた邸内に閉じ込められて、じわじわと苦しめられているのです。それから毎晩々々、私はこの恐怖を逃れるために強烈な酒をあおって眠りましたが、悪夢に襲われつづけました、それから五日五晩、私は遂に耐え切れなくなったのです」

窓外はすっかり夜になって、いつしか雪雲が切れて青白い月光が訊問室の窓を照していた。

「悪いことは出来ないもんだね」

「自首してやっと人心地になりました」

と彼が吐息を洩らしている処へ、実地検証に行っていた警察医が帰ってきて、部長を廊下へ呼び出した。

「御苦労、どうだった」

「死後一週間の屍骸でした、間違いなしです」

と小声で答えた。そしてなお声を落して、

「検事と一しょに帰りかけますと、庭先の闇で誰かが咳をするのですね、変に思って、忍び寄ってみますと、繁みの枝に九官鳥が居るのです。首実見した同行した隣家の主人の話では、老人が飼っていたもので、どうして逃げたものか、寒さに塒《ねぐら》を失って、夜になるとどこから戻ってきて、室《へや》に入りたがっていたものらしかったですよ」

「喘息の咳を憶え込んだのだな、だが、あの男には内密だよ、せっかく懺悔しているのだから」

部長は半開きの扉《ドア》の向うに神妙にうなだれている彼を見やりながら、警察医と頷き交した。

林檎と手風琴師《アコーディオン》

青螺《あおがい》の入った古風な手風琴《アコーディオン》を鳴らして、港の夜の酒場から酒場へと渡り歩くベルチロンと呼ぶ薄倖な青年混血児——。

背は人並以上高いが、未だ少年の夢が蒼い深い瞳に漂っていて、流転の過去が笑うことを忘れさせた淋しさを持っている。

由利は生れながらにして、両親の顔さえ知らぬ自分の生い立ちにつまされて、客の途絶えた冬の夜など、軒先でこごえ震えているベルチロンを、赤いストーヴの脇へ呼び入れて、客の忘れて行った煙草を呉れたり、温い飲物などを与えたりした。

そして、哈爾賓《ハルビン》から香港《ホンコン》、新嘉坡《シンガポール》、馬尼刺《マニラ》、上海《シャンハイ》、それからここに来るまでのことを話させては、由利は心のかげる寂しさを忘れていた。

こうしたことが度重なる中に、ベルチロンの胸に、由利が忘れ難いものになったのであろう。白眼《はくがん》に虐げられてきた彼の心は、初めて知る人情の温かさに燃えた。

昨日《きのう》夜更け、客の去ったあとに漂然と入ってきた彼は、由利の手を握るなり、下手な日本語で、打ち明けた。由利は思い設けぬことに驚いたけれども、決して軽蔑する気にはなれなかった。

「ねえ、ベルチロン、あんたの心はよく分るわ、そして嬉しいと思うわ。でも、あたしには厄介になってる人があるから」

ふるえる彼の手を、そっと押し離そうとすると、

「いやです、その人と別れて下さい」

「でも」

「あの人はあなたを愛しているのではない。わたしには、よく分っています」

「あの人って、あんたは知ってるはずはないじゃないの」

「知っています。ここに時々来る村越という人でしょ

う？　わたしには、様子で分ります」

「まア」

「あなたも、あの人を心から愛してはいません。わたしにははっきり分ります。罪です。そんなことは罪です」

「義理なの」

「どうしてもですか？」

離すまいとする手を無理に離すと、彼は、しばらくは無言のまま、じっと由利の顔を見つめていたが、その顔は蒼ざめ、深い眼には、キラキラ光る涙さえ泛べて、

「呪ってやる――」

と言ったきり、急に頭をかかえて、大きな手風琴《アコーディオン》にゆられながら、踉《よろ》めいて行った。

確かに絶望の眼ではあった。しかし、由利にはその絶望の光の影に抑えられた烈しい熱情は汲み取れたが、殺意などは片鱗さえ感じられなかった。

呪ってやる――という言葉は、こんな際の異人種の通り言葉だ。しかし、口さがない他の女達は、その時のベルチロンの思い迫った顔付と、この言葉とを、村越の姿を見るなり、逸早く輪をかけて喋ってしまったのであった。

船乗の気性として、村越が穏やかに済まそうはずはない。

「由利！」

「なに」

「ベルチロンは今夜も来るか？　来るなら、もう暫く待っていてやろう」

「もう来ないわよ、きっと」

「その辺を迂路《うろ》ついているのだろう」

彼はそう呟きながら、強烈な香を漂わすグラスをあおった。

由利は、ベルチロンが、この港から永遠に去ってくれればよいと思った。それは散る花を手も触れずに見捨ててしまう空《うつろ》ではあったが、ひたむきな心を寄せてきた混血児を、むざむざと村越の手にかけるよりも、そっと遠くの地の果へ去らした方が、せめてもの諦めである。

「ねえ、あたしも呑むわ」

「呑むか」

「ええ、不愉快な思い出を、綺麗さっぱりと洗い流すために」

村越はグラスをさしつけた。息をもつかずに呑み乾す由利の濡れた唇を、永い間凝視しつづけていた。

「由利、つくづく今考えたことだがね、村越伊平ともあろう者が、あんな混血児風情に青筋立てていちゃ笑われる。ねえ、そうだろう?」

「だから黙殺するという訳なの? だったら賛成よ」

「違う!」

「じゃどうなの」

「俺が諦めよう」

「え? 諦めるって」

「俺だって、お前を手離すのは惜しい。だが、外にだって女は多いもんだ。ベルチロンにはお前だけが、かけがえのないたった一人の女だ。可哀そうじゃないか。可愛がってやる気はないか。お前さえその気になるなら、俺はあっさりと手を切ろう」

「――」

由利は答えることが出来なかった。

本心から言っているのだろうか、それとも、ベルチロンに対する心を捜ろうとしているのではないだろうか。今もし、ベルチロンに同情している片鱗でも見せたならば、怒りに油を注ぐことになりはしないか、由利は思い惑った。

「明日《あした》、また来る。ベルチロンが来たら、俺が来るまで引き止めていてくれ。三人で温いものでもつつきながら、さっぱりと譲るからな」

「――」

「何をぼんやり考え込んでいるのだ。女には男の心は分らんかも知れん。だが、男には怒る血の気も多いが、こうした半面もあるのだ。ベルチロンの喜ぶ顔が見たい」

そう言って帰って行く村越を送り出しながらも、由利は判断に迷っていた。

翌晩は、アメリカ船が新に入港したらしく、賑やかな連中で浮き立っていた。

十一時打って間もなく、

「今、丁度、そこでひょっくり会ったのでね、幸いだったよ」

と言いながら、村越はベルチロンを伴って来た。

「生憎《あいにく》、隅はどこも塞ってるわ」

と由利が云うと、

「真中で結構。今日は、そもそもの話からして開放的だからな」

村越はベルチロンにも椅子を奨めた。

「手風琴《アコーディオン》を外し給え。きょうは、君に喜んでもらおうと思って、わざわざ来てもらったのだからね。さ、寛いで」

そして由利に、

「なんでもいいから見計《はから》って、呑むものと、食べるものを山ほどにだよ」

村越は心から愉快そうであった。

始めはぎこちない雰囲気であった。ベルチロンは、腑に落ちかねる眼つきであったし、由利は薄氷を踏む心地だった。

「ベルチロン、君もっと呑めよ。そんなにおずおずした眼なんかしないで、陽気になるんだ。今夜は、君にとっては、一生涯で最も記念すべき夜になるのだぞ」

村越だけが、愉快げに喋った。

グラスを握らせながら、

「ベルチロン、実は、君が由利に抱いている真情《まごころ》のほどを昨夜聞いたのだよ」

「――」

「そんなに狼てる必要は毛頭ない。俺はその刹那は憤激した。男として当然だろう。しかし考えてみれば、怒るのが男の心なら、また笑う男の心もあっていいと思うのだ。この意味が分るかい？　素直に言えば俺は君に由利を委せようというのだ。君が由利をどうしようと、俺は一切容喙《ようかい》せぬ」

「え？　本当でしょうか」

半信半疑ながら、ベルチロンの眼は輝いた。心中はそれ以上に嬉しかったのだろう、持っているグラスの縁から、青い酒は波立てて溢《こぼ》れている。

「嬉しいだろう、ベルチロン」

「有難うございます」

その声は上ずっていた。由利はベルチロンのその感激した顔を見ると、自分の心も涙含《なみだぐ》んできた。

「だがね、ベルチロン、それから先のことは俺は知らんよ、いいか」

「え？」

「俺は一切を容喙せぬというだけで、別に君と由利の間を取り持つのではないぞ、ハハハハッ、あとはお前の真情《まごころ》次第だが、もし、由利が首をたてに振らん破目にでもなったら、今度は俺が承知せんぞ。しっかりせえよ、若いその血で由利をむせばしてやるのだ」

「む、村越さん――」

「そんなに改まっちゃ却って恐縮する。もしも末永く幸福な生活を続けることが出来た時には、あの夜、ああして杯をあげさした男もあったと、それだけを思い出してくれれば、男の意地も通る。ね、由利も聞いているか」

夜も更ける。グラスの数も重ねられた。客も次第に減って、そこここのソファには欠伸《あくび》している女も見える。すっかり打ち解けた雰囲気の中にあって、ベルチロンは、眼もとを薔薇色に染めて、微笑を泛べていた。由利も体を揺りながら、エレジーを唄っている。

「畜生――」

村越は心の中では機会を狙っていた。すっかり信じ切った二人の嬉しそうな顔を見較べるにつけ、彼の心は坩《る》堝《つぼ》のように沸《たぎ》り立った。

「俺がどんな男か、由利に見せてくれる。世間はどこでも甘く出来てると思ったら大違いだぞ――」

村越は、まず由利の面前で、ベルチロンを殺すことを計画立てていた。そしてその機会の来るのを待っているのである。

「ねえ、も少し召し上る?」

「俺は底無しだが、今夜はベルチロンのための祝宴だ。ベルチロンが呑むなら、俺だってゆくが」

しかし、ベルチロンは手を振った。

「じゃ果物でも――」

そう言って由利は銀盆に燃えるような林檎を積んで来た。

「この色を見ただけで若さに甦る。まるで、由利の唇のように、生々しく赤い。ねえ、ベルチロン」

「まあ、ひどい」

由利は一つの林檎を割って剝いた。瞬く間に食べてしまった。二つ目を由利が剝こうとした時、村越は、

「お冷やを一杯」

と言って由利を立たせた。由利の手から果物刀《フルーツナイフ》を受取ると、手巾《ハンカチ》で水滴を拭いた。

「わたしに剝かして下さい」

「何、遠慮するなよ」

「いいえ、御馳走になった上に、林檎まで剝いてもらったら、それこそ罰が当ります」

強いて言うベルチロンの気持としては当然であったろうが、村越は内心、こいつ！　と舌打ちした。

果物刀《フルーツナイフ》を拭くと見せて、刃の右側だけをなすったのだ。××××を塗ったのだ。林檎を真半分に割って、その右半分は彼に与え、左半分は自分で食べる積りだった。彼が昏倒しても、この林檎を疑うものはないはずだ。そ

して、原因不明の死を怖れるのは由利一人のはずだと考えていた。

だが、今、村越はベルチロンの申出をそれ以上拒《ことわ》って疑念を抱かせるよりも、果物刀《フルーツナイフ》を渡した方が、なお一層、自分の立場は有利だと思った。

由利がコップをはこんで来たので、村越は刀《ナイフ》を置いて席を立った。

「一つ、結婚行進曲《ローエングリン》でもやろうか」

大鏡の脇の電気蓄音器《ヴィクトロラ》へ。やがて起るであろう悲劇を飽まで楽しもうとする彼の悪魔心の働きだった。

レコードをかけながら、彼は後向きになってはいたが、ベルチロンと由利とが笑って頷き合っているのを鏡の中に見ていた。ベルチロンは刀《ナイフ》を握ると、林檎を半分に割った。そして右半分の皮を剝き終ると彼へ、

「どうぞ！」

と呼びかけた。

「いや、喰べ給え。俺はこっちで結構だ」

左半分を摑むと、果物刀《フルーツナイフ》を左手に持って皮を剝いた。何故かなら左手に刀《ナイフ》を持って皮を剝けば、刃の右側は林檎の実には触れないのだ。彼はそれを食べながら、心は躍った。

何と素晴しい殺人ではないか。今に眼の前で、右半分を食ったベルチロンは昏倒するだろう。

そうだ、由利の腕の中で昏倒させよう。

「由利！　結婚行進曲《ローエングリン》が鳴ってるじゃないか。ベルチロンと一緒に踊れよ」

彼の肢体を、悪魔の血が泡立てて、快く奔騰する。だが次の瞬間、彼はおや！　と思った。

「踊るわ」

と立ち上った由利に促されたベルチロンが、左手でコップの水を呑んだ。

そして由利と腕を組もうとして、反対の手を伸ばした。

「そうじゃないわ、こうよ。あら、あんた、左ぎっちょなのね、ホホホホ」

由利は笑ったが、村越は愕然とした。

大なる錯誤だった。鏡に写った左ぎっちょのベルチロンの姿、それが錯誤の原因だった。

悠々と勝利の味を嚙みしめながら食った左半分の林檎が、食うべからざる右半分であったことに気付いたのだ。

「むむ、畜生！」

だが、もう遅かった。

舌の根がひきつってきた。

彼はよろめきながら立ち上った。

冷く光る拳銃を出して、柱の影から踊る二人を狙ったが、やがて、思い変えて自分の顳顬《こめかみ》に押し当てた。

轟然たるピストルの音！　崩れ倒れた村越。そして、部屋中の驚き。あわただしく駈けよる人々の後で、由利とベルチロンは、静かに腕を組んだまま、黙然として突っ立っていた。

「私達のために、潔く死んでくれた人……私は、あの人に生涯感謝します！」

やがて、ベルチロンが、由利を強く抱きながら、そっと囁いた。

夜の虹

1

　四年ぶりに、太平洋の戦場から復員船で帰ってきた浩太は、内地の変り果てたありさまに呆然となって言葉も出なかった。おいそれと働き口を見つける気にもならないので、近くの焼跡を耕して菜園を拡げながら、世の移るさまをじっくりと眺めて暮していたが、きょうはふと沖釣りに出てみたくなった。

「ちん鯛の五六尾も釣り上げれゃ、つまらぬ職よりはずっと生活の足しになる――」

　幸に月はない。星の光だけがかすかに霧に溶けて蒼くうるんでいた。漕ぎ出てきた港の灯は、霧の彼方に消えて、海上は彼一人の世界であった。何という静かな夜の海であろう。船ばたを切る水のさざめきに耳を傾けていると、悲惨だった戦場の記憶も泡沫のように消え、荒廃した町々とあくせくとした人々のことも忘れる。

「いい晩だ、一尾も釣れなくともいいな」

　釣れないでもいいが、釣らなくともいいとさえ思う。打算的なことは心から退散して、この神秘的な霧の夜の海上で一晩を過すだけでも、舟を出した甲斐はあったと思う。

　なにごとも起らなかったら、浩太は夜明けまで静かな孤独を楽しんで、満足して朝の港へ漕ぎ返っていたに違いない。

　ゆっくりと櫓を押して潮流の加減を見計っていた浩太の眼の前に、巨大な蛍火のようなものが現れたのである。その寸前までは深い霧ばかりが立ちこめていた所である。鼻先の海の中からだしぬけに十五夜の月が出たようである。夜光虫の群かな。だが海面からやや高い霧の中に浮いている。夜光虫ではない。燐光かな。それにしても明滅しない。動きもしない。

　彼は霧の中に瞳を凝らして、その実相を見究めようとしたが、何さま夜霧である。かなりの間見つめていたが、やはり摑めなかった。その円い光はじっと動かない。彼は汗ばんだ手の平で櫓を握りしめて、おもむろに漕ぎ寄った。一漕ぎ毎に次第に近づいてくる。二十回も櫓を押しただろうか。ぼんやりしていた円い光はややはっきりと見えてきた。それにつれて、その光を囲む大きな輪廓が黒々と浮かび上ってきた。

浩太はなおも漕ぎ寄った。そして、その光が円い窓から洩れる明りであることを確めることが出来た。黒い輪廓は船のようだった。百噸《トン》位の大きさである。真夜中、こんな沖合に碇泊しているとはどうしたのだろう。航行中に機関の故障でも起したのだろうか。それにしても真暗だったのに、思い出したように灯をともしたのはどうしたのだろう。そしてあまりにもひっそり閑としている。

密猟船だろうか。朝鮮からの密輸船ではあるまいか。あるいは米を密送している闇船か。まさか最近しきりに出没しだした海賊船ではあるまい。浩太の頭には次から次へ疑惑が掠めたが、いよいよ近づくにつれて、これらは一切吹き飛ばされてしまった。

百噸位の船だと早合点していたのは、全く見当違いだった。舷側らしいものはない。海底から築き上げられた小じんまりしたホテルと言った感じの建築物であった。波上すれすれの処に舗道があって、この舗道に面して瀟洒な窓が並んでいる。扉もある。海上ホテル。嶄新を好むアメリカ人が喜びそうな設計である。日中は派手な海水着一つで舗道を歩き、気が向けばそのままざんぶと海へ飛び込む。夜は娑婆を離れた別天地で、藻の花の香に酔い、魚族の囁きに耳を傾ける。神秘な、幻のような存在を眼の前にはっきりと眺めながらも、浩太は自分の眼を疑った。

「ばかな。まるでお伽噺みたようなことが――」

だが、夢でもない。蜃気楼でもない。現に彼はその舗道に舟を漕ぎつけている。しかし彼はまだこの現実を信じかねた。それで思い切ってとも綱を舗道の鉄柵に結びつけると、舟から舗道へ跳び上った。

舗道は濡れていた。昼西風が強かったから波に洗われたのだろう。たった一つ灯っている窓がしめやかな光を投げている。浩太は裸足で舗道を歩きながら、このホテルの周囲を廻りかけた。少しでもはっきり確めたいためだった。が半ばも廻らないうちに、彼は自分のうかつさに再び気づいたのだった。

「おお、やっぱり――」

それは船に違いなかった。船体は沈没している。舗道と思っていたのは甲板であった。深い霧に包まれて見えなかった煙突や風通しやマストが、後尾の方へ廻りかけた彼の眼に、海面からぬっと突き出ているのが見えた。煙突の大きさから見ても、一万噸近い汽船に違いない。甲板上の船室が、傾きもしないで海上に浮び出ている。上甲板はあたかもしゃれたバルコニーだ。

灯のともっているあの窓の中には、人がいるのだろうか。誰もいないのに灯のともるはずはない。この深夜、海の真中に明りをつけて何をしているのだろう。

浩太はためらいながらも、このまま見究めないで立ち去ることはもはや出来なかった。

2

灯の射している円い窓は、二階の一番右側である。一階から二階の上甲板へはタラップで登られる。浩太はこっそりとタラップを登りつめて、そこに佇んで、永い間その窓を眺めつづけていた。室内の様子を知る何かの徴候はないかと心待った。しかし、人影も動かない。話声も洩れては来ない。

何時間待ったところで無意味だと思ったので、彼は思い切ってその窓際へ歩き寄った。窓に顔を寄せて中を覗いた。厚い硝子《ガラス》の内側が曇っていて、ぼんやりとしか見えない。だが、灯のともされている近くに黒い影が見える。うずくまって動かないけれども、それはまぎれもなく人影である。

沈没船に巣喰っている人間。それはただ者ではない。浩太の脳裡を掠めたのは、近頃よくある貨物船の盗賊団である。戦時中、機雷に触れて沈没した貨物船のうち、浅瀬に乗上げたものがかなりある。沈没したのでも水深の浅いのも多い。たとえ水浸しになっていても缶詰類や衣類などは少しも構わないし、海面上にあるものは、米でも麦でも煙草でも無疵である。時価に見積ると莫大な金額である。陸上の倉庫から盗み出すのと違って、海上では天下御免だ。悠々とこれらの物資を運び出しては、闇市場へ出す。これは敗戦国の悲痛な一現象として、国内至るところで頻発している。

浩太はこの室内にいるのは、それに違いないと思った。そうだとすれば、そこへ踏み込むのは危険この上ない。だが、人為的な危険というものは、こちらの出方次第で、どんなにでも避けられるものだと浩太は思っていた。なまじ咎め立てなどしようとすれば、却って反撃されるに決っている。向うが盗賊団なら、こちらはその上を行こう。それでいいのだ。浩太は図太い神経に自信を持って臨んだ。

彼は思い切って扉をノックした。答えはない。二度、三度、つづけさまにまたノックして耳を澄ました。やっとそれらしい気配が聞えて、円窓に人影が動いた。

「また鯔《ぼら》でもはね上ったかな」

しゃがれた声がして、扉が開いた。寛衣を着流した半白の老人だった。そこに立っている浩太を見てびっくりするかと思いの外、

「よう、これはこれは人間でしたか。わしはまた魚どもかと思っていた。近頃よく鯔がはね上ってきて、ここを叩くのでね。また生きのよい刺身が食えると思って喜んでいたが、惜しいことをしたな。が、ま、珍しい、人間の御来訪とは——」

気負い込んでいた浩太は肩すかしを食ったようだった。

「実は、私は、夜釣りに来た者ですが、ここにあかりがついているものですから、つい誘われて……」

「そんなことは、ま、どうでもええ。おはいりおはいり。こんなところで暮していると、人間とあれば、何はさておきなつかしき限りでね。ささ、おはいりよ」

老人は気さくに招き入れる。船長室ででもあったところだろう。小ざっぱりした室内である。扉を閉め切ってしまうと、海上にいるとは思えない。陸上の小じんまりした一室にこもっているようである。

部屋の左手の隅にはカーテンが垂れている。寝台なのであろう。その枕もとに当る壁際に鏡入りの飾台がある。古風な銅版画の額縁がかけられている。窓際に近く小さな取つけの卓子があって、中世風の笠のついたカンテラがひめやかな光の輪を放っている。老人はここで書物を読んでいたらしい。伏せたままになっているその書物には羊皮のカバーがかけられているので、何の書物か題目は分らないが、天金の入っているところから見ると、大分昔のらしい。

「ささ、おかけなさいよ。狭苦しくてお気の毒ですが、遠慮には及びません。くつろいで下さい。ゆっくりとね」

と椅子をすすめて、どうも年を取るといけませんね。宵の口はどうにか眠れますが、夜明け前から眼が冴えて、ねているのも億劫でね。と呟きながら飾台の上からウイスキーの瓶とグラスを取って浩太にさした。

「夜釣りは烏賊《いか》ですか。水烏賊の刺身は何とも言えん

ですね」

「烏賊の時季はまだでして、一ケ月もしないとこのあたりには游ぎません。近頃は、ちん鯛です」

「ほう、ちん鯛とね。それは一層素晴しい。餌は？　素人にも釣れるものなら、わしも夜なべに釣ってみたいな」

お世辞でなしに本当に釣心が動いているらしい。老人の眼ざしには風雅なゆとりがあった。浩太の心は春の日ざしに溶ける氷のように和んできた。老人は自分でもグラスを傾けながら、浩太にもしきりとすすめた。また、

「まずい煙草ですが――」

と、卓子の上の木彫の煙草函の蓋を開けた。ぎっしりと香のいい両切が詰っている。

「何万本でもありますから御遠慮なく、さ」

老人はグラスを傾けては、深々と煙草を吸うて、いかにも立昇る煙の行方を楽しむ表情である。そして、また、

「ウイスキーの肴には少々芸がなさすぎますが、ま、これで辛棒して下さい」

と言いながら、ハムとソーセイジを丸ごと出して、広皿の上で銀のナイフを操りながら、薄く切った。アスパラガスとマヨネーズも出した。トマトサーヂンや大和煮も出た。

「ウイスキーにこいつを入れると、ペパーミントのようになって、甘口の人には好かれるようです。あなたは甘口はいけませんか」

「両刀ですよ」

「おお、それは頼母《たのも》しい」

チョコレートを皿にウズ高く盛り上げて出した。三つほどナイフで割って、中味の白い塊りをグラスの中に溶かし込んで、老人は自分でも呑み、浩太にもすすめる。

浩太は初めのほどこそいくらか尻込みしていたが、煙草もウイスキーも、色々な食べものも、またチョコレート類も、いささかの惜しげもなく、ふんだんに出るので、そんなに無尽蔵にあるのなら辞退するのは却って失礼になると思えたので、すすめられるままに受けているうちにすっかりいい気持になった。

酔が廻ると、浩太は先ほどから何度か尋ねようとしてためらっていたことを到頭切り出した。

「海の上でおくらしになっていると、何かと御不自由じゃありませんか」

「そうですね。不自由なこともないではありません、だが近頃は陸の上だって随分ままならぬでしょう。住む

に家もない人もありましょう。その点ここは苦労はありませんし、ましてたべものに至っては御覧の通りでね」

「永くここにお住いですか」

「かれこれ十ケ月」

「そんなに前から」

「世智辛くなくて却って永生きしますね、海のしける時にはさすがに少々閉口しますが、それでも扉を閉め切っておきさえすれば、波は容赦なく打ちつけてきますが、室内にはしぶき一つ入ってはきません。この船は浅瀬にどっしりと坐っていますんで、外界は暴風雨で荒れようが狂おうが、ここは穏やかなものです。線香のような柱の戦災者住宅などとは較べものにはなりませんよ」

「機雷にかかったのでしょう」

「そうらしい。軍用船でね。水浸しになっている船倉にはどれ位のものが入っているか、ちょっと想像も及ばないが、甲板から上の船室に詰め込まれている分だけでも相当でね。わたし一人なら米麦で一年二俵半あればいいが、五十俵以上ある。干パンや缶詰や粉醤油粉味噌に圧搾茶に圧搾椎茸など、何でもないものはない。十年二十年鱈腹食っても食い尽せませんが、その先に死ぬでしょうさ。水浸しになっている下の方のも厳重に防水されている分は大丈夫でしょう。食いものには全く呑気な話で、もったいない次第ですよ。よかったら日本酒を出しましょうか。富久娘に賀茂鶴ってのがある。缶詰のゆで小豆もあります。かなり甘いですが、甘味が足りなけれゃ、砂糖を存分に入れて下さい。角砂糖だってざらめだって、溶けて流れるほどありますので」

「――」

浩太は返事の言葉に窮して啞になった。せち辛い陸上を離れて、こんな処に、かくも満ち足りた小天地があろうとは思いもよらないことだった。浩太が急に黙り込んだけれども、老人は意にも介せず、述懐めいた口調でつづけた。

「陸上のさもしさは日増しにひどくなっていますね。ほとほと、見るに忍びんし、聞くに堪えません。わしらのような気むずかしい老ぼれがあんな巷にいると、一週間もしないうちに短気から切腹せずにはいられないな。せめて、ここで俗塵を避けてしずかな余生を送りたいと思って」

「時には陸へ行かれますか」

「かいもく」

「どうして陸上のことをお知りでしょう。こんな処には新聞も手紙も来ないでしょうに」

老人は笑って部屋の棚にあるラヂオを指差した。船長が使っていたものだろう。戦災者でなくとも、この室内の造作を見たら羨しく思うだろうものの一つである。何から何まで好都合に出来ているのも、遠洋航海向きに設計されている船室だからである。

それにしても浩太は、この老人がどうしてここに住むようになったのか、それが知りたかった。それで思い切って尋ねてみた。老人はきっとあわてるだろうと思っていたが、至極淡々たるものであった。

「ああ、そのことですか、ごもっともです。わしは住宅は焼かれるし、財産はなくしてしまうし、一時はほとほと途方に暮れました。この年になって生活を立て直すのも荷が勝つし、どうしたものだろうと考えあぐんでいる時に、ふとこの沈没船のことが耳に入ったので、勿怪《もっけ》の幸にしてここに来たまでで。世間は窮屈なようでも、やはり、わしにはわしにふさわしい処はちゃんと取りのけられているもので。ロビンソン・クルーソーよりはずっと楽ですね。はははは」

と笑って、気さくにつけ加えた。

「どうです。あなたも気に入ったら来ませんか。食糧の心配は毛頭ないし、毎日毎晩釣りは出来るし、船室の空いているのがまだ六つほどありますよ。間代はロハで」

3

夜が明ける頃には、浩太はしたたか酔いが廻っていた。別れを告げて立ちかけると、足もとがよろめいた。

「まあ。いいじゃありませんか。わしは暇で困っているのですから」

と引き留められるのを無理に辞退すると、

「夜釣りに見えたのに魚籠《びく》がからじゃ張り合いがありませんな。ちん鯛の代りに、これなとぎっしり詰めて行って下さいよ。不粋な海幸ですが」

と言って、老人はウイスキーの瓶、煙草、チョコレート、缶詰などを両腕に山ほど抱えてきた。魚籠の二つや三つあっても入り切れまい。

昨夜の浩太だったら、嬉しさに動悸を高めていたに違いない。しかしけさはもうそれらに飽満して食傷気味にさえなっていた。酔いも廻って駘蕩《たいとう》となり、心の片隅にもさもしい食慾のかけらさえなかった。

「ありがとうございます。お心ざしだけを受けることに致しましょう。お土産に頂いて玉手箱になるといけませんから」

と軽い戯談さえ交える心のゆとりがあった。老人も快くそれに応じて、大きく頷いた。

「なるほどね。無理におすすめしましても却って荷厄介になっていけませんし」

と言いかけて、老人は何を思い出したのか、ちょっと待って下さい、と言いおいて、そそくさと隣の船室へ行った。やがて戻ってくると、

「ほんとに御迷惑なお願いですが、乙姫《おとひめ》一人あなたの亀で陸まで届けて下さらんでしょうか」

「え？　何をですか」

「乙姫一人です。ただ届けて頂くだけで結構ですが」

浩太はたしかに乙姫と聞いたが、その意味が摑めなかった。

ほどなく、扉が開いて、入って来たのは潑溂とした少女だった。おかっぱの顔に生々した明るさをたたえて、

「おはようございます」

と軽く会釈して笑った。ここの住人は老人一人だと思い込んでいた浩太は面喰った。彼の酔心には正確な判断よりも、当惑と混乱の方が先に立った。

少女は軽装している。ボストン・バッグを下げている。早くからこのことを予定していたかのような自然さが、却って浩太を戸惑わせた。

「この方が帰られるので乗せて行ってもらい。ついお前のことを忘れてしまうところだったよ。これで今晩からお前の涙も見ずにすむというわけか。やれやれ」

と述懐して、浩太に、

「では、お頼みしますよ」

と、言う。浩太は否応なしに押しつけられてしまった。

室外に出ると、爽かな朝風が酔顔に心地よい。染むような紺青の海が、脚先から四方へと拡っている。朝凪の海面に半島の緑が鮮かに盛り上っている。その左手に立ちこめている朝靄《あさもや》の向うに、戦災の港がぼかされている。

少女は兎のように跳ねて小舟に乗った。浩太はとも綱を解いた。老人はタラップの中途に立って送ってくれた。

「また、おいで下さいよ。待ってますからな」

「きっと、来ますよ」

今度来る時には早成の胡瓜や、菜豆や、卵などを土産に持って来ようと浩太は思っていた。

漸く沈没船が遠くなって、タラップに立っていた老人の寛衣の姿も見えなくなった頃、少女は眼をくるくるさせて言った。

「せっかく釣りにいらしたのに、あなたの魚籠、からっぽなのね。お父さま悪いわ、お邪魔して」

「いいえ、お邪魔したのは私の方ですよ」

「お気の毒だわ。あたしのこれ、チョコレートがぎっしり詰ってるの」

と言って、ボストン・バッグを軽く叩いた。

「さし上げるわ。その魚籠に詰めてお帰りにならない?」

「いいえ、結構ですよ」

浩太は軽く受け流した。せっかく少女が持って行くものを、分けてもらうのは大人げない。それを受ける位なら、老人の好意を辞退しなかっただろう。

「あなたは、どこへ行かれるのですか」

「帰るのよ」

少女は聡明な瞳を輝かせて、彼の聞きたいことを察して、先に先にと話してくれた。

「わたしたち、去年まで北京にいたの。七月に引揚げて来たのですけど、釜山《ぷさん》からの船がこの沖で機雷にふれて沈没してしまったの。五分間もかからなかったわ。六百人ばかり乗っていたのだけど、助ったのは百人足らずでした。お父さんは私を連れて、お母さんは小さい弟を連れて救命袋にすがって流れましたが、お母さんと弟は到頭駄目でしたの。私たちは六時間漂流してやっと助かりました」

「その船があれですか」

「いいえ、もっと沖の方です。海の底に沈んでしまっています」

「おうちは内地にあったのですね」

「ええ。でも故郷へ帰ってみますと、留守宅は焼けてしまってました。仕方なく叔父の家を頼って行きましたが、そこには東京からの親類が三家族も来ていますので、父も居づらい思いしてました。丁度その時に叔父の関係してます船会社の汽船が沈没しました。沈没船にはなりましたものの、本当は半分しか沈没していませんので、貨物の処分が廃棄になるのやら、どうなるのやら、軍需品でしたので終戦後になると一層分らなくなったのです。それで監視人が必要になりましたので、それを父が引受けたのです」

「あなたも一しょに住まれてるのでしょう」

「いいえ、わたしは舟会社に働いてますの。そして船の便のある時にお父さまの所に見舞いに行くのですけど、便のある時と言ってもわたし一人のためにわざわざあすこに船を寄せてもらうのですから気の毒なんです。そして帰りがまた便のある時まで待たなければなりませんし、それがあてにならないのです。こんどなんかも二日目にはお迎えに来てくれるはずでしたのに二週間もなるのにまだ来ません。船も近頃は故障が多いもんですから。あんな所で暮しますのは、一晩や二晩は珍しくていいけど、十日も過ぎると海は怖いわ。あらしの日など、まるで波の中にいるんですもの。夜など、とても居たたまれなくて、波の音も、風の音も、身を切られるようよ。もういやいや」

「お父さんはよく平気でいられますね。もっとも年寄にはあの浮世離れた世界が気に入りましょうが」

「母と弟の冥福を祈って暮しているのだわ。晴れた日も、曇った日も、風さえなければ上甲板に立っていつまでも船の沈んだあたりの海を眺めて永いこと動きませんの」

声をうるませて語る少女の背の方向に、漸く港の風景が廃墟のように近づいてきた。

4

ひどく酔払った浩太は、家へ帰ってこのことを話したが、家族たちは誰も相手にしてくれなかった。

「そんな浦島みたいな話、今時ないわ。釣りに行くなんて言ってて、どこかで道草したんでしょう。一尾も釣ってないんで照れかくしに、よくもそんな嘘が言えたものだわ」

妻の言葉は真綿に針を含んでいた。

「嘘でない証拠に、こんなに酔ってるのでも分るじゃないか。今頃ウイスキーを夜通しで呑ましてくれるところが別にあるもんか」

「ほほ、ウイスキーだなんて、どこかのドラム缶のガソリンでしょうよ」

「相変らず疑い深いやつだ」

「だって、無理じゃないの。何も証拠がないのに。チョコレートだって缶詰だって、そんなに沢山土産に上げようと仰言ったのなら、それを持っていらしたらよかったに。だったら何も疑いはしないわ。あっさり信じてよ」

「貰ってくるのは易い。よし、今度行ったら、食いあきるほど持ってきて見せる。意地のきたないやつどもだ」

浩太は肚立たしかった。疲れと泥酔で浩太は二日寝通した。三日目に起きた時にはすっきりと頭も回復していた。記憶を辿ってみると、たしかに夢ではない。海上の小ホテル。老人との会話。ふんだんに呑み食い吹かした数々の珍味佳肴。そして少女の話。どれ一つとしてちぐはぐな所はない。が、どうもあまりあつらえ向きなので信じられないような気にさえなった。

いい気になって呑み過ぎたのが不覚だった。酔ったまぎれの幻覚だと片づけたくはない。それで疑惑を解くにはも一度行ってみるより外になかった。

今日か明日かと日和加減を心待ちしていたが、相憎風の強い日や雨の日が続いたので、再び舟を出したのは二週間後のことだった。昼間行った。胡瓜や菜豆や卵を沢山持って。

櫓を漕ぐ手も気負い立っていた。青い海を截って進む小舟の跡には白い水尾が威勢よく泡立っていた。

半島の陰を廻って沖へ出た時、ほど遠くない海上にその姿を認めた時、浩太は「ほれ見い。やっぱりあるぞ」と会心の笑いを洩らして額の汗を拭いた。

海上のホテルは、裾を波に洗われながら静かに立っていた。彼はこの前と同じように舟をもやって、タラップを登って二階へ行った。昼間白日の下に見るせいか、赤《あか》錆《さび》が目立ってどこもここもひどく荒れている。扉を叩いたが応答はない。昼寝かな、と思って叩きつづけたが、ひっそり閑としている。思い切って開けて入った。

「――?」

荒れ果てた室。目ぼしい調度類はすべて取外されて、がらんとしていた。部屋を取違えたのではないかと思って次々に廻ったが、どれもそうだった。どこにも人の住んでいるような気配さえなく、これという貨物もなく、沈没船の骸骨だけに過ぎなかった。

浩太は呆然となって、立ちつくした。判断がつかなかった。すべては海上の夢だったのだろうか。海坊主や船幽霊に魅入られたなどと思うほどの笑うべき迷信家ではない。酔ったことまで疑うことは出来ない。だから酔眼に映じた幻覚ではない。やはり現実だったのだ。そうすれば、老人はやはり貨物盗賊団の一味だったのだろうか。すっかり貨物を運び去ってしまったので、引き揚げたのだろうか。さもなくば本当に船会社の監視人だったのだろうか。貨物の処分、廃船の処置が一段落ついたので、任務を終って帰ったのだろうか。

浩太は小舟に移り、櫓を押して漕ぎ返りながら、も一度ふり返った。赤銹びて、痛ましくも水に浸っている廃船の姿。浩太はその残骸の哀れさに、あの夜の快い追憶がむごくも消え去るのを惜しんで、おめおめとここへ来たことを後悔した。

陸へ帰るべく櫓を押す手も物憂い。船ばたの海面の青さに眼を落すと、少女の話が悲しくも思い出され、沈む心をふり切って海空を仰ぐと、流るる白雲に、海上の孤独を愛する老人の半白の風貌が浮んで、追憶は白日の大空へ遠去って行った。

天国

1

　このようなあじけない世の中にさえならなければ、人並み以上の生活は立派にやってゆけるはずの自分だと仙三は信じていた。教養もあるし趣味も広い。だが嘘一つつけない善良な生れつきで、臆病なまでに内気なのがきずで、金に抜目のない厚顔無恥な者どもを見ならう気にもなれないまま、大陸から引揚げて来て月日のたつうちにいつとはなく身なりが薄汚れてきてルンペンらしくなっていた。

　自分ではさらさらそんな者ではないと思っているのだが、世間の者たちはそのような眼つきで軽蔑する。子供たちは石を投げつける。野良犬までが吠えかかる。姿だけは申分ないルンペンに見えるらしい。見かけからそう思わば思え。この心はいささかも落ぶれてはいない。世間の者共よりも純潔で高貴なのだと固い自尊心を抱いていた。そしてあくせくとただ生きることのみに血眼になっている世間の者共を冷やかに眼尻で流し見ながら、あり余る暇を楽しみつつ、彼はボロを春風になびかせて悠々と町々を散歩していた。

　日がな世の移り行くさまを眺めてから、快い疲れを覚えながら帰ってくると、大抵はジュリイが迎えに来ている。ジュリイというのは彼が小屋がけしている焼跡のすぐ横にある立派な邸宅の飼犬である。英国種で霜降毛の房々した大きな体格だが、気立てはとてもやさしい。仙三とは懇意の仲である。ジュリイとしてもこの人間から対等につき合ってもらえるのでその友情を感謝してか、残飯の多い時はきまって知らせに来てくれる。それで仙三はジュリイのあとについて、彼の小屋がけよりはずっとましな青いペンキ塗りのジュリイの家の前で一つ皿のものを仲よく食べるのが習慣になっていた。

　また朝は仙三がうららかな太陽をまともに受けて、焼跡の水道管から噴き出している水を浴びて、全身をごしごし摩擦しているころ、きまってジュリイが夫人に連れられて通る。ジュリイが尻っ尾を振って挨拶するので、仙三も手を振って答える。最初は夫人はけげんな顔をしていたが、近頃は好意の眼もとを向けてくれる。もとより笑いもしなければ、話しかけもしてくれないけれども、濁世を捨てて悠々と生きる自分の人世観を肯定してくれる眼ざしであると彼は解釈していた。あらゆるものに満ち足りた豪奢な生活にあきた者には、すべてを捨てて虚無の生活にある者と一味相通ずるものがあるらしい。夫人の眼にはそれがあると彼は見ていた。夫人と人生を話したら真に心にふれるものがあるに違いない。夫人もそれを望んでいるようだ。そう思って夫人の顔を見ていると、仙三は自分の考えがいよいよ的中していると確信するようになった。そして歩き過ぎて行く夫人のなよやかな後姿を見送りながら、その横に肩を並べて歩いている自分の姿を想像してみる。ステッキを打ち振って、鷹揚な態度で夫人をかえり見て、「朝はいいねえ、すべてのものに希望があふれて」というと彼女が「草露もきれい。小鳥もさえずって――」と寄り添う肩と肩とがふれ合ってという風に――。そうすると仙三の心はとても楽しかった。

　夫人の姿を見かける毎にこのような想像を描いているうちに、この儚《はかな》い楽しみがただの一回でもいい、実現出来ないものかと熱病のように渇望する仙三になっていた。

2

　深い夜霧に溶けて沈丁花《じんちょうげ》の香の漂う夜であった。その日もジュリイに招待されて夕食を招伴してから、しばらくは仲良くもたれ合ってうるんだ夜空の星を眺めていたが、いつの間にかジュリイがいびきを立てて眠ったので、仙三はそっと立ち上った。焼跡の小屋がけへ帰ってくすぶるには惜しい夜である。心まで霧のしめりと星の光にうるむ夜、せめて遠くからでも夫人の姿を眺めたいと、夜霧にまぎれて庭園の奥へと踏み入って行った。宏壮な建物はどの部屋も灯が消されていたが、別棟の洋館の窓からだけほのかな灯影がもれている。そしてそこからかすかな音楽が流れて来る。仙三は耳を傾けた。あるいは高くあるいは低くお伽の国の舞踏会のような軽快さである。彼はひきつけられてその窓下へと寄って行った。

　レースのカーテンを透して菫色の光が洩れて来る。彼はのび上って室内をうかがった。豪華な調度は言わずもがな、濃藍色のソファに深々と身を沈めている夫人の姿に仙三は我知らず息を呑んだ。あざみ色の華笠を透して射すやわらかな光の中に夫人がまどろんでいる。音楽に聞き入りながらいつとは知らず眠りに誘われたのだろう。胡桃色の全波受信機がマジック・アイをまたたかせている。ハワイからの中継であろうか。夢みつつ聞きつつ安らかな微笑にほころぶ夫人の口もとであった。

何と美しい構図であろうか。彼はこのような豪華な居室で、このような麗しい婦人を妻として生活することを生涯の宿望としていたけれども、もはや果されぬ別世界のこととなった。仙三は窓硝子《ガラス》に額を押しつけて、叶えられぬ願いを硝子一重向うに凝視しながら、哀れ、その頬にはさめざめと流れる涙の冷さを感じていた。

「誰――?」

夫人が眼を開いたので仙三が我に返ると、いつの間に忍び入っていたのか、夫人の前にしょんぼりと立っている自分を発見して愕然となった。逃げ出そうとしたけれども、足の力がぬけて絨毯《じゅうたん》の上に坐り込んでしまった。夫人はまどろみからさめ切れないような眼ざしを彼に向けながら、

「あなたは、ジュリイと仲良しの――」

「はい、実は」

「とがめてるのじゃないわ。あなたがよくない人なら、ジュリイは仲良しにはならなくてよ。あれは人以上に人をよく見るから」

とやさしくうなずく。彼が一層戸惑っていると、夫人は彼の手を取ってソファの脇に腰かけさせた。

「滅相もないこと、奥様。私は絨毯の上でさえもったいない位ですのに」

「何を仰言るの。人は風采ではないわ。心よ」

「ですが、もしもこうしているところを御主人に」

「主人? いいのよ。主人には却ってあなたを見せて上げたい位なの。年中金と追かけっこばかりしていて、心のゆとりのちっともない人――そんな人におじけなくともいいのよ」

仙三は夫人の顔を見るのがまぶしく、そのすんなりと伸びた膝から先ばかりを眺めていた。すると夫人の手先が軽く肩へ触って、

「ね、チャイコフスキーの胡桃割人形なの。踊りたいわ。さっきから一人きりなので手持無沙汰で困ってたのよ。踊りましょうよ」

と否応なしに引き立てられた。放送されているその曲

はかつて仙三が愛好したものの一つだった。チャイコフスキーが童心あふるるままに編曲したもので、胡桃割人形と二十日鼠の王様がリズムに乗って踊り出てくる。古代楽器を奏でるアラビア人や、チェレスタの音色に浮かれて金米糖も踊り廻る。甘美な幻想は彼をアラビアの宮廷へ誘い、夫人が王妃に見え、そして自分が乞食の魔法使に見えてきた。心は羽化して上の空だった。腕を組み合って近々に接する夫人の顔が艶然とほほえむ。

「ねえ、とても幸福――」

夫人が耳たぶに唇を寄せてささやく。

「忝《かたじ》けないと思います。見すぼらしい私に」

「駄目々々、現実を忘れなくちゃ。心だけで生きるのよ。あなたはいい人、とても」

夫人の顔が魅惑をたたえて鼻先に近づいたので、仙三は目まいを感じて瞼を閉じた。その瞼の裏に椿の花の散るのを描いていると、

「またダンスか、絨毯がすり減る――」

主人である。肥後牛のような体つきに、猪首を突き出し煙草をくわえてむっつりと立っている。仙三はぎくりとして逃げ出そうとした。しかし主人は一向に仙三の存在には気づかないようである。こちらを見ているのに、どうやら見えていないらしい。眼の焦点がぼやけている。何の加減だろう。おかしなことだと思ったが、愚図ついていたら看破されそうである。それで仙三は足音を忍ばせて扉の隙間から忍び出た。庭へ下りて芝生へ来ると、窓下から離れてこちらへ寄ってくる人影がある。哀れみを乞うような悄然たるその風采。見たことのあるような姿だと思ってよくよく視線を凝らして見ると、近づいて来たのは彼自身ではないか。

3

このことがあってから仙三は自分に分身のいることを信ずるようになった。形に影の添うようにつきまとっている。この二つは昼は大抵一しょに行動しているが、夜になると離れて別々の行動に移って行く。一方は小心翼翼として人目を恐れて忍び歩く。もう一つの方は欲するままに大胆奔放に振舞う。仙三の心は初めのほどは、この二つの分身の間を飛び廻りながら不気味な不安に駆り立てられていたが、それもやがて忘れがちになった。時として悄然とついて来る影のような分身を見て気の滅入

ることはあったが、宏壮な邸宅の内外を我物顔に自由に歩き廻って、夫人の身近かにいることも思いのままにな るのが楽しく、その方の分身にばかり心が宿すようになって、仙三は有頂天になっていた。

ソファに肩を寄せ合って音楽にうっとりと聞き入るのは毎度のことであった。繊細な旋律は夫人の心を波打たせ、それはそのまま絹物を距てて仙三の胸へ伝ってきた。夫人が吐息を洩らす時、彼もまた吐息をもらしていた。仙三が微笑を浮べた時、夫人の口もとにも微笑が見られた。もの憂い曲調が続く時などは、どちらからともなくもたれ合ってまどろみの底に沈んでいることもあった。

夫人は時に俳句を作る。子規調を好んで句帳にも数多の佳句が収められている。しかしそれは訳もなくすらすらと詠まれたものもあるが、苦吟数刻に及んで夜が更けることもあった。そのような時は仙三も横にいて一しょに苦吟した。ああでもないこうでもないと考えぬいた揚句、漸く思い至ってそっと書き添えてやると夫人の喜び方は大変だった。

「ありがとう。主人なんか振向いてもくれないわ。もともと俳味など分りもしないのだから。うれしいわ。こんなうれしいことないの」

と涙含みながら述懐する。仙三はやさしくその肩を打ちながら、心の満足に大きくうなずくのであった。また夫人は書道を好む。秋津流の達筆であるが、その道に深く入れば入るほど決して会心の域には達しないものである。墨の含み、穂先のかすりにも気に入らないことが多い。そんな時など仙三は夫人の背後に座を占めて、後からかばうようにして夫人の手を持ち添える。そのしなやかな指先を手の平に包みながら、一気に筆勢あざやかに書き上げてやる。

「まあ、みごと。こんな出来ばえ初めてよ」

感歎しながらうっとりと見とれている夫人の肩に手をおいて、頰もすれすれに筆の跡を眺め入っている仙三の心は、やがてふり仰ぐ夫人の上気した顔を待つ喜びでふくらんでいた。

このような仙三の行動は、夫人とだけ居る時に限られているのではなかった。晩餐の時など彼は平気で食堂へ入って行った。食卓を中にして、さし向いになる夫妻を左右に眺めながら仙三はその晩も席についていた。夫人が眼つきでそう指図したからであった。しかし主人は少しも意に介さないようである。気づいていないようだった。また入れ換り立ち代り皿もの鉢ものを運んでくる女中たちも、仙三の顔や体のあたりを見ることもあるが、見えないらしい。いぶかしい眼つきもしない。驚いた表情も見せない。

　コップにビールが注がれた。白い泡が盛り上ってこぼれそうになる。仙三は見ていて気が気でない。夫人が眼つきで「お呑みよ」と言ったので、主人が横向いてのみさしの煙草の灰を落している隙に先に一口ぐっと失敬してみた。なんとほろ苦くも淡い泡沫の舌ざわりであろうか。煙草をのみ終った主人がおもむろにコップを握った時には、仙三は小鉢の鈴子をお先に口に入れていた。主人が鈴子を箸先で千切っている隙に、彼はお代りの並々と注がれたコップを口にあてて悠々と呑みほしていた。次はコキールに、グラタンに、エビフライに、ビフテキだ。

　次第に酔が廻ってきて、主人が泡のついた唇を舌先でなめ廻しながら取止めもない話を喋り出すようになった頃は、仙三も大分いい気色になっていた。

「ビールは何本目かね。きょうはばかによく呑める。食うのも食ったね」

　主人が我ながら不審そうに首を振るのを、夫人が、

「ほんとにね、体の調子がおよろしいのよ。も一本抜きましょう」

　と愛想よくすすめて、さりげなく仙三の方を向いて意味ありげな眼もとを見せる。仙三はそっと横から手をさし伸ばしてコップを取っては呑みほす。それに夫人がまた注ぐ。それを呑み上げる。主人も時々そのコップを口にあてて呑むのだが、いかにも間ぬけているので、仙三はたまりかねて、主人の耳たぶをつまんで引張ってみた。主人は蠅でも止ったと思ったのか、手先で払った。次に仙三は爪先で主人の頰っぺたをはじいてみた。すると彼はそこの筋肉をぴくりとさせて顔をしかめただけだった。仙三は嬉しくてならなかった。

　だが喋りつづけている話題がジュリイのことに移ると、主人は急に不機嫌な眼つきになって、

「ジュリイの奴。近頃変なルンペンと仲良しになってるね。あんなのを寄せつけちゃいかんよ。うさん臭い」

　と自分のことに及んできたので、仙三も頓に緊張した。するど夫人はさりげなく言った。

「ルンペンにも色々あってよ。あれはありきたりのルンペンとは違うようよ。何でも学歴もあって、随分高尚らしいの。落ぶれてああなったのではなくて、今の世の中を見限ってああした生活をしているらしいわ」

「ふふん。妙に肩を持つね。おれにあてつけるのか。学歴が何だ。教養が何だ。一文の価値もない。要するに金だ。金が力だ。金さえあれゃ楽に生きてゆける。今の世の中位いい時はない。それを見限るなんて、どうせ落伍者のやせ我慢さ」

腕をまくして嘯《うそぶ》くのを見ていると、仙三はもはや勘弁ならなかった。拳を固めて彼の頭をごつんとなぐりつけた。夫人はさすがに顔色を変えたが、主人は頭がちくりとしたのか手先で一なでしただけだった。

このような悪戯めいた行動を喜んでいるうちは仙三の心も気楽だったが、夫人に接することが度重なるうちに、いつからとなく離れ難い愛情のとりこになって苦しまねばならなかった。

4

ある深夜、仙三は夫人の寝室にいた。月は早くも西に落ちかけていた。庭木を透してさし込む光に、室内は海底のような神秘さだった。

豪華な寝台の羽根布団に埋もれて、夫人は屈托もなく眠っていたが、永い間その顔を見つめている仙三の視線を心の奥に感じたのか、ふっと瞼を開いた。しばらくは自分の眼を怪しむようにまたたいて見直していたが、ぱっと大輪の花びらが開くように羽根布団をはねのけて、上半身を起した。床しい香気はそこから室内に漲り、わずかに反った夫人の上体は新鮮なめしべのやわらかさがあった。仙三は花びらに止る蜂のように開かれた羽根布団に腰かけた。そして胸にひしめく苦しみを縷々と述べようとすると、夫人の体が一寄りして、その口はやわらかな手の平で塞がれた。夫人の唇が耳近くでささやいた。

「仰言らなくて、あなたのお心はよく分ってるの。感謝するわ」

そして夫人の腕が彼の首にかかっていた。

「こんなに愛してくれた人、わたし生れて初めてなの」

仙三は夫人の耳のあたりにほつれている巻毛を鼻先で分けながら、唇をその耳に押しつけて言った。

「私、今宵のためにはたとえ千夜の命を捨てても悔いません」

「ああ――」と燃える歎息が仙三の頬を焼いて、彼の髪に夫人の五本の指がからみついたのを知ると、仙三は歓喜に胸がおののき、涙が止めどもなくあふるるのを禁ずることが出来なかった。

夜明け前仙三がそこを辞し去ろうとすると、

「そこまでお送りするわ」

と言って夫人は寝台からおり立った。

「夜露がお体にさわりますから」

と思い止まらせようとしたけれども、夫人はいっかな諾かなかった。派手なピジャマの上にガウンをかけてきたが、庭園へ出ると、夫人はその中に仙三の体も包み入れた。真珠のしとねのように光る芝生の夜露を踏んで、二人とも黙って歩いた。ガウンの中の二人にはいたわり合う呼吸がじかに通っていた。

椿の一面に散りしいている木下闇《このしたやみ》まで来た時、別れ難い眼と眼で頷き合って離れたが、仙三は去って行く夫人の足音が聞えないので、まだその場に佇んでいるのではないかと思って振り返った。しかしそうではなかった。仙三は眼を疑った。大きく見開いたが、やはりそれに間違いはなかった。夫人は歩いてはいなかった。芝生よりずっと上の、薄明の空中を、泳ぐような足つきで渡って行くのである。彼女の肩にかけたガウンは天女の羽衣のようにふわふわとひらめいて、派手なピジャマの肢体は海中を泳ぐようにうごめきながら、軽やかに遠去かって行った。そして窓硝子を透して室内へと、吸われるように消えてしまった。仙三は閉め切られたままの窓硝子が冷く光っているのを見つめて茫然と立ちつくしていた。

暁の光に追われて、仙三はよろめきながら焼跡の小屋がけに帰ってきたが、一歩中に入ると、忘れていた自分の半身がそこにいた。疲れ果ててうなされているその寝姿を発見して仙三は慄然となった。石に臥せて苦行する修験者に似た脱俗捨身のきびしい相貌を目のあたりにして、歓喜に咽んだその夜の追想とのけじめをつけかね、心は乱れて、疲れた体を支え切れなくなってその上に折重なって倒れてしまった。

5

夏が去り、秋が来て、霙《みぞれ》まじりの北風が吹くと、焼跡はわずかな緑も枯れて荒寥となった。赤錆びたトタンは夜毎悲しげにきしみ、土塀の崩れる音も寒天に冴え返ってひびいた。太陽をただ一つの生命の源泉とたのんでいる仙三の生活に、鉛色の低い冬空は日ましに彼の健康を削った。

永い冬が漸くやわらいで、再び光あふれる春が来たけれども、仙三はもはや起きることさえ困難なほど憔悴していた。

烈しく咳き入りながらも、ひどい熱にうなされながらも、忘れ難いのは夫人のことであった。

ジュリイだけは相変らず残飯の招待に来てくれたが、仙三がついて行けないので、冷い鼻先を彼の顔に押しつけてきて淋しそうに眼たたいていた。しかしその後何回も度重なるので断念したらしく、近頃はもう寄りつかないようになっていた。

夫人の消息をジュリイに尋ねる機会さえ失われてしまった。

せめて毎朝ジュリイを連れて散歩する夫人の姿でもと念じて、細くなった首をもたげて待ちわびたが、春風のさわやかな朝でもついぞ見かけられなかった。

もしや夫人も病床に臥っているのではないか――。そう思うと仙三は矢も盾もたまらなかった。明日までこの身の命が続くかどうか測り知れないはかなさに、せめて今一度だけ遠くからでもいい、夫人の姿を見ることが出来たらと切望した。

その夜、仙三は枯木のような両脚に渾身の力をこめて立ち上り、よろめく体を一本の竹に支えて、一歩々々と肩であえぎながら、邸宅へと忍んで行った。ジュリイの家を覗いたが、もう眠っていた。あまりにもすやすやと寝息をもらしているのでゆり起すのも控えて、一度二度頭をなでてやったきりで庭園へ廻った。幾夜かそこに佇み、その室内へ入ったあの窓は暗かった。

そして長い縁のつづいた座敷のあたりに灯がともっている。

やはり病気だ――。仙三は心ばかり焦って足先が伴わず、庭石につまずいて倒れたきり、再び立ち上れなかった。もうこのまま息が切れてしまうのではないかと薄れて行く意識の底に考えている時に、心をゆりさまされた。彼は聞耳を立てた。たしかに赤ん坊の声である。その座敷の方から聞えてくる。

仙三は立ち上ろうとしたがやはり駄目だった。両腕を足に代えて体を引きずってその縁先までたどりついた。背筋を伸ばし首のばすと硝子戸の向うに広い座敷が見えた。その中央の高く重ねた座褥に夫人が身を横たえている。

覗いていた仙三の眼がきらきらと輝いた。蓬々と髯の伸びた口もとに歓喜があふれた。血の色こそ乏しかったが、そのために却って神々しくさえ見える麗しい夫人の顔を眺めることが出来たからでもあったが、それよりもなお、夫人の傍にねかされて元気に仲良く泣いている二人の赤ん坊を発見したからであった。

「おお、二つに分れて生れたぞ。やっぱり、おれの子だ――」

仙三は硝子戸に額をすりつけて、何度も何度もうなずいていた。

翌朝早くジュリイの異様な鳴き声に、書生や女中たちがそこへ来てみると、座敷の縁先の沓脱石にもたれて死んでいる一人のルンペンがいた。よくも生きつづけたと思えるほど病みほおけた風采であったが、その顔には哀れな悲しみも淋しさもいささかも宿ってはいないで、栄耀豪華な生活に満足して大往生をとげた者の安らかな微笑がはっきりと残っていた。

お夏の死

1

　このようなことは千人に一人も信じてはくれないだろう。現実から余りかけはなれている私のことだから、けれども書きのこさなかったら、永久に知られずに埋れてしまう。それは私には死んでもあきらめ切れない。

　くわしく書きさえすれば或は信じてもらえるかも知れないから、出来るだけ前後の事情については筆を惜しまないつもりだけれども、残念ながら十分のゆとりがない。私はやがてお夏と一しょに死ななければならない。だから心もあせっている。せめて一人でもよい。信じてくれる人のいることを念じながらかいつまんで書くとしよう。

　お夏は京都下長者の友禅問屋矢羽号のいとはん、こう言っただけで顔かたち人柄などおよそ想像して頂けよう。月並な文句通りに、雪のように白くて、下ぶくれの美しい面ざしで、姿はなよやか。紺のれんのかかった店先にはめったに顔をさらしたこともない。奥深い居間で生花茶の湯三味線長唄に日を暮らしているのが、ただ一つの風変りと言えば、好んで人形を作ることでしょう。

　大きな朱塗りのガラス棚の中には、大小二百以上の精巧華麗な人形が飾られているが、それがみんなお夏の手で作り上げられたもの。切られ与三郎、弁慶、白井権八、ねずみ小僧、夜叉王、由良之助、河内山宗俊、清十郎、与之助、静御前、小紫、おかる、重の井、お染、お七などの歌舞伎浄瑠璃長唄ものから、ホセ、ヨカナーン、ロメオ、カルメン、ナナ、カチューシャ、コーデリア、サロメ、ジュリエットなどの洋風古典物からオペラものまで、手足や頭も自分で作り、顔かきもやり、それに自分でぬい上げた衣裳を着せている。お夏が作っているところを見たことのないものは、到底信ずることは出来ないほどに、器用さをこえて神技に入っている。

「玄人もはだしじゃないか――」

と誰一人驚かない者はいないが、お夏のひどいこりかたに、両親はひそかに心を痛めていた。

「夜ふかしせんよう少しゃ注意したらどや」

と父親が耳打ちすると、

「ふびんで――」

と母親は吐息をもらす。

「新三郎はんのことが忘れ切れんのどすえ」

近頃お夏のつくる人形の顔が新三郎生き写しであることからも、娘の心は母親にははっきり分っている。

「ばかな、死んだ者が生き返るなんて、どない願かけてもかなえられへん。お前までそないな気やからあかん。綾小路に対してもすまんやないか」

と母親をせめる。新三郎というのは私のこと。私はお夏とは恋仲でしたが、お夏と同じ年であることと、親の知らない間にそんな風になったことが父親の気に食わないのでした。母親が何とか取りなしてくれていたので、も少し辛抱すれば曲りなりにも一緒になれそうになっていたのに、突然私は応召しました。そして長崎の通信隊に分遣されて間もなく、あの原爆にあって戦死――、戦死したことになったのです。綾小路というのは矢羽号の遠縁で取引関係も深く、そこの次男を養子に迎えることになっているのですが、お夏がはっきりした返事をしないので、婚礼の日どりが一日おくれにのびて決まらないでいる。それを父親はじれて、

「結婚してしまや気は変るもんや、子供が出来れば尚さらや」

否応なしに運ばせようと気構えている。お夏にしてみれば、たっての親の指図に逆らうにも忍びないで、婚約だけには従ったものの、新三郎のことが心から消えてしまわないうちに綾小路を迎える気にはどうしてもなれない。それに近頃は新三郎が生きているような気がしてならない。公報は来ているが、遺骨は届いていない。原爆で吹き飛んでしまったと言えばそれまでだが、お夏は信じたくはない。新三郎がひょっこり帰って来た夢を見ることが度重なると、お夏はほんとにその日を心待つようになっていた。

いつかはきっと――そのようなはかない望みを心に描きながら、身を浸す悲しみを忘れるために人形を造れば、その顔が新三郎そっくりに出来上る。われながらそれに驚きながらも、せめてその人形を愛撫して、なつかしい思い出にひそかにおぼれるお夏でした。

2

お夏はその夜も寝しずまった屋敷内に一人だけ起きて人形の着物を作っていた。中指ほどの大きさの俊寛に着せるために。鬼界ケ島の俊寛の流人姿は、なぜとなく新三郎の最後の姿のような気がしたので、着手する時からかつてない熱心さでした。その顔も手足も真に迫った出来ばえには、お夏自身さえ見とれるほどでした。だからその着物を作るにしても、由良之助や権八などの粋なもののよりは、ぼろぼろのこの方が却ってむずかしい。

ひき下げた電燈の下で、指先に絹針を運んでいると、庭先に降る春の忘れ雪のかすかな気配が感じられる。深夜すぎてようやく出来上ったので、お夏はそれを着せてみた。すばらしい出来ばえだこと。手の平にのせて見ながら、お夏は連夜の疲れも忘れて見とれていたが、やがて悲しみに包まれて、さめざめと泣きくずれた。余りにも新三郎の面影に似ている。長崎での最後はこうもあっただろう。鬼界ケ島の俊寛よりはもっとみじめであったに違いない。その苦しみ、そのなげきを思うと、お夏はその人形をガラス棚にしまいこむに忍びないで、寝床につく時に枕もとにおいた。そして新三郎のことをあれこれと思い出しながら浅い眠りに入った。

ほんの少しまどろんでからのようでもあったし、かなり永い眠りの後のようでもあった。

「お夏さんお夏さん」

と呼ぶ声に彼女は眼をさました。枕から顔をもたげてあたりを見廻したが、誰もいない。また夢だったのかしら、と思って、まぶたを閉じると、ふたたび、

「お夏さん、帰って来たよ」

と呼ぶ声はまぎろう方もなく新三郎でした。お夏はぎょっとなって首をもたげた。が、やはり室内に人影はない。

「気のせいなのかしら」

とつぶやいて首を落そうとして、お夏ははっと肩をひいて眼を見張った。枕もとにおかれている俊寛の人形がまたたいたからです。たしかにまたたいた。それだけでなく、口を動かしている。訴えるような悲痛な表情をしている。手を動かし、足を動かして、枕の上にはい上って来る。

「お夏さん、新三郎ですよ。長崎から帰って来ました。

あなたに会いたいばかりに、こんな哀れな姿になったのも恥しいと思わずに帰って来ました」

人形は枕の上にちょこんと坐って、泣きながら訴えている。お夏は上半身を床の上に起したまま、まじまじと人形の仕草を見守っていた。

夢ではない。たとえ人形とはいえ現実にこれほどはっきりと声を聞き、現に動いているではないか。しかし人形が生きているということはあり得ない。気がふれたのだろうか。

「いいえ、そんな情ないことなんか――」

お夏は自分の心にたしかめた。それならこれは現実だろうか。丹精こめた俊寛人形に、新三郎の魂が乗り移ったのか。だが人形は人形。生きているはずはない。動くはずはない。けれどもこの俊寛はなりこそ小さいが立派に生きている。またたき、手足を動かし、そして泣きながら、切々と訴えているではないか。お夏はあやしみながらも、その言葉に引き入れられていった。

「お夏さん、あなたが驚かれるのも無理はありません。私自身すら、こんな虫けらのような小さい人間になったことを知った刹那は余りの驚きに心もつぶれ、信ずることも出来ず、果ては余りの情なさにすぐにも死んでしまおうかと思った位ですから」

人形はきちんと坐ったひざの上にこぶしを固め、それで涙をこすりながら、おえつをかみ殺して話しつづけている。

「けれども、死ねばそれまでのこと、死ぬ前にぜひともあなたに会いたいばかりに、ここまで帰って来たのですよ」

仰いでいる人形の切ない表情の動きにひき込まれながらも、お夏は何と答えてよいものか、まだ戸惑っていた。

「お夏さん、原子爆弾のために、私がこんなに小さな人間にちぢんでしまったと言っても、誰も信じてはくれないでしょう。そうです。それが当り前です。今までそんな事実に会わなかった人たちに、それを信じてくれと言っても無理です。古い常識では考えられないことですから。けれどもお夏さん、あなただけには信じて頂けると思っています。そう思えばこそ、はるばる帰って来たのですから。まだあなたは疑っていますね。仕方ない。だが疑いながらでもいい。私の話を聞いて下さい」

「――」

「原子爆弾のために五倍にも生長した月見草や、四葉ばかりのクロバーの生えたことは世間に伝えられています。それは御存知でしょう。これは原子破裂の時に陽極線が作用したからだと言われています。この反対に陰極線が作用したと思われる現象も数々ありました。私なんかもその一つです。私一人だけではありません。私は八人の仲間と一しょにあれからずっと浦上にこっそり住んでいました。こんなことを言っても容易に信じては頂けないでしょうが、もしあなたが私と同じように陰極線で収縮した色々なものを見たら、恐ろしい原子力に肝をつぶしながらも信じないわけにはゆかないでしょう。凄じい閃光と爆風に吹き飛ばされて、永い失神混迷の底からさめた時、私は八人の仲間と共に生き残っているのを知って、手を取り合って喜びましたが、それも束の間でした。黒犬のような蟻に出合ってまず仰天しました。次に数丈の高さに一尺もある野菊が咲いていて、雀ほどの蜂が止っているのも見ました。二間もあるみみずがくねっているのにたまげました。巨人国にふみ込んだようでした。しかし焼け残った鉄筋コンクリートの建物や、鳥居や、眼鏡橋などの大きさから、やがて錯覚に気づきました。自分たちが逆に小さくなっていることを知った時の悲しみは言葉ではつくせません。いっそあのままひと思いに消えてなくなっていた方がよかった。こんな豆つぶ姿で生きたところで何としょう。来る日も来る日もなげくばかりでした。浦上の石の陰に雨をさけて、わらくずや木の葉を集め、タンポポの綿毛をしとねとして、ともかくもなぐさめ合って生きている私たちにも夏が過ぎ、秋が来ると、淋しさはひとしお身にしみました。のみよりも小さいきりぎりすが草の根で私らと同じ運命にないている。絹糸のように細った青大将が石の下にねぐらをさがして消える。ねずみ位の軍馬が一頭ひょっこり迷い込んで来たのもその頃でした。この軍馬が私たちの食糧の運搬などにどんなに役立ってくれたか分りません。このようにして浦上の石の下、草の根で小人国の世界は誰にも気づかれないで営まれたのですが、冬になると悲しみは日毎につのりました。仲間から次々に原子病でたおれる者が出て来たのです。救う道もないその死に方の哀れさ。やがては順番に自分たちへめぐって来る運命だと思うと、じっとしてはいられないで自殺する者さえ出ました。そして冬が過ぎる頃まで辛うじて生き残ったのは私とも一人でした。けれども私たちも原子病の徴候が出て来ました。やがて死ななければならない。そう思うと矢もたてもたまらず、宮崎へ行く仲間と分れて、浦上を立ちました。その仲間は宮崎に妻と子供二人を残して応召していたのですが、おはん、わしゃ帰ってもね、ただそれとなく子供たちの元気な姿を見るだけでええ。名乗って出ようとも思わん。ただそれだけのことじゃが、どうしても帰りつきたいよ。人間の里心ちゅうもんは妙なもんやね。ははは——と仲間は元気なく笑って別れて行きました。私もまたそれとなくあなたに会いたいばかりの一念でした」

「——」

「私のような小人が汽車に乗って、巨大な人間の足もとをちょろちょろしながら、気づかれないように荷物の陰にぶら下ったり、座席の下にかくれたり、飯粒やパンくずのこぼれを拾ったりして、京都までの旅をつづけて来ることは並大抵の苦労ではありませんでしたが、それもこれも、みんな——」

涙含んだ声はしばらく途絶えた。

「ゆうべ、下長者までたどりついて、ここの二枚矢羽の紺のれんを仰いだ時には、私は心の中ではしゃくりを上げて泣きました。ああ、とうとう帰って来た。生きては帰って来たものの、嬉しいのか。悲しいのか。私の心はただ泣かずにはいられなかったのです。広い店先を見廻わすと、ひっそり閑として誰もいない。私は一直線に中廊下へと駆けぬけて、勝手もとをのぞいて見ました。ばあやとおさんの久米やとおきみがしきりとおしゃべりをしながら晩御飯を食べているので、あなたたちはとくにすんでいることを知りました。茶の間からは落語が聞えて来る。晩酌したお父さんがうっとりラヂオに聞き入っているのは、障子の外から分っていました。そんな時はあなたはきっと一人で自分の居間に居る。だから私は廊下を曲って中の間の方へ行きました。けれども障子が閉め切られていて、私ほどの小さな体でも入ることが出来ませんでした。致し方なく細い隙間から中をのぞくと、あなたはこたつに入って、こちらに背を向けて何かしている。その後姿に焼けつくような凝視をすえて、どれだけの間私は立ちつづけていたことでしょう。廊下の寒さに小さな体は凍えついたけれども、いささかの苦痛でもありませんでした。あなたが用足しに部屋を出る時に、こっそり忍び入った私は、間もなく戻って来たあなたを、文机の脚の陰から見守っていました。あの顔、あの姿、私はじきにもかけ寄って行きたかった。けれども、そうしたらどんな騒ぎが起るか。そしてどのような破目になるか。分り切っている。自分の姿をかえり見ると、思いつめた心も砕けました。それとなく会えばそれでいいはずではなかったか。自分がこうして帰って来たことをお夏さんに知ってもらったとて、それが何になる。却ってお夏さんを悲しませるばかりではないか。あきらめ切れぬのをあきらめて、せめて、今夜一晩だけこの部屋であなたの寝姿を眺めて、明日はこっそりここを出て、何処へなりと死にに行こう。そう心を決めて、あなたの面影を心に新しくきざみつけたのでした。けれども、お夏さん、私の心は変りました。あなたが作られた俊寛を見たからです。私自身さえ驚くほど私に似ている。そしてその着物をあなたがぬっている。夜更けまでかかってぬい上げて、それを着せて、しみじみと眺めているあなた、そしてとうとう涙を光らせたあなた、お夏さん、私はもうどうなってもよい。どんな破目になってもよい。生きた人形になって、命ある限りあなたと一しょにいたいと思って、あなたがまどろみに落ちられるのを待って、俊寛になり代りました。お夏さん、あなたのお心は俊寛でよく分りました。あと幾日か、幾月か、どうせ永くない私の命をかけてのお願いです。あの俊寛に代って、私をあなたのおそばにおいて下さい」

私が床の間を指差すとお夏はやっと視線をその方へ移した。私が運んだ俊寛の裸姿をそこにみとめると、お夏はやっと私の言葉を信じたように深い吐息をもらし、再びまじまじとこちらを見つめました。

3

浴室内には湯気が立ちこめている。湯気が露になって窓ガラスを走り落ちると、夕映えをうけて咲いているすももの梢がぼんやりと見える。檜風呂から上半身を出しているお夏は、まぶたをほんのりと桜色に上気さして、湯のあたたかさを全身の肌で楽しんでいる。私はお夏のなめらかな肩に腰かけて、美しいその横顔をながめていた。

「お夏さん、耳を洗ってあげようか」

「いいの、じっとしておいで、動いたらくすぐったいから」

お夏は肩先へ手をやって、指先で私の膝を愛撫する。あの夜から私とお夏とは風変りな生活を楽しむようになっていた。

私はどうせ永くない命、いつまでもお夏にまつわりついていては、結婚間際の彼女に迷惑をかける。昔に変らない彼女にそれとなく会うだけでいいと思っていたのに、お夏は変り果てた私の姿に一旦は心もつぶれるほどに泣きぬれたけれども、愛するものの心にだけひそんでいる最後のけなげさで私の帰って来たことを喜んでくれた。あの翌朝、私は下長者の家をぬけ出て、何処へなりとも行って自殺するつもりでいたけれども、お夏がそれを許さなかった。

「ひとりで勝手にこの部屋から外へ出ちゃいや。危いわ。ね後生だからいつもあたしと一しょにいるのよ」

そういってかた時も眼を離さなかった。そして私への愛情の深さは昔に変らぬとはいうものの、その態度が日毎に変って来たのは争われない。以前のつつましさから気ままな愛撫へと。私が人形のように小さいために、知らず知らずに歪められたのでしょうが、それ故に一そうこまやかでした。昼はそれでも家の者たちの気配に気がねして、努めてさとられないように振舞っていたが、つい私とたわむれて、くつくつ笑っている所へひょっこり母が来たりすることが再三あった。私は忽ち人形のように不動の姿勢をとったのはいうまでもありません。

「けったいな人やな。人形と遊んで笑いこけるなんて——」

一度目はそれで済みましたが、次には、

「そない人形いじりばかりして暮らすと体にもようないよって——」

と眉をひそめる。口にはそれだけしか出さなかったが、新三郎のことを思いつめてお夏の心が狂うのではないかと母は心を傷めていた。

しかし夜になると、二人だけの世界でした。ただ一人居間にねるお夏は私をそっと寝床へ抱き寄せる。私が枕の上で話しつづけて、寒さに肩をすくめると、彼女の指は私を抱いて胸の上へ運んでくれる。外界の肌寒さと違ってほどよいそこのあたたかさ。私は冷え切った全身をうつ伏せに投げ出して、乳房のふくらみを両手に抱く。春の光をうけて解ける氷の音が私の全身のすみずみにまでさざめく。私の小さい手、細い足がうごめくと、お夏はくつくつと息を詰めて、布団に顔を埋める。小さな、ほんの小さな私の身動きではあるけれども、それが大きなお夏の体にどんなに敏感に作用するか。それはかつての私には気づきもしないことでした。時としては、私の身動きに耐えかねて、お夏の指先が私を払い落す。わき下へすべり落ちたり、おなかの方へころげたり。すると一そうたまりかねてお夏は体をすくめて寝返りを打つ。

私は彼女のふくらみの下敷きにさえなる。息苦しくもあるけれども、やわらかな絹床と筋肉の弾力の間におしつけられることは、私には却って快い苦痛でした。私はもぞもぞとはい出て行く。そして脚によじ登る。

夜ふけてお夏が疲れて眠ってしまうと、あとは私だけの天地でした。外は春寒の夜とはいえ、体温にあたたまった絹と暗黒の世界は、闇の花園でした。しずかな寝息につれてゆるやかに起伏する胸のあたり、香料と肌の匂いの立ちこめる暗黒の迷路を、友禅のひだをくぐって肌を伝い歩くわたし。かすかな絹ずれがしても、また思い迫った私の息づかいがどんなに烈しくなっても、お夏の眠りをさますにはほど遠い。人間史初ってから、如何なる美術家も、外科医も、また夫たるものも、私ほどに女体の神秘を究めたものがかつてあったでしょうか。殊に眠った女体の感覚がかすかな刺戟でどのように反応するものか、それは私以外には永遠のなぞでしょう。前人未踏のこの探求に混迷して、やわらかな丘の波状に倒れ伏し、花園の谷に転落して、花粉にまみれ蜜に酔うと言う以上には語り難い。

けれどもこのような生活もいつまでも許されないようになった。陽気が向いて来ると、父が綾小路との話をせき立てて、婚礼の日どりを決めてしまったからです。お夏もとうとう綾小路の養子のものとなるのか。日どりの決ったその日から、お夏は一そう私を熱愛するようになったが、それは却って私をさいなむ結果となった。せてその日まで私に憐れみをかけようというのか——。一日々と残り少なくなって行く日数を指折りながら、悲しみとわが身の哀れさのどん底へと転落して行きながら、妬心に身を切られる苦悶にあえぐ。なまじお夏の体を知ったばかりに。歎いても歎き切れぬままにきょうもまたうつろに生きているわたし——。

こうして彼女の肩に腰かけて、えりすじから頰へかけての優美な線を眺め、のどもとから胸、湯の中へ沈んでいるふくらみの行方を追うていると、嫁ぐ日を待っている女のときめきが息苦しいまでに伝って来る。お夏への思慕、この女への妬心は狂おしい炎になってこの身を焼く。

私が涙をかんでいるのに気づいたお夏は首をよじった。

「泣いてるのね、また考え込んだのじゃない?」

「お夏さん、私、やっぱり死んだ方がいい」

「ほほほ、またそんなだだをこねて——」

お夏は流し見て淋しく笑った。ざぶりと檜風呂から上って洗い場に坐ると、私をむっちりした膝の上へと移す。

「さあ、背を流して上げるわ、長くおなり」

外には月が射しているらしい。曇った窓ガラスに写っているすももの梢が影濃くなった。

4

「今夜限りよ」

思いつめた面持ちでお夏がそう言ったのは婚礼の前夜でした。私はお夏の枕の上に坐って、お夏の顔をしみじみと見納めた。お夏もやはり平凡な女だったのか。どんなに愛するとは言っても、やはりこんなに小さくては、動く人形と変りなく、愛玩以上の何ものでもないのか。愛情はすべてのものを超越して貴いと信じていたのは、あっけなくも幻滅し去った。

「お夏さん、幸福に暮して下さい」

それだけ言うのが精一杯でした。今夜限りと言わず、私はこの言葉を最後にその場から去る決心で立ち上った。すると彼女は、

「何いうの、新さん」

私を指先で引き寄せ、頰に押し当てた。

「わたしはね、あなただけなのよ」

「そんな気安めは仰言らずに――私のことはあっさり忘れて下さい」

「どうしてあなたには分って頂けないのかしら」

お夏の眼から涙がこぼれ落ちた。すり寄って来たその唇から「死ぬ」とひそやかに、しかし思いつめた心のままをさらけてささやかれた時、私は初めてお夏の変らぬ純情を摑むことが出来て感泣した。それからこの世の最後のいとなみに狂おしいおえつがお夏と私を包んだことをくわしく述べるまでもないでしょう。

もう夜明けも近い。私はお夏と共に死ぬ。私は今、お夏の枕の上でこれを書きつづけて来ました。夜が明けたら、彼女の婚礼の支度に美容師が来るでしょう。親類の者たちの出入りも忙しくなるでしょう。だがそれよりもひととき早く、私は、彼女が差し出した青酸加里の純白な結晶を抱いて、彼女の赤い唇から、しずかに死の世界へと入って行きます。純潔の愛情が因習への死の抗議となって冷く横たわっていることを両親たちは発見するでしょう。昔ながら古い格式と伝統とを信條とする人たちにどのような狼狽が起るか、それは意に介するところで

はない。私とお夏とはただ愛の極致へと飛躍あるのみです。死の幸福へと。一切の疑惑をかなぐり捨ててさようなら。

楽園悲歌《パラダイスエレジイ》

1

「人の顔さえ見れゃ、またその話だ。君の厭世論にはほとほと聞きあきたよ」

「今どき太平楽にうそぶいてるてあいはろくなやつじゃない。いやしくも善人なら百人が百人この世に愛想をつかしてるよ」

「だが、君のは大分度が過ぎている。その調子だと、あと一月足らずで首くくるか、精神病院行きはうけあいだ」

「フン、人一倍善良でいらっしゃるからさ」

「神経過敏だよ」

「ああ、楽な時代はいつになったら来るのかなア」

「この雲行きじゃ一生待ってみたっておぼつかないさ」

「明けても暮れても牢屋は暗い――か。ええ、いっそ百年先に生れ変ってみたい。そう思わんかね」

「本気かい、それ――」

「出来ることならね」

「出来るぜ、君」

と急に彼は眼を輝かせて乗り出してきた。

「またかつぐのだろう」

と今度は私の方が軽くあしらう立場に代ると、彼はいっそう生真面目な顔つきになった。

「茶話じゃないよ。君さえその気になれゃ出来るとも。だが君にはそんな決断は出来まい」

「わけないさ、今でも――」

どうせ戯談だと見くびっていたので、はっきりと言い切った。すると、

「そうか、その場になって逃げ腰になるのじゃないだろうね」

と念を押してきた。

「なるもんか。だが一体どんなことかい」

「それ見ろ、もう少し浮き足立ってきたじゃないか」

「だが一応の説明位聞かしてよさそうじゃないか。ち

ょっとその辺へ出かけるのとはわけが違う。何しろ百年先までの永い旅路だからね」

「百聞より一見さ。明日旅装をととのえて研究所へ来いよ」

彼は煙草をもみつぶして立ち上ると、さっさと出て行った。ひどくそっけない顔つきだった。肩すかしを食ったようなあっけなさ。アパートのいびつな窓に区切られた春の空に薄い雲がマフラーのようになびいている。ぼんやりと眺めながら彼の言葉を考えてみたが、どうもふに落ちない。かねがねまともなものの言い方はしないが、友情はこまやかな方だから、息ぬきに温泉でもおごる気かな、それとも、前々から懸案の見合いでもさせる気かな、とも思われる。温泉なら行かねば損だし、見合いなら、行かねば臆病だと笑われようし、どの道行かねばならない。

翌日昼頃アパートを出た。旅装をととのえたくとも、何もない。薄汚れたサージ一着だけである。アパートの一人暮らし、金目のものは疾うに食いつぶしてしまっているので、何日留守にしようと心に残るものは一つもない。

研究所は東南の郊外、白蓮湖に臨む丘の上にある。落葉樹に囲まれた赤レンガの古い建物。若葉の匂う林間からサン・マルコの鐘楼に似た古風な塔を眺めて坂路を登っていると、一歩々々と何となく嬉しい予感がつのってくる。うっすら汗ばんで玄関にたどり着くと、白い実験服を着た少女が、赤い頬ぺたにえくぼを見せて、

「木下さんでしょう。どうぞこちらへ」

と案内する。塵一つない廊下。両側には研究室が並んでいる。扉の開いている室には沢山のガラス器具が反射していて、研究員が音一つ立てずに何やら実験している。エーテルの香はそこから漂うてくるのだろう。廊下を曲って階段を下る。また曲る。明るい光がうすれる。灰色の重い扉が開かれた。中は暗い。ひやりと肌寒い。地下室に違いない。

「池谷先生はじきにいらっしゃいますから」

と言って少女は扉を固く閉ざして出て行った。

2

彼は仲々現われなかった。暗さに眼がなれてくるにつれて、あたりの様子が分ってきた。煉瓦の壁に囲まれた

殺風景な狭い部屋である。腰かけ一つない。まるで独房だ。寒さはつのる。こんな所に放りこむとはと、内心憤慨にいら立ってきた。もしも正面の奥にある扉の隙間からかすかな光の洩れてくるのに気づかなかったら、ぷんぷん怒り散らして廊下に飛び出していたに違いない。

そこから洩れてくる光は太陽の光ではない。冷く青白い。月の光に似ている。退屈さに、隙間からのぞいて見た。

「——?」

自分の眼を疑わずにはいられなかった。何と壮麗な景観であろう。しばらく見ているうちに、そっと扉を押して、すり入っていた。広い。月夜の銀世界だ。北極の夜はかくも荘厳であろうか。ものみな凍りついて、ただ清浄な光のみが永遠を暗示してしっとりと照らしている。徒らに強烈な色彩もここにはない。騒々しい音も絶えている。塵の跡さえない。冷光と静寂と清浄とがあるのみだ。

自分の吐く息さえ塵い霧氷となって凍りつく寒さも忘れて、どこからか射してくる蛍光燈に銀光を放っている群像が何であるかを発見した時の驚きは、何にたとえよう。

足もと近くにごろごろしているのは、何十匹とも知れないとかげ、青蛙、青大将の細工物である。右手の広い台土には数百尾の金魚、ふな、鯉、うなぎ、なまず。左手には雀、鳩、鶏、ねずみ、モルモット、兎、犬、山羊などの動物ども。様々の姿をした大理石像と水晶像。否、よく見ると細工物ではない。生きたまま可哀そうに凍結させられている。それらの一つ一つを腰をかがめて眺めている中に、ふと視線を上げた私は、危く声を立てるところだった。向うの壁際にずらりと人体が並んでいる。男が六人、女が四人。寝姿のもの、坐っているもの、腰かけているもの、立っているものすべて生けるままに凍りついている。殊にその中の一人に私の心は奪われた。二十二、三位。美しい婦人が腰かけたまま凍結している。微笑を含んで、そのほほはやや青味にほんのりと血の気がさしていて、黒い眼はぬれたまま。唇は椿のように赤く、今にももの言いたげに動きかけたまま、無惨にも透明な氷の被膜に閉じこめられている。手をのばしてそっとその頬に触ってみた。冷い。だが、彼女は今にも立ち上ってきそうに思える。一体これはどうしたというのだろう。あれこれ考えているひまはなかった。

「やあ、待たせてすまなかった——」

いつの間に来ていたのか、後から彼が肩を叩いた。待たされた不満もふっ飛んでいた。

「おい、こんなに沢山死体を凍らせて、何の研究に使ってるんだ」

「死体じゃないよ、君、みんな生きてる」

「生きてる?」

「そうさ、生きたままだよ。解氷したらこんな動物どもはみんな動き出すよ」

「この人たちは?」

「むろんさ。凍結を希望して来た人たちだ」

「まさか」

「せっぱ詰った事情でね。あの老人は、名を言えば君も知ってる資産家だ。胃癌でどの医者からも見離されたんだ。あと三ケ月の寿命だと宣告された。それで知人の紹介でつい一週間前に入室したばかりだ。その右側にいる青年はね、あれはここの所長の長男だよ。原子病だ。入室して三年目になる。それからこの腰かけている婦人はね。オペラ女優だよ。満洲から引揚げて来たんだが向うで感染したらしい。神経癩の徴候が出たので去年の暮に来た。それぞれ完全治療法の発見されるまで凍結してくれという依頼なんだ。まあ、あと十年も待ってれゃ、いい療法も出来ると思う。ペニシリンだとか、電撃法とか、次々に画期的な発見が続出している昨今のことだから」

「難病者ばかりだね」

「いや、左から三番目に粋な中年の婦人が寝てるだろう。あれは主人より五つ年上なんだ。せめて同じ年になるまでここで待ってるというのだよ。女は中年になると自分の年に対しては想像以上に必死なんだね。君、一つ、ここでそのまま百年間冬眠しろよ。そしたら少しは住みいい時代になってるぜ」

平気でそんなふてぶてしいことを言う彼が度し難かった。それで彼の顔をじっと見返していると、

「君はまだ疑ってるね」

と小馬鹿にする。疑っているのだが、それを言うと彼の図に乗ることになるので、そのままむっつりし続けていると、彼は気軽に、凍結した青蛙を一匹つかみ上げて、

「これを解氷して見せよう。生きてるということが分ったら君も安心して冬眠出来るからね」

とつぶやいて彼が先に立ったので、私も仕方なくそのあとからついて地下室から出た。

明るい研究室だった。ほとんどガラス張りばかりと言

っていい南面の眺望はまた格別である。疎林の頂を越えて、広大な春の空が無限の藍を流している。はるか下の方に霞んだ街が絵葉書のようだ。光線は室内にあふれて、まるで温室である。カラーの花がクリーム色の花粉を散らしている。

彼は青蛙を机の上にぽんと放り出した。硝子細工のようにカチンと音を立てる。青蛙は両脚を構えた姿で、光を受けてキラキラと輝いている。

「この陽気だと三十分もしたら解ける。加熱してやると五分位で動き出すんだが、面倒臭いから放っておこう。煙草でもふかさないか」

「うん」

彼が差し出したケースから太巻きを一本ぬき取って、むっつりふかしていると、

「割り切れん顔つきだね。やっぱり命が惜しいのだろう」

といや味を言う。

「未練じゃない。理論さえ分ればさっぱりするんだ」

「理論？　そんなことならわけないさ」

彼は軽蔑した眼つきで此方を眺めた。

「つまり冷凍細胞の復元さ、ここの研究所の重要なアルバイトの一つだがね、今度の学界で発表されることになってるんだが、騒ぐね、世間は――」

と彼はおもむろに切り出した。

3

パイプチェアを揺りながら、彼の話は淀みもなく流れる。

「南極探険家シャックルトンによると、南氷洋の冷血動物は一年のうち一〇ケ月近くは結氷中に閉じこめられているが解氷期の二ケ月間は活潑に海中を泳ぎ廻って繁殖するのを観察したと言っている。北極ではサー・ジョン・フランクリンが石のように凍っている鯉を拾ってこれを料理するために火にかけたところ、忽ちはね出した、と記録に残している。その外甲虫、かたつむり、蛙、蛇など凍結していても生き返った例はたくさんある。フランスのビクテの実験によると、蛙は零下二八度までは死なない。皮膚と筋肉はカチカチに凍ってしまっても、心臓だけはかすかに働いている。生理的潜生状態だが俗に言う冬眠だ。温血動物になると冬眠するものは割合に少

いが、それでもはりねずみ、モルモット、亀、熊などはやるね。人類はどうかというと、エスキモーの一部にはそんな習慣が残っているとの説もあるが、まず稀だ。が、冬眠でない潜生状態はある。アイルランドのダブリン市にタウンセンドという退役大佐がいたが、彼は自分の好む時に仮死状態に入っていた。そして二日後でも十日後でも自分の好む時に生き返っていた。主治医のベイイルドは自己催眠だと思て鏡を口もとに当てたが、少しの曇りも生じない。それで仮死状態だと診断していた。本当の死と違うのは腐敗現象が起らないというだけなんだ。こんな例は特殊な体質に限られているが、印度の婆羅門僧の場合は一種の修業によってこの境地に到達している。彼等は自ら求めて生き埋めされる。大抵四十九日位だ。そして掘り出してもらう。満願の日に生き返ることで一人前になれるのだ。大した苦行だよ。しかし人体も修業によっては仮死状態に入れるという証左にはなるだろう。しかしだね、ここの所長は単なる冬眠や仮死状態ではなくて、動物体の完全凍結について研究を重ねた結果、大体完成している。これは興味的な動機からではない。人類の生命現象の根源を究めて、生と死の謎を解いてそれから幾多の幸福をもたらすためなんだ。この研究題目はあまりにも深遠だった。あまりにも大きかった。しかし所長は三十年の歳月と莫大な研究費を犠牲にして遂に結実させている。解明されてみると至極簡単なことなんだがね――」

と彼は一息入れてちらっと蛙に眼を落した。少しずつ氷がとけて、脚もとに水が流れ落ちている。

「動物の細胞は熱にはもろい。だが、低温にはとても強いんだ。しかし温血動物は冷却されると凍死するね。あれは徐々にやるからいけないんだ。急速に冷却すると何の変化もなく組織は休止状態に入る。むろん冷却が過ぎると細胞内の膠質的結合水まで凍結してしまうから細胞は破裂して生命を失うが、適当な限界内で冷却すると、細胞は休眠状態をつづける。その限界は零下二度半だ。この温度では体内の水分の六〇%までは凍結して人は仮死状態に入るが、決して死なない。それはこの六〇%の水は生理的遊離水で細胞の生命には影響がないからなんだ。この理論によってモルモットやねずみが実験されたよ。すると殆んど一〇〇%生き返ったね。が二三日たつと急に元気がなくなってバタバタ死んでしまった。その原因をつきとめるのに大分手間取ったが、要するに解氷中に起る腐敗菌の影響だということが分ったんだ。体細胞が復活する前に、内臓、血液中に潜伏していた腐敗菌の方が先に活動するために敗血症を起すんだね。これを防止しさえすればよいということになって、抗寒性細菌の繁殖を抑制する免疫元で、解氷後死亡したモルモットから採血したアンチバクテリンが発明されたのだ。これを使用するようになってからは大抵の動物は解氷後死ぬことがなくなった。蛙や蛇は言うに及ばず、ねずみ、モルモット、あひる、兎など続々試験に供したが、一週間後でも一ケ月後でも、解氷させると、永い眠りからさめたように息を吹き返し、きょとんとしてあたりを見廻わし、歩き出し、走り廻り、飛び出すといった調子で、頓死もない。実験してる僕等だって、現に目の前で見ていながら錯覚を起したね。だが疑うべくもない現実なんだ。歓声をあげて喜んだよ。これほど偉大な成果が今までかつてあっただろうか。イリノイ大学のサン・サパロ教授もこれと同様な研究をやっていたが、ここまではこぎつけていない。一九二六年に、十二匹の猿を冷凍して十日間して解氷したが生き返ったのは一匹だけだった。がこれも四日目には死んでいる。それから今日まで研究は進んでいない。つまりここで発見したほど強力なアンチバクテリンが出来ないんだ。ここで猿の凍結をやったのは五年前だ。七匹ね。そのうち二匹は十日後、あとは三ケ月おきに一匹ずつ都合五匹解氷させたがどれもこれも健在だった。それで四週間娑婆の風にあてて、また凍結した。それから半年目毎に解氷しているが、七匹とも至極元気でね。考えてみれば、おかしなもんだよ。世間は時々刻々過ぎているのに、凍結の世界だけは取残された静止の別天地なんだ。流動する生命現象の急停止だ。十日でも半年でも、五年でも、凍結期間中は日月の運行かちはぐれることになる。十年の歳月も凍結されている生命にとっては零時間だ。皮肉なことだが、考え方によっては虚空の不気味さがある。二十世紀のミイラだね。エジプト時代のミイラは彼等の希望も空しく今日まで遂に霊魂の帰ってきたためしはないが、二十世紀のミイラには解氷と同時に霊魂が呼び戻される。宇宙の変転に引きずられて生長し、老朽して行くのが生きとし生けるものの運命なのだが、その運命に逆らって気の向いた時に、好きな期間だけ離れて一休み出来るわけなんだ。これは神の意志に反し、自然の原理を愚弄することだが、けだし人生五十年と定められていた人類にとって、革命的な快哉事じゃないかね。百年はおろか千年先にだって生きのびれることになる」

長々としゃべり続けた彼は、ここで、最後の息を入れて、たたみかけるように、

「これ位ていねいに説明してやったら、門外漢の君にもなっとく出来たろう」

「うん」

どこかでごまかされているような気がしてならないが、どのあたりか分らないので、口だけでは素直に承認して見せた。すると、彼は、

「もうじき、はねるよ」

と机の上へ眼を落す。ガラスのように光っていた蛙の皮膚がぬるりとなっている。腹のあたりがかすかに息づいているようだ。じっと見ていると、ぱちりと一回、間違いなくまたたきした。そして前あしで顔をなでた。

「生き返ったね。まぶしそうにしてやがる」

と言い終らない中に、身をすくめたと見る間にぴょんと大きくとんで机から床へと落ちた。どうだと言わぬばかりに眼を細めて、彼はこちらを見た。

「やるかい、君――」

とてもやれまいという皮肉な眼つきである。

4

「やるさ」

意地ずくで言ってみた。心ではたかをくくっていたが、こうなったらもう退くにも退けない。ところが彼はやおら念を押してきた。

「ほんとかい」

「むろん、百年！」

きっぱりと言った私を見直して、彼は固つばを呑み込んだ。これで彼は尻っ尾をまいて温泉か、見合の話に転ずるだろうと思っていると、

「百年だね、よかろう」

と押し返した。そして私をうながして立ち上った。研究室を出て地下室へと行く。とにかくあとからついて行く。

潜水艦の機関室のような所へ来た。

「ここが冷凍機室だ。ありふれたハッケルマン式とは違う。急速冷凍の目的を遺憾なく果すために、クリオバック式の新型を使っている。向うに連結してあるＹ字型

のが自働調節器だ。冷却開始は零下二五度、終了の時は零下二度半。その時間六分。あとはそのままの温度で持続するんだ。冷媒もアンモニアの代りにメチレン・クロライドを使っている。効率を上げるためにね」

隣室へ行く。狭い四角な室である。床以外の所は蛇管で囲まれている。巨人の肋骨の中に入ったようだ。中央にクロム製の椅子が一脚霧氷を咲かせている。

「冷凍室だよ。君、あの椅子にかけろよ。スイッチを入れたら天井のパイプから過冷却のブラインが降りてくる。六分間で骨のしんまで凍結してしまう。そしたらさっき君が見た保存室へ運んで、並べておく。あそこへ入れておけば、百年でも千年でも御望み次第だ。さあ――」

と促す。もう尻込みも出来なかった。が少々心がざわめき立つ。本当に死なないとしても、百年眠るのはいささか淋しい。もしも何かの手違いでうっかり死にでもしたらそれこそ取返しがつかない。愛想つかしたはずの娑婆だが、何か忘れものして来たような心残りがする。だがもうおそい。ええままよとくそ度胸をすえて椅子に腰かけた。

「百年後にはどんな世の中になってるだろうなア」

「おたのしみだね」

「その時はもう君はいないね」

「疾うに死んでる。だが、今以上世相が険悪になったら、僕も一足おくれてついて行くよ」

「君も来るか」

「心細かったら十年位にしようか」

「百年で構わんよ、その代り十年目にちょっと呼びさまして、世間の様子を眺めさせてくれんか」

「それ位お安い御用さ」

手首に真鍮の番号札が結びつけられた。

「台帳の番号だよ。姓名、凍結年数などの必要事項を記入しておかなくちゃ、間違うと大変だからね」

アンチバクテリンの準備は出来た。腕をまくし上げると静脈注射である。頭から白い布をかけられた。

「では、御機嫌よう」

彼は厚い扉を閉めて出て行った。間もなくジジーと不吉な音が聞えてきた。スイッチを入れたのだろう。白い布の上に霧雨が降ってきた。背筋がぞくぞく寒くなってきた。急に睡魔が襲いかかってきた。瞼が鉛の重さでたれ下ってきた。

「いよいよ本ものになったな――」

心の中で吐息をもらした途端に力がぬけて、前のめりに暗い谷底へ真逆さまに落ちて行った。落ちる、落ちる。そして刻々と体が縮小する。もう谷底へぶち当るだろうと思っていると、急に体が綿のように軽くなった。両手が白い翼に変っている。ゆっくりはばたいてみると滑走出来る。二三度つづけて動かすと、飛べる。嬉しくなってばたばたやると見る見る昇天して行った。上空は一面の星空だった。水の中を泳ぎ廻るように楽に夜空を飛び廻っていると、愉快になってきた。下界を眺めるとはるか彼方にピンポン玉位の地球が浮いている。吹けば飛ぶようなはかなさ。ぐっと胸を張り、翼を拡げて、

「永遠なるかな宇宙、あくせくなるかな人生」

口笛吹きながら心も軽やかに、星雲のきらめく天の河さして飛んで行った。

5

「もう十年たったのかい」

「百年目ですわ」

「じゃ十年目にはさましてくれなかったのだね」

「さあ、どうですか。昔のことは一向分りませんわ。わたしたちただ台帳の記載事項通りに処理しているのですけど――」

さては池谷のやつ、十年目というのは書き落していたなと思ったので、彼のことを尋ねると、

「そんな方、いらっしゃいませんわ。もうここの人たちも大分代が変っていますから」

と女は笑う。そのきれいな笑顔に見おぼえがある。はて誰だっただろう。思い出をめくっていると、

「あっ、あなたは――」

「御存じ？　わたしを――」

「ずっと前、地下室にいらっしゃる時」

頬にさわったのを思い出した。

「昨年やっと出てきましたの、随分永かったことになるのですけど、ほんの昨日のような気がしますわ」

自分も昨日のような気がしてならない。椅子から立ち上ると、彼女が寄りそって腕を支えてくれる。

「御無理じゃなくて？」

「なに大丈夫」

少々ひざ小僧のあたりがガクガクする。ガラス戸を開けてバルコンへ出ると、金粉の降るように太陽の光がま

ぶしい。深いコバルトの空、もえ立つ若葉の林、飛び交う紅雀の群、手すりに舞い下りてきたインコのあざやかな色彩、視界はすべて天然色映画の美しさである。永い間蛍光灯の単調さの中で冬眠していたせいだろうか。心もそぞろ浮き立つ。

「ね、散歩なさらない」

「世の中は大分変ったようですね」

「とってもよ」

百年待ってみてよかったと思う。彼女に腕を取られて外へ出る。坂路をだらだら下ると、路ばた一面花園である。野ばら、ひなげし、月見草、野菊、桔梗、コスモス、百日草、ひがんばななどが一せいに咲き誇っている。

「春ですか、秋ですか、今は」

「さあ、どちらかしら。とにかく夏と冬とがなくなって一年中いつもこんなにポカポカしてるのよ」

「ほうう、年中ね、それは愉快だ」

「街はもっとよ」

早速街へ出てみた。なるほど変っている。街路樹に椿の花がびっしり咲いている。桜の花も雪のように散っている。沢山の人たちがパリーのブーローニュ・カーニバルのように色とりどりの晴着を装うて笑い歌いながら歩いている。七色の電車が走っている。竜騎兵のような服装をした運転士である。みんなゆっくり腰かけて、煙草でも吹かしている。それを見て私も急に煙草が欲しくなった。ポケットをさぐっていると、

「トルコのがいい、それともバージニアなの」

これはまた豪勢な世界の煙草をずらりとガラス棚に並べた店頭に立寄って、彼女は勝手に赤と黄の模様入りの二箱を持ってきた。店番をしている大臣のような風采の老人は彼女が代金も払わないのに、愛嬌よく会釈している。

「お知り合いですか、あそこの店」

「いいえ」

「じゃ、お金は」

「いらないの」

「ただですか、煙草は」

「ええ」

「そうかねえ、じゃついでにもう五つ六つ――」

私が引返そうとすると腕を引き止められた。

「お止しよ、みっともないから、そんなにポケットに入れたらじゃまになるばかりじゃないの」

「でもねえせっかく――」

「なくなったら、またその時でいいじゃないの」

しぶしぶ断念して彼女について歩く。腹がへってたまらない。おくれがちになる私の様子からそれと察して、彼女はレストランへ入った。貴族のような立派な顔をしたボーイが銀盆を運んでいる。カナリアが金色のかごの中で高音にさえずっている。客たちは談笑しながら思い思いの料理をつついている。やがて彼等の前にも珍味が運ばれた。どれから手をつけてよいか、戸惑うばかりである。舌がおどる。のどが鳴る。鼻つらを皿の中にすりつけるようにして夢中になっていると、

「あなた」

ほどほどに料理を片附けた彼女の眼が哀れむように見守っている。

「そんなに見境いもなしにガツガツしちゃだめ。まだこれから支那料理、天ぷら、にぎり等を廻らなくちゃならないのに」

とたしなめてもう立ちかかる。おくれたら勘定を背負い込まねばならぬ。のどをつまらせてそそくさと後を追う。「毎度ありがとうございます」と王子のような少年ボーイが鄭重に送り出す。

「勘定はいいんですか」

と彼女に尋ねると、

「いいの」

「ここもただですか、あなたは」

「わたしだけじゃないのよ。みんなお金なんか払わないの」

「え、どうして」

「お金なんかで用を足していたの、あれはずっと昔のことなの。今は何するにしても、そんな面倒な手数はないのよ。何だって、欲しいものは勝手よ」

「じゃ一文もなくとも好きな生活が出来るのですか」

「そうなの、だからそわそわしないの。みっともないから」

「不思議だなア、そんなはずはない」

「どうして、近頃はものが余り過ぎてるのよ」

「じゃなぜみんな遊んで廻らないのですか、ボーイや、煙草屋の店番や、電車の運転士なんかやらなくったって」

「遊びあきて退屈で困ったあげく、それぞれ暇つぶしにすきなことをやってるまでよ」

「なるほど、それでみんな上品な顔をしてやがる」

「生活に追われて働くのじゃなくて、それぞれの天分、

気性に向き向きのことをやってるからよ」

「恐ろしいね、環境の力というやつは。あなたは何をやってます」

「気が向いた時だけオペラに出てるわ」

「それはいい。と。差し当りおれは何しよう」

「あわてなくともいいの。自然にきまるまで遊んでるものよ。あれだってそうなの」

彼女が目くばせした方を見ると、街路樹の椿の影に一人の乞食がうずくまって、哀れな声を出してしきりと頭を下げている。

「何が欲しいのでしょう」

「欲しいものなんかあるもんですか、ただああしてるのが面白いからやってるのよ」

なるほど汚れた顔をよく見ると、悲しい表情なんか少しもない。嬉しそうにニコニコしている。乞食の汚れた着物を見ると、急に着古した自分のサージが気になったのでデパートへ寄った。伊達なダブルの背広を選んだ。派手なネクタイと靴。ついでにワイシャツ、カラーから下着類まで全部新品と取換えてしまうと、

「まあ、見違えるようよ、すてき、とっても」

彼女が肩に両手をかけてためつすがめつする。心もはずんで腕を組んで、

「ねえ、八階に結婚式場があるのよ。あたし、あなたと結婚してみたいわ。ねえ、いいでしょ」

否応なしにエレベーターへ引きずり込まれる。浮いた心をなおその上にエレベーターが押し上げる。

「スリ御用心」の貼紙が目についた。黙っているのも照れ臭いので無理に話題をそれへ向ける。

「スリがいるんですか」

「ええ、横行してるわ。夜になると泥棒や強盗が物凄いのよ」

「何をとるんですか」

「やはり、時計や着物や――」

「そんなのわざわざとらなくとも、デパートなんかでなんぼでもただでくれるのでしょうに」

「それじゃ張り合いがないからでしょう。こっそり失敬したり、しばり上げたりする味が忘れられないのよ」

「だがとられる方は平気でしょう」

「いいえ、騒ぐわ。でも騒ぎ方は違うわ。スポーツに負けた時のくやしがり方、まあ、あれね」

「じゃ警官が追跡したりするのもスポーツですね」

「そうなの、とてもほがらかよ。応援もくり出してね」

八階で結婚式をすますと、

「夜までの楽しいひとときを、踊りに行きましょう」

彼女の声は鼻にかかっていた。

6

豪華なメトロポリタン・ホテル。窓の数をかぞえるだけでも一週間はかかるという。最高層に近い所は、地上というより天界である。窓近くを千切れ雲が通過すると、朝の光がさし込んでくる。広いベッドにしょんぼりと眼をさました。一人で夜を明かした自分の姿が可哀そうだった。

結婚した日から三日間、遊びほほけたことが夢のように思い出される。あの晩、初めてここへ来た時、彼女は手をさしのべて、

「あたし、あなたが死ぬほど好き」

とささやいたので、びっくりしてたじろいでいると、

「好きになったから、思いきり好きなようにするわ」

と宣告したので、すべてを観念した。もともと美しい彼女のこと、何一つの不足はない。驚きがしずまるとしみじみとした愛情も湧いてきて、虹の橋を渡るような楽しい生活を始めたのに、わずか三日で彼女は姿を消してしまった。そしてゆうべは遂に帰って来なかった。心もうつろに、食堂へと下りて行くと、隣の卓子にその彼女が別の男と楽しそうにスープをすすっている。人違いでは毛頭ない。

「ね、ゆうべはどうしたんだ、待ち明かしたよ」

「どなたを?」

彼女はスプーンの手を止めて、けげんな顔で見上げた。

「お前をさ」

「わたしを?　どうして」

「だってお前はおれの妻じゃないか」

「妻?」

彼女は眉を寄せて問い返えしたが急に笑い出した。

「ほほほほ……妻なんて、そんなこと、今の世の中にはありません。あれはずっと昔のことだわ。あなた笑われますよ」

「じゃ、お前は——」

「ええ、分り切ってるわ。仰有らなくとも」

彼女はけろりとしている。何というふてぶてしいことだろう。私が怒気にふるえて立ちすくんでいると、向う

の卓子で煙草を吹かしていた黒い手袋の女が立ってきて、腕を取った。

「ねえ、わたしと一しょに召上れ。あなたはこのあたりでは見かけない方ね。珍しいわ」

としげしげと顔を覗く。

「妻だとか夫だとかそんな旧弊なことのあったのは、金で人の生活を束縛してた古い時代のこと。今は物も人も気ままなの」

「そんなばかな」

「どうしてむきになるの、あなたは」

「言語道断じゃないか」

とふり切って去りかけると、

「ほほほほほ、珍しく気むずかしい方、でも面白そうよ。どこへいらっしゃる気なの。どこへでもお供しますわ」

と腕を放さずについて来る。ホテルを出るには出たがあてはない。右に行こうか、左にしようかと迷っていると、

「やはりあなたはだめ、放ってたら迷い子になるわ、わたしと一しょにいらっしゃい」

と、彼女が引きずるようにぐんぐん歩き出した。つまずきながら、

「ど、どこへ行くんだ」

「御気に召すところ」

つんと取澄ましてカツカツと行く。どんな所だろうかと期待したが、食事をしたり、お茶を呑んだり、踊ったり、映画を見たり、そしてまた食事に五、六軒廻ったり、四日前だったら眼を皿のようにして仰天する無法の濫費だが、もういささかの感激もない。屈托が鉛のように心を包む。

「お疲れね」

「ああ」

もう損も得もなくうなずくと、

「じゃ、お風呂がいいわ、気分が変ってよ」

と独りうなずいて、宏荘な建物へと行く。トルコ王ソルタン・アブズルハミト二世の星宮殿の再現かと思われる。正妻三十三人、よりすぐったコーカサス美人八百の女官と共に湯あみしたという五彩陸離の浴場も、装飾はともかくとして、意匠構図はここの足もとにも及ぶまい。華やかな音楽が流れてくる。シュトラウスの「ワルツの夢」の一節らしい。

「あなたこれをお召し」

やわらかな純白の、霞のように軽いガウンを素肌の肩にかけてくれた。彼女は漆黒に銀砂の光る紗のガウンをかけている。透して動く彼女の肢体は天女の神秘さだ。

広い浴場は春もやの立ちこめた視界である。千紫万紅、好みのガウンをまとった男女が、蝶のように、水藻の花のように、ものうく動いている。影絵の世界だ。

浴槽は薔薇湯の湖。恍惚と放心を誘う香り、浅い所には貝がら模様の長椅子や寝台が沈められていて、湯の中でゆったりと身をもたせている人たちがそこここにいる。深い所には波が立っている。さんごの枝にかけ連ねたハンモックにねそべった人たちは波にゆられて心地よさそうにまどろんでいる。見渡したところ一番人が集って騒いでいるのは浮椅子や浮寝台である。浮袋仕掛になっているのだろう。魚模様の派手な長椅子や寝台が湯の中に浮いていて、それにもたれた人たちは浮きつ沈みつしながらキャッキャッと頓狂な声をあげている。水をはね返している腕や脚に軽いガウンが羽衣のようにまつわっている。

「このままはいるのですか」

「ええ、そうよ」

「ぬれるでしょう」

「いいえ、ガラス・ファイバーだから大丈夫」

浅い所の長椅子に肩を並べておとなしく腰かけると、白いガウンがふうわりと浮いて大鬼蓮の花となって開く。二人の体は雄しべと雌しべ。薔薇湯のあたたかさに上気してくると、彼女は、

「ビールのまない」

とすすめる。なるほど向うの席では浮卓子を引き寄せて、ジョッキを傾けている連中がいる。

「満腹でとても――」

と眉をしかめると、

「じゃ、クリームにしましょうか」

「いや、それも、もうはいらない」

「じゃ、何」

「水でいい、冷っこい」

「まあ、やぼったいのね」

彼女はクリーム、私は水でのどをうるおすと、浮椅子へと移った。生れて初めての体験である。これ以上の楽はない。羽化登仙とはこの心地だろう。体重が全くない。自分の体重ばかりではない。彼女を膝の上に抱いても、また彼女に抱かれてもただふんわりといささかの力もいらない。自在に動いても疲れはない。しずかに流れてく

るドン・コサックの「夜の鐘」に耳を傾けていると、

「あの曲とともに照明は夜の部に入ってよ。ね、ハンモックに移りましょうよ」

彼女が浮椅子から離れて黒金魚のように大きなひれをゆらめかせて泳ぎ始めたので、私も蛙泳ぎでついて行く。黄昏になり、日は暮れて、紫水晶の薄明を透して安らいの月光が射してきた。遠くから水鳥の声さえ聞えてくる。先にハンモックへ入った彼女は、危くすがりつき損った私の不馴れを笑いながら、ガウンをはね上げ、だまって腕をさしのべた。

騒いでいた人たちもそれぞれの所へ納ったのだろう。夜曲だけが低くかすかにつづいている。時々水鳥のはねるような音が聞えるだけである。

7

黒い手袋の女もあの夜限りでどこかへ行ってしまった。だがもう腹も立たなかった。街や食堂や劇場で一人ぽつんといる女の中から好みのものを発見すればいい。

「君、一人かい」

と呼びかけると、こちらの顔と様子をしばらく見返しているが、大抵はすぐに微笑して、

「ええ、いいわ」

と腕を組んでくる。こうして食べ放題、遊び放題の生活は楽ではあったが、日ましにいや気がさしてきた。自分自身がものうくなってきた。何も食べたくない。そして朝選んだ女が昼にはもう鼻につき、かつては三日目に姿を消した彼女の不貞を憤った自分が、半日もたたないうちに、逃げを打つようになってきた。こんないやな気持からぬけ出すために、みんなそれぞれ好みの仕事に入るのだろうとは察しがついたが、私はどうもそんな気にはなれない。ただいらいらしてその日も夕暮れの街をあてもなく歩いていた。すると、

「まあ、すてき」

とぎゅっと手を握りしめられた。もう驚きも感銘もない。むろんふり向きもしない。

「あたし、あなたのような憂鬱型の詩人を見つけていたの、やっと念願がかなえられたわ」

前に廻ったのでいやでも向き合う。黒いイヴニングに紅玉の耳飾、切れの長い眼は豹のように底光りしている。この女と最初に会っていたら、命も惜しまなかっただろ

うに、もう何の感興も湧かない。

「ね、お願いだわ」

「いやだよ」

「あたしがお気に召さないの」

「自分がいやになってるんだ」

「あたしもなの、だから一しょに死んで頂きたいと思ってるのよ」

「死ぬ？」

「ええ、こんな世の中、もう一日だって生きていたくないの」

「最後の道づれにか、よかろう」

死ぬがいい。あき足らぬものもない不愉快なこの世から逃れるのはそれより外はない。そうつぶやきながら、彼女を促した。

「どうして死ぬ」

「二人で殺しごっこしましょう」

「どこで」

「御存知ないの」

「そんな所があるの」

「まあ、とぼけて、意地悪」

公園の山毛欅《ぶな》の繁みにムハメット・ガウス廟を目想させる円屋根、六尖塔の建物がある。中に入ると、廊下や喫煙室に虚無に放心した男女が死体のように逍うている。大広間の中央には緋の幔幕をたらした天蓋の下に円舞場がある。今しも二人の男が向き合って、シルクハットの立会人から一挺ずつピストルを受け取っている。ラウドスピーカーが叫ぶ。

「皆さま、決闘は第十一回目、六連発ピストルの実弾装塡は三発、三発。はい、二人は一斉に弾倉を回転します。回転が止ったら立会人のシルクハットの下りるのを合図に発射――」

お互に心臓部をねらっているピストルが左右で冷く光っている。立会人のシルクハットが下りかけている。観覧席は固唾を呑み下している。すべてのものが気ままに得られる世であるけれども、ただ一つままにならない自分の命を的にして、死を的にして勝負をしている。あき果てた者たちに最後に残った張り合いである。そこに唯一の生きがいを覚えている決闘者の心が私にもうなずかれる。

「実弾の発射率は双方とも二分の一か、危いね」

釣り込まれて観覧席に割り込もうとすると、引き戻された。

「面白くもないわ、あんなこと」

「みんな、あんなにして見てるじゃないか」

「田舎者よ、あんなの、実弾なんか出るもんですか」

「実弾は入ってないのか」

「入ってるわ、むろん、でも」

ダンダンと響いて白煙が散ったが、どちらも倒れない。

「それ見てごらんなさい。あの通りよ。ここが初めて開場された時はそれゃ大した人気だったわ。六連中一発の実弾でも大騒ぎだったわ。だが決して死んだ者が出ないんですもの。それで、二発、三発までやって、時々四発までは装塡するわ。でも、もう常連には何の興味もないの。亢奮するのは田舎者だけよ」

「どうして——」

「だって分ってるじゃないの。六連中一発だけだったらそこが一番重いから、回転したらきっと下になって止るじゃないの。二発の時に向い合った孔に実弾を装塡すれゃ、ちょっと何回で回転が止るか分らないけど、三発でも四発でもずっと並べて装塡するのよ。だから上の孔は空包ってきまってるじゃないの」

「だが何かの調子で回転が狂ったら」

「ここのピストルは錆ついてなんかいないから、間違いっこないわよ」

「じゃ君とやるのもつまり遊びごっこだね」

「いいえ、真剣よ」

「だが」

「六連六発でやるのよ。大騒ぎになるわよ、きっと、面白いじゃないの」

平気でそんなことを言う。事務所での手続きがすむと、私たちは拍手を浴びて円舞場に登った。ラウドスピーカーが叫ぶ。

「本回は六連中実弾六発、空包は入れません。距離わずかに二米。絶対に的外れはありません」

観覧席が総立ちになった。廊下や喫煙室でたかをくくっていた男女もこの放送にぴくりとして場内へなだれ込んで来た。

「御静粛に願います。お二人の最後のかどでを乱されないようにお願いします」

ラウドスピーカーの注意に、場内は深夜のようになった。立会人からピストルを受け取ると、弾巣を開いて見せ合った。どちらにも実弾が六発間違いなく詰っている。

「ねえ、いよいよお別れよ」

「うん」

涙がこみ上げてきた。忘れていた人心地が胸を閉ざす。

彼女が寄ってきて首に腕をかけた。

「接唇して」

「うん」

拍手だ。円天井をゆるがす喝采の中に、しずかに瞼を閉じてしばし。眼を開いた時には立会人のシルクハットが上っている。向い合って腕をさしのばすと、ピストルとピストルがふれ合う近さである。これでは必ず当る。彼女の顔を見た。彼女もこちらを見ている。ああ、最後、シルクハットが風を切って下りた。ダン、ダン――。

視界が回転した。円天井と観客席がどんでん返しになって、観客が花火のように散り、飛び廻る。彼女の顔が真近かに迫ってきて、赤い唇が拡大してげらげら笑っている。足もとが急にふわついてきたので、見下ろすと、何と、観客も円舞場も見る見る縮小して、体は次第に夜空へ舞い上っている。左右を見ると両手が白い翼になって、ゆっくりと羽ばたいている。頭上の星座は手の届く近さにある。そのまま羽ばたけば星の世界に行けることは分っていたが、淋しくてならなかった。口笛を吹いてみたが、かつてのように楽しいリズムにはならないで、徒にもの悲しく心をしめつけるばかりである。


「とうとう死んだか」

悲しみの中に思い出されるのは、つい今し方までの気まま放題の明け暮れではなくてかつての日、一人わびしくしょんぼりと暮らしていた時のこと。古びたサージ一着で、わずかな米を飯ごうの底でさらさらと鳴らしながら炊事している自分の姿。金に窮し、恋心もかれ果て、吹かす煙草も切れて、明日を思い吐息つく自分のいじらしさ。

「ああ、あの頃が一番生き甲斐があったよ」

涙含みながら下界を見ると、はるか下にピンポン玉位の地球が浮いている。あれが地球だ。なつかしい。さきほど飛び立ってきたところは、あの地球からではないような気がし出した。たしかに違う。思案にくれていると、体が急にすくんで耳もとで疾風が鳴り出したので、左右を見ると、翼がなくなっている。急転直下、落下している。凄じい加速度で落ちる、落ちる。冲天で手足をもがいていると、ピンポン玉が刻々近づき、拡大されてくる。

「地球と衝突だ」

木葉微塵に飛び散るのを数刻の後に控えて昏迷の中に観念の眼を閉じた。

8

鼻から入る空気の冷たさに意識が序々に甦ってきた。沼の暗い底から上ってきた大きなあぶくが明るい水面に浮いてきてパッとはちわれるように、急に眼がさめた。深々と呼吸をする。空気の新鮮さが胸の隅々までしみ渡る。

「どうだね、気分は」

眼の前に彼が立っている。にんまりと笑っている。あたりを見廻した。安楽椅子にかけている。研究室である。広いガラス窓の外はとっぷり日が暮れて、遠い空で星群がチラチラまたたいている。

「十年目だよ、君」

「うむ」

頭を振った。頭の中のことがまだはっきり残っている。また振った。夢よりあざやかに数々のことが風車のように旋回している。

「どうだい。凍結中の心地は――」

「うむ」

「世の中は十年たっても大して変りばえはしていないが、いっそあと九十年つづけて冬眠するかね」

「もう結構だ」

「なんぼなんでも、あと九十年すれゃいい時代が来るよ」

「もう沢山だ」

立ち上るとちょっと膝小僧がぐらついた。

「どこへ行く、今時分」

「帰る」

むっつりと歩き出すと「ほほ、そうか」とうなずいたきり、彼は強いて引きとめもしなかった。星影の坂路を急ぎながら、わが身がつくづくいとおしかった。貧しいアパートのあの部屋がなつかしかった。せち辛い世の中がこの上なく生き甲斐ある情感をこめてさし招く。

「よかった、よかった」

酔いどれのように独りわめいて、手をたたいて夜空を仰ぐ。

麓の方に町々の灯が蛍火のようにちらつくのが見え始めると、涙がじんとこみ上げてきて、大手を振って、足は歩一歩のびていた。

その翌日、彼がひょっこりアパートへやって来た。

「君が本気にやるって言った時、実は困ったね」

「おれだって、まさかとは思ったが、お前がいよいよやるって、言うじゃないか」

「引込みがつかなくなったので、とうとう魔睡させたよ」

「モルフィンか」

「アシッシュと併せてね」

「アシッシュ?」

「ボオドレエルの人工楽園、あれさ。ベンガル大麻の実をいぶして作ったやつ。エジプト時代から秘薬とされていた位で、モルフィンと併用するとすばらしい幻想作用だ。三時間ばかり、うれしそうな顔つきで眠りながらしきりと口もとをゆるめていたが、いい夢でも見たんだね」

「なに、ありきたりのことを取とめもなくさ」

おくびにも出さない。

「そうかね、そんなはずはないんだが、君の神経系統は例外かな」

と首をひねっている。

「それより地下室の凍結されてる人たちは生きてるのか」

「あれか、あれは死体だよ。研究資料なんだ。近頃はアルコール漬よりはあの方が多いよ」

「だがまるで生きてるようじゃないか」

「死体化粧だよ」

「蛙は生き返ったじゃないか」

「むろん、冷血動物では本当に成功してるんだ。温血動物で冬眠する類だけは大体うまく行ってる」

「人体凍結なんて、科学者だけの夢だね」

「遠からず実現するよ、必ず」

「当てにはなるまい」

「なる。その時は君、本当に百年か千年かやらんか」

「もうたくさんだ」

「そうかね、そういう風向きに変ったかね、じゃ、そろそろこの前から話してる例の見合いをやらんかね。先方では静かな温泉あたりへ同伴で旅行してもいいって、相当熱心な申出だが、どうだね」

彼は私の眼の中をのぞき込んでいたが、急に納得行ったように、アハハハ……と腹をゆすり上げて笑い出した。

目撃者

1

すべてが無我夢中だった。足もとにのけぞっている死体に気づいて、善作は茫然となった。自分の手が斧をつかんでわなわなとふるえている。

「とんでもないことになった。こんなつもりじゃ――」

鶏をひねることはおろか、蛙がいても道をよけて通るほどなので「下村の善さんな、柄は太えが――」と村内で笑われているくらいなのに、事もあろうに人を殺した。

ほんの数分前のこと、黒牛のアイコが変な声をあげたので、とび起きて来てみると、牛泥棒が小舎から引き出しかかっている。星明りだが田代の倉造であることはすぐ分った。

「倉やん、むごいこと、しないでおくれ」

と頼んだのに、名ざしされたのにぎくりとなって、倉造はのしかかって来た。刃ものが光ったのでぎょっとなったまでは思い出せるが、あとはおぼえない。

倉造は村中の嫌われ者である。近頃は家へも寄りつかず、ばくちに身を持ちくずしていた。近在に絶えないもみ泥と牛泥は彼だという噂が専らだが、だからと言って殺した罪に変りはない。

「自首しなければ――」

動悸がしずまってくると、まずそれを考えた。が、深夜である。誰も知らない。母は先祖祭で里帰りしている。作男は杜氏《とうじ》の加勢に出たままである。孟宗林に囲まれた広い屋敷の中には自分一人きり。

善作は死体をおずおずとむしろで包んだ。アイコの背にくくりつけて、追われるように夜路を裏の風切山へと運んだ。くぬぎ林を行くと、落葉ふむ音がガラスのように星空にひびく。取分け大きな老木が三本そびえている。その中ほどに深い穴を掘って埋めた。

「分るもんか、おれさえ平気でいれゃええ」

おびえる心をむりやり引き立てて、その土を力強くとんとんとふみ固めた。

翌日から善作は気をまぎらすために無茶苦茶に働いた。が、いけない。あせればあせるほど、倉造のあの顔が絶えず目先をちらちらする。その度にまた自首しようかと思う。村中大騒ぎになるだろう。いやだが仕方ない。下村家はこれで没落だ。残念だが仕方ない。しかし、近々吉田家からお咲をもらうことになっていて、初孫の顔を見ることを余生唯一の楽しみにしているしいたけのように老いこんだ母のことを思うと、失意のどん底につき落すのが忍びなかった。

「黙ってれゃええ」

卑怯とは思う。しかし倉造がいなくなって、あれの家はどんなに助かることか。近在も牛泥やもみ泥がいなくなって安心する。

「そうじゃ、おれはええことをしたんじゃ」

そして風切山は持山だから他人は足をふみ入れない。絶対に知れるはずはない。何もわざわざ自首して世間を騒がせるに及ぶまい。善作は何とかして心の苦しみを忘れ去ろうと、無理に横着に構えてみた。

2

菜の花は咲き、麦の穂はのびた。善作はさりげなく装いながら、人々の様子に細心の注意を払ったが、誰も倉造が消えたことに気づいてはいない。まして、自分を疑っているような素振はみじんもない。近づいた嫁取りのことで、明るい顔した人々の出入りが一そう賑かになっている。善作はたえずにこにこして応対していたが、心はただ一つのことにおびえていた。

倉造——毎晩夢に出てくる倉造の形相。土の中からむくむくと立ち上って来て、全身の土をふり払いながら、こちらを指さしてヒヒヒ……と冷笑する。その顔は眼底に焼きついている。声は耳に今も聞える。到底夢とは思えない。本当に生き返えってくるのではないかと思われる。

「いっそ、焼きすててしまえば——」

何一つ残らず、心のおびえも薄らぐのではないかと考えた。きょうこそは炭がまで焼こう——と決心して、アイコを引いて風切山へ行くが、さてくぬぎ林へ来てみると、どうしても掘り出せない。埋めたあたりを始終気にかけながら、申訳に柴を切って逃げるように帰ってくるのだが、また二三日すると行かずにいられなくなる。行ってみるとやはり倉造の死相を見るのが気味悪くてそそくさと帰ってくる。こんなことが何回もくり返されている中に、善作はアイコの様子がおかしいのに気づいた。あれほどなついていたアイコがひどくすねるようになった。いやな眼で彼を見上げる。ののしるような冷い眼つきをすることもある。ことにくぬぎ林で柴を刈っている時など、ひょいと見ると、どきりとなるほど倉造そっくりの目つきをする。その眼で埋めたあたりを見てはやおらこちらを見上げて口のあたりを引きゆがめる。

「畜生——見たやつはこいつだけじゃ」

烈しい憎悪がはきけのように胸もとからせり上げてくる。たとえ牛でも見ていたものがいたのは、不気味だ。心をおびやかす。牛はその憎悪を敏感に知っていよいよ卑屈になった。

夜通し倉造におびやかされて一睡も出来なかったある朝、善作はきょうこそはどんなことがあっても焼き捨てようと腹をきめた。いつものようにアイコを小舎から引き出しにかかると、どうしたのかひどくすねる。鞍をかけようとすると背をそらす。首をふりながら、いやな目つきで見上げる。それがあまりしつこいので、善作はかっとなった。

「感づいていやがるな——」

手綱を引きつけて横っ面を叩きつけようとして、ぎくんとした。倉造の顔がぬーっと首をのばしてきた。角を生やしている。のろくまたたきながら、大きな鼻の穴をふくらませて、ヒヒヒ……と笑い出した。全身の毛孔が寒けにふるえた。眼先は炎で真赤になった。

「善や、何する。手荒なことしちゃいかん！」

母が縁先からころがり出てきた時はもう遅かった。血をふいて狂い廻るアイコの眉間へ、つづけさまに斧を打ちこんだ後だった。

「おっ母ア、おらァ、倉やんをやった、やった——」

眼をつり上げ、口をぱくつかせている善作のただならぬ様子に、母は度を失って見守ったままだった。

3

善作はその足で駐在所まで二粁《キロ》の麦畑路を伊駄天のように飛んだ。

「田代の倉やんを殺しやした――」

小田巡査は聞き違えではないかと、小粒な鳩目をつづけさまにぱちつかせた。善作は評判の実直ものでお人よし、鶏もろくにひねれないのは、永年勤続の小田巡査はよく承知している。が、血を浴びた両手をたたきについて自首するのを見ては、ためらってはいられなかった。本署に電話で連絡すると、すぐに善作を連れにかけつけて来た。ほどなく本署から警部補が自転車を飛ばしてやって来た。

牛小舎の前にはお咲の兄の勇助を初め、近所の者たちが集っていた。

「なアんじゃ、牛じゃないか――」

警部補はむっとなったが、小田巡査はほっとして、

「よかったよかった、そんなはずはないと思ったが、これで安心した」

と額の汗を拭きまくっている。

「善やん、わざわざ駐在所まで行くなんて、何を感違いしたんかね。自分の牛やないか。農会に話しさえすりゃええに」

勇助は日焼けした顔でうなずきながら、善作の肩を叩いてなぐさめた。お咲が片づけば義兄になるが、小学校の時から同じ組で、文字通りの竹馬の友である。母は一部始終を小田巡査に耳打ちしていた。善作は小田巡査の腕を引っ張って、

「ここで倉やんをやりました」

そして斧を見せた。

「山に埋めております」

善作の眼はすわっている。警部補は善作の顔つきから足先まで見下ろすと、興ざめた様子だった。縁先に尻をついて両切をくわえ、横向いて吹かしていた。小田巡査も一服やりたくなって煙管を取り出したが、その腕を善作は離そうとはしない。

「山に行けば分ります。うそじゃないから――」

と引っ張って行こうとする。

「小田さん、すまんが行ってやんなさい。それで気がすむじゃろうから」

警部補に言われて小田巡査はしぶしぶ動き出した。勇助たち五、六人が念のため鍬を持たされてぞろぞろあとからついて行った。

「ここです。この下に倉やんがいます」

風切山のくぬぎ林に来ると、善作がぴたりと足を止めて、かがとでその位置を示したので、まさかと思っていた小田巡査は眼をぱちつかせた。早速落葉をかき分けて掘り始められた。

「どれ位の深さじゃね」

大分掘られたが、まだ出てこないので、小田巡査が善作をかえり見た。

「肩がかくれる位」

「もうすぐじゃな」巡査は両足をふんばって覗き込んでいた。土をかぶりながら勇助たちが掘ってははね上げている。頭が見えない深さになったがそれらしいものも出てこない。

「出ないな、何も」

「そんなはずはねえ」

「場所が違うんじゃないかな」

「いいや、ここ」

三本のくぬぎの老木に囲まれたこの位置に間違いはない。穴はこれほど深く広く掘られているのに、倉造はいない。狐か山犬が掘り出して行ったのだろうか。だが荒した跡はない。おかしい。善作はしきりと首をふっていたが急におびえた眼つきになった。そして口走った。

「倉やんは、生き返ったんや」

やはりそうだった。ただの夢ではなかった。いよいよ現実になったと思うと、今にも林のどこからか倉造がひょいと出て来そうな気がしてならなかった。

「もうええ、帰ろう」

小田巡査は勇助たちを促した。そして善作には、

「しばらく温泉廻りでもするがええ」

とすすめた。いたわられると善作はむきになったが、彼等は気の毒そうになだめるばかりだった。

翌日善作はひどい雨の中をまた駐在所へ行った。小田巡査は当惑した顔つきで、彼のくりごとを親切に聞いてやった。そして立ち上ったので本署へ連れて行くのだろうと期待したのに、医者の所だった。

「なんでわたしの言うことを真に受けて下さらん！」

ふり切って飛び出して行った善作の後姿をあっけに取られて見送りながら、小田巡査は鳩眼を忙しくぱちつかせていた。

善作ははるばる本署まで行った。が、そこでもあの警部補が構えていて、取合ってはくれなかった。それでまた駐在所へ戻ってきた。

「なんでわたしをしばりなさらん」

「しばる訳がないのじゃよ。善さん、悪う思わんでな」

「倉やんを殺したとこうまで何度も言うのに――」

「百遍言うても同じこと。自白だけじゃどうにもならん」

「そんなばかな――」

「新刑法じゃそうなっとるのでな、仕方ないよ」

「間違いなく殺したのに」

「なんぼくり返しても駄目は駄目。倉やんの死体はなし、見たものはなし、それじゃあんたは殺したことにはならん」

「じゃ一体、どうすれゃええのです」

「明日からのんびりして温泉に行きなさい」

「そんなことが――」

「いやなら、一日も早うお咲さんをもらうことじゃ。そうすれゃ気分も変る。こっちからも勇助さんに催促しよう」

善作は小田巡査の顔をにらみつけた。そして今にも泣き出しそうな模様になって、駐在所から走り出て行った。麦畑の一本道をぐんぐん遠去って行く彼の姿を、机から中腰になって眺めながら小田巡査はつぶやいた。

「泥的や強盗どもがみんなあんなやったら、手数はかからんのじゃがなア」

善作はお咲の家へ現れた。そして勇助に破談を申入れた。

「やぶから棒に、どしてや、無茶なことを――」

「お咲さんが可哀そうや」

「なんで」

「分っとるじゃないか。人殺しの嫁なんどに」

「何を言う、善やん。お咲はあんたを信じ切っとるよ」

勇助は善作の両肩に逞しい手をかけて、反り身になって大らかに笑った。

4

真実のことを誰も信じてくれない。ささいなことなら、そのまま見過してもいい。が、人を殺したのだ。こそ泥などには見向きもしない警察も、殺人事件となれば奔命に疲れている近頃でもやはり余事は捨てても真剣になる。それなのに、何度自首してもてんで取合ってはくれない。善作は世の中のすべてが虚偽に見えてきた。小田巡査のすすめるように温泉へでも行って、そしてお咲をもらってしまえば、人を殺したことなどは消えてしまって、大手をふって世間を渡れる。しかし善作は不安だった。一日もじっと辛棒していることは出来なかった。どう構えてみても不安でならなかった、倉造がどこかにいる。ひょっこり出て来そうである。それがおそろしい。自分の胸だけに押しかくしていると骨までそがれるように苦しい。たえかねて、善作は救いを求めるように告白して廻った。

「おれは倉やんを殺したぞう」

「倉やんを風切山へ埋めたぞう」

行き合った村の者たちは、「分っとる分っとる」といたわり顔にうなずいて肩をたたくこともあれば、中には、手を取って、

「ええことをしてくれたよ。おかげで厄介払いが出来た。牛や鶏どもまで安心して眠りおる」

と冗談でなくぐさめようとする者さえある。倉造の妹のおしのまで、

「あたしゃね、ほんとだったらええと思うとるよ。ひょっこり帰ってでもきたら、またひどい目に会わせるのでな」

と却って善作の肩を持つ。こうした毎日がつづくと善作の苦しみは心も骨も砕いてしまった。雨が降っても風が吹いても、彼は村内や麦畑や河土手をほっつき廻りながら、わめいたり、つぶやいたり、訴えたりして、倉やんを殺したとくり返した。その声は日がたつにつれて、折れた葦をふるわす木枯のもの悲しさに変って行った。そして昼よりも夜、夜よりも夜半から明け方にかけて、遠く近く、消えたかと思うとまた聞えた。その声に耳を傾けていると、あたかも善作が黒い鳥になって夜風と共に麦畑から森へ、森から河土手へと夜空を飄々とかけめぐっているとしか思えなかった。

家にいる時は奥の座敷でよく両手をついて、

「許してや、倉やん。許してや、倉やん――」

念仏のようにとなえている。時々ひどくおびえ立った声で、

「どうしたら気がすむんや、倉やん」

とわめいて、ぺたりと打ちふしてしまう。その時の眼つきは、たしかに眼前を倉造がうろうろしているのが見

えているとしか思えない。

　母は幾人も医者を変えた。お咲もかいがいしく手伝った。が、どの医者の療法もはかばかしいききめはなかった。占者も役に立たなかった。祈禱師も甲斐がなかった。こうして母も焦心しつくした一夜善作はまた屋敷をぬけ出して行ったが、夜が明けてもとうとう帰っては来なかった。村の者たちが駐在所や本署にまでさがしに行ったが、皆目分らなかった。その日一日は野良でも善作がほっつく姿を見かけなかった。夜もあの声は聞かれなかった。

　翌朝、勇助が善作を発見したと知らせに来た。善作は、風切山のくぬぎ林のあの老木にぶら下って死んでいた。くぬぎ林の若葉は燃え立つように美しく、善作のやつれ果てた姿を包んで、葉露は朝の光に七彩にかがやいていた。

　善作の葬式には村内はおろか、近在から沢山の人たちが集って来た。大家であったためばかりではない。善作のおっとりした春風のような人柄が、知る人の心にしみ渡っていたのだろう。みんなしんから彼の死をおしみ、悲しんだ。嫁ぐ日を間近かに控えて、この悲しみに会ったお咲の痛ましい姿は、会葬した人たちの涙をそそった。

　この葬式が終って四日目、即ち善作が死んでから七日目の朝、こんどは突然勇助が姿を消した。もしお咲が鏡台の中に、自分宛の書きおきを発見しなかったら、柴刈りに行ったのだろう位に思って、誰もこんなに早く気づかなかっただろう。

　お咲は読みかけて固つばをのみ下し、鏡の中の自分の顔を見た。まっ青だった。総身の血が一時にひくようだった。手の書きおきが小刻みにふるえている。

　お咲、驚いてくれるな。こんな悲運になるとは思わなかった。善作は本当に倉造を殺している。倉造が牛を盗み出したからだ。おれは夜警していて、それを見た。善作は倉造をくぬぎ林に埋めた。ああいう人間だ。ひどくおびえて一旦はそうしたものの、いつまでもかくし通せないことは分っていた。やがては自首するに決っている。今から思うと、善作が殺したと気づいた時に、すぐにその場に飛び出せばよかった。だが、気づいたのがおそくもあった。また善作がひどく興奮していて、突然おれの姿を見たらどんなことが起るか、それが心配だったからだ。何もかも、あの善作にきずをつけたくないと思ってのことだ。それはお前との婚礼が近づいているせいばかりではない。あの人となりを思うと、おれはぜがひでも咲、おれは、善作のあとを追うて行って、わびる。お前は――。

お咲は読みも終らず、風切山へとつっ走った。お咲の予感通りだった。勇助もまた、くぬぎ林の老木のあの枝に下っていた。若葉の反映が勇助の全身をまぶしく美しく染めていた。


善作を無きずの玉にしておきたかった。それで、それから二日目の夜、こっそり倉造を掘り出して、炭焼がまへ運んだ。何もかもすっかり焼いてしまった。これでもう、善作が何と言おうと、大手をふって歩かせてやれると思ったが、それはおれのあさはかだった。

倉造をあのままにしていた方が、却って善作のためによかった。裁判を受ければ罪にはなるまい。なったところで大したものではなかったろう。それで善作の重荷もおりていたろうに。

おれがなまじおせっかいをしたばかりに、善作を苦しめることになった。倉造が消えたことがどんなに善作の精神をさいなんだか。不可解はまぼろしとなってむごくも善作の心を食いつくしてしまった。

あの始末だ。善作はおれが殺したに等しい。すまぬ。おれはだまっていれば、誰にも知られずに通るが、あの善作を死なしたと思うと、人間としてこのままではすまされぬ。善作、善作、今の世の中にあんな好人物は二人といなかったのに、そしておれの唯一の幼な友達で、お前の夫たるべき善作。おれは何を以てつぐなったらいいのか。あれ以来考えぬ日とてはなかった。どう考えてみても落着くところはただ一つ。一つより外にはない。お

まぼろし夫人

1

松阪の死亡通知を受けた時から、ただの病死ではなさそうだった。

四ケ月ほど前、上京しての帰途、ダイアの都合で京都に下車したので、久しぶりに南禅寺にある松阪の家に寄った。松阪は丁度婦人客を玄関先に送り出していたところだったが、私はまずその客の美しさに眼を奪われた。それで応接室に入ると月なみな挨拶はぬきにして、思わず、

「すごい美しさだね、今の人——」

と歎息しないではいられなかった。

「いや、それほどでもないさ」

と打消しながら顔を赤らめるのがこのような場合の松阪の持味なので、そしたらその人と松阪との関係などざっくばらんに尋ねてみようと思っていたのに、松阪は急にきつい視線で私の顔を見返した。そして一言も答えない。その眼の奥に激しい悲しみの火を発見すると、私は軽口をたたいたことを後悔した。

久しぶりに会ったのに最初からこんな調子だったので、話題を変えたが却って気まずくなる一方で、私は二十分そこそこで辞した。玄関を出る時に、松阪が急に手を出して、

「握手しよう」

と言ったが、その時の顔つきは今も忘れることが出来ない。自嘲の中にかすかに友情を残すはかなさだった。

そのまま四ケ月気にかかっていたところへ、この通知を受けた。前後の事情は一切分らない。松阪と一番親しい浅山に手紙で尋ねてみようかと考えていたのに、また用件で上京することになったので、一日も早く出発して京都で一泊することにした。

京都で下りて、千本十二坊の浅山の家に着いたのは、三月も終りに近い日の夕方だった。衣笠山のふもとから湧き立った夕霧が、ガラス戸を開けると煙のように巻き

こんできて、お互の顔までぼんやりと包まれた。

夕食後火鉢をかきたてて一服しながら、私は松阪のことを切り出してみようかと考えていた矢先、浅山の方から口を切った。

「松阪のことだがね、何度も手紙を書こうと思っていたのだが、書くとなると、簡単には書けそうにないので――」

「自殺じゃないかね」

「そうだとしか言えまい」

「自宅で」

「瀬戸内海だ」

「どうして」

「それがね、どう言ったらいいのか、手紙に書けなかったのもそのためなんだが、どうってはっきり言い切れない所があるんだよ。話すより、松阪の遺書の方がいい。死ぬ前におれ宛に出したものなんだ。船のポストから別府を経由して来たので、大分おくれて届いたのだが、これだよ」

浅山は輪島の文庫から、スタンプもそのままの灰色のふくらんだ封筒を出した。

便箋は三十枚位だった。松阪らしいすっきりした筆跡は、死を前にしての心の悲しみを一そう訴えている。

浅山は新しい煙草に火をつけて、読み始めた私の表情を見守っている。

2

浅山君。何も書き残すまいと思っていたが、その決心をひるがえして書く。世間へは一言も釈明する必要はない。けれども君や旧友たちには最近何かにつけて不愉快な思いをさせたことが重っている。友情のために書き残さねばならない義務を感じている。

私がなぜ死を決意したか。丁度一年前、庭の銀杏が毎日地面を黄色に染めている頃だった。さる知人の紹介状を持って花房夫人が訪ねてきた。週に一度か二度かピアノを習いたいというのであった。私は婦人の申出をことわった。教えるのは易いことだったが、夫人を見た刹那、危険を予感したからだった。決してけばけばしい美しさではない。青銅の古鏡に写った桐の花だ。身近かに接していたら、悲しいまでに沈んだその呼吸に引き入れられそうな雰囲気を持っている。私には最も危険な魅力なのだ。もし花房夫人が未婚者だったら、私はどんなに歓喜したか知れないが――。

花房夫人自身はそんなことと気づいていないので、

「なぜ、いけないのでございましょうか」

と尋ねたが、答えることは出来なかった。夫人は何度も、鄭重ではあったが、かなりしつっこく尋ねるので、私は言葉に困って、

「あなた方にお教えする、ほどの腕ではありませんので」

とまぎらすと、夫人は細い眉を開いて、

「いいえ、わたしこそ、ピアノの方はほんの女学生ですのよ。ですからどうぞ」

と独り決めてしまった。

それから毎週金曜日の三時から五時まで、夫人は一回も欠かしたことはなかった。チェルニイはほんの復習で、シューマンやワグナーやバッハの小曲なども大して手数はかからなかった。夫人はこのすばらしい上達を一途に私の指導のせいにして、自分の才を誇るようなところは少しもなかった。夫人はすべての点でそのようなつつましい人柄だった。だから私は夫人の横に腰かけて、その指の動きを指導する時にも、ささいなことで失礼にならないように気をつけ配っていた。が、私の態度の厳粛さと反対に、予感通りに心ははげしい苦悩に呻吟していた。

女性の魅力というものは、向い合っている時の微笑などは平凡だ。一つの事に熱注して人に見られていることも忘れて振舞っているのをひそかに見る方が、はるかに深刻であることをその頃から発見した。それは罪悪に違いない。だが物を盗む者には刑罰があるけれども、魅力を盗むことには良心の可責以外の刑罰はない。私は良心と戦いながらも、この深みへと転落して行った。

楽譜を見つめて忘我の境地に指を踊らせている夫人の横顔を近々に盗み見ていると、私の心には炎が狂った。楽譜の進みにつれて、夫人は時々身動きしながら思い迫った呼吸を洩らす。少しずり寄ったら肩と肩とが接する近さで、腕を上げさえすれば、夫人は抱擁の中にある。私の心には追っても払ってもその妄想が消えず、腕は理性を突き放して夫人の背へ走ろうとする。これは私ばかりの不貞であろうか。

いつ妄想に打ち負かされて、思わぬ行動に出るかも知れない。その予感がたえず私の心をおびやかす。苦痛だった。それなのに金曜日になると、朝早くから夫人を待ちこがれる私だった。

煙る春の雨に梨の花の香の漂う午後だった。いつものように練習を終ってから、夫人は鍵盤の蓋をしずかに閉めて立ちかけたが、急に当惑した表情で私を見つめた。私はハッとなったが、もう取返しはつかなかった。恐れていた時が来た。私の手が夫人の手を握っているではないか。

硬直していた夫人の顔は間もなくゆるんで、さりげなく手はすり抜けられた。私が不躾な行為を恥じて、そのまま引き退っていたら、単なる過ちとして許されていただろう。夫人の眼ざしにはそんなやさしさが読まれた。が、私の手は夫人の膝を押さえ、私はそこにひざまずいてあらぬことを口走っていた。

私は心の苦るしみを歯で食い千切るようにして訴えたが、その言葉はこのような場合、誰もがはく言葉とさして変ったものではなかった。夫人はさっと体をすくめたが、すぐに微笑を浮べて、

「お戯れなすっちゃいけませんわ」

私の面目をつぶさないためだったが、私はそれさえ察しのつかないほど取乱していた。私がそれからどんな言葉をくり返したか、それを長々と書く代りに、夫人の最後の様子を述べればこと足りる。

夫人は青ざめた表情で涙含んでいた。

「あなたをそんなにお苦しめしましたのは、わたしに不用意なところがあったからですわ」

どんなにしておわびしていいか――

そして今日限りピアノを中絶すると言った。それを承知しておけばよかったのに、私は外聞もかまわずに首をふりつづけた。取乱した私の姿が夫人にどんなに写ったのか。やがて夫人は眼頭の涙を指先で抑えながら、

「あなたのお心よく分りますわ。でもそれを聞いたことにしたらわたしの立場はどうにもならなくなります。ですからきょうのこと、忘れて下さいね。そしたら参りますわ」

「忘れます。ですから来て下さい」

「ええ、その代りにきょうみたいに驚かさないでね」

私がうなずくと夫人はうるんだ眼で笑った。

「お友達として仲よくね、約束――」

夫人が小指をさし出したので、私もつりこまれて小指を出して固く指切りをした。

3

あのようにして夫人は帰って行ったが、もう来ないのではないかと気使っていると、次の金曜日に夫人は定刻通りに訪ねて来た。パラフィン紙に包まれた海棠の花を持っていた。

先週のことは本当に忘れてしまったように晴々とした眼ざしだった。私も心の奥底のうずきを抑えて明るく応対した。

二時間の練習の間、私はどんなに苦悶したか。煉獄だった。忘れようとあせるほど心はのた打った。抑えようとすると血液はざわめいた。ピアノが終って、夫人が帰り支度を始めると私は急に別れたくない心にせめ立てられた。

「海棠を生けて下さいませんか。せっかくの花を私の手では殺風景になりますから」

夫人は眼で笑って、私の差し出した木ばさみを受取った。卓子の上の青磁の花瓶を前にして、夫人はソファにかけて左手に花の枝を持っている。それも美しい眺めには違いない。しかし夫人が枝ぶりを凝視しながら、右手の木ばさみを近つけて切ろうとした時の姿は、私には、一層印象だった。花と女と鋼鉄の刃もの。何という美しい構図だろうか。夫人は私が見ていることを充分意識して、さあらぬ風を装っている。それが楽しいのではないかとさえ思われる表情が、ふとその横顔をかすめた。それはくずれかけた、私の心には抵抗しがたい誘惑だった。血液がざわめいて、やにわに夫人の肩に手をかけてしまった。ハッとしてその手を引こうとしたが、私はもっと驚いた。ふり仰いだ夫人の顔には期待していたような微笑が口もとから頰へと拡がっている。

「やっぱり駄目です。約束は守れません」

告白すると、夫人は花も木ばさみもそこへ投げ出して、私の手を握りしめた。

「わたしも、そうなの」

上気したまぶたが薔薇の香りを放った。まつげの影に夜の獣が光っている。私はもう無我夢中だった。心は花火となって、夫人の全身に散った。

「ああ――」

夫人は体を固くしてその刹那当然の色を見せたが、唇をもれる吐息には奔流に化する烈しさがあった。抱きしめてそのままソファに倒れて、その上に私はかぶさった。

息苦しさにもだえる夫人が、私の胸を押しのけようとはしないで、却ってその腕を首にまきつけてきた時、唇を焼く火の息に昏迷しながら、私はこのまま死んでもいいと心の中で念じた。突然、

「失礼させて頂きます」

夫人は立ち上った。さめ切らぬ陶酔に未練を抱いて、私もよろよろと立ち上った。

少しも取乱した様子もなく、帰り支度をする夫人の落着いた態度が心にくかった。玄関まで送り出して、別れ際に視線を合せたが、夫人の眼には夜の獣のけはいはない。何ごともなかったような清浄な眼ざしだった。女とはそんなものか。私にはまるで白日夢としか思えなかった。

夫人の足音が門外へ遠去ってからようやく、応接室へ帰ってきた私は、乱れた心を収拾しかねて、ソファに身を投げたが、そのあたりに漂う夫人の残り香がなおも私の未練に挑みかかって来る。

陶酔を中断されただけに、未練は激しかった。何故夫人は突然立上って帰ってしまったのだろうか。その訳を尋ねる余地など、全然与えない夫人の取りすまし方だった。

思いあぐんで視線上げた私の眼の中に、卓子の上の青磁の花瓶が冷く入った。

「――?」

青磁の花瓶は冷く光っている。海棠の花が華美と薄命の構図をとって、あざやかに生けられている。

夫人はいつの間に生けたのだろうか。花と木ばさみを投げ出して、ソファにくずれたまま、帰るが帰るまで、再びそれを手にしなかったのに。枝に端然と切り整えられ、切り捨てられた数本の枝は、木ばさみと一しょに卓子の脇に置かれているではないか。私にはどう考えても分らなかった。

4

次の金曜日にもそのようなことが起った。

夫人がシューベルトのモス・ローズ・ワルツを弾いて、その傍で私は夫人の指の運びを見守っていた。

一時間ほど過ぎた頃だった。曲の流れの美しさに、うっとりとして夫人の指のあざやかな律動に見とれている

と急に血液がざわめき立って、もう自制することが出来なかった。私は夫人の背へ腕を廻して、耳にささやいた。

「踊りましょうよ」

「いいわ」

夫人はにっと笑ってすなおに体を托しかけてきた。軽くステップをふみながら、時々見上げる夫人の表情には、張りつめた媚があった。頬を寄せると夫人も意識して寄せてくる。背を抱いた手先に力をこめると、夫人の指先にも力がこもって答えてくる。

曲は流れる。春風に首をふる幾千の薔薇の花群。はなやかに香しく、花園に踏み入るものを酔わせずにはおかない。曲の進むにつれて次第に夫人の息づかいが乱れてきたので、

「よしましょうか」

とささやくと、

「いいの、もっとクイック——」

体をすり寄せて、駄々をこねるように首をふった。その時熱ぼったい眼の中に、またもや突然光を放った夜の獣を発見して、私の心は奔った。

夫人の細い体はしなって、私の腕の中でのけぞりながらかよわい弾力にあがいた。瞼を閉じて首の力を失った夫人の顔の上に鼻先を近づけた時、室内の明るさが見る見る薄らいで行った。夕暮にはまだ間もあるのに、どうしたのだろう。そして薄明の室内に鳴りひびいているローズ・ワルツの曲。

情熱はなだれかけて凍結してしまった。

誰が弾いているのだろう——。

私はピアノの方をかえり見た。

ピアノの鍵盤はひとりでに動いているではないか。あたかも人の指でたたかれているかのように、ポコン、ポコンと右に左に、波動している。そして立てかけられている楽譜もあたかも人の指で頁《ページ》を開いているように、かすかな音を立てて、次の頁を開いている。

凝然と立すくんだまま、不可解なピアノの動きに心を奪われている私の腕から、するりとぬけ出た夫人は、足音も立てないで、ピアノの席へ戻った。その指はそのまま何のためらいもなく鍵盤の上を左に右に踊っている。ローズ・ワルツは少しの淀みもなく華やかなリズムをつづけて行く。

夫人の横顔にはさきほどの上気した色はなかった。冷くしとやかに、初めから没入して弾きつづけているとしか思われない表情だった。

このようなことが度重なる毎に、私の心は一層苦おしく夫人を求めた。清浄な表情にかくされている獣の目と、しとやかな姿態に抱まれている、奔放な野性とは、忽ち現れて心を眩惑と混乱にまきこみ、甘美な陶酔につき落す。しかしただ一度の心めくまでの満足を与えないで陶酔を中断させてあっけなく消え去る。未練と焦立ちにどんなに苦るしんでいても見ることもない。これほどの残酷な振舞があろうか。その仕打ちを怨みながらも、夫人を憎むことが出来ないで、それから半年の間は引きずられるままにずるずると深みへと落ちて行った。

5

秋——、

毎週一度、必ずかかしたことのなかった練習日に、夫人が急に来ないようになった。

もしや病気では？　訪ねて行ってみようか——と思ったのは再三だった。しかし訪ねて行けば彼女の夫と会わねばならない。夫人に対する自分の気持をふりかえると、気がさして出来なかった。

予感は不幸にも当っていた。夫人は急性肺炎で死んでいた。葬いは郷里ですんでいた。彼女の夫から、ピアノの練習に対する鄭重な謝礼と併せて、この通知を受け取った時、視界は真暗になった。太陽を仰いでも、ただただ血の色に見え、生きる希望はつき果てた。絶望の毎日だった。辛うじて生きる力を細々とつなぎとめてくれるのは、ピアノであった。ピアノの前に来ると、あの頃の夫人の姿が思い出される。ローズ・ワルツを弾ずると踊った日のことがかすかによみがえる。しかしはかない悲しみを深くするばかりだった。

死のう——。それを考える日がつづいた。その夜も思いやつれてねつかれないままに、庭に出て、石に腰をおろし、雑草の根に細々と鳴く虫どもの声に神経の痛みをさらしていた。きららの月にぬれて夜気を息づいていると、夫人の面影がまつ毛一本まで刻明に現われてくる。死んだとは信じられない。今にも笑って呼びかけてきそうな気がする。

「——？」

忘られぬ金木犀の香が流れてきた。この庭にはない花なのに。錯覚ではないかと思ったがそうではない。身近かに人の気配がした。ふり返ると、月の光を背にして花房夫人がしょんぼりと立っている。月の逆光を受けて、髪に宿した露が真珠の光を放っている。

まぼろしではないか——何度も見直したが、まぼろしとは思えない。絹の花模様のガウンを着て、はだしである。寝室からぬけ出して来たとしか思われない姿である。

「どうしました、そんななりで——」

「——」

夫人はせき上げてくる悲しみを支え切れないで、身を投げかけ、すがりついた。しゃくり上げておえつしながら、頬をすりつけてきた。おぼれる者がすがりつく必死の力がその腕にも指先にもこもっていた。やわらかな胸のふくらみと動悸とはじかに伝ってきた。

やっと泣き止んだ夫人は、しゃっくりをかみ殺して訴えた。

「あたしが死んだこと、ほんとと思ってて?」

「——」

「監禁されてたのよ」

「どこに」

「うちに。とてもひどい目にあっていたの」

「御主人から?」

「嫉妬なの、あなたを愛しているのを知って。あたし、別れようと言ったの。そしたら、あたしを監禁して、毎日せめるの。人間だとは思えなかったわ」

「じゃあの手紙は諦めさせるための手段だったのですね」

「それだけじゃないわ。松阪はきっとお前の後を追って自殺する。自業自得だ。とうそぶいていたわ」

「——」

冷い刃物が心の中をつらぬいた。

「恐ろしいたくらみにあたしぞっとしたの。悪魔よ、まるで」

「今夜にも死んでいたかも知れない。毎日そのことばかり考えつづけていたのだから」

「あたし、気が気でなかったわ。もしものことがあったらと——。でも、よかったわ」

「だが、もう帰れないでしょう」

「とても——」

「ここにいらっしゃい」

「だめ、きっと明日、さがしに来てよ」

「かくれてれば分りはしない」

「そうかしら」

「いよいよ駄目となったら、わたしにも考えがあります。どんなことが起っても、絶対に渡しはしないから安心してらっしゃい」

「ほんとに?」

「ほんととも」

「ああ、うれしい、あたしいつまでもあなたと一しょにいていいのね」

夫人はこみ上げてくる感動に眼を火のようにかがやかして、首を狂おしくふりながら唇を求めてきた。恐怖と絶望から一挙に歓喜へと飛び上った心の惑乱は、息づまるほど強い抱擁より外には静めることは出来ない。

しびれるほどに抱きしめられた彼女の体がよろめくと、私も引ずられた。重心を失った二つの体はそのままもつれて雑草の中に埋れてしまった。

心にしみる草の香。頬を打つ草の実、彼女の顔に葉露が散った。

「ああ——」

眼に眼を寄せると、心は一つにうずまいた。月はくだけて散ってしまえ。地球も太陽も消えてしまえ。世界も人々も失せるがいい。あなたとわたし、ただ二人きりでいい——。

鳴き止んでいた虫どもが、やがてりんりんとすだき始めた。夜露にぬれた二つの全身は死んだように微動だにしないで、秋のほたるのように青白く光っていた。

6

ベッドに腰かけた夫人は、足先で小さなスリッパをもてあそんでいた。花模様のガウンをかけた華奢な肩が物思いに沈んでいる。うつむいているなめらかな首すじ、青味に血の色をひそめた頬、破れやすい花びらの唇、そこにもここにも幾十度口づけしただろう。その直後の血の色を集めた今は跡かたもないが、甘美な情熱はまざまざと残っている。うっとりとまぶたを閉じて生涯をかけた誓いの言葉を口走った夫人の面ざしを思い出しながら私はその髪に香油をふりかけて、すいてやっていた。

「しっとりとした髪、やわらかい髪——」

「——」

「何考えてる?」

「——」

スリッパがはね返ってぱたりと落ちた。細いつま先がろう色ににぶく光っている。彼女は何とも答えない。ずれたガウンのすそからすべり出ている象牙のはぎから足先へ流れる光をじっと見つめている。

あれから二十日。彼女は人目をさけてこの二階の寝室に閉じこもったきりだった。朝も昼もカーテンを閉した室内は夜ばかりの生活だった。太陽を忘れ、世界を捨てた、二人だけの毎日の連続だった。二つの生命を一の火にやきつくした情熱のるつぼだった。

「なぜだまってる?」

「――」

「後悔してるのじゃない?」

「ちっとも――」

「疲れたの?」

「いいえ」

彼女はふり仰いでしずかにほほえんだ。朝のふようの花のすがすがしさである。清らかな眼ざしでありながら、岩さえも焼きつく逞しい火水をひそめている。夫人を熱愛する故に、私にだけそう感じられるのだろうか。夫人の眼に、唇に、乳房に、その全身に、この心は歓喜して狂いそうだ。苦しい。狂喜の苦悶に息も切れる。甘美なこの苦悶の果は死より外にないことが予感されていた。

「ねえ」

彼女がひざに手をかけて、ささやいた。

「遠いところへ行きたいわ」

「どんな所?」

「あたし、知ってるの、連れてってあげるわ」

「行こう」

夫人の心は私の心。ささいなためらいもなかった。

旅装をととのえて外へ出ると夜の空気は凍っていた。駅には焚火をあたりながら沢山の旅行者が白い息をはいていた。誰も私達を注意しなかった。

夜汽車は翌朝私たちを港へ送ってくれた。波止場には白い汽船が待っていた。爽々しい海の旅。

晩秋の海は海底まで透明で、岩についた貝がらが淡紫に光っていた。汽船は内海を渡って絵のような島々をつづって行く。

甲板に立って、青い海と、その下の海草と魚族との美しい世界にみとれていると、夫人の手先が肩にかかった。

「ねえ、あたし、海の底に行きたいわ」

「死ぬのですね」

私の心は少しも驚かなかった。自分の思いと彼女が一つであることを知って嬉しかった。

「いいえ、死ぬのじゃないわ。あなたと二人で、あのきれいな世界に沈んで行くの。しずかだわ。悲しいほどきれいだわ。そして二人だけの世界ですもの」

私たちは船室に帰って日が暮れるのを待った。船窓から豪華な落日の海を見て、私たちは感極って泣いた。

夜の更けるのを待ちながら、このたよりを書き初めた。もうこれも最後に近づいた。

「きれいな星空よ」

船窓から眺める、波一つない海面に、星座が倒に光っている。

船客や船員たちも寝しずまっている。夫人は絹のガウンに着かえて待っている。門出の口づけを交わして、甲板から、しっかりと相擁して、秋の海へ、青い星座の彼方へ、深い、遠い旅へと行くのだ。

7

読み終っても、便箋をたたむことも忘れて放心していた私は、浅山の言葉で我に返った。

「どう思う」

「分るね、松阪の苦しみが」

あのような性格だったので、その苦悶がどんなに痛烈であったか、一字一句から伝ってきた。

「なんぼ世の中が変ったと言っても、人妻だから、世間の非難は受けなければなるまい。だが、僕等だけは心から同情してやりたいね」

「不倫じゃないんだよ」

「じゃない？」

「それによると、花房夫人と一しょに投身しているように思われるが、そうじゃないんだよ」

「どうして」

「この手紙はね、船のポストから別府を経由して届いたと考えられるのだが、おれは驚いて船会社に行って調べたんだ。ところがね、投身したのは松阪一人なのだ」

「花房夫人はどうしたね」

「船会社の船客名簿には松阪一人になっている。同伴者はないことになっている」

「別々に乗ったのじゃないか」

「それらしい年齢と顔の女は乗っていない。そして航海中に松阪より外不明の者は出ていない」

「そしたら――」

「そうだよ。おれもその点にふと思いついたので、花房夫人の家へ行ってみた。主人が在宅だったので色々話したが、花房夫人はやっぱり急性肺炎で死んでいる。それは確かな事実なんだ」

「じゃ、松阪の家にぬけ出して来た夫人は？」

「まぼろしだね」

「二十日間の生活も？——」

「その前にも時々ある。松阪は礼儀正しく終始指導していて、花房夫人はしとやかに練習をして、かりそめにも道をふみ外した行動はなかったと考えるのが正しい解釈じゃないかと思う」

「松阪が夫人を熱愛したのはたしかだ。指切りをした約束を破ることが出来なかったんだ。松阪はそんな男だ」

「純情潔癖だったからな」

「そのくせ人一倍の情熱家だから苦悶したのだよ。その約束を守りながら、せめて心の中の夫人との悲恋に陶酔しながら悩みつづけて死んだんだね。まさか精神分裂症になって本当にそんな幻覚を抱いていたのじゃあるまい」

「そこまでは松阪のために考えたくないね」

「そうだ。あくまでも純粋な恋だったとしよう」

「ただね、花房夫人の主人がもらしていた言葉から察すると、夫人もまた松阪をひどく熱愛していたらしい。死ぬ間際にうわごとに松阪の名を何回も呼んでいたとか。主人も暗然として多少つらくあたったことを後悔している様子だった」

「そうか、花房夫人もね——」

松阪の頬のそげた顔が眼に浮んだ。

永い沈黙の後、浅山はつと立って煙草の煙によどんだ室内に夜気を入れるために硝子戸《ガラス》を開けた。

夜霧は一そう深く、縁先に八つ手の葉が一枚、ぼんやりと見えるだけだった。しかし、月は出ているのだろう。深い霧は乳色に光っていた。

密室のロミオ

1

舞台は拍手のうちに幕となった。楽屋へ引き上げてきた楽長はひどく不機嫌だった。

ボアエルディウの歌劇「バグダットのカリフ」は幻想的な舞台装置と踊り乱れる裸の女たちと軽快な音楽と歌とによってかもし出される独特な雰囲気が、番組中の呼び物だった。大成功裡に終幕に近づいて、あとは王妃に扮した花形女優の絢爛幽美な舞と独唱、そして女双隷たちの合唱とが残されているだけだった。その大切なつなぎの役のセロ弾きが事もあろうに二度もつづけてしくじった。そのため花形女優の歌い出しに番狂わせが起って、せっかく盛り上った最高潮に水をさしてしまった。今に座長がどなりこんで来るに違いない。

「おい、ランベルト、どうしたんだ。昨日もだったが、今夜も大事な瀬戸際で、困るじゃないか」

「すみません――」

「体の調子でも悪いのか」

「別に――」

隅のビール箱に腰をおろしているセロ弾きのランベルトは、ちらと視線を上げたが悲しそうに顔を伏せた。体は大きいがまだ若い。母は日本人だが、父はポルトガル系だという。上海から流れて来て場末のショーの楽団にいたのを、筋のいいのを楽長が見込んでつい一ケ月ほど前に引っこぬいてきた。混血児特有の憂愁な顔立ちで美しいが、ひどく内気な若者なので、楽長は人一倍目をかけていた。ランベルトが黙りこんだので、クラリネット吹きが口を入れた。

「楽長、ランベルトのやつ、今恋愛に苦しんでやがるんです」

「恋愛？　苦しむやつがあるか。楽しむべきもんじゃよ」

「だが楽長、ランベルトにしちゃどうやら初恋らしいんで」

「乳臭いね。大きな図体しておきながら。一体、何をそんなに苦しんでんだね」

「人妻らしいんでっせ、相手というのが」

「却って面白いじゃないか。深刻でさ。ただの娘は手数ばかりかかる上に物分りが悪くって忙しい今時にゃ間尺に合わねえよ。女の言い分の通る時代だから、しんから好き合っているのなら、さっさと亭主を離婚して一しょになれゃいいじゃないか。ランベルト、まさかお前だけが好きってわけじゃあるまいね。それなら問題は別だが」

「楽長――」

ランベルトは眼もとを赤らめて、しかしまじめな視線で見返した。思いが胸にあふれて、どこからどう話し出したものか戸惑っている。

「私だけじゃありません――」

「ほう、やはりあわびの方じゃないんだね」

「はい。どちらかと言うと、私の方が後です」

「引かれ馬か。その性質だから仕方ない。が、一体、どれ位まで行ってる」

「実は一ケ月前、ここへ来る汽車の中で知り合った人ですが、それから今まで七回遊びに行きました。とてもきれいな人です。段々きれいになります」

「ほれてる証拠だよ。まあ、いいさ、それで」

「家の様子から人妻ということが分っていましたので、出来るだけ遠慮していたのですが、その人は、どうせあたしはお妾みたいなんだからと言ってとても、大胆なんです」

「そんな女なら、ひょッとすると物好きからの浮気だね」

「いいえ、とても真剣なんです。一度だけむりに接吻されましたが、その時その人は涙を浮べて、あたしあなたと死んでもいい位好きよと言いました」

「ほう、大胆な女だね」

「今度会ったらそれ位ではすまないような気がします。人妻とそんなになったら、もう取返しがつきませんし、と言って、会わずにはいられません。で、苦しんでいるのです」

「ばかな、若いくせに、君の道徳は古いよ。何も苦しむ必要はないさ。人妻だって構うものか。好き合っているのならそれだけで立派なことなんだ。堂々とやれよ」

「そうでしょうか」

「そうとも。亭主が嫌われてれゃ、そいつが悪い。離婚すれゃそれで片づくさ。幸い、きょうで千秋楽だ。君らはあと一週間は暇だから、じっくりやってみるんだな。そうすれゃ、セロをしくじることもなくなるさ」

楽長はその道にかけては先輩だと言わぬばかりに、ビール樽の腹をゆすぶって笑った。そこへ舞台姿のままの花形女優が座長と一しょにふみこんで来た。

2

それから二日目の昼前。クラブで次のオペラの選曲に忙殺されている楽長の所に、ランベルトが一そう沈鬱な表情で現れた。

「ひどう沈んでるね。どうしたい?」

楽長がペンを投げて、ビール樽の腹をつき出してふんぞり返った。ランベルトは首をふった。

「却っていけません」

「まだぐずぐずしてるのか」

「いいえ、昨日の昼行きやすと、とても喜んで、きょうはもう一分間も離さないって言って、表を閉めて、私を二階へあげて、首にぶら下ったり、接吻したり、それからお菓子や果物を食べ、薄荷酒《はっか》を飲み、酔いが廻ってくると、夜が来ましたわ、と言ってカーテンを引いてしまいました。そして赤いシェードの寝台燈がぽっとつきました」

「凡婦じゃないね」

「世間には一日一度しか、夜が来ないけど、あたしはね、気が向いたら一日に二度でも三度でも夜にしてしまうのと言いました。白い大きな蛾が、本当に夜になったと思ったのでしょう。私たちの枕もとに出て来てしつこく飛んでいました」

「顔が見たいね、そんな女なら」

「その人は私の耳に口をつけて、何度も言いました。今の主人とは義理から一しょになっただけ。三十も年が違う上に豚のように太っちょで、ふりふりいや。今に機会を見て別れて、そしてあなたと一しょになるから、短気を起さないで待っててね。あたしの方が四つ年上だけど、その代り、髪の一すじから足の指先まで大切に大切に可愛がってあげるから——と」

「三十も違ってちゃ、浮気するのも当り前さ」

「ぐっすり寝込んでいた私は、ゆり起されて眼をさましますと、本当に夜になっていました。主人が帰ってきたのです。私はあわてました。すると女は今出て行ったらいけない。主人に晩酌させよう。そしたらすぐに眠る癖があるから、それまで隣の押入れの中にかくれていて、と言うのです。それから階下の茶の間で一時間ほど話声がしていましたが、二階へ上って来ました。主人は寝台に入ると十分もしないうちにもういびきを立て始めました。女はそっと私を出して、ビール一本であれだから世話なしよ、と笑いながら、階下へおりて、首にぶら下って、唇ばかりでなく、頬っぺたや、首すじや、のび上って来てまぶたにまで接吻して、裏口から送り出してくれましたが、そこでまたあした来てよ、と指切りして、やっと離してくれました」

「話でその位だから、その身になったらね」

「ええ、もし、二人とも主人が帰ってきたのに気づかなかったら、と思うとどきっとします。楽長さん、これでも私たちは罪を犯しているのじゃないのでしょうか」

「君は二かね、三だったかね」

「二十一です」

「ほう。すると、その女は二十五だね」

「ですが、とても若いんです」

楽長はさりげない顔つきを見せていたが、のどが乾いて、脇下から冷汗が流れ下った。彼の後妻は二十五で、彼とは丁度三十違う。一昨年さるキャバレーにいたのをひかした女である。そして彼はゆうべ、帰宅してからビール一本晩酌して、二階でねた。寝台燈のシェードは赤だ。隣室は日本間で押入れがある。何から何までそっくりである。まさかと思うが、やはり気がかりでならなかった。

「それできょうも行くのか」

淡々と言ったつもりだが、舌の根がこわばっていた。

ランベルトは顔を伏せて言った。

「罪じゃないのでしょうか。どうも気がとがめてならないのですが」

「そんなこと言ったって、行かずにいられるのか」

「――」

「行けよ。くよくよするな。行くところまでやってみろ」

見上げたランベルトの若々しい顔に烈しい嫉妬を抱いて、かみつくように言い放った。

3

ランベルトが去ると間もなく楽長もクラブを出た。電車が一台前後したのでその姿を見失ってしまったが、行く先は自分の家である。追い詰める場所が自分の縄張りとあってみれば、あわてる必要はない。彼はその時の出方を考えながらゆっくりと歩いた。

庭の立木に囲まれてチョコレート色のバンガローが見えた。白い窓のあたりが気にかかる。玄関は閉っていた。ベルを押すと、間もなく妻が出てきた。

「あら、きょうはお早いのね」

「楽譜を忘れたのでね、取りに来たんだよ」

妻の眼をさぐったが、少しもあわてた風はない。下の書斎兼応接間に入って、そこここをさがすふりをしてから、次に茶の間に移った。

「どこにしまったかな」

空とぼけてそこの押入れも開けてみた。階下を一わたり廻ると、それから二階へ上って寝室、隣の八畳、押入れ、廊下の陰までのぞいたが変った様子はない。

「ありました？」

「ない、どこへ置き忘れたんだろう」

いかにも腑に落ちないといった顔つきを妻に見せて、も一度妻の表情をたしかめた。やはりやましい気配は一点もない。それで、念のために便所へ行くふりをしてそこを見廻ってから家を出た。妻は玄関まで送ってきて、いつものように、

「お早くね」

と眼に愛情をたたえて握手した。

「おれの邪推さ――」

彼は自分の思いすごしを肚の中で笑った。そしてその日はゆっくりと日が暮れるまでクラブで仕事をつづけた。

翌日昼前ランベルトが来たので、

「昨日はどうだったね」

とおうように尋ねてみた。すると彼は眼もとを赤らめて、しばらく口ごもっている。新しく取換えた派手なネクタイ、ちょっと癖のある唇のしまり方、深いとび色の眼。年上の女が好きになるのも無理はない。しかしこの青年に対して昨日のように嫉妬は起らなかった。

「人妻との恋愛は深刻で面白いと先日おっしゃいましたが、つくづくそうだと思います」

「また、何かあったかね」

「あれから行きますと、風呂がわいてるからと言いますので入りました。女も入るはずでしたが、そこへ突然主人が帰ってきた様子でした」

「風呂にね――」

たちまち鉛を飲まされたように胸が重苦しくなった。

「女はちょっと辛棒しててねと言って、私の上からふたを閉めて、玄関へ出て行きました。それからふたを開けられるまで、湯気に包まれてふらふらでした。何度もふたをずらしては冷い空気を入れて、どうにか辛棒しつづけました。やっとふたを開けられた時、女はにっこり笑って立っていました。立昇る湯気の中に白い顔を見ると、私は一言の不平も出ませんでした。つらかったでしょう。でも、そのつぐないは充分して上げるわ。気嫌直してね。と言って、女はそのまま一しょに入ってきました、主人は、と尋ねますと、ちょっと忘れ物を取りにきたの。少しもうろくしてるのよ、と言って鼻先で笑っていました」

「木風呂かね」

「いいえ、タイル張りの、真白い、電気風呂です」

「電気風呂?　白タイルの」

「二人でゆっくり入れる広さでした。そこでいろいろな話をしてくれました。昔の思い出話を。そして、あたしが自分から好きになった人はあなたが初めてよとも言いました。湯ぶねのふちに頭をもたせ、胸のあたりで藤色のタオルをたえず泳がせながら、何度も深いため息をついていました」

「藤色のタオル?」

「ええ、私にも同じ色のタオルをかしてくれましたが。私が湯ぶねから上ると、体を洗ってやると言い張ってきかないのです。耳たぶから足の指先まで。あたしはね、昔からお人形がとっても好きだったの、あなたは大きな生きたお人形さん、と言って。そして次には私に洗ってくれと言いました。まぶしいまでにきれいな体でした。アラバスター、雪花石膏ですね。あれで作り上げたような体でした。いい香の真黒い石鹸でした。それをこすると真珠色の泡が立ちました。もっと沢山泡を立てて、もっともっと、と言われて、私は思い切りふんだんに泡を立ててやりました。泡を立てて女の体を洗うことはむつかしいです。私は初めて知りました。つるつるすべるのに困りながら、両腕を洗って、肩。背すじからわきへとこすりますと、くすぐったがって動くから一層むつかしくて、とうとう辛抱出来なくなったのでしょう。くるりと向き直ると、泡だらけになって、すべるその体を、――」

「それで、また、きょうも行くのかい」

楽長は乾いた下唇をかんで、固唾をのみ下した。

「あの人の待ってる様子を思うと、いけないとは思うのですが、行かずにはいられません」

ランベルトが去ると、楽長は仕事を放り出してすぐその後をつけた。ランベルトはひたすら女に会った時のことばかりに夢中になっていて、楽長が同じ電車に乗ったことも、家までつけて来たことも気づかなかった。

ランベルトが石の門を入って玄関まで行き着く前に、扉はそっと開かれた。待ちあぐんでいた彼女が足音を聞きつけて迎えに出た。扉の陰に白い顔がちらっと見えたが、すぐにランベルトの姿は吸いこまれるように消えた。すぐ楽長は芝生をふんでヒイラギの陰に身をひそめた。すぐにふみこんだものか、しばらく時間をおいてからにしたものか、考えた。そしてあとの方を選んだ。すぐだと、何とでも言い逃れするだろう。それよりも一言半句の余地を与えない場をつかむ肚だった。

一時間ほどたった。ヒイラギの葉蔭は涼しい風が流れていたのに、彼は額にも脇下にもびっしょり汗をかいていた。二階の寝室の窓に彼女が姿を見せた。硝子戸《ガラス》を閉めた。緑のカーテンが引かれた。

「夜が来ましたね」

楽長は心の中で皮肉につぶやきながら、妻をどう処置したものかと考えた。離婚は彼等の思うつぼである。彼等が決して一しょになれないように始末しなければ――と考えた。

4

もう潮時だ――。楽長は自信満々と玄関に立って扉を押した。閉っている。ベルを押しかけて止めた。せっかく穴におさまった狐を早まって追い出すのは練達の狩人は取らない策だ。彼は裏口に廻った。ここも開かない。家の周囲を一めぐりして書斎の窓が動くのを発見するとそこから忍び入った。足音を消して階段をのぼる。寝室の扉に手をかける。そっとハンドルを廻してみたが動かない。体を窮屈にかがめて鍵孔に鼻先をこすりつけた。室内は暗くて何も見えなかったが、しばらくすると、薄ぼんやりと視界に赤い光の流れているのが見えた。がその真正面に当る所の腰板が見えるだけである。狭い視界に見切りをつけると、あとは聴覚である。耳を押しあてみた。息使いが聞えるような気もするが、自分の動悸の方が却って大きくひびく。

廊下の手すりを越えて屋根びさしへ出た。それを伝って端まで出ると、あとは一またぎすれば、バルコニーの手すりに取りつける。太った体をぎごちなく運ばせながらどうにかバルコニーへ渡った。そこの硝子戸からのぞいてみたが緑のカーテンにはすき間もない。硝子戸に手をかけたが、ぎいときしんだだけで開かない。そのきしみに人の気配を感づかれたらしい。スリッパの音がした。カーテンの端がゆれて、白い顔がその蔭から見えた。すぐに消えた。そしてまた見えた。

「まあ、あなただったの」

ガラス一枚をへだてた彼女の顔は青白く緊張しているようだったが、たちまち軽蔑の眼に変った。

「御用？」

「開けろ」

「変な人、まるで猫みたいに。自分のおうちじゃないの。あちらからいらっしゃいよ」

彼は屋根びさしを伝って廊下に戻った。寝室の扉が内側から開けられた。

「どうなさったの、こわい顔して」

「――」

彼女をつきのけて彼はつかつかと寝台へと行って、とばりをさっと引き開けた。彼女も扉を閉めて寄ってきた。顔色を失ったランベルトが身動きもならずそこにいるものとばかり思っていたのに、寝台の上にあるものははねのけられた羽根布団だけだった。彼は南側のカーテンを開けた。まぶしい明るさになった。寝台の下をのぞいた。衣裳タンスの中を見た。北側のカーテンの蔭も見た。ソファの後も見た。八畳ほどの広さの寝室にはそれより外に人のかくせる場所はない。隣室との境は壁、出口は扉だけである。どこに消えたのだろうか。バルコニーから屋根びさしへ戻っている時に、扉を開けて出て行ったのだろうか。それにしても足音も聞えなかったし、また、出て来れば屋根びさしにいた彼の眼につかないはずはない。彼は床を見廻わし、それから天井を眺めた。

「ほんとに、どうなさったの」

「誰かいただろう、ここに」

「ええ、いたわ、あたしが。昼寝してたわ」

彼女はくすりと笑った。

「お客さんと一しょにひるねか」

「まあ、それ、なんのこと?」

「一時間前からお客さんが来てるのを知ってるんだ。まだここから出ていない。かくれているはずだ」

「おかしな人、だったらここにいるはずじゃないの」

「どこにかくしてるんだ。言え」

「何か感違いしてるわ。あなた。あたし、ただ昼寝してただけなのに」

「うそつけ!」

「まあ、あたし、そんな女に見えて、くやしいわ」

大きな眼に涙を浮べてじっと見つめていたが、心を支え切れなくなって、もたれかかって来ると、彼の腕はつい抱き取った。顔をおしあててすすり泣く。髪すじがあごのあたりでジャスミンの香を放つと、彼は判断に迷った。ランベルトがたしかにここの玄関から入ったのを見とどけたはずだったが、錯覚ではなかったかと思い直してみた。だがたしかに見たはずだった。それなのにいない。ではランベルトは別の部屋に居たのだろうか。彼女は本当に一人で昼寝していたのだろうか。ランベルトを放って自分だけが昼寝するなんて、そんなことはあるまい。あれこれと考えてみたがどうも肝心な焦点が狂っている。彼は自分の頭が変になったのではないかとさえ思われてきた。

5

翌日ランベルトはどうしたのかクラブに姿を見せなかった。次の日になって浮かぬ顔で来た。楽長はまず煙草をくわえた。火をつけてゆっくり一服した。心を落着けるためだった。

「どうだ。相変らずやってるかい」

「は、ですが後悔しています。まるで自分で自分の骨をきざむようで——」

「何かあったのかい」

「ええ、おとといでしたが、下の茶の間でしばらく話しながら、色々もてなされましたが、女は私の手を取って二階へ連れて行きました。そして、もう夜になったわ、と言ってカーテンを閉めて——。女が聞耳を立てて、わたしの口をおさえました。そして、主人が帰ってきてるようよ。とささやいて、起きて行きました。硝子戸の所に立って二言三言受け答えしましたので、私はぎくりとしてはね起きました。女が引き返してきて、私の腕を取って入口の所へ引張って行きました。私は女の度胸に驚きました。主人と顔を突き合わさせるつもりだな。もういよいよの時になった。私は決心しました。捨てばちでした。が、女は扉を開く刹那、私を扉の陰に押しやりました。大きく開かれた扉の後に私がぴったりくっついて立っているのを、女はかばうような位置を取っていました。主人は入ってくるなり、女をつきのけて寝台の方へ歩いて行ってそこを見ていました。荒々しい息使いから相当昂奮している様子でしたが、私は扉の陰にいましたし、暗い室内でしたので、どんな人だか分りませんでした。女が私をすばやく押し出して扉を閉めてしまいましたので、それからどうなったか分りませんが、主人が薄々知っているのはもう疑う余地はありません。でないことには、私が行く度に、きまってひょっこり帰ってくるはずがないじゃありませんか。もう今度行ったら、きっと言い逃れ出来ない羽目になるに違いありません。実際、今から思い出しても、ぎくっとします」

「もう二度と行きたくはないだろう」

「ですが、これきり別れてしまう位なら、初めから遠去っていた方がまだましでした。もうこんなになって今更別れるなんて、自分の体をばらばらに切り離されるよりつらいのです。それで昨日も行きました」

「え？　性こりずに行ったのか」

「思い切りやれって仰言った楽長さんの言葉が今になってしみじみ分ってきました」

「ふーむ。それで昨日はどうだった」

「どうしたわけか、昨日は主人が中途に帰って来ませんでしたので、夕方までじっくりと二人だけの時間でした。私があと二日したら当分忙しくなるから昼はだめと言いますと、女は一年分ほどの情熱で、火のようでした。私も思い切って、楽長さんが仰言ったように、主人と離婚して下さい。そうすればいつでも一しょに暮せるから、と言いました。すると女は、あの人はもう感づいているから、意地にも離婚するはずはない。いっそ、わたしとあなたを殺すだろう。そんな人なんだ。だから待ってて、もうこうなったら、二人が一しょになるためにはたった一つの道しか残っていないと真剣な眼をして言いました。じゃ、どうすればいいのか、と尋ねましたが、あなたはただだまって待ってれば、それでいいの。あたしだけでかたをつけるから、と言って、あとはどう尋ねても、何も言ってはくれませんでした」

「ふむ、かたをつけるとね」

「何かよほど決心している様子でしたが、そんなにまで思いつめているのかと思うと、つい引かれて」

おれを殺す気だな――そんな予感がした。背筋に冷い悪感が走った。かっと肚の底から怒りがふき上げた。

「楽長さん、私はゆうべ一晩、考えました。せっかくここのバンドに雇って頂きましたが、止めさせてもらいたいのです」

「どうするね」

「あの女と逃げようと思います。これから行って、承知させます。そうしないとあの人はきっと何か大変なことを起しそうです。思いつめたらどんなことでもやる女ですから」

「そうか。よかろう。だが、明日にしろよ。それは――」

「なぜですか」

「きょうはおれが送別会をしてやろう」

「ですがもしもきょうにも――」

「いいよ。とにかく、今からバンドの連中に連絡してくれ。どこがいいだろうね。そう、ここのホールが手取り早くてよかろう。四時に集まるように」

何から何まで苦労人らしく面倒見てくれる楽長の好意が、ランベルトには涙が出るほど嬉しかった。送別の席ではそこばくの酒の廻ったせいもあったが、

「短い間でしたが皆さんの友情は忘れられません。殊に楽長の御恩は死んでも忘れることが出来ないと思います」

と挨拶を結んだ時には、ランベルトは本当に涙含んでしまった。楽長はそれを軽く受けて、

「ランベルトよ、あまり思いつめて情死などやっちゃいかんぞ」

と冗談にまぎらして肩を叩いた。仲間たちはその人妻が誰なのか、知っている者は一人もなかったが、ランベルトのしんみりした口調に不吉な予感を抱いた。楽長は何気なく言ったが、情死でもするのじゃないかと、真剣に心配した。

妙にしめっぽい送別会となってしまった。楽長はひそかに伏せた計画にうかうかと乗ってきた皆の表情を眺めながら、いかにも苦労人らしく振舞っていたが、内心はほくそ笑んでいた。

6

雷雨は夜と共に去った。すがすがしい朝風を受けて、楽長はバルコニーに立った。真下の阿波石を蔽うているぜにごけにも、芝生にも、木々の葉末にも朝露がキラキラと百万の真珠をふりまいたように輝いている。

「あれたちにはきょうが最後の日だな――」

後から出て来た妻には、そんな気配はまたたきも見せなかった。

「きょうは打合会でおそくなるから、晩の用意はいい」

「そう」

妻は何の反応も見せなかった。それでいて、昼近くになると、こっそり電気風呂にスイッチを入れていた。冷蔵庫の中にメロンと二十世紀が香を放ち、ビールと薄荷酒が早々と冷やされているのも彼は承知していた。しかしもういささかの嫉妬も湧かない。会心の笑を含んで家を出た。

日が暮れてから彼はゆっくり帰って来た。二階のカーテンのすき間から、あるかなきかの赤い光がもれている。玄関に立ってベルを押した。三度、四度押しつづけた。大分気ながに待ってみたが何の応答もない。裏口へ廻ってみた。戸口が開いた。階段をのぼって寝室の扉を押してみたが、内側から閉められている。ノックしたがやはり応答はない。

「ふむ、とうとう幕になったかな」

彼は冷笑した。ランベルトは来るとすぐに逃げることをすすめたに違いない。それを妻が承知したのか、しないのかそんなことは問題ではない。何れにしても、二人は風呂にひたり、それから飲んで食って、夜を招いたに違いない。昨日までは歓楽のゆりかごだった寝台もきょうはひつぎなのだ。それをしらずに二人は体を横たえただろう。寝台燈の赤い光はもはや情熱の象徴ではなく、煉獄の劫火だ。薄荷酒の中に溶かされた砒素剤。青い液体にさらさらと溶けこんでいった純白の粉末。苦悶の揚句二人とももう寝台の上で冷くなっているはずだ。誰が見ても情死である。バンドの仲間がそれを立証するだろう。

彼は二人のその姿を見届けておきたかった。扉は開かない。仕方なく、また廊下の手すりを乗り越えた。幸にも寝室の硝子戸が細目に開いている。バルコニーまで行けば、そこから入られる。彼は太った体をぎごちなく運びながら屋根びさしを渡った。端まで来てバルコニーへ一またぎして手すりで体を支えようとした。握った手すりが他愛なく外れた。

「あっ!」

あわてて、右手で支柱を摑んだのにそれもまるで積木のように離れた。しまった、と思ったがもう体は空間に落ちていた。

寝台では最初のベルが鳴った時に、ランベルトが起きようとしたのを、彼女は引き戻した。

「いいのよ。主人は今夜帰って来ないの。お客だわ、きっと。放っていいの」

手の平で彼の両耳をぐっと挟んで、彼女の唇は永く永く彼の言葉を封じた。バルコニーに物音を聞いても、しばらくはその人を離さなかった。女は耳をすましていた。ちょっとうめき声を聞いたようだったが、それも消えてしまうと、あとは静かな夜だった。青い月の光がもれている。

「ね、あたしと二人だけになれたらうれしい?」

「遠い所へ行きましょう」

「行かなくってもいいのよ。あたしのあなた」

狂ったような愛撫だった。息づまる雰囲気に没っしながら、ランベルトは女の眼に涙が光っているのを見て、ひたすらな女の純情と信じていた。

その翌日、バンドの練習が始められる日なのに、楽長が姿を見せないので二三人が訪ねて来て、初めて、バルコニーの下の阿波石に体を打ちつけて死んでいるのを発見した。

彼等は家人を呼んだ。しかし家の中はひっそり閑としていた。そして彼等は寝台に並んで蠟細工のような二つの死体を発見した。テーブルの上にはメロンの皮が残り香を放っていた。ビールの空瓶に並んで、薄荷酒の首長い瓶と、飲みかけの青い透明な液体ののこった柄つきグラスが冷く反射していた。

やどりかつら

1

外科医品川半四郎が外出の仕度をしているところへ、顔見知りの太田巡査が一人の男を同伴して来た。右腕を三角巾で首から釣っている。長身で、刺繍のある黒ビロードのルパシカを無雑作に着こなしているあたり、新劇の俳優か、舞台装置家といった風采である。太田巡査はその男と一しょに一旦診察室へ入ってきたが、すぐに品川医師を室外に呼び出して、扉の影で耳打ちした。

「掏摸《すり》の現行犯として、二週間前から留置場にいる男なんですが、右手がひどく膿み出しましてね。熱も大分あり、毎晩ひどくうめくんです。このままじゃ取調べもろくに進められずに困りますので、先生にみて頂こうということになったのです」

品川医師はうなずきながら、

「ほう、あれが掏摸ですか。そんな風には見えませんがね」

「そうです。木村又介、三十一歳。雅号は何とか言う相当名の売れた画家だそうですが、現行犯なものですから。そのくせ本人は自分が掏ったのじゃないと言いはっているんですよ」

品川医師は太田巡査と診察室へ戻った。その男は祈禱でもするかのような姿勢で身じろぎもせず回転椅子に腰かけていたが、品川医師が向い合って席につくとおもむろに瞼を開いた。すっきりした容貌だが、偏屈で自信の強そうな面魂である。首から釣った右手を出さして診察しながら、品川医師は訊ねた。

「いつから痛み出したかね」

「ぶちこまれた翌日からですから、もう十三日目になりますよ」

「人さし指から手首まで来てる。何かその負傷した覚えがあるかね」

「ありませんね。南京虫にやられたあとからじゃないかと思います」

「痛むだろう」

「少しも」

「そんなはずはない。毎晩うめくというじゃないか」

「巡査が言ったのでしょう」

「そんなことは聞かなくとも、これだけ悪化してれゃ誰だってうめくさ」

「そんなもんですかね」

横柄な顔つきである。それが小しゃくだったので、品川医師は診断の結果をずばりと宣言した。

「切断するより外に方法はない」

驚いたのは太田巡査の方だった。留置中に手術して入院となると事が面倒になる。

「注射位で何とか抑えてもらえませんか」

品川医師は首を傾げて、

「これまで悪化していては切断するより外には救えません。放射状菌による悪性膿腫ですから、命とりですよ。まあ、今のうちなら体だけは保証出来ます。それも指一本じゃありませんよ。肘関節からでないと全治の保証は出来かねます」

品川医師は追っかけるように言った。

「腕っぷしから切り落すんですか」

すると彼の鼻の脇に冷笑とも見える筋肉の微妙な動きが見えた。

「結構です。ばっさりとやってもらいましょう。その代り、私はすぐ釈放にしてもらいたいですね」

「釈放?」太田巡査はけげんな顔をした。

「むろん釈放ですよ。私にはちっともおぼえのないことなんだ。現行犯だとか何とか言われるがそんなことは私の知ったことじゃない。もしそれが本当なら、それはこいつのやったことでしょう」

彼は自分の手を憎々しげに顎で指しながら、

「だからここからばっさりと切り落されたらこいつを留置場なり刑務所なりにぶち込んでもらいたいですね。そして私はもともと何も知らないんだから、当然無罪放免ですよ」

「そんな変な理窟があるもんか。その手はお前の手じゃないか。他人の手じゃなし、勝手に動くはずはない」

「動きますよ。三十年間も私に寄生させてもらいながら、それを恩にも思わないで散々っぱら迷惑をかけつづけているのですから。そのことについては少しばかりは刑事部長の訊問の時に話したでしょう。あなたも脇にいて聞いていたじゃないですか」

「聞くには聞いたが、あんな変てこな話、誰が真に受けるもんか」

「あなたはそうでしょう。もともと頭の程度が違うんだから。しかし院長はその方面の玄人《くろうと》だし、分るはずです」

「院長さんだろうと誰だろうと、とうてい信じはせんよ」

「話す前からそんな断言が出来るもんですか」

「じゃ院長さんに話してみろ」

2

「こいつがいつ頃から勝手に動くようになったのか、はっきりはおぼえちゃいませんが、子供の頃は大したことはなかったと思います。何でもお菓子などを眺めながら、おいしそうだなと思ってるとこの手がもうその菓子を摑んで口に入れているという風で、少々心よりは先走りはしていたようですが、心と全く別の動きはしなかったのです。それがいつとはなしに心に思いもしないことをするようになりました。欲しいとも思わないものを盗むのです。その盗み方も、いつどこで習いおぼえたものか、随分すばしこいらしい。今まで仲々見つからなかったのもそのためですが、それが増長のもとで、私の心を無視して勝手な行動を取る。そのため私は一歩家から出ると、もうこいつの監視のために気を張りつめていなけれゃならんのです。いや、家にいる時だって客が来るとやはり同じことでして、人と生れて自分の手に気の許せないこと位情ないことはありません。実際この苦痛はどう言ったら分ってもらえるでしょうか」

彼は弁舌もあざやかだが、声もいい。少しのよどみもなく話しつづけた。

ものごころつく頃から絵の好きな内気な少年だったが、思えば絵の好きだったことが禍のもとかも知れない。十歳頃には誰も驚くような才走った絵を描いていた。

中学に入ると油絵を始めたが、それがまた際立ってすぐれていたので誰からも褒められる。それでいよいよ凝る一方だった。そして地方の画展にみとめられたのが十六歳でその翌年には中央画展にも初入選したので、学校の成績なんかは眼中になく、一にも絵、二にも絵という風で、母も喜ぶし、彼も宇頂天だった。

彼の描く作品は色感もすぐれていたが、殊に筆触が異彩を放っていた。彼自身としても筆を握った時の気持は一種神秘なものに思えてならなかった。彼の感覚以上に手先が鋭敏に動くのである。頭の働きから離れて手だけがひとりでに走るのである。それは不可解な現象であったけれども、決して乱暴な行動ではなくて、手みずからの奔放な意慾の表現としか思われなかった。そして出来る作品は彼が考えていたよりもはるかに素晴しいものだった。こうしたことが度重なる彼も自分の手をほんとに神秘なものとして考えるようになり、それが次第に極端に傾いた。年頃の神経過敏も手つだったのだろう。びろうな話だが不浄では一切右手を使わないほどだった。このように右手への愛着が狂信的になってきた時に、彼はおどろくべきことを知ったのだった。

　学校で級友の財布の盗難事件が起った。教室で鞄の中に入れていたのがなくなったのだった。この騒ぎの真最中に、彼は自分のポケットにその財布の入っているのに気付いたけれども、もはや返そうにも返せない状態だった。自分の手へ恐怖を抱くようになったのはそれからです。いつの間にどんな風にして盗るのか彼は少しも知らなかった。しかしそれから相次いで盗難事件は起り、その度毎に彼のポケットの中にそれらのものが入っているので、彼の手が運んでいることに間違いはなかった。

　中学を出ると彼の絵は年毎に素晴しい向上を見せたが、それに劣らず、手の悪癖もますます冴えて行った。殺風景な教室や運動場から変化の多い社会の舞台へ移った。通り一遍の生徒と違って老幼男女、あらゆる職業の者が相手なので、手先のはずみ方はただならぬものがあった。

　それが、彼の気苦労を一そう激しくした。人混みの中へ入るのが剣呑で、ことに汽車や電車に乗ることが恐ろしかった。市内に用足しに出る際は彼はほとんど歩いた。また汽車に乗らなければならない時でも、彼は二十粁《キロ》を徒歩で往復したことさえあった。しかしそういつも歩いてばかりいられるものではない。仕方なくつい電車に乗る。汽車に乗る。と、いけない。近頃の殺人的な混雑に小踊りして喜ぶのは彼の手先である。どんなに自制していても、いつの間にか躍り廻っているのだろう。降りる時はきまって財布の二つ三つは片づけてすましているのである。

　人の眼は百分の六秒よりも短い時間の物の運動は認めることが出来ないらしいので、それよりも早い速度で手先が動いているのではないかとも思ったけれど、たとえ見えないにしても、自分の手が動いたかどうかは知っていなければならないはずである。それなのに全然知らないというのだから。自分ながら不可解であった。

「こうなるともう私は敗北でした。自分の手でありながら、自分の思うままに出来ないばかりか、反対にこの手の奴のために大の男が翻弄されているのでした。やどりかつらが思うままからみ茂って、その木を枯らしてしまうように、私もこの手のために苦悩の揚句遠からず命を取られるものと諦めかけていたのです。ところが二週間前、はからずもデパートのエレベーターの出口で、本山刑事部長に右手をぐっと摑まれました。はっとして気づくと女の革財布を探っているじゃありませんか。その刹那眼の前が真っ暗になってしまいました。ですがやはり世の中というものよく出来ていると思います。留置場へぶち込まれた翌日からこのように腫れ上ってきました。南京虫のかみあとを、かき破ったあとでしょうが、いい気味じゃありませんか。先生の診断でいよいよ切り離されることになりましたが、私にはもっけの幸です。これでこの手の奴との腐れ縁も切れます。刑務所へぶち込まれようと、どうなろうと、そんなこと私の知ったことですか。私は二十年ぶりに心がほんとにゆったりします。電車に乗るにも、どこへ行くにも安心して行けます。片腕のない位何ともありません。絵が描けないのだって諦めます。この手の奴に苦しまされることを思いますと、それ位は――」

彼は一息ついて乾いた唇をなめた。

3

太田巡査は彼が自分の手をまるで他人のような言い方をする度に、いらいらしてはてはどなりつけそうなけんまくを見せるのだった。が、品川医師はそれを眼色でなだめていた。彼がやっと話し終るのを待って、品川医師はおもむろに口を切った。

「君は手の奴が手の奴がと言ってるが、人の手というものには別に意志はないよ。動く時には必ず脳が命令しているのだよ」

「じゃ先生までやはり、私が知っていて手先に盗ませたと仰言るのですか。無実の罪は着せないで下さいよ。私の知ったことじゃありませんからね」

「そんなことを言い張ったって誰も信じはしないよ」

「あなたは医者だから、その方面のことはも少し分りがいいかと思ったが、どうやら本山刑事部長や太田巡査などと大した頭の違いはないようですね」

「違おうたってそんなことで違いようはないじゃないか」

「私はね、もともと医学には素人なんですがこの手の奴に苦しめられるものですから、何とか方法はないものかとなやみぬいて、少しはその方面のことも調べてみましたが、脳の命令しない運動もやはりあるじゃありませんか。例えばピアニストが指先でキイを叩く時上手になればなるほど一々考えて弾くんじゃないそうですが」

「あれは熟練だよ。君の手の動くのとよく似ている」

「冗談じゃない。人が歩くのはどうでしょう。色々別のことを考えて、頭では歩くことを忘れている時でも歩いているじゃないですか」

「あれも一種の熟練で習性になっているんだよ。意識しないのではない。意識している証拠には、歩き止めようと思わなければ足は止まらないからね」

「じゃ、火の中にふと手先を入れた時にとっさに手を引きますね。そしてあとで手を引いたことを感じますが、あれなどは意志よりは手の運動の方が先ですが――」

「あれは反射運動さ」

と品川医師は答えたけれども、何だか次第に受太刀になってゆくような気がしてきた。

彼はそれきり打ち切るかと思っていたがなおつづけた。

「信じられんね。そんなことは」

「あなたは私が自分の盗癖をのがれるために手のせいにしているんだと考えていますね。だが私はそんな卑怯な男じゃありませんよ」

「ほう、そうかね」

「そうですとも。全く知らないんですよ。意識しない行為に対しては刑法だって処罰しないんでしょう」

「精神異状者というのなら話は通るがね」

「あなたは私をあしらっている。私をそうだと言いたいのでしょう」

「そこまでは考えんが神経衰弱じゃないかと思ってはいる」

「ふん、そうでしょう。どうせ警察の御用医者位しか勤らない頭ですから口で言っても分らないのは無理もありませんや。もう愚図々々言うのは止めましょう。無駄ですから、さ、切ってもらいましょう。ばっさり切ると、言われたからには思い切りよく切って下さい。溜飲が下りますよ」

彼は挑戦するように一膝乗り出してきた。手術は明日にのばすつもりだったが、こうなると品川医師も意地ずくでも切りたかった。

ほどなく準備は出来た。代診と看護婦とに指図して彼を手術台上の定位置に横臥させた。全身麻酔しようとすると、彼は、

「局部麻酔で結構ですよ。ほんとは麻酔なしでこいつが苦痛にのた打つところを見たいんですが、それだけはまあかんべんしてやりますか」

と空うそぶく。右肩に麻酔剤を六本注射して、品川医師は胸衣のポケットから銀時計を出しては時間を測った。四分かっきり、もう局部麻酔は充分に廻っているはずだった。

品川医師は代診にその二の腕を押さえさして、おもむろに執刀した。

彼は首をひねって自分の右腕が切り離されるのを終始眼たたきもしないで流し見ていた。腕は切り離される時にぴくりとけいれんした。そう手数はかからなかった。十二三回軽やかに鋸引かれたに過ぎなかった。離れた腕は白いほうろうびきの膿盤の上におかれた。

「いい気味だ。見てみろ」

彼の唇が低くそうつぶやいたようだったが極度の緊張が解けて、かるく瞼をつむった。

品川医師は手のかかった患者からやっと開放されたので、あと片附けを代診に委せて診察室へとひき取った。ついて出てきた太田巡査が入院中の手続きやこまごましたことを打合わせるのに生返事をしながら、彼は外出の支度を急いだ。二時間は暇取っただろう。待ちあぐんでいる友のことが気にかかって、胸衣のポケットに指先を入れたが時計がない。そんなはずはないと思って、も一度調べたがやはりない。どこにもない。

「どうかされましたか」

太田巡査がその素振りに気づいて尋ねた。

「おかしなことですが時計が、ちょっと」

「時計？　さっきまで鎖が下っていましたがね」

「そうですよ。麻酔薬を打って時間を測る時に出して見ましたから」

品川医師はまさかと思ったが、手術室にひき返した。太田巡査も妙に真剣な顔つきになってそっとついて来た。手術室の片隅の台上にあの大きな膿盤はおかれていた。磨硝子《すりガラス》から洩れてくる冬日を受けて、むくれた腕は赤い毛糸のような血うみにからまれてそこにあった。品川医

師はそれに近寄った。太田巡査も脇から覗き込んだ。

腕の毛も手指の毛ももうごめいてはいなかったが、憤怒するかのように拳をぐっと固めている。紫色の静脈を見せて五本の指が固く握りしめているその隙間から、ちらりと、しかしたしかに銀の鎖が見えているではないか。

おお、腕のやつが時計を握っている。鎖まで一しょに。いや腕がとったのではない。切断される前に、彼が盗ったのだ。品川医師はそう断定して一笑に附そうとしたが、現に局部麻酔の時に時計を出して時間を測った。時計を胸衣に入れた時は、腕の神経はもはや知覚を失っていたはずである。それから代診に関節を抑えさせて切断した。鋸引きが終る頃にぴくりとけいれんした。だがあれは器械的な動きに過ぎない。それなら切断された腕がひとりでに動いて時計を盗んだのだろうか。手術室から出てくる時に膿盤の近くをすりぬけてきたが、あの時だろうか。品川医師の瞼に切断されてぴりぴり動くとかげの尻っぽの幻が大きく浮んだ。

「いや、切断された手が動くはずはない――」

一応は打ち消したが、

「だが、現に時計はあの手が握っている」

品川医師は判断に迷って茫然と、太田巡査をかえり見ると、柄に似合わず小粒なその両眼がこちらを向いて泣き出しそうにしょんぼりとまたたいた。

後仕末を終った代診と看護婦とは彼を運搬車に乗せて入院室へ移すために手術室から出て行くところだったが、車上の彼は防水布の枕の上で首をよじらせてこちらを見た。昏睡の底にわずかに意識がさめ残っているような硬化した顔だったが、品川医師はその口もとに皮肉な皺の動いたのを見た。そればかりでなく、細く見開いた眼尻の奥から嘲笑に似た冷い光が氷のようにひらめいていた。

人面師梅朱芳

奥様、私は人面師梅朱芳と申す者でございます。梅朱芳と申しましても中華人ではありません。昨年故国に帰って来ますまでほとんど全生涯を上海《シャンハイ》で送りこの通称で通っていましたし、また今からお伝えしますこともこの名で知られていた人面師としての私に関係あるのでございます。

人面師こう言いますと能面師を想像されましょう。けれども能狂言の木面をほるのではありません。また石膏でデスマスクを作る職業でもありません。生きた人面を作る職人でございます。整形外科だと医師と申されましょうがそんな医術に類することではありませんから、やはり職人と申すべきだと思います。

生きた人面を作る——そんなばかなと奥様はてんからお信じにならないでしょう。ごもっともでございます。けれどもお笑いながらでも結構です。も少し目を通して下さいませ。

自分の顔を自分の気に入ったように作り変える——、これは人類が美を愛するようになってから幾千年来の宿願でありました。が、それは到底かなえられない悲願とされていました。クレオパトラでさえ鼻の先が少々とがり過ぎていたのを始終気にしていたと言われます。楊貴妃も額がやや張っているのを苦にしてひさし髪でかくしていたと伝えられています。これから見ても、恐らく自分の顔に満足していた者は古来一人もいなかったに違いありません。ましてぶ男しこ女《め》たちは神々の皮肉な戯れをどんなにか怨んだことでしょう。思えば人間の顔ほど悲劇的なものはありません。

この悲劇から一人でも多く救い上げるために人面師として私が手がけました男女は今まで四千人を越えています。醜婦が一夜で麗人に変って幸福な結婚生活に入る、こんな風に続々と私はその人達の運命を切換えてやりました。気まぐれな神々への挑戦——人間の仕事のうちでこれほど崇高なものが他にありましょうか。

では一体どうして顔を作り変えるのか、と疑問を抱かれましょう。先の話にも関係がありますから、かいつまんで梅朱芳独特の技工を説明いたしましょう。

奥様、コロジオンを御存知でしょうか。俗に液体絆創膏と申します。病院でよく使うあれです。涼しい香の、無色透明な液体で、傷口などに塗ると忽ち薄い膜となって皮膚に密着してしまいます。その液体の中に手先をつけて上げると、見る見る乾いて、引張ると透明な手袋がはがれてきます。全身に塗ってそれをはがすと透明な人間の袋が出来ます。あれは黄色火薬やセルロイドの原料にするニトロ・セルローズをアルコール・エーテルに溶解したものです。私が使いますのもあれと同じように忽ち皮膜状になって吸い着くものですが、コロジオンのような透明ではありません。長江筋では万寿蛇、内地ではからす蛇と呼んでいるようですが、真黒いうろこに金色の目。この蛇の卵はうずらの卵に似て斑点があります。土の中に百二三十位ずつかためて産みつけましたのを掘り出してきてそのきょろきょろした卵白だけを原料に溶剤にとかします。これは乾くと白い不透明なものとなって密着します。溶剤の加減で皮膚に同化させることも出来ます。厚く塗るとそこが思いのままにふくらんで、血管がのびてきて生来の組織と少しも変らなくなってしまいます。ただもっときめがこまかく、砒素を使ったフランス女のはだのような青白い透影を宿して、それは素晴しい魅力を放ちます。

今上海で人気を集めている名女優沈如雲の顔は、私が二十四時間で作り上げてやったものです。また印度《インド》人の宝石商の愛妾でファークル・アルアインというアラビア女は、も一人のアラビア女を連れて来て、自分と同じ顔にしてくれと頼んできましたので、仰せの通りにしてやりました。何の目的か、私は尋ねも致しませんでした。

奥様、神々への抗議に出発しました私の人面作りも、もうその頃はすっかり堕落していたのです。国際的犯罪都市上海ですので、私の噂を聞いて頼みに来る者の中には次第に犯罪者が数えられるようになりました。初めは私はむろん拒絶しました。彼等が握らせる万金には目もくれませんでした。だが私はこの命を捨てても初志を通すほどの気概はありませんでした。一度引き受けたが最後、もう毒食わば皿までです。政治犯から殺人犯まで、過去を葬りたい男達の顔を次々にこの世から消して、彼等が望む通りの顔に作り変えて送り出してやりました。もうここに至ると、その善悪は問題ではなくて、謝礼として積まれる金だけが目的となりました。豪奢な生活、それは内地とはけた外れの想像も及ばない生活ですが、それにおぼれることが唯一の楽しみとなりました。

しかし内地に帰って来てからは全くみじめな私でした。人面師梅朱芳の腕前を見せれば、その日からでも裕福な生活に入れるのは分っていました。内地にだって色々の事情から万金を投げ出しても顔を変えたい人が続出するのは分っています。が、内地ではさすがに堕落した心にもちょっぴり良心がめざめて、名女優を作り出したり、犯罪者の人相を変えたりするに忍びませんでした。もしそれをやったら、混乱の時代をこの上混乱のどん底にたたきこんでしまうでしょう。

だからと言って外に世過ぎの道を知らない私のこと、生活のみじめさに追いこまれて、かりそめの仕事を始めました。それはあるホテルの支配人をしている旧友にすすめられて、マスクを作ることでした。これは顔を作り変えるのではなくて、ただ取りはずしの出来るマスクですから引き受けたのです。

支配人から与えられた沢山の写真を参考にして、私は色々な男のマスクを作り上げました。後になって分ったのですが、それらは俳優やスポーツマンや流行歌手や小説家などで、つまり現代女性の人気のある人たちでした。誰々のマスクが作られたか、一々名を申さなくともおよその御想像はつくことと思います。

奥様、私が突然見も知らないあなたに手紙をさし上げましたのも、もうお分りのことと思います。私が作りましたマスクの中に、奥様の御主人のもあったのでございます。御許し下さい、小説家大沢門三が、その作風とその顔とで女性の人気をどんなに集めているかは、奥様が最もよく御存知のはずです。ナイト・クラブでも御主人は沢山の女性たちの競争の的になっています。

御主人と申しましても、怒らないで下さい。本当の御主人ではないのですから、ナイト・クラブには、顔や背格好の色々な男が特別契約となっていまして、夕暮時分になりますと、それとなく楽屋入りして参ります。まずマスク部屋に来て、私の世話になるわけです。上海ではその人の顔にじかに塗りつけて、ふくらみやくぼみをつけて作り変えましたが、クラブでは一時的の変装に過ぎませんから技工は簡単です。予め準備されているマスクを使うだけです。マスクにも色々の種類がありますが、普通のは額の生え際からあごの下のくびれに至るものです。手に取った時の感じは一枚の絹のハンカチとでも言いましょうか、所々が部厚になっているのは水母《くらげ》にも似て他愛のないものですが、よく吟味しますとその肉附の厚薄と手頃の弾力性と色艶とがまるで生き人間の皮膚そっくりで、梅朱芳の技工は他の追従を許さないものだということがお分りになると思います。これをカゼインで彼等の顔にぴったり密着させてやります。すると次々に俳優や流行歌手やスポーツマンや奥様の御主人が出来上ります。彼等は各自鏡に向ってメーキャップの仕上げをして髪のくせなどにも細心の注意を払います。次が衣裳部屋です。それらの人たちの洋服や着物や持物などにつきましてはホテル専属の調査員が相当立入ったところまで調査しています。その報告によって取揃えられていまず一式を身につけまして、彼等はいよいよ開幕を待ちます。

その頃はもう会員の御婦人方はホールに大むねおそろいになりまして、お茶やカクテルや煙草をのんだりふかしたりしておしゃべりが初っています。そこへ、一人二人というふうに彼等が出場に及びます。

それから型通りの社交的雑談がしばらく。次のダンスに移ると、ホールの気分は明滅するライト、浮き沈みしながらただよう風船玉の別世界と変ってしまいます。もうその頃は御婦人方の体内にはカクテルがほどよく廻って、中にはステップを乱して寄りかかり、相手の首に腕をかけて辛うじて体を支えている姿も見受けられます。このようにして御婦人方が相手を選ばれ、楽しい夜を過されるのですが、毎日同じ相手ばかりの方があるかと思いますとまた一方には次々に新しい相手を選ばれる向もありまして、御婦人のお好みがどんな風なものか、それとなく見ていて興味深いものがございます。

もちろん、御婦人方は彼等がマスクをつけた代役とは御存知ないからこそ莫大な会費を支払っていられるのです。そして虚栄と心の遊戯と体の気まぐれとを楽しんでいられるのです。もしそれが代役だと分ったら、どうしてあれほどの媚態と歓喜とをつくされるでしょう。このナイト・クラブの夜がどんな風にして明けるか、一々書きますとそれだけでどんな物語も及ばない深刻なものとなりましょうが、それが私の目的ではありません。私は奥様にお手紙を差上げました用件の方を急がねばなりません。夜が明けると、彼等はそれぞれの部屋で御婦人たちと再会を約束して別れます。そして衣裳部屋に来て扮装を脱いで、見すぼらしい自分の服装になり、私のマスク部屋に来てマスクをはぎ取ってもらいます。最後に支配人から一夜の手当を貰って、裏口から目立たないように朝の町へ消えて行きます。私は仕事部屋の窓から彼等の後姿を見送りながら、救い難い哀れさにおそわれます。マルセイユ辺でも上海でも、気まぐれな御婦人方のお相手をつとめて、それで生きている男共は沢山います。人並みの職業で生計を立てることの出来ないろくでなしです。男のくずです。けれども彼等は、自分の美貌と技工とを売物にして生きているだけでも、まだましだと言わねばなりますまい。ここの男たちは他人の美貌と名声の陰にかくれて、辛うじて生きているに過ぎないのです。男でありながら一個の人間としては生きて行けないはんぱな存在なのでございます。それは彼等にとっても情けないことに違いありません。

そのような心の現われでしょうか。つい一週間ほど前でした。このようなことが起ったのでございます。

その前夜、私がマスクをはりつけてやった男は三十八人でした。翌朝マスクをはがしに来たのは三十七人しかいません。あと一人はどうしたのか昼近くになっても姿を見せないので、念のため、各室が調べられましたが、どこにもいない。支配人が渡す手当も一名分だけ残っている。衣裳部屋に尋ねてみますと、古ぼけた背広が前夜着換えた時にぬぎ捨てたままになっている。誰のマスクが返っていないか。誰の衣裳が返っていないか。それを調べたところ、奥様、それがあなたの御主人の分だったのでございます。

次の夜になっても、その男は帰って参りません。それで支配人も私も漸く事の重大さに考え及んだのでした。

その男はそのマスクをつけてここでしがない手当をもらうよりも、小説家大沢門三になりすまして世間に出た方がもっといいことがあると知って、それを実行したのに違いない。あれほどの人気を集めている作家のこと、ナイト・クラブなどで限られた御婦人を相手にしているよりも、数多の女性の間を気ままに泳いで廻った方がどんなに面白いか分らない。また金にしたところで女性の方で競争してつぎ込むに違いない。

だがホテルとしてはそれをのんきに傍観することは出来ません。ナイト・クラブ内だけで限られた特殊の御婦人方の遊戯のお相手を彼等に勤めさせることは、今のような世の中ですから見のがして頂けるとしましても、白昼世間に飛び出して、も一人の大沢門三として気まま勝手に行動されることは、何としても許されることではないでしょう。大沢門三その人に対しましても事情を知っている私達がこのまま放任しておくことは相済まないことでございます。

一刻も早く彼の所在をつき止めなければいけない。それはナイト・クラブの秘密を守るためにも焦眉のことでしたが、私の人面師としての良心の責任でもあったのです。

その男が提出している契約書によって、彼の住所に行きましたが、案の定でたらめでした。一切の手がかりは失われました。どうしたらいいのか。あれこれと考えあぐんだ末に、私は一つの結論にたどりつきました。

大沢門三ほどの名の売れた作家だから、本人だろうと代役だろうと、その行動は決してかくれてはいない。殊に代役はその名を売りものにして派手にやっているに違いない。だから大沢門三の消息をつかむことが第一だ。同時に二つの場所で大沢門三の場所をつきとめることが出来れば、一方がその男だ。

私は御主人が連載されていますH婦人雑誌社へ電話かけて、それとなく様子を尋ねてみました。すると一昨日から執筆旅行で湯河原へ行かれているとのことでした。それで次にお宅へ電話をいたしました。奥様が出ていらっしゃいましたね。私が原稿依頼の口ぶりをもらしましたので、奥様は少しも疑われた様子などなく、はっきりと美しいお声で応待して下さいましたね。私は、実は奥様から、御主人の在宅されていることを聞きたかったのでした。そしたら湯河原に執筆旅行とふれこんで行っているのが、あの男だということになるのですから。しかし、奥様の御返事はやはり同じでした。

私は失望しながらも念のためお宿を尋ねました。そしてむだとは思いましたが、湯河原にお電話いたしました。故障のせいか電話のつながるのがひどく手間取るので止めようかと思いましたが、もうそうなると意地でした。何度も呼び出している中に三時間してやっと湯河原が出ました。ところが残念なことに、一時間ほど前にお連れ様と御一しょに修善寺へお立ちになったということでした。

「奥様と御一しょですか」

と尋ねますと、女中は言葉をにごしました。それで修善寺の宿をたしかめましたが、一向に要領を得ないまま切れてしまいました。仕方なく、お宅に尋ねたら修善寺の常宿が分りはしないかと思って二回目のお電話を致したのでございます。それとお連れ様というのが何となく気になったものですから。

この時の奥様の御返事ほど私を驚かせたことはありません。またそれは端緒をつかんだ喜びでした。

「主人は一時間前に帰って参りましたが、すぐにふせってしまいました。風気味で熱を出していますので――」

奥様、修善寺へ行かれようとして途中からお連れ様に別れて一人だけで帰宅された、と一応は考えられないこともありません。しかし湯河原を出られた時間と、帰宅され時間とがほとんど同時だとは一体何としたことでしょう。湯河原から東京までの百粁《キロ》の距離、これは黙殺出来るものではありません。

私の疑惑は残念ながら的中いたしました。大沢門三が遂に二人出現しました。一人は東京のお宅に、も一人は修善寺に向った。

どちらが真実の大沢門三か。お宅で風気味でねているのが本当の御主人でしょう。修善寺へ行ったのがあの男に違いありません。湯河原の宿の女中がお連れ様と洩らしたのは女性ファンの一人でしょう。そんな女性を連れて歩いて何の執筆が出来るものでしょうか。遊蕩三昧、それが目的でホテルからあのまま姿をくらましたのです。その女性こそいいなぶられものです。このまま放っていたら次々に彼は手がけるだろう。それは何としても許せないことです。

私は修善寺へ飛びました。宿はすぐに分りました。彼は別館の特別室に、カルメン趣味の、それは凄いほどの艶麗な女にかしずかれて原稿を執筆していました。

どうせ物真似の書きなぐりに違いない。私は案内されてその場に行きました。彼は私の来意を信じて、雑誌記者だと思って愛想よく応待してくれました。

その顔、その態度、私は看破出来たら、一刻の猶予もなく仮面をはぎ取るつもりでいましたが、何ということでしょう。奥様、こんなことを申し上げては相済まないことですが、その人はたしかにあなたの御主人でした。私の作ったマスクは他人には絶対に分りませんが、私には看破できます。その人の顔は私の作ったマスクではありませんでした。

するとお宅でふせっているのが偽の大沢門三ということになりましょう。これは尚更大変なことだ。その場を何とか取りつくろうと、私はあわてて修善寺から引き上げてきました。その足でお宅に参りました。

夜でした。玄関で私は初めて奥様にお目にかかりまし

た。何とおきれいな方でしょう。何としっとりしたお方なのでしょう。こんな方を、あの男が、と思いますと、奥様が、

「明日は気分がよくなると思いますので、失礼でございますけど、その時にして頂けませんでしょうか」

と丁重に仰言いますのをそのまま受けて引退ることはどうしても出来ませんでした。

当惑なさる奥様には御気の毒とは存じましたけれども、私は無理にお願いして座敷に通して頂きました。万古焼の花瓶と応挙の軸物を配した床の間の横は、ガラス箱の中に汐汲み人形を飾った違棚の、十二畳の広い座敷でした。二段重ねの絹袖のふくふくした布団に埋っている彼の枕もとには、その時まで奥様が坐っていられた花模様の友禅座布団に、黒猫が背を丸くして、その横には読みさしの大沢門三の恋愛小説の単行本が伏せてありました。こうした室内を見ると、私の怒りはさなきだにかき立てられました。

しかし私はそこに座を占めますと、あくまでていねいに一雑誌社員を装って挨拶致しました。彼が寝返りを打って私の顔を見たら愕然として起き直るに違いない。それを期して彼の仮面を、はいでやろうと、ひそかに心組みしておりました。

だが奥様、枕の上でおっくうに首を廻してこちらを見ましたその顔は、ああ、私が修善寺で見ましたものと同じものなのでございます。何ということか。どちらも真実の大沢門三ではないか。そんなことがあり得るだろうか。否、否、……と打ち消してはみましたものの、私はその何れをマスクと断ずることが出来なかったのでございます。私はこの時ほど自分の技工の素晴しさに驚歎したことはありません。が、何という恐ろしいことか。自分で作ったマスクを見分けることが出来ないとは――。

奥様、私はあなたの御主人には、数枚の写真でお目にかかったに過ぎません。本当のお顔は知らないのです。しかし私がこの手で作ったマスクはたとえ十年離れていましても、一目見たらすぐに看破出来る自信がありました。が、今度という今度は、どちらも私の作ったマスクではありません。

何という皮肉なことでしょう。かりそめのマスクとして作ったはずだったのに、上海で作った人面のように、本当に癒着してしまって、血管がのびてきて、皮膚組織と同化してしまったのでしょうか。本当に生きた大沢門三の顔に彼の人相が変ってしまったのでしょうか。

私はここでも美事に敗北しました。原稿依頼の件でたらめな言い草でごまかして、そそくさと帰って参りました。

しかし奥様、どのような言いのがれがあるといたしましても、この世の中に同じ時に東京と修善寺とに、二人の大沢門三が存在することはあり得ないことでございます。どちらかが、やはり偽の大沢門三だということは明らかであります。では、東京か、修善寺か。奥様、どうお考えになりますか。

御主人が湯河原へ出発されましたのは事実です。この時まではまだ大沢門三は天にも地にも一人しかいなかったのです。湯河原に二泊して修善寺に向いました。その前日の朝、ホテルから私のマスクをつけた大沢門三が遁走したのです。しかも湯河原を出た大沢門三には一人の女性が附添って修善寺まで行っている。こう考えてみますと、ホテルを出た大沢門三が修善寺まで行って代役を勤めるということはまず不可能になります。それに引換えて、執筆旅行に出たことを知って、その留守宅に病気と詐って入り込むことは易々たることではありませんか。

顔はどんなに生き写しでありましても、身のこなしなど一朝一夕に会得することは容易なことではありません。彼が風気味だと言ってねこんでいることこそ、不敵な欺瞞手段だとは考えられないでしょうか。

奥様はそれに気づかずに、何くれとなく看護をされていられます。あのやさしい奥様を思い浮べるにつけましても、彼が今日にもそのままではすまさないだろうと思いますと、私はじっとしていられない気が致します。

奥様、只今、病床にいる彼が偽の大沢門三だということを突きとめるのは奥様より外にはこの世の中には誰もいないのです。

もともと背恰好はよく似た彼を選んだのですし、顔は生き写しになっています。けれども声の調子とか、言葉のくせとか、あるいは奥様への仕草とか、体のどこかにあるほくろだとか、何かそのような特徴がきっと違っているはずでございます。それを一刻も早くたしかめて頂きたいのでございます。そしてかりそめにも御主人と信じて、妻としての愛情を誤って注がれませんように。

もしかしたら、今頃は彼はもう気分がよくなったと称して病床を離れていはしないだろうかと思いますと、いたたまれない気がします。病床にいてさりげなく家の様子を、奥様のそぶりを観察していた彼が、もういよいよ大丈夫と見定めて次の行動に移ったことになるからです。

次の行動とは、それは第一が奥様です。奥様を完全に手中に入れることが何よりも先になされなければならないことです。それに成功すれば残余のことは自然に彼の思うつぼになりましょう。

世の中のあらゆる欺瞞行為のうち、これより罪深いものがありましょうか。上海では良心を悪魔に食わせて、冷然とそれらを傍観しながら悦楽にふけったものですが、内地では辛うじてその誘惑と戦いながら、あがき支えている私です。このけなげな私の奮闘に同情して、奥様、どうぞ彼が御主人でないという確証を早くつかんで頂きたいと思います。

私は当分見えない存在となって奥様の近くにいます。奥様が確証をあげられましたら、私はすぐに現われて、彼の仮面をはぎ取ります。それが私の当然果さなければならない責務ですから。

×月×日

梅朱芳

大沢令夫人様

奥様、あのような手紙はとても信じては頂けないだろうと危んでいましたが、どうやら奥様の心は動きましたようで、私は陰からどんなに嬉しく思いましたことか。

笑い捨てるにしても、また信ずるにしても、ただ無鉄砲に走る位危険なことはございません。その点あの手紙をお読みになりましてから、すぐに彼のあらゆる点に気を配られましたことを私は気強く存じております。

あくまでも冷静に、そして気どられないように振舞われます奥様の賢明さに私は感服致しました。

まどろんでいる彼の顔を右から左から眺められていましたね。掛布団を直してやりながら近々に顔を寄せても見ていられましたね。そして御主人と寸分も違わない梅朱芳の神技に舌を巻いていられましたね。

息使いの近さにふとまぶたを開けた彼が、鼻先にある奥様の顔を知って、やにわにその手先を首にかけました時にっこり笑ってさりげなくその手を外らしながらも、なお彼の表情の動きを見ていられました。

「ほんとに邪心のない寝顔ですこと、つい見とれていたのよ」

「ふん、おだてるない」

その声の調子に、そっと耳を傾けていられました。

こうしてあれこれと手をつくしたが奥様にも黒白がつ

かなかったのでしょうか。御心痛と焦慮とがようやくお顔にも見られるようになりました。

彼が病床を離れた翌日、早速風呂を立てられましたこと、あれはいい考えでした。あなたは彼の入浴を手伝いながら、始終彼の体をそこここと眺めていられました。それには彼も気づいた様子でした。

「じろじろと人の体を見廻して何だね珍しいのか、あばずれ女じゃあるまいし」

「いやな人、少しふとったようだと思って見てるのよ、病気だったのに――」

「大した病気じゃなし、楽寝して却って保養になったのだろう」

「そうかしら」

右の腕を、左の腕を、そして両脚をと、奥様はかいがいしく洗ってやりながら、何かの確定的な相違点をとひそかに心を配られていました。知ってるようで、さてと改まると、よほどの特徴でもない限り決定づけることの出来ない人間の記憶力の貧しさが、つくづく奥様を悲しませた模様でした。それで最後にもう一度、奥様の手は彼の耳のあたりから首すじへと動きました。眼もするどくそこに注がれていました。けれども湯を浴びても、密着したマスクの境界が判別出来ないのに、奥様はとうとう失望されましたね。

だがこれは結果から見て成功でした。つまり奥様の計画は何一つとして収穫はありませんでしたが、そうした仕草から、彼は自分が疑われていることをはっきりと感じたのでした。

「体の調子がよくなったから、湯河原に出直そう」

そう言って彼は今朝お宅を出ましたね。彼は奥様に対しては諦めたのです。奥様の感覚をごまかし通すことが出来ないのをさとったからです。それとも一つは、今朝郵便受けから出てきた郵便物の中に、一通の絵葉書を発見したことも直接の動機になっています。それは奥様の目にふれないように、彼がこっそりかくしてしまいましたが、修善寺から出した御主人のおたよりでした。

二三行走り書きした通り一ぺんの絵葉書ですが、これがもし彼の手に入る前に、奥様の目にふれたら、どういうことになりましょう。湯河原からの通信でしたら、

「随分おくれて着いたもんだね、帰ってくる前の日に出したものだが――」

と空とぼける位はやりかねない彼ですが、修善寺からでは、何としても言いのがれることは出来ますまい。今

後とていつこのようなことが起るかも知れない。それを思うと、おびえてお宅に居坐っているよりも、大沢門三の人気と顔だけでのん気に大手を振って持てはやされる女性たちを求めて出て行ったのです。彼がどんなに厚顔《あつかま》しくとも、もはや再び奥様の前に現われることはないでしょう。ほんとによかったと思います。

今度帰宅されますのは、修善寺で自適されています本当の御主人です。私の不用意な差出口から、うっかり女連れのあったことまでさらけてしまいましたけれども、これは決して悪意でしたことではありません。作家の性格は複雑で、ただ一つのタイプの女には満足しないこと位は奥様としても御承知のことと存じますので、その方のことは賢明な奥様が手際よく始末なさることと思います。もともとこれは私には関係のないことですから、これ以上差出がましいことを申せるわけもございません。

私はただあくまでもお宅を出ました彼のあとを追って参ります。そして一日も早く彼の始末をつけて、御主人に御迷惑のかからないようにいたします。どうぞ御安心なさって、幸福にお暮らし遊ばすように祈ります。

×月×日

梅朱芳

大沢令夫人

奥様、私はもう御手紙はあれきり差上げないつもりでいましたのに、とうとう不吉な第三信を書かなくてはならないことを悲しんでいます。

あれから私は彼を追って行きました。彼はどこへ行ったとお思いになります。修善寺でした。

湯河原へ行くと奥様には申しましたものの、私は恐らく都内のどこかで彼は大沢門三を売ものにして遊ぶだろうとたかをくくっていました。それに、修善寺に行くとは――。彼はあの絵葉書で、そこに御主人がいられることを知っているはずです。どういう考えなのか、私は判断に迷いました。

彼は絵葉書で知っている御主人の定宿の隣りに宿を取りました。女中が驚いて、

「まあ、お隣はお気に召しませんの」

と尋ねるのに、おうように、

「ああ、近くの部屋にさわぐ客がいてゆっくり執筆も出来ないのでね」

と答えて平然と構えていました。それから一室に閉じ

籠ったきりのようでしたが、やはり御主人の行動には注意を払っていたのでしょう。翌朝彼はどてらがけでぶらりと宿を出ましたが、それには目的があったのです。彼は湯ケ島へぬける道を走って行きました。何の目的か。驚いたことには彼のずっと先を、やはりどてらがけで一人歩いて行くのは御主人ではありませんか。御主人が散歩に出られたのをかぎつけてあとをつけているのです。どうするつもりなのだろう。私はさし迫ったものを感じました。

伊豆の春はそれは心もすがすがしい風光でした。はるかにそそり立つ天城を仰いで、狩野川上流の渓谷をさかのぼる曲折の路。風化した古生層の岩はだが行く手をはばむかと思うと、忽ち青い空が開けてまた路がくねっている眼下の渓谷はかえでの林におおわれて急流からほとばしる水煙は霧となって湧き上って路を消す。四界が絶景であるのが、却って一種の凄気となって迫ってくるのでした。

あたりの眺望を楽しみながら歩いていられた御主人も、次第に距離を縮めてついて来る者のあるのに気づかれたようでした。けれどもまだ霧にぼかされていて、それはただの他人としか感じていられないようでした。

二三米《メートル》の近さになっても一向に追い越そうともしない後の男をけげんに察って、ふり返りながら立ち止った御主人の驚きを御想像下さい。

ずいと大またに歩き寄って向い合ったその男の顔。声も立てないでにんまり笑ったその顔――。

「あっ！」

と驚いて御主人がたじろがれました時に、彼の手はすばやく御主人の肩先へのびていました。

またたく間の出来事でした。御主人の体は絶壁の突端までよろめいて、虚空に浮んで、一度二度、手と足とが空しくあがいていたように見えましたが次の瞬間には急転直下霧の底へ、やがてかえでの枝の鳴る音が下の方に聞えただけでした。

私は初めて彼の本心を知りました。

何という恐ろしいことか。彼がお宅を出ました時、私は彼が奥様を断念して去ったのだと早合点して喜びました。恥ずべき皮相な観察、何とお詫びしていいのか言葉もございません。

奥様、彼はあなたとかりそめの生活を過しているうちに、本当の大沢門三になりたくなったのでしょう。あんなに美しい奥様、あんなにおしとやかな奥様、一目お会いしました時に、この私でさえ、老いこみました私の心でさえ、怪しくさわいだのですから。もしかしたら、私の第一の手紙がお手もとに届きます前に、何も御存じなかった奥様は、彼の求めるままに既にお許しになっていたのではないかと思えます。

彼とてもはや諦めたくはないでしょう。どんな犠牲を払っても大沢門三のすべてを独占したいでしょう。あの絵葉書を見た時に、即座に決意してお宅を出て行ったのに違いありません。

ああ奥様、もうすべては終りました。私はあれほど気負いこんで彼のあとを追って来ていながら、あの危機に直面しても何もなすことが出来ませんでした。老いこんだ私、腕力ではとても彼に及ばない私の哀れさをお笑い下さい。

しかし私は私なりの手はずを考えております。決して断念は致しません。

さりながら、狩野川から彼は引返すと、泊っていた宿の女中に、

「さわいでいた客が帰ったらしいから――」

とことわって、隣の御主人のホテルへ入って行きました。御主人の連れの女はその時間になってもまだ寝台を離れていませんでしたが、

「いい眺望だったよ、天城も見えてね、ついて来ないって法があるもんか」

などと事もなげにあしらっている不敵さでした。この分だと、しばらくはあの女と遊ぶつもりでしょう。そしておもむろに、奥様のもとへ再び帰ることと存じます。もう完全に大沢門三のすべてを独占し得た歓喜に心ふるわしながら、顔だけは平然と奥様の前に現われるでしょう。そして留守中の淋しさをねぎらいながら、やさしく奥様を抱き上げることでしょう。奥様、その時あなたは――ああ、私はもう書く気力がなくなりました。ただ奥様のくもらぬ御判断と御決意を待つばかりでございます。

×月×日

梅朱芳

大沢令夫人様

奥様、とうとう決行されましたね。まさかとは思っていましたが、やはりああなさるより外になかったのでしょう。

あれからほどなく出かけられましたので、私は気がか

りになってそっとお伴して参りました、行先が予想通り修善寺だと分ると、奥様の胸深くに固められた決意のほどに、私も容易ならぬ覚悟を定めました。

汽車の中で終始目を伏せて、ただ一つのことだけを考えていられましたね。青ざめたまぶたから頬にかけて、お美しいだけに、たとえようのない凄気が漂うていました。丹那のトンネルを通過する時にはただ一度だけ深い吐息をなさっていましたが、あとは祈りつづけていられるような静けさでした。

ホテルのあの特別室に奥様が入っていらっしゃると、彼女の狼狽は気の毒なほどでした。

「あなた、御遠慮なさらなくとも構いませんのよ。流行作家の私生活がどんなものか、それ位私が一番よく承知しているのですから。一々気にしてなんかいたら、やり切れるものじゃないの」

彼女の肩に手をかけて、姉のような親密さでなだめられる奥様の表情の底には不気味な火花が青く飛び散っていました。

そしてあなたは体よくつくろって、彼を散歩に誘い出されました。

「何か用かね」

彼は戸惑いながらついて来ました。

「どこまで行くのだね」

湯ケ島への路を急がれるあなたの真意をはかりかねて、彼は何度も尋ねました。やっとあのかえでの渓谷にさしかかった所まで来た時、あなたは初めて彼を真正面に見つめて仰言いました。

「あなたは、私の主人を、ここでどうなさいました」

「主人？」

「ええ、私の主人を」

「主人って、おれじゃないか」

「うそ仰言い、私は、何もかも知っているんです」

「何を言う」

「あなたこそ、何を仰言るの、私の主人をここから――」

「しづ子、お前どうかしたね」

彼はあなたの両腕をつかんで引き寄せました。

「しづ子、お前は何か感違いをしている、おれだよ、おれだよ」

彼はあなたを抱いて愛情で解決しようとしました。あなたが寄りかかられたので、彼はほっと心をゆるめて、あなたに頬を寄せながら、

「ほれ、見てごらん、天城がきれいだ。このまま二人で湯ケ島まで行こうよ」

その時でした。あなたがひらりとすりぬけられたのと、彼があっと叫んでよろめいて絶壁の外れへ泳ぎ出たのは——。そしてかえでの枝が渓谷の方でばさりとゆれて、それきりでした。

奥様、お美事でした。奥様、美事な結末でした。その人こそ、あなたの御主人なのでございます。

奥様、あなたはとうとう自分の御主人を、あなたの手で葬ってしまわれました。驚かないで下さい。

あなたの御主人こそ、大沢門三こそ、私がこの世から葬りたい男でした。そう言えば何もかもお分りだと思います。

奥様、私は梅朱芳などという人面師ではありません。人面師、それは最初から架空のことなのです。

しかしながら、たまさかの作風が人気となったのにすっかり宇頂天になって、皮相の生活に耽溺する大沢門三は作家に値しない人間です。ひたすらに筆をあやつって人の欲情をそそる艶本師です。そして浅薄な女の波にもまれて快楽を追求する。男のくずです。マスクをつけたただの男と何等変るところはありません。また彼の人気に眩惑して、修善寺まで来て一しょに遊蕩の生活をしていたあの女、私の妻かねみの軽薄さも、マスクの男たちを相手にして楽しむナイト・クラブの女たちと何の変りもありません。

人間の真実を失ったマスクだけの男や女が、今の世の中に何と多いことでしょうか。ただはなやかに、ただ晴れやかに、しかし一皮むけばすべて人間のくず。いや犬や馬や豚と何等変りはありません。かりそめに人面をしているために、却って横行し、害毒をふりまく。片っぱしから葬らなければいけません。

私はその一方の処分をあなたの手でやって頂きました。残った方のは私が当然致します。いや、もうすでに処分してしまって、そしてすがすがしい気分でこの最後のおたよりをしたためているのです。

×月×日　　　　旗田某

大沢しづ子様

日輪荘の女

1

　正式には小田切アパートというのに、日輪荘の方が通っている。大変派手に聞えるけれども、実物は何のことはない。青ペンキのはげちょろけたひょろ長い二階建で、赤屋根だけが申訳である。

　このアパートが出来た当初、誰かが日輪草の種をまいたのがきっかけで、四五年の間に周囲の空地一ぱいに拡がって、一頃は夏になると幾百幾千とも知れない大輪が競い咲いて、その壮観はゴッホの黄色い炎そこのけの一異彩だった。そんなところから風流の名がついたらしい。

　ところがその頃からアパートにねずみが急に殖えてその暴君ぶりは目に余った。ねずみ取りを仕掛けたり、だんごをばらまいたり、猫を飼ったりしたが、ねずみの殖えるのには追つけなかった。この始末に住人一同が思案にあぐんでいた時、

「張本人は、日輪だよ」

　と図星を指したのは二十四号室の大山さんであった。天津《テンシン》帰りで日輪の種は大好物である。がねずみ共ときたらそれ以上でこの臭をかぎつけると三町四方から集って来る。ねこを集めるまたたびの種と同じたぐいだと説明した。

　そこで次の年からは見つかり次第に日輪の芽立ちをむしり取ることにしたため、さすがの暴君達もあとを絶ったが、花の壮観も見られなくなった。その後、年々思い出したように畑の隅っこからその子孫がぽつんぽつんと芽っていたが、住人達が手塩にかける芋づるの猛威に圧倒されて、どうにか花をつけても、往年の花やかさはもはや見るかげもなかった。

　その年も相変らず、子沢山の住人達が芋畑に丹精している頃、それを尻目にへぼくれた日輪の芽立ちをせっせと見つけ廻って自分の畑へ移殖していたのは大山さんであった。百本ばかりを仕立てて、水やり虫とりと丹念に育てている。口さがない連中が、

「またねずみが暴れますぞ」

とくさすと、

「花を見るだけさ。種になる前に切捨てるよ」

と大山さんはうそぶく。

夏になると大輪の花が太陽をかっとふり仰いで競い咲いた美しさに、さすが彼等の中にも、もう芋畑の不粋にあきて花を愛する心がぽつぽつきざしていたので、大山さんの風流心を大っぴらに賞讃したものである。

大山さんは花がしぼむとあっさり切り倒してしまった。ところがおかしなことには、百本余りの中、花の咲いたのは半分そこそこだったのに、残りのまだ花の咲かない分まで切ってしまったのである。それを残念がると、

「虫がついたんだよ。処置なしさ」

と諦めたような口ぶりだった。

しかしほどなくその枯葉が二十四号室の天井にずらりと日蔭干しされたので、一体何の妙薬になるんですかと尋ねると、

「ふさぎの虫――」

と大山さんはぶきっちょに答えた。ところが間もなく大山さんがそれをこつこつ刻み始めたから、やもめ暮しのうさ晴らしに煎じて飲むのかと思いの外、マドロスパイプですぱすぱといい香を放ちながら涼しい顔をしている。

この時になって、花の咲かない日輪は、いや、丹念に虫を取りながら花芽をつんでいたのは煙草だったのかと、その深謀遠慮にあっと舌を巻いたものである。

こんな風に、大山さんは時々人の鼻をあかすが、根は至って好人物で、事さえなければのんびり構えている。四十四世帯ある日輪荘で、彼だけが独り暮らしというせいもある。奥さんを失ってこの方、大分久しいやもめ生活だが、別に苦にしている様子もない。再婚をすすめる人も時々あるが、その気があるのかないのか一向につかめないので、しびれを切らしてみんな立ち消えてしまう。それでも、会社がつぶれた時にはちょっと憂鬱そうに四五日出歩いていたが、すぐに新しい職を見つけてきた。体が大きいのを買われて占領軍のPX倉庫の夜番にありついたのである。その時から自炊するのをぴたりと止めてしまった。朝晩の食事はキャンプの残飯が山ほどある。少々の上前をはねても豚共にはいささかの迷惑もかからない。二十四号室には昼寝しに帰ってくるだけである。そこを見込んでアパートの持主小田切老が相談を持ちかけてきたのだった。

「遠縁の者だが、部屋がなくて困っているんで、一つ、夜だけでいいんだが置いて下さらんか」

「夜だけねえ――」

「今時、毎晩、部屋を空けとくなんて第一物騒千万でな」

「それゃ物持ちの考え方さね。御覧の通り、目ぼしい物は何一つないのだから。たけの子のなれの果てでね。まあ財産と言や、ほこりと立退料位で――」

「じゃ人を置いても一向構わないね。この住宅難の当節、夜遊ばせておくのは勿体ない」

「そういうことになるな。一部屋が二部屋分になる計算だな。うまいことを考えたもんだ」

「誤解されちゃ不本意至極で、部屋代の二重取りなんか滅相もない」

「だが昼と夜とを半々に区切ると言っても、何かの都合でかち合っちゃ、私は構わないが先方が気まずい」

「その点、あなたの出勤時間ははんこで押したようだから、先方にさえ厳守させたらいい。先方も一人だから御迷惑はかからぬようにさせるよ」

「単身赴任の部類だな」

「いいえ、姪でして、二十六になる戦争未亡人でね。デザイナーやってるんで」

「――?」

「承知して頂けば部屋代の半分はその方に持たせることにしよう」

「そういうことになるな――」

「一度連れて来るから会ってみて下さいよ」

「なに、それには及ばんさ。一つ部屋に寝起きしても、顔を合わせることはないんだから」

という工合で承知した形になった。

2

それから四日目の朝、夜番を上って帰ってみると驚いた。部屋を取違えたのではないかと思ったほど、風景が一変している。

小じんまりした洋ダンスに朱塗の円鏡台、本箱の上にはオールウェイブ、机には一米《メートル》近くもあるカルメン人形が立っている。世帯道具も新品ばかりという風で、まるで新婚家庭の明るさである。

ただ女が夜だけ泊りに来る、それ位にたかをくくっていたのに、これは何という激変であろうか。雨もりのしみた壁に一すじぶらりと淋しげに下っている自分の古手拭が、途端にいじらしくなった。部屋の真中に呆然と突立ったまま、彼は容易に動悸が静まらなかった。眠るどころの騒ぎではない。室内にあふれたこの香気、まぶしい色彩、闘牛士の赤裏マントに殺気立った猛牛のように、荒々しい息吹きが鼻の孔を突いて出る。

そこへ小田切老が「お帰りかね」と小腰をかがめて入って来た。

「ゆうべ引越して来てね。あなたによろしくって。それからこれは名刺代りにだって――」

それは赤いリボンをつけた果物の盛籠であった。

「いいねえ、やはり部屋には女気がなくちゃ。これでどうやらかっこうがつきましたわい」

老はそんな勝手な熱を上げていたが、彼が一向乗ってこないので興ざめて間もなく出て行った。乗るも乗らぬも彼はただ面食らってまだ身構えも出来ないでいたのである。

この時から、のんきだった生活が目まぐるしくなった。とは言っても別に仕事が立てこんだわけではない。相も変らず昼こうもりをきめこんでこの一室に閉じこもっている姿に変りはないが、つまり神経のめぐりが忙しくなったのである。

毎朝帰ってくると、押入れを開けて毛布を引きずり出してごろんと横になったが最後、夕方までは寝返り一つ打たなかったのに、押入れを開けた瞬間からもういけない。今までがらんとしていた押入れの半分に、きちんと入っている友禅の重ね蒲団。見まいとしても必ず目が向く。その残像を払いのけながら、頭から毛布をひっかぶって眼をつむるのだが、いけない。夜あの友禅に埋れる人の姿がまぶたに浮ぶ。

どんな女だろうか。考え出すともう駄目である。目がさえて、持前の癖が出て、考えは次から次へと突走って止まる所を知らない。

戸口の下足箱にのっかっている靴から察すると小柄の女である。小豆と薄茶のハイヒールが二足。どちらもしゃれた流行型で、九文半そこそこ。だから丈も小さいはずだ。八寸かな。あの靴はいてせいぜい五尺どころだろう。ちょっと残念なような気がする。そうなるともう寝てなぞいられない。むくりと起き上って洋タンスに手をかけた。さもしい気がして手先を退いたが、どうにも納まらないで思い切って開けてみた。とりどりの服がずらりと掛っている。手頃なローネックのワンピースを取出して、そっと胸にあててみた。小柄の女にしては存外に長い。ロングスカートのせいではない。肩から腰までの長さを測ってみると、どうしても五尺二寸は下らない体つきになる。そして胴のくびれがしまっている割合に腰廻りが逞しい。シュミーズを取出してみる。案の定、腰のあたりの縫目に少々無理な痛みが出ている。コルセットはA型だ。ブラジャーを見ると、そのたるみから乳房の健康な張りがはっきりとつかめた。こうなると体は大柄で、足の小さな女ということになる。手も小さいに違いない。洋タンスの小引出を開けてみた。鹿皮の手袋が入っている。予想通りだ。そっと手にはめてみようとしたが、とてもごつい指は受けつけない。ついでにロケットやブローチや香水なども調べてみる。いい趣味だ。とにかくすごく上々の上揃いである。ゲラン、コティ、ウビガンという代物が、夢もはるかな佳香を放つ。下の引出しからは十足余りの絹とナイロンの古靴下が出てきた。どれもサイズは二十二。洗濯ずみだが、足裏のすれ工合から見ると、並以上に土ふまずがくぼんでいる。すると甲が高いことになる。そんな足の持主は十中八九まで中肉で顔は彫刻的のはずである。

二十六になる未亡人のデザイナー。あのハイヒールにあのローネック、丈は五尺二寸で手足は上品で、胸と腰とははつらつとして、あのロケットが首筋に、そして香水が膚の香と共にただよい——さてその膚の色は白か小麦か、そこでぱったりと行き詰った。

だが首を叩きながら室内をぐるぐると三分も歩き廻っている中に鍵は分った。鏡台の引出しを開けて見る。粉白粉《おしろい》は小麦ととびと浅緑の三種を使っている。白粉十二色の中白系統を使わないのは、地膚が白いためなのだ。口紅も頬紅も暗色が多い。眉墨を持たないのは、毛濃いせいか。解きぐしを取ると、三四本の毛がからんでいる。太い毛筋ではないが、濃い。痛みのないのはコールドパーマである。

色白く眉濃い彫刻的な面影、そこまでは分ったが、目は鼻は口は——。ああもあろうか。こうもあろうかと眼前に描いてみたが結局は駄目だった。写真さえあればと、次の日からはその調査に忙殺された。

どこにもない。残っているのは鍵のかかっている本箱だけとなった。しかしそれを開けるのはさすがに気がさした。

いっそ出勤時間をちょっとずらせば、わけなく会えるのにと思う。しかし、小田切老を通して時間厳守を約束させた手前がある。その上、もしかしたら、毎日そこここをあさり廻しているのを感づかれでもしていたら、どの顔下げて彼女の前に出れよう。

こうなるとやはり写真を発見するより外はない。鍵のかかっている本箱、写真以外にも何かかくされているようで、もうどうにも心が落着かなかった。

3

今日開けようか、明日にしようかと、思い惑いながら五日は過ぎた。六日目はどうにもならず、苦心惨憺二時間かかってやっとこじ開けた。沢山のスタイルブックの外にバルザックやモーパッサンの本が列んでいる。その間にアルバムの一冊でもないかと捜したが残念ながら見当らない。下の小引出だろうか。しかしその鍵は遂に開けることが出来なかったし、アルバムの入る余地はないので諦めた。

人並すぐれて立派な姿の女で、派手好みだから、アルバム一冊持たないはずはない。自信のある女ほど写真に映ることは好きである。がない。もしかしたら醜い顔ではあるまいか。とげとげしい、狐のような――。たとえそっちであっても未亡人であるからには亡夫の写真なども大切にしまっているのが相場だが。待てよ。そうだ。彼女は引揚者か、戦災者に違いない。持物に一つとして古びたものがないのは、その証拠だ。

夫だけでなく、すべての所持品まで戦争のために失った彼女。彼はひとひしと同情に胸をしめつけられた。と同時に、自分がたけのこで一品々々を失ってしまったこの数年間に彼女は女の腕一つでこれだけの身の廻りを整えている。

「えらいもんだ――」

とつくづく感心した。そんな女は理智的な顔に決っている。髪はアップ、白い襟あし。釣り気味の眉の下に、知性の眼、口はきゅっとしまって――とあとは勝手に飛躍するのである。

こんな風にして昼間を忙殺されるから、夕方はおちおち眠る間もなく出勤しなければならない。夜、ＰＸの倉庫にもたれて寝不足の眼で空を仰ぐと、星のまたたく視界に浮び上ってくるのは、心に描いた彼女の面ざしであった。

ある日、帰ってみると、窓際に高々と丸首シャツが干してある。汚れ散らしたまま押入れの隅に投げ込んでいた代物である。彼女の色ハンカチと並んで朝の陽ざしを受けてひらひらしている。

彼は胸がじーんと鳴動した。相済まぬ。彼女の持物をさぐるさもしい行動に較べて、何と羨しい心使いであろう。

その日一日だけは自らを恥じて、すぐさま毛布をひっかぶった。夕方出かける時に、久しぶりにさばさばしたそのシャツを着ると、そのまま礼一つ述べないのも義理を欠くと思って、洗濯して頂いて恐縮に存じますと書いた紙片を鏡台におき、その上に洗濯石鹼を乗せておいた。すると翌朝は毛布に真新しい襟布がつけられているばかりでなく、下足箱にぬぎ捨てていた靴下がきれいに洗濯され、彼女のナイロンのストッキングと窓にぶら下って仲よく戯れていた。そして机の上に便箋がある。

――靴下は乾いてもおはきにならないで。今晩破れている所をつくろいますから。くみ子――

と典雅な流し文字である。くみ子、くみ子、いい名ではないか。この名から受ける印象とやさしい仕草によって、彼が描いていた心の面影は眼もと口もとに修正が加えられてこまやかな情緒が一しお増した。

こうして彼女への親密感は日毎に深まっていたのに、突然一枚の葉書が舞い込んできた。

それは差出人が石田平吾となっている。宛名は日輪荘二十四号室、大山気附、津村くみ子。裏を返せば訳なく読めるのが悪かった。

しばらくの間殊勝にも鳴りをひそめていた例の癖が、手綱を切られて猛り立った。

――前略、あれ以来さっぱり寄りつかないがどうしているか。るみ坊の件、預る当初から懸念していた通り、やはりうまく行かぬ。手を焼かせるばかりで、困りぬいている。日が経てばきっと人見知りしないようになるとお前は言っていたが、却ってすねるばかりで、毎日泣きつづけ、食事もろくに取らない。このまま過していたら病みつくのは必定だ。やはりお前の手で育てなければいかん。一日も早く引取りに来てもらいたい――。

書きなぐりの荒々しい文字である。子供を押しつけられて迷惑している男の怒りが文字の走りにほとばしっている。

るみ坊、坊とは書いているが、男の子ではあるまい。

彼女の名くみ子から察すると、るみ子という女の子に違いない。

小田切老は一人と言った。なるほどここには一人で来た。が、子供を預けてきたのだ。未亡人に子供のあるのは少しも不都合ではないが、子供を押しつけている石田平吾という男とはどんな関係があるのだろう。お前と呼び捨てにしている。再婚した男だろうか。しかし別れた後まで前夫の子を預る馬鹿はいない。してみると再婚して出来た子だろう。それにしては人見知りして父親になつかないというのがおかしい。つまり父親は母親と一しょに生活していなかったということになる。彼女は二号だったのだろう。身の廻り一切が分不相応なのは読めた。どうせ日蔭の身なので、旦那に買わせるだけ買わせたのに違いない。そんな始末で愛想つかされるか何かで分れてしまったのだろう。下らない女だ。

彼女への心証は白から黒に変ってしまった。そうしている中にまた葉書が来た。速達だった。

——冠略、先便にてあれほど言っていたのに、会いにも来ないので、るみ坊はとうとう病みついた。医者の診断では栄養不良と言っている。もともとあんなに沈み込んでいては、何の病気にだってかかるのは当り前のことだ。それにしても、一度位は見舞いに来てくれてもよさそうなものだ。

会えばまた未練も起る、るみ坊も思い出して一層別れているのがつらくなる、だから会わない方がいい、とお前は言う。人聞きはもっとものようだが、それはつまりお前の逃げ口上だ。飽までおれに押しつけ通そう下心とよりしか受け取れない。

どうしても引取らないつもりなら、当方でも、もしもの場合は責任を負わないから、そのことは承知しておいてもらいたい——。

いよいよ切迫した文面だった。彼女は前便に対して返事を出している模様だが、それについて彼はひどくからんでいる。どちらの言分が真実なのだろう。

小田切老に尋ねてみようか。が、彼女の身辺に立ち入ってせんさくするのを変に取られるようで気がさす。よしそんな見栄を捨てて尋ねたにしても、自分の姪の過去について、ふしだらなことまで洗いざらいさらけてくれもすまい。それなら尋ねない方がましだ。

いっそのこと、彼女の持物を徹底的に洗ってみよう。きっと新しい事実がつかめる。

彼は否応なしに最後の肚を決めた。

4

それからは朝帰ってくると、疲れもいとわず、しらみつぶしに洗い立て初めた。一度調査済みのものでも改めてやり直した。しかしすべては徒労だった。そして残ったのは結局この前開けなかった本箱の引出しだけとなった。合鍵を捜し出すまで何日も町をかけずり廻った。そしてとにかく開けることに成功した。しかしそこから発見したものは、生理日の用品と保険証書と預金帳と、おびただしいカルモチンだった。無意味と言えば言える。しかし彼はこれらのものから、何かをかぎ出そうと努めた。

用品と証書には何の変りもなかった。通帳には十二万円の預金高が記載されている。十二万円、女手の生活にしては巨額である。以前ならデザイナーとしての彼女の腕前に驚嘆したかも知れない。が、今となっては、男からの手切金としか思えない。

沢山のカルモチンが最もよくそれを立証している。表面はどんな派手な生活でも、ふしだらな過去への煩悶を葬ることが出来ないのは当然なのだ。まして一人の子を放りぱなしにしていては、やはり眠れない夜がつづくに違いない。新しい空瓶がこんなにある所から見ても、相当量を毎晩連用している。ざまあみろだ。

もう写真など捜す必要もない。そんな女の顔を拝んだとて何の足しになろう。どうせ口紅をぐいぐい引きまくって、眼ぶたを青くした女に相場は決っている。

そんな時に、また石田平吾からの手紙と小さな包みをメッセンジャが届けて行った。

手紙。一度は彼女の鏡台の上に放り出したものの、今度に限ってメッセンジャに配達させたのが気にかかった。そして小さな包み。疑い出すとそのままには見過せない。決心して、永い時間かかって慎重に開封してみた。便箋はわずかに二枚。だが予感は的中した。

——るみ坊は死んだ。医師が色々薬を呑ませようと手をつくしたが、どうしても受けつけない。それで仕方なく毎日注射してもらった。今日は容態がひどく悪化していたので注射量を倍にして打った。それが終るか終らないうちに、はかなく死んでしまった。散々手を焼かされたが、こうなってみると可哀そうでならない。あれだけ引取るように言っていた時に引取っておけば、こんな始末にならないで済むのだったに。お前の留守中はそれは困ったかも知れないが、しかしるみ坊がいれば、そんな傍若無人に荒されないでも済んだだろうと思う。実際そんなに見境いもなくやられたら誰でも困るのは当り前だ。気狂沙汰というより外はない。しかしそんなことで気を腐らしてカルモチンを常用するのはいけない。るみ坊が死んで、それでなくてさえ当分は気が滅入るだろうから。小田切さんに相談してみても、どうせ駄目だろう。近頃は借り手の腰が強いので、あのアパートも言わば放任の形だろうから。どうせなまじっかな方法ではだめだ。いっそのこと思い切って薬で片づけろ。何処で野垂れ死のうと構うものか。他人のことなど構っていられる時代じゃないんだ。てきめんな薬を届ける。これだと大した手数はかからないで、後腐れもないはずだ——。

読みながらわきの下にびっしょり冷汗をかいた。

彼女の所持品を手当り次第にさぐり廻っていたのをすっかり感づかれていたのだ。後始末には細心の注意を払ったつもりだったが、やはりあれだけ毎日かき廻していては、感づかれないのがうそだろう。それにしても気狂沙汰とは何だ。野垂れ死にしても構わぬとは何と不届千万な言分か。

一旦は別れたものの、石田はまた未練が出て、彼女と同室しているおれを嫉妬している。あれしきのことを言いがかりに、とんでもない考えを起すとは、彼こそ気狂沙汰だ。畜生、何でおめおめその手に乗るものか。

小さな包みを開いてみると、幾重にも包んだ中から白いさらさらとした微結晶の小瓶が出てきた。これだ。少量をぬき取ってあとはもと通りに始末して、手紙と一しょに鏡台の上においた。

その日じっくりと考えた彼は、翌朝帰ってくる路で市場に廻って牛もつを買ってきた。そして白い微結晶をふりかけて、アパートの裏の塵捨場にさりげなく投げ捨てた。そこはアパートの住人達に飼われている犬や猫共の食堂である。近所からもお招伴に来る。

二階の窓から監視していると三十分もたたない中に、三毛猫と黒猫とが現われて、いがみ合いながらさらって行った。残ったのを白い子猫が出てきて、しっぽを立てて食っていた。三匹とも見おぼえのあるアパート内の猫である。それから間もなく、女房達が騒ぎ出した。子猫が共同炊事場でぽくりと死んだ。三毛は芋畑で、苦悶の揚句のびていた。

彼はくわえ煙草にふところ手をして、素知らぬふりで見に出たが、半眼を開いたままの死の表情に、さすがに慄然となった。

5

その翌朝である。帰ってみると朱塗のちゃぶ台の上にビールが二本のっている。小さな化粧紙に、

――おビールが配給になりました、おあけ下さいまし。おさかながおそまつですけど、くみ子――。

と走り書きの文字はやさしく典雅である。布片をあげるとビフテキにサラダがついている。何も知らない前なら、重なる好意に心を高鳴らせて有難く頂戴したに違いない。だがもうそれほどのお人好しとは勝手が違うのだ。うかうか乗せられてたまるものか。

さて、これをどこに捨てたものかと思案している時に、来訪者があった。色の浅黒い、人を食った面構えをしている。

「くみはもう出ましたかい」

のっけからこの挨拶である。その口ぶりから、こいつ石田だなと直感したのだ。

「石田さんでしょう」

とかぶせると、図星をさされてとまどったが、すぐに立ち直って、

「あなたは大山さんですか」

ととぼけやがる。畜生め、猫かぶりやがって、おれがくたばった頃だと見定めて、高見の見物に来たくせに。ふん御相憎様だ。そちらがその手で来るならこちらもこの手で行く。

「私、大山です、初めまして」

「いやあ、こちらこそ」

「さ、どうぞ、お上り下さい。恰度今し方入れ違いに出かけられたようですが、せっかくこれが用意されていますので、お近づきに一杯どうぞ」

とやんわりと下手から出てみる。と果して、

「いやあ、どうも、私はその方は一向に不調法でして」

と急に逃げ腰になった。すねの傷を吹き分けられて肝を冷やしたな。が、絶好の機会を逃がすものか。しかしうわべはあくまで鄭重に押しつける。

「まあ、そう仰言らないで、お茶代りですよ。さ、さ、どうぞ、ぐっと」

「いいえ、急ぎますので」

何と引き止めても逃げを打つ。もうこれまでと見究めがついたので、ぐいとその肩を摑んで引き戻した。

「おい！　石田」

睨みつけると、相手はぎくんとした。

「きさま、せっかくさしたのを、なぜ受けぬ。訳を言え」

「何を言うんです。あなた、急に」

白を切るその図々しさに、もうかっとなった。

「受けられねえだろう。そのはずだ。この野郎！」

吐きつけるなり、なぐりかかり、それをかわす石田と二もみ三もみしているはずみに、どうと廊下に倒れた。上になり下になり、なぐり合う。この騒ぎに驚いて女房達が走り出て来る。狭い廊下はすぐに人だかりになった。男達は皆出払っているので、止めようにも止め手がない。女の一人が裏へつっ走って、空地をへだてた所に閑居している小田切老を引っ張った時には、二人共鼻血にまみれてへとへとになっていた。

「一体、どうしたんですかい。このざまは。大の男がつかみ合ってみっともない」

やっと引離された大山さんは荒々しい息を吐きつづけながら、

「わけを聞きたけれゃ、くみ子を呼べ。この石田がごまかそうたって、二人を対決させて、おれが口を割らせてみせる」

と断言した。それでとうとう彼女まで出店から呼びもどされた。

かけつけて来た彼女を見た時、大山さんはかねて心に描いていた姿と寸分違わないのに自分ながら驚いた。彫刻的な顔は緊張して一そう美しかった。けれどもこの女が石田の指図通りに動いたのかと思うと、憎さは百倍した。そしてくみ子も石田も飽まで白を切ろうとするので到頭ぶちまいた。

「じゃ昨日、猫が死んだのを知らないはずはなかろう」

あれはお前が寄越した薬をおかしいと直感したので、おれが試してみたんだ、と続けるつもりだったのに、石田があわててさえぎった。

「あなたの飼猫だったら御免んなさい」

「おれのだろうと、誰のだろうと、あんな無慙な死に方をしたのは一体何だと思ってるか。覚えがないとは言わせぬぞ」

「すみません。実はそのことで急いで来たのですよ。

ゆうべ、小田切さんが碁打ちに見えて、アパートの猫が三匹も一しょに狂い死にした。病気にしてはおかしい。猫いらずで死んだねずみでも食ったのだろうかと話されましたので、ぴんと来ましてね。実はくみ子にねずみの薬を届けてやったのですが、やたらに使い過ぎてるのに違いないんで、注意しにやって来たのです」

「ねずみの薬?」

大山さんは目まいを感じた。誰も真相に気づいている模様はない。昨日急死した猫三匹は、毒死したねずみを食ったせいだと、思っている。彼女も石田も申訳ない顔をしている。

「近頃、このアパートにはねずみが横行して、夜眠れないで困るって、くみがこぼしていたものですからね」

「そうですか、そんなにねずみが荒していますか」

「大山さん、あなたは御存知ないはずですわ。夜はいらっしゃらないから。とてもひどいんですのよ」

「そいつあ、ちっとも——」

「あたしのるみ坊が、もっと大きかったら、あなたに無理にもお願いして、お部屋において頂いたのだけど、まだ生れて間もない小猫でね。役に立つどころか、御迷惑をかけるばかりでしょ。だから兄さんの所に預けたんだけど、じきに死んじまって——ぐちねえ。こんなこと。大山さん、あたしがねずみだんごにやたらに薬入れなきゃ、こんな騒ぎは起らなかったのよ。御免んなさい。ほんとに、すみませんわ」

心から彼女にわびられると、彼は全身びっしょり冷汗で、穴にも入りたい気持で、大きな体の処置に困った。

これがきっかけとなって、彼女と大山さんは急角度に親密になって行った。

「人の飼猫が死んだ位であんなにむきになるなんて、あなたって、柄になく無邪気な方だわ——」

彼女はそんなことを洩らして、しげしげと彼の戸惑う表情を楽しむのだった。そして間もなく結婚することになった。

「大山さん、わしゃね、あなたの人柄を見込んで、最初からこうなってもらいたいつもりでくみ子を置いてもらったんですわい。あの子のようなちゃきちゃき女はね。あなたのような大まかな、それでいて筋の強い人でないとうまが合わないんですからな」

大山さんはこれには恐縮している。そしてあの頃の行動については生涯口を割らないつもりである。そして来年からはもっと大々的に日輪草を咲かせようと思っている。ねずみが殖えても構わない。記念すべき月下氷人なのだから。

翡翠湖の悲劇

1

ひすい湖――観光案内には月並みながら、湖畔の残照をコロタイプにして入れ、次のような紹介文まで麗々しく掲げているのに、近来の旅行者ときたら、温泉場の俗臭紛々たる歓楽に惑溺して長滞在する苦面はしても、寸暇をさいて、わずか二町がほどのこの奥地まで杖を引いて、静寂幽遠な風光を賞しようとする者は、指折り数えるほどもない。

だから、ひすい湖の神韻漂々たる境地も、心なき土足にふみ荒されもしないで、昔ながらの清浄さに明けては暮れていることは、思えば却ってそのための功徳ではある。

――古くは行基菩薩瞑想の聖地であり、また旧幕時代には殉教者セシリア順次郎、フェイレラお安を初め十六名のバテレンがころびを拒んで十字架にかけられ、鮮血は湖水を染め、三百年後の今もなお、紅ひるもの花となって、年々歳々湖面を彩っている。春は大楓林の新芽が真珠のすだれを連ねて岸を巡り、雪解けの水面にはおぼろな月を浮かす。夏には深緑は青めのうの波紋をくり拡げ、巒気肌を刺し、白雲漠々、烈日の空を走るかと見れば、散んじては湖底に宿して水藻の花と化す。秋ともなれば、燃え立つ楓の倒影は、水中に珊瑚の群落を現出して、銀魚の去来する深みには艶然豪華な竜宮城の夢を開く。やがて冬来り、枯林に白銀の樹氷が咲くと、一変して湖底には凛烈荘厳な月宮殿を見る。

四季を通じての日もあやな大楓林の変転と湖面の幻影は、朝昼夕夜の光と影との複雑な交錯によって感興果つるなき風韻を添えるが、湖畔の絶景は、けだし、初夏に止めを刺す。

天地の生気は躍動して、大楓林の若葉はさながら黄炎となって火花を散らし、豪華無双の黄金の彫鏤《ちょうる》で、蒼空の無限を凝集した鏡面をふち取る。水辺に一斉に咲き出る紅ひるもの花は、黒耀石を刻んだ楕円型の葉の重畳を分けて、ぐっと穂状花序を突き出し、伝説そのままに、しぶく血の宿命とルビー色の光輝に、妖麗神秘な香気は四辺に立ちこめる。

光彩陸離たるこの風光に海内無双の名を恣にさせるのは、この湖面をかすめて飛び交うひすいの群であろう。高く低く、しぶきを散らすかと見れば、上空へ舞い上り、消えるかと見ればひらりと返えして銀矢の如く落ちてくる。縦横無尽に乱舞する羽のかがやきは、白日の流星が、湖底より噴き上げる碧玉青玉の散華か、幽寂華麗な夢幻境は天然のビードロ絵さながらで——。

案内書が、月並な美辞麗句を並べ立てて、ざっとこんな風に吹聴しているので、誰しも湖名の由来をひすいの群にあると信ずるのも無理はない。しかしひすいがそんなに乱舞するのは、巣ごもりに入る春さきだけで、あとは、ちらりほらりと見られるに過ぎない。では案内書は虚伝を流布して観光客を吸集しようとしているのか。それはともかく、ひすい湖の風光は、ひすいの乱舞には無関係に、案内書が力み返えるだけあって、たしかに卓絶している。

湖畔に住む土地の者は、その名の真の由来は、湖水の清澄無限、千変万化の影を映じて透徹無類の光輝を散つひすい色に帰している。

その点では案内書の美辞麗句を以ても、なお尽くし得ない。時たま飄然と探勝する風流人の手にしたカメラの単色の無能さを慨歎させるのも変幻自在な生彩にある。またこの風光に挑戦して、キャンバスに再現しようと試みた画家もなくはないが、誰一人として完成した者を聞かない。絵具の色調と、天然の無法なまでに奔放な粉飾との懸隔は、人間の非才では補う技法がなく、徒に筆を折りキャンバスを切り裂いて、悄然と立ち去るのがならわしとされている。

それを知ってか、知らないでか、頃日来《けいじつらい》、不敵にも、この湖畔に画架を立てて、パレットの絵具を造化の妙に擬しながら、キャンバスに、画筆を揮っているのは、黒田研堂である。

長身赭顔、耳を蔽う長髪を黒のベレでおさえ、これも黒のルパシカを、大手房の垂れたポヤスでぐいと引きしめている。一息入れてまた画筆を取る前には、数歩を距ててキャンバスの上下左右を見廻わしながら、構図と配色の工合にしばし首を傾けて沈思する。それから右肩を釣り気味に、縞のずぼんを曲げずにおもむろに歩み出る大掛りな風貌は、どう見ても衒気紛々、気障この上もない似而非《えせ》画家の部類に属すると見られるが、自分ではどうして、世界画壇の最高水準サロン・ドートーヌで、ドランやルオー等の大家と肩を並べて出品したフランス帰りの野獣派の新鋭だと、大言壮語して憚らない。

ここで描き上げるこの一作は、セザンヌの「水浴の裸婦」をして顔色なからしめ、マチスやピカソ輩も何のそのとうそぶいている。なるほど黄金の林に囲まれた湖畔、ひすいの水面に浮かぶ紅ひるも、この水辺に配した五人の裸婦、その着想は卓抜には違いないが、キャンバスに塗られた絵具が、どうやら夕雲のわき立つように見えるのは、五人の裸婦であろうか。その向うのコバルト・ブルーは空か湖か、この絶景と裸婦をどのように盛り上げる意図があるのか、今のところは完成にはほど遠く、果して海のものか、山のものか見当さえつかない。

裸婦のモデルは清水博士夫人。異国風な眉目の美しさもさりながら、素肌ともまがうナイロンの海水着姿は、均整のとれた、大胆無碍《むげ》にのび切った肢体の曲線美と、重量感と、肌の光は、肉体の美を燦然と誇って、四界の景観に挑む。黒田研堂にこの大作の野心を起させたのは、ひすい湖よりもむしろ夫人の肢体美ではないかとさえ疑われる。

夫人もまた、自らの肉体を太陽の光に秘めるのを惜しむのか。百号の大作が豪華な額縁に飾られて、秋の上野の人気をこの一点に集め、衆人讃歎の視線を浴びる日を夢に見て心がときめくのか。疲れて若草にまどろむ女、ひざを立てぬれ髪をすく女、ぐっと乳房を張り、腕をのばして果実を採る女、背面、側面、正面、立姿、寝姿と、五人の裸婦のポーズを一人でこなして、艶然微笑を含んでいる風情は、黒田のキャンバス等は無用の長物、大自然のキャンバスに絶景を調和して描き出された生きた一大傑作であろう。

2

画筆を止めては、肩を落して身を退き、まぶたを細めて夫人を眺めて、キャンバスと見較べ、また画筆を走らせようとした黒田は、ためらい、沈思し、果てはうなって、大の字に立ちはだかったまま、動くことを忘れたように見えた。

夫人はそれと気づいて、いぶかしくまたたいた。

「どうしたのさ、急に――」

「まゆみさん、自然の美と、人間の美は、どちらが美しいと思う」

「愚問よ、そんな文句」

「聞き捨てならぬ」

「こちらこそ。自然の美と、まゆみの美は、どちらが美しい、と訂正するものよ」

「しょってるね」

「いささかは――」

「ところで、訂正したら、万事お気に召して、何でもきいてくれる?」

「どんなこと」

「オール・ヌード」

「また、そのこと。今だって、オール・ヌードと変りないじゃないの」

「違う。そのつもりで描いているんだが、どうも陰影も、質感も、さっぱり出ない」

「それゃ腕不足さ」

「何の。海水着のモデルを見て、オール・ヌードに描き上るって芸当は、古往今来聞いたためしはないね。無理な話さ」

「今になってそんな愚痴をこぼすなんて、卑怯よ。だったらあたし、もうよすわ」

「駄々もほどほどにしろよ。僕を怒らしちゃ、どういうことになるか、君が一番よく知ってるはずさ」

「だから否応なしとでも仰言るつもり?」

「まあいい、今夜でもゆっくり相談するとしよう」

「いやに自信たっぷりな嫌味ね。だけど、あたし、はっきり言っとくわ。今だって、今晩だって、あたしの返事には変りはないことよ」

「結構、有難く拝聴致しておきましょう。だがね、君は、まさか、僕達のことを一也君にもらしはしないだろうね」

「あたしはそんな弱虫に見えて? 失礼しちゃうわ。自分のことは、自分だけで始末出来る女なのよ。あたしは」

「だが、近頃、一也君が、僕を見る眼がひどく敵意を含んでるんだ」

「あなたの気のせいよ、そんなこと」

「ひどく向う意気が強くなったもんだね。結婚して」

「そんな無駄口は止して、早くお描き、さあ」

夫人は命ずるように促して、あざやかにポーズを取った。

その頃、清水博士の先妻の遺児、一也青年は、大楓林を横切って、ひすい湖への羊腸の路を息を切らして急いでいた。

だらだら坂にさしかかるあたりから、黄金の梢を透す光は真正面に射しつけ、まぶしさと、若葉の香りにむせながら、彼は、なお足を早めて、うっすらと汗ばんできた。

やっと林が切れて、蘇えるような湖面のひすい色が、ぱっと視界に開けた。

「お母さん――」

呼びかけようとして、息をのんだ。そして自分の眼を疑い、視線を凝らしたまま、生い茂る草陰にうずくまってしまった。

一也は見た。悲しくも、若い母の裸体ともまごう美しい姿を。

太陽をまともに浴びて光っている豊かな肢体と、大らかなポーズとは、それは天然の美と恵みとを一身に集めるギリシャの芸術の女神エラトの再現さながらであるが、その前に黒田がキャンバスを立てて相対していることが、この上もない冒瀆である。キャンバスに形どられているデフォルムと色調とに、一也は野獣の息吹を感じて不快この上なかった。

忌々しさに一也はこぶしを固めた。五つしか違わない若い母が、父に愛されることにさえ、息苦しさを覚える一也だった。嫉妬しているなどとは思いもしなかったが、母の美しさにあこがれている自分を否定することは出来なかった。

母とただ二人きりで向い合うと、まぶしくて、話すにも心がおくする。そのくせ、いつまでも母の身近かにいないと切なさに体がうずくのであった。

母の旧知だという黒田を最初に見た時から、一也は不吉と危険の予感に襲われた。なぜというわけではない。若々しい触角が本能的に感じ取ったのである。

フランスから帰朝して間もないという黒田は、ひすい湖の風光を飄然と探勝に来たその日から、一也の家に滞在することになって、まるで家族の一員であるかのように無遠慮に振舞うばかりでなく、母をモデルに乞うたのであった。一也はその不遜と厚顔とに激しい敵意を抱いた。せめて父が、黒田の申出を拒絶してくれることをひそかに期待していたのに、淡々と許した。父はそんな人である。しかし、一也はこの時ほど父の淡白を怨んだことはなかった。

父は間もなく所用で東京へ行った。この頃から優雅だった母の様子が一変したように見えた。変ったのではなくて、枯淡な父の前では影を潜めていたも一つの性格が、黒田の体臭にゆすぶられて、よみがえったとしか思えない。母の眼、若い肌、唇の色、髪の艶に至るまで生気を吹き返して、まぶしいまでに輝き出したが、それは悲しくも、驕慢、虚栄、多情、耽溺、女の俗性の化身となって、曼珠沙華《まんじゅしゃげ》の毒々しさに外ならなかった。そして父の不在中はほとんど黒田の部屋に入りびたっていた母——。

一也は何度か決心して、母の翻意を促そうとしたけれども、母の前に立つと、言葉は舌の根に凍りついてしまう。

「どうしたの、一也さん。近頃顔色がさえないのね」

母の手が肩にかかり、近々に顔を寄せられると、そのまま豊かな胸に顔を埋めたくなる心を叱りつけて、辛うじて立直る。この苦しみを見ぬいていながら、しかも楽しむかのように彼女はなおもまつわりついて、

「母と思うからぎこちなくなるのよ。お姉さんよ。ね、そうしましょう。あたしとあなた、姉弟だから、何でもぶちまいていいのよ。さあ、仰言い」

故意と思われるほどその手は肩を強く抑えて、顎をぐいと上げさせる。そんな仕草に激しい反撥と憎悪を抱きながら、しかも一也は叫びたいほどの歓喜に胸がおののくのであった。

一也はこの若い母の美しさを恐れた。その身辺に揺曳している悩ましい香気に眩惑して、死力を尽して遠去かろうと努めた。自分の心の流れに危機を感じているからだった。

そして今、黒田の前に立っている母を見ると、かくされていた秘密を隈なく見せつけられたようで、一也の怒りはたぎり立った。しかし彼にはそれを面と向って叩きつけるだけの気性の強さはない。自らの心を苛みながら、草むらの中にうずくまっているのが精一杯だった。

水辺の二人は、一也がそこから見ているとは気づきもしない。黒田はパレットの絵具をナイフで合わせながらつぶやく。

「一也君のあの眼つきは、どう見たって、ただじゃない」

「恋してるのかも知れないわ」

「誰に——」

「分ってるじゃないの。ほほほほほ」

「笑ってられることかい、平気で」

「だって、仕方ないじゃないの」

「無責任だ、かりにも君は、母だろう」

「もちろん、でも、あなたにはそんなこと忠告する資格なんかないはず」

「それとこれとはてんで別問題だ」

「いいえ、同じよ」

「初耳だ。いつから恋愛無政府主義者になったんだ」

「そんなしみったれた主義なんか、一顧の値もない。愛情の問題さ。人間の愛情をむりに束縛するのがいけない。要はただそれだけ。悲劇はすでにその日から人間の歴史に初ったのよ」

「そうじゃない。束縛しなかったら、もっと乱脈な悲劇になる」

「ふん、さし当り、あなたはその主人公の役を演じたいのね」

「こいつ！」

黒田がやにわにパレット・ナイフを捨ててかけ寄ってきた。両腕でぐっと横抱きにかかえ上げ、きりきりとルーレットのように廻ってから、眼が廻ると、室内だったらどんとベッドへ諸共に倒れ込み、愛撫の暴風に昏倒させようと試みるのが、こんな時の黒田の常套手段である。


それを見てとった夫人は、するりと腕の下をぬけて、若草の上にぬぎ捨てていたガウンとベルトを拾い上げると、素足のまま逃げ廻る。

追ってくるのを、右へ左へ外らす。肩先まで伸びてきた手先をはぐらかす。それが夫人には楽しいらしい。気負いこんでのしかかって来るのを、くるりとかわして行き過ごさす。たたら踏む黒田の大きな後姿の間抜けさに、きゃっきゃっと甲高い声を上げて笑う。その表情は戯れを楽しんでいるようでもあり、翻弄して嘲笑しているようにも見える。

しかし黒田はとうとう水際に追い詰めて、夫人の両肩を捕えた。

「さ、勝った。今夜こそ、オール・ヌードだ。それが不承知なら――」

「まだよ、勝負は。あたし水の中へだって飛び込めるわ」

「追っかけるさ、水の中だって」

「じゃ来てごらん！」

湖へ飛び込むと見せて夫人はさっと体をひるがえした。林の中へかけ込んだ。前後無数に立っている楓の間をリスよりすばしこく飛び廻る。黒田は長い脚先を雑草に取られては危くよろめき、息を荒げて立ち廻る。

「どう？　参った」

「――」

「何とか仰言いな。黙ってたら、このまま永久に逃げてしまうわよ」

「――む」

「負けたって仰言い。そしたらかんべんしたげる」

「いやだ！」

また追って来始めたので、夫人はガウンをひるがえしてひょいと飛び出した。林間の道である。鼻先の一也はいすくめられて動けなかった。

「あら、一也さん！」

「――」

「あなた、さっきから、そこに居たのね」

「――」

「男らしくない人」

一也は草の葉を払って、悄然と立ち上った。わびるように言った。

「お父さんが、さっき帰ってきたよ」

「え？　――」

それは予定よりも早目なことだった。

「何か変ったことでもあったのかしら」

「賢介伯父さんに附添われて。気分が悪いって寝てる」

「じゃ、なぜ早く知らせないの」

「――」

「そんな所から見てたりなんかして、意気地なし！」

夫人の声は金属的に林間にはね返って、その手のベルトが、一也の羞含《はにか》んだ頬に、鞭よりも烈しく鳴った。

3

ひすい湖から東へ、大楓林の坂路をつづら折りに登って十分。

栗の花粉がしとどに降っている南面の丘に、スコットランド風の、くすんだ洋館が立っている。つたのからんだ赤レンガの張出し煙突、固く閉ざした屋根窓、鳩の住んでいない巣箱、年古りた淋しい影がさしている。しかしテラスの上の日影棚だけは、クライミング・ローズが横行して、盛りの時季を過ぎてもなお、数え切れない花玉をにぎやかにつけて香っている。

その二階の一室に、清水博士は横たわっていた。東京での過労が老体にこたえて軽度の脳溢血を誘発したので、夫人の兄の許でしばらく静養して、附添われて帰ってきたのだった。

年は、夫人とは親子ほどに違う。枕に埋めた髪にはめっきり霜が多い。血色の退いたこめかみに怒張した静脈の見えるのは、留守中家を空けて遊び廻っている妻の不貞を怒っているのか、それともただ病の徴候であろうか。顔には表情が消えて、軽く閉ざしたまぶたを時たま細く開いて、動かぬ瞳は窓越しに空の果てを見ている。

帰ってきた夫人が、

「お帰り遊ばせ、お加減いかが」

と尋ねた時も、またたきもしないで、ただ、

「あ、――」

それだけだった。どう見ても決して安心出来る容態とは見えなかったのに、夕食をベッドで取ってから一眠りすると、少し気分がよくなったと言って、起き直り、折鞄を一也に持って来させて枕もとで書類の整理を手伝わせた。一也はその不養生を責めたが、聞き入れる父ではなかった。

夫人はベッドに寄せた椅子で、書類を扱っている二人を所在なさそうに眺めていたが、マントルピースの上の花瓶に視線が移ると、すいと立ち上った。留守中この部屋を閉め切ったままにしていた怠慢を、伊万里焼に生けたこぶしの花が責めている。もくれんの花に似て、幼児のこぶしを開いたように純白に匂うていた花びらも、一つ残らず落ちて、孤高な枝の間にはくもの巣さえ光っている。夫人はそれをかくすようにして持ち去ると、ややあって、白磁にぎっしりと賑かに生けた山鏡草を運こんできた。ぽったりと丸い葉に走る淡青い葉脈のすがすがしさ、高々とぬき出た花梗《かこう》に総状《ふさ》に咲いている白紫の花ぶりの水々しさに眼を止めて、博士は、書類をめくる手を休めた。

「もう今年も、山鏡の咲く頃になったんだね、そうか」

「可愛いい花ですわ」

「屋敷内に、そんなに咲いていたのか」

「黒田さんがさっき、散歩がてらにどこからか取って来たらしいですの」

「だが香はだめだろう」

黒田の名を聞いたせいか、博士は急に興ざめた口ぶりになった。

「いいえ、こぶしみたいな、妙に薬っぽい臭じゃなくて、とても可憐な香を出してますわ」

「どれ――」

マントルピースに置きかけた花瓶を、博士は、ベッドの枕添いの、サイドテーブルへと移させた。博士は鼻を寄せてお義理にかいでいたが、

「ちっとも匂わない」

「そんなはずはございませんわ」

「そうかね。まだ感覚が鈍ってるのかな。一つ、玉露の濃いところを入れてきてくれ」

「いけないのじゃありません。そんな興奮性のお飲物は。さっき兄がそんな風に言ってましたけど」

「少し位は構わないよ」

「でも――」

「病気は大したことじゃないんだ。疲れ過ぎたせいだったんだ。現にこうして仕事してても平気なんだからな」

「じゃ、リプトンで辛棒して下さいな」

「そうだね、仕方ない」

二人の会話を一也は退屈まぎれに聞き流していたが、後になって思い返してみると、すきだらけだった自分の神経の無感覚さに、竦然《しょうぜん》たる戦慄さえ覚えるのだった。

いそいそと階下へ降りて行く母の後姿をぼんやり見送りながら、一也は心の片隅で、昼の出来事を思い出していた。あれだけ奔放に振舞っていた母と、いかにも優雅な今の母と、この二つが同一人だとはどうしても信じられなかった。もし同一人であるとしたら、自分の記憶が食い違っているとしか思えない。そんなはずはない。ほんの、今日の出来事ではないか。とすると、女とはそんなものなのか。

母が紅茶を持って入ってきた時、一也は不思議なものを見るようにまじまじと母の顔を見守った。

「あら、一也さん、なぜそんなに、あたしの顔を見てるの、何かついてて?」

「いいえ――」

「おかしな子――」

肩でくすりと笑いながら、銀盆からサイドテーブルに紅茶茶碗を移していた手もとが狂って、三つ目をすべらした。

白ぱっくれても、心のとまどいは不意に出るもんだと、一也は、あわてて拭いている母に手伝おうともしないで、冷い眼ざしで眺めていた。

リプトンを飲み干すと、博士は急に額にびっしょり汗をかいた。

「むし暑くなってきたね。久しぶりに一雨来るのかな」

と眉を寄せて、窓外の夜空をのぞいた。

「ひどい汗ですね、お加減が悪いんじゃありませんか」

一也が気遣うのを、夫人は軽く打ち消した。

「夜中から雨ですって、近頃の天気予報は、ぴたりと当るわよ」

夫人は二人の顔をなぜか等分に見てから、

「お早く、お休みになって――」

と、階下へと降りて行った。その物腰にはいささかの乱れもなかった。

4

夜の空がぐっと低くおりて、空気の密度の増したのが肌に感じられた。

二人だけになると、博士はまた書類の整理をつづけようとするので、一也はたまりかねて諫めた。

「今晩は、もう止して下さい。無理が過ぎます。また病気がぶり返したら、取り返しがつかないじゃありませんか」

博士の気性はそれを、一言の下にはねつけた。

「一刻を争うのだ。一日発表をおくらしたために、十年間の研究を人に奪われた例は世界に少くない。お父さんの、初めの研究だってそうだ」

「そうでしょうが、今夜はいけません。もしものことがあったら、何もかもふいになってしまいます。それより――」

「何を言う。東京での予定がすっかり狂ったのに、この上暇取っていられると思うのか。ただ言われる通りに、お前は手伝えばいいのだ」

「いいえ。いけません。お父さんの健康を思えばこそなんですよ。頼みます。お父さん。今夜は止して下さい。そしてゆっくり静養して下さい」

「何度くり返しても無駄だ」

「こんなにお願いしても」

「ああ、同じこと」

一也は書類の束をかっさらって立去ろうとした時、博士は手首を抑えて突っ放した。

「一也、もうお前には用はない。出て行くがいい」

「え?」

「わしのすることに不服があるなら、構わず出て行け。

どこへなりと勝手に行け」

こんなに博士が怒ったことはかつて一度もないことだった。病気と疲労でいら立っていたせいであろう。しかし昼以来悶々反転していた一也の鬱憤はこの時になって爆発した。

「お父さんは、僕が出て行ったって、お母さんさえ居れゃ、いいんでしょ」

「何を言う今更」

「お母さんが留守中何をしていたか御存知ないくせに、そんなにお母さんばかり可愛いいのですか。そうでしょう、どうせ」

「そんなひがんだことを言うもんじゃない」

「いいえ言います。お母さんはひすい湖で、裸体のモデルになってるんですよ」

「――?」

博士は一也の顔を見直したが、やがておうように取りつくろった。

「それが芸術とあれば、それでいいじゃないか」

「あんな芸術ってあるものですか。黒田と鬼ごっこして飛び廻っているのを、はっきり見たのです。それも今日――」

一也はこんなことまで言うつもりではなかった。けれども、もう八つ当りしないでは納らなかった。

「そればかりじゃありません。お留守中、お母さんは毎晩、おそくまで黒田と一しょに、フロンテ・ホテルに踊りに行ったり、酔っ払ったりして――」

「一也!」

博士の大声は一也の言葉をへし折った。

「お前はただ自分のことだけを考えていれゃいい。お父さんやお母さんのことは、おせっかいする必要はない」

「お父さんは、顔に泥をぬられて平気なんですか。黒田も一しょなんですよ。それでも僕をおせっかいと言いますか」

「お黙り!」

それきり二人は言葉を失って、眼と眼でしばらく対立していたが博士の方が先に視線をそらした。

「お休み――」

力ない言葉が博士の唇から洩れた。そしてくるりと背を向けると、崩れるように横たわった。

これが生きた父の最後の姿とも予感しないで、一也は荒々しく扉を閉めると、階下へ降りて行った。

廊下に賢介伯父が突き立っていた。

「あまりお父さんに逆っちゃいけないよ」

下から立聞きしていた伯父の態度まで癪に触って、一也は返事もしなかった。

自室に入ってからも、心はいら立って寝る気もしなかった。窓寄りのソファに体を叩きつけて、心を鎮めようとしたが、父のこと、母のこと、自分のことが入り乱れて、徒にあえぐばかりだった。

稲妻が三四度、短い間を区切って光った。疎林の向うに、山脈が黒々と浮んで消えたと思うと、白い大粒の雨が叩き始めた。土砂降りになった。小止みになって、あざみ色の稲妻が走ると、窓ガラスをふるわす雷鳴と共に横なぐりの雨になった。

いつの間に出かけていたのか、十二時頃になって、母と黒田がびしょぬれになって帰ってきた。一本のかさを吹き折られていた。かさのマークで、フロンテ・ホテルに行っていたのは間違いない。父を放って夜更けまで——と思うと、一也は沸り立った。

母はひどく酔っていた。黒田も酒臭かった。よろめく彼女を介添えして、その居間へ送りこんだ黒田は、母の着更えにまで手を借そうとして、はげしくはねつけられた。

「ほほう、手厳しい」

「そうさ、モデルの時とは訳が違うのさ。はばかりさま、出て行って!」

一也は扉口に立って見守っていたが、母は黒田を押し出すと、一也の腕をつかんで引き入れた。黒田の鼻先に扉を叩きつけて、掛金をおろすと、

「黒田のばか、黒田のばか!」

と口走りながら、一也の手首をつかみ直して、よろよろとベッドに倒れた。

黒田は扉の外に寄りかかっている気配がする。

「ああ、気持悪。一也、ぬがせて——」

「——」

一也はたじろいだ。夫人はふらふらと上半身を起すと、腕を伸ばしてスイッチを切った。そして苦しそうに肩で息をつきながら、一枚一枚自分の手でぬいでは、床へ叩きつけた。

「おお、寒、頭のしんがずきずき痛むわ」

毛布にくるまって、どたりと倒れた。一也は額に手を当てた。焼けるように熱い。

「ぬれタオルで、ひやしましょうか」

「寒くて、たまらないの」

「じゃ湯たんぽですか」

「そんなこと。いいったら！　それより、ねえ一也――」

夫人の腕が首にかかって引き寄せられた。

「ごめん、昼こと――」

ベルトで叩いたことであろうか。それともあんな所を見せたことまで含んでのことか。一也にはそのけじめをつけるゆとりもなかった。夫人はやにわに頰をすりつけてきてむせび出した。

「一也、あたし、気が狂いそうよ。いっそ死にたいわ。自分で、自分が分らないの」

「一体、どうしたんですか」

「ああ、いや、何もかもいや。一思いに死ねたらいい」

酒が喋らしているか。心が口走っているのか。がたがたふるえているのは酔いが退いているのだ。一也はあれほど憎悪していたのに、母一人をここに置去りにすることに危険を感じた。

夜が明けたら、母の気もしずまるだろう。それまでは見守っていよう。

自分の心には一応の弁解はしてみるものの、闇の中にこもる母の髪の香に、一也は人間の悲しみに慟哭した。止めどもなく流れる涙にむせながら、永遠の闇がつづき、自分もいっそ死にたいとさえ願っていた。

清水博士が無慙な死体となって発見されたのはその翌朝であった。

5

気まぐれな雷雨は、夜明けと共にけろりと退散して、さわやかな微風が、栗の若葉から真珠のしずくを窓に散らしていた。頰白が高音でさえずっている。

鳥も若葉も、万象すべて生命のいぶきに歓喜しているのに、清水博士は死んでいた。発見者は夫人と一也。

朝の紅茶を運んで行った夫人が、ノックしても、声をかけても、室内は無気味なまでに静まり返っているので、一也を呼んで掛金の落されている扉をこじ開けて入ったのだった。

博士は枕もとに、書類を散乱させたまま、ベッドの上で冷くなっていた。

病死でないことは一見して明らかだった。

全身無数の傷跡。尖器で所構わず突き刺した傷口。水痘患者の皮膚に見られるような毒々しい色彩美が凄惨な悪感を呼ぶ。いや、水痘は紅く縁取られた黄大豆の発疹が、顔から胸、胸から腕、腹へと次々に全身到る所へ出没するのだが、博士の死体は、全身一時に傷口からふき出した血が、ぶつぶつと、小豆大に凝固している。

白いシーツの上に、毛布をはねのけ、胸も脚もはだけて仰向けになっている死体に、窓外の若葉が青い反映を投げ込んでいる情景は、無慙絵の美、静寂の戦慄とでも言うべきであろうか。

眼をおうて、夫人がかけ下りて行ったあと、一也は、動く気力も失って、ベッドの脇に立ったまま、頭をたれ、茫然と、父の死相に視線を落していた。

サイドテーブルの白磁の花瓶は冷々と冴え、山鏡草はさながら心あるもののように、葉はうち萎れ、垂れた花梗はしぼんだ花を持ち切れずに二三片落している。

くぼんだまぶた、ゆるんだ口許。これほどの傷を負いながら、博士の表情にはどこにも苦悶の跡がない。手足の位置もあがいた様子のないのが、一也には不思議だった。

そしてまた、シーツを染める流血がない。こうした疑惑が浮び上ると、一也は次第に冷静に観察し始めた。

無慙な傷痕は、全身所構わず突き刺したように見えるが、一つ一つをたどってみると、静脈の要所々々である。そして深く突き刺した傷ではない。皮膚を食い破って、血を吸い出している。だから流血の跡がないのだ。傷口に目を凝らすと、どれも同一。Y字型、三本歯の嚙傷——。

「ひる——」

一也は直感した。この傷跡と、吸血した証拠と、おびただしい数と苦悶のない死相。一也は自分の直感に狂いはないと信じた。

博士は永い間、ひるの研究に捧げてきた。一也は幼少の頃から、父が手がける色々なひるを見なれていたので、いつの間にかその形態や習性を会得していた。だから、すぐにそれと指摘することが出来たのだった。

夫人の知らせで二階へ上ってきた伯父の賢介と黒田は、死体を見て一言も発しなかったけれども、顔にはかくし切れない動揺を見せていた。

殊に黒田は周囲にも聞き取れるほどに、何度も固唾をのみ下して、吐息をもらしていた。

賢介は年の功か、死体に合掌して、すぐに善後措置を

切り出した。そして、

「ここはこのままそっと置いておくがいいよ。情に流されて永居していると、後になってお互に思わぬ迷惑がかかると不本意だから、その筋から来て、一応の後始末がつくまで、ここは閉め切っておくことにしよう」

聞きようによっては、博士の過失死だときめてかかっているような口ぶりにも受け取れた。黒田と一也を促して室外に出ると、賢介は扉を固く閉ざした。

係官二人と警察医が昼頃になって来た。

検屍の結果は、やはりひるだと断定したものの、単なる過失死なのか、自殺なのか、それとも他殺なのか。犯罪とすれば類例稀なことなので、死体は解剖に送られた。

現場の検証が終ると、博士のひる研究について説明が求められたので、一也は係官を隣の研究室へ案内した。

室内は造作の配置で大体三つの区画に分れていた。実験所はほとんど試薬棚とガラス製の分析器具で埋められ、それらがいかに複雑で精巧な分析理論に使用されるものであっても、係官の感興を呼ぶには縁遠いもので、せいぜい奇異な形に組み立てられたガラス器具に、ちょっと眼をとめる位に過ぎなかった。

しかし標本棚と飼育所に一歩足をふみ入れると、その無気味な異風景は、完全に彼等を息詰まらせてしまった。

上下三段に並べられている標本瓶の中の形状様々色とりどりの世界のひる類。ひるにもこんなにおびただしい種類があるものだろうか。しかし、標本はアルコール漬で、形もふやけ、色もさめているので、実感も薄いが、飼育所のは生きている。ずらりと配列されている二十リットルの広口瓶、大型デシケイター、自動給水装置。ガラス容器の中に、分類されている数千匹のひる類。水びたしの青苔、ぜにごけ、のきしのぶ、水竜骨《あおねかずら》、ひるも、ぶなの朽葉、かわ骨。それらを無上の棲息場所と心得て、葉を伝い、苔に戯れ、水に泳ぎ、伸縮自在、追いつ追われつ、からみ合い、ぬらりとした光を放ちながらガラス壁にまでも昇って来てはぶらりと下ってくねっている大小、色様々の怪異な裸虫。

ひるにもこんなに沢山の種類があるのだろうか。

飼育瓶の赤ラベルにはHaemadipsa Japonica（日本種山ひる）とか、Haemapis vorax（欧洲種馬ひる）とか記入され、採取地筑波山、蘆の湖、等とされている。

一尺近い馬ひる青い血脈のすいて見える淡紅色の粘液性の肌、一握りほどある環節を伸縮させてうごめいている無気味さは八つ目うなぎの比ではない。こんな大きなのがいる一面には、絹糸のように細く伸びている一種もいる。ヒルデア・フラビデウム。水中を泳ぐ姿はみみず位なのにひるもの根にたどりつき、それを伝って動く時には細く伸びて、根毛と区別つかない。その外、頭部をもたげると、かたつむりに似た触覚を三つ出すもの、頭部から中央へ深い溝を寄せているもの、灰色の頭石をつけているもの、体側に移動性のいぼを潜在させて絶えずひくひくさせているもの、波形の外套膜を拡げて巧みな泳ぎを見せるもの。

色もまた様々で、赤血球を通わせているのは、水中では薄い赤紫色を呈している。二条の緑の縦筋を走らせているもの、首環をサファイヤ色に光らせているもの、火焔状の派手な背模様を誇るもの、黄色に朱の斑点を散らしているもの。

だがよく見ると、そのようなあざやかな色を呈しているのは、追ったり追われたりして活発な活動をしているものと、からみ合っているもので、単独でもの憂い運動をしたり、静かに休息しているのは、ほとんどすべてが周囲と同じ色を呈している。泥の中に眠っているのは黒い。朽葉の裏にはりついているのは褐色。若葉のへりを伝っているのは緑色、べにひるもの根にからんでいるのは黄金色。その花についているのは紅い。水中をゆるく泳いでいるのはわずかに体の中心部が赤紫色を含んでいるが、ほどんど無色透明に近い。

「一体、何の研究のために、こんなに飼われているのですか」

一わたり見て廻ると、係官は歎息をもらして尋ねた。それはまだ訊問の調子ではなかった。

6

一也は、父の研究が、ペニシリンと肩を並べる世界的業績であったことを説明しなければ、この異常なひる飼育について納得させることが出来ないばかりでなく、却って父の性格異常とでも誤解されたらせっかくの業績に汚点を遺すことになるので、かいつまんで話した。

一也がまずそのことを切り出すと、係官はすぐに尋ね返した。

「じゃ、清水博士の研究は、ひるからペニシリンをとることだったのですか」

「いいえ、ペニシリンは青かびの一種から取るのですから、父のとは全然違いますが、応用薬理学的には同じだと言えましょう。父はむしろペニシリン以上だと自信を持っていました。父ばかりではなく、学界でも注目されて、現に工業化に取かかっていたのですから――」

「それゃ初耳で――」

係官の眼つきが自分に集注すると、一也の説明は本筋に入った。

古くから民間療法として重宝がられていたひる治療は、ただ悪血を吸い出すというだけに注目されているに過ぎなかった。その適応症、吸血位置、吸血量、等についても慣習的な方去を出ていない。ましてひるの分泌成分については医学的にも薬学的にも、何等の研究もされていなかった。

このひる治療を、日本薬局法に正式に採用させたのは、言わば父の研究の結果だったと言える。例えば、偏頭痛、眩暈《めまい》、眼痛、耳痛には、左右の耳の後方のつぼに各三、四匹ずつ吸い着かせる。炎症のらっぱ管腫には下腹のつぼに五乃至十匹。月経閉止にはふとももの内側のつぼに六乃至十匹。胆嚢炎には肝臓の位置に六乃至十匹。心臓、肺、肋膜炎にはその部分に同じ数。甲状腺腫、バセドウ氏病には十匹、重症には二十匹位と。

また父の主張はドイツでも反響を呼んで、エムポリーの静脈炎の血栓形成による死亡は、ひる吸血で驚異的治療効果をあげることが報告された。

しかしこのようにてきめんなひる治療にも、度々危険な結果を伴って、死者も少くはなかった。それは丹毒や化膿性疾患の誘発によるものであった。

そのため、日本薬局法でも、永い間公認していたひる治療を取消した。父はこの不見識と戦うために再び立った。ひる治療を行った時に往々誘発される丹毒や化膿症は、それはひるそのもののためではなくて、傷跡の消毒と止血の不完全なためであることを極力主張した。そしてひるに吸血させた傷跡が、他の場合の傷跡よりも止血の手間取ることについて、その防止法を研究した。

その研究の副産物として、父はひるに寄生しているひる菌を発見したのだった。それはF・ジナンド氏が同じ菌を発見したのに先立つこと八ケ月だった。

ひるが毛も持たず、うろこにも包まれず、あの軟弱な粘膜をさらして、しかも不潔極まる所に棲息しながら、旺盛な生活力を持っているのは、絶えず分泌する粘膜で無数のひる菌を養って、自分の皮膚を外界の有害菌から保護させているからである。

父はひる菌のこの逞しい抗菌作用に着眼した。そしてひる菌を培養して、沢山の動物実験を行った。放射状菌や連鎖状菌や各種の病源菌を接種して、兎やモルモット等を膿瘍や敗血症に感染させて、これにひる菌反応を試みた。その結果、葡萄状菌と連鎖状球菌に対しては決定的な偉力を発揮することを立証したのだった。

この発見こそは、世界中の幾何《いくばく》の人命を、現在から未来にかけて救うことが出来るであろう。あらゆる潰瘍、膿瘍、連鎖状球菌性脳膜炎、心臓内膜炎、敗血症など、致命的な疾病を二、三日でけろりと全快させることが出来る。あたかも奇蹟的な福音にも等しかった。

父は、ひる菌の大量培養、抗菌主成分ヒルタミンの純枠抽出によって、葡萄状菌、連鎖状球菌に原因する悪性疾患を完全撲滅出来る日の近いのを喜んでいた。

それなのに、何という不運であったろうか。戦後海を渡ってきたペニシリンのあのすさまじい宣伝に、その名声も業績も先取されてしまった。

ペニシリンは一九二八年、ロンドンのアレキサンダー・フレミング博士によって発見され、一九四二年、オクスフォードのハワード・フローレー博士によって完成されたのだが、それを大々的に米軍が使用するまでは、あまり知られていなかった。ペニシリンの発見者にもやはり苦難の時代はあった。

落胆した父はそのようなことを洩らしながら自らを慰めていたが、永年の研究にうけた打撃は並大抵でなく、その時の傷心の有様は今もまぶたに浮ぶ。しかし父は間もなく立ち直った。

青かびより抽出したペニシリンよりも、ひる菌より製造したヒルタミンの方が、一層強力な、順致性を許さないアンタゴニズムを発揮しより高級な一種のアルブモーゼンであることを信じて、寝食を忘れて研究を続けた末、遂に予期した通りに高性能の純粋ヒルタミンの抽出に成功したのだった。しかしその期間中でも、アメリカからは、ストレプトマイシンやオーレオマイシンなどの発見が続々と伝えられるので、父のあせりは脇で見る者にも胸苦しいほどであった。

父の研究が学会で問題になると、ペニシリン工業の製造過剰であえいでいる会社では、いち早くこれに着目して、製造切換を計画して、ヒルタミン独占のために、父のパテント契約に殺到してきた。その契約高は五千万円とも言い、一億を越えるとも噂には流布されている。

しかし父は慎重を期して、中間試験工場を設置するために、研究の間隙にはいつも東京に出かけて、多忙な日を送るのが常であった。

こうした研究なので、今まで、幾万匹のひるを使用したか測り知れない。それもひるそのものではなくて、ひるに寄生しているひる菌を使用するので、生々としたひるの皮膚からでないと採取出来ない。それは都会の研究室では到底望まれないことである。殊に山ひるを永く飼育するには、大量の馬や牛の生血を常時必要とする。それは生半可な経費では到底まかなえない。ところがこの一帯は、地形、気象、気温、植物群落などがひる棲息地としての好条件に恵まれていて、ひすい湖の紅ひるもに寄生するヒルデア・フラビデウムを初め四種の水ひる。また、俗にひる谷と呼ばれているぶな林の水竜骨《あおねかずら》の繁みにはヘマデプサ・ヤポニカ七種が、無尽蔵に群棲している。

「だから父は、ここに移り住んで、こんなに沢山飼育していたのです」

一也の説明に、係官は深い感銘を受けて、やっと納得出来た様子だった。

7

検証は現場でも研究室でも、型通りに実施されたが、まだこれという犯罪の手がかりを摑まれた様子はなかった。

それで次の訊問も表面は極くおだやかに参考程度という状況で進められたが、係官の質問の伏線は、この証言によって過失死か、自殺か、他殺か。自殺ならばその原因と方法を、他殺ならば犯人と手段と動機とを、一挙に突きとめて、明日には報告される解剖結果に先んじようとの意気込みが、言外に察せられた。

まず家政を手伝っている、しのという老婦が呼び出された。が、直ぐに賢介の番になった。

「きょうは東京に帰る予定で出かけて来たのだが、この分じゃとても――」

迷惑そうな口ふんをもらして、応接室へと入って行った。これも十分とはかからなかった。次は黒田だった。

この順序から、一也は、係官が最も関係の薄そうな外部から客観的な条件を抑えながら、次第に核心を衝こうとしている意図であることを感じた。

黒田は三十分位だった。そして夫人になった。これも三十分。そして一也の番が来た。

一也は、昨日から今朝にかけてのことは、大体事実の通りを述べたが、ただひすい湖では母が黒田のモデルになっていると言っただけで、裸体であったことや、どんなことを話していたかなどは、自分から進んでは証言しなかった。それは父の面目にもかかわることなので、出来ることなら、あのまま世間からはかくしたいと念願していた。それと、昨夜黒田と一しょに帰ってきた母が、酔っていたことも伏せて、ただ悪感に襲われる母を今朝までずっと介抱していたと、表面をつくろった。

一めぐり終ると、また黒田が呼ばれ、夫人となった。やはり、黒田と母との関係が洗われていると一也は思っていたが、二回目に呼び出された時の係官の訊問は、前回と違って、その語調から、一也は意外にも自分に嫌疑がかかっているのを感じて不愉快だった。

博士以外ではひるについては一番委しい知識を持っていて、ひるを扱いなれていること。それと昨夜おそくまで博士と二人で二階の居間にいて、激しい口論を交わしていたこと。生きていた博士と接した最後の一人であること。そして異母子であること。

一応もっともな嫌疑の根拠ではある。一也は五人の証言が、いつの間にか自分を窮地に追い込んでいることに驚いて、必死になって反証に努めた。そのためには黒田と母のことについても、話さねばならなかった。

この取調べは夜までかかった。やっと解放されて、しのが用意してくれた夕食をつついていると、ひょっこり食堂に湯田弁護士が顔を見せた。父の特許権契約や工場建設などに尽力してくれている顧問弁護士である。父と竹馬の友なので、もうかなりの年配のはずだが、青年時代に運動選手で鍛えた筋骨のためか、壮年をしのぐ元気に満ちている。

「一也さん、大変な事が起りましたね。私は今日お父さんと打合わせる約束があったので来たんだが、まさかこんな事になっていようとはね」

湯田は書生っぽい表情で、向い側の椅子に馬乗りになった。

「私は二時間ばかり前に来たんだが、あの少し前からずっとあなたは調べられていたね。随分永くかかったもんだ」

ぶっきらな湯田の風貌は、一也はかねてから好きだった。

解剖の結果いかんによっては、明日もまた呼び出されるに違いない。そしてもしかしたらおぼえもない罪を押しつけられるかも知れない。その時になってはもう遅い。

それで一也は、湯田弁護士に、自分の知っている一部始終を話した。

「そうですか。分りました。あなたはどんな場合でも、ただ事実だけを考えていればいい。お父さんの名誉だとか、お母さんの立場とか、あるいは外の人の関係とか、そんなことにまで気を使うことはいけない。それは、控え目にすることではなくて、事実を曲げることと同じ結果になる。知ってることを述べないのは、うそをつくのと同じことになる。ただ事実だけをもとにして行動しなければいけない。それが一番正しく、強い。いいね。迷っちゃいけないよ」

湯田はくどい位念を押した。

しかし自室に引っこもってから、一也は明日のことを考えると、安閑としてはいられなかった。

明日またしつこく訊問されるのは決っている。同じことをくり返しくり返し、そして少しでも食い違いがあると、犯人扱いする態度に出る。その不愉快さは思うさえ耐えられなかった。

係官の嫌疑を一挙に晴らすことの出来る確固不動の反証はないものだろうか——。

一也は考えつづけた。

父の死を自殺と仮定して、説明することが可能であろうか。

ひるについて、あらゆる知識を持っていた父が、あんな凄惨な傷痕を呈するひるを、その手段に選ぶとも思われない。また、昨夜の言動には、研究完成を一日も早く実現しようとするあせりこそ見えていたが、自殺の気配など毛頭なかった。そして湯田弁護士と今日会見する約束があったというからには、なおさら自殺などは考えられない。

それなら過失死だろうか。

あの室に、外部からあの夥しい数のひるが侵入する。それは実際には起り得ない。あの傷痕の模様から察すると、山ひるではなくて、水ひるの一種である。水ひるが、丘の上の家の二階まで移動するということは、奇蹟のみが可能にする。では隣の研究室からではないかとも一応は考えられる。しかし飼育瓶からはひるは自力では絶対にはい出すことは出来ない。

この二つの場合を否定すると、残るは他殺である。誰――。

外部から人が入って来た形跡は全然ない。

昨夜から今朝にかけて、この屋敷にいた者か。

しの、黒田、賢介、母、自分――。

自分と母とは、今朝まで同室していた。

しのは、実直一途な寡婦で何の関係もあるとは考えられない。

伯父賢介は、態々《わざわざ》昨日父を送って来たほどではないか。

そしてまた、ひるの習性など全く知っているはずはない。

次々に抹殺してくると、最後は黒田一人になる。一也の心証からはそれが当然の帰結であった。

飄然と訪れて来た黒田研堂、母の旧知だと称して、そのままずるずると滞在している。ひすい湖の風光にひかれて来たとは言っているが、風光が真の画材なのか、母の方が主なのか、分ったものではない。

旧知とは一体どのような関係だったのか。昨日ひすい湖での黒田の言葉から推察すると、何か母の弱味を握っているのではないかと思われる。それにつけこんで高飛車に振舞っている図々しさ。そして過去ばかりではなくて、現在もまた普通でない関係を引いている。父の不在中の行動は言うまでもなく、昨夜、帰ってきた父をおいて、二人はフロンテ・ホテルへ遊びに行っている。酔払って帰ってきたあの醜態は、到底常識で割り切れるものではない。

どう見ても黒田は母を独占しようと意図していたとしか思えない。そのためにはまず目障りなのは父の存在である。

昨日、母が居間から閉め出した時、黒田はしばらくは扉の外にもたれかかっていたが、それから間もなく足音を消して立去った。あれから今朝まで、彼は単独行動の取れる時間と場所とを充分に持合わせていたはずだ。

あの面魂、あの不遜な態度、そして動機と時間と行動の自由、これだけの条件は黒田の犯行を可能とする。

では、黒田が――。

ここまで考えてきて最後に一也は、はたと当惑した。

父の部屋。扉は内から固く閉っていた。どの窓もあの通り閉っていた。それなのに、黒田はどこから入り、どうして出てきたのだろうか。

尋常では不可能に見える。しかし、それにも拘らず、父の死が事実である以上、この不可能は、単なる外見上の不可能に過ぎないはずである。

密室の殺人。この不可能の可能は常に錯覚に原因する。死の現場を見て、死体が密室に横たわっていた事実から、密室で殺人が行われたと即断する。そして犯人が密室に出入したことに、愚かにも疑問符を投げつける。

これほど軽率なことがあろうか。

いかに巧妙な犯罪といえども、それが人によって企まれ、行われるからには、時間と空間とに支配され、物理学の理論を超越することは出来ない。

厳密な密室での殺人は、絶対に不可能に属する。

それが可能なのは、つまり、外見上の密室に過ぎないのか、時間的のずれか、特殊な手段か、である。

第一は、扉と窓が室内から閉ざされていることは、密室の完全な条件とはなり得ない。たとえ、他に出入口はないとしても、その窓、その扉から出入しておきながら、しかも室内から閉ざしているように装う方法はいくらもある。現実の犯罪の例にも数えられるし、探偵小説には殊に多い。

第二は、密室で死体が発見されたからと言って、必ずしも殺人の行われた時と所とが密室であったと限ったものではない。殊に、殺人の手段が自殺に類似する時は、犯人は転嫁するために、密室工作に肝胆をくだく。

第三は、犯人が出入しないで、目的を果せる手口を選んだ場合である。これは犯行の時は完全な密室であっても、すでに密室に兇器が潜在しているか、またはその兇器に対しては密室ではないかである。

要するに、外観上の密室には、それが密室である故に、必ず矛盾を蔵している。

それは何か。そのXを発見することは、この矛盾を解決するばかりでなく、手口と犯人とを指摘する鍵である。

ことにこの場合は、兇器は、ひる――。

単なる器具とはちがって、自力でひそかに移動し、ひそかに兇行する。そして特殊なその体形と習性とは、密室を無意味にする能力さえ具えている。

このことは、容易にXを発見させる糸口のようにも思えるが、また却って複雑な迷路へ追い込むわなでないとも否定出来ない。

これはただ観念の遊戯では、迷路に窒息する危険がある。その場の現実をも一度見直して、そこからXを発見しなければいけない。

そうだ、それより外にない――。一也はそこまで考えると立ち上った。

彼は廊下に出た。応接室には明々と電燈が輝いている。

通夜であろう。湯田を初め、賢介、黒田、母のしめやかな声がもれて来る。

一也は、足音を殺して、その廊下を通りぬけ、そっと階段を昇って行った。

8

解決つくまでは、みだりに出入しないようにと係官から指示されている父の室。

一也は扉の前に立ってためらったが、思い切って開けた。

徒らな時間の経過は、Xを湮滅させることがある。猶予は出来なかった。

スイッチを入れると、室内をくまなく照らし出した明るさが、却ってうつろな無気味さとなって肌に迫る。

一也は周囲を見廻わした。しずかに歩を移しながら、窓際から造作を些細に観察した。

しかし一也の目には、Xは発見出来なかった。

肩を落し、吐息をついて、一也は父のベッドの脇に足をとめた。主のない白いベッド。その白さのみが、いたましく眼を射る。

「お父さん――」

一也は心の中で父にわびた。父の死が目前に迫っているとも気づかないで、ゆうべに限って言い争った不明が、一也には残念でならなかった。

「お父さん――」

一也は、空ろなベッドに、父の姿を描いていた。涙がこみ上げてきた。

あふれる涙を抑えて視線を外らした時、一也の視界に、サイドテーブルの花瓶が浮び上った。

白磁の花瓶。山鏡草――。

おや？　一也は何度もまたたいて見直したが、やはり見違いではない。

山鏡の花はしぼみ、葉はしおれ切っている。

今朝見た時もたしかにそうだった。が、あの時は別に何とも感じなかった。父の死に直面して、心が動揺していたからに違いない。

「山鏡の花――ゆうべ、母が生けかえて持って来たばかりなのに」

まる一日も経っていないのに、もう花はしぼみ、葉はしおれ、花梗さえも垂れている。そんなことがあるだろうか。

一也の心は、悲しみを払い退けて立ち直った。

このしおれ方はひどい。ほとんど水を吸い上げなかったからだろう。吸い上げる力を失っていたのか。そんなはずはない。ゆうべ母が持って来た時には、あんなにみずみずしかったではないか。では、吸い上げる水がなかったのだろう。

一也はサイドテーブルに寄って、そっと山鏡の茎を握ってぬき取った。中をのぞいた。

果して一滴の水も残ってはいない。

花を生けるのに、水を入れない法があるだろうか。母はそれを忘れたのだろうか、それは普通考えられない。

一也は、山鏡を白磁にさし戻そうとして、ぎくりとした。

白磁の口から、肌に伝って無数に放射しているあるかないかの銀光の線。さきほどは、しおれた葉影になって見えなかったが、今近々と見ると、白磁の肌にまぎらいながらも、明らかにその光は認められる。

ひるのはった跡。ぬらぬらとしたあの粘液の乾いた光だ。

母は、水の代りに、ひるを満たした花瓶を運んできたのだろうか。もしそうだとすると、一也は、ゆうべのことがまざまざと思い出されて、その場にいながら気づかずにいた自分のうかつさに底ぶるいを覚えた。

「もう今年も、山鏡の咲く頃になったんだね、そうか」

父は書類をめくる手を止めて、水々しい花ぶりを眺めていた。

「可愛いい花ですわ」

「だが香はだめだろう」

「いいえ、こぶしみたいな、妙に薬っぽい臭じゃなくて、とても可憐な香を出してますわ」

「どれ――」

父の言葉に応じて、その白磁はマントルピースから、サイドテーブルへと移された。

「ちっとも匂わない」

「そんなはずはありませんわ」

「そうかね。まだ感覚が鈍ってるのかな。一つ、玉露の濃いところを入れてきてくれ」

「いけないのじゃありません。そんな興奮性のお飲物は」

「なに大した病気じゃないんだ」

「じゃ、リプトンで辛棒して下さいな」

「そうだね、仕方ない」

極く自然に運んだ会話の裏に、一分の隙もない計画が進行していようとは、誰が想像出来るだろう。

そして紅茶を運んできた母は、

「あら、一也さん、なぜそんなに、あたしの顔を見てるの、何かついてて?」

「いいえ――」

「おかしな子――」

肩でくすりと笑った母は、そのはずみに、紅茶茶碗の一つを銀盆からサイドテーブルへすべらした。そしてあわてて拭いている母に手伝いもしないで、あの日の昼の意趣返えしに自分は却って快げに眺めていたではないか。何という軽率さだったろう。

母にはそれさえも整然と予定した行動だったのだ。

そしてまた、父がリプトンを飲み干してびっしり汗をかいてむし暑いと言った時、自分は、

「お加減が悪いんじゃありませんか」

と気遣ったが、母は軽く打ち消した。

「夜中から雨ですって、近頃の天気予報はぴたりと当るわよ」

この言葉のみが、不意に唇をついて出た母の真実だったのだろう。母は、言ってしまって、はっとして父と自分との顔色をうかがっていたが。しかし、天気予報まで計算に入れた計画であったとは、驚くべき周到さではないか。

水のわずかな花瓶の中にひるを満たして、山鏡をぎっしりと賑かに生けたと見せて、花瓶の口を封じて運んだのだ。山鏡が水を吸いつくして茎がしなびて、花瓶の口がゆるまない限りは、ひるは出ようにも出れないだろう。

初夏の夜、花や葉がしおれ、茎がゆるむのは深夜にかかる頃だ。その時分から雨になるのは天気予報が知らせている。雨至ればひるは活気づく。殊に水を断たれて、白磁の中に封じこめられていたとあっては、先を争ってはい出るであろう。

花瓶の肌を伝って次はサイドテーブルに出ると、乾き切り飢え切った彼等は、そこで一層飢餓感をそそられのた打つ。甘味、紅茶の甘味。しかもその甘味を与えられず、わずかに残る香のみ。かき立てられて死もの狂いになって彼等は周囲へとあさり廻る。そして彼等が嗅ぎ出すものは、珍味この上ない生きた人間の血の匂い。狂喜、乱舞、彼等はその肉体に殺到する。

蒸し暑さにはだけて眠っている父の、首筋、手首、こ

めかみ、胸、腹、股、彼等は血管の急所を求めて、音もなく、感触もかすかに、吸い着く。そして静かに静かに血を吸い始める。ひるの三本歯の微妙なうごめき、血を吸う巧妙な技巧。それは、妖婦の白い歯と赤い唇にも似て、甘痛い快感にさえ酔わせる。

父の体全面に吸い着いた、幾百匹とも知れないひるが眼に浮ぶ。ぬらりとした表皮の粘膜。ただ扁平な粘膜の袋のように見えるあの体にも、先端には一対から数対の目はあるにはある。が、盲目なのだ。感触と嗅覚によって生きている。体の両端でぺたりと吸い着いて前端の口から血を吸う。ひたすらに吸う。盲嚢が血でふくれ上り、扁平な体がさながら薄ゴムの袋のようにのびる。通常数倍にまでふくれ、一時間はあかずに吸いに吸う。その執拗と貪欲さは正しく妖婦の粘膜に似ているではないか。

しかしその不逞さは、これ位で尽きるものではない。軟いあの皮膚は傷き易い。それを粘液とその中に繁殖させているひる菌によって守っているが、それは軽い傷と、病菌に対してでしかない。暴力の襲撃に対しては、もろくも敗北するのだろうか。

ひるは徹頭徹尾、この文字通りに執拗無慙な戦法で挑戦し、絶対に敗北を知らない。醜悪、愚鈍、取るにも足らぬ軟弱な肉片こそ、いかなる歯牙に対しても屈服しない武器である。

ひるの軟弱なあの体はよく暴力によって切断される。断片は死の苦しさにのた打つかに見えるが、決してそうではない。新生の歓喜に小踊りしているに過ぎない。二つに切られたら、両方がのびて二匹になる。前部は成長して後部を形成し、後半は前半を増殖する。環節は五つ、この一つの環節がつぶされない限りは、絶対に死ぬことはない。殊に吸い着いている時に引き千切られて口器だけ残る時がある。が、この口器は血を吸いつづけて、やがて一匹に生長する。この不死身、この執念こそ、ひるに取っては唯一の武器であって、至上の生命である。

しかし、血を吸うて離れるのはまだよい。ヒルデア・フラビデウム類に至っては、吸いながら、赤い絹糸のように細長くなって、皮膚から入り、皮膚には排泄した血点を遺して、血を追うて静脈を逆行する。ひる菌をふりまきながら血の凝固を防いで、吸うては進み、また吸いつづけて、肺や心臓まで行きつかなければ満足しない。そして血に飽食すると、肺や心臓にねぐらを作って、雌雄同体の肉片をくねり合わせ、もつらせて生殖を営む。その血みどろな曲線、あくなき旋律、これこそ血の宮殿に描き出される悪魔の秘文字でなくて、何とたとえよう。ヒルデアア・フラビデウム――父を殺したのはこれに違いない。小豆大の血点、そして、白磁の花瓶にのこっている絹の光。山鏡の花。紅茶、雷雨。どの一石を見ても、個々別々では偶然のようではあるけれども、一石から一石へと連っている脈絡は一分の狂いもなく、整然たる犯罪の布石を構成している。

恐るべき謀殺と断定するのは、早計な過失であろうか。いや一つの偶然はあり得ても、こうまで前後一貫した秩序で、偶然が配列することはあり得ない。

やはり女らしい綿密な計算によって布陣され実行されたものだ。それ故にこそ、その時刻が秒一秒迫ってくるのに居堪れないで、フロンテ・ホテルへ逃避したのだ。わずかに残った良心の苛責であったろう。しかし、そのかけらさえも麻痺させるために酒をあおっている。帰ってきた時のあの狂態は、どんな巧みな言葉でも弁解する余地はないはずだ。

しかし、母を憎悪し、その不貞を責めながらも、あのわがままに圧倒されて、頬を寄せてくる母を突き離す力もにぶるばかりか、暗闇にこもる髪の香にむせんで心をかき乱していた自分ではなかったか。だがそれさえも、計算された一つの行為であったかと思うと、母への憎悪は加わる。二人で過したあの時刻に、二階では父は死へと誘われていたのだ。

こう考えてくると、最初から最後まですべて思い当らないものは一つもない。一つの手違いもなく、計画は遂一効果的に構成されているではないか。

白磁の銀色の跡以外には、何一つ物的証拠は残ってはいない。これがなかったら、母を指摘する推理は根こそぎ崩れて、一顧の価値も失われてしまう。これこそ完璧に見えた計画のただ一つの違算だ。

これは飽まで確保しておかねばならない。母がもしこれに気づいたら、どんな犠牲を払っても湮滅しようと躍気になるに違いない。

一也は白磁を持って研究室へ行った。そこに同型のつがいがあるのを思い出したからであった。

山鏡をそれにさしかえると、またベッドの所に引返して来て、サイドテーブルの上に元通りに置いた。

「これでよし、絶対に代え物に気づくはずはない――」

しおれた山鏡を前通りに直している時、ふと戸口に人の気配がした。母だった。

「一也、あなただったの」

「――」

「そんな所で、なにしてるの」

「別に――」

「あかりが洩れてるので来てみたんだけど、いけないわ、ここに入るのは――。明日また、あの人達が来るって言ってたでしょう。知れたらなおのこと、あなたに歩が悪くなってよ」

「――」

「お夜食が出ましたから、下で皆さんと一しょに頂かない」

「はい――」

言葉はやさしかったが、母の眼もとから血色が退き、視線は狼狽して、一也の手もとの白磁に走っていた。その一瞬のきらめきに、一也は警戒と敵意を見て取って、自分の推理に狂いはないと確信した。

母は感付いている。今夜にも機会をうかがって、そっと始末しに来るに違いない。だがもう遅い。代え玉だ。お気に召すまま、何とでも――。

一也は母の後姿に、会心の冷笑を浴びせながら、すぐ後に従って階段を下りて行った。

応接室の照明はまぶしい位だったが、却ってうつろな白々しい光だった。一也は取澄まして一座に加わり、さりげなく振舞う母の、一びん一笑に、それとなく注意を向けていた。

9

解剖の結果、おびただしいヒルデア・フラビデウムが博士の心臓と両肺に巣食っているのが発見されて、執刀者を初め立会った係官達は慄然と顔をそむけたが、他殺と断定出来る証拠は何一つなかった。

解剖に望みをかけていた係官も、こうなると、現場と訊問から是が非でも解決の糸口を摑まなければならない破目になって、現場の再検証が、前日にもまして厳密に行われたが、新しい手がかりは得られなかった。

また関係者の再訊問がくり返されたものの、別に新しい事実は出なかったが、たまたま、一也がゆうべこっそり父の室に入っていたことが浮び上った。それで係官は一也を追究したが、彼は、

「ひるがどうしてあそこに入ったのか、それが確めたかったのです。私はひるの習性をよく知っていますから。

けれども、結局、分りませんでした」

と述べて、白磁のことについては一言半句も洩らさなかった。

係官はこれを自己弁護と疑って、本音を叩き出そうと、かなり執拗に言葉尻を捕えたり、小またをすくったりしたが、その職業的なやり口は、却って一也の心を固く閉ざさせる結果となった。

一也は、このような型通りの始末しか出来ない司直の手に、母を軽々しく突き出したくはなかった。人情の表裏を黙殺して、犯罪だけを職業的にそっけなく処置するやり口には承服出来なかった。

悲惨な父の最後を思うと、黒田もろ共に、父の死にもまさる方法で復讐しなければ、この憎悪の晴れる日はあるまい。さりながら、ともすると、若い母の美しい面ざしがまぶたにちらついて、慕い寄る宿命に心がむせぶ。

愛憎の矛盾、相剋、苦悶に、心はのた打ち、あがき、寸断される。とはいえ、慕情に負けて、計画的なあの行為の極悪さをかりそめにも不問に附することが、許されるだろうか。断じて――、天地も、父の霊も、一寸の仮借もなく責めつけ、煉獄に蹴落すであろう。

母と対決して黒白を決しよう。残された道はこれより外にはない。そして母がすべてを認めたら、父への反逆の贖罪は、母自らの手によって選ばせよう。黒田の清算も母が決するだろう。これが異母子として、若い母へ下せる、せめてもの最善の審判ではあるまいか。

一也はそう考えていた。

こうした事情にはばまれて、係官のその後の追究は、ぱったり停頓してしまった。唯一の物的犯跡である白磁は隠され、当夜の情況のただ一人の傍観者が、故意に陳述を省略すれば、他に何が残るだろうか。

そしてまた、側面から事件解決に援助しようとしていた湯田弁護士も、留守宅からウナ電が来たので、翌日急いで帰京した。

帰り際に一也の室に来て、

「一也さん、あなたのことについてはお父さんからとくと依頼を受けているから、何も心配しないでいいからね。もう四、五日滞在出来たら、何とか目鼻もつくかと思っていたが、のっぴきならない用件が出来たので、致し方ありません。何はともあれ、こんな際だから、飽まで自重してね」

「――」

「余計なことを考えたらいけませんぜ。ただ事実のみ。

これが最も正しく、最も強いのだから、いいですね。忘れないように」

「――」

「何か急なことが起ったら、必ず連絡して下さい」

昨夜食堂で言った言葉をくり返した。昨夜は、この人を頼母《たのも》しくさえ感じたが、今は反転した。母であることを突き止めた以上、もはや事件の核心は他人にふれさせてはいけない。自分と母だけの問題だと思った。それで、一也は、湯田弁護士の思いやりも余計なお節介に思え、真実を打ち明ける気にもなれず、黙ってうなずいて、受け流したに過ぎなかった。

初七日がすむまではと言っていた賢介は、その日が過ぎても帰京しようとはしないで、毎日温泉場へ出かけて行った。朝食後、一風呂浸ってから、フロンテ・ホテルのビリヤードで一、二時間玉を突いて帰って来る。それから昼寝して、夕方また出かけるといった風だった。一也と顔を合わせても、生あくびをかみ殺すことが多く、退屈し切っているのに、どうして帰京しないのか。一也は最初は見当がつかなかったが、言葉の端々から、黒田がここを出るのを待っている様子が分った。

「絵描きというやつは、どうしてああ厚顔《あつかま》しいんだろうな。他人の家も何もけじめがつかないんだろうか。図々しいにも程がある――」

とこぼしていたこともある。また夫人には、

「あの絵、中途でやめたまま、どうする気なんだろう。どうせ描き上げなけゃおみこしは上げないんだろうから、お前それまではモデルを勤めてやって、さっさと仕上げさせたらどうだね」

とすすめていたが、夫人は、

「いや！」

と取りつく瀬もないほどきっぱりとはねつけた。

「行きがかり上、今更拒ったら始末がつくまいに」

「いいの、放っといて」

「そんなこと言ったら、いつまで居るか分らないじゃないか」

「じゃ、あなた、直接仰言ればいいわ」

「まさか、おれからそんなこと言えるかい」

本当に当惑した様子だった。夫人と同じ血を引いているせいもあって体は大柄だが、小心らしい眼つきが、気の毒なほど戸惑っている。

夫人はそれを冷やかに流し見ながら、

「だから放ってて、と言ってるじゃないの。あなただ

って、無理に義理立てていらっしゃらなくともいいのよ。お仕事の方がお忙しいのに」

止めを刺す皮肉さであった。

こうして何かしら不安の低迷する日が一日二日と過ぎて行った。

黒田がなぜ絵を中絶したのか。

あの事件で気を腐らせて、再び筆を取る気になっていないのだと解することも出来る。

しかし、母がモデルに立つことを拒絶しているのが直接の原因であることは、その言葉からでも明らかだ。

母はなぜ、モデルに立たないのだろうか。

自分への手前をつくろっているのだ――一也はそう思った。

父の死後、日ましに接近してくる母のやさしい態度。何も知らない前だったら、父を失って一しお淋しくなったせいだと受け取って、心からこの若い母の不幸を慰める気になっただろう。

しかし母の秘密を摑んでいる一也に、どうしてそれが素直に受け取れよう。

母はあれを看破されたのを知って、それを封ずるために故意に擬装している。

そう思って母の振舞をそれとなく観察すると、すべてがぴたりとうなずけることばかりだった。

黒田とは顔を合わせないように努めている。黒田の食事は別館へしのに運ばせている。偶然に廊下で顔を合わせることがあっても、言葉も交わしてはいない。むろん、一しょにフロンテ・ホテルへ行くことなどはなかった。

その反面、終始一也につきまとって、まるで形に影の添うようであった。殊に夜は、何かと用にかこつけて一也の室に来て、話題をつなぎながら立去ろうとはしない。そして何か思い詰めた深い吐息をもらす。

母は良心の苛責に苦しんでいる――。

そう感ずると、危く美しいこの母に傾きかける自分の心に、一也は竦然となって、はげしく鞭打ち、立直るのだった。

良心の苛責に苦しむものか。現に黒田の滞在を許していることでもその心底は分り切っている。籠絡《ろうらく》だ。それが成功すれば、この美しい悪魔はほくそ笑むだろう。いや美しい悪魔位ではない。吸血鬼だ。吸血虫だ。ヒルデア・フラビデウム。紅ひるもの根に巣食うあの黄金吸血鬼。血をむさぼり、心臓と肺にまで食い入って、血の呪文を描く妖虫。籠絡してもそれだけではすむまい。また、それに失敗したら、きっとおれを殺す、何れにしても、永久におれの口を封じないではおくまい。

それなのにおれは、贖罪を母自らの手で選ばせようなどと、生ぬるい対策しか立ててはいない。それでいいのか。

「否!」

一也は激しく首を振って、涙の中に、父の最後の姿を生々しく思い浮べた。

10

空にはうっすらと夜もやが引いて、妙にむしむしする夜だった。

庭へ出て一也が繁みの間を歩いていると、いつの間にか母が寄り添っていた。栗の葉の強い香に交って、母の髪がほのかに匂う。

庭からそのまま大楓林へとつづく細い道。木々の間を縫うて歩いていると、ともすると母の肩がふれる。故意か。一也はかたくなにそう考えていた。

高い梢でふくろが啼いている。落葉ふむ足音だけで、二人は黙って歩いた。時たま、忍ぶような母の吐息がもれた。

ややあって、母がつぶやいた。

「青葉の匂が、息苦しいわ」

「――」

「あなたは何とも感じない? ね、一也さん」

「――」

一也はやはり答えなかった。一言でも答えたら、武装した心が崩れそうでならなかった。辛うじて支えているこの心を攻めつけるように、母はまた言葉をついだ。

「ね、ひすい湖へ出てみない。こんなうっとうしい所より、どんなにせいせいするか知れないわ。そして、月もきれいよ、きっと」

「――」

夫人は一也の横顔を一度かえり見たきりだった。一也の心は右とも左とも決っていなかったが、足はすでにその方へ向いていた。大楓林に入ると、繊細な木の間をもれて射し込む月光の乱れが、肩先を流れた。一也は母を振り返った。母もまた一也を見た。光と影の細く流れる中に、母の顔は淋しく微笑んだ。

「一也さん、あなた近頃、何か一人で考えているのね」

「――」

「どんなこと?」

「――」

「お父さんのこと?」

「――」

「だったら、あたしにも話して頂戴。ね、一也さん」

母は寄ってきて、一也の手先を取った。

「お母さんのことです――」

一也は初めて口を切った。そして母の表情を見直した。母の眼ざしは、秀でた眉の影にうるんでうなずいた。

「そう? ありがと。あたしも、今晩、あなたに話したいことがあるの。うちでは賢介兄さんがいるから、もし聞かれるといけないでしょう。だから誘ったの」

「――」

一也は黒白を決する機会が、測らずも到来したのを知って、動悸は迫った。

羊腸の路を下り切ると、大楓林はつきて、広々とした湖面が光っている。月は雲母細工のようにはかなく冲天にかかっていた。湖畔の草に真珠が光っている。

「あたし、こんなこと打ち明けられるのは、一也さん、あなただけ――」

母は言いかけて、ふっと口をつぐんであたりを見廻わした。

「ね、ボート、出さない。賢介兄さんか、黒田でも来ると、邪魔されるから」

「――」

「あたし、今夜という今夜、もう、何もかも言ってしまうわ」

蘆の間からボートを曳き出すと、二人は乗った。時たま遊びがてらの釣りに使う小さなボートで、向い合って座を占めると、ひざとひざとがふれ合う窮屈さだったが、母は却って、

「他人行儀でなくていいわ」

と眉を傾けた。

湖心へ進むにつれて、月の光はスポット・ライトのように追って来る。水蒸気の動くともなく流れる湖面の、身辺だけが、青味を含んで明るい。ひるもの葉は、銀みの地に貼りつけた黒ビロードの布絵。紅い花は夜気を吸うて血曇るざくろ石。オールに散る水しぶきが玉となって葉に宿り、花びらを伝う。水銀色によどむ水面下に、浮草の根は静脈の疲れを休めている。時ならぬ水のざわめきに、眠りをさまされたふなが、あわてふためいて遁

走する。

「きれいな月――」

「――」

「悲しいわ――」

若い胸から母のといきが流れ出た。

「ね、一也さん、あたし、お父さんの所にとついできたのが間違いだったの」

「――」

母は何を話し出そうとするのか。一也は視線を上げた。母は一也の心を読み取ろうと視線を重ねたが、やがて肩を落として、祈るように伏せた。耳からえりすじへかけての輪郭が月にうるみ、髪の一筋々々が心の嘆きにふるえている。

「ね、一也さん、あなた、あたしを悪い女だと思ってるでしょう」

「――」

「そうなの、悪い女なの。あなただから本当のことが言えるのだけど、黒田のこと、どう思ってて?」

「――」

「黒田とあたし、あなた、疑ってるでしょう? ね」

一也が口をつぐみつづけているので、彼女はにじり寄って、オールの手を抑えた。

「ね、黙ってないで、お願いだから」

「そんなこと尋ねて、どうなさる気なんです!」

一也の反問はぶっきらに、彼女の面上にはね返った。

「どうする気って――かくさず話し合えば分ってよ。ね、一也さん、あたしのお願い」

彼女は両手で一也の手を押し頂くように握りしめた。近々に寄った母の髪が悲しいまでに匂う。小刻みにふるえる熱い息を洩らすその唇を見るのが苦しくて、一也は視線を水面へ外らした。

「黒田とあたし、恋仲だったの」

「?――」

視線を戻すと、母の眼は、黒いひとみの奥に小さな赤い火を燃やしていた。

「でも昔よ。女学校を出て間もなくの頃なの。今から考えると、まだ子供々々で、まるで夢のようなことに憧れて、人も世間も何一つ分らないくせに、もう大人になったつもりだったから、あやまちに落ちたのよ」

「――」

「黒田の気どったあのきざっぽさが、ただ美しく見えて、打ち明けられると、すっかりのぼせてしまって――。

あんなのを純情というのだったら、危険だわ。目かくしで走るみたいなんだから。

でもあの時はひた向きだったの。だから黒田が日帰りのスケッチ旅行に誘った時も、飛び立つように喜んでついて行ったのに、そこで黒田は否応なしにわたしの夢を破ったの。でもその時までは、まだ黒田を信じて、踏みにじられた山すみれの花を大切に押花にまでして持っていたのは、何というおばかさんだったのでしょう。あとにも先にも、たったその一度きりの過失だったのに、わたしは母の義務を負わされたの。そのことを黒田に話して、一日も早く結婚してくれるように頼むと、黒田はその日から姿を消してしまったの。わたしは狂気じみて黒田を捜して廻ったわ。毎日々々。その揚句、黒田には早くから同棲している女のあることを知ったのが収穫だっただけ。その女も黒田は捨てて、逃げるようにしてフランスへ行ってしまったの。あとでそのことを知った時、わたしはその卑怯さに、もう怒る気もしなかったわ。でも、生れて来る子のことを考えると恐ろしくって、途方に暮れた揚句、到頭自殺を計ったの」

「――」

「死に切れず苦しんでいるのを賢介兄さんに発見されて助けられたけど、生き返ったことをどんなに怨んだでしょう。ひどい打撃で赤ん坊が死産だったので、兄は、これで何もかも片づいたじゃないかとほっとしていたけど、わたしの生涯に遺された汚点がどうして拭い消せるものですか。わたしは黒田だけでなく、物事を事務的に軽く片づけてしまう兄を、いいえ、男全体を憎んだわ。そしてもう結婚はしないと決心していたの。この決心さえひるがえさなければよかったのに、あなたのお父さまの話をして兄が奨めた時、ふっとその気になったのがいけなかったのだわ」

「――」

「やはり夢を捨てたつもりでいて、違った夢を抱いていたのね。あなたのお父さまの話を聞いた時、わたしは、本当に心を打たれたの。後妻、そんな浮いた気持では毛頭なかったわ。埋れて、世界的な研究に生命を打ち込んでいる科学者に奉仕する心で。そうだったの。でなければ親と子ほども違うお父さまの所にどうして来れましょう。お父さまはほんとに偉い方でした。そしてわたしを妻としてよりも、ほんとに娘としていつくしんで下さいました。このことではわたしの夢は実現されたと言ってもいいの。何の華やかさも、浮いたこと一つなかったけど、静かなそして尊い夢だったわ。あなたにも分ると思うわ、わたしたちの毎日々々――」

「――」

「だったのに、黒田がフランスから帰ってきて、どうして知ったのか、ひょっこり訪ねて来たのよ。その日からなの、お父さまに仕えて、静かに生きる尊さに感謝していたわたしの生活が、乱れ始めたのは――。そのため、あなたにも、どんなに不愉快な思いをさせたか、それを思うとつらくて――」

風が出はじめて、湖面の夜もやは、濃淡の波を打って身辺を過ぎる。

一也は塑像のように身を固くして動かなかった。

11

「ね一也さん、黒田がなぜわたしをモデルにしてここで絵を描き始めたか分るでしょう?」

「――」

「わたしと一しょに居る時間を出来るだけ永くすることと、あなた達の目を避けるためなの。口先だけでは芸術がどうの、野心作だのと言って、もっともらしい口を利いてたけど、芸術が聞いてあきれてよ。方向違いの野心作よ。でね、わたしは拒ったの。すると黒田は到頭本性を出してね。昔のことをばらすっておどすの」

「――」

「驚くじゃないの。自分の卑怯だったことはけろりと忘れて、あたしが何か悪いことでもしていたかのような言分でね。パリ帰りってことを二言目には鼻にかけるんだが、パリで何の勉強をしてきたんだか、まるでモンパルナス辺のアパッシュの言分じゃないの。黒田は、お父さまの莫大な財産のことをどこかから聞き込んで来てるのよ。それでわたしから口止料を取るつもりだったらしいの。

わたしはね、黒田がおどしたってちっとも怖いことなんかなかったけど、ただそのために、研究だけに生きられてるお父さまの心を乱すのに忍びなかったの。それとね、昔のことで逆にわたしをおどす卑怯さが一そうぐっと来てね、忘れようと努めていたあの時の怒りと一しょになって、この機会に散々黒田を愚弄して、焦躁させ、苦悶させてやれ、あの時の打撃のせめて十分の一でも、思い知らせてやれたら、とついそんな気になったの。

それでわたし、お父さまにモデルに立つことをお願いしたの。黒田はお父さまの前ではあんなに紳士然と振舞っていたでしょう。だからお父さまはお疑いになるどころか、本当に新進の洋画家と思い込んでいらしたらしいわ。だからこそ快く許して下さったの。済まなかったわ。

わたしがモデルに立つようになってからは、黒田がわたしを見る目が段々変ってきたの。昔は泣くことだけしか知らなかったわたしの女としての成長が口惜しくなって、何とかしてよりを戻そうとあせり出したのが目に見えていたわ。

でね、わたしは一そう大胆に振舞って、黒田のあせりに油をかけてやったの。男の武器が暴力なら、女の武器は魅力だわ。しかも絶対に与えない魅力。フロンテ・ホテルでも、モデルの時でも、一歩手前でさらりと翻えすので、歯がみしてくやしがって——、それを冷やかに見ながら、わたしは復讐でもしているつもりで、得意になっていたけど、今から思うと、ほんとに浅はかだったのね。そのため却って事を大きくしてしまって——」

「——」

「黒田はね、到頭わたしにお父さまと離別しろ。慰藉料に財産の半分は取ってやる。お前はただ目をつむってるだけでいい。手続は何もかもおれがしてやる。こんなことまで言ったわ。むろん、わたしははねつけたわ。すると、そんなにあのおいぼれが大切なのか。見ていろ。あっさり片づけてやる。ついでに一也もさ。目ざわりだから。人間の一人や二人位料理するのに手こずるおれじゃない。その辺の細工にかけちゃモナコ三界本場仕込みだからな。あとかた一つ残さず悠々やってみせる。あとに残るのはお前と財産だけだ。いやと言ったってそっくりおれのものだって。まるでアパッシュ以上のせりふじゃないの。口先だけのおどしじゃないのよ。黒田ってそんな人間だから。わたし、考えたわ。もし、そんなことになったら、何の係りもないお父さまに、申訳がなくて、それで、わたし、決心したの——」

「——」

「いっそ、黒田を殺して、そして、わたしも死んじまおうと——」

「？——」

「天狗岩、あの絶壁に黒田を誘い出して、飛びつく。たったそれだけでいいの。突き落すのだったら、女の力ですもの、仲々思い通りに行かないかも知れないけど、体ごと飛びつけばいいの。そしてわたしが先に足を踏み外せばいい。天狗岩の絶壁、谷底の深さはあの通りだから、絶対に命を取りとめるはずはない。そして人の踏み入れない所だから、誰にも発見されないですむ。

どうせ、あの時に死んでいたわたしなの。黒田のような男もいないがいい。それがせめてもの、みんなに迷惑のかからない清算だと信じて、決行する機会を待ってたの。それなのに、突然、お父さまがお帰りになって、急にあんなことが起って――」

「あんなことになったって、まるで人事のように言って！」

固く結んでいた一也の唇は、ここに至って破裂した。

「あなたは、黒田がお父さんを殺したんだと仰言りたいのでしょう」

「それに違いないわ」

「うそ！」

「え？」

「あなたはそのことを訊問の時に述べましたか」

「だって――」

「かくしてたでしょう」

「黒田ってことは分ってるけど、証拠がなくちゃどうにもならないから、それであなたに相談して、何とかして突き止めようとしてるの」

「証拠は上ってますよ」

「え？」

一也は怒りにぶるぶるとふるえた。

「よくも永々と、まことしやかにうそが言えたものだ。前後のつじつまを合わせた用意周到さは、あの晩、花瓶を運んできた筆法と全く同じだ」

「花瓶って？　それがどうしたの、一也さん」

「白っぱくれたって、ちゃんとあの花瓶には証拠が残っている」

「何、なに言うの？　一也さん」

「黒田を葬るなんて、ていのいいことを言って、ひるを入れた花瓶をさりげなく持ち込んできたのは誰です！」

「ひる？」

「そうです。あの残忍なヒルデアア・フラビデウムを。しかも白磁の花瓶一ぱいに満たして」

「まあ！」

「お父さんを殺したのは、あなたなんだ」

「――」

「そしてあなたは、私も殺すためにここにおびき出したのでしょう。あなたの秘密を知ってるのは、私一人なんだから。そうでしょう。私は何もかも知ってるんだ。証拠もはっきり握ってるんだ」

「そんなこと、わたし」

腰を浮かした彼女は、一也の膝に取りすがった。眼には涙さえ浮べて。その哀訴する顔をまじまじと見ると、一也はあの夜のことが今更のようにぐっと胸に来て、眼前に黒い旋風のうず巻くのを見た。

「ごまかそうったって——」

「一也さん！」

「何を言う！」

取りすがる彼女の腕をさっと払いのけた。

「あっ！」

よろめいて、ふなばたに支えようとした手先は、水の上へはずれていた。一也が引き戻せば立ち直れる姿勢だったが、一也は凝然と動かなかった。

あふりを食ったボートから泳ぎ出た彼女は、のめって、ざぶりと湖面へしぶきを散らした。

水面下に没した体は、しばらくして水を分けて泳ぎ出たが、ひる藻にからまれて水の中へと沈んだ。

三度、水面へ出た彼女は、

「一也さん、誤解よ。誤解なのよ。ボートを寄せて——ボートを」

言いかけて、水を呑んでまた沈んだ。

四度目には、ただあがく顔だけだったが、それも、瞬時にして沈んだ。

五度目は、水面上に出たのは片手のみ。空気を渇望する口は、空しくあぎとうばかりで、遂に水面を破ることは出来なかった。

一也は月光の透す水銀色の中に、花のように開くスカートのゆらめきを見た。

もがいている脚。腕。そして金色藻のように輝く髪のゆらめき。髪ばかりではなく、白い体全面から、黄金の後光が輝き出した。

錯覚か。然《しか》らず。その黄金の後光は刻々とその輝きを加えてくるではないか。

船端から乗り出して、水面に顔を近づけて覗くと、あぁ、水中に描き出された天女の舞。

かろやかにゆらめく羽衣。ものうくうごめく白蠟の肢体。髪は美しい顔にまつわり、あらわな腕に脚に、羽衣は楽しげに戯れる。

そして全身の、なめらかな肌から、ゆらゆらと発散する黄金の光。それよりもなお、密度濃厚な、めらめらと燃え立つ黄金の炎。

天然の巧みか。水の精の装いか。

満月の夜でもないのに、この黄金の輝きは。

一也はぎくりとした。背筋をはじかれた思いだった。

ひる！　ヒルデア・フラビデウム！

紅ひるもの根に巣食っている黄金色の妖虫。

この月夜、寝ざめがちなかれらのまどろみを突如破って飛込んできた天恵のえじき、豊満無類、甘美な体臭と血の匂いとを水中にまき散らす一個の女体に、幾百、幾千とも知れない裸虫共は、狂喜し、乱舞して、吸い着き、かみつき、がつがつと肌を破って貪欲の限りをつくしている。

見よ、びっしりと吸い着いたかれらの随喜ぶりを。ゆらゆらと肩を波打たせ、尾をゆり動かし、のどを鳴らして、血をむさぼる光景は、さながら、黄金の炎の燃えさかる美しさだ。

一也は固唾を呑み下して、オールを入れた。漕ぎ寄せようとして止めた。

救い上げてもまだ遅くはない。しかし父の死相を思い浮べた。

断じて間違いはない。声をうるませて訴えた述懐。あれは、自己弁護以外の何の役に立つだろう。いかにも哀切を綴る言葉だったが、あれこそ、彼女自らの犯行を裏づける自白ではないか。

そして、白磁の花瓶の証拠は、いかなる詭弁を弄しても黒を白にくつがえすことは不可能であろう。

一也は、静かにオールを動かして、岸を指した。砕ける雲母の波。一こぎ一こぎは復讐の決哉を叫ぶ心をそのままに、波をきらめかした。

湖上を渡る風は、夜もやを吹き払って、傾いた月に湖面は鏡のように冷く光っている。

12

蘆を分けて岸辺に帰ってくると、真近かな林の影に、誰か立っている。大きな男。

一也がボートから下り立つと、その男は月光を真正面に浴びてのっそりと出て来た。ひざを曲げないもったいぶった歩きぶり。黒田である。

「見ていたぜ、何もかも」

「――」

「随分、手を焼いたろう」

低い声である。そして鼻先で冷笑した。

一也は、ひそかに決心して、黒田の出方を警戒した。

「固くならんでいいさ。歩きながら話そう。その方が、見てくれがいい」

黒田は左側にぴたりと体を寄せてきた。

「そっちの路がよさそうだ」

林の中を、家とは反対の方向へたどる。重い足どりだった。一歩毎に、砕けた月光と楓の葉影が点々と体を流れる。

「大分長い時間、まゆみが、くどくどと話していたね」

「――」

「あの分じゃ、昔のことから流いざらいにしたろう」

「――」

「黙ってる所を見ると、図星だな。じゃ、おれは、前置きぬきで行くとしよう。事情はすっかり聞いた通りだ。おやじさんが死んでただで転り込んだ財産の半分をおれに寄越せ。今夜の口止料にしちゃ安過ぎる」

ねちりねちりとつぶやきながら、肩越しに顔色をさぐる。

「いやかい。黙ってるのは」

「――」

「残りの半分だって、お前が一生かかったたって使い切れやしめえ。どうせ余り分じゃないか」

一皮はいだ黒田の態度に、一也の胸底に母の述懐が目まぐるしく回転した。母の言葉が急に真実味をこめて甦ってきた。

一也は一歩退いて黒田を見すえた。

「お前が、お母さんを強迫して、殺さしたのだろう」

「ふふん――」

黒田はずいと寄ってきた。

「なんぼ何でも、女じゃねえか。そしていやしくも妻と名がついてる以上、知って出来るもんじゃねえ」

「じゃ――」

「おう。おれがやったよ。ちょっぴりした細工だけさ。まゆみの部屋に夕方生けていた山鏡をぬき取って、水の代りに黄っぽいひるを三つかみ入れておいたまでさ。飼育瓶の中で飢え切っていたと見えて、おれの筋張った手にだって小おどりして張りつきやがって。さもしい奴さ。二階のあの室のこぶしがしなびてるのを知ってたからそれとなく水を向けて持って行かせるつもりだったが、まさか自分から持って行こうとは思わなかったね。貞婦だよ。全く」

「じゃ、お母さんは何も知らずに、持って行ったと言うのか」

「そうよ。当り前じゃねえか」

「――」

「何をため息つく。殊勝らしく」

黒田はあごの先であしらう。

一也はあふれてくる涙を押え切れなかった。母にしてはあまりにも周到な計算。すべては黒田がはじき出した計画だったのか。

母は言っていた。口先だけのおどしではない。黒田ってそんな男だと――。

その黒田を、自分の命までも捨てて、一しょに葬ろうとしていた母を、怨み、さいなみ、水底に葬って、復讐の快哉を叫んでいたとは、何という軽率な錯覚だったろう。

母は三度水中から浮び出て、誤解、誤解よ、と必死に叫んだ。そしてボートを求めたのに。オールをのばせば訳なく救い上げることが出来たのに――。冷酷にも見殺しにした。


ああ、何という非情。水中の死の舞踏に恍惚と見とれていたわが心の無慙さ。

一也は奥歯をかんで慟哭を忍んだ。ひきつる頬に生ぬるい涙がつつ――と走る。

「ふん、泣いてるな。殊勝なこった」

「――」

「それだけの分別があれゃ、おれの話だって承知してくれるな。お前とおれは、同じ身の上だ。お前のことはどんなことがあったって口は割らぬ。安心しろ。だからさ――」

「いやだっ！」

「何だと？」

「何もかも、おれはぶちまく。裁きを受けるんだ」

「ばかなっ！」

黒田の手が肩を摑んでぐいと引き戻した。近々と突きつける顔、目くまの黒ずんだ奥の光。一也は殺意を感じてすばやくかわした。ぐずついていたら、どんな結果になるか知れている。

のしかかって来る黒田を振り切って走った。大楓林をぬけて。矢のように突っ切って――。

しかし一也は黒田の体力にはかなわなかった。このまま走りつづけていたら、やがては捕る。

一也はとっさに観測所へと続く遠いこの路から、ひょいと岸寄りの小路に外れた。ぶなの森を抜けて観光路へ出る近路である。そこまで出れば、人通りもある。

だが、ぶなの森。一町にわたって、空を蔽うて真黒く屋根を連ねる繁み。交錯する逞しい枝からは、大蛇に似て前後左右にぶら下っている水竜骨《あおねかずら》。下道には歯朶《しだ》が生い繁り、根を張り、落葉朽葉に埋れている。そこは山ひるの物凄い棲息地だ。

昼は木の間洩れるほの明るさと、空気の乾燥を避けて、山ひるは落葉の下、白い菌糸のしとねに潜んでいるが、夜になると、林間に漂う湿気に活力を盛り返して、続々とぶなの木に登る。木にからむ水竜骨の若葉が分泌する甘い樹液に群れて、夜もすがらあかずうごめく貪欲さは、ただそれだけで飽満することを知らず、動物の気配を感ずると雨と降って、生血を吸う。牛馬一頭を倒しても、彼等の幾千分の一が満足するであろうか。無尽蔵に次から次へと降ってくる怪虫、湧き出てくる妖虫は、眼球を食いつくして脳に入り、毛皮に孔を穿って肉を食い荒す。まして人間の柔い無毛の肌は、彼等の貪欲に蜂の巣と化してしまう。

そこを突破する外、一也が逃げのびる道はなかった。走りに走ってぶなの森にさしかかる。黒田の足音は耳後にあった。黒田はこの暗黒の森の恐怖を知らない。その暗さを絶好の場所と見て気負い立った。

一也は森に踏み込むと、さっと上衣を頭からかぶって、必死に飛んだ。父の指図でいつも採集に来る所なので、山ひるの習性はのみ込んでいる。地の利は知っている。むくれ出た木の根を飛び越え、細流を飛び越え、走りに走った。

突然、下道を突っ走る人の荒々しい息使いと落葉を散らす足音に、樹上のひるは一斉に頭をもたげて、歓喜して、次々に降った。五寸に余る裸虫の雨。一也が走りぬけるあとに降り、黒田の頭上に落ちる。首すじに、頬に、耳に、まぶたに、背に、腕に、宙に吸い着きはぐれて落ちたのは、はね上って股や足に吸い着く。

一也は走りながら、黒田の足音が乱れ、おくれるのからそれを知っていた。

ばさりと倒れる音がした。木の根か、歯朶に足を取られたのであろう。起き直ってよろめく足音が聞えたが、またばさりと倒れた様子だった。それっきり足音は絶え、異様な叫びが聞えた。牛馬や人間の叫びはひる共を一層狂暴にする。その声を目がけて、また一しきり大粒の雨は落葉を叩いた。かき散らす落葉の音。もがけばもがくほど、果もなくひる共は雲集して、余すところなく粘液で全身を包み、むさぼり吸う。吸えば尺余にふくらみ、千切っても吸盤だけは吸いに吸う。その執拗さに幾分間戦い続けることが出来るだろう。

走りぬけた一也は、被っていた上衣にびっしりたかっているひるをはたき落し、腕や脚にも執念にぶら下っているのを一匹々々丹念にこさぎ落しながら、木下闇《このしたやみ》をすかして見た。

そこには虚空をつかむ黒い手が断末魔の動きを見せているのを、かすかに認めた。

13

栗の疎林は、まばらな樹影を長々と草の斜面に曳いていた。

傾いた月光を浴びて、わが家は廃屋のように暗く、淋しく、疎林の中に立っていた。

ただ応接間の窓だけが、明るい光を屋外まで投げて、一也の帰りをこの夜更けまで待っていた。

テラスに近づくと、足音を聞きつけて、窓際まで人影が迎えに出て来た。伯父の賢介である。

「一也さんかい」

「は、はい」

「ひどく息を切らしてるじゃないか。どうした――」

「――」

「一人か」

「はい」

「お母さんは？　一しょに出て行ってたようだが――。それから黒田があとから出て行ったが会わなかったかい」

「――」

「また、お母さんは、黒田と一しょにフロンテ・ホテルへ行ったのだね」

一也は首を振った。そして乾き切った唇をかんだ。

「どうしたんだね。どうかしたのかね。ひどく昂奮してるようだが――」

「伯父さん、私――」

「何だね」

一也は何度も口ごもってから、やっと口を切った。

「私、お母さんを、殺してしまいました。そして黒田は――」

「な、なにを言う。一也、そんな――」

賢介は身ぶりでその声を制した。そして早く裏から廻って来いと手ぶりで示した。

一也が足を洗って応接室に入ってくると、伯父は窓を閉めるだけでは安心出来ないと見えて、カーテンまでも引いた。

一也がソファに崩れるようにうなだれたので、伯父はアームチェアからその方に席を移した。

「ほんとかい一也――」

「――」

「だしぬけに、また――」

「伯父さん、私、自首します!」

はじかれたように、ぎくんと首筋を立てて一也は口走った。賢介をしばらく見つめていたが、またうなだれた。

ややあって一也はぽつりぽつりと一部始終を話した。

一也の青ざめた両頰には、止めどもなく流れる涙で濡れた。

あの母、母は今、ひすい湖に沈んでいる。

母を責めるなら、それは嫁いでくる前の過失だけに過ぎない。それも自分には母を責める立場は与えられてはいないはずだ。それなのに父の死をすべて母のせいにして怨み、呪い、恐ろしい錯誤を犯した。誤解の原因は嫉妬ではなかったか。母に慕情を寄せていたからこそ、愛情に立迷って、激情に翻弄されて、冷静な判断を失ったのだ。何という軽率、何という愚弄。美しかった母は、天地に伏して罪を謝しても、もはや再び帰っては来ない。

一也は慟哭を、唇を切れるまでかんで抑えたが、抑え切れなかった。

伯父は、わなわなと波打つ一也の肩に手をかけて慰めつづけた。一也の慟哭の切れるのを待って、静かに口を入れた。

「一也さん、決して悪意からではない。私にはよく分る。無理からぬことだ。今更、あなたが自首しても、死んだまゆみが生き返ってくるものでもない。だから、取乱して自首するまでもないと思う」

「――」

「ここはぜひ、伯父に委せておきなさい。幸い、まゆみにしても、黒田にしても、あなたがやったという証拠は何もない。知ってるのは私達二人だけ。それでね。まゆみと黒田が二人で散歩に行ったまま帰らないということだけを届け出ることにしよう。それで何もかも片づいてしまう。多分、黒田がまゆみを殺して、フロンテ・ホテルに行ってる路で死んだということになる。なぜまゆみを殺したか。それはお父さんのことに関聯して、と判断されるのが常識なんだ。それでいいじゃないか。好んで騒ぎ立てた所で、誰が得するというものじゃないし、そっとしておこうよ」

「いやです。私はいやです。伯父さんはそれで気がすむかも知れないけど、私、そんなことしたら、お母さんに一生申訳が立ちません」

「じゃ、どうしても自首すると言うのかい。困ったね。一也さん。あなたはそれでいいかも知れないが、自首すれば、黒田とまゆみの昔のことから何もかもまたむし返されることになるし、お父さんの秘密だって新聞記者達に洗い立てられて、せっかくの世界的名誉も何もかも台なしになってしまうんだが、それでも構わないのかい」

「お父さんの秘密ですって?」

「そう。これだけはかくし通さねばならないと思っていたのだが、あなたがどうしても自首すると主張するなら、致し方はない。言うことにしよう。一也さん。黒田はここにひょっこり訪ねて来たね。それは一体誰が呼んだと思う? 誰かが教えなけれゃ、まゆみがここに来てることを、フランスから帰ってきて日も浅い黒田が知ってるはずはないじゃないかね」

「――」

「お父さんだよ。それは」

「そんなことがあるものですか」

「まあ、お聞き。去年だった。お父さんが私にね、まゆみの昔のことを確めに来られた。どこで聞かれたのか、まゆみが告白したのか、どちらかは言われなかったが、はっきりと知っていられたね。それで私も隠すことも出来ず、黒田との関係、自殺しそこねたこと、妊娠していたことなど、認めないわけには行かなかった。するとお父さんは口にこそ出されなかったけれど、大変激昂された様子だった。表面謹直な方だけに、抑えていられたんだが、顔色ではっきり分ったよ。その後、また見えた時に、まゆみを引き取ってはくれないかと相談されたが、私は、自分の一存では出来ないから、妹と話し合って、とお答えしていたのだが、それきり二度とその話は出されなかったね。が、それは思い直されたためじゃない」

「――」

「それはね。離別したら、昔と違って、財産をわけなければならない。それはお父さんには到底出来ないことなのだ。こんなこと言っては済まないけど、お父さんはひどい吝嗇《りんしょく》だからね。財産が莫大になれば、誰だってそうなるらしいから仕方ないことだが。それでお父さんは、まゆみが自然に黒田と昔の仲に戻って、出て行くことを望んでいられたのだよ。ついこの間、東京に見えられた時に私はまゆみのことが気になって尋ねたんだが、黒田がひょっこり訪ねてきてね、まゆみをモデルにして毎日絵を描いてる、秋の展覧会に出す野心作だって、やはり若い者は若い者同士がいいねえ、なんて、平然と笑われていたが、私は困ったことになったと思っていたのだ。それで何度も、まゆみに自重するよう手紙で意見したんだが、ただの一度も返事を寄越さなかったさ」

「――」

「お父さんが長々と東京に滞在されていたのは二人を自由に遊ばせてやるためでね。むろん、お父さんには東京に、ずっと前から女がいてね。九つになる男の子がいる。一也さんにとてもよく似てるよ。だからまゆみが出て行ったって、お父さんはちっとも淋しいことなんかない。却って厄払いになるんだ。だから、今度の事件の因は、言わばそんなことを計画して黒田をここに来させたお父さんにそもそもの口火が切られたと言ってもいい。一也さん、だから、何もみんなあなたが一人で背負込まなくてもいいと思うんだが、自首したって取返せるわけのものでもなし――」

「分りました。伯父さん。もう何も言わないで下さい」

一也は立ち上ったが、一歩と進めず、またソファに腰を落した。

一也は、地が裂けて、床が傾き、柱も壁も倒れ、大地の中にめり込むような驚きと嘆きに打ちのめされた。

そうだったのか。何も知らなかった。謹厳寡黙、ただ研究に没頭する偉大な学者と一途に思い込んで疑いもしなかった父が。そうだったのか。

その父の血を享けた人間、この体にはその血が脈搏っているのだ。陰険、猜疑、冷淡、吝嗇、多情――。謹厳廉潔で恬淡《てんたん》無欲、ただ研究三昧に耽っている典型的な学者だと信じていたのに、一皮剝げばそれだ。醜悪な人間慾の固り。その血が自分にも流れている。

一也は悲しかった。誰を怨むこともない。今はもう自らを呪いたかった。

父は人を計画に落すつもりで、呪縛の糸を投げた。黒田は父の手中で踊らされ、母もまたその糸にかかって操られた。それに真先に落ちて自ら死を招いたのは父だ。母と黒田をそれ故に死に至らしめたのは自分だ。ああ、自分もまた、父に踊らされていたのだ。

一也は、天地が暗黒の中に崩壊して、微塵に離散するのを見た。

あとはただ虚無の真空。天涯に月もなく星もなく、無限の闇。その闇に、黄金のひるが無数、炎となって渦巻き、父と母と黒田の眼が、陰々たる燐光を放って切り結び、永劫に絶ゆるなき憎悪と呪咀をこめて鬼哭する声が啾々と身辺を閉ざす。

この幻影に堪えかねて、一也は耳を塞ぎ、眼を閉じて、がばと打ち伏してしまった。

14

その夜明け前、一也は忽然と姿を消した。

月影の白むまで自室にこもっていたことは間違いないが、いつ抜け出したのか、賢介も、しのも気づかなかった。

室内は取乱した様子もない。日頃よりは端然と取片づけられていたのが却って気になった。その整然たる机の上に、白磁の花瓶が、枯れ果てた山鏡の花を抱いて、悲しい終末を黙示しているかのようであった。

夜が明けて、大楓林が青めのうのしたたりを連ね、ひすい湖に金色の光が射した時、一隻のボートが、湖心に浮いていた。

金粉を散らして輝く水面近く、軽やかに髪を流し、微笑さえ含んで仰向けに浮いているまゆみ夫人の白い凝脂の胸に、ぴったりと顔を押しつけて、すがりついたまま一人の青年が死んでいた。

一也であるのは言うまでもない。

二人を包む水は、朝風にかすかに波立ち、燦然と黄金の光を乱反射していた。

その水面を流れるともなく流れる紅ひるもの花は、黒ビロードの葉の重畳する間に、点々と、ルビーの花を開いていた。

15

五日目の午頃。

湖畔の屋敷を湯田弁護士が訪ねると、賢介は鄭重に応接室に招き入れた。

弁護士は、打ちつづく清水家の不幸に悔みの言葉を礼儀正しく述べて、ゆっくりと煙草に火をつけた。

賢介は小心者らしく、遠路わざわざ悔みに来てくれた労を謝して、愛想よく色々と言葉を重ねた。

湯田は、それを軽く受け流して、賢介の顔を見守りながら、煙草を吹かしつづけた。

「途中のバスはこみはしませんでしたか」

「――」

「近頃はひどく道路がいたんでいますので、バスが揺れてお疲れだったでしょう」

「――」

「せっかくいらっしゃったのですから、今晩はゆっくり温泉に入って下さい」

「――」

「この前の時はあんな風で、骨休めなさる暇もなかったのですから、せめて」

「――」

「この家も無人になってしまいまして、夜など、大人でも淋し過ぎる位ですから、一つゆっくりと――」

「――」

次々に話のつぎほを求めたけれど、湯田は黙殺して、ただ煙草を吹かして、やはり賢介を見守りつづけていた。

賢介も遂に口をつぐんだ。そして湯田と視線を重ねたが、湯田が外らさないので、賢介の方から外らした。

二人はそのまま数分間を対座しつづけた。言葉なく、静寂は二人の間を占めていたが、不気味な精神のざわめきが、次第に高鳴ってきた。

ゆっくりと一本を吸い終った湯田は、吸殻を灰皿に投げ込むと、そこで初めて口を切った。

「あなたには、私がきょう来た用件、大体御想像つくことと思います」

「？――」

「私が申し上げなくとも、御承知のはずです」

「何でしょう。何かこう、ひどく含んだようなお言葉ですが」

「じゃ、申しましょうか」

「――」

「あなたは、大変なうそを、一也君に言われましたね」

「いいえ、そんなはずはありません」

「そうですか。それなら結構ですが、一也君は自殺する前に、私宛に遺書をしたためて送りました」

「手紙ですか」

「そうです。これです」

湯田は、折鞄から一通の封書を出して、賢介の目の前に置いた。

「お読みになりたければ、どうぞ読んで下さい。かなり長いですが」

「――」

「え、何故、お取りになりませんか、むつかしい顔なさって」

「――」

「じゃ、私から申しましょう。あなたが一也君に話されましたことは一部始終書かれています。そして、父から自分宛に譲られる遺産は、東京にいるまだ見ぬ弟に渡してくれって、そこまで書かれています。一也君に、そんな虚構な話を何の必要があってなさったのです。清廉潔白な、あの清水博士を、何の必要あって、陰険、貪慾、吝嗇だとけなしつけました。そして東京に前から女が居て、九つになる男の子が居るなんて、私は博士の顧問弁護士としてもそれが事実なら是非承っておかねばなりませんが、清水の旧友としても、彼が、女と子供をかくしていたということは、聞き捨てることは出来ない。何という女です、その子は何という名です」

「――」

「東京のどこにいます」

「――」

「答えられないでしょう。当然のことだ。その上、あなたは、黒田を呼んだのは、父だと一也君に言いましたね」

「そんなことは言わない」

「そうですか。そう仰言れば、それでもいい。それなら、あなたはなぜ一也君が自首するというのを止められました」

「博士の名誉を思えばこそだ」

「そうでしょう。まだ充分な判断力のない年頃には、美名には迷わされる。一也君が潔く自首すれば、罪にはなっても、やがては清水家をつぐ。私の見解では執行猶予どころです。あなたはそれを見透して、一挙に一也君の動揺に乗じて自殺させるように仕向けたのでしょう。でないことには、二つも三つも、ありもしない虚構を組み立てて、一也君を絶望のどん底に叩き落す必要はない」

「そんな――」

「清水博士は先日、私の事務所に来た時に、それとなく述懐していましたが、それから察すると、何もかも明らかですよ。まゆみ夫人を清水博士に嫁がせた時のあなたの熱意、それは博士に対する尊敬でも何でもない。財産への執着だったのでしょう。

黒田がフランスから帰ってきて個展を開いた時に、あなたは黒田にまゆみ夫人の嫁ぎ先を知らせている。黒田は博士に初対面の時にそのことを洩らしている。そのくせ、博士が上京した時に、あなたは、まゆみ夫人の昔の過失をさりげなく暴露している。今頃になって、わざわざそんなことをしなければならないわけがどこにあります。これだけで、もう、あなたの意図は明らかなんだ。博士はあなたの触手が身辺に迫ってきて、事態が悪化するのを知って、危険を予感されたのでしょう。この前の出京の時に、薬理学会に、全財産を寄贈される手続を完了されました」

「え?」

「残念でしたね。自分の妹を犠牲にし、黒田まで引き込み、博士に非業の死をとげさせ、一也君を葬り、あとはすっかり、あなたのものになるはずだったでしょうに」

「あまりな侮辱だ。臆測じゃないか」

「自らの非を懺悔して自殺するのが、あなたのせめてもの道なのに。逃げを打つとは、何たる卑怯か。この場になっても、まだ白を切ろうとするのか」

「――」

「口先の兇器には犯跡がないと抗弁するのか。よろしい。その自負を打ち砕いてみせる。堂々と、法廷で。人間の世界から、そのような卑劣は、断じて絶滅しなければならないんだ」

「――」

湯田弁護士の鋼鉄の視線に、賢介はうなだれて立向う気力を叩きのめされていた。

窓から射す光は、栗の若葉を透して、エメラルドに輝いていた。

頰白が、どこかで一声さえずった。あとはただ静かだった。

随筆篇

思ひ出すことども

未だ一っぱしのことを言える柄でもないが、私の大衆文学はサンデー毎日によって掘り出され育てられたと言ってもいい。

十年余り前未だはたち前の時代であったと思うが、どうした気紛れからかサンデー毎日大衆文芸の甲種に出してみた。その当時は御承知のように甲種と乙種とあって甲種の方が八十枚乙種の方が四十枚位であったと思うが、いっそ書くなら長い方をと思って我無者羅に書いたものだった。何しろ八十枚位のところを百枚ばかり書いたように記憶している。今から思い起すと実際冷汗もので、原稿は書きっ放しで浄書もせず、一体作家の原稿展を見ると非常に汚れているので、あんなのが値打ちのあるものと思ったのか、無闇に添削して真黒々の原稿を二ケ月も早く送ったものであった。題だけは今でもはっきり憶えている。「宝暦異聞金獅像」というやつで宝暦時代の名工が途轍もなくよく飛ぶ竹蜻蛉を作って競争して、和蘭陀渡りの金獅像を巡って相争うというような筋であったと思う。私は原稿を送ってしまうと、それだけで満足であった。発表までは随分永い日数があり、その間に学校の試験や何やかにやがあったのでつい忘れてしまっていた。

ところが或る日偶然にも図書館で古新聞の綴りを見ていると予選発表が載っていた。甲種の方が何でも十六人で乙種の方は三十人余りの人名であったと憶えているが、その十六人の二番目に自分の名があるので、私は仰天してしまった。その時は奈良三仏と何から考えついたものかそんなペンネイムを使っていたが――。それで毎日新聞へ行って当選発表のサンデー毎日の売れ残りを買ってみた。ところが美事にスベっていたので俄然その時になって残念でならなかった。その時確か海音寺さんの「うたかた艸紙」であったか、あれが入選していたように記憶している。

それからが病みつきと言えば病みつきで、その後何回小説書きを止めようと思ったか分らない。凡そ小説書く位損なことはない。エネルギーを消耗する点から言えば研究室で新発見をめざして努力する科学者のそれに匹敵するとも劣らぬ。万遍変らぬ生臭坊主の念仏とは凡そ意味が違う。

しかし一ケ月も何も書かないでいるということは苦痛である。人生が空漠になる。将棋も碁も麻雀も一通りはやってみたが、どうも熱中することが出来ないのが淋しい。それでやはり他の人達が色々な遊技に人生の暇を潰すと同じような意味で私は読みかつ書いて来た。勝負事で勝った時は大層愉快なものであるそうだが私はそれを残念ながら知らない。ただ一作終った時の愉悦感は、よしそれがどんな駄作であっても自分一個に限り万金を以ても購い得られるものではないと思う。それに魅せられ引きずられて来たものであろう。街の発明家が家産を傾けても気が狂ったと言われてもなお考案研究を捨てることが出来ないで色々の悲劇を起しているのを新聞などで見ると、何か思い当るようなものがあって、ふっと淋しくさえなる。がどうにも筆を捨てることだけは出来なかった。

その中《うち》に千葉さんの審査時代に、三期打ち続けに「解剖された花嫁」「狐霊」「地獄絵」と三作を出した。千葉さんからもう大丈夫だと激励の言葉を貰ったが私は嘘のような気だった。誰よりも自分の貧弱な実力を最も明確に知っている私は思い切って立ち上る自信さえなかった。立ち上っても直きに屁古垂れそうな予感が払い退けられなかったからである。次に木村さんの審査時代に「戦雲」それから昨秋と今春に「髑髏譜」と「脱走九年」、これで六作になるが、私は昨年までは十回まではやってみようと考えていた。どうせ地方に居て適当な発表機関にも恵まれないし、一番手っ取り早やなこの種の募集に応ずる外はなし、その中でも品位と地盤とにおいて本邦一と目されているサンデー毎日大衆文芸で十回のレコードを作ってみようと思っていたのであるが、もう六回きりで止めることにした。自分一個の念願を満足させるために、そういつまでも沢山の人達に迷惑かけるのは罪悪だと考えたからである。

しかし私は永久に止めたのでは決してない。今後の当選作品のレベルが、もし応募者達によって低下されるというような不幸な時期が来たならば再び駑馬に鞭打ってなんぼでも書きなぐって出す積りである。が今後は私らごときが書いた作品は再び入選し得ない程にレベルが向上するであろうし、またそうなることを渇望しているわけである。

　こう書いて来るとまるで私は大衆文学にばかり筆を染めて来たように聞えるかも分らないが、決してそうではない。戯曲も色々書いたが結局地方でははずみがつかなかった。創作を書いたがこれも紙魚の餌を作るに過ぎなかった。さりとて私は今の大衆文学にはどうもぴったり肌が合わぬ。何か新しいものを考え出したいと思っている。講談もどきの大衆小説が今日の大衆文学を毒することと甚しい。勿論大衆文芸勃興史の一素因が講談にあったのであるから鼠賊扱いするのは無理かも分らないが、今日の大衆文学は昔の大衆文学とは看板は同じでも売る品は違っているはずである。

　純文学の持たぬ大衆への強力なアッピールはただ一つ大衆文学に与えられた武器であろう。各社会層へ喰い入ることを許されたこの武器を以て社会を毒するか或は強引に新しい次の時代へ引きずって行くかが大衆文学の運命の岐路ではあるまいかと思う。

　この意味において下らない大衆小説と共に鼻もちならぬ一部の純文学を撲滅して、誰でもが餓えたように喰らいつき、ただ興味一遍からばかり読ませるものでなく哲学的に社会的に、人そのものの生きて行くために不可欠なもの、そんなものは創作し得られないものであろうか。痴人の夢かも分らない。

　この一本に収録されている各短篇は私の考えとは遥かに遠いもので、私自身としても虫乾しのボロ着物を人に見られる恥しさがある。しかしそれぞれ審査に一度かけられたものであるから割合粒の揃ったもので面白く読んで頂けはすまいかと思う。が書き下しの怒濤時代は果してどんな罵倒を受けるか私は何らの予期も今は持っていない。

　私は今色々の意味で再出発しようとしている。徒に過去のつまらぬ作品に恋々しないで、文学の旅人として、通過して来た道標の一つとしてこの作品集を遥か彼方に振り返る時を招きたいと思って向後努力する積りである。

　この作品集を出すに当って万般の御尽力を賜った新屋敷幸繁氏は十年前私の七高時代の国文学教授で、揺籃時代に種々の御指導を仰いだ方で今更ながら感慨無量な気がする。

　なおその後私の精進に対し影ながら並々ならぬ援助と激励とを惜しまれぬ大下宇陀児氏、柳原英思氏、梅田之氏、海音寺潮五郎氏その他の諸氏の御好意を偲ぶ時、このままの凡々たる筆力では済まされぬ気がして背負い切れぬ責任を感ずる。

この作品集に収録する入選作品に対し浅からぬ御便宜と御鞭撻を賜ったサンデー毎日に深甚の感謝を捧げて、我がままな饒舌を結ぶ。

昭和十三年冬　　著者

探偵と科学小説

自分のことを引用して甚だ恐れ入りますが、私はよく知人から変り種のように言われる。農芸化学と小説の間の綱渡りをしているからだというのです。科学者に文筆家が出るのは、あたかも突然変異であるかのように見るのが常識で、古くは平賀源内から、森鷗外を経て以後は数え上げるにも切りがないほど続出していますが、探偵小説となると小酒井不木、甲賀三郎、木々高太郎、大下宇陀児、海野十三等の諸氏すべて科学者で、むしろ文芸界へ昇華した科学者の一つの形態と見た方がいい。

本格探偵小説は一に分析と帰納と推理にかかっていて、その点科学と全く表裏をなすものに外なりません。一つの不可解な現象に当面して、それを解決するのは、あらゆる精確な観察と厳密な分析と妥当な帰納と論理的な推理によらなければならない。そのためには必要なすべての理論を援用し、時によっては分析を逆に行く合成による実証も用いなければなりません。またこの過程における論理の構成方法も全く探偵小説と同一という外はありません。

だから私は探偵小説は科学を文学で表現した文芸だと思っています。文芸の形式に昇華された科学だと考えています。そして科学における新しい発見発明は探偵小説の前進に無限の輝しい分野と指標とを与えるけれども、それは直ちに探偵小説の前進を意味するものでもありません。たとえ新しい発明発見の理論に取材されたものであっても、それが読者に理解されない時には科学的にはフェア・プレイであっても探偵小説としてフェア・プレイとはなりません。そこにのみ科学と探偵小説の相異が存すると思います。そこに探偵小説の前進をはばむなやみがあります。だからその国のベスト・セラーの探偵小説を見ればその国の科学水準が知られ、これは他の文芸では論じられない大特長でしょう。

近来の探偵小説の流行は尊ばれなければならないが、この立場より見る時は日本のそれはどうでしょうか。斯界に深い関心を持っているものは、その意味でいい探偵小説を書き、読ませるように心がけねばならないと思います。

× × ×

去年所用で上京した折に交詢ビルで乱歩先生外数氏にお目にかかれて、ほんのわずかの時間ながら大変なごやかな空気の中で探偵小説界の震源地としての良心的な鳴動を感じてほしかった。その折の話題の一つを取り上げて赤ケットの弁とします。

九州には雲仙、阿蘇、霧島、桜島と活火山が多い。また休火山、死火山もおびただしい。人間火山を一枚加えて、やがて火をふくべく東都の鳴動に呼応しようと思います。

キャメルと馬刀

この年になっても相変らず手品には目がないと言って友人から笑われる。デパートへ行くと、手品部にたかっている子供達に混って永いこと見るくせがまだ抜け切らない。

不思議なタバコ、花束に変るビール瓶、変幻出没コップの金魚、伸縮自在魔法のトランプなど手品あれこれ四十八種、今では種は全部知っている。時々新規の手品が現われて、見ていてどうしても種の看破出来ないのは大枚投げ出して買ってくるが、説明書を開くとなあんだとばか臭くなる。さて、近所の子供達を集めてやってみせると、一ぺんで見破られて、あははと笑われる。が一たん手品師の指先にかかると、変幻不可解な妖術となるのだから妙だ。つまり、トリックを殺すも生かすも熟練した手練手管ということになる。

探偵小説も同じこと、器械的トリックの種あかしだけでは、後味はばかばかしい。そんなトリックでもサスペンスよろしく心理的演出効果をねらうと数段と見栄えする。

ついこの間、デパートで田舎から出て来たオジジが熱心に不思議なタバコの手品に見とれていた。手品師は耳から頭から肩から尻から、そして空中から自由自在に何本もピースを取り出していた。トリックは御承知のように他愛ないのだが、実にあざやかな手際であった。オジジほとほと感心して、

「その手品の種は何べん使えるけえ」

「何十ぺんでも何百ぺんでも使えます」

「そうけ、そんなら安い煙草代につくけ」

百円札出してその手品の種を買ってほくほくしていたが、説明書読んだら高い煙草代と仰天するのは受け合いである。

それに較べると、友人のHは当地で百六十円のキャメルをよく百二十円で買ってくる。どうして手に入れるのかと尋ねると、実地指導してやるからついて来いという。

駅前、立売りの所に行ってキャメル一つと言って二百

円渡す。立売りが専売公社の監視員を警戒してきょろきょろしながら釣銭を数えている時に「スリー・キャットは幾らだい」と尋ねた。（スリー・キャッスルでない上海《シャンハイ》煙草）「百二十円です」と答える。「ああそう」とキャメルを受取って引上げる。ただそれだけである。「君、やってみろよ。釣銭はこの通りきっと八十円くれるよ」と苦笑した。罰金十五万円の気遣いがなくとも、こんな罪なことはやりたくない。が、これは手品の種よりは高級な探偵小説のトリックである。相手の心理的エアポケットに乗ずる手法で、これが三重四重にプロット立てられて殺人が行われることを思うと姿なき兇器で空恐ろしい。

　馬刀（まて貝のこと）は細長い孔の中にかくれている。これは普通四十センチ位の馬刀針を使って、孔の中にさし入れ突き刺して引き上げる。が、こうして取ったのは貝が死んでいて、泥を食っているので食べてもまずい。それより貝の孔に、一つまみの塩を落してやると、貝は自分から飛び出して、塩と一しょに泥をぴゅーっとはく。取るのも楽だし、味もいい。

　探偵小説の犯人に泥をはかせるのは、無理無ていのこじつけでは後味が悪い。相手の性格を見ぬいての一つまみの塩。あざやかなきめ手。

これで行ってこそニュー・ルックの作品となる。手品でない、クロスワードパズルでない、探偵小説が生れるというもんだ。非文学論など退散しろだ。

「扉」海底トンネルをくぐる

十一月七日、大下さん初め「扉」のレギュラー一行が博多に遠征して来た。平戸産の藤浦洸以外はみんな初めての面々だった。大下さんだけは別だが。

会場は大博劇場、会衆三千五百、追込みまですし詰め。各種演芸二時間、東京もののとどめとして、当地水茶屋検番の至宝お秀さんの正調博多節。それから五十万円抽籤。そして真打の「扉」。大下さんは九州大学の古参、和田学部長以下知己友人も多いので来賓席は前列からずらりと並ぶ。それに夢野久作未亡人と令息龍丸氏。筆頭挨拶の大下さんの思出話に拍手声援。当地には夢野久作以来愛好家は多い。

「扉」の問題は例の如く地方色が出る。「博多人形」「炭坑節の煙突」「海底トンネル」「ふぐ」「柳腰」など。大下さん昔の土地カンでズバリと御名答の独壇場。一分ゲームでは「なば」、これなど初下りのレギュラーには初耳。大下さんには旧作「なば山荒し」にゆかりの当地方の方言。サインボールの雨で閉幕となったのは十時過ぎだった。

翌朝、那珂川畔の国際観光ホテルに訪ねた。夢野さん御令息も見えた。新聞社が郊外井尻での美人殺人事件を持ち込んでくる。事件発生後旬日、漸く迷宮入りしようとしている。ちょっと面白くなりそうな要素を含んでいる。また自治警団会の機構が禍もしている。それらについて鼎談三十分。記者は示唆をつかんで飛んで帰った。

それから、大下さんから東京の人たちのお話を聞いた。随分なつかしい。また斯界の動きも聞いた。博多の文化は東京から三月ずれている。東京の空転もよく客観される代りに、前線の実感は乏しい。必要な時には新聞社の東京支社に照会するが、二十四時間は遅れる。殊にこまかな点に至るとどうもぼやけてはっきりつかめない点が多い。で、大下さんからの色々のお話は大変ありがたかった。

探偵雑誌が次々に消えて、宝石だけが辛うじて踏み止っている。禍根はどこにある、などと云ってみたところで始まるまい。出版界不況のためなどと片づけてしまうようなざっぱくさでは仕事は出来まい。現に売れている雑誌は売れている。面白いものは売れる。いいものは続く。初めから分り切った簡単なことだ。探偵小説はどんなに理屈をこね廻して騒いでみたところで、所詮は娯楽小説に外ならない。読める、楽しめる、驚く、の三拍子が謎解きの裏打ちになってりゃいい。てんで読めないものが仰々しく何百頁横行したところで、紙屑同様だ。簡単なことだからむつかしいのかも知れない。

田舎侍の小説使いは、まぬけでばかだからまぬけたことを云う。しかし東京よりはゆっくり昼寝は出来るし、昼寝の夢は美しい。

大下さんは「田舎侍は損してるよ」と云われる。それはたしかだ。しかし水谷さんの頃は固かったが、商法すたれた昨今は、昼寝の夢を楽しんだ方がましだ。

聖ミシェル号のごとく

「なに、聖ミシェル号だって？　世界中で最上の帆前船じゃないか……ひどい濃霧もものともしないで、この二年間イギリスの港へ航行したんだ。地獄のような激浪だった……ほかの船だったら、とてもやれなかったに違いない……ともかくね、一回だけは汐にやられたことはあるが、それにしても持ちこたえたんだ……」――G・シメノン「霧の港」から――

聖ミシェル号以上のねばりで「宝石」は十年航行してきた。多くの雑誌が難破したのに、よくぞ乗り切ってきた。しかもこの三四年来目立って立派になった。嬉しいことだ。短期間に秀れた新人を大量に出したのも異色があり、新人群の前進も異彩だった。みんな独自の持味がある。ちょっと他誌では見られない現象であると思う。

とにかく豪華船とはわけが違う。主帆と船首の三角帆だけで走る聖ミシェル号である。霧怒濤をよくぞ乗り切ったと賞讃したい。しかしこの上は今一段と飛躍して大人の雑誌としてのしたいものである。少年期は誰しも、マジックを愛する。が少年期を脱皮すると共にマジックへの関心は薄らぐが、しかしマジックの種類によってはやはり強い魅力がある。年と共に強く引かれるマジックの種類が変ってくる。

マジックはおよそ三通りに分けられるようである。第一は道具立の型。第二は手練の型、第三は盲点の型。第一はシルクハットから万国旗やハトやもろもろのものが舞台狭しと出てくる式で、少年期に最も驚歎させられるのがこれである。しかし種明かしがあってみると、これ位つまらないものはない。もはや二度と見る気にはなれない。第二は支那手品式である。手裏剣投げ、槍廻わし、皿投げなどの奇術だ。種なしの熟練神技である。これは前のよりもはるかに迫力を持っている。二度見ても三度見てもその神技にはやはり讃歎を惜しまない。しかしそのスリルはやはり、青春前期的であるようだ。第三は、心理の盲点をつくものである。たとえそれがささいな一枚のトランプ、一本の煙草であっても、その変幻出没は人間心理の本質をゆすぶる。常識への反逆である。心理の慣性への痛撃である。種明かしをされても、ばかばかしくはない。何度くり返えされても、あきない。舞台装置は何もなく、黒幕だけの背景に、たった一人の男が演ずるこのマジックのあざやかさに、限りない愛着と驚歎を感ずるのは私だけであろうか。人間の感覚を翻弄するこのマジックは、盲点を嘲笑し、常識の敗北と人間本質への反省をたたきつける。

探偵小説も第三のマジックと同様の水準に至ると大人の領域になると思う。宝石も数年前まではこけおどしで盛沢山であったと思う。あの頃私は武田編集長に宝石は城氏の詩文だけで光っている。渇望して読むのはあれだけだ。毎月あれを掲載したら読者は月々一万ずつ拡大すると何度も言ってよこしたものだった。「スタイリスト」を初め時々発表された数々の珠玉篇である。詩精神と第三のマジックがあざやかに融合した作品と言える。あの魅力は一頁《ページ》のザラ紙に真珠の光輝を発せしめるものであった。

宝石ももう一人前になった。往年の新青年を抜いて、新鮮な第二期の企画で進むことと思う。手当り次第に外国雑誌をめくるだけでもよい。お好み通りのプランはころがっている。「インサイド・クリミナー」のようなリアルでもいいであろう。また「リリパット」の諷刺と軽快明朗さもいい。踊り子の写真一枚だけを見ても、常識を粉砕する。その表情とポーズの素晴しさが、新しい読者を立ちどころに獲得する魔力を持っている。

「いかがでしょうか、お気に召しますか」

「わたしどもと、御同乗願えるでしょうな。もちろん、そうして頂けるものと思っていますが」

これもシメノンの「霧の港」の一節である。そのまま、十周年を迎えた宝石が広く読者層に呼びかけるアナウンスにしてもよいだろう。

アンケート

五十一年度の計画と希望（正会員作家へのアンケート）

> 一、今年の仕事のプランの輪廓
> 二、注文ないし希望
> A、作家へ
> B、批評家へ
> C、雑誌或いは出版社へ

一、a、本格物の骨格のゴツゴツしない本格物（本格物が鬼でない一般読者に敬遠されるのは本格物の本質の宿命ではなく、取扱いの貧困さに帰するから）
b、ユーモアとペーソスの作品（これは探偵小説

の範囲に入っても可、入らぬものでも可）
二、a、これは他の分野の人から承るべきこと（自分で云えばタコの足食いになる）
b、少くとも宝石関係の幽鬼太郎、黒部竜二、隠岐弘氏等は正論を吐かれたし、吐かれつつある。今年ももっとズバリズバリと……。
c、にも拘らず雑誌の編集がそれから遊離して決して近付こうとしないのはどういうわけか。少くともあの批評を多少汲み入れればもっと部数が出るはず。アメリカでは昨年探偵小説が一番読まれている。日本では「宝石」と「探偵クラブ」だけなのに部数が延びない。もっとハイカラ（スマートでもいいがちょっと意味が違う）な誌風になれば延びる。インテリが文芸春秋や小説新潮を大っぴらで読むように、「宝石」「探偵クラブ」が洗練され、ハイカラになればアメリカニズムに併行して、読まれるはず。

（『探偵作家クラブ会報』一九五一年一月号）

解題

横井司

1

一九三五（昭和一〇）年の末、探偵小説の単行本を刊行していた春秋社が、「長篇探偵小説懸賞募集」の告知を行ない、翌年、蒼井雄『船富家の惨劇』が一席入選を果してデビューしたことは、よく知られている。第二席は北町一郎の『白日夢』と多々羅四郎の『臨海荘事件』で、北町はこのあとユーモア作家として大成したものの、探偵文壇のメイン・ストリームからは傍流的な存在となっていく。続いて第二回の募集が行なわれ、そこに「悪魔黙示録」を投じ、大下宇陀児によれば（「『悪魔黙示録』について」『新青年』増刊、一九三八・四）、春秋社の編集部において「応募作品中最高の出来栄えであるとして審査点数八十点」という高評価を得ながら、同社の「書下ろし出版の計画は中止となり」、第二回受賞者の栄光を逃したのが、ここに戦前戦後を通じて初めて探偵小説作品集が編まれることになった赤沼三郎であった。

赤沼三郎は一九〇九（明治四二）年五月十七日、福岡県に生まれた。本名・権藤実。七人兄弟の五番目だったという（鮎川哲也「ロマンの種を蒔く博多っ子・赤沼三郎」『幻の探偵作家を求めて』晶文社、八五・一〇）。第七高等学校（現・鹿児島大学）を卒業し、九州帝国大学農学部に進学。農芸化学を学んだ。一九二九（昭和四）年、『サンデー毎日』主催の「大衆文芸」募集に奈良三仏の筆名で「宝暦異聞金獅像」という百枚ほどの作品を書き下ろして投稿。予選には残ったものの入選はもちろん、選外佳作にも残らずに終わったが、それから病みつきとなって創作に手を染めるようになったという（「思ひ出すことゞも」『怒濤時代』講談社、三八・一二）。『サンデー毎日』の第十五回「大衆文芸」募集に「地獄絵」が入選した際に載った略歴（同誌、三四・一〇・七）によれば「文学は飯より好きで」、七高時代に同人雑誌へ「明日を誰が信ずるか」という題名の「処女作を発表」しているそうだから、文学への嗜好は早い内から開花していたのである。右の「思ひ出すことゞも」には、「戯曲も色々書いたが結局地方でははづみがつかなかつた」し、「創作を書いたがこれも紙魚の餌を作るに過ぎなかつた」と書かれており、同人雑誌時代の活動をうかがわせる。

「宝暦異聞金獅像」を一九二九年に奈良三仏名義で投稿して以降、一九三三年に赤沼三郎名義の「解剖された花嫁」が選外佳作に残るまで、『サンデー毎日』に作品を投稿し続けたのかどうかは分からない。若狭邦男が赤沼三郎に電話インタビューした内容をまとめた際、「青柳竜一」という筆名を用いたと記しているので（『探偵作家追跡』日本古書通信社、二〇〇七・八）、あるいは投稿していたかもしれないと想像される。今後の調査を期待したい。

赤沼三郎というペンネームについては、姓は「北海道にあって枯れ葉が沈んで赤く見え」る「赤沼」から取り、それに「三郎という名の響きがぴったりした感じ」だったので付けたと、鮎川哲也のインタビューにおいて答えている（前掲「ロマンの種を蒔く博多っ子・赤沼三郎」）。そこで赤沼は「落葉松《からまつ》にかこまれて静寂そのもので美しい。わたしはそこにミステリアスなロマンを感じたんです」とも話しているが、「髑髏譜」や「人面《じんめん》師《し》梅朱芳《ばいしゅほう》」、「翡翠湖の悲劇」など、赤沼の代表作と目される作品が、「ミステリアスなロマンを感じ」させる「静寂そのもの」ともいうべき自然を背景としているのは、こうした嗜好の現れかもしれない。

ここで「解剖された花嫁」以降の、『サンデー毎日』における受賞歴を示しておくことにする。

一九三三年　第13回　選外佳作「解剖された花嫁」
一九三四年　第14回　選外佳作「狐霊」
　　　　　　第15回　入選「地獄絵」
一九三六年　第18回　選外佳作「戦雲」
一九三七年　第21回　選外佳作「髑髏譜」（権藤穣《みのる》名義）

一九三八年　第22回　入選「脱走九年」

「脱走九年」の受賞者の言葉「人間長英の苦悶をほり下げた試作」（『サンデー毎日』三八・四・三）において「今までは探偵小説的なものばかり発表してゐましたが、こんどのは試作として初めての時代物です」と語っている。「探偵小説的なもの」といっても、いわゆる探偵小説といえそうな「解剖された花嫁」と「髑髏譜」を除けば、怪奇小説（「狐霊」）、スパイ小説（「戦雲」）、冒険小説的要素や犯罪小説的要素のある現代もの（「地獄絵」）など、その作風はバラエティに富んでいた。右の六作すべてを収録している赤沼の第一著書『怒濤時代』に序文を寄せた大下宇陀児が次のように述べているのは、赤沼の資質をよく捉えたものといえよう。

赤沼君がどうして最近のやうに売り出して来たのか、この理由についてなら相当ハツキリいへると思ふが、それは赤沼君の書くものが、簡単にいへば皆面白いからであり、も一つ突つ込むと、赤沼君が非常に構想力に優れた人であるからである。大衆文学では最も大切なのが構想であつて、して見れば赤沼君の成功は理の当然、何も不思議なことはない。赤沼君は、探偵小説、怪奇小説、時代小説、社会小説、あらゆる分野に対しての豊富な構想力を持つてゐる。従つてこの処女出版までを、彼の雄々しき誕生とすれば、これからまだうんと大きく成長し得る作家なのである。

赤沼三郎が大下宇陀児の知遇を得たのは、先に述べた春秋社の第二回長篇探偵小説懸賞募集に投稿したのが縁となっていると思われる。後年、赤沼は鮎川哲也のインタビューにおいて「わたしの原稿の作者略歴のところに九大卒と書いてあるのをみて後輩であることを知った、そういうことでしょうね」と話しているが（前掲「ロマンの種を蒔く博多っ子・赤沼三郎」）、そこで赤沼の才能を惜しんで、当時『新青年』の編集部にいた水谷準へ紹介したものだろうか。前掲のインタビューによれば「毎年わたしが入選していては工合がわるいと思いまして、大下宇陀児さんの紹介で『新青年』の水谷さん［水谷準―横井註］に送稿した」そうだが、原稿用紙で四百枚ほどあった「悪魔黙示録」は「雑誌に載せたいなら半分に縮めてくれ」と言われて二百五十枚に縮めたのだという。これが大下宇陀児の推薦新人として『新青年』一九三八年四月増刊号「新版大衆小説号」に一挙掲載された。同作品は戦後の一九四七年になって、『悪魔の黙示録』と改題されて、かもめ書房から刊行されたが、それは『新青年』掲載のテキストを再刊したものだった。ちなみに、『悪魔の黙示録』の印税はなかなか払ってもらえず、学会に参加するために上京した際に連絡すると、かもめ書房の社主だろうか、土曜会に出席するのでそこで会おうということになり、探偵作家クラブに加わるきっかけともなった（前掲「ロマンの種を蒔く博多っ子・赤沼三郎」）。

「悪魔黙示録」の掲載に先立って短編「寝台」が『新青年』に掲載されており、「悪魔黙示録」掲載が決定打となって、以後は『新青年』を中心に活躍することになる。当初は探偵小説を発表していたが、一九四一年の時代小説「らうとう伝記」からは、南方を舞台とする外地小説・開拓小説へとジャンルを拡げて行くようになり、国際冒険小説的なものを除けば、探偵小説の執筆は途絶えてしまった。四一年に第一著書『菅沼貞風』を書き下ろしてからは、四三年に『カラチン抄』を、四四年に『兵営の記録』（権藤実名義）と『抑留日記』を上梓。このうち『菅沼貞風』は出版文化協会と文部省の推薦図書となり、『兵営の記録』で第四回野間文芸奨励賞（後の野間文芸新人賞の前身）を授賞している。

戦前は『新青年』を中心に活躍していた赤沼だったが、戦後になってからは不思議と博文館系の雑誌とは縁が薄く、確認されている限りでは『ストーリー』に「やどりかつら」を発表したくらいであった。その一方で、戦後いち早く創刊された探偵小説専門誌『宝石』の創刊第二号に「夜の虹」を発表してからは、『探偵よみもの』、『ロック』、『探偵趣味』などにミステリ系の短編を発表。また地元福岡から出ていた雑誌『月刊西日本』や『ワールド』、『サイエンス』などに西洋ダネの読物を発表したりＳＦを連載したりして、旺盛な筆力を示したが、一九五〇年に『宝石』へ「翡翠湖の悲劇」を掲載して後は探偵小説の執筆が途絶えた。現在までに分かっている範囲では、五三年に「緑の海流」という外地小説を発表し、ＳＦ「パールマン」を新聞発表してから後、小説の執筆がまったく途絶えてしまったようである。

九州帝国大学卒業後は、福岡高等商業学校教授を経て福岡大学教授に就任。同大学の商学部研究所長、大学図書館長、商学部学部長、大学理事などを歴任。一九九四（平成六）年には最後の著書と思われる『夢法師』を上梓したが（日本図書刊行会発行、近代文藝社発売）、これは創作集ではなく少年の頃の体験を基にした自伝的な短文集だった。巻末には第二集、第三集の刊行が予告されていたが、現在までのところ未刊のままである。

赤沼は、前掲の鮎川インタビューで読書歴について述べた際、中学一年の時に高山樗牛の『滝口入道』を読み「大きな感銘を受け」、初期の創作は「かなり影響を受けてい」ると答えている。また探偵小説については、江戸川乱歩だと「二銭銅貨」よりも「芋虫」や「人間椅子」の方が好みだと言い、「好きなのはロジカルな物よりも幻想的なものです。理屈っぽいものはどうも……」と述べている。「翡翠湖の悲劇」が鮎川編のアンソロジー『あやつり裁判――幻の探偵小説コレクション』（晶文社、八八）に採録された際、その解説で鮎川が「作者は本格派ではない筈なのに、鮮かに謎を解いてみせる」と書いたのは、右の発言が頭にあったからであろう。『悪魔の黙示録』などは、蒼井雄の『船富家の惨劇』同様、イーデン・フィルポッツ Eden Phillpotts（一八六二～一九六〇、英）の長編にインスパイアされたと思しき作品で、戦前には珍しい本格長編といえる出来映えだった。同長編や「翡翠湖の悲劇」を読むだけだと、ロマンティシズムの作家としての作家像を結びにくい。そのためでもあろうか、山下武は、「人面師梅朱芳」を紹介した際、赤沼の作風について次のように評している。

赤沼三郎は農業《ママ》化学が専門だけに薬品についての知識が豊富で、「悪魔黙示録」などにはその特徴がよく生かされているが、本来この作者には神秘主義的な分野に対する関心は稀薄なようだ。彼の探偵小説にはとかく理に落ちた作品が多いのはこのためだろう。先天的に怪異譚には不向きな作者なのである。（「ドッペルゲンガー文学考29／川田功と赤沼三郎」『季刊幻想文学』二〇〇二・一一）

赤沼の「怪異譚」としては、戦前は「狐霊」くらいしか作例はないものの、戦後になってからは「夜の虹」、「天国」、「お夏の死」、「まぼろし夫人」、「やどりかつら」などがあり、「神秘主義的な分野に対する関心は稀薄なようだ」とは一概にはいえない。文明批判テーマのSF「楽園悲歌《パラダイスエレジイ》」にしても、冷凍睡眠について説明する際、自由自在に仮死状態に陥ることのできる人間がいることにふれており、「神秘主義的な分野に対する関心」の一端を示している。山下の批評は、その作品の一部から導き出した印象に過ぎないといわざるをえない。そしてそれは、アンソロジーなどに採録されたテキストを通してのみ赤沼作品を語ろうとする者が陥りやすい謬見だといえそうだ。

本書『赤沼三郎探偵小説選』は、現在までに確認され、探偵小説と目され得る赤沼作品を、初めて集成した一冊である。九州在住のまま「アマチュアリズムを代表する探偵作家」（山下、前掲）としての活動に終始したため、プロパーの探偵小説史ではあまり言及されることはなかったが、本書がその作家像の変更を促し、作品世界を理解するよすがとなれば幸いである。

以下、本書に収録した各編について解題を付しておく。作品によっては内容に踏み込んでいる場合もあり、特に投稿作品の選評などではプロットについて詳述されている場合もあるので、未読の方は注意されたい。

2

〈創作篇〉

「解剖された花嫁」は、『サンデー毎日』一九三三年一一月一日号（一二年五〇号）に掲載された後、『怒濤時代』に収められた。

『サンデー毎日』主催の第十三回「大衆文芸」募集に投じて選外佳作十三篇のひとつに残った作品。初出時に併載された「選評」で千葉亀雄が以下のように評している。

近代の探偵小説は、恋愛や人情味を重要な筋とするのが禁物となつてをり、その為、理詰め一本調子の脚色を持つてまはつて、トリツクでこね廻して行かねばならぬ無理がある。この作物だって、犯罪の種明しまでの経路には、非難すればされる難はあるものの、さて種明しになつて、父親の愛情が、犯人の計画を完全にノツクアウトしたところなどは、どうして、一脈の新味がある。着想を採る。それに、描写も細かい。

「狐霊」は、『サンデー毎日』一九三四年五月一日号（一三年二〇号）に掲載された後、『怒濤時代』に収められた。

『サンデー毎日』主催の第十四回「大衆文芸」募集に投じて選外佳作十三篇のひとつに残った作品。初出時に併載された「選評」で千葉亀雄が以下のように評している。

赤沼三郎君の「狐霊」は、物が物でもあるからだらうが、いささか持て扱かひ兼ねた形もないではない。怪奇性を深化しようとしたためか、豊富な知識に任せて、それからそれと多様な材料を入れ交ぜたからでもあるが、だからとて、この作家の逞ましい才能が、それがために帳消しにはならない。今度の中でのたゞ一篇の怪奇小説である。

「地獄絵」は、『サンデー毎日』一九三四年一〇月二一日号（一三年四八号）に掲載された後、『怒濤時代』に収められた。

『サンデー毎日』主催の第十五回「大衆文芸」募集に投じて入選五篇のひとつとして選ばれた作品。結果が発表された『サンデー毎日』一九三四年十月七日号には「入選者の言葉」として「炭坑生活を主題として」と題した以下の文章が掲載されている。

親父が炭坑を持つてゐる関係から、炭坑を主題とした小説を書きたいと思つてゐたのが、やつと実現したわけです。それが入選するなんて、こんな嬉しいことはありません。今度の地獄絵は筑豊炭田に起つた落盤、盗掘、ストライキなどにヒントを得たもので、ストライキで動揺してゐる大炭坑をバックに、一坑夫が他の坑夫連の統制をとつてこれを指導してゆくといふテーマで、ヒロイズムを強調したものです。登場人物は全部坑夫、単に艶をつけるために坑主や坑主の妻を登場させたにすぎません。経済的の観念から脱却して、飽くまで、人物本位に取扱ひ、大衆文芸としての特徴を発揮してゐる積りです。

千葉亀雄は、同号に併載された「選評」で以下のように評している。

赤沼君はこれで二度か、三度目かの登場と記憶する、《ママ》

この作も、いづれかといへば、素材の勝味《かちみ》である。映画の「炭坑」「トンネル」も連想するが、この作の動因は、無論あんな国際関係などでなく、また、「ボンド・マン」のような、労働ものでもない。むしろ、恋愛関係である。それが発展して、途方もないメロドラマになるのだが、そして君の場合、幾分通俗的であるが、機構の構成の賑やかながつちりさと、舞台の展開の深刻性になると、もう安心してよい。君の舞台だ。この労資競争時代に、珍しい主従観念があつたりするのも、どこか、古風な気分であり、文体の新聞記事式疎末なのも気になるが、まあ我慢しよう。

「**鉛毒を警告する男**」は、『サンデー毎日』一九三五年六月二日号（一四年二七号）に、特集「新人大衆文芸傑作集」の一編として掲載された。単行本に収められるのは今回が初めてである。

「**戦雲**」は、『サンデー毎日』一九三六年五月一日号（一五年二二号）に掲載された。後に『怒濤時代』に収められた。初出時には「上海夜話」と角書きされていた。『サンデー毎日』主催の第十八回「大衆文芸」募集に投じて選外佳作十五篇のひとつに残った作品。初出時に併載された「選評」で木村毅が以下のように評している。

これはサーカスを題材としたスパイ物である。空中で飛行機の活劇を演ずるところは、なか〳〵よく書いてあるが、スリル味が少々強すぎて、生活をしみ〴〵と思はせる情趣が稀薄である。「神学生の手記」に比して一籌を輸するゆゑん。

「神学生の手記」とは、同募集で入選五篇中に入った山内史朗の作品である。

「**髑髏譜**」は、『サンデー毎日』一九三七年一一月一〇日号（一六年五七号）に権藤稔《みのる》名義で掲載された。後に赤沼名義の著書『怒濤時代』に収められた。

『サンデー毎日』主催の第二十一回「大衆文芸」募集に投じて選外佳作十五篇のひとつに残った作品。選評などは確認できなかった。なお、本作品のみ、本名を少し変えた名義で発表している。

「**寝台**」は、『新青年』一九三八年四月号（一九巻五号）に、特集「新進作家傑作集」の一編として掲載された。後にミステリー文学資料館編『幻の探偵雑誌⑩／「新青年」傑作選』（光文社文庫、二〇〇二）に採録されている。

「**不死身**」は、『新青年』一九三八年七月増刊号（一九巻一一号）に掲載された。初出時の目次では「怪奇小説」とカテゴライズされている。単行本に収められるのは今回が初めてである。

初出誌は「第二新版大衆小説号」と謳われた増刊号で、四月に出た最初の「新版大衆小説号」に大下宇陀児の推薦で一挙掲載されたのが長編「悪魔黙示録」であった。それに続いての登場で、新進作家として期待されていたことが伺われる。

本作品は、以下に続く「幽閉夫人」、「双面身」と共に、語り手の「私」が高須脳病院を訪ねて入院患者の話を聞くというシリーズものをなしている。赤沼と同じ九州出身の作家として夢野久作がおり、夢野もまた大下宇陀児と交流があったことを思えば、夢野の『ドグラ・マグラ』あたりから想を得たのであろうことは容易に想像がつく。第一話にあたる本作品は、海野十三が書きそうなユーモアSFとしても読めるあたりが特徴。いろいろな意味で赤沼の器用さをよく示している一編であり、シリーズであるといえよう。

「**幽閉夫人**」は、『新青年』一九三九年二月号（二〇巻二号）に掲載された。初出時の目次では「探偵小説」とカテゴライズされている。単行本に収められるのは今回が初めてである。

「**双面身**」は、『新青年』一九三九年七月号（二〇巻九号）に掲載された。単行本に収められるのは今回が初めてである。

本作品も、初出時の目次において「探偵小説」とカテゴライズされているが、高須脳病院シリーズ中では最も探偵小説味の強い一編といえよう。『サンデー毎日』投稿時代の「髑髏譜」や、後に書かれる「天国」、「まぼろし夫人」、「人面師梅朱芳」などに見られる、ドッペルゲンゲル・テーマを扱っているのも注目される。

「**彼氏の傑作**」は、『新青年』一九三九年九月号（二〇巻一二号）に「傑作掌編」の一編として掲載された。単行本に収められるのは今回が初めてである。

「**天網恢々**」は、『新青年』一九三九年十月号（二〇巻一三号）に「怪奇・ユーモア・探偵・科学・寸劇・傑作掌編」の一編として掲載された。単行本に収められるのは今回が初めてである。

「**霜夜の懺悔**」は、『新青年』一九四〇年二月号（二一巻三号）に掲載された。初出時の目次では「探偵コント」とカテゴライズされている。単行本に収められるのは今回が初めてである。

「**林檎と手風琴《アコーディオン》師**」は、『新青年』一九四〇年六月号（二一巻八号）に掲載された。単行本に収められるのは今回が初めてである。

初出時の目次においては「林檎と手風琴」という表題になっており、「探偵小説」と角書きされていた。本文タイトルは、挿絵画家・川瀬成一郎の手書き文字で「林檎と手風琴《てふうきん》師」と表題され、「恋愛綺譚」と角書きされていた。ここでは「林檎と手風琴師」を表題とし、本文表記を優先して「手風琴」に「アコーディオン」とルビを振った。

「**夜の虹**」は、『宝石』一九四六年五月号（一巻二号）に掲載された。単行本に収められるのは今回が初めてである。

「**天国**」は、『宝石』一九四七年五月号（二巻四号）に掲載された。単行本に収められるのは今回が初めてである。

「**お夏の死**」は、一九四八年五月十五日発行の『探偵よみもの』第三五号に掲載された。単行本に収められるのは今回が初めてである。

「**楽園悲歌《パラダイスエレジイ》**」は、一九四八年七月十日発行の『別冊宝石』二号「尖端探偵小説集」に掲載された。単行本に収められるのは今回が初めてである。

「**目撃者**」は、『ロック』一九四八年九月号（三巻五号、通巻二一号）に掲載された。初出時の目次には「探偵小説」と角書きされていた。単行本に収められるのは今回が初めてである。

「**まぼろし夫人**」は、一九四九年一月一日発行の『探偵よみもの』第三八号に掲載された。単行本に収められるのは今回が初めてである。

「**密室のロミオ**」は、一九四九年一月二八日発行の『探偵趣味』「新花形読切傑作集」に掲載された。初出時の目次には「恋と冒険」と角書きされていた。単行本に収められるのは今回が初めてである。

『探偵趣味』は、雑誌『真珠』と同じ版元から同誌廃刊の翌年に刊行されており、体裁は『真珠』を踏襲していたが巻号数などの表示はなく、現在のムックに近い雑誌スタイルのアンソロジーとも思われる。

「**やどりかつら**」は、『ストーリー』一九四九年二月号（四巻二号）に掲載された。初出時の目次には「怪奇幻想」、本文タイトルには「怪奇小説」と角書きされていた。単行本に収められるのは今回が初めてである。

「人面師梅朱芳《じんめんしばいしゅほう》」は、一九四九年六月一日発行の『探偵よみもの』第三十九号に掲載された。初出時の目次には「妖奇心理」と角書きされている。後に鮎川哲也・芦辺拓編『妖異百物語　第一夜』（出版芸術社、九七）に採録されている。

本文タイトル下には

怪人か？　智人か？
智能殺人犯梅朱芳とは誰か？
鬼才赤沼三郎が放つ本年度第二弾

というリード文が掲げられているが、これでは作品の趣向を明かすことになってしまうだろう。

本作品を採録したアンソロジー『妖異百物語　第一夜』の「作品解説」において芦辺拓は以下のように述べている。

変身願望とドッペルゲンガーの恐怖は、古来、怪奇幻想の文学に好個のテーマを提供してきましたが、この作品はこれらを結び付けた異色作です。敗戦後四年、まだ生々しかったろう〝魔都〟上海の印象を格好のブラックボックスとして〈生きた人面を作る男〉の告白を説き起こし、三十八人の偽者が歩き回るナイトクラブの異様なイメージをまじえながら、あくまで手堅い筆致で結末へと運んでゆきます。

赤沼氏は終始、余技作家としての姿勢を貫きましたが、戦前すでに推理小説『悪魔黙示録』や、田中絹代主演で映画化もされた『カラチン抄』などをものした氏の作風は、常にバランスと抑制が利いており、「人面師梅朱芳」もその好例といえるでしょう。

変身技術については作家もそれぞれ工夫を凝らし、黒岩涙香訳の『幽霊塔』では神秘的な電気の作用によって、また江戸川乱歩氏による同作品の改作や『猟奇の果』では外科手術で人間を別人に改造する夢が語られましたが、本作品ではある種の化学物質で〝偽顔〟を作る着想が興味深いところです。

また、山下武は、「ドッペルゲンガー文学考29／川田功と赤沼三郎」（『季刊幻想文学』第六五号、二〇〇二・一一）において本作品を取り上げ、以下のように評している。

いかにマスクが精巧に出来ているとはいえ、夫が偽物か本人か見抜けないというのはどう考えても無理がある。小説とは、そうした虚構の上に成り立っているといえばそれまでだが。特にドッペルゲンガー物の場合、顔が決め手となるだけに「人面師梅朱芳」のごとく、無理を承知の御都合主義が大手を振って罷り通るのは致し方ないことかもしれない。

小説家の妻が「夫が偽物か本人か見抜けない」のは「どう考えても無理がある」というのだが、この場合、実際に偽者か本人であるかは関係なく、妻が疑心暗鬼に囚われてしまう点に作品の主軸があると考えるべきだろう。「髑髏譜」の谷山龍三がそうであったように「被暗示性に富んだ性格」を利用した犯罪である点がミソなのであり、赤沼の作品系譜からいえば極めて正統的な探偵小説として位置づけられよう。

なお、『妖異百物語　第一夜』収録のテキストは、新たに作者の筆が入っているのか、初出時とは相違が見られる。細かい語句の修正などを除くと、大きな相違点は次の二点である。

ひとつは、第一信の中で、最初の内は犯罪者からの依頼を断っていたが、肉体的な暴力の前に屈したと述べている個所で、「彼等が握らせる万金には目もくれませんでした。」と「だが私はこの命を捨てても初志を通すほどの気概はありませんでした。」の間（本書289ページ）に、アンソロジー版では大幅な加筆が施され、「自分の罪を悔いて真人間になりたいと願っていても、自分の顔のために周囲がそれを許してくれない」という場合には、犯罪者であっても自分の技術を施している内に、次第に真意の判断がつかなくなり、暴力による強要に屈してしまうようになったという説明が補足されている。

もうひとつは、真相が語られる第四信の最後の部分で、「奥様、私は梅朱芳などという人面師ではありません。」以下の記述（本書303ページ）がまるまる差し替えられている。初出誌版では、人面師というのは「最初から架空のこと」になっているのに対し、アンソロジー版では実際にそういう広東人が存在したことになっている他、末尾の差出人名および宛名が「梅朱芳（借名）」「大沢令夫人様」と改められている。確かに、「旗田某」と本名を名乗るよりも「梅朱芳（借名）」とする方がトリックという側面からは自然であるといえよう。また、いわば社会正義の観点から偽善者ないし堕落した小説家に天誅を加えるという観念的な動機はほぼ踏襲されているが、初出誌版が、一般的な道徳観に由来する社会批判がベースとなっていたのに対して、アンソロジー版では「作品と作者の人間性を同一視する」ファンの心情を利用して、読者を弄ぶような個人の心性を問題にしている点が異なっている。

ふたつめの修正点は本作品の解釈に大きな影響を与えるものとして無視することはできまい。今後、この点をふまえた論考の登場を期待したい。

「日輪荘の女」は、『宝石』一九四九年一一月号（四巻一〇号）に掲載された。単行本に収められるのは今回が初めてである。

なお、初出時の目次には本作品のタイトルが脱落していた。事情は不詳。

「翡翠湖の悲劇」は、『宝石』一九五〇年三月号（五巻三号）に掲載された。後に鮎川哲也編『あやつり裁判――幻の探偵小説コレクション』（晶文社、八八）に採録された。

初出時の編集後記「編輯部だより」には、城昌幸によって「巻頭、赤沼氏、ロマンティック推理小説の第一人者たる貫禄を示して余蘊ない傑作だ」と紹介されている一方で、本文のリード文には「新鋭赤沼三郎が描き出す／黄金色の妖虫の秘密は何か?」と書かれており、作家的な受容軸の揺れが見受けられるのが興味深い。

幽鬼太郎は「探偵小説月評」（『宝石』五〇・五）で本作品を取り上げ、以下のような長文の評を寄せている。

さて三月の「宝石」で採りあげられるものは赤沼三郎作「翡翠湖の悲劇」であろう。まず初めに作者名なしでこれを読んでゆくと、ひよつとしたら、これ、香山滋の新出発かなと思うたりした読者はいませんか?このことはよく似たテーマでいつているのではなく、作風からいつているわけで、私にいわせれば、そこが、この作品の、作品評となるカギなのである。

この作品は香り高いロマンスの世界にちよんぴり《ママ》探偵小説がはさまれたものである。「ひる」の「解説」はともかくとして香山滋なら更に美しい近代的な描写で読者に迫つてくるだろう。だが香山滋という「怪物」の如く動かない作家は、このちよんぴりした探偵的なものを持つて登場してこないであろう。これにくらべて赤沼氏の作風は、古典美といつた方がよいだろう。篇中、どんな美しいロマンの描写があつても香山氏の持つ底抜けな無責任なほどの水々しい描写には足りない。このことは赤沼氏が探偵小説を書いている点からいつて制ちゆう《ママ》受けているという傷手は充分認められるが。

「天地の生気は躍動し、大楓林は黄炎となつて火花を散らし、豪華無双の黄金の彫鏤で、蒼空の無限を凝集した鏡面をふちどる」といつた翡翠湖の説明は冒頭一頁に亘つて書かれている。

私はこの一章をもつて古典美というのではない。私がこの文章をひいたのは赤沼氏という作家は、そしてて「翡翠湖」は最後までこうした古典美を貫いていつた点に成功しているといいたいのである。ここに「翡翠湖」は香山氏の作品ではなく、赤沼氏の作品であるカギがあり、香山氏では出来ない（やらないであろう）ところの成功があつたのではないだろうか。

専門的な動物学とかトリック等の立場からいつたら種々専門的なエライ人々があり、これを批判するであろう。月評子はいつも作品の意味を検討することを第一義としているので、作品の持つモチーフの特異な努力に対しては敬意を表してゆきたいと思つている。

本作品をアンソロジーに採録した鮎川哲也は「作品解説」において以下のように述べている。

入念な筆づかいで、美しい義母と性にめざめた年頃の少年のあいだに紡がれる愛と憎しみを綴り、やがて発生する殺人の真相をめぐって物語は二転し三転するのだが、作者は本格派ではない筈なのに、鮮かに謎を解いてみせる。ストーリーの構成にも文章にも神経のゆきとどいた作品であるが、赤沼氏もまた自作を大切にする人とみえて、このたび旧稿に対して入念な訂正と加筆とを行った。

なお、本書に収録したテキストは初出に基づいている。

〈随筆篇〉

「思ひ出すことども」は、一九三八年一二月一日、日本文学社から刊行された作品集『怒濤時代』に「跋」として収められた。

『サンデー毎日』投稿時代の赤沼の創作意識を知るのに好個のエッセイ。なお『怒濤時代』には、先に述べた通り『サンデー毎日』投稿作品がすべて収録された他、表題作「怒濤時代」と「争覇」の書き下ろし二編を加えた全八編を収録している。

「**探偵と科学小説**」は、『探偵作家クラブ会報』一九四七年九月号（第四号）に掲載された。単行本に収められるのは今回が初めてである。

「赤ケット」の「ケット」はブランケットの略。明治初期に東京見物の旅行者が赤い毛布を羽織っていたことから、田舎から東京見物に来たお上りさんを意味する言葉となった。

「**キャメルと馬刀**」は、『宝石』一九五〇年一月号（五巻一号）に特集「今年の抱負」の一編として掲載された。単行本に収められるのは今回が初めてである。

「**「扉」海底トンネルをくぐる**」は、『探偵作家クラブ会報』一九五〇年一一月号（通巻四二号）に掲載された。単行本に収められるのは今回が初めてである。

「扉」というのは、NHKラジオ第一放送でオンエアされていたクイズ番組『二十の扉』（一九四七〜六〇）のこと。藤浦洸《こう》は長崎県出身の作詞家で、美空ひばりの「悲しき口笛」、「東京キッド」などで知られる。

「**聖ミシエル号のごとく**」は、『宝石』一九五五年五月号（一〇巻七号）に特集「十周年への言葉」の一編として掲載された。単行本に収められるのは今回が初めてである。

G・シメノン Georges Simenon（一九〇三〜八九、仏）の『霧の港』*Le port des brumes*（三二）は、前年の一九五四年十二月に松村喜雄訳が早川書房からポケット・ミステリの一冊として刊行されたばかりだった。

アンケートとして収めた「**五一年度の計画と希望**」は、『探偵作家クラブ会報』一九五一年一月号（通巻四四号）に掲載された。単行本に収められるのは今回が初めてである。

［解題］**横井 司**（よこい つかさ）
1962年、石川県金沢市に生まれる。大東文化大学文学部日本文学科卒業。専修大学大学院文学研究科博士後期課程修了。95年、戦前の探偵小説に関する論考で、博士（文学）学位取得。共著に『本格ミステリ・ベスト100』（東京創元社、1997）、『日本ミステリー事典』（新潮社、2000）、『本格ミステリ・フラッシュバック』（東京創元社、2008）、『本格ミステリ・ディケイド300』（原書房、2012）など。現在、専修大学人文科学研究所特別研究員。日本推理作家協会・本格ミステリ作家クラブ会員。

赤沼三郎氏の著作権継承者と連絡がとれませんでした。ご存じの方はお知らせ下さい。

赤沼三郎探偵小説選《あかぬまさぶろうたんていしょうせつせん》　〔論創ミステリ叢書92〕

2015年10月30日　初版第1刷印刷
2015年11月15日　初版第1刷発行

著　者　赤沼三郎
監　修　横井　司
装　訂　栗原裕孝
発行人　森下紀夫
発行所　論 創 社

〒101-0051 東京都千代田区神田神保町2-23 北井ビル
電話 03-3264-5254 振替口座 00160-1-155266
http://www.ronso.co.jp/

印刷・製本　中央精版印刷

Printed in Japan　ISBN978-4-8460-1484-1

論創ミステリ叢書

①平林初之輔Ⅰ
②平林初之輔Ⅱ
③甲賀三郎
④松本泰Ⅰ
⑤松本泰Ⅱ
⑥浜尾四郎
⑦松本恵子
⑧小酒井不木
⑨久山秀子Ⅰ
⑩久山秀子Ⅱ
⑪橋本五郎Ⅰ
⑫橋本五郎Ⅱ
⑬徳冨蘆花
⑭山本禾太郎Ⅰ
⑮山本禾太郎Ⅱ
⑯久山秀子Ⅲ
⑰久山秀子Ⅳ
⑱黒岩涙香Ⅰ
⑲黒岩涙香Ⅱ
⑳中村美与子
㉑大庭武年Ⅰ
㉒大庭武年Ⅱ
㉓西尾正Ⅰ
㉔西尾正Ⅱ
㉕戸田巽Ⅰ
㉖戸田巽Ⅱ
㉗山下利三郎Ⅰ
㉘山下利三郎Ⅱ
㉙林不忘
㉚牧逸馬
㉛風間光枝探偵日記
㉜延原謙
㉝森下雨村
㉞酒井嘉七
㉟横溝正史Ⅰ
㊱横溝正史Ⅱ
㊲横溝正史Ⅲ
㊳宮野村子Ⅰ
㊴宮野村子Ⅱ
㊵三遊亭円朝
㊶角田喜久雄
㊷瀬下耽
㊸高木彬光
㊹狩久
㊺大阪圭吉
㊻木々高太郎
㊼水谷準
㊽宮原龍雄
㊾大倉燁子
㊿戦前探偵小説四人集
㊙怪盗対名探偵初期翻案集
51守友恒
52大下宇陀児Ⅰ
53大下宇陀児Ⅱ
54蒼井雄
55妹尾アキ夫
56正木不如丘Ⅰ
57正木不如丘Ⅱ
58葛山二郎
59蘭郁二郎Ⅰ
60蘭郁二郎Ⅱ
61岡村雄輔Ⅰ
62岡村雄輔Ⅱ
63菊池幽芳
64水上幻一郎
65吉野賛十
66北洋
67光石介太郎
68坪田宏
69丘美丈二郎Ⅰ
70丘美丈二郎Ⅱ
71新羽精之Ⅰ
72新羽精之Ⅱ
73本田緒生Ⅰ
74本田緒生Ⅱ
75桜田十九郎
76金来成
77岡田鯱彦Ⅰ
78岡田鯱彦Ⅱ
79北町一郎Ⅰ
80北町一郎Ⅱ
81藤村正太Ⅰ
82藤村正太Ⅱ
83千葉淳平
84千代有三Ⅰ
85千代有三Ⅱ
86藤雪夫Ⅰ
87藤雪夫Ⅱ
88竹村直伸Ⅰ
89竹村直伸Ⅱ
90藤井礼子
91梅原北明
92赤沼三郎

論創社